읽어주셔서 감사합니다

기다림의 끝

이카넬 장편소설

II

동아

기다림의 끝 II

초판 1쇄 인쇄일 | 2019년 06월 24일
초판 1쇄 발행일 | 2019년 06월 28일

지은이 | 이카넬
펴낸이 | 박성면
펴낸곳 | (주)동아

출판등록 | 제406-2007-000071호
주소 | 경기도 파주시 문발로 115, 세종출판벤처타운 201-A호
전화 | (031)8071-5201
팩스 | (031)8071-5204
E-mail | bear6370@hanmail.net

정가 | 12,800원

ISBN 979-11-6302-209-1 (04810)
    979-11-6302-207-7 (set)

ZERO NOVEL

기다림의 끝

이카넬 장편소설

II

동아

Contents

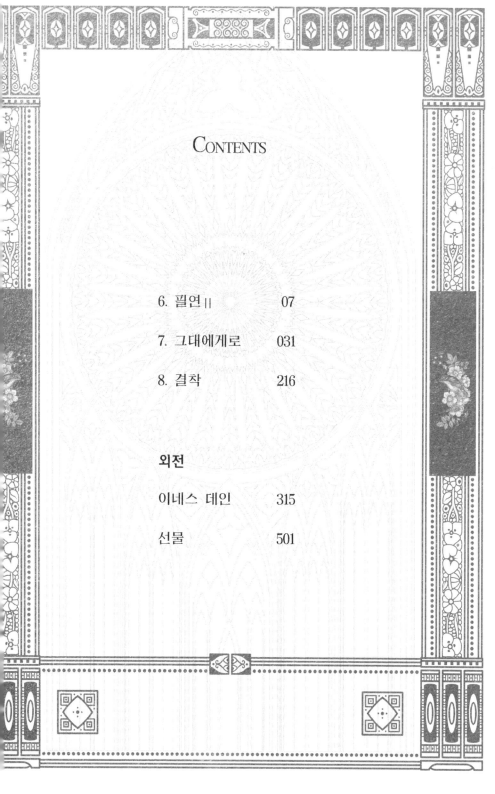

"이제 더 이상 날 기다리지 않아도 돼요. 빈센트.

드디어 우린 만났고,

앞으로 떨어지지 않을 테니까."

6. 필연 II

거센 파도가 몰아치고 있었다. 끝없는 비바람에 창문의 걸쇠가 덜컹 거렸다. 절벽을 등진 레이븐 홀은 이렇게 을씨년스러운 날씨면 더욱 비밀스럽고 위태로운 분위기를 풍겼다.

이런 날이면 선배 하녀들이 미룬 일은 늘 막내에게로 몰리기 마련이었고, 일 폭탄은 얼마 전 유령을 보고 며칠간 자리보전했던 바네사에게도 예외 없이 떨어졌다.

사실 뒤뜰에 널어 놨던 앞치마 등 빨래를 걷고 가져오는 게 전부인 일이었지만, 뼛속까지 시린 거친 북풍을 맞으며 두려움을 이기고 빨랫감을 걷는 건 결코 쉬운 일이 아니었다.

"무서워 죽겠네……."

밖으로 나오자 차갑고 비린 바다의 냄새와 함께 금방이라도 바람에 휩쓸려 절벽 아래로 떨어질 것만 같았다. 바네사는 입고 있던 무명 숄을 더 단단히 걸쳤다.

눈을 질끈 감고 겨우겨우 빨랫줄에서 날아가려는 빨랫감들을 붙잡아 갖고 온 바구니에 허겁지겁 넣었다. 채 다 마르지 않아 구겨지든 말든 상관없이 할 일을 마무리하면 어서 들어가 불가에 몸을 녹일 작정이었다.

진땀을 훔치며 겨드랑이 한쪽에 빨랫감을 넣은 가방을 단단히 고정하고, 모서리를 지나 지하 주방으로 이어지는 뒷문으로 향했다. 거의 다 도착할 즈음 낯선 발 하나가 보였다. 친구 하녀가 걱정에 마중 나왔나 싶어 반갑게 다가가니 뭔가가 이상했다.

그것은 여자의 발이 아니라, 남자의 발이었다. 바구니가 툭, 떨어졌다. 뒤돌아 도망칠 새도 없이 침입자가 그녀의 등 뒤로 다가왔다. 그대로 입이 틀어 막히고 지체 없이 혈을 눌리자 독사에게 목덜미를 물린 사람처럼 힘이 쭉 빠졌다. 능숙한 손길이었다.

어느 정도 바네사의 반항이 잦아든 뒤에야 괴한이 물었다. 쇳소리가 섞인 탁한 목소리였다.

"올리비아 시오네가 어디로 갔지?"

올리비아, 올리비아 시오네.

모른다고 고개를 저으려던 바네사는 목덜미에 닿은 선득한 날붙이의 느낌에 침을 삼켰다.

"손님이 한 명 찾아왔을 거야. 잘 생각해 봐."

마지막 기회를 준다는 듯 더 낮아진 목소리에 필사적으로 머리를 굴렸다. 번뜩하고 떠오른 기억에 바네사가 기억이 난다며 고개를 끄덕이자, 그제야 단단히 틀어 막혔던 입이 해방됐다.

"……빈센트 나리의 약혼녀를 말씀하시는 거라면……."

최대한 목소리가 떨리지 않기를 기도하며 바네사가 울음 섞인 목소리로 헐떡였다.

"얼마 전 나리의 댁으로 함께 가셨어요. 어딘지 저는 잘 모르고……

저택 이름만 알아요. 널리 불리지 않는 이름이지만……."

사내는 인내심 있게 기다렸다. 이윽고 바네사가 겨우겨우 말을 이었다.

"……윈터 가든……. 그 이름이었어요."

겨울 정원. 직접 가 본 몇몇 선배들의 말에 따르면, 그 호칭에 걸맞은 저택이라고 했다.

"아악……!"

말을 끝맺기가 무섭게 남자의 손날이 그녀의 목 뒤를 가격했다. 그녀의 흔들리던 시야가 순식간에 새카매졌다.

* * *

일기장을 마지막까지 읽은 지 이틀이 지났다. 그날 이후 우리는 만사를 제쳐 놓고 집요하게 저택 곳곳을 뒤지고 탐색하기 시작했다. 아주 작은 단서라도 놓치지 않고 파고들어 답이 나올 때까지 매달릴 생각이었다. 하지만 기대와는 달리 약 이틀간 그 어떤 흔적도 저택에선 발견되지 않았다. 그가 유일하게 내민 건 전에 게더에서도 본 적 있던 계약서가 전부였다.

어디까지나 여기에만 매달릴 수 없다는 걸 알려 주듯, 레이븐 홀에서 편지가 온 건 삼 일째 되던 날 아침이었다. 점심을 먹고 혼자 저택 앞뜰의 흔들의자에 앉아 호수를 보고 있을 때였다.

콧김을 내뿜는 검은 말을 탄 남자가 저택 쪽으로 다가가더니 잠시 내려 생스터 씨와 잠시간 대화하는 듯하다 다시 그대로 말을 타고 돌아갔다.

생스터 부인을 도와 부엌에서 점심 식사에 먹을 식재료들을 다듬던 애니가 내게 다가왔다.

"빈센트 나리께서 서재에서 뵙자 하세요."

어렴풋이 예상했듯 말을 타고 온 사람은 데인 변경백의 심부름꾼이었다.

노크할 새도 없이 바로 들어가자 빈센트가 대각선 자리로 손짓했다. 자리에 앉자마자 그가 손에 든 전보를 접은 다음, 거두절미하고 본론을 꺼냈다.

"약혼식을 다음 주 안으론 치를까 합니다."

다음 주. 생각했던 것보다도 일렀다. 하지만 어차피 해야 하는 일이라면 차라리 일찍 하는 편이 나았다. 고개를 끄덕이며 말했다.

"이제 변경백께서 도울 사람을 보내시겠군요."

"아마 내일이나 모레쯤 하녀 두 명과 하인 한 명을 보내실 겁니다."

그 말인즉슨, 평화롭던 시간이 끝났다는 뜻이었다. 일손을 돕는다는 명분이지만, 눈과 귀가 있는 이상 같은 곳에 머무는 동안엔 그들을 의식할 수밖에 없었다.

우리가 원하는 최소한의 시중을 들 뿐 주인의 일과에 필요 이상으로 간섭하지 않았던 생스터 부부와는 다를 테니까.

"그 전까지 뭐라도 찾아낼 수 있다면 좋을 텐데요."

"찾을 수 있는 곳은 전부 찾아봤다고 생각합니다만……."

"그 사람은요?"

당연히 가장 먼저 물었던 생스터 부부에겐 직접 전 주인인 필립 그레덴의 얼굴을 본 적 없다는 대답이 돌아왔다.

십여 년 전 오래전 이곳을 둘러보고 산 이후, 생스터 부부를 관리인으로 채용하고 한 번도 다시 오지 않았다는 말이었다. 남은 건 이곳을 그에게 판매한 전 주인밖에 없었다.

지금으로썬 가장 절실하게 잡은 단서기도 했다. 십여 년을 상회를 만들고 운영했지만, 어느 날 갑자기 홀연히 증발해 버렸다는 사람. 그의 얼굴을 아는 이도, 시신을 본 이도 없었다. 허깨비를 잡고 있는 기분이었다.

"니힐에 있다면 이미 찾았겠지만, 이곳을 팔고 이사 갔거나 혹은 나이가 들어 이 세상 사람이 아니거나 둘 중 하나일 겁니다."

"……일단 계속 알아보는 수밖엔 없군요."

어디를 더 찾아보는 게 좋을까 생각했다. 집 안은 쓰지 않는 식료품 창고까지 샅샅이 찾았으니 반경을 넓혀 주변을 찾아야 하나 고민하는 중, 불쑥 그의 손이 뻗어 왔다. 피할 새도 없이 그의 손이 내 귀 위쪽을 스치더니 담백하게 다시 멀어졌다.

"눈이 묻어 있어서."

늘 그래 왔듯 보닛을 쓰고 나갔지만, 틈새를 타서 귓가에 내려앉은 모양이었다. 순간적으로 의식하여 굳어진 것이 무안해 눈앞에 놓인 차를 들어 한 모금 마셨다.

"어차피 녹을 것을요."

"감기에 걸릴까 걱정됩니다."

언제 목덜미를 물까 가늠하며 주위를 탐욕스레 배회하던 짐승이었냐는 듯, 신사답고 친절한 태도였다. 그렇다고 방심하기엔 언제 어느 때고 아무렇지도 않게 경계선을 넘어와 다가올 남자였다. 함께 방에서 밤을 지새웠던 그날 이후 말투도 행동도 더 부드러워지고, 상냥해졌지만 여전히 속을 알 수가 없었다.

"이 정도로 염려되면, 아예 저택 안에 가둬 놓는 편이 마음 놓이시겠군요."

"그 방법은 미처 생각하지 못했습니다만, 귀담아듣겠습니다."

"……네?"

"농담입니다."

농담이라 치기엔 담백하다 못해 떠보려 꺼낸 말에, 도리어 당한 건 내 쪽이었다. 표정 하나 변하지 않고 가볍게 받아치는 모습에 말문이 막혔다.

"농담이란 것도 하실 줄 몰랐는데."

"필요할 때는 합니다."

"……할 말 끝나셨으면 이만 나가 볼게요."

더 있다간 숨 쉴 공기도 부족하겠다는 생각에 실례를 무릅쓰고 자리를 털고 일어났다. 문을 막 열려는 사이, 바깥쪽에서 먼저 문고리를 잡아당겼다.

"아가씨!"

신난 애니가 한껏 상기된 얼굴로 서 있었다.

"방금 클로에 양이 왔어요!"

생각하지도 못한 방문객이었다. 어안이 벙벙한 채 가만히 서 있자 그녀의 뒤에 선 클로에가 반가운 얼굴로 인사했다.

"오랜만에 뵙습니다, 올리비아 님."

* * *

위아래 속옷만 걸친 채 인형처럼 가만히 서 있자 치수 재는 일은 십 분 만에 끝났다. 잠시였지만 마치 옛날로 돌아간 느낌이었다. 내 처지와 공간, 애니를 제외한 주위의 모든 사람이 바뀌었는데도.

애니의 보조를 받아 줄자를 가지고 팔과 다리, 허리의 치수를 잰 클로에가 굽혔던 무릎을 폈다.

"필요한 건 전부 쟀어요. 고생하셨습니다, 올리비아 님."

"온 첫날부터 클로에 양이 고생했죠."

"아무래도 시간이 넉넉하지 않으니까요."

그녀가 니힐로 온 건 다름 아닌 의상 제작자로서였다. 게더에서 이곳까지 오려면 여독이 많이 쌓였을 법도 한데 그녀는 활기차고 생기 있는 모습이었다.

"그럼 디자인 예시와 원단 책자를 가져올 테니 옷을 갈아입으시고 기다려 주세요."

대답 대신 고개를 끄덕이고, 애니의 도움을 받아 실내용 슈미즈를 갈아입은 후 나란히 벽난로 앞 카우치에 앉았다. 생스터 부인이 타 온 차는 살짝 식었지만, 마실 만했다.

"클로에 양의 드레스라면 꽤 예쁘겠죠?"

옆에 앉은 애니가 생각만 해도 기대된다는 눈빛으로 뇌까렸다. 피식 웃으며 대꾸했다.

"애니가 시집갈 때도 부탁하면 되겠다."

"아가씨도!"

애니의 얼굴이 새빨개진 건 거의 동시였다. 손사래를 친 애니가 화끈거리는 듯 두 손으로 감쌌다.

"제가 무슨 시집이에요. 남부끄럽게. 혼기가 한참 지났는데. 그냥 여기서 아가씨랑 평화롭게 지내면 충분해요."

그녀의 충성적이다 못해 헌신적인 태도는 익히 느껴 왔던 거지만, 그런 만큼 솔직히 털어놓을 수가 없었다. 그간 나로 인해 몸 고생 마음고생 한 그녀에게 그것도 모자라서 드디어 안식처라고 생각했던 곳도 사실 임시로 머물 곳에 불과하다는 말은 차마 입이 떨어지지 않았다.

"남자 정장을 짓는 건 처음이라는데 분명히 멋있게 잘 짓겠죠?"

그런 내 마음을 알 리 없는 애니가 조잘대는 말에 고개가 들린 건 다음 순간이었다.

"아가씨의 드레스를 먼저 만든 다음, 나리의 치수도 재러 가겠네요."

"너를 조수로 데리고?"

"에이, 제가 어떻게 가요."

내 표정에 이해하지 못했다는 걸 깨달은 애니가 말을 덧붙였다.

"치수를 재려면 남자분이라도 여기저기 만져야 할 텐데 아마 생스터 씨가 도와주지 않을까요?"

차를 삼켜도 그대로 목구멍에 넘어갈 거 같지 않아 들고 있던 찻잔을 그대로 놓았다. 나도 모르게 떠오르는 장면이 스스로 당황스럽고 어찌 반응해야 할지 알 수가 없었다.

빈센트를 만지는 클로에.

그의 목과 팔과 허리, 가슴에 손을 대고 치수를 재는 그녀.

생각해 보면 이상할 것 없는 일이었다. 의상실에서 의상을 맞출 땐 누구나 그렇게 치수를 쟀다. 보통 남자 조수가 도맡아서 하긴 하지만, 생스터 씨는 의상 제작에 대해 알 리 없으니 이 경우 클로에가 주도할 것이다.

그녀가 빈센트의 숨겨진 여자가 아니라는 건 예전에 알았고, 그저 오래 알았을 뿐인 고용 관계라는 것도 알고 있었다. 그런데도 이상하게 가슴 한편이 가시방석에 앉은 듯 불편했다.

잠시 자리를 비운 클로에가 때마침 들어온 건 바로 그때였다.

"가져왔습니다. 이 중에 마음에 드시는 게 부디 있으셨으면 좋겠네요."

산뜻한 목소리로 말하며 품에 안고 있던 공책과 책자를 내려놓은 클로에가 먼저 여러 가지 목탄으로 디자인이 그려진 공책을 펼쳐 들었다. 그런 뒤 제일 첫 번째 장을 보여 주며 차근히 설명을 시작했다.

"식의 드레스 같은 경우엔 기본적으로 일상적으로 입으시는 엠파이어 스타일의 드레스가 아닌 전체적으로 볼륨 있는 크리놀린 스타일의 드레스가 선호됩니다만, 최근 들어선 그보단 조금 간소화된, 뒷부분을 강조한 버슬 스타일의 드레스가 유행인 추세입니다."

하나하나 손으로 짚어 주며 설명하니 이해하기가 쉬웠고 내 의견을 말하기에도 어려움이 없었다.

"하지만 식의 드레스의 경우 결혼식도 아니고 약혼인 데다, 한두 번 입을 용도인데 그렇게까지 격의를 차려서 입어야 할까요? 더군다나 크리놀린과 버슬 드레스의 경우엔 제봉 시간과 품이 많이 들 텐데요."

"아가씨."

왜 굴러 들어온 복을 차려고 하냐는 얼굴로 애니가 옆에서 눈치를 줬지만, 그래도 현실적으로 따져 봐야 했다. 클로에가 내 말에 숨겨진 맥락을 파악하지 못할 거라고 생각하지 않았다.

조용히 내 말을 듣고 있던 클로에가 미소 지었다.

"변경백과 그 부인께서도 하객으로 참석하실 터라 어느 정도의 품위를 갖춘 드레스여야 하겠지만 지나치게 화려한 것은 지양하고 싶고, 또 그것에 시간을 많이 들이기도 싫다는 말씀이군요."

"억지스럽고 막무가내인 청이라 해도 용서해요."

그녀라면 다른 수가 있을 것 같아 한 말이었다. 저번에 샤일러 후작 부인 저에서 입었던 드레스처럼, 클로에겐 기존의 관례를 따라가기보단 그보다 좀 더 변형하여 자신만의 색을 내는 재능이 분명히 있었다.

"하지만 클로에 양이 펼친 페이지가 아직 앞부분인 걸 보니 뒤에도 충분히 더 그려진 게 있을 거 같은데요. 안 그런가요?"

"……아마 좋아하시지 않을 거예요. 제가 멋대로 그려 놓은 것뿐이니까."

"클로에 양."

긴장한 듯 치맛자락을 쥔 그녀를 조용히 불렀다.

"우리끼리니 솔직히 말해도 돼요. 빈센트 경이 이곳으로 부르며 무엇을 약속했죠?"

동행 없이 게더에서 니힐까지 오는 건 숙녀에게 있어 쉽지 않은 일이었다. 혹시 몰라 어느 지역에서 지역마다 그녀와 함께 호위로 한 명이 따라붙었겠지만, 그때뿐 온종일 새카만 창밖과 덜컹거리는 마차 안에서 며칠이고 버티는 건 장거리 여행에 익숙하지 않은 그녀에겐 상당히 힘들고 모험인 일이었을 것이다.

그런 반면, 빈센트는 자신이 부리는 사람이라 할지라도 결코 무리한 일을 시키지 않는 사람이었다. 만약 그가 그런 일을 했다면 그에 합당한 대가를 약속한 다음이었다. 다 알고 있다는 눈빛으로 바라보자, 머뭇거리던 클로에가 조용히 대답했다.

"나리께서…… 수도에 의상실을 차려 주시겠다고 했습니다."

생각보다 파격적인 제안이었으나 클로에의 재능과 그녀가 빈센트의 고용인으로서 있었던 시간을 떠올리면 타당한 대가였다.

"그렇다면 그전에 먼저 기본 중의 기본부터 갖춰야 하겠네요. 좋아하건 좋아하지 않건 판단하는 건 고객이고, 의상실의 디자이너이자 재봉사인 당신은 그 고객에게 더 많고 다양한 선택지를 보여 주는 것이 도리예요."

내 말이 통했는지 잠시 아무 말도 없던 클로에가 결연한 눈으로 고개를 들었다.

"그렇다면, 한 가지. 만약 나리께서 이후에 뭐라고 하시던 그건 제 책임이 아니라는 약속을 해 주세요."

"약속하도록 하죠."

그야 어렵지 않았다. 고개를 끄덕이자마자 클로에가 다음 장을 펼치기 시작했고, 애니의 감탄사와 이어진 설명으로 시간이 빠르게 흘렀다.

드레스의 디자인과 원단만 정하고 나자 어느덧 해가 지는 시간이었다. 겨울도 이제 초중반에 접어들어 오후 여섯 시쯤이면 해가 제 모습을 완전히 감췄다.

생스터 부인이 노크하고 들어온 것은 이야기가 더 길어지려던 무렵이었다. 은쟁반 위에 찻주전자와 찻잔, 그리고 곁들일 스콘과 마들렌, 타르트 따위를 이미 놓인 식은 차와 찻주전자와 교환한 그녀가 하나둘씩 테이블 위에 그것들을 내려놓았다.

손을 뻗어 찻잔을 쥐려는 순간 클로에가 말했다.

"올리비아 님, 사실 부탁이 하나 있습니다."

"갑자기 무슨 부탁이죠?"

갑작스러운 말에 되묻자 그녀가 조곤조곤 말했다.

"아실지 모르겠지만, 나리께선 사소한 시중조차 받지 않을 정도로 누군가 몸을 만지는 것을 매우 불편해하십니다. 그래서 제게는 기존의 치수를 참고해서 만들라고 하셨지요."

그가 원체 쉽게 곁을 주지 않는 사람이라곤 들었지만, 오랫동안 그를 모신 그녀에게조차 이리 선을 긋는 것은 처음 알았다. 가만히 듣고 있는 내게 용기를 냈는지 클로에가 좀 더 힘을 준 목소리로 말을 이었다.

"하지만 약혼식의 의상은 평상복과는 다른 법이고······ 저녁 시간 때면 두 분이 함께 시간을 보낸다고 들었습니다. 부디 절 도와주셨으면 해요."

그 말인즉, 나보고 직접 그의 치수를 재어 달라는 말이었다.

그것도 오늘 저녁 안으로.

* * *

예의상 노크를 하지 않아도 늘 같은 시간에 서재에 들기에 굳이 왔다는 것을 알릴 필요는 없었다. 조용히 문을 열고 들어가니 익숙한 옆모습이 보였다. 가까이 다가가자 카우치에 앉은 그가 무언가를 읽고 있는 게 보였다.

방해하지 않기 위해 말없이 늘 앉던 자리에 앉았지만, 무리였던 모양이었다.

"올리비아."

들고 있던 것을 내려놓은 빈센트가 시선을 들어 나를 바라봤다.

"클로에와 이야기는 잘 나눴습니까?"

"네, 그녀는 확실히 재능이 있어요."

고개를 끄덕이며 대답했다. 식을 위해 새로 드레스를 맞출 필요는 있겠다고 생각했지만, 클로에가 그 먼 곳에서 이곳까지 와 줄 줄은 몰랐기에 사실 놀라우면서도 반가웠다.

"하지만 이곳에도 의상실이 있고, 실력 있는 디자이너와 재봉사가 있을 텐데요."

"있긴 하지만 남자입니다."

덧붙인 말에 생각할 가치도 없다는 듯 단호한 말이 돌아왔다. 문득 생각해 보니 레이븐 홀에서부터 남자 하인과는 이야기할 일이 없었다. 필요한 게 있으면 항상 가까이 있는 하녀에게 이야기하면 그만이었고, 마주칠 일도 손꼽았다.

어쩌면 이 남자가 의도한 게 아닐까, 하는 생각이 들었다. 그러다 속으로 고개를 저었다. 그럴 리가.

"치수 재는 걸 거부하셨다던데."

"필요하지 않으니까요."

순순히 인정하는 말에 설득하려 들면 더 피곤하겠다는 생각이 들었다. 처음으로, 그가 덩치 큰 늑대가 아닌 목욕을 시키려 들면 등을 세우며 발톱을 드러내는 고양이처럼 보였다.

가져온 줄자를 들어 보이자 빈센트가 미간을 찌푸렸다.

"그게 뭡니까?"

"보시다시피 줄자인데요."

"그걸 왜 서재에……."

"간단하죠. 치수를 재기 위해서요."

일전의 낮과 달리, 이번에 말문이 막힌 쪽은 내가 아닌 그였다.

"재지 않을 겁니다."

"재는 건 저일 테니, 가만히 팔 벌리고 서 있으면 됩니다."

"올리비아."

늘 허를 찌르고 사람을 당황하게 하는 건 그의 몫이었다. 평소와 다른 입장에 서 보니 꽤 재밌었다.

"생각 안 나요? 빈센트, 당신은 분명 우리가 '동등한 관계'라고 했죠. 그렇다면 나 혼자 치수를 맞추고 새 드레스를 만드는 건 불공평한 거 같은데요."

반박할 여지도 없이 차근차근 이야기하자 입을 다물고 있던 빈센트가 작게 한숨을 내쉬다 결국 고개를 끄덕였다.

"좋습니다. 다만 금방이어야 할 겁니다."

가만히 선 그의 다리와 팔 길이를 재고 나자 어깨와 가슴, 그리고 허리가 남았다.

제일 먼저 허리 치수를 재기 위해 줄자를 갖다 대는 순간, 호기롭게 말했던 과거의 내가 경솔했음을 깨달았다. 앞에 서서 껴안다시피 그의 허리에 두 손을 둘러야 하는 상황이었다.

"금방 잰다 하지 않았습니까?"

머리 위에서 들려온 음성이 어째서인지 웃음기를 띤 거 같아 고개를 들어보려 했지만, 더 민망해질 거라는 걸 깨닫고 대신 애꿎은 입 안쪽 살을 깨물었다.

작게 심호흡을 하고 언제 망설였냐는 듯 대답했다.

"잴 거예요. 잠시 팔을 들어 주겠어요?"

"기꺼이."

반걸음 물러선 다음, 의식하지 않으려 노력하며 손을 뻗었다. 최대한 그의 몸에 손이 닿지 않게 조심스레 줄자를 늘려 치수를 보려는 때였다. 확 끌어당기는 손이 있었다.

"그렇게 거리를 두고 재면 제대로 재지 못할 텐데요."

두 귀를 잡힌 토끼처럼 품에 안기듯이 넓은 품에 들어가니 꼼짝할 수가 없었다. 이제는 익숙해진, 백단향 향기를 맡았다. 그 특유의 체취. 숨을 참고 손을 움직여 치수를 쟀다. 그다음은 가슴이었다. 까치발을 들어 줄자를 올렸다.

정수리에 그의 턱이 닿았다. 차분한 호흡이 느껴졌다. 이렇게 가까이 접촉한 적이 있었나 생각한 순간, 집중할 수가 없었다. 갑작스러운 밀착에 심장이 터질 것처럼 뛰었다. 얼굴이 새빨개졌음을 굳이 거울을 보지 않아도 알았다.

"……다 됐어요."

더는 참지 못하겠다 싶었을 때 다행히 치수 재기는 끝났다. 그대로 뒤를 돌아 테이블 위에 올려놓은 종이에 손을 뻗었을 때, 손등 위로 겹쳐지는 손이 있었다. 그는 자연스럽게 종이를 가져갔다.

"빈센트?"

"생각해 보니 이 계약의 진짜 대가를 받지 못한 것 같아 말입니다."

뜬금없는 말에 고개를 갸웃하기도 전, '대가'라는 단어에 그와 나누었던 대화가 번뜩 떠올랐다. 이 계약 약혼이 애초에 어떻게 시작되었는지부터였다.

종종 어둑한 구석에서 목이 없는 유령을 본다고 했던 빈센트와 전남편인 레너한과 이혼하기 위해 100만 갈레온이 필요했던 나. 일 년을 함께 지내는 조건으로 이루어졌던 계약이었다. 그간 휘몰아치던 일들로 잠시 잊고 있었던 일이었다.

"……혹시 지금 보이나요?"

"네, 그리고 방금 한 가지 새로운 사실을 알았습니다."

걱정스레 묻자 바로 대답이 돌아왔다. 시원하게 수긍한 그가 성큼 다가와 말을 이었다.

"이렇게 가까이 있는 것에 그치는 것이 아니라 방금처럼 당신과 접촉한다면 더 효과가 좋다는 것을요."

무슨 말이 이어질지 감이 잡히지 않았다. 그대로 바라보고 있자 그가 내 손을 잡아끌어 제 뺨으로 갖다 댔다.

"예를 들어 이렇게."

벽난로 앞에 앉아 있었다는 게 믿기 어려울 정도로 서늘한 냉기였다. 손도, 뺨도. 이 사람의 체온은 다른 이들보다 더 낮았다. 아무 생각도, 할 말도 떠오르지 않았다. 손을 뗀 건 내가 아닌 그였다. 올려다보는 날 향해 그가 고개를 숙였다. 이마와 이마가 맞닿았다.

"마음 같아선 계속 이대로 있고 싶지만, 일이 하나 생겼습니다."

"일이요?"

"이틀 전, 레이븐 홀에서 어린 하녀 한 명이 괴한에게 덮쳐졌다고 합니다."

정신이 번쩍 드는 단어였다. 괴한. 숨을 들이켰다.

"하녀는 무사한가요?"

"네, 많이 놀랐지만."

"……혹시 하퍼 백작의 짓일까요?"

예전이라면 전혀 생각 못 할 일이지만, 저번에 엘리엇의 타운 하우스에서 마주친 그라면 가능했다. 본인이 직접 왔을 리는 없고 사람을 보냈을 것이다. 광기에 물들었던 호박색 눈동자가 아직도 생생했다. 일이 틀어져 이성을 잃었을 수 있었다.

"데인 변경백께선 원래 적이 많은 분입니다. 그럴 가능성은 희박합니다만……."

날 놓아준 빈센트가 말을 끝맺었다.

"혹시 모르니 조심하는 게 좋겠습니다."

"……언제 돌아오는데요?"

"오늘 밤에 떠나 약혼식 이틀 전에는 돌아올 겁니다. 혼자 두게 되어 미안합니다."

그가 내 이마에 입을 맞췄다.

"이곳에 호위를 붙여 놓고 가겠습니다. 아마 바빠서 걱정할 여유조차 없겠지만."

빈센트는 그 말을 끝으로 그날 저녁, 바로 저택을 떠났다. 나는 정말로 바빠졌다.

* * *

빈센트가 떠난 다음 날 아침, 그가 일전에 말했던 대로 레이븐 홀에서 하녀 두 명과 하인 한 명이 도착했다. 그들은 가져온 짐을 풀 새도 없이 생스터 부인의 지휘하에 일사불란하게 제 맡은 몫의 일을 시작했다. 대청소를 비롯해 약혼식에 쓸 음식의 재료를 장 보러 나가거나 재료를 다듬고, 긴 레이스 식탁보 등을 세탁하는 여러 가지 일이었다.

나는 나대로 클로에의 말에 따라 시침질이 된 드레스를 입고, 빈센트의 의복을 결정하고 변경백께 보낼 초대 카드를 만드느라 바쁜 시간을 보냈다. 애니 또한 나를 따라 바쁜 나날을 보내는 중이었다. 점심 식사 후의 느긋한 휴식 때 그녀가 돌연 나를 불렀다.

"아가씨!"

마침 거실에 앉아서 몇 번이고 초대장의 서문을 다듬고 있는 중이었다. 등 뒤에서 다가온 애니가 옆으로 불쑥 앉았다.

"지금 행상인이 왔어요."

"행상인?"

부엌이 어째 조금 소란스럽다 싶더니 그래서였나 싶었다. 행상인이란, 전국을 돌아다니며 보따리 짐에 있는 자잘한 것들을 파는 상인이었다. 보따리장수라고도 일컬었다.

"너도 구경 가지 왜 여기 앉았어?"

"아가씨도 같이 봐요, 네? 물건이야 뭐 딱히 탐할 일 없으시겠지만, 그 사람들이 방방곡곡 재밌는 얘기를 얼마나 많이 아는데요."

거기까지 말하자 없던 흥미가 샘솟는 건 당연한 일이었다. 하지만 역시, 일시적으로나마 무게를 지켜야 할 안주인으로서 하녀들과 섞여서 떠돌이 장수와 한가로이 수다를 떨 수는 없는 노릇이었다.

거절하려는 찰나 도저히 흘려들을 수 없는 말이 이어졌다.

"어쩌면 아가씨가 고민하는 것들도 손쉽게 해답을 알고 있을지도 모르죠."

지푸라기라도 잡는 심정이라는 게 이런 걸까 싶었다. 들고 있던 펜을 내려놓고 애니에게 말했다.

"행상인에게 하녀들의 볼일이 다 끝난 뒤에 응접실로 오라고 전해 줘. 너는 간단히 먹을 간식거리와 차를 준비하고."

괜한 일을 저질렀나, 고민하는 차에 응접실 문이 열렸다. 섣불리 안으로 발을 딛지 못하는 낌새이자 조용히 먼저 입을 열었다.

"들어오게."

부러 무게감 있게 나이 든 귀부인 같은 말투를 했지만, 맞지 않은 옷을 걸친 듯 어색했다. 조심스레 들어온 상대는 쓰고 있던 벙거지 모자를 벗어 한 손에 들고 공손히 인사했다.

"만나 뵈어 영광입니다, 부인. 떠돌이 장사꾼 벤이라고 합니다. 이리 불러 주셔서 감사합니다."

"편히 앉게."

부인이란 호칭을 굳이 수정하지 않은 채 맞은편 자리를 권하자, 남루한 행색의 늙수그레한 남자가 엉거주춤 앉았다. 낯빛으로 보아 마흔은 훌쩍 넘은 것 같았다.

"자네 같은 장사치들은 전국 곳곳을 떠돌아다닌다고 알고 있네. 맞는가?"

"예, 그저 발길 닿는 곳이 집이고 고향이지요."

"이렇게 떠돌아다닌 지는 얼마나 됐지?"

내 질문에 과거를 더듬듯 조금 먼 곳을 바라보던 남자가 이내 망설임 없이 대답했다.

"잘은 모르나 아마 이십여 년은 되었을 겁니다."

"그렇다면 이곳에 들른 적도 꽤 있겠군."

"예. 그렇습니다."

겉으로 드러내진 않았지만, 그 수긍에 속으로 꽤 들뜬 상태였다. 어쩌면 생각지도 못한 곳에서 필립 그레덴에 대한 실마리를 찾을 수도 있겠다는 생각에 맥박이 빨라졌다.

"그럼, 이 집의 이전 주인에 대해서도 잘 아나?"

"이 집의 이전 주인이시라면……."

"'필립 그레덴'이라는 이름일세."

"글쎄요……."

들어본 적이 없는지 머뭇거리는 모습에 재빨리 덧붙였다.

"그 이전의 주인이라도 괜찮네, 알고 있다면."

일전에 들은 생스터 부인의 말에 따르면, 필립 그레덴은 십여 년 전 이곳을 한 번 둘러보고 샀던 때 외엔 온 적이 없다 했으니 모르는 게 당연했다. 내가 알고 싶은 건 바로 뒤이어 덧붙인 질문이었다. 과거를 떠올리듯 신중하게 입을 다물던 남자가 고개를 저은 건 잠시 후였다.

"죄송합니다, 부인. 잘 기억나지 않습니다."

"그런가……."

조금 있으면 간식거리를 들고 온 애니가 들어올 터였고, 내가 없어도 편히 들고 가라는 말을 하려는 때였다. 자리에서 일어나려는 순간 남자가 갑자기 아, 하며 고개를 쳐들었다.

"그러고 보니 하나, 생각나는 게 있기는 합니다."

"생각나는 거?"

"예, 제가 알기론 이 근방에서 가장 오래 산 노파가 있습니다. 아마 그 노파라면 뭔가 알지도 모릅니다."

망설일 여유 같은 건 없었다. 뒤이어 불러 주는 노파의 이름과 집 위치를 종이에 쓰고 애니가 들어오기 전 품에 넣었다. 그리고 저녁이 될 때까지 기다렸다.

빈센트가 남기고 간 호위는 세 명으로, 셋 다 말수가 적고 표정이 없는 사람이었다. 두 명은 저택의 호위를 위해 남겨 두고 한 명은 혹시 모를 상황에 대비하여 함께 밤길을 동행했다. 다행히 내 돌발적인 행동에 놀란 듯 보였지만, 그들은 나를 제지하거나 앞을 가로막아서는 행동은 보이지 않았다.

그만큼 빈센트가 날 신용하거나, 이들의 실력을 신용하거나 둘 중 하나였다.

"같은 말을 타는 것이 좋겠습니다."

저택의 뒤편에 숨겨져 있는 마구간에서 말을 빼낼 때 처음으로 목소리를 들었다. 내가 뒤를 돌자 그가 거듭 말했다.

"밤길은 어둡고 그만큼 위험하니 제 앞에 타시는 편이 낫습니다."

빈센트의 부하가 아니랄까 봐 딱딱하고 정중한 어조가 그대로였다. 낯선 남자와 붙어 있는 것에 거부감이 들어 거절하려 했으나 완강한 표정을 보니 이것만큼은 들어주지 않겠다 싶어 결국 고개를 끄덕였다. 다들 잠에 든 시각이었지만, 말이 두 필이나 사라진 걸 알면 금세 찾아 나설까 걱정된 탓도 있었다.

날 안장 위에 태운 기사가 뒤이어 뒤에 올라타 고삐를 잡았다. 발 빠른 말은 곧바로 달렸고, 얼마 지나지 않아 저택을 벗어나 꼬불꼬불한 샛길을 지나 첩첩산중처럼 가려진 나무들 사이를 통과했다.

행상인이 말한 노파의 집은 인가에서 약간 떨어진 곳에 있었고, 머지않아 그 앞에 도착했다. 이윽고 허름한 입구에 다다르자 말에서 내려와 걸었다.

니힐의 마을이란, 광활하다 못해 싸늘한 느낌마저 드는 벌판 위에 드문드문 집들이 있는 식의 인가였고, 이곳 또한 마찬가지였다. 노파의 집은 낮은 언덕에 위치해 아래의 집들이 내려다보이긴 하지만 쓸쓸해 보이긴 매한가지였다. 따로 문고리 같은 게 없어 다가가 노크하니 한참 만에 안에서 소리가 들렸다.

"누구시오?"

막 잠에서 깬 듯한 노인의 목소리였다. 한밤중의 방문자에게 경계심 어린 태도는 당연했다. 예상했던 반응이기에 더 침착하게 대답할 수 있었다.

"올리비아 무어라고 하네. 실례지만, 물어볼 게 있어서 찾아왔네. 잠시 문을 열 수 있겠는가?"

내 성(姓)이 아닌 빈센트의 성을 든 것은 노파가 혹시나 그를 알 수도 있다는 가능성 때문이었다. 다행히 그 예상이 적중했는지, 잠시간 아무 소리도 없던 집 안에서 다가오는 인기척이 느껴지더니 끼이익, 하는 소리와 함께 나무 문이 열렸다.

"혹시 윈터 가든의 새로 오셨다던 마님이우?"

"그러하다만……."

저택은 그렇게 불리기도 했다. 굽은 등에 하얗게 센 머리칼을 한 노파가 살피는 눈빛으로 나와 내 등 뒤의 호위를 바라보더니 들어오라며 더 문을 열었다. 예상외의 호의에 기꺼이 고맙다는 인사와 함께 안으로 들었다.

노파는 우리를 바로 근처의 거실로 안내하더니 금방 차를 내왔다.

"대접할 게 이것밖에 없으니 면목 없구려……."

존대에 익숙하지 않은 듯, 은근슬쩍 말을 놓는 노파의 태도에 뒤에 선 호위가 뭐라 주의를 시키려 했으나 손을 들어 제지했다. 난롯가의 불빛 앞에서 본 노파는 여든에 가까워 보일 만큼 더 나이 들어 보였다. 그만큼의 세월을 살아온 사람에겐 신분이건 예의건 크게 신경 쓸 일이 아닐 거라는 생각에서였다. 무엇보다 지금은 내가 도움을 청하는 입장이었다. 아쉬운 건 이쪽이었다.

"아니네. 따듯하게 손을 녹일 수 있으니 그것으로 충분하지."

엷게 웃어 보이며 노파가 급하게 끓여 온 차를 한 모금 마셨다. 쓴맛이 입안에 퍼지자 나도 모르게 인상을 찌푸릴 뻔했지만, 겨우 참았다.

"그건 그렇고 내가 찾아온 이유는, 아까 말했듯 한 가지 물어볼 게 있어서네."

잠시 뜸을 들인 후 뒤이어 물었다.

"윈터 가든의 전 주인, 그러니까 필립 그레덴이란 사람에 대해서 아나?"

내 질문에 노파가 잠시 눈을 끔벅였다. 기억을 더듬듯 이를 오물거리던 움직임이 멈춘 건 한참 뒤였다.

"잘 모르겠소만……."

긴장됐던 어깨에 힘이 풀렸다. 기대했던 것과 달리 맥 빠지는 대답이었다. 그래도 이렇게 대접해 줘서 고맙다는 인사와 자리를 털고 일어나려던 순간이었다.

중얼거리는 목소리가 귀에 딱 꽂혔다.

"그와 관련해서 예전에 불미스러운 소문이 하나 있긴 했지……."

일어나려던 움직임이 뚝 멈췄다.

"불미스러운 소문? 그게 뭔가?"

느릿느릿한 노파의 행동이 답답해 어깨라도 잡고 흔들어 재촉하고 싶었지만 그럴 수는 없었다. 간신히 스스로를 진정시키고 다시 자리에 앉았다. 잠시 괜한 말을 했다는 듯 노파의 표정에 후회가 스쳐 지나갔지만, 단호한 내 물음에 결국 한숨을 내쉬며 먼저 약속할 것을 원했다.

"먼저 이 늙은이 입에서 이런 말이 나왔다는 건 비밀로 해 주소."

"알겠네. 내 약속하지."

몇 번이고 확언을 한 뒤에야 노파가 머뭇거리며 입을 열었다.

"현재 변경백 각하가 이 소문을 떠드는 사람들을 다 잡아 죽이거나 멀리 보낸 탓에 지금에야 기억하는 사람이 없는 소문인데……."

어차피 듣는 이는 나와 호위밖에 없는데도, 밤말이 새어 나갈까 두려운 사람처럼 목소리를 확 죽인 노파가 말을 이어 나갔다.

"아주 예전에, 이네스 데인 아가씨가 살아 계실 적에 그런 소문이 돌았소. 아가씨가 밤이면 몰래 밀회를 나간다고. 그리고 그 상대가 바로 필립 그레덴이란 나이 든 사내라고."

그 말을 듣는 순간, 벼락이 머리 위로 쏟아진 것 같았다. 발끝부터 머리끝까지 감전되어 그대로 흩어진 느낌이었다.

"말도 안 돼……. 어떻게 그런 일이 있을 수 있지? 필립 그레덴이 윈터 가든을 사들인 건 그로부터 십 년여가 흐른 뒤잖아."

이네스 데인과 밀회를 나눈 사내는 분명 선대왕이었다. 소문이 진실이라면 그 왕의 정체가 '필립 그레덴'이라는 말이었다.

"윈터 가든의 주인이 그 사내라는 건 사실이오. 하지만 그전에도 이곳에 소유한 다른 집이 있었지. 그러니까, 사람들의 말과 달리 그 필립 그레덴이란 사내는 니힐에 두 번 온 거요. 약 십 년의 간격을 두고."

믿을 수가 없었다. 노파의 말에 따르면 이네스 데인과 밀회하여 아이를 만든 것도. 약 십 년 후 윈터 가든을 사서, 후에 빈센트에게 물려준 것도 한 사람이었다.

선대왕. 그렇다면, 빈센트는⋯⋯.

"⋯⋯올리비아 님!"

누군가 몇 번이고 강한 둔기로 뒤통수를 후려친 느낌이었다. 머리가 지끈거렸다. 몸을 가눌 수가 없었다. 내 팔을 부축하는 손길이 느껴졌다. 호위의 손을 떼고 젖 먹던 힘을 다해 고개를 들었다.

"호, 혹시 그 남자의 외견에 대해서 알고 있나? 전해 들은 거라도 상관없네."

마지막의 마지막을 다해 물었다. 착각이라고 믿고 싶어서였다. 무언가 착오가 있어 이야기가 잘못 전해졌으리라. 하지만 여지없이 이런 나의 알량한 바람은 산산조각 났다. 먼 곳을 응시하듯 눈을 가늘게 뜬 노파가 또렷이 대꾸했다.

"금발에 검은 눈이라고 들었소."

그 말이 마치 사형 선고나 다름없는 말로 들렸다. 심장이 내려앉는 느낌이었다. 온몸에 오한이 들었다. 금발에 검은 눈. 어째서 생각하지 못했을까. 대대로 왕족에게서 전해 내려오는 외모였다. 빈센트도 검은 눈이었다. 시간이 흐르며 피가 섞여 왕족만의 고유 특성이라고 볼 수 없었지만, 흔하지 않은 눈동자 색임은 틀림없었다.

"⋯⋯알려 줘서 고맙네."

비틀거리며 일어나곤 품을 뒤져 사례금을 건넸다. 사양하듯 하던 노파도 결국 받고 고맙다며 배웅했다.

뭐에 홀린 듯 넋이 나간 얼굴로 호위의 도움을 받아 말에 올라탔다. 고삐를 잡은 호위가 그대로 말의 배를 차 출발하려는 순간 노파가 허겁지겁 달려왔다.

"지, 지금 생각났소! 가면 안 되오."

"무슨 소리요?"

이번에 대답한 건 내가 아닌 호위였다. 노파가 숨을 몰아쉬며 다급히 덧붙였다.

"오늘 낮에 무장한 남자 두엇이 윈터 가든이 어딨냐 내게 물었다오. 예감이 좋지 않아……."

7. 그대에게로

　호위는 노파의 집에 계시라 거듭 당부했음에도 내가 말에서 내리지 않자, 결국 나를 데리고 함께 윈터 가든으로 향했다.

　달리는 말안장에 앉아 있는 내내 심장이 뛰는 게 느껴지고 손바닥에 땀이 차는 것 같았다. 침착하자고 스스로 주문을 걸듯 뇌까리며 말의 갈기를 붙잡았다.

　히이잉!

　그 어느 때보다 빠른 속도로 돌진하던 말이 멈춰 선 건 윈터 가든의 지붕이 보였을 때였다.

　"앞장설 테니, 조용히 따라오십시오."

　내게 아주 작은 목소리로 당부한 호위가 몸을 숙이며 신중한 발걸음으로 수풀 사이를 헤치며 앞섰다. 식은땀이 등줄기를 타고 흘렀고, 침마저 말라 입안이 텁텁했다. 적어도 짐은 되지 않기 위해 챙겨 온 로브 안쪽의 단검을 더듬었다.

바스락.

나와 호위 둘 중 한 명이 나뭇가지를 밟았는지 뭔가 부서지는 소리가 난 건 거의 다 왔을 때였다. 순간 눈앞이 번쩍하더니 호위가 내 몸을 뒤로 밀쳤다.

"도망치세요!"

챙!

"웬 놈이냐!"

날붙이와 날붙이가 부딪히는 소리와 함께 여자의 비명이 찢어질 듯 울려 퍼졌다. 단검이 내 뺨을 스쳐 날아가 나무에 박혔다. 고전분투 가운데 애니의 얼굴이 머릿속에 맴돌았다. 날 위해 여기까지 와 준 클로에 또한. 누구의 비명일지 알 수 없어 애가 탔다.

그때였다.

"아가씨!"

틀림없는 애니의 목소리였다. 헐떡이며 나를 부른 애니가 저편에서 달려오고 있었다. 상황 판단을 끝마치기도 전에 살벌하게 주고받던 칼부림이 멈췄다.

"흐흑……. 아가씨!"

"애니?"

"자, 잘못되신 줄 알고 제가 얼마나……."

울음을 터뜨리며 달려온 애니가 순식간에 내 앞으로 와 날 끌어안았다. 흥분했는지 한참을 헐떡이는 그녀의 등을 다독여 주다가 어느 정도 숨이 안정되었다 싶었을 때 부드럽게 밀어냈다.

"무슨 일이 있었는지 말해 봐."

"조금 전 괴한 다섯 명이 침입했었습니다."

내 말을 받은 건 저택에 남겨 두었던 호위 중 한 명이었다. 상처를 입었는지 팔에 붕대를 감고 있었다. 후에 알았지만, 심상치 않은 느낌에 달려온 생스터 부인이 재빠르게 조치한 덕분이었다.

"괴한이요?"

"네, 셋은 도망쳤고, 하나는 죽었습니다."

"남은 한 명은요? 생포한 건가요?"

급박한 마음에 바로 물었다. 한 명이라도 남아 있다면 누구의 사주인지 알 수 있을 것이다.

"그게……."

"생사를 헤매는 중입니다. 의사를 불렀지만, 예후가 별로 좋지 않을 것 같습니다."

머뭇거리는 대답 대신 명확한 대답이 들려온 건 등 뒤에서였다. 저택을 호위한 다른 한 명이었다. 그 또한 다리에 부상이 보였다. 두 명이 다섯 명의 괴한을 상대하려다 보니 치열한 접전이 벌어진 모양이었다.

침착하게 생각하기 위해 잠시 눈을 감았다 떴다. 윈터 가든의 주인인 빈센트가 자리를 비운 지금, 이곳을 통솔하여 이끌어야 할 주인은 나였다.

"혹시 모르니 레이븐 홀에 소식을 알려야 해요. 의사를 불러 치료를 받고 괴한의 숨을 붙여 놓은 다음, 그 뒤의 조치는 천천히 생각하도록 하죠."

몇 시간 뒤, 소식을 듣고 달려온 레이븐 홀의 주치의 덕에 호위들은 적절한 조치를 받고 괴한의 목숨도 건졌다. 그 와중에도 다른 사용인들은 다치지 않아 천운이었다. 레이븐 홀에서는 다친 호위를 대신해 기사 네 명을 더 보내왔다.

그중 대장으로 보이는 사람이 내게 귀띔했다.

"변경백 각하의 지시로 도망친 셋에 대한 추적을 계속하고 있습니다. 곧 잡힐 테니 너무 걱정하지 않으셔도 됩니다."

"빈센트 경은 이를 알고 있나요?"

"니힐이 아니셔서 아직은 알지 못하실 겁니다. 원하신다면 바로 전서구를 보내도록 하겠습니다."

그의 말에 고개를 내저었다. 다행히 크게 다친 사람도 없었고, 우연히 그때 나도 자리를 피해 화를 면했다. 변경백 각하가 보내 준 호위도 물샐틈없이 저택을 잘 지켜 주고 있으니 공연히 소식을 알려 걱정을 끼치고 싶지 않았다. 어차피 늦건 빠르건 그의 귀에 들어갈 테니 더더욱.

"아니에요. 그보다 레이븐 홀을 급습했다던 괴한이 윈터 가든을 급습한 이들과 한패일 가능성은 없나요?"

"급습을 당해 기절했던 하녀가 유감스럽게도 그 괴한의 얼굴을 보지 못해 그걸 알아내는 건 힘들 것 같습니다."

빈센트가 현재 니힐에 없다는 건, 레이븐 홀을 급습한 범인이 니힐을 벗어났다는 뜻이었다.

"그런가요."

"예. 그래도 목숨을 건진 놈이 의식을 되찾고 입을 열면 바로 알 수 있을 겁니다."

당장 알아내는 건 아무래도 무리한 바람인 듯했다. 고개를 끄덕이곤 거실 카우치에서 일어났다.

"빈센트 경에게 소식을 전하는 건 조금 뒤로 미루도록 하죠. 변경백 각하께서 하지 않으신 일을 제가 하는 것도 그러니까요."

"알겠습니다."

방으로 들어가기 전, 하녀를 시켜 여분의 침구를 거실에 갖다 놓도록 지시했다. 괴한을 옮겨 놓은 작은 손님방 입구, 부엌으로 이어지는 뒷문과 정문에서 번갈아 보초를 서는 호위들이 잠깐이나마 돌아가면서 눈을 붙일 수 있게 하기 위해서였다.

"아가씨, 들어오셨어요?"

"오셨습니까."

지난밤 그런 난리가 있었음에도 약혼식 준비는 차근히 진행됐다. 응접실로 들어서자 클로에와 그녀를 도와 머리에 쓸 짧은 베일을 손보던 애니가 나란히 일어났다.

"드레스가 절반은 넘게 완성됐어요."

"둘 다 고생했네."

"맞는지 한번 입어 보셔야 하는데, 시간 괜찮으세요?"

"그건 조금 있다가 괜찮을까?"

"예, 그러면 편하실 때 불러 주세요."

내 완곡한 축객령을 알아들은 클로에가 방을 나가자 나와 애니만 남았다. 성큼 걸어가 커튼을 닫고 창을 등지자, 방 안은 좀 전보다 더 어둑해졌다. 내가 물어볼 것을 알아차린 듯 애니가 자리를 고쳐 앉았다.

"빈센트 경에 대해 알아보라고 한 건 어떻게 됐어?"

"그게…… 쓸데없는 것밖에는 알아낸 게 없어서요."

"어떤?"

"레이븐 홀의 하녀에게 물어보니, 빈센트 나리가 흑요석 목걸이를 갖고 있다고 했어요. 아주 예전에 변경백 각하께 받았다고 했는데……."

머릿속이 새하얘졌다. 분명히 어디선가 낯이 익었다. 흑요석 목걸이…….

아버지의 일기장에는 이네스 데인이 남긴 유일한 유품이 목걸이라고 쓰여 있었다. 변경백이 어린 빈센트에게 준 것도 흑요석 목걸이였다. 추측은 이제 확신으로 변했다. 빈센트는 선왕과 이네스 데인의 사이에서 나온 아들이었다.

또한, 왕위 계승권을 갖고 있는 사람이기도 했다. 이 나라의 관행 때문이었다. 예전 왕족이 부족할 때 생긴 관례였다. 왕의 핏줄을 이었다면 모친이 천한 신분이 아닌 이상, 계승권이 생긴다는. 누가 봐도 왕위에 적장자였던 현왕이 선왕의 핏줄들을 하나둘씩 없애고 자리에 오른 것도 그 때문이었다.

모든 게 확실해졌다.

한 가지만 남았다. 방으로 돌아가 서랍에 넣어 둔 아버지의 일기장을 다시 한 번 확인하려 일어선 순간이었다. 내 발목을 잡는 목소리가 있었다.

"그, 그리고⋯⋯."

"무슨 일이야?"

머뭇거리며 나를 쳐다보던 애니가 조심스레 말했다.

"조금 전 하녀가 구석구석 청소하다가 아가씨의 물건 하나를 손상한 것 같아요."

"무엇을?"

"⋯⋯이거요. 서랍이 조금 열려 있어서 위에 올려놓고 그 안을 청소하려다, 자기도 모르게 초를 엎어서. 다행히 타지는 않았는데 이걸 엎어 놨는지, 마지막 장이 조금 그을린 거 같다고⋯⋯."

쭈뼛거리던 애니가 카우치 쿠션 아래 있던 무언가를 꺼냈다. 그것을 본 순간, 심장이 멎는 것 같았다. 그건 아버지의 일기장이었다. 눈앞이 캄캄해졌다.

"이리 줘."

거칠게 그녀의 손에서 일기장을 빼앗았다. 어쩌면 이건 빈센트의 출생을 증언해 줄 가장 큰 단서였다. 뒷부분을 살피자 불에 그슬려 있었다. 첫 장부터 주르륵 펼치자 다행히 대부분 멀쩡했다.

"아가씨? 괜찮은 거죠?"

안도의 한숨을 내쉬며 마지막 장을 펼치려는 때였다. 문밖에서 다급한 발소리와 함께 어떤 말소리도 없이 확 열렸다.

"올리비아 님!"

조금 전 이야기를 나눈 호위대장이었다. 무슨 일이냐고 묻기가 무섭게 다급한 대답이 돌아왔다.

"빈센트 나리가 부상을 입으셨습니다."

순간 심장이 덜컹 내려앉았다.

* * *

정신을 차릴 새도 없이 모든 것이 삽시간에 이루어졌다. 부하에게 업힌 채 들어온 빈센트는 즉시 침실의 침대 위에 놓였다. 깊게 베인 상처가 왼쪽 가슴에서부터 길게 그어져 있었다. 주치의에게 히스델리아 연고를 넘기고 반나절을 기다리자 다행히 상태가 한결 좋아졌다.

"추적 끝에 니힐의 경계 여관에서 숨어 있던 놈들을 급습했으나, 치열한 접전 끝에 일곱 명 전부 죽였습니다. 같은 로브를 걸친 걸 보아아마 윈터 가든을 습격한 놈들과 한패일 가능성이 큽니다."

전부 이곳을 덮친 이들과 마찬가지로 실력자란 이야기였다. 호위대장은 혹독한 훈련을 받는 이곳의 기사들과 비등할 정도면 외국에서 들여온 용병일 가능성도 있다고 덧붙였다.

"다른 기사들은요?"

"사망한 사람은 없지만 두 명이 치명상을 입어 아직 의식이 돌아오지 않고 있습니다."

그들은 원래 소속이었던 레이븐 홀로 옮겨졌다고 했다. 적절한 조치를 받았다고 하니 어서 회복하길 바랐다. 남은 부하들이 빈센트 또한 가까운 레이븐 홀로 옮기려 했으나 쓰러지기 전, 부하들에게 윈터 가든으로 갈 거라 거듭 말했다고 했다.

가급적 빨리 돌아오겠다는 나와의 약속 때문일 것이다. 손을 뻗어 빈센트의 이마 위에 얹었다. 지난밤 끓어올랐던 열은 한층 내려갔지만,

여전히 미열이 남아 있었다.

"……변경백께서는 언제 오신댔죠?"

"오늘 저녁에 오시겠다고 하셨습니다."

태연한 척 물었으나 속으론 울화가 끓어올랐다. 변경백. 그 사람에게 빈센트가 과연 어떤 존재일까 궁금했다. 변경백은 하나뿐인 조카인 그를 위험한 절벽 끝으로 몰아넣고 시험했다.

그 결과 빈센트는 어린 나이에 니힐을 떠나 기사의 길을 걷게 되었다. 그리고 긴 시간 끝에 겨우 돌아왔지만 머지않아 왕의 사냥개로 바쳐졌다.

그가 어째서 빈센트의 정체를 숨겼는지는 이해됐다. 빈센트가 선왕의 서자라는 게 만약 세상에 밝혀진다면 분명 피바람이 니힐을 휩쓸 것이다. 왕은 왕위를 위협하는 어떤 것도 남겨 두지 않으려 했다. 하지만 그렇다고 이렇게 몰아붙이는 건 납득이 가지 않았다.

"……그렇군요. 또 소식이 있으면 말해 줘요."

"그러겠습니다."

고개를 끄덕인 호위대장이 나가자 다시 방에는 나와 빈센트, 단둘만 남았다. 붕대를 감고 흰 와이셔츠 차림으로 숨소리도 없이 누워 있는 빈센트의 모습은 마치 밀랍 인형처럼 섬세하고 현실감이 없었다. 길게 드리운 속눈썹과 남자다운 콧대, 입술을 눈으로 훑다가 멈췄다. 이마에 얹힌 내 손을 잡는 강한 힘이 있었다. 화들짝 놀랐다.

"……빈센트?"

조심히 불렀으나 대답은 돌아오지 않았다. 잠결에 내 손을 잡은 모양이었다. 놀란 숨을 가다듬고 그의 손아귀에서 손을 빼내려 했다. 하지만 이내 그가 제 뺨에 내 손바닥을 가져갔다. 마치 의지할 마지막 온기를 찾는 듯한 모습이었다. 그 모습에 차마 손을 뗄 수가 없었다. 어딘가 위화감이 들었다. 옛날 게더에 있었을 때와 같은 상황이었다.

시집을 가져올 걸 그랬다고 생각했다. 내가 시를 읊는 소리를 자장가처럼 들으며 잠을 자던 어린 소년을 떠올렸다. 어느덧 훌쩍 청년이 되어 내 앞에 다시 나타나, 지금은 내 약혼자가 된 그를.

재회했을 때 왠지 모를 귀티를 느낀 건 기분 탓이 아니었다. 그는 정말 왕의 핏줄이었으며, 비록 기록되지 못했으나 왕족이었다. 내 아버지, 프란츠 시오네가 구한 생명.

그가 잡은 손을 놓은 건 잠시 후였다. 그대로 손을 빼내려는데 뒤척이는 빈센트의 목덜미에 뭔가가 반짝거렸다. 애니가 말한 흑요석 목걸이인 듯했다. 처음 보는 목걸이였다. 홀리듯이 손을 아래로 내려가 목걸이의 줄을 잡으려는 순간 몸이 들리더니 시야가 움직였다.

털썩.

"……앗!"

"올리비아."

일순간에 일어난 일이었다. 뭐라 대처할 새도 없었다. 그대로 옆자리에 마주 눕혀졌다. 검은 눈동자가 보였다. 여전히 새카맣고, 깊이를 알 수 없고 신비로웠다. 내 이름을 부른 것 외에 그는 그 어떤 말도 하지 않았다. 마치 내 이마와 코, 뺨과 입술까지 망막에 새길 듯이 바라보는 것 외에는.

"한참 찾아다녔지 않습니까."

그가 무슨 말을 하는지 알 수 없었지만, 생각이라는 걸 할 만큼 여유롭지 않았다. 그가 레이븐 홀에서 내 발끝에 입을 맞췄던 그때와 같았다. 이성은 자리에서 일어나야 한다 말하는데 몸이 마비된 듯 움직이지 않았다. 숨소리조차 조심스러웠다. 손끝에서부터 온통 붉어지는 느낌이었다.

"몸은 괜찮……."

정신을 차리고 간신히 입을 연 순간, 그대로 숨을 멈췄다. 일자로 다물려 있던 입술이 호선을 그렸다.

"기다렸습니다."

그 말과 동시에 허리춤에 놓인 손이 부드럽지만 강한 힘으로 내 몸을 앞으로 끌어당겼다. 깊은 상처를 입었던 사람이라고는 믿어지지 않는 힘이었다. 제일 먼저 느껴진 건 백단향이었다. 이제는 익숙한 청량한 겨울 숲의 냄새. 그대로 단단한 가슴에 안겼다.

"빈센트……?"

굳어 있던 몸을 간신히 움직여 고개를 들었으나 규칙적인 숨소리에 상황을 깨달았다. 빈센트는 눈을 감고 있었다. 아직 깨어나지 못한 것이다. 평소라면 하지 않았을 행동을 한 것은 잠결에서였다. 꿈이라고 생각했기에 그렇게 망설임 없이 움직인 거였다.

그제까지 들리지 않았던 문밖의 발소리가 유독 크게 들린 건 잠시 후였다. 누군가 노크를 하고 들어오는 걸 생각하니 앞이 아득했다.

"일단 이것 좀……."

나도 모르게 혼잣말을 하며 몸을 움직였다. 허리에 단단하게 둘린 손을 치우고 일어나려 하는데 등을 토닥이는 손길이 있었다. 어린아이를 잠재우듯 다정하고 조심스러운 손길이었다.

동시에 힘이 탁 풀렸다. 어린 시절 잠자리에서 내 등을 두들기던 아버지의 손길이 겹쳐졌다. 침대는 폭신했고 발치의 벽난로에선 불빛이 타닥거려 방 안은 따뜻했다. 무엇보다 긴장을 풀게 만든 건 세상모르고 자는 어린 소년 같은 눈앞 남자의 얼굴이었다. 지극히 극소수의 사람만이 알고 있던 출생. 태어남과 동시에 거친 들판에 놓인 것과 다름없는 운명이었다. 그토록 힘든 시련을 겪어 왔던 사람 같지 않게 잠든 모습은 평온했다.

태풍 한가운데 놓인다 해도 같은 얼굴일 거라는 생각에 작게 웃음이 나왔다. 불쑥, 미리 식사는 하지 않겠다 했으니 아마 이 방에 얼마 동안은 아무도 들어오지 않을 거라는 생각이 들었다.

날이 서 있던 긴장이 풀리자 정해진 순서처럼 피로가 쏟아졌다. 눈꺼풀이 스르르 감겼다.

"으음……."

잠깐 눈을 붙인다는 게, 일어나 보니 두어 시간이 흐른 뒤였다. 반투명한 커튼 너머로 들어온 붉은 노을이 방 안을 적셨다. 고개를 드니 빈센트는 여전히 잠이 든 채였다. 내 등을 토닥였던 손을 떼어 내고 조용히 몸을 일으키자 기다렸다는 듯 노크가 들렸다.

침대에서 일어나 흐트러진 머리를 정돈하고 문으로 다가섰다. 문을 열자 낯익은 얼굴이 보였다.

"아가씨, 계속 여기 계셨던 거예요?"

"응."

애니였다. 미처 손보지 못한 내 옷매무새에 잠깐 놀란 눈을 한 애니가 곧이어 금방 표정을 바로잡은 다음 입을 열었다.

"변경백 각하께서 오셨어요. 나리께서는?"

숨소리도 없이 곤히 자고 있는 그를 뒤돌아보곤 다시 애니에게로 시선을 돌렸다.

"빈센트 경은 아직 누워 계셔. 응접실로 모시고 곧 가겠다고 말씀드려."

*   *   *

흐트러진 머리를 다시 손보고 옷을 갈아입었다. 숨을 고르고 응접실 문을 노크했다. 바로 들어오라는 말이 들리고 문을 열고 들어섰다. 레이븐 홀에 있었을 때와 마찬가지로 데인 변경백은 난롯가에 앉아 있었다.

그 사이 창밖은 어둠이 내려앉아 캄캄했다.

"기다리시게 하여 죄송합니다."

"아니네. 계속 빈센트를 간호했다 들었지."

빈센트가 아직 깨어나지 않은 지금, 이곳의 주인은 나였고 자리를 권해야 할 것도 내 쪽이었지만 자연스레 손짓으로 맞은편 자리를 권한 건 변경백이었다. 안 그래도 그리 반가운 손님은 아니었다. 머릿속의 생각을 티 내지 않고 조용히 자리에 앉았다. 내 생각을 읽으려는 듯 잠시 말없이 날 응시하던 변경백이 다시 천천히 입을 열어 물었다.

"그래, 빈센트의 상태는 어떤가?"

"큰 고비는 넘겼습니다. 오늘 하루는 안정을 취해야 하지만요."

"다행이군."

테이블 위에 놓인 차를 한 모금 마신 다음 내려놓은 변경백이 대수롭지 않게 대답했다. 내 몫의 차도 눈앞에 놓여 있었지만, 도저히 태연하게 차를 들 기분이 아니었다. 충동적으로 한마디가 튀어나왔다.

"그렇습니다. 목숨은 부지했으니 다행인 일이지요."

"말에 가시가 있군."

전장을 겪은 세월만큼 날카롭고 예리한 반응이었다. 마치 내 입에서 무슨 말이 나올지 예상이라도 하는 것처럼. 이런 대치는 나에게 유리하지 않았다. 수십 년을 말이 통하지 않는 적들과 마주하고 살아온 노병에게 나는 상대조차 아니었다. 쥐고 있던 패가 들켰으니, 남은 건 그대로 밀고 나가는 것뿐이었다.

"저를 알고 계시죠."

대답은 돌아오지 않았다. 처음으로, 여유롭던 변경백의 표정이 살짝 굳는 게 보였다.

"무슨 말을 하고 싶은 거지?"

어깨 위를 내리누르는 듯 위압적인 태도 변화에 등줄기에 식은땀이 흘렀다. 어차피 한번은 물어봐야 할 일이었다. 여기서 그만둘 수 없었다. 입 안쪽을 물다 용기를 내어 물었다.

"제 성(姓)을 들으셨을 때 아셨을 거라 생각합니다. 아닌가요?"

무릎 위에 놓인 변경백의 주먹 쥔 손이 꿈틀댔다.

"프란츠 시오네, 제 아버지의 이름입니다. 기억나지 않는다곤 말 안 하시겠죠."

"……알고 있었군. 무덤까지 가져갔으리라 생각했는데."

"아버지가 남기신 일기장이 있었습니다. 얼마 전에야 펼쳐 읽었어요."

할 말이 있다면 더 말해 보라는 듯 덤덤한 낯빛이었다. 내가 이 말을 꺼내기까지 얼마나 결심이 필요했는지 따윈 상관없다는 듯. 곰곰이 생각하고 생각했다. 어설프게 속내를 숨겨 봤자 금세 들킬 거라는 생각이 들었다. 잠시 내리깔았던 시선을 들었다.

"필립 그레덴은 선왕의 가명이었습니다. 빈센트 경은 선왕의 서자구요. 맞나요?"

마주한 눈이 주름을 잡으며 휘어졌다. 동시에 손등에 솜털이 오스스 돋았다. 변경백은 부정하지 않았다. 대신 반문했다.

"하고 싶은 이야기가 뭐지?"

거의 확신하고 있던 기밀이지만, 확인을 받으니 심장에 무거운 추가 내려앉은 듯 충격이 일었다. 막혔던 호흡을 고르고 입안을 깨물었다. 나와 빈센트의 약혼을 흔쾌히 허락해 준 것도 분명 무슨 속셈이 있어서였을 거란 생각이 들었다. 혹시나 했던 가정이 불길한 예언이 되어 날 덮쳤다.

"……이곳을 습격한 사람. 배후의 사람이 각하신가요? 약혼을 막기 위해?"

사정을 모르는 타인이 보면 미친 게 아니냐는 말을 들을 만큼 어처구니없는 말이었다. 하지만 변경백에겐 충분한 명분이 있었다. 자작극을 벌여 자기 기사를 다치게 하면서까지 날 위협하고 약혼을 막을 명분.

낮게 웃음이 터져 나온 건 바로 다음 순간이었다. 팽팽히 당겨졌던 긴장감이 일순 느슨해졌다.

"무슨 근거로 그런 생각을 했나."

등을 세웠다. 근거라면 있었다. 나는 변경백과 같은 사람을 알았다. 그는 레너한과 비슷한 눈빛이었다. 기본적으로 타인을 믿지 않는 사람. 떨어지지 않는 입술을 열어 말을 끝맺었다.

"이십여 년 전, 기사의 딸인 제가 언젠가 진실을 알고 입 밖으로 내뱉을까 염려하셨겠죠. 아버지가 비밀을 무덤으로 가져가는 것과는 별개로."

이제까지의 행적을 보아 변경백은 빈센트의 출생을 타인이 알게 되는 걸 극도로 꺼렸다. 끝끝내 그를 조카로 인정하지 않고 내몬 것도, 현왕의 공신으로 우뚝 섰으면서 그 보상으로 눈앞에 놓인 모든 부와 권력을 내려놓은 이유였다.

이 얼마나 모순적이고 이중적인 태도인가. 일곱 살의 조카를 거친 바깥으로 내치고 혹독한 운명을 살도록 만들었으면서, 한편으론 그를 지키기 위해 거머쥘 수 있는 모든 걸 포기하다니.

깊은 우물 같은 침묵이 지나갔다. 가볍게 손뼉을 친 변경백이 입매를 끌어 올렸다.

"거기까지 유추한 것에 칭찬하지. 하지만, 내가 고작 너를 잡기 위해 내 사람들을 다치게 할 것 같은가?"

내게 완전히 말을 놓은 변경백의 목소리는 등골이 서늘할 만큼 차가웠다.

"그럼 혹시……."

"왕도 아니네. 그랬다면 이미 니힐은 폐허로 변해 있었겠지."

내 머릿속을 읽은 듯 지그시 바라보던 변경백이 언제 표정을 굳혔냐는 듯 다시 원래의 얼굴로 돌아와 말을 이었다.

"비난할 대상을 잘못 고른 게지. 이제 알았나?"

"……그렇다면 대체 누구죠?"

"자네의 전남편."

숨이 턱 막혔다. 설마설마했던 가설이 사실로 밝혀지는 순간이었다. 눈앞이 깜깜하고 손이 부들부들 떨려 왔다.

"이미 이혼이 수리됐고, 빚은 다 갚았습니다. 하퍼 백작이 내게 집착할 이유가 없어요."

스스로 내가 무슨 말을 하는 건지도 모르는 채 더듬더듬 말을 내뱉었다. 눈 사이를 좁힌 변경백이 여유로운 몸짓으로 등받이에 등을 기댔다.

"정말 아무것도 모르는군."

비난이라기보단 안타까워하는 목소리였다.

"이야기하자면, 시간을 좀 더 거슬러 올라가야 해. 레너한 하퍼 백작의 부모가 마차 사고로 요절한 것은 알고 있겠지?"

이 나라의 사람이라면 거의 다 알고 있는 이야기였다. 나중에 원인을 파악하니 마차의 바퀴 하나가 원인이었다고 했다. 고개를 끄덕이다, 섬광처럼 스미는 생각에 사고 회로가 멈췄다.

"설마……."

"그 설마가 맞네. 현왕의 짓이었지. 선대 하퍼 백작은 꽤 힘 있는 공신이었으니까."

"대체 어디까지 알고 계신 거죠?"

목이 졸린 듯 목소리가 잘 나오지 않아 몇 번이고 목구멍으로 침을 삼켜야 했다.

"아마 자네가 추측하는 데까지는. 십 년간 그의 부인이었다면, 하퍼 백작이 카티아의 내란에 발을 들였다는 건 알고 있을 거야. 안 그런가?"

물음이었지만 확신에 가까운 말이었다. 확신하고 있는 것을 내게 확인하려는 것뿐이었다. 어째서 그간 의심하지 않았는지 아차 싶었다.

"현왕에게 복수하기 위해서군요. 카티아의 내란에 가담하여 지지하는 쪽이 이기게 된다면, 후에 군사력을 지원받을 수 있을 테니까."

외부에서 끌어들인 군사력으로 왕을 몰아낸다. 하지만 안이했다. 카티아에서 마음을 돌려서 되레 뒤통수를 칠 수도 있지 않은가. 그런 내 의문에 답하듯 고개를 끄덕인 변경백이 대꾸했다.

"아마 혼자만의 생각은 아닐 거야. 그 뒤에 더 큰 세력이 있겠지. 이를테면······."

그때, 기다렸다는 듯 극장에서 봤던 얼굴이 바로 떠올랐다.

"친척인 그레이 후작 말씀하시는 건가요?"

"그럴 가능성이 크지. 전부터 그레이 후작은 카티아에 꽤 영향력이 있으니까."

그 정도 세력이면 확실히 뒤통수 맞을 염려 없이, 반란을 주도할 만했다. 명분도 확실했다. 그레이 후작은 살아남은 몇 없는 선왕의 공신으로, 현왕과 대립하는 가장 대표적인 인물이니까. 그 정도 인물이 벌인 일이라면, 아마 아주 오랜 시간 치밀하게 준비해 온 일일 것이다. 엮인 귀족들도 한둘이 아니리라.

소름이 돋았다. 그런 무시무시한 일을 은밀하게 꾸며 온 레너한과 그레이 후작에게.

"그럼 여기서 질문 한 가지를 하지. 하퍼 백작이 자네를 목적으로 이곳을 습격한 이유가 뭘까."

"······내가 입을 잘못 놀려 일을 망칠까 봐?"

내 답에 변경백이 작게 고개를 끄덕였다.

"뭐, 그것만은 아닐 거라 생각하지만. 여하튼, 자네가 비난할 대상이 틀렸다는 말일세. 나에게 누명을 씌울 줄은 몰랐군."

"죄송합니다."

하나도 틀리지 않은 말이었다. 가슴이 비수에 찔린 듯 통증이 밀려들었다. 크게 다친 기사들과 창백하게 누워 있던 빈센트의 얼굴이 생각났다.

"난 그럼 빈센트를 보러 가겠네."

석고상처럼 굳어 있던 입술이 열린 건, 변경백이 자리를 털고 일어나는 순간이었다. 해야 할 말은 해야겠다는 결심이 들었다. 지금이 아니면 앞으로도 하지 못할 말이었다.

"각하."

나직이 말하자 그가 등을 돌렸다.

"마지막으로 궁금한 것이 두 가지 있습니다."

"물어보게."

"왕은 배다른 동생의 정체를 알고 있나요?"

아닐 거라는 추측에 물은 말이었다. 만약 알았다면 빈센트는 이미 이 세상 사람이 아닐 테니까. 하지만, 아예 모른다고 생각하기에 왕이 빈센트를 이토록 곁에 두고 위험한 일에 내모는 점이 이상했다. 쓸모 있고 능력 있다 생각하면 더 귀히 여기지 않나.

변경백이 눈매를 굳혔다.

"왕께선 심증은 있지만, 확신은 내리지 못한 상태네. 다만 내 조카라는 건 확신하시지."

"그렇다면 그에게 제1 기사단장을 맡긴 건……."

"아마 날 향한 경고겠지. 인질 같은."

뇌까리듯 대꾸한 변경백이 한마디를 덧붙였다.

"그를 험히 다룸으로써 내가 어떻게 반응할까를 재고 있는 것도 있겠지."

왕이 자신의 편에 서 있으나 확실한 입장을 보이지 않는 변경백을 다루기 위해 빈센트를 이용했다는 말이었다. 목구멍에서부터 신물이 올라왔다. 한 번도 순탄하지 못했던 그의 인생을 생각했다. 상처투성이의 몸을 떠올렸다. 지그시 눈을 감았다가 다시 떴다.

"각하에게 빈센트란 이름 석 자는 무엇이죠?"

따지듯 물은 말이 아닌, 진지한 질문이었다.

"……무슨 말을 하고 싶은 거지?"

"질문 그대로입니다."

조용히 날 선 긴장감이 응접실에 내려앉았다. 덧창이 덜컹거리는 소리에 힐긋 일별하니 거친 비바람이 돌연 몰아치고 있었다. 사정없이 창을 흔드는 바람이 수없이 빗줄기를 흩뿌렸다.

"빈센트를 조카로서 생각하신 적은 있나요?"

데인 변경백은 하나뿐인 누이였던 이네스 데인을 무척이나 아꼈다고 했다. 그건 그녀가 죽은 지 이십여 년이 지난 지금에서도 먼지 한 톨 없이 그대로인 그녀의 방만 보아도 알 수 있는 사실이었다.

죽은 누이에 대해 이토록 애틋함을 간직한 그가, 어째서 빈센트에게 그토록 냉정할 수 있었는지 궁금했다. 그 이중적인 태도 이면에 숨겨진 진심이 알고 싶었다.

"저는 그 대답을 들을 자격이 있다고 생각해요. 이네스 데인의 마지막을 지킨 프란츠 시오네의 딸로서, 그리고 빈센트 무어의 약혼녀로서."

눈빛으로 사람을 죽일 수 있다면 이미 내 식은 몸이 바닥에 나뒹굴고 있으리라 싶을 만큼 냉랭한 시선이 돌아왔다. 나도 모르게 뒷걸음질 치는 순간, 이를 악문 목소리가 들렸다.

"……이네스, 죽은 내 누이동생은."

되돌아와 카우치 등받이에 손을 얹은 변경백이 조용히 말을 이었다.

"몸이 약하셨던 어머니가 목숨을 걸고 낳은 아이였다."

"……."

"태어날 때부터 몸이 약해 넘어지면 깨질까, 불면 날아갈까 애지중지 하던 동생이었지."

눈이 마주했지만, 그가 날 보지 않고 있다는 건 확신할 수 있었다. 과 거를 더듬듯 먼 곳을 바라보는 눈빛이었다. 노장의 시선 끝엔 내가 아 닌 다른 여자가 있었다. 빈센트와 빼닮은 여자가.

"이네스는 후에 같은 이름을 이은 내 딸아이와는 정반대로 심약하고 섬세한 아이였다. 천사 같은 성격에 악의라곤 눈곱만큼도 갖지 못하는 소녀였어. 오라비인 나를 잘 따랐고, 나 또한 진심으로 하나뿐인 내 동 생을 아꼈다."

한 음절 음절마다 애정과 그리움이 절절히 배어 나오는 목소리였다.

"그러다……."

공기가 부족한 듯, 혹은 누군가 왼쪽 가슴을 베어 내어 그 속의 심장 을 움켜쥔 것처럼 고통스럽게 미간을 찌푸렸다.

"선왕이 왔지, 비밀리에. 친우였던 내 아버지, 선대 변경백을 만나기 위해. 그게 파국의 시작이었다."

이어지는 이야기는 담담했지만, 변경백의 표정은 소태를 씹은 듯 고 통스러웠다. 이야기는 간헐적으로 이어졌다. 나이 차가 그토록 났음에 도 불구하고, 새장 밖의 세상을 갈망하던 이네스는 빠르게 낯선 남자에 게 빠져들었다.

이네스가 임신 사실을 알게 된 건 그가 떠난 지 얼마 지나지 않아서 였다고 했다.

"처음엔 모두 납치일 거라고 생각했지. 설마…… 그런 일이 있었을 줄 은 꿈에도 몰랐으니까."

그 내막과 그 후의 일은 이미 알고 있는 이야기였다. 그녀의 임신 사실을 알고 있던 선왕이 내 아버지, 프란츠 시오네를 보내 이네스 데인을 수도로 몰래 데려오게 했다. 하나 왕성을 목전에 두고 이네스 데인은 사망했다. 출생과 동시에 어머니를 잃은 빈센트는 묘지를 찾아온 외삼촌인 변경백에게 맡겨졌다.

"긴 시간 애타게 흔적을 뒤지다 찾은 건, 내 누이동생이 아닌, 성(姓)은 없고 이름만 달랑 쓰인 묘비 하나였네. 부모님껜 이 진실을 끝끝내 말하지 못했어. 두 분을 돌아가시는 그날까지 이네스를 찾았지. 마지막 숨을 내뱉는 그 순간까지."

주먹 쥔 그의 손이 핏줄이 불거질 만큼 힘이 들어갔다. 흥분된 호흡을 고르듯 잠시 말이 없던 변경백이 천천히 되물었다.

"자, 말해 보게. 자네가 나라면 어땠을 거 같은가?"

무감한 말투에 묻은 끔찍한 통렬함이 내 어깨 위를 짓누르는 것 같았다. 그 후, 현왕의 공신으로 활약해 장기로 집권하려던 선왕을 끌어내리는 것에 앞장섰던 변경백의 마음이 아프도록 와 닿았다. 그렇기에 누군가 내 목을 조르듯 입을 열기가 힘들었다.

"하지만 각하……. 그건 빈센트, 그의 잘못이 아닙니다. 아이는 부모를 정해서 태어날 수 없으니까요."

애써 감정을 추스른 채 말했으나 마치 초라한 자기방어처럼 들렸다. 입술을 뒤튼 변경백이 대꾸했다.

"맞는 말이야. 하지만 그렇다면 내 원통함은 어떻게 풀어야 하지? 사랑하는 늦둥이 딸을, 그리고 눈 편히 못 감은 채 돌아가셨던 내 부모의 한은?"

"그렇다면!"

더는 듣고 있기가 힘들어 무례를 무릅쓰고 그의 말을 끊었다.

"어째서 어린 그에게 다정했던 겁니까? 어째서 그리 다정하게 굴다가 일곱 살이란 되던 해에 내쳤던 겁니까? 박탈감과 배신감을 느끼게 하려고? 그런 식으로 그에게 화풀이하려 했던 겁니까?"

이미 다정함을 알아 버린 사람은 절대 그것을 잊지 못한다. 그것이 내 인생을 관통하는 진리였다. 아버지가 돌아가신 후, 계부가 들어오며 처절하게 깨달은 진실이기도 했다. 당연하다고 여겼던 다정함이 더는 내 것이 아니게 되는 것. 가차 없이 내쳐지고 버림받았다는 사실.

아이를 유산한 뒤 싸늘하게 변했던 레너한의 모습에 또다시 실감하지 않았던가.

"……예리하군. 잘도 거기까지 생각했어."

낮게 웃음이 터져 나온 건 바로 다음 순간이었다. 고개를 숙이고 킬킬대던 변경백이 대뜸 다시 창백한 얼굴로 고개를 쳐들었다. 그리고 성큼 걸음을 옮겨 다가왔다. 전신에서 흘러나오는 위압감에 나도 모르게 뒷걸음질 치자 얼마 가지 못하고 등이 벽에 닿았다.

당장이라도 내 멱살을 잡아 내리꽂을 것 같던 변경백은 딱 세 걸음을 남겨 두고 멈춰 섰다.

"자네 말이 맞네. 겉으론 아끼는 척, 귀히 여기는 척했으나 꿈속에서, 그리고 상상 속에서 몇 번이고 그 애의 목을 조르고 벼랑 끝으로 처박았지. 그렇게 해서 이네스가 돌아올 수만 있다면!"

광기가 절절 끓는 목소리였다. 등골이 서늘해질 만큼 서릿발 어린 고함에 독사의 독니에 목덜미를 물린 듯 눈 하나 끔벅일 수조차 없었다.

"기꺼이 수천 번 수만 번을 반복했을 테지."

덜컥.

그가 다음 말을 내뱉을 때, 눈앞에서 문이 열렸다. 얼어붙은 시선 끝에 서 있는 건 새파랗게 질린 한 남자였다. 머릿속이 백지장처럼 하얘지고 둔기에 전신을 후려 맞은 듯 모든 힘이 빠졌다.

입을 열어 묻지 않아도 그의 표정 하나만으로 알 수 있었다. 모든 이야기를 들었다는걸. 변경백은 뒤를 돌지조차 못했다. 그런 뒷모습을 바라보며 빈센트가 먼저 입을 열었다.

"⋯⋯그랬군요."

"빈센트, 이건⋯⋯."

간신히 혀를 움직여 내뱉은 말은 단호히 틀어 막혔다.

"이것. 필요 없으니 돌려드리겠습니다."

출생의 비밀과 아버지처럼 믿고 따르던 남자의 이면을 알게 된 사람이라기엔 평소와 다름없는 침착하고 고요한 표정이었다. 그런 표정으로 망설임 없이 목에 걸고 있던 흑요석 목걸이를 바닥에 내던졌다.

평화로운 얼굴 뒤에 뒤집히고, 뭉그러지고, 깨지고, 망가진 그의 내면이 선명하게 보였다. 그는 허물어지고 있었다.

"그간 보살펴 주셔서 감사합니다."

뒤이어 굳은 뒷모습을 향해 묵례한 빈센트가 가차 없이 등을 돌려 멀어졌다. 따라가야 한다. 절대로 지금 그를 혼자 두어선 안 된다.

당장 그를 따라가!

머릿속으로 경고가 울렸다. 이를 악물고 굳어 있던 몸을 움직였다. 여전히 시간이 멈춘 듯한 모습으로 나를 바라보고 서 있는 변경백을 지나쳐 문으로 빠른 걸음으로 걸어갔다. 그대로 문지방을 넘으려는 순간 멈춰 섰다.

"각하. 한 가지, 마지막으로 궁금한 게 있습니다."

"⋯⋯."

"그토록 미워하고 저주했다면 어째서 십 년 만에 돌아온 빈센트를 받아 준 거죠? 현왕의 공신으로 온갖 부귀영화를 누릴 수 있었을 텐데, 그것을 거부하고 이곳에 있기를 고집한 것도 어째서입니까?"

대답은 의외로 바로 돌아왔다.

"미워했던 건, 어린 시절 때뿐이었네."

낮고 쉰 목소리였다. 고개를 돌려 그를 향했다. 여전히 창 쪽으로 서 있어 얼굴은 볼 수 없었지만, 어째서인지 좀 전까지 내가 위협을 느꼈던 사람 같지가 않았다. 그 자리엔 단단하고 차가운 빙벽 같던 기사가 대신, 서툴고 어리석은 늙은 남자가 서 있었다.

"빈센트는…… 증오스러운 선왕의 핏줄이기도 하지만, 내 조카이기도 해. 이네스를 빼닮았어. 어찌……."

다음 말은 아주 작게 들렸다. 귀 기울이지 않으면 알아들을 수 없을 만큼.

"어찌 사랑하지 않을 수가."

"……."

그것으로 충분했다.

"대답 감사합니다."

나직이 인사한 뒤 다시 고개를 돌렸다. 더는 지체할 시간이 없었다. 빈센트가 사라졌던 복도로 향했다.

휘이잉!

이어진 현관으로 나오자 바깥바람에 의해 덜컹거리며 흔들리는 문이 보였다. 그대로 손을 뻗어 문고리를 잡아당겼다.

* * *

흠뻑 젖은 몸이 무거웠다. 한 치 앞도 보기 힘들 정도로 내리붓는 비바람 속에서 말은 쉴 새 없이 내달렸다. 가쁜 숨을 내뱉던 말이 멈춰 선 곳은 인가에서 떨어진, 헛간이나 다름없는 작은 오두막 앞이었다. 원래는 묘지기의 집이라 부정을 탄다 하여 아무도 얼씬하지 않는 곳이었다. 이런 을씨년스러운 날씨엔 더더욱.

어릴 적, '무어'란 성(姓)을 물려준 묘지기 할아범의 집이었다.

어릴 적의 그의 추억이 가득 묻어 있는 곳이었다. 소년이던 시절, 그는 보통 레이븐 홀의 하인 방에서 지냈지만, 주말이면 종종 이곳에 머물렀다.

시간이 흘러 성인이 된 후, 돌아와 보니 주인을 잃어 폐허가 되어 버린 장소였지만. 공동묘지도 이사해 더는 아무도 찾지 않는 황무지나 다름없었다.

그가 낡은 놋쇠 손잡이를 잡아 돌리자, 요란한 소리를 내며 반기듯 나무 문이 열렸다. 벽을 더듬어 먼지 앉은 선반 위의 양초를 찾아냈다. 옆에 놓인 성냥갑에서 성냥 하나를 꺼내 불을 붙이자 삽시간에 집 안이 환해졌다.

사실 집이라기엔 민망할 정도로 작은 공간이었다. 디귿형으로 지은 집은 딱 두 공간이 전부였다. 부엌 겸 식당과 침대 하나와 옷장 하나가 놓인 침실, 그리고 정중앙에 주물 난로와 안락의자 하나만 덩그러니 놓인 거실. 문은 하나였고, 바로 거실로 이어졌다. 바로 문을 닫았음에도 들어온 거센 바람에 거미줄 쳐진 안락의자가 삐걱대며 흔들렸다.

―빈센트 도련님, 오셨군요.

기억 속의 목소리가 불현듯 들려 고개를 들었다. 희미하게 환각이 보였다. 유령처럼 희끄무레한 형체였다.

안락의자에 앉은 늙수그레한 노인이 손에 들고 있던 나무칼과 조각을 무릎 위에 내려놓았다. 대답은 등 뒤에서 들렸다. 작은 소년이 옆을 스쳐 지나갔다.

―그렇게 부르지 말라고 했는데.

어린 시절, 여섯 혹은 일곱 살의 자신이었다.

세상이 아직 희망으로 가득하다고 믿었던 시절. 볼을 부루퉁하게 부풀리고 안락의자 옆에 털썩 앉았다. 주인의 발밑에 웅크려 늘어지게 하품하고 있던 게으른 사냥개 하나가 꼬리를 한 번 흔들며 아는 체를 하더니 다시 앞발에 얼굴을 묻었다.

―계속 그렇게 부르는 바람에 다들 얼마나 날 놀리는 줄 알아?

―하지만 도련님의 핏줄은 분명 고귀합니다. 이 할아범은 알아요.

―난 고아야. 부모가 누군지도 모르는. 대체 무슨 이유로?

늙은 개를 귀엽다는 듯 머리를 한 번 쓰다듬은 노인이 대답 대신 으라차, 하는 소리와 함께 몸을 일으켰다. 주물 난로 위에 올려놨던 감자를 종이로 감싸 들더니 호호 입김을 불어 식혔다. 그리고 꼬마 손님에게 하나를 넘겨주었다.

―눈을 보면 알 수 있어요. 풍기는 분위기로도 티가 나거든요, 고귀한 사람들은.

―앗, 뜨거……

―하하. 좀 더 불어서 먹어야겠네요.

후, 불면 날아갈 연기처럼 흐릿했던 환각은 창을 흔드는 바람에 깨어졌다. 안락의자의 팔 받침을 검지로 한 번 슥 닦자 먼지가 묻어 나왔다. 뼛속에 파고드는 한기에 주물 난로의 입구를 열자 타다 남은 장작이 보였다. 빈센트는 양초 심지를 기울여 불씨를 붙였다.

잠시 후 타오르기 시작하자 그대로 좌판의 먼지를 털고 안락의자에 앉았다. 뚝뚝 떨어지는 물기가 발밑의 삭은 카펫을 적셨다. 찬 숨을 내뱉자 그대로 입김이 되어 흩어졌다.

"끔찍하군……"

한숨처럼 새어 나온 혼잣말이었다. 젖은 생쥐 꼴이 된 자기 모습을 생각하자 헛웃음만 나왔다. 모든 걸 부수고 싶은 충동을 참을 수 없어 저택을 뛰쳐나왔지만, 휘몰아치는 비바람 속을 헤쳐 달리며 진정된 상태였다.

만약 아니라 해도 방금 되살아난 노인과의 기억 때문에 그럴 수 없었다. 사실 부술 물건조차 없기도 했다. 전부 낡고 손대면 바스러질 것처럼 연약했다. 허무감에 앞서 깊은 환멸감이 몰려들었다. 기다렸다는 듯 다친 몸으로 무리한 탓에 후유증이 뒤늦게 찾아왔다.

─빈센트. 빈센트 무어라⋯⋯.

열여덟 살. 수염을 만지작대며 머리부터 발끝까지 날카롭게 훑던 왕의 검은 눈을 떠올렸다. 데려갈 사냥개를 훑는 시선이라고 생각했지만, 그렇다 치기엔 더 복잡하고 짙은 눈동자였다. 번뜩이는 안광이 순간 살기를 띤 것을 기억했다. 착각이라 생각했으나 이제 와 생각하면 본능적으로 알아차렸던 게 분명했다.

─변경백, 말해 보게. 니힐에서 태어난 고아는 모두 그런 성(姓)을 붙이나?

─그렇지 않습니다. 근처 묘지기의 성을 따온 것뿐.

─오. 그런가? 내 눈동자와 색이 같아 친근한데.

─그저 우연입니다. 전하께서 신경 쓰실 것 없는 아입니다. 별달리 뛰어난 구석도 없죠.

─내 목숨을 구했는데? 자넨 아랫사람에 대한 평가가 박하군. 필요 없다면 나에게 주는 게 어떤가?

소름 돋는 불길함이 경고했지만 이미 때는 늦은 뒤였다. 거듭 거절하던 변경백은 결국 왕에게 그를 넘겼다. 십 년 만에 돌아온 니힐을 일 년이 채 되기 전에 떠나야 했다.

언제 돌아올 수 있을지도 불투명했다.

마지막 인사로 변경백에게 들은 말은 딱 한마디였다.

─눈에 띄지 않게 살아라, 빈센트.

그 무뚝뚝한 말에 애정이 담겼다고 생각했던 건 착각이었다. 모든 것이 거짓이었다.

이네스 데인의 사생아. 선왕의 핏줄.

빈속에 욕지기가 몰려왔다. 벌떡 일어나 창을 열고 헛구역질을 했다. 아무것도 나오지 않아 더 비참했다. 기다렸다는 듯 달라붙은 찬 빗줄기와 살을 에는 칼바람이 숨을 틀어막고 시야를 뒤흔들었다.

전부 용서할 수 없는 이들뿐이었다. 호시탐탐 약혼녀의 곁을 맴도는 레너한 하퍼도, 여태까지 자신을 기만한 변경백도, 시험하듯 끝없이 죽음으로 몰아넣은 왕도.

하나둘 그들의 얼굴을 떠올리자 완전히 식었다고 생각한 살기가 들끓었다. 할 수만 있다면 하나하나 목을 조르고 싶은 기분이었다. 주먹을 쥐고 창틀을 내리쳤다. 뒤이어 찌르르한 고통과 함께 충격이 손등을 타고 올라왔다.

조용히 속으로 뇌까렸다. 이 밤이 지나면 이곳을 떠나야겠다. 이 나라를 떠나 다시는 돌아오지 않을 것이다. 자신을 찾아온 사람은 전부 죽여 버릴 것이다. 설령 그게 누구라도.

얼얼한 통증을 삼키고, 터질 것 같은 숨을 진정하기 위해 눈을 감았다.

"하……."

다시 눈꺼풀을 들어 올렸을 때, 멀리서 한 인영이 보였다. 처음엔 눈을 의심했다. 하지만 의심할 나위 없이 뚜렷했다. 폭풍우가 몰아치는 어둠 속에서 누군가 거센 북풍을 헤치고 이곳으로 오고 있었다. 여자였다. 누군지 깨달은 순간 심장이 덜컹 내려앉았다.

이곳을 떠난다는 결심을 했을 때 누구를 잊어버렸는지도.

올리비아!

생각보다 몸이 먼저 움직였다. 그는 바로 문을 열고 밖으로 뛰쳐나갔다.

　　　　　　　　＊　　＊　　＊

　무작정 빈센트를 쫓겠다는 결심을 했을 때, 겨우 날 말린 건 실낱같은 이성이었다. 무작정 흔적을 쫓는 것보다 먼저 샌스터 부부가 있는 곳으로 가야 했다. 헝클어진 머리칼이 매서운 비바람에 볼을 매섭게 때렸다.

　젖은 흙길에 구두가 푹푹 잠기는 것도 상관 않고 쉴 새 없이 걷고 또 걸었다. 일전에 들렀던 샛길을 통해 관리인 사저에 도착했다. 몇 번이고 문을 두드린 후에야 화답이 돌아왔다. 잠옷 차림의 노부인이 새하얀 얼굴로 한밤의 불청객을 맞았다.

　"⋯⋯올리비아 님?"

　"샌스터 부인!"

　"대체 이게 무슨⋯⋯."

　"물어볼 게 있어요."

　"또 습격이라도 있었나요?"

　다급한 물음에 대답 대신 세게 고개를 저었다. 샌스터 부인의 눈에 내가 어떻게 비칠지 묻지 않아도 알 수 있었다. 산발한 머리에 얇은 숄도 걸치지 않은 차림. 광증이라도 도진 미친 여자 같을 것이다.

　"일단 들어오세요. 네?"

　"그럴 시간이 없어요."

　헐떡이는 숨을 가다듬고 난 후, 노부인의 팔을 잡고 애원하듯 물었다.

　"빈센트가⋯⋯ 아니, 빈센트 경이 저택을 나갔어요. 그가 갈만 한 곳이 없나요?"

　내 불안과 초조함이 뒤섞인 얼굴에 말문이 막힌 샌스터 부인 뒤로 램프를 든 그녀의 남편이 다가왔다.

　"무슨 일인진 모르겠지만⋯⋯ 나리라면 아마 옛 묘지기의 오두막에

가셨을 겁니다. 어릴 적에 자주 가셨거든요."

생스터 부부는 친절했다. 날씨가 험하니 비가 잦아들길 기다렸다 같이 가자는 만류를 뿌리치고 다시 걸음을 재촉한 건 나였다. 날씨가 복병이었지만 길이 험하지는 않아 용기가 났다.

생스터 부인이 걱정하며 둘러 준 로브를 쓰자, 살갗을 베어 낼 듯 달려들었던 추위가 한결 덜했다. 그들이 알려 준 길을 따라 질척이는 흙길을 걸었다. 정면에서 받아 오는 바람을 막기 위해 몸을 한껏 웅크리고 걸어 앞을 제대로 볼 수 없었다.

양옆으로 긴 가지를 휘어 오는 헐벗은 나무들이 이리저리 몸을 휘두르며 비명을 질러 댔다. 더는 나아갈 수 없다고 생각할 때 아주 작게 저 멀리서 불빛 하나가 보였다. 아니, 멀리 있는 줄 알았는데 점점 가까워지고 있었다. 한 손으로 시야를 가리는 비를 막고 계속해서 앞으로 걸어 나갔다.

이쪽을 향해 외치는 목소리가 들렸다.

"……리비아!"

다음 목소리는 더 선명하게 귀에 꽂혔다.

"올리비아!"

틀림없는 빈센트였다. 그가 비를 피했던 오두막에서 뛰쳐나와 나를 보고 달려오고 있었다. 익숙한 잿빛 머리칼이 선연하게 보였다. 빈센트를 향해 마주 달렸다.

발걸음을 더 빨리해 눈앞까지 온 순간, 순식간에 그를 향해 손을 뻗었다. 뛰어들듯 두 손으로 그의 목을 감싸 안았다. 목덜미에 거칠게 오르내리는 더운 숨이 느껴졌다. 끌어안은 그대로 두 손으로 허리를 잡아 날 들어 올린 빈센트가 거침없이 오두막으로 걸음을 옮겼다.

하고 싶은 말이 많았지만, 그 어떤 말도 소리가 되어 목구멍을 통해 나오지 않았다. 당장 어떤 말을 한다 해도 그저 공기가 되어 녹아내리란 걸 본능적으로 알았다. 오직 피부에 닿는 그의 온기와 숨소리만이 전부였다. 잠시였지만 마치 수십 년 만에 그와 재회한 기분이었다. 행여나 떨어질까 단단히 내 다리를 받쳐 안은 그의 손길을 느끼며 목을 껴안은 손에 더 힘을 주었다.

마치 익사하기 직전, 마지막 구명줄을 움켜쥔 사람처럼 간절하게.

끼이익 하는 소리를 내며 녹슨 경첩이 접혔다. 문을 걷어찬 그가 나를 안은 채 안으로 들어섰다. 빗물을 뚝뚝 떨어뜨리며 들어온 우리 두 사람을 반긴 건 활짝 열린 창 너머로 들어온 차가운 바람뿐이었다.

"빈센트……!"

나도 모르게 그를 불렀으나 돌아온 대답은 없었다. 발이 땅에 닿은 건 빈센트가 날 하나뿐인 안락의자에 앉혔을 때였다. 마치 유리그릇을 다루듯 조심스러운 손길로 날 내려놓은 그가 그대로 양 팔걸이에 두 손을 받쳤다. 덮치듯 날 내려다보는 시선에 긴장되어 몸을 움츠렸지만, 그의 새카만 눈에 어떤 음험함이나 욕망은 없었다. 그저 둥지에서 떨어진 새끼를 살피는 어미 새처럼 꼼꼼하고 집요한 눈빛이었다.

"……."

잠시 후, 내가 다친 곳이 딱히 없다는 것을 확인한 후에야 그의 몸이 떨어졌다. 멈췄던 숨이 돌아온 것도 그와 동시였다. 다시 그를 부르려고 할 때 빈센트가 등을 보였다.

"어째서 이곳까지 따라왔습니까?"

"그건……."

"큰일 날 수도 있었습니다. 좀 전 창밖의 당신을 봤을 때 내가 얼마나……."

팔을 뻗어 창을 닫고 걸쇠로 고정한 그가 씹어 내뱉듯 내 말허리를 잘랐다. 채 이어지지 않은 말의 끝을 듣지 않아도 알 수 있었다. 한숨처럼 터져 나왔던 그의 숨결과 미약하게 떨리던 내 허리를 끌어안은 손을 분명히 느껴서였다.

"빈센트."

벽을 짚은 채 말이 없는 그의 뒷모습을 바라보며 앉은 자리에서 일어났다. 걸친 로브를 바닥에 떨어뜨리고 조용히 다가가 그의 등 위에 손을 얹었다. 놀란 듯 굳은 몸이 손바닥 너머로 만져졌다.

"당신을 그대로 보낼 수가 없었어요."

그대로 차게 식은 이마를 넓은 등에 기댔다. 황량한 나뭇가지가 창에 부딪히는 소리를 들었다. 다음 날 차창에 성에가 생길 것만 같은 추위였다. 빈센트는 그대로 얼어붙은 듯 서 있었다. 뒤를 돌아 나와 눈을 맞추지도, 그렇다고 내 손을 뿌리치지도 않았다.

대신 조용히 말했다.

"그날 분명히 말했을 텐데요, 동정은 필요 없다고."

"동정이 아니에요."

그가 말하는 그날이 언제인지 똑똑히 기억했다. 변경백이 위태롭다는 소식을 듣고 밤낮없이 니힐로 가는 마차에서였다. 상처 입은 채 자신의 굴에 틀어박힌 짐승처럼 으르렁거렸던 그.

곧이어 언젠가 테레즈의 유리 정원이 생각났다. 일 년도 채 지나지 않은 일인데 마치 수년이 흐른 것 같은 기분이었다. 그간 많은 일이 있었고, 모든 것이 변했다.하퍼 백작과 이혼했고, 계부를 자리에서 몰아냈다. 지금은 빈센트와 약혼을 바라보고 있고, 살아 있는 한동안 올 일 없을 줄 알았던 이 먼 북부까지 왔다. 그를 따라서.

"부탁이에요. 뒤를 돌아 나를 봐요."

그의 팔을 잡아 간절히 부탁했다. 내 간곡한 부탁에 결국 그가 백기를 들었다. 껍질 안에 숨겨진 연약한 내면이 보였다. 투명하고 쉽게 바스러질 것 같은 눈동자였다. 묘한 기시감이 들었다. 아주 오랜 기억 속에서 똑같은 모습을 본 것 같은 느낌이었다.

"빈센트."

그런 자신을 알아차렸는지 내 시선을 피하며 고개를 돌리려는 그를 저지했다. 말허리를 끊고 그의 두 뺨에 손바닥을 갖다 댔다. 더운 숨이 내 이마와 눈꺼풀, 코 위로 내려앉았다. 살갗에 닿은 건 서늘하고 매끄러운 피부였다.

"나를 봐요."

속삭이듯 작은 목소리로 말했다. 발꿈치를 들어 눈높이를 올린 후 그의 고개를 내리게 했다. 지척에서 시선이 마주했다. 단번에 집어삼켜질 것 같은 흑요석 같은 동공에 내가 비쳤다. 애써 침착한 눈으로 그를 바라보는 내가.

"말해 봐요. 내가 지금 동정하는 것 같은가요?"

대답 대신 그가 고개를 저었다. 입매를 끌어 올려 보였다.

"저번에 내게 스스로 떠올리라고 했던 것. 생각나요?"

무엇을? 그가 눈으로 묻고 있었다. 까치발을 내린 후 그의 팔을 이끌어 의자에 앉혔다. 치맛자락이 더럽혀지든 말든 먼지투성이 카펫 위에 마주 앉아 인형처럼 조용히 앉은 빈센트의 두 손을 잡았다. 상처투성이의 손이었다. 부서진 창틀 새로 찬 바람이 불어왔다. 속치마를 찢어 그의 손에 두른 뒤 나직이 말을 이었다.

"내가 당신에게 왜 내게 잘해 주냐고 물었을 때."

"……생각납니다."

조용히 돌아온 그의 대답에 대답했다.

"어린 소년이 덤불 사이에서 주저앉아 있었던 게 기억나요."

오랫동안 잊힌 추억이었다. 그가 여덟 살 어린 소년이었고, 나 또한 소녀였을 때.

빈센트가 게더에 온 지 한 달이 채 안 됐을 때였다. 그맘때의 소년들은 자잘한 것으로 서열을 매기는 법이었고, 빈센트는 항상 그 첫 번째 목표가 되곤 했다. 훤칠하게 타고난 키나 체격이 도드라진 탓이었다. 또래의 종자들 사이에서 빈센트는 마치 까마귀 무리 사이의 한 마리 백조 같았다. 눈에 띄지 않으려 행동해도 저절로 시선을 끌었다. 걸어온 싸움에서 도망치는 성격도 아니라 항상 상처투성이였다.

온통 초록인 수풀 속에서 그의 머리칼은 쉽게 눈에 띄었다. 엘리엇과 숨바꼭질 중이었던 내가 찾아낸 것도 우연이 아니었다.

─*거기 누구야?*

대답은 바로 돌아오지 않았고, 성큼 다가갔을 때 익숙하지 않은 피 냄새를 맡았다. 상처투성이의 빈센트가 그곳에 웅크려 있었다. 워낙 눈에 띄는 아이라 이름은 알고 있었다.

─*빈센트?*

이름을 부르며 가까이 다가가자 경계하는 들고양이처럼 더 몸을 웅크리며 날 피했다. 바로 유모를 부르려고 했지만, 소리친다 해도 이곳은 마거릿 홀에서 꽤 떨어진 거리였다.

반응이 돌아온 건 그때였다.

─*그냥 가세요.*

잔뜩 잠긴 목소리였다. 공손한 내용과 달리 경고하는 듯한 어투였다. 무언가를 억누르는 듯 이를 악문 것 같기도 했다. 그는 침입자를 향해 하악대는 새끼 짐승처럼 날 경계하고 있었다.

로즈가 이제 막 젖을 뗀 새끼 고양이를 보여 주던 때가 생각났다. 섣불리 손을 댔다가 손가락을 물렸었다. 울고 있는 내게 로즈가 말해 준 충고가 있었다. 조금씩 다가가야 해요. 겁이 많으니까요.

대답 대신 조용히 다가갔다. 한 걸음을 앞두고 뒷모습을 바라보며 품을 뒤적이다 뭔가를 찾아냈다. 종이에 싼 아몬드였다. 간식으로 먹으려 가져온 견과류였다.

어깨 너머로 건네진 것에 빈센트가 드디어 고개를 들어 뒤를 돌아보았다. 이게 뭐냐고 묻는 눈빛이었다. 그의 앞으로 빙 돌아가 무릎 위에 얹힌 손을 가져갔다. 그리고 들고 있던 걸 쥐여 줬다.

─이거 먹어.

─……

돌아온 건 왜 내게 이런 걸 주느냐는 듯한 표정이었다.

─우리 아빠는 항상 바빠. 게더를 떠날 때마다 우는 내게 가장 좋아하는 간식을 쥐여 주셔.

조용히 말을 이었다.

─그리고 이렇게 말하시곤 하지. 기다리렴. 곧 돌아올게.

흔들리는 검은 눈이 보였다. 아버지가 내게 하셨던 것처럼 차근차근 말했다.

─아빠는, 사람은 기다리는 이가 있으면 더는 울지 않게 된다고 하셨어. 언젠가 다시 만날 것을 아니까. 그때까지 힘을 낼 수 있다고.

점차 소년의 몸이 떨리고 있었다. 쉽게 부서질 것처럼 연약한 모습이었다. 옷이 더럽혀지든 말든 흙 위에 무릎을 세워 앉아 손을 뻗어 끌어안았다.

─날 기다릴 사람도, 내가 기다릴 사람도 없어요……

웅얼거리는 목소리가 울리듯 들렸다. 빈센트가 고개를 떨군 어깨가 축축했다. 부드러운 머리칼을 쓰다듬으며 주문처럼 말했다.

─그럼 날 기다려. 내가 기다릴 사람이 되어 줄게.

회상이 끝나자 다시 우리 둘 사이에 고요가 찾아 들었다.

"내 기억이 맞다면, 당신은 그때부터 날 기다렸어요. 아닌가요?"

처음으로, 그의 표정이 흐려졌다. 말 한마디보다도 확실한 수긍이었다. 말없이 빈센트의 다치지 않은 손을 잡아끌어 내 뺨을 덮었다. 그는 늘 나의 비참함을 기꺼이 끌어안았다. 언제 어느 때든 망설이지 않고 내게 손을 내밀었다. 이젠 내가 그래야 할 차례였다.

가만히 내 기억을 듣고 있던 빈센트가 고개를 저은 건 잠시 후였다.

"하지만 이제 모든 게 바뀌었습니다. 나는……."

괴로운 표정으로 뭐라 말하려던 그에게 짐짓 힘주어 말했다.

"아니요. 바뀐 건 아무것도 없어요, 빈센트."

"나는 아무도 바라지 않은 아이였습니다."

"그건 오해예요. 그렇지 않아요."

텅 빈 눈동자를 바라보며 단호하게 고개를 저었다.

"내가 당신을 원해요. 내 아버지가 어린 당신을 생각했던 것처럼."

어쩌면 내 가족이 되었을지도 몰랐다고 생각하자 더욱 안타까웠다. 아버지가 돌아가시기 전 게더는 행복한 곳이었다. 돌아가신 후였대도 우리는 서로에게 의지하며 잘 살아갔을 것이다. 대신 이렇게 약혼 관계가 되진 않았겠지만.

"당신의 외삼촌, 변경백 각하가 자신의 방식으로 당신을 지켰던 것처럼."

"그만……!"

의자를 뒤로 끌며 빈센트가 일어난 건 그때였다. 그가 등을 돌렸다.

"그런 거짓말은 달갑지 않습니다. 하나도."

다가갔지만 뒤를 돈 그를 다시 끌어안지는 않았다. 대신 말했다.

"빈센트, 어떻게 선왕이 당신의 존재를 알고, 윈터 가든을 물려줬을 거라 생각해요?"

일기장에서 아버지는 분명 선왕에게 빈센트가 죽었다고 전했다. 하지만 선왕은 죽기 전 필립 그레덴이란 가명으로 다시 니힐로 돌아와, 몇 년 후에 펼쳐질 유언장을 썼다. 윈터 가든과 더불어 사들인 그레덴 상회를 빈센트에게 물려준다는.

"변경백 각하는 증오하던 선왕에게 알렸던 겁니다. 자신의 조카이자, 그의 또 다른 아들이 살아 있다고. 그리고 도움을 요청했죠."

모두 생스터 씨에게 들은 말이었다. 묘지기가 살았던 오두막으로 떠나려는 날 붙잡고 생스터 씨가 급하게 털어놓은 내막이었다.

그는 묘지기의 친구였고, 오랫동안 레이븐 홀의 하인이었다고 했다. 돌연 그만두고 윈터 가든의 관리인이 된 데에는 변경백의 부탁이 있었기 때문이었다고.

"하지만……."

이어진 내 말에 믿을 수 없다는 듯 반박하려 그가 드디어 몸을 돌려 나를 향했다. 다시 한 번 두 손으로 그의 뺨을 감쌌다.

"각하가 선왕을 끌어내리는 데 앞장섰던 것도, 당신을 보호하고 있는 변경백에게 힘을 실어 주기 위한 전부 선왕의 방편이었어요. 왕자였던 현왕이 통제하기 어려운 니힐을 경계하고 있었으니까. 자신의 사후, 당신이 열여덟 살이 되는 해에 무사히 모든 걸 물려받도록."

말할수록 목이 멨다. 이토록 엇갈린 인연이 안타깝고 가슴 아팠다. 오랜 시간 굴곡을 겪으며 살아온 빈센트의 삶 또한.

"그들 모두 그들의 방식으로 당신을 아끼고 사랑했어요. 비록 그 방식이 뒤틀렸다 하더라도."

그에게 입을 맞추고, 작게 속삭였다.

"그리고 나도요."

그의 몸이 휘청거린 건 거의 동시였다. 뒤늦게 받치려 했으나 그의 체중을 견디지 못해 우리는 카펫 위에 함께 그대로 주저앉았다.

"사랑해요, 빈센트."

어린 시절, 내 어깨에 고개를 떨궜던 어린아이에게 그랬던 것처럼 그를 끌어안았다. 그때는 그저 동정심이 전부였다면 지금은 아니었다. 그의 이마와 코에 차례로 입을 맞췄다.

"이제 더 이상 날 기다리지 않아도 돼요. 빈센트. 드디어 우린 만났고, 앞으로 떨어지지 않을 테니까."

창밖엔 우레와 같은 빗줄기가 몰아쳤고 계속해서 문을 부서질 듯 세차게 흔들렸다. 금방이라도 뭔가가 들이닥쳐 우리를 떼어 낼 것 같았다. 빈센트도 같은 걸 느꼈는지 내 허리를 더 힘주어 안았다.

"앞으로 무슨 일이 생기든."

*　*　*

늦은 밤, 질척해진 흙길 위로 흑마 두 마리가 모는 사륜마차가 빠르게 내달렸다. 앙상한 나뭇가지에 앉아 있던 갈까마귀들이 날개를 펄럭이며 날아올랐다

거센 비바람을 뚫고 마부석 위에 흔들리는 램프 하나에 의지한 마차가 도달한 곳은 레이븐홀 앞이었다. 육중한 쇠문 앞에 멈춰 서자, 들이치는 비바람에도 꾸벅 졸고 있던 문지기가 게슴츠레한 눈을 비비며 다가왔다. 잠이 아직 덜 깬 것이 화근이었다. 문지기는 자신을 말리려는 마부를 보지 못한 채 그대로 마차 문을 두들겼다. 문이 열리자 한 남자가 보였다.

그가 하품을 삼키며 입을 여는 때였다. 남자의 눈이 날카롭게 변했다.

"누구십……."

"무례하다."

채 말을 끝내기도 전에 턱 아래에 서늘한 것이 와 닿았다. 게슴츠레한 눈이 번쩍 뜨인 건 동시였다. 그제야 시야가 트였다. 흔들리는 문지기의 시선 끝에 마차의 문에 새겨진 문양이 들어왔다. 동시에 심장이

쿵 떨어졌다. 제게 칼을 들이댄 남자는 왕의 사자(使者)였다.

"죄, 죄송합니다!"

선뜩함에 다급히 말하자 조용히 단검이 치워졌다. 하필이면 큰일 날 뻔했다는 생각에 벌벌 손이 떨렸다. 문지기가 재빨리 걸쇠를 풀고 쇠문을 열자 마부가 다시 채찍을 내리쳤다. 마차는 순식간에 어둠 속으로 멀어졌고, 그 뒷모습을 바라보다 문지기는 왠지 모를 불길함에 어깨를 쓸었다.

얼마 전 해안선을 따라 물에 퉁퉁 불은 시체가 떠밀려 온 것이 생각나서였다. 거기까지였다면 평범했을 것이다. 종종 만선을 기원하고 떠난 뱃사람이 배가 좌초되어 흘러들어 온 적이 있으니까. 문제는 그 경우가 아니라는 점이었다.

떠밀려 온 익사체는 젊은 여자였다. 해지고 찢기긴 했지만, 입은 옷을 보아 카티아 사람인 걸 알 수 있었다. 턱 아래까지 올라오는 목둘레선과 손등을 덮는 소맷부리는 대륙 사람보다 성(姓)에 있어 보수적인 카티아의 풍습을 드러내는 의복 특징이었다. 그 일이 있고 나서 안 그래도 좋지 않았던 분위기가 더 흉흉했다.

그것도 모자라 이 밤에 어쩐지 심각한 얼굴을 한 왕의 전령까지 찾아왔다. 무언가 심상치 않은 일이 벌어질 징조였다.

* * *

"으응……."

뻐근한 몸을 기지개 켜며 일어나자 제일 먼저 느껴진 건 창 너머로 들어온 아침 햇살이었다. 졸음이 가시지 않아 몸을 일으키기 전 잠시 멍한 눈으로 차근차근 어젯밤을 회상했다.

변경백과 대화를 나눴고 빈센트가 출생의 비밀을 알게 됐다. 그를 쫓아 죽을힘을 다해 이곳에 찾아왔다. 속을 털어놓고 마음을 고백했다. 주물 난로 앞에 나란히 앉아 손을 녹이며 빈센트와 긴 이야기를 나눴던 건 기억이 나는데 언제 잠들었는지는 기억나지 않았다.

거기까지 생각하자 뒤늦게 주위가 눈에 들어왔다. 몸에 닿는 건 딱딱한 바닥이 아닌 상대적으로 푹신한 침대였다. 설마 하는 생각에 화들짝 상체를 일으켜 옆자리를 보니 비어 있었다. 손으로 더듬어 보니 온기가 없었다. 그는 잠이 든 나를 침대에 옮기고 다른 곳에서 잔 모양이었다. 추위에 잠을 뒤적이지 않은 건 그가 어디서 가져왔는지 모를 두툼한 담요를 덮고 있어서였다.

"올리비아."

목소리가 들린 건 조심히 바닥에 발을 딛는 순간이었다. 소리가 들려온 문 쪽으로 고개를 돌자 빈센트가 서 있었다. 그의 얼굴을 본 순간 얼굴에 열이 올랐다. 어젯밤, 어떻게 아무렇지도 않게 그의 두 볼을 잡고 사랑한다고 고백했는지, 무슨 용기가 났는지 알 수 없었다. 이마에 입을 맞추고 코에 입을 맞추기까지 했다.

차마 시선을 마주할 수가 없어 뒤돌아 덮은 것을 정리하는 척 고개를 돌려 시선을 피했다.

"……언제 일어났어요?"

"조금 전에요."

등 뒤가 어두워진 건 다음 순간이었다. 눈앞에 긴 그림자가 졌다.

"올리비아."

성큼 내 등으로 다가온 그가 내 어깨에 손을 얹더니 부드럽게 자신에게 몸을 돌리도록 유도했다. 그리고 뒤돈 나를 순식간에 끌어안았다. 놀란 토끼처럼 굳은 내 머리를 달래듯 쓰다듬은 빈센트가 조용히 입을 열었다.

"어젯밤 일이 믿기지 않아 몇 번이고 되씹어야 했습니다."

"빈센트……"

"없었던 일로 하자는 말은 받아들이지 않을 겁니다."

"그럴 리가 없잖아요."

"그렇다면 왜 아까 내 눈을 피한 겁니까?"

예리한 말이었다. 선물 받은 사탕을 뺏길까 싶어 불안해하는 아이처럼 내게 단호히 말하는 그를 조용히 마주 앉았다. 이 평화롭고 고요한 아침이 계속되면 좋겠다고 생각했다.

"부끄러워서요."

내 말에 그의 표정이 살짝 의아한 빛을 띠었다. 조용히 덧붙였다.

"이전과 달라졌으니까요."

그가 내 양팔을 잡더니 한 발자국 물러선 건 그때였다. 의아함에 살짝 고개를 들자마자 내려다보는 시선과 마주했다.

"달라질 건 없습니다, 올리비아."

다짐하듯 망설임 없는 목소리였다. 집어삼킬 듯 새카만 눈동자가 지척에 있었다. 그가 뒤이어 말했다.

"이제 벗어나려 해도 놓아주지 않을 겁니다."

그 말에 고개를 끄덕였다.

"알아요."

"후회해도 소용없습니다."

"후회하지 않아요."

몇 번이고 확인하고 싶어 하는 그의 불안이 조금이나마 이해가 갔다. 그대로 손을 뻗어 그의 한쪽 뺨을 만졌다. 그대로 얼어붙을 줄 알았는데 의외의 반응이 돌아왔다. 마치 주인에게 쓰다듬을 받는 대형견처럼 그의 표정이 한결 누그러졌다.

사실 그에게서 이전부터 계속 보아 왔던 시선이요 눈동자였다. 맹목적이고도 절대적인 신뢰와 애정. 자격지심에 계속 외면해 왔던 건 내 자신이었고, 등을 돌린 것도 내 쪽이었다. 빈센트는 언제나 같은 자리에서 나를 바라보고 있었다.

"빈센트."

그대로 뚫어져라 날 바라보는 그에게 다시 입술을 달싹였다.

"돌아가면 약혼식을 같이 준비해요. 계약서도 손보구요."

"손본다는 말은……."

"기한을 없애자는 거예요. 어차피 이제 아무런 의미가 없어졌으니."

사실 엘리엇과 로즈도 하객으로 부르고 싶었다. 그리고 제레미와 어머니도. 하지만 그러려면 약혼식을 뒤로 미뤄야 하고, 약혼식을 뒤로 미루기엔 아직 해결하지 못한 것들이 게더에 여럿 남아 있었다. 시오네 작위 문제나 점점 규모를 불리기 시작한 히스텔리아 사업에 대한 것들. 새로이 계약을 맺은 소작민들과도 한번 만나 허심탄회하게 이야기를 해야 했다. 그 다음 앞으로의 방향을 수정할 것인가 말 것인가에 관한 결정을 내려야 했다.

"전부 당신 뜻대로."

부드럽게 뺨에 얹힌 내 손을 잡아 내린 그가 조용히 내 이마에 키스했다. 그러곤 조심스레 검지와 엄지를 내 턱 끝에 받쳐 들었다. 반사적으로 눈을 감자 천천히 그의 입술이 내려앉았다. 버드 키스처럼 짧게 끝나는가 싶은 순간이었다. 자연스레 벌어진 입술 사이로 그가 들어왔다. 너무 놀라 가만히 선 나를 달래듯 빈센트의 손이 내 허리를 감싸 안은 건 거의 동시였다. 내 호흡이 멈춘 걸 눈치챘는지, 아주 잠깐 입술을 뗀 그가 낮은 목소리로 속삭였다.

"숨 쉬어요."

그리고 그가 그대로 다시 내 입술 덮쳤다. 유연하게 들어온 혀가 치열과 입천장을 쓸고 도망가려던 내 혀를 잡아 얽었다. 부드러웠던 좀 전과는 다르게 약탈하듯 샅샅이 가져가는 키스였다. 시시때때로 기회를 노려 온 포식자에게 단번에 사로잡혀 잡아먹히는 기분이었다. 발끝부터 저릿한 느낌에 가슴 깊은 곳에서 전율이 흘렀다. 나도 모르게 매달리듯 그의 옷깃을 잡았다. 입술이 떨어진 건 잠시 후였다.

잠시 어색한 침묵이 흘렀다. 온통 새빨개진 얼굴의 날 더욱 놀라게 한 건 뇌까리듯 들려온 그의 한마디였다.

"키스라는 건 이런 거군요."

"그 말은⋯⋯."

"처음입니다."

의외였다. 분쟁이 있을 시 전장에 투입되고 왕족의 호위가 되는 기사들은 평소 길거리 여성뿐 아니라 귀족 아가씨들과 귀부인들의 유혹에 노출돼 있었다. 오죽하면 이런 말이 관용어처럼 널리 쓰일 정도였다.

결혼은 남편과 연애는 기사와. 그런 환경에서 키스조차 한 적 없다는 건 어지간히 굳은 의지를 갖지 않고서야 불가했다.

"그저 여태껏 그럴 만한 마음이 들지 않았던 거뿐입니다."

왠지 모를 미안함으로 내 표정이 순간 흐려지는 걸 봤는지, 빈센트가 빠르게 덧붙였다. 할 수만 있다면 십 년 전으로 되돌아가고 싶었다. 결혼하지 않은 열일곱 살의 내가 되어 지금의 빈센트와 만나고 싶었다. 그럴 수만 있다면 얼마나 좋을까.

부질없는 내 상념을 지워 버린 건 빈센트의 목소리였다.

"중요한 건 지금입니다. 난 지금의 당신이 좋습니다, 올리비아."

방금까지의 내 머릿속을 읽은 듯한 말이었다. 번뜩 의문이 들어 물었다.

"어째서요?"

그러자 그의 입술이 부드럽게 호선을 그렸다.

"나도 모릅니다. 이 감정은 이성적으로 설명할 수 있거나 통제할 수 있는 게 아니니까."

그 말에 뒤늦은 깨달음이 찾아왔다. 빈센트의 말이 옳았다. 그런 나를 잠시 바라보다 빈센트가 내 이마에 다시 한번 가볍게 키스한 뒤, 한 손에 들고 있던 마른 로브를 내게 둘러 주었다.

"한 가지 확실한 건 과거에 무슨 일을 겪었든 당신은 당신이고, 그건 변하지 않는다는 겁니다. 내 아가씨."

* * *

기다릴 사람이 많기에, 우리는 바로 그의 말에 타 함께 윈터 가든으로 돌아왔다. 해가 지평선 위에 머물러 있는 동틀 녘이라 모두 아직 잠들어 있을 거라고 생각한 게 오산이었다. 말 위에서 내려오자마자, 창밖으로 우릴 봤는지 밖으로 나온 애니가 날 부르며 다가왔다.

"아가씨!"

"애니……."

이 상황을 뭐라 설명할지 속으로 말을 고르는 사이 대뜸 애니가 다시 입을 열었다.

"밤새 두 분 다 생스터 씨네 집에 계셨다면서요? 말도 안 하시고
……."

"으응."

생각하지도 못한 말에, 얼결에 놀란 눈으로 고개를 끄덕였다. 반 박자 늦게 상황이 파악됐다. 생스터 부인이 새벽같이 와 그렇게 둘러대 준 모양이었다.

"미안. 그럴 만한 일이 있었어."

다음 말은 내가 아닌 빈센트에게서 나왔다.

"다른 사람들은?"

"생스터 부인과 절 제외하면 아직 침대에 있어요. 어젯밤 변경백 각

하는 바로 돌아가셨구요."

셋이 나란히 안으로 들어서자 생스터 부인이 인기척을 느꼈는지 현관홀에 나와 있었다. 그녀가 우리에게 다가와 말을 걸었다.

"오셨군요. 출출하시진 않으세요?"

"조금."

"아침을 간단히 했는데 바로 드시겠어요? 아니면……."

자연스레 이어지던 그녀의 말을 멈추게 한 건 등 뒤로 들려온 다급한 목소리였다.

"오라버니!"

벌컥 문을 열고 들어선 이네스가 파리해진 얼굴로 우리를 번갈아 보더니 다리에 힘이 풀린 듯 털썩 자리에 주저앉았다. 누군가 그녀의 이름을 부르며 다가가기도 전에, 비명을 지르듯 갈급한 목소리가 이어졌다.

"제발 도와주세요!"

우리는 가쁜 숨을 헐떡이는 이네스를 진정시킨 다음, 거실 카우치에 앉혔다. 왼 가슴이 뻐근한지 손을 얹고 거듭 심호흡을 한 이네스가 애니가 가져온 따뜻한 차를 한 모금 마셨다. 그 모습을 맞은편에 앉아 가만히 바라보던 빈센트가 조용히 입을 열었다.

"이제 충분하겠지. 무슨 일인지 말해 봐. 물론 그전에."

혼비백산한 채 달려온 누이를 보는 그의 눈은 지극히 침착했다. 일견 무심하게 보이기도 했다. 생판 남을 보는 시선이었다. 그가 천천히 말을 이었다.

"사과부터 해야겠지."

무슨 일에 대한 사과인지 묻지 않아도 알 수 있었다. 이네스가 의도적으로 고모의 방 열쇠를 넌지시 흘리고, 당일 밤 내가 그 안에 있음에도 문을 잠근 일을 뜻하는 거였다. 윈터 가든으로 떠날 때까지 그녀는 내 눈앞에 보이지 않았다. 부러 피하는가 생각했는데 내 생각이 맞는 모양이었다.

그녀의 눈에 잠시 망설임이 번지는가 싶더니, 뒤이어 입술만 뻐끔거렸다. 첫인상과는 달리 주눅 든 얼굴이었다. 뒤늦게 겁에 질린 것 같기도 했다. 점점 빈센트의 눈매가 굳어졌다. 그의 어깨에 손을 올리는 순간 이네스가 입을 열었다.

"죄송해요, 올리비아…… 님."

순간 '양'이라고 부르려다 호칭을 정정한 듯했다. 생각해 보면, 변경백의 하나뿐인 딸로서 애지중지 키워졌을 그녀가 보기엔 나는 작위도 낮은 시골 여자일 뿐이었다. 그런 내게 경칭을 쓴다는 건 이네스로서도 양보한 셈이었다.

그녀에 대한 화는 이미 식은 지 오래였다. 분명 그녀가 날 곤란하게 만들었던 건 맞지만, 딱 봐도 보란 듯이 떨어져 있던 열쇠를 주운 건 나였다. 덧붙여 그녀가 첫날과 달리 빈센트를 어려워하는 걸 보아 이미 한소릴 들은 모양이니 굳이 더할 필요는 없다고 생각했다.

"괜찮아요. 지난 일인걸요."

고개를 저으며 대답하자 그녀가 작게 안도의 한숨을 내쉬는 게 보였다. 그제야 그녀의 헝클어진 머리칼과 땅에 쓸린 치맛자락이 보였다. 귀한 몸인 그녀가 수행 기사 한 명만을 대동한 채 직접 말을 타고 이곳까지 왔다는 건 급한 일이 분명했다.

상체를 앞으로 기울여 귀 기울일 준비를 하고 본론으로 들어갔다.

"이제 말해 봐요. 도와 달라니 무슨 뜻이에요?"

"그게……."

"애니, 미안하지만 잠시 나가 주겠어? 생스터 부인도요. 부탁해요."

대답 대신 주위를 훑는 그녀의 불안한 시선에 주변을 물린 다음에야 이네스의 입이 떨어졌다. 목이 타는지 다시 차를 들어 성급히 마시다가 입안이 데였는지 몇 번 연이어 기침을 했다.

"왕의 사자(使者)가 왔었어요."

"······무슨 일로?"

단번에 싸해진 분위기에서 입을 연 건 빈센트였다. 긴장감에 등줄기에서 식은땀이 흘렀다. 잠시 후 이네스의 입에서 나온 건 의외의 말이었다.

"월터에게, 수도로 올라오라는 명이 내려졌어요."

"어째서요? 그는 기사가 아니잖아요. 아직 작위를 받지 않았고. 무슨 명분으로?"

이어진 이네스의 대답으로 머리가 어지러웠다. 이해하기 어려운 말이었다. 그런 명령을 왜 갑자기, 그것도 아직 작위를 계승하지 않은 월터에게 그런 명을 내렸는지 알 수 없었다. 몸이 약해서 기사가 되는 것도 포기했던 변경백의 아들에게.

질문에 대한 답은 바로 돌아왔다.

"공신의 아들임을 감안하여 이제라도 기사 서임을 해 주겠다고 했어요."

그런 명분이라면 확실히 겉으로 보기엔 대단한 호의이자 영광이었다. 아예 그런 예가 없던 것도 아니었다. 긴 수행 기간을 거치지 않고 기사 서임을 받는다는 건 웬만해서는 있을 수 없는 일이니까. 덧붙여 변경백이라는 특수한 입장상, 작위와 더불어 기사라는 직함을 동시에 달고 있어야 후에 휘하의 사람들을 다루기 쉬웠다.

"문제는 왕이 그리 순순한 인물이 아니라는 겁니다. 뒤에 무슨 꿍꿍이를 갖고 있을지 아무도 모르죠."

무겁게 침묵을 지키고 있던 빈센트가 입을 연 건 잠시 후였다. 이네스가 바로 그의 말을 받았다.

"게다가 월터는 그런 장시간의 여행을 감당하기엔 몸이 허락하질 않아요. 수도에 도착하기도 전에 큰일 날 수도 있구요. 그걸 왕께서 모르실 리가 없죠."

"……요컨대 왕이 원하는 건 따로 있다는 말이군."

"네. 해서 아버지께서 대신 왕을 뵈러 가겠다고 하셨어요. 함정일지도 모르는데."

이네스의 말은, 이러지도 저러지도 못하는 진퇴양난의 상황이라는 말이었다. 가만히 이네스를 바라보던 빈센트가 다시 입술을 달싹였다.

"그래서 날 찾아온 이유는?"

"왕께 편지를 써 주세요. 오라버니는 왕께서 신임하시잖아요. 그러니까……."

그녀의 말허리를 끊은 건 단호한 대답이었다.

"거절하지."

＊　　＊　　＊

한 치의 재고도 없는 빈센트의 거절에 풀이 죽은 이네스가 떠나고 난 후, 우리는 뒤늦게 씻고 아침 식사를 했다. 식사한 뒤 서재로 찾아가 문을 두드리는 그때까지 왜 그렇게 단호히 거절했는지 물을 수가 없었다. 노크해도 인기척이 없자 조용히 문을 열고 들어섰다.

"빈센트."

내가 부르는 소리에 의자에 앉아 뭔가를 읽어 내려가던 그의 시선이 들렸다. 자리에서 일어선 그가 내가 자연스레 앉은 카우치 맞은편으로 다가왔다. 나를 구석구석을 살핀 빈센트가 손을 뻗어 내 이마에 얹었다.

"몸은 괜찮습니까?"

갑작스러운 접촉에도 거부감은 없었다. 서로 마음을 고백하고 나니 이 정도의 접촉은 아무것도 아닌 것처럼 느껴졌다. 그는 어젯밤의 일을 걱정한 듯했다. 내가 비바람을 헤치고 오두막까지 걸어간 일. 혹시 감기에 걸렸을까 미열이 있는지 보려는 의도였다.

"네, 당신은요?"

"괜찮습니다."

가볍게 웃으며 대답하자 천천히 손이 떨어졌다. 되묻는 내 말에 그가 수긍하더니 조용히 말을 이었다.

"조금 전 일을 물으러 왔군요."

고개를 끄덕이자 그가 잠시 벽난로 선반 위에 올려져 있던 부지깽이를 들어 사그라들려던 불씨를 되살렸다. 그리고 내 맞은편에 앉았다.

"왜 그녀의 제안을 거절했는지."

"네. 궁금해요."

"……올리비아."

망설임 없는 내 대답에 그의 눈동자가 깊어졌다. 생각을 알 수 없는 눈으로 날 응시하던 빈센트가 다시 입을 연 건 조금 후였다.

"남들은 내가 피도 눈물도 없는 사람이라고 그러더군요."

덤덤하고 무심한 목소리였다. 이미 깎이고 깎여 더는 움직이지도 닳지도 않는 바위처럼 묵직하고 차분했다. 그의 말은 내가 한 질문에 대한 완곡한 대답으로 들렸다. 하지만 이어진 한마디에 심장 한편이 덜컥 내려앉았다.

"당신도 내가 냉혈한이라고 생각합니까?"

말도 안 되는 말이었다. 그는 확실히 감정에 무디고 표현이 서툴긴 하지만, 내게 있어 더할 나위 없이 다정하고 상냥했다.

"그럴 리가 없잖아요, 빈센트."

강하게 부정한 후 그의 옆자리에 앉았다. 이름을 불러 내리깐 그의 시선을 내게 돌린 다음 조곤조곤 말했다.

"당신은 냉혈한이 아니에요. 그건 내가 자부할 수 있죠."

무릎 위에 주먹 쥔 채 올려진 그의 손 위에 내 손을 얹었다. 그가 움찔하는 게 느껴졌다. 자신은 날 끌어안고 내게 키스했으면서도, 내가 그에게 먼저 닿을 때마다 그는 마치 처음으로 사람의 손길을 받은 강아지처럼 조심스러우면서도 떨려 했다.

"냉혈한이었다면 오랫동안 죽은 이들의 환영도 보지 못했을 테고, 이리 괴로워하지 않았겠죠."

어린 그에게 얹혀 있던 짐이 너무 많았다. 나눠 들 수 있었다면 기꺼이 그리했을 테지만 우리가 재회한 건 한참 시간이 흘러서였다. 그의 어깨에 가만히 얼굴을 기대고 눈을 감았다.

"당신이 그녀의 부탁을 거절한 것도 분명 이유가 있었을 거예요. 나는 그걸 알고 싶을 뿐."

조용히 이어진 내 말에 침묵을 지키던 빈센트가 대답한 건 시간이 조금 흘러서였다.

"각하께선 내 도움을 거절하실 겁니다."

"어째서요?"

"왕의 시야에 내가 노출되는 걸 원하지 않으니까."

내게 잡히지 않은 다른 손으로 내 머리를 한 번 쓰다듬은 그가 천천히 뒤이어 말했다.

"아직 왕이 월터를 부른 이유도 파악되지 않은 상황에서 내가 나선다면, 오히려 상황이 악화될 수도 있습니다."

"종종 하던 대로 견제의 목적일 수도 있다 이 말이군요."

피로 물든 왕좌에 앉은 왕은 즉위한 이후로도 제 신하들을 의심하고 시험하길 즐겨 했다. 아무도 믿지 않고 그 누구도 의지하지 않는 인물이니 당연히 그럴 만도 했다. 내 대답에 그가 고개를 끄덕였다.

"그래서 각하가 직접 나선다고 하신 걸 테죠."

천천히 그의 품에서 몸을 떼어 냈다. 그리고 물었다.

"요컨대, 상황을 보고 움직일 생각이군요. 이네스에게 단호히 거절한 건 보는 눈이 있어서고, 맞나요?"

사실 질문이 아닌 사실 확인에 가까운 말이었다. 그런 내 의도를 읽었는지 엷게 웃은 그가 대답했다.

"맞습니다. 일단은 평정을 가장해야 하니까요. 우리 약혼식도 예정대로 치르게 될 겁니다. 변경백께서 월터를 대신해 수도로 떠나기 전에."

기다렸다는 듯 문밖에서 노크 소리가 들린 건 빈센트의 말이 끝남과 거의 동시였다.

"나리, 생스터 부인입니다."

황급히 몸을 일으키려 했으나 내 팔을 잡아끄는 그의 손길에 그대로 다시 앉아 버렸다. 놀란 눈으로 바라보는 내게 허리를 두른 빈센트가 낮게 물었다.

"숨길 필요가 있습니까?"

"그건……."

확실히 지금은 도덕적으로나 법적으로나 거리낄 게 없는 상황이었다. 나는 완전히 이혼한 몸이고 빈센트와 약혼을 앞둔 입장이었다. 설령 하룻밤을 같이 지낸다 한들, 우리에게 손가락질할 사람은 없었다. 적어도 이곳에서만큼은.

하지만 부끄러움은 그 이전의 문제였다. 더욱이 나이 지긋한 생스터 부인에게 이 상황을 들키는 건 민망했다. 실내 온도가 갑자기 올라간 느낌이었다. 얼굴이 새빨개지고 어쩔 줄 몰라 심장이 두근두근 뛰었다. 들어오라는 말을 기다리는 듯 문밖에 서 있을 생스터 부인을 생각하자 더욱 부끄러워졌다.

눈을 내리깔고 어떻게든 내 허리를 감싸 안은 그의 팔에서 벗어나려는 궁리를 하는 순간, 맥없게도 속박에서 풀어졌다. 들어와도 좋다는 빈센트의 허락과 함께 문이 열리고, 순식간에 다시 맞은편에 앉았다. 다행히 생스터 부인은 이런 작은 소동을 눈치채지 못한 듯 언제나와 같은 얼굴로 다가왔다. 그리고 나를 발견하자 웃으며 입을 열었다.

"마침 아가씨도 계셨군요."

인자하고 부드러운 미소였다. 그녀가 테이블 위에 올려놓은 건 간식이었다.

"오늘 스콘이 맛있게 구워져서 가지고 왔답니다. 딸기잼에 발라 먹으면 정말 맛있어요."

보통이면 하녀나 애니를 시키면 될 일이나, 하녀들은 약혼식 준비로 여념이 없고 애니 역시 클로에와 더불어 드레스를 만드는 데 일손을 보태고 있어 그녀가 직접 온 듯했다.

"감사합니다, 부인. 잘 먹을게요."

놀란 가슴을 진정시키고 그녀를 향해 웃어 보였다. 무슨 일이 있었냐는 듯 태연한 빈센트를 한 번 흘겨본 다음에.

*　　*　　*

방 안은 어두웠다. 온통 새카매 앞이 제대로 보이지 않을 정도였다. 깊은 늪 같은 정적을 깨뜨린 건 유리 장식이 벽에 내던져져 산산이 조각나는 소리였다. 가죽 의자에 앉아 씨근덕대는 숨소리를 겨우 가라앉힌 남자는 마호가니 책상 위로 핏발 선 주먹을 내리치며 파르르 떨었다. 주먹 쥔 손안에는 구겨진 편지가 쥐어져 있었다.

"다 실력 있다고 들었는데, 전부 헛수고였군."

"……나리."

"비싼 돈 들여 용병을 산 이유가 소용없게 됐어."

씹어 내뱉듯 분에 떠는 목소리였다. 엎드려 있던 하인은 어쩔 줄 몰라 벌벌 떨고 있었다. 화가 자기에게 미칠까 두려워하는 얼굴이었다. 레너한의 미소가 짙어졌다. 이성을 잃기 직전에나 짓는 미소였다.

"여자 하나 못 데려오는 쓰레기 같은 용병을 소개해 준 네 주인은 지금 어디에 있지?"

"무, 무슨 일인지 모르겠으나 출타 중이십니다……."

그가 묻는 건 이 집의 주인이자 1왕자의 측근인 주인의 행방이었다. 싸늘한 칼날이라도 날아올까 잔뜩 숨죽인 하인의 목소리에 남자의 입에서 싸늘한 웃음이 흘러나왔다. 그는 자신이 이곳의 아랫사람들 사이에서 악명이 높다는 것을 알았다. 까탈스러운 상전을 모시느라 그들이 곤욕스러워한다는 것도.

불과 한 달 사이 그를 모시는 하녀와 하인들이 여러 차례 바뀌었다는 게 그 증거였다. 예전 테레즈에 있었을 때는 상상 못 할 일이었다. 그곳에선 언제나 자신이 왕이었고 감히 누구도 자신의 시중을 거드는 것을 거부하지 않았다. 덧붙여 어딜 가든 자신을 모시기 위해 하녀들이 물밑 다툼을 벌였다는 것도 알고 있었다. 그는 꽤 후한 주인이자 호감을 얻기 충분한 신사였으니까.

소리도 없이 문이 열린 건 그때였다. 등 뒤에서 새어 들어온 빛에 하인이 안도하는 낯빛을 했다. 들어온 이는 망설임 없이 성큼 다가오더니, 레너한의 등 뒤 커튼을 열었다.

"그렇게 소용없는 일이라 하지 않았느냐."

"……어르신."

엄한 목소리로 말한 나이 든 남자는 바로 그레이 후작이자 레너한의 먼 친인척 웃어른인 남자였다. 관계상 육촌 정도 되는 거리라 복잡한 호칭 대신 레너한은 그를 그리 불렀다. 그레이 후작은 십여 년 전, 귀국한 자신에게 진실을 알려 준 유일한 사람이었다.

바로 현왕의 사주로 선왕의 공신이던 부모가 사고사를 당했다는 것. 혈혈단신으로 들개들 사이에 던져진 자신을 그림자에서 돌봐 주고 뒤를 봐준 은인이기도 했다. 덕분에 자신의 계획을 하나하나 실행할 수 있었다.

탐욕스레 전 백작 부부의 재산에 달려드는 친척들의 손발을 잘라 내고, 차기 하퍼 백작으로 우뚝 설 수 있었던 것도 그의 도움이 지대했다는 걸 그는 부정하지 않았다.

그 때문에 여기까지 협조하지 않았는가. 잘못하면 모든 게 날아갈 수 있는 계획까지. 사사로이는 부모의 복수를 위함이었으나 종래엔 그레이 후작의 장기짝이 됨과 다름없었다. 하지만 이 문제는 달랐다. 그가 관여할 권한이 없는 문제였다.

"지금쯤 한창 1왕자를 만나느라 바쁘실 줄 알았는데요."

"바빴다. 네가 그런 바보 같은 짓만 벌이지 않았더라면 오지 않았겠지."

"바보 같은 짓이라니. 무엇을 말씀하십니까?"

왜 찾아왔느냐는 듯한 목소리에 그레이 후작의 목소리가 한층 낮아졌다. 눈치를 보던 하인이 눈치를 보더니 슬금슬금 뒷걸음질을 치며 방을 나갔다. 다시 방문이 닫히고 좀 전과 달리 한층 밝아진 방 안은 이와 대비되어 방금보다도 더 서늘해졌다. 창밖 카티아의 광경을 내려다보던 후작이 몸을 돌린 건 잠시 후였다. 한마디 때문이었다.

"올리비아를 가까이하라 말한 건 어르신이셨습니다."

레너한은 그녀를 처음 본 날을 떠올렸다. 박제된 인형처럼 섬세하지만, 생기 없고 죽은 눈을 하던 여자였다. 외모는 제 취향으로 곱상하게 생기긴 했으나 흥미는 금세 가셨다. 당시 들은 건 시시한 아가씨라는 평뿐이었다. 열다섯 살에 데뷔탕트를 치르고 결혼 시장인 사교계에 놓인 지 이 년이 지나도 한 번도 청혼을 받은 적 없다 했다.

하지만 그레이 후작의 평은 달랐다. 그녀의 친부인 프란츠 시오네는 선왕의 충실한 기사였다고 했다. 비록 높지 않은 신분 탓에 겉으로 드러내 보인 적은 없지만, 선왕의 신뢰를 얻은 몇 안 되는 인물이었다고 했다. 어쩌면 중요한 열쇠를 안고 있는 아가씨일 수 있으니 할 수 있는 한, 잘 구슬려 보라는 의견을 덧붙여서.

"가까이하라 했으나 곁을 두어 아내로 들일 필요가 없는 아이였다. 그저 살살 구슬려 의문스러운 점만 알아내면 될 것을. 후에 들였던 헤더 제누아처럼 말이다."

"올리비아는 정부로 두기엔 안 될 여자입니다. 그녀와는 달라요."

단호히 돌아온 대답에 주름진 얼굴이 미간을 찌푸렸다. 결혼 소식을 들었을 때와 같은 얼굴이었다. 올리비아 시오네의 일은 레너한 하퍼가 유일하게 자신에게 반항한 일이었다. 약혼 소식에 뒤이어 결혼 소식을 들었을 때, 그는 처음으로 레너한이 제 뜻을 곡해했나 생각도 해 봤다. 하나 반대하는 편지에 돌아온 답장은 완고했다. 결국 화를 못 이긴 손에 종이가 갈기갈기 찢겨 나갔다.

후작이 차게 웃었다.

"이해가 안 가는군."

레너한의 맞은편으로 돌아간 후작이 그를 가두듯 책상 위에 두 손을 얹었다.

"말해 봐라. 어째서냐. 왜 정부로 들이면 안 되었지? 게오르그란 작자는 돈만 충분히 건넨다면 정부로라도 제 의붓딸을 넘길 수 있는 인간이었다. 그리고 네게 좀 더 힘을 실어 줄 집안은 많고 많았지."

그가 말하는 건 바로 왕과 대립하고 있는 같은 귀족파를 뜻했다. 자신을 필두로 오랜 기간 은밀하게 카티아의 북측인 1왕자 측을 지원하여 훗날 군사적인 지원을 받아 왕성을 뒤집어 놓을. 실제로 결합을 좀 더 공고히 하기 위해 혼담이 여러 차례 들어온 게 사실이었다. 그중에서도 고르고 고르기 위해 얼마나 계산하고 비교했던가.

"그 보잘것없는 여자에게 무엇을 느꼈기에 이제 와 그리 집착하느냔 말이다."

이어진 말에 머리가 지끈거리는지 팔꿈치를 책상에 얹은 채 관자놀이를 만지작대던 레너한이 날카로운 시선을 느릿하게 들었다. 마주한 호박색 눈동자는 떫은 열매라도 먹은 듯 쓰디썼다.

"이제 와서가 아닙니다. 꽤 전부터였어요. 그걸 일찍 알았다면 이 지경까지 오진 않았겠죠."

사실이었다. 기회는 몇 번이고 있었다. 십 년 전, 어째서 말라 죽어 가던 화초 같던 여자를 아내로 들였을까 생각해 봤더라면. 칠 년 전, 계단에서 구른 그녀가 유산했을 때 어째서 심장이 찢어질 듯 아팠는지 생각해 봤더라면. 그저 이용 대상으로 부드럽게 대하고, 필요가 다하면 적당히 이유를 만들어 내 혼인 무효나 이혼을 하면 그만이었다. 하지만 결혼 후 정보를 캐려 할 때마다 왠지 모를 거부감이 들었다. 밀어내야지 다짐할 때마다 조각조각 난 장면들이 스쳐 지나갔다.

따사로운 주말 아침, 마주 앉은 유리 정원에서 시를 읊어 주던 목소리. 무릎베개를 벤 그의 머리칼을 부드럽게 쓸어 넘겨 주던 손길 같은 것들. 그렇게 뒤로 미루고 미루다 어느 날 아이가 생겼다. 그만 그녀를 놓으라는 후작의 압박에도 아이를 낳기로 했다. 어쩌면 그녀를 내치지 않아도 되어 안심했을는지도 모른다. 그러다 아이가 유산되고 나선…….

그날 이후 모든 게 틀어졌다.

그건 교묘하게 조장된 사고였다. 그녀가 계단 위에서 발을 헛디디기 전, 식후 차를 가져다준 하녀를 문초해 진실을 알게 되었다. 올리비아의 차에 현기증을 유발하는 약을 탔다고. 왕이 사주한 유산이었다고. 태어나지도 못한 아이가 죽은 건, 자신을 견제한 왕의 짓이었다.

그 말을 들은 순간 머리가 돌아 버리는 줄 알았다. 싸늘하게 식은 아이의 시체를 직접 묻고 돌아와 올리비아의 가슴에 얼굴을 묻었던 날은. 참담하고 끔찍했다. 레너한은 차라리 그녀와 함께 죽어 버렸으면 했다.

하지만.

-아직 복수가 남아 있지 않나.

얼마 뒤, 그레이 후작은 그에게 정부를 들일 것을 권유했다. 그게 헤더 제누아였다. 마침 변덕이 죽 끓는 왕에게 버려진 헤더 제누아는 레너한 하퍼라는 구명줄을 기꺼이 받아들였다. 헤더를 정부로 받아들인 건 정보를 캐낼 목적 때문이었다. 왕이 한낱 정부에게 중요한 기밀을 드러낼 위인은 아니었으니, 그저 그녀를 거쳐 간 왕의 측근들에 관련된 정보로도 족했다. 올리비아와 달리 그녀를 대할 땐 어떤 거리낌도 없었다.

-겉으로 적당히 장단 맞춰 줄 테니 네 얼굴과 몸뚱이로 필요한 정보나 알아 와.

사교계에선 은밀하게 오가는 정보들이 많았고, 한때 왕의 정부였던 헤더 제누아는 침 흘리는 남자들에겐 딱 좋은 미끼거리였다. 하퍼 백작의 정부라는 허물 또한 남의 여자를 탐하는 이들에겐 도리어 흥미로 다가올 주제였다. 부도 명예도 있는 하퍼 백작의 정부와 뒤에서 통정한다는 승리감에 도취한 남자들은 종종 잠자리에서 묻지도 않은 중요한 정보들을 떠벌리곤 했다. 설마 하퍼 백작을 배신한 헤더 제누아가 그것을 전부 그에게 털어놓으리란 건 생각하지도 않고.

그러던 어느 날이었다. 헤더 제누아를 들인 지 일 년이 채 안 되던 날이었다.

-백작님. 마님께 남자가 있는 것 같아요.

망설이듯 꺼내는 제누아의 말에 처음엔 믿지 않았다. 그는 밖에서 그녀와 저를 어떻게 보는지 알고 있었다. 부인이 유산하기가 무섭게 정부를 들이는 남편과 그런 남편에게 싫은 소리 한번 못하고 정부에게 밀린 부인.

하지만 괜찮았다. 어차피 시간이 흐르면 모든 건 제자리로 돌아갈 테니까. 카티아에서 내란이 일어나고 준비했던 일이 실행되면, 머지않아 쓸모가 다 된 헤더 제누아를 내칠 생각이었다. 지원했던 1왕자 측의 군사를 데리고 돌아와, 왕성을 뒤엎으러 가는 길에 모든 걸 고백할 계획이었다. 하지만 악마의 속삭임처럼 끝없이 헤더 제누아의 말이 귓가를 맴돌았다.

─체스터 남작이 말하기를, 자신과 백작 부인이 서로 연서를 교환한다고 했어요.

─닥치라고 했을 텐데.

─저도 믿기지 않았어요. 그래서 연서를 보여 달라고 했는데……

그녀가 내민 건 틀림없는 올리비아의 필체였다. 누군가 조작했을 거라고는 생각지 않았다. 처음 의심했으나 헤더 제누아는 이성적인 여자였다. 정부의 탈을 썼으나 두 사람은 그저 거래 관계일 뿐 아무것도 아니라는 걸 잘 이해하고 있었다. 주어진 것 외에 뭔가를 바라지도 사랑을 갈구하지도 않았다.

편지 한 통. 증거는 단지 그것뿐이었는데, 한번 싹트기 시작한 의심은 뿌리를 내려 깊게 자리했다. 결국 오해라는 걸 알게 되었음에도 올리비아를 믿지 못하게 되자 시험하고 싶었다. 그녀가 어디까지 그를 참아 낼 수 있는지.

그리고 그 대가는 결국 철저하게 그에게 되돌아왔다.

"이젠 돌이킬 수 없게 된 일이다. 그 여자는 잊고, 앞으로의 일만 생각해."

자괴감에 일그러지는 레너한의 얼굴을 덤덤히 바라보던 후작이 천천히 등을 돌려 문으로 발길을 향했다.

"이미 들었겠지만, 약혼식이 오늘이라 하더군."

챙그랑.

문을 연 후작이 방을 나가기가 무섭게, 굉음이 울렸다. 책상 위에 남아 있던 유리 장식이 닫힌 문에 부딪혀 깨어지는 소리였다.

끝? 그런 건 없었다. 자신이 끝을 말하기 전까진. 이혼 서류에 도장이 찍혔다 한들, 다른 남자의 약혼녀가 되었다 한들 무슨 소용인가. 얼마 안 가 뒤집힐 이 나라에. 돌아가면 그녀를 되찾을 것이다. 되찾아 다시 한번 시작할 것이다. 그가 조용히 뇌까렸다. 공허하고 메마른 웃음이 뒤이어 정적을 메웠다.

* * *

일말의 평온과 일말의 불안을 안은 채 시간은 흘렀고, 약혼식 날은 금세 찾아왔다.

새벽바람, 분주하게 움직이는 고용인들의 발걸음이 시작을 알렸다. 요 며칠 날씨가 뒤숭숭했던 것과 달리 다행히 내리쬐는 햇볕은 따스했다. 잔설이 녹은 땅은 겨우내 감추고 있던 초록 융단을 내보였다. 정식 결혼식이 아니고 많은 하객을 초대한 식 또한 아니었기에 흰 융단을 사이로 두고 세로로 놓은 두 개의 테이블은 개당 세 개의 자리만 놓여 있었다.

깨끗이 말린 하얀 식탁보 위엔 새하얀 수선화와 흰 종이에 보라색을 물에 푼 듯 투명하게 물든 세인트폴리아, 자잘한 잔꽃들과 붉게 핀 칼랑코에도 함께 유리 화병에 꽂혀 장식했다. 그와 함께 놓인 건 정중앙에 야생화가 그려진 하얀 식기들이었다.

요리들은 과하지도 덜하지도 않았다. 주요리로는 화덕에 구운 다음 향신료를 뿌리고 그 위에 식용 기름을 발라 먹음직스러운 윤기가 도는 꿩 요리가 있었다. 그 외로 닭고기와 새우를 노릇노릇하게 구운 다음 토마토와 양송이버섯을 넣어 볶은 뒤, 소금과 후추로 간을 한 파에야 믹스타, 사이드 요리로 페타 치즈와 토마토, 아보카도 등을 넣은 그릭 샐러드 등이 있었다.

거기에 레몬즙과 설탕, 전분으로 겉을 만들고 속을 견과류로 채운 게 더의 간식거리까지 놓이자 꽤 풍성한 차림이었다.

왼편으로는 변경백 부부와 쌍둥이가 앉았고 오른편으로는 애니와 클로에, 그리고 생스터 부인이 앉았다. 약식 주례사로는 나이가 지긋한 생스터 씨가 맡아 융단 위에 서 있었다. 이들 위엔 투명하게 하늘이 힐긋 보이는 얇은 새틴 휘장이 천장에 드리워 있었다.

저택에서 나오자마자, 내 입장을 알린 건 대기하고 서 있던 하인의 한마디였다.

"올리비아 시오네 양 드십니다."

동시에 모든 시선이 내게 향했다. 뒤의 드레스 자락을 잡은 하녀 한 명이 작게 주의했다.

"드레스 자락이 더럽혀지지 않게 조심조심 걸으셔야 됩니다."

그녀의 말마따나 치맛자락이 최대한 땅에 닿지 않도록 두 손으로 살짝 잡은 채 걸었다. 나가기 전, 전신 거울로 봤던 내 모습이 떠올랐다. 양옆으로 길게 땋은 머리를 끝을 묶은 다음 둥글게 늘어뜨렸고, 화관처럼 하얀 꽃들을 엮어 장식한 머리.

특이한 건 드레스였다. 일반적으로 여러 보정 내의를 걸쳐야 하는 크리놀린 스타일이 아닌, 쇄골 아래에서 일자로 시작해 골반과 허벅지 중반까지 달라붙다가 아래로 퍼지는 머메이드라인에 전체적으로 몸의 선이 드러나는 드레스였다. 단정한 선에 우아한 느낌이 들기는 하나 만약 많은 이들 앞에 선 자리라면 입지 못할 드레스였다. 그러나 짧은 시간 내에 클로에가 만들 수 있는 최고의 결과물이기도 했다.

조심조심 다가가자 어느덧 빈센트의 앞이었다. 옅게 미소 지은 그가 내게 손을 내밀었다.

"올리비아."

주저 없이 그의 손을 잡았다. 자연스레 내 허리를 감은 빈센트가 귓속말했다.

"오늘 지나치게 예쁘군요."

"……하녀들이 공들여서 손봐 줬으니까요."

대꾸는 침착했으나, 사실 얼굴에 열이 올라 홧홧해졌다. 얼마 전부터 느낀 거지만 그가 이렇게 찬탄과 애정 표현에 거침없는 사람인 줄은 꿈에도 몰랐다. 하지만 그게 끝이 아니었다.

"마음만 같아서는 아무에게도 보여 주고 싶지 않습니다."

그 말에 어쩔 줄 몰라 얼굴이 새빨개진 나를 보며 큼큼, 헛기침을 하던 생스터 씨가 약식 주례를 시작했다. 그대로 반지로 예물을 교환하고 주례사를 읊었다.

"나 올리비아 시오네는 빈센트 무어를 약혼자로 맞아 신뢰하고 의지하며 함께할 것을 다짐합니다."

"나 빈센트 무어는 올리비아 시오네를 약혼녀로 맞아 신뢰하고 지지하며 지켜 줄 것을 다짐합니다."

뒤이어 변경백이 일어나 웃어른으로서 짧은 축사를 읊었고, 약혼서에 서명을 한 다음 모든 차례가 끝났다. 간소하지만 형식을 갖춘 약혼식이었다. 만찬도 마무리되고 뒷정리가 끝나자 변경백 일가와 함께 윈터 가든으로 왔던 고용인들 전부 짐을 꾸려 돌아갔다.

배웅을 끝내고 돌아가자, 저택엔 다시 우리만 남았다.

레이븐 홀의 마차는 총 두 대였다. 변경백 부부가 탄 마차와 그들 부부의 자녀들이 탄 마차. 능숙한 마부는 모난 돌이 없는 길을 골라 갔고, 덕분에 돌아가는 길은 떠날 때와 같이 편안했다.

"저런 모습을 보게 될 줄은 몰랐는데."

"어느덧 그럴 나이가 되긴 했지."

뇌까리듯 한 말에 대답이 돌아왔다. 데인 백작 부인이 맞은편에 앉아 창을 바라보는 변경백에게 시선을 던졌다. 이십여 년 전의 어느 밤이 아직도 생생했다.

갓난아기를 데려온 남편을 보고 얼마나 기겁했는지도. 그의 품속에 안긴 건 겨우 탯줄을 떼 낸 듯 손바닥만 한 신생아였다.

혼비백산한 저택 사람들에게 변경백은 딱 한마디를 했을 뿐이었다.

—버려져 있더군.

그렇다고 넘어가기엔 눈도 못 뜬 신생아의 이목구비가 묘하게 변경백과 닮아 있다는 점이 의심스러웠다. 명예스럽지는 않지만, 귀족 남성의 사생아가 드물던 시대도 아니었다. 더군다나 오랜 기간 아이를 갖지 못한 백작 부인을 두고 석녀가 아니냐는 말이 나돌고 있던 때였다. 설령 밖에서 낳아 왔다 해도 누구 하나 흠잡을 사람이 없었지만, 변경백은 그 한마디로 모든 소란을 일축했다.

부부간의 신뢰 문제를 떠나 치졸하게 거짓말을 할 사람은 아니기에 그녀는 남편을 믿었다. 그러면서도 혹시나 하는 불안감에 잠을 설치고 벌겋게 충혈된 눈으로 새 아침을 맞곤 했다.

드디어 변경백의 입에서 진실이 나온 건 출산을 앞두고서였다. 빈센트가 기사가 되기 위해 떠나 이미 니힐에 없을 때였다. 노산에다 쌍둥이의 출산이기에 목숨을 장담할 수 없었다. 죽음의 문턱에서 애원하듯 묻는 말에 남편은 그제야 입을 열었다.

−*이네스의 아들이오.*

그간 잊고 있던 얼굴이 떠오른 건 그 말을 들음과 동시였다. 유리창에 낀 성에처럼 차갑고 가녀리던 아가씨의 얼굴. 실종되고 수많은 사람이 동원되어 늪 바닥까지 샅샅이 뒤졌으나, 어느 순간부턴가 소강이 되어 이젠 레이븐 홀에서 입에 담는 것조차 금기시된 이름이었다.

빈센트의 친부가 누구인지, 이네스 아가씨가 어디서 어떻게 죽었는지 그때 그녀는 몰랐다. 중요한 건 그때 그가 쥐어 짜내는 고통을 감내하는 듯 가까스로 들려준 말에 그녀의 온갖 괴로움이 물에 씻겨 나가는 듯 사라졌다는 사실이었다.

그날 그녀는 무사히 건강한 아들딸을 낳았고 비로소 불민한 의심에서 벗어났다. 자애로운 척 아량이 넓은 척 대했던 소년에게도 이제 진정으로 마음을 다해 주리라 결심했다.

그리고 소년이 청년이 되어 돌아온 건 한참 후였다.

그 작았던 아이가 세월이 흘러 약혼을 했다고 생각하니 감회가 새로웠다. 어엿한 청년이 되어 돌아오기 전, 단 한 번도 진심으로 다정히 이름 불러 준 적 없는 아이였다. 원래라면 레이븐 홀에서 성대하게 치렀을 약혼식도 이리 간소하게 치렀다고 생각하니 가슴 한편이 뭉근하게 아려 왔다. 괜히 코끝이 빨개지는 것 같아 백작 부인이 차창으로 고개를 돌렸다. 변경백이 밭은기침을 했다.

"약혼식을 니힐에서 했으니 정식 결혼은 아마 게더에서 하겠군요."

"그렇겠지. 그쪽에 올리비아 양의 어머니와 남동생도 있는 모양이니."

보통 결혼식은 신랑의 집에서 치러졌으나 이번의 경우는 달랐다. 약혼식과 결혼식, 둘 다 치를 경우 신랑, 신부 측의 지역에 번갈아 하는 건 오래된 절차이자 관례였다.

"니힐을 떠날 때 챙겨 줄 수 있는 건 전부 챙겨 줘야 겠······. 여보!"

백작 부인의 말이 끝나기도 전이었다. 연달아 주먹 쥔 손으로 입을 막으며 콜록거리던 변경백의 몸이 앞으로 고꾸라졌다. 본능적으로 쓰러지는 남편의 몸을 받친 백작 부인이 서둘러 마차 문을 열고 말을 세우려 할 때였다. 그녀의 몸짓이 미처 행동으로 이어지기 전에 제지하는 목소리가 있었다.

"하지 말게."

"여보!"

팔을 뻗어 단호히 부인의 손을 제지한 변경백이 고개를 저었다.

"별거 아니네. 레이븐 홀로 돌아가서 한숨 자면 나을 터."

"하지만······."

염려되는 마음에 뭐라 대답하려던 것도 단번에 막혔다.

"부인, 난 괜찮다고 했소. 도착해서 내릴 때 조금만 부축해 주시게."

그 말에 반박할 수 없는 묘한 위엄이 서려 조용히 고개를 끄덕이는 것밖엔 도리가 없었다. 쇠약한 낯빛의 변경백은 부축하듯 잡은 부인의 손을 떼더니, 좌석의 등받이에 몸을 기대 눈을 감았다.

마차가 목적지에 도착한 건 몇 시간 뒤였다. 약간의 부축으로 변경백을 침실에 데려다 준 백작 부인은 그가 잠들기 전 의사를 불렀다. 몇 가지 진료가 끝나고 그녀가 심각한 얼굴을 한 주치의를 따라 응접실로 나오자, 어두운 안색으로 입을 다물고 있던 주치의가 드디어 입을 열었다.

"폐렴입니다. 상태가 좋지 않으십니다. 지금까지 증상이 있으셨을 텐데 용케 숨겨 오셨군요."

심장이 내려앉는 기분이었다. 그녀가 어쩔 줄 모르고 눈만 끔벅이자 주치의의 설명이 조곤조곤 이어졌다.

"찬 기운을 너무 오랜 세월 들이쉬셨고, 지긋한 연세에 무리를 많이 하셨습니다. 더 심해지면 목숨에 무리가 갈 수도 있습니다. 지금으로썬 요양이 필수적입니다."

남편이 종종 받던 검진을 어느 시점부터 귀찮다고 피해 온 것도 어쩌면 이 때문인가 싶었다. 목숨에 무리가 간다는 말에 점점 눈앞이 하얘졌다.

그녀는 잠시 침착하기 위해 숨을 골랐다. 월터와 이네스가 지금 침실에 없는 게 다행이었다. 남편은, 변경백은 할 일이 많았다. 이 광활한 땅의 주인이며 몸이 약한 아들을 대신에 수도에 가야 했다. 하지만 의사는 그럴 수 없다 말하고 있었다.

만약 이 소식을 듣는다면 월터는 두 번 돌아볼 것도 없이 니힐을 떠나 왕성으로 향하리라. 속을 알 수 없는 국왕을 알현하기 위해. 어느 쪽이든 결과는 최악이었다. 그 뒤 몇 가지 처방을 내린 뒤 의사는 떠났다. 홀로 서서 휘청거리는 백작 부인을 잡은 건 내내 조용히 뒤에 서 있던 집사였다.

"……마님."

"당장…… 당장 편지지와 펜을 가져오게."

집사의 손을 뿌리치고, 숨이 막히는 듯 창가로 걸어간 백작 부인이 창문을 활짝 열었다.

"편지를 해야겠네."

마차 안에서 피어올랐던 시조카에 대한 안쓰럽고 애틋했던 마음은 잠시 자취를 감췄다. 인간은 누구나 우선순위가 있었고, 가장 소중한 걸 지키기 위해 무슨 일이든 할 수 있는 존재였다.

자신도 다르지 않았다.

그녀는 속에서 쓴 물이 올라오는 걸 삼키며 지끈거리는 눈을 내리감 았다.

*　*　*

해 질 녘, 한 손님이 레이븐 홀에 도착했다. 백작 부인이 전보를 보내고 얼마 지나지 않아서였다. 잘 닦인 마찻길이 아닌 험한 지름길을 타고 왔는지 말의 상태는 온통 진흙에 젖는 둥 엉망진창이었다. 남자는 조심스레 와 달라는 요구에 정문이 아닌 뒷문으로 향했다. 근처 나무에 말을 묶고, 문에 노크하자 기다리고 있던 하인 하나가 나와 안으로 안내했다.

발자국 소리도 죽인 채 올라간 2층 응접실 문 앞에서야 두 사람의 걸음이 멈췄다. 하인이 노크하며 손님이 왔음을 알리자 들어오라는 허락이 떨어졌다. 문을 연 하인을 지나쳐 들어가자 등을 돌린 백작 부인이 보였다. 창문 너머로 보이는 밖은 어둑해지기 시작했지만, 방 안은 곳곳에 불붙은 양초가 놓여 전체적으로 환했다. 그가 먼저 한 걸음 다가가자 그제야 그녀의 목소리가 반겼다.

"왔구나, 빈센트."

"무슨 일입니까?"

"일단 자리에 앉거라."

전보에는 단 두 단어가 쓰여 있을 뿐이었다. 방문 요망. 매사 신중한 백작 부인이 이러한 전보를 보내는 건 처음이었다. 철렁하는 마음에 급히 달려왔으나 목소리로 보아 평소와 같았다. 그는 내심 안도하며 그녀가 가리킨 장의자에 앉았다. 창 너머를 응시하는 듯 어두컴컴한 밖을 바라보던 백작 부인이 느릿하게 몸을 돌린 건 잠시 후였다.

미리 준비해 놨는지 차와 간단한 간식거리가 두 장의자 사이의 테이블에 놓여 있었다. 손님과 마주 앉아 찻주전자를 든 백작 부인이 두 개의 찻잔에 차를 따랐다.

"일단 이리 급하게 불러 미안하다."

"아닙니다."

"대접할 게 변변찮구나."

"괜찮습니다."

연극 조처럼 의례적인 대화가 오간 뒤, 미세하게 떨리는 그녀의 손을 새카만 눈이 먹잇감을 상회하는 매처럼 날카롭게 잡아챈 건 우연이 아니었다.

"백작 부인."

낮고 진중한 목소리가 잔을 건네던 손을 멈추게 만들었다. 다시 한 번 부르는 소리에 간신히 쓰고 있던 그녀의 가면이 흔들렸다. 백작 부인이 간신히 고개를 들자 흐트러짐 없이 바라보는 올곧은 시선과 마주했다. 어린 시절과 전혀 다르지 않은, 반듯하고 깨끗한 눈동자였다.

흔들리는 백작 부인의 눈에서 심상치 않은 뭔가를 읽어 낸 빈센트가 느릿하게 입술을 달싹였다.

"무슨 일이 생긴 거군요. 그것도 남에겐 말 못 할."

견디지 못한 백작 부인이 다시 자리를 털고 일어선 건 다음 순간이었다. 다시 창가로 다가가 커튼을 쳤다. 외부로부터 이 공간을 숨기기라도 하는 양. 그녀의 목소리는 그런 뒤에서야 힘겹게 터져 나왔다. 묻는 말에 대한 대답이 아닌, 다소 엉뚱한 말이었다.

"……약혼식 보기 좋더구나. 올리비아 양도 좋은 아가씨고."

"예. 제겐 과분한 사람입니다."

약혼 소식을 듣고 미리 뒷조사한 결과, 그녀는 올리비아 시오네가 사실 이혼 경력이 있는 여자라는 걸 알았다. 그뿐만이 아니었다. 나이도 드물게 네 살이나 연상인 데다 긴 결혼 생활 동안 아이도 낳지 못한 여자였다. 그의 배우자로 맞아들이기엔 여러모로 눈에 차지 않았다. 다른 참한 아가씨를 찾아 줄 테니 그중에서 고르는 것이 어떠냐는 편지는 단한 번도 답신으로 되돌아오지 않았다. 완곡하고도 직접적인 의사표시였다. 그녀가 아니면 아무도 맞아들이지 않겠다는.

오해가 풀린 뒤, 긴 수련을 마치고 돌아온 빈센트는 이후 그녀에게 가족으로 받아들여진 존재였다. 그랬기에 처음엔 그런 고집이 섭섭했지만, 직접 만나 겪어 보니 잘 맞는 한 쌍이었다. 무엇보다 서로가 아니면 안 되는 한 쌍으로 보였다. 그걸 느낀 뒤 모든 걱정을 조용히 접었다.

그런 일을 알고 있었기에 백작 부인은 말을 꺼내는 게 더 망설여졌다. 숨을 고른 그녀가 잠시 가라앉았던 침묵이 깨뜨렸다.

"네 어머니와 조금 닮은 것도 같아."

"……"

아주 오랜 시간 동안 아무도 입에 담지 않았던 화제였다. 뒤통수를 번연히 응시하는 시선이 느껴졌다. 대답은 고른 정적이 방 안을 한 바퀴 휘돌고 나서야 들렸다.

"그렇군요."

예상과 달리 평온하고 동요가 느껴지지 않는 반응이었다. 혹시나 했던 가정이 확신으로 다가왔다. 늦은 밤, 윈터 가든을 갔다 돌아오던 남편의 안색이 유독 창백했던 이유와 오늘 약혼식에서 마주한 둘의 분위기가 미묘하게 달랐던 것에 대한 추측.

다시 뒤를 돌아 시조카와 얼굴을 마주했다. 그리고 나직이 입술을 열었다.

"얼마 전 왕의 사자가 왔었다."

"알고 있습니다."

빈센트가 조용히 고개를 끄덕였다. 도움을 처하러 새하얀 얼굴로 윈터 가든에 쳐들어온 이네스의 이야기는 구태여 꺼내지 않았다. 금세 의 아한 표정을 정리한 백작 부인이 말을 꺼냈다.

"그럼 왕이 보낸 소식이 무슨 내용인지도 알겠구나."

"자세히는 아니지만, 대강은 알고 있습니다."

다시 한번 작게 고개를 끄덕이며 빈센트가 대답했다. 그리고 바로 덧붙였다.

"공신의 자녀인 걸 참작하여 월터에게 기사 서임을 해 주시겠단 내용이었죠."

"그게 끝이 아니야."

백작 부인이 다가온 건 그때였다.

"그 뒤에 숨겨진 내용이 있었다."

묵은 숨을 토해 내듯 조용히 꺼낸 말이었다. 하지만 말끝이 미묘하게 떨려 나왔다.

"각하께선 절대 말하지 말라 하셨지만, 상황이 좋지 않다. 난 그리는 못하겠구나."

* * *

일이 생겼다며 저녁을 거른 채 나갔던 빈센트가 돌아온 건 사방이 온통 컴컴해지고 나서였다. 생스터 부부는 퇴근했고, 고용인들은 모두 제 방으로 돌아가 잠들었을 시간이었다. 거실에 앉아 있으니 현관홀의 문이 열리는 소리가 났다. 누군지 발걸음 소리만 들어도 이젠 알았다. 적당히 무게감이 있고 조용한 걸음걸이. 눈을 감고 있으니 등 뒤에서 그가 다가오는 게 느껴졌다.

다가오길 기다리자, 걸음은 등 뒤에서 멈추는 게 아니라 앞으로 돌아 좀 더 가까이 왔다. 큰 키와 너른 어깨가 그림자를 만들었다. 감았던 눈꺼풀을 들어 올린 건 바로 그때였다.

"빈센트."

내 앞에서 한쪽 무릎을 꿇고 있는 걸 보아 날 그대로 들어 올려 침실의 침대로 옮기려 했던 모양이었다. 눈이 마주치자 놀랐는지 잠시 아연한 표정을 짓던 빈센트가 벽난로 옆 콘솔 의자를 끌어 앉았다. 언제나처럼 단정한 이마와 쭉 뻗은 콧대가 보였다. 때때로 얼음처럼 냉랭한 눈빛도. 하지만 그건 한 번도 내게 향한 적은 없던 눈빛이었다.

새카만 그의 눈동자는 언제나 조용한 열기와 다정함을 띠고 있었다. 바로 지금처럼.

"깨어 있었군요."

"어쩐지 잠이 오지 않아서요."

그 말대로 어제저녁부터 발밑이 붕 뜬 느낌이었다. 내 대답에 비스듬히 고개를 기울인 그가 몸을 일으키더니 잠시 이마를 맞대곤 떨어졌다. 동시에 숨결이 섞이다 흩어졌다.

"열은 없는데. 불편한 데라도 있는 건 아닙니까?"

"그건 아니에요. 아픈 곳은 없어요."

쓸데없는 걱정은 끼치고 싶지 않아 바로 대꾸했다. 그리고 뒤이어 물었다.

"갔던 일은 잘 됐나요? 급하게 나갔잖아요."

"……그리 심각한 일은 아니었습니다."

서늘한 온기가 뺨에 와 닿은 건 그때였다. 그의 얼굴을 보자마자 왠지 모르게 밀어 두었던 졸음이 몰려들었다. 나도 모르게 고개를 떨군 모양이었다. 툭 떨어지려던 내 뺨을 잡은 빈센트가 부드럽게 그대로 흐트러진 내 옆머리를 귀 뒤로 넘겼다. 함께한 지 반년이 흘렀는데도 여전히 그는 날 조심스럽게 대했다. 마치 잘못 건드렸다간 덧없이 흩어질 꿈을 대하듯이.

"침실까지 데려다 드리겠습니다."

나직한 말이 끝나기가 무섭게 그의 손이 내 무릎 뒤쪽과 어깨를 감쌌다. 무척 자연스러운 흐름처럼 이어진 상황에 미처 정신을 차리기도 전에 공주님처럼 그의 품에 안긴 채 바닥에서 멀어졌다.

"빈센트……?"

"어두워서 발을 헛디디면 큰일이니까요."

당황한 마음에 이름을 불렀으나 상대는 완고했다. 그 모습에 조용히 웃음이 새어 나왔다. 손을 들어 그의 목을 감싸 안았다. 먼저 손을 뻗은 건 자신이면서 내가 스스럼없이 반응하자 놀랐는지 살짝 굳은 그의 몸이 느껴졌다. 짧은 찰나였다. 그가 걸음을 천천히 옮기기 시작했다.

이 상황에서 얼굴을 마주할 만큼의 용기는 없어 그의 어깨에 턱을 괴었다. 장난기가 불쑥 올라왔다.

"어두운 건 누구나 마찬가지 같은데요."

"저는 익숙하니 괜찮습니다."

"이렇게 안는 것도 익숙한가요?"

"그럴 리가요."

층계참을 오르던 그의 걸음이 멈춘 건 내 다음 물음 때문이었다.

"솔직히 말해도 좋아요. 이번이 처음은 아니죠?"

대답 대신 멈춰 선 그가 잠시 안은 손을 고쳐 안았다. 순간 떨어지는 줄 알고 그의 품에 파고든 건 반사적인 행동이었다. 놀란 눈으로 올려다보자 그가 짙게 미소 짓는 게 보였다. 순간 당했다는 생각이 들었다. 뭐라 반격하기 전에 토라진 어린아이를 달래듯 내 등을 토닥이는 손길이 느껴졌다.

"입을 맞춘 것도 당신이 처음이고, 이렇게 안은 것도 당신이 처음입니다."

"……"

"그러니 실체도 없는 이에게 시샘하지 않아도 됩니다, 올리비아."

꿀 먹은 벙어리처럼 조용해진 날 배려하듯 그 뒤 조용히 날 침실 침대에 내려놓은 그가 잘 자라는 말과 함께 문을 나서려 했다. 나도 모르게 그를 불렀다.

"빈센트."

동시에 그가 뒤돌아 걷던 걸음을 멈춰 섰다. 어째서인지 모를 불길한 예감이 가슴을 파고들어 묻지 않을 수 없었다.

"별일 아니었던 거, 맞죠?"

"별일 아니었습니다."

그것이 그가 처음이자 마지막으로 내게 한 거짓말이었다. 다음 날 아침, 눈을 뜨니 그는 사라져 있었다.

단 한 장의 편지만을 남긴 채.

* * *

이른 아침이었다. 방문 소식도 알리지 않고 레이븐 홀이 도착했을 때, 현관 입구에서 미리 기다리고 있었다는 듯 집사가 서 있었다.

눈이 마주치자 잡고 있던 고삐를 그대로 당겨 멈춰 섰다. 하인이 다가와 안장에서 내리는 걸 도우려 했으나 예민해진 신경에 고개를 저어 거절했다. 말에서 내려와 구겨진 치맛자락을 펴자 집사가 다가와 먼저 인사했다.

"오셨습니까, 올리비아 님."

"연락도 없이 와서 미안해요."

"아닙니다. 마님께서 오실 거라고 하셨습니다."

"……그런가요."

막연한 추측에 확신을 더해 주는 말이었다. 내가 올 것을 알고 있었다는 건, 역시 어젯밤 백작 부인이 빈센트를 부른 것과 그가 홀연히 윈터 가든을 떠난 것은 연관이 있었다.

빈센트가 남기고 떠난 편지는 침대 머리맡에 놓여 있었다. 편지의 내용은 그저 왕성에 가야 할 일이 생겼다는 말뿐이었다.

이상했다. 그는 지금 수도를 떠나 니힐에 오기 전, 전보를 통해 공식적으로 장기 휴가를 받은 상태였다.

내로라하는 수습기사들이 다들 기를 쓰고 들어가려 하는 만큼, 왕궁기사단의 복지는 확실한 편이었다. 원래 1기사단이 타 기사단에 비해 시간과 장소에 구애받지 않는다고 해도 휴가를 내린 이상, 그 중간에 왕이 기사를 불러들이는 일은 극히 드물었다. 더군다나 약혼과 같은 중요한 일이 그 사유일 경우에는 더욱이. 그리고 무엇보다 정식 호출을 받았다 해도 국왕의 암살 시도가 있었거나 역모의 불씨가 발견된 게 아니라면, 그가 야반도주하듯이 새벽 일찍 떠날 이유가 없었다.

눈이 녹기 시작했으나 농사를 짓기에 적합하지 않은 환경 탓에 이곳 북부 대부분은 들짐승들이 어슬렁거리는 황야였고, 밤중에 수행 기사도 없이 홀로 뚫고 지나가기엔 녹록지 않았을 터. 그런데도 그런 길을 선택해야만 하는 이유.

그것은 레이븐 홀에 있었다. 나는 확신했다.

복잡해진 머릿속을 뒤로하고 앞장선 집사를 따라 나선형의 계단을 올라갔다. 금세 2층 응접실 앞에 도착했다. 문을 열기 전 집사가 노크하며 내가 왔음을 알렸다.

"마님, 올리비아 님 오셨습니다."

"들어와도 좋네."

안쪽에서 나직한 허락이 떨어지자마자 문은 소리 없이 열렸다.

"맞은편에 앉아요."

백작 부인은 벽난로 앞 카우치에 느슨하게 앉아 찻잔을 기울이고 있었다. 속이 옥죄는 것같이 초조하던 나와 달리 평온해 보이는 얼굴에 반감이 불쑥 치밀었다. 하지만 애써 티 내지 않고 앉자 백작 부인이 그제야 들고 있던 찻잔을 내려놓았다.

여유로워 보였던 건 내 착각이었는지, 잠시 숙였던 고개를 든 그녀의 얼굴은 며칠 잠 못 잔 사람처럼 초췌해 보였다. 단시간 마음고생을 극심히 한 자의 낯이었다. 그 얼굴을 마주하자 가슴속 깊은 곳에서 의문이 피어올랐다. 묻지 않을 수 없었다.

"백작님은 어디 계신가요?"

"침실에 계셔요. 몸이 좋지 않아서. 어제 낮부터 계속 주무시고 계시죠."

의외였다. 그렇다면 어젯밤, 레이븐 홀에서 빈센트가 만난 건 변경백이 아니었나? 뭐라 입을 열기도 전에 백작 부인이 먼저 입술을 달싹였다.

"빈센트 때문에 온 거겠죠."

"네. 맞습니다."

굳이 에둘러 말할 필요도, 아닌 척 굴 필요도 없었다. 품에 숨겨 뒀던 편지를 꺼내 건넸다.

"이미 아실 것 같지만, 오늘 새벽에 그가 니힐을 떠났어요. 급한 볼일이 생겨 왕성에 간다고 하는 짤막한 편지를 남겨 두고서요."

"……그랬군요."

내가 건넨 편지를 펼쳐 읽어 내리던 백작 부인이 다시 돌려주었다. 그녀가 알 수 없는 눈으로 날 번연히 바라보다 무겁게 입을 연 건 잠시 후였다.

"내 말이 이상하게 들릴지도 모르겠네요. 하지만 털어놓기 전에 물어봐야겠어요."

어딘가 결연한 어조였다.

"올리비아 양은, 빈센트에 대해 얼마나 알고 있죠?"

무엇을 묻는지 직감적으로 알아챘다. 머뭇거림 없이 대답했다.

"출생에 관한 이야기라면, 아마도 전부요."

내 대답에 놀란 듯 커진 눈을 하던 백작 부인이 갑자기 목이 마른지 찻잔을 들어 한 모금 마셨다. 물론, 난 그녀가 다시 우아한 손짓으로 느릿하게 그것을 내려놓을 때까지 기다릴 마음은 없었다.

"말해 주세요. 어제, 그를 부른 건 백작 부인이시죠?"

"……."

"그와 무슨 이야기를 하셨나요? 무슨 얘기를 하셨길래, 그가 이리도 급하게 니힐을 떠난 거죠?"

상대가 윗사람인 만큼 침착하려 애썼지만, 추궁하는 듯한 목소리는 어쩔 수 없었다. 평정심 어린 얼굴을 하고 있어도 속은 그렇지 못했다.

어제까지 내 뺨을 어루만지고 눈을 마주하며 예쁘다 속삭이던 남자였다. 날 위해서라면 기꺼이 모든 걸 바칠 정도로 헌신적이고 맹목적인 마음을 품고 있던 빈센트가 그 어떤 대화도 없이 짧은 글줄만 남기고 홀연히 내 옆을 떠났다는 게 믿기지 않았다. 끝까지 내 옆에 있을 것처럼 굴던 그라서 더더욱. 충격과 분노, 배신감, 그리고 초조함이 얽혀 마음속은 얼어붙은 빙하만큼이나 차갑고 싸늘했다.

그리고 한편으로 분명 그럴 만한 이유가 있었으리라는 믿음이 자리에 팽팽하게 줄다리기를 하는 상황이었다. 이윽고 백작 부인의 무거운 입이 천천히 열렸다.

"왕께선 빈센트를 데려가신 이후, 내내 그를 시험하셨어요."

"시험이요?"

"피는 피를 알아본다고. 묘하게 자신, 그리고 선왕과 닮은 그를 보고 어딘가 짚이는 구석이 생겼겠죠."

그러고 보니 변경백도 비슷한 말을 하긴 했었다. 왕은 빈센트가 자신의 배다른 동생이라는 것에 대한 심증을 품고 있다고.

"그래서 그를 늘 한계까지 몰아붙인 거군요. 죽지 않을 정도의 시련을 주고. 마치 쥐를 갖고 노는 고양이처럼."

말과 동시에 터져 나온 건 나직한 탄식이었다. 변경백의 말을 들었을 때, 아예 생각하지 못했던 가정은 아니었다. 하지만 이리 확답을 받으니 얼음물이 목덜미에 쏟아진 듯 얼얼한 충격이 덮쳤다. 하얘진 내 얼굴에 백작 부인이 옆 협탁 위의 종을 울려 하인을 부르려고 했으나 고개를 저어 보였다.

"……괜찮습니다. 계속 얘기해 주세요."

걱정 어린 눈길로 나를 바라보며 백작 부인이 말을 이었다.

"전하가 증거를 손에 넣은 거 같아요."

뒤이은 충격에 아무 말도 나오지 않아 그저 그녀를 계속 응시하는 것 외엔 할 수 있는 게 없었다.

"어, 어떻게요?"

간신히 타는 목에 침을 삼킨 내가 묻자 백작 부인이 대답했다.

"올리비아 양. 당신의 계부가 죽은 것, 알고 있죠?"

잠시 잊고 있던 일이었다. 그렇다. 게오르그는 죽었다. 유형지에서 칼에 베여서. 분명 누군가에게 살해당했을 가능성이 높다고 했다. 그리고 그는 임신한 이네스 데인을 직접 본 사람이기도 했다…….

"각하는 전하가 빈센트의 출생에 대해 확신하게 된 것에 그 죽음에 연관되어 있으리라 생각해요."

"……사람을 써서 게오르그를 추궁하고 죽였다, 이 말인가요?"

"아마도요. 혹은 제3자가 관여했을 수도 있겠죠."

그녀의 말에 누군가 목덜미를 짓누르는 듯 말이 제대로 나오지 않았다. 몇 번 더듬고 나서야 겨우 목소리가 터져 나왔다.

"그렇다면 왜 아드님을……."

내 말이 끝나기도 전에 백작 부인이 말꼬리를 잡아챘다.

"아마 이목을 끌어서 좋을 일이 없으니까요. 왕당파에게 대적하는 귀족파에겐 좋을 빌미이기도 하고. 혹여 중간에 사자(使者)가 습격당할 일을 대비해 에둘러 표현한 거겠죠."

그러면 왕이 빈센트가 이복동생임을 알아챈 것은 어떻게 알았느냐고 묻자, 바로 대답이 돌아왔다.

"편지에는 월터와 함께 오래 머물고 있는 하녀 레베카도 같이 보내라고 쓰여 있었어요."

레베카. 그 이름을 듣자마자 누군가 등줄기를 쓸어 올린 듯 소름이 돋았다. 분명 그건 임신한 이네스 데인이 아버지와 함께 수도로 올라갈 때 썼던 가명이었다.

머릿속이 온통 혼란스러웠다.

"그렇다면 각하가 대신 가겠다고 하신 건, 대체 뭐죠?"

"그 전에 빈센트를 멀리 떠나보낼 생각이셨을 거예요. 당신과 함께."

직접 시간을 끌어 조카를 구하려고 했다는 말이었다. 하지만 공교롭게도 몸이 좋지 않아졌고, 남편을 위해 백작 부인은 결심을 해야 했을 것이다. 아무런 말도 하지 못했다. 남편의 뜻을 거스른 그녀를 감히 원망하거나 비난할 수 없었다. 애초에 모든 건 빈센트로 인해 빚어진 일이거니와, 내가 그녀의 처지에 놓인다고 해도 같은 결정을 했을 거라는 걸 은연중 깨달아서였다.

무릎 위에서 벌벌 떨리는 내 손을 팔을 뻗어 백작 부인이 잡았다.

"올리비아 양에겐, 정말 미안하게 생각해요."

"……그는, 그는 그러면 어떻게 되는 거죠?"

심장에 비수를 박아 놓은 듯 왼 가슴이 통증을 호소했다. 빈센트는 내가 위험할까봐 홀로 수도로 떠났다. 끝까지 자신을 희생하는 쪽으로. 하지만, 남겨질 나는?

이제 겨우 내 마음을 자각하고 사랑한다 고백했다. 비록 그의 출생에 대한 기밀을 평생 지키며 살아야겠지만, 그건 아무것도 아니었다. 둘이서 행복하게 살 미래를 생각하면 오히려 값싼 대가라 생각했다.

내 생각이 안일했다.

"왕께서 그를 살려 두실까요?"

밀려드는 거센 파도 아래 모든 게 물거품처럼 사라졌다. 불씨가 꺼져 버린 벽난로 앞에 홀로 덩그러니 남겨진 기분이었다. 조금 전까지만 해도 함께 온기를 나눴던 이는 사라지고, 식은 옆자리엔 떠난 흔적만 남아 있는.

간신히 찾아낸 행복이 이리 덧없이 흩어질 줄 알았더라면.

"올리비아."

흐려지는 정신을 다잡은 건 백작 부인의 목소리였다. 어느새 내 옆으로 와 앉은 그녀가 차분히 내 이름을 불렀다.

"걱정 말아요. 제가 탄원서를 넣을 겁니다. 제 모든 인맥을 동원해서라도 절대 빈센트가 잘못되는 일이 없도록. 변경백의 날인이 찍힌 탄원서를 왕께선 절대 무시하지는 못할 거예요."

그녀가 뒤이어 한 말은 날 위로하기 위해 툭 던진 입에 발린 소리가 아니었다. 진심이라는 게 꼭 내 손을 잡은 그녀의 눈빛에서 느껴졌다. 아찔하게 밀려드는 현기증에 잠시 감았던 눈을 떴다.

"그러면 변경백 각하와 백작 부인께서 위험해지잖아요. 쌍둥이들도. 그건 그가 원하지 않을 거예요."

데인 변경백 일가가 대놓고 그를 두둔하고 나선다면, 안 그래도 심기가 불편할 왕의 눈에 거슬리는 길이었다. 당장은 아니더라도 집요하고 교활한 왕은 언젠가 그에 따른 보복을 할 것이다. 결국, 다 같이 죽는 길이었다.

마음을 가라앉히고 눈을 내리깔았다. 생각하고 또 생각했다. 지금 이

상황에서 내가 할 수 있는 일이 무엇인지를. 그리고 한 가지, 찾아냈다.

"부탁이 있습니다, 백작 부인."

무거운 침묵 속에 어쩔 줄 몰라 하는 그녀에게 다시금 고개를 돌렸다.

"무엇이든 말하세요."

"가능한 한 당장, 튼튼한 말 두 마리와 마차를 준비해 주세요. 왕성까지 최대한 빨리 갈 수 있도록."

여기서 얌전히 내려올 그의 처분을 기다리기보단, 흔적도 없이 산산이 조각난다 해도 맞부딪히는 게 나았다. 커진 눈을 한 백작 부인의 얼굴을 마주하며 또박또박 말했다.

"왕을 직접 알현해야겠습니다."

*   *   *

니힐에서 수도까지 가는 길은 올 때보다 멀었다. 니힐로 올 때와 같은 지름길로 가려 했으나, 자칫 잘못해서 큰일이라도 생기면 돌이킬 수 없게 되기에 포기한 탓이었다. 거기다 중간중간 지친 말을 멈춰 세워 여물과 물을 먹여 지체한 시간도 있어 마음이 더욱 초조했다. 그때마다 내 손을 잡으며 진정시켜 준 건 늘 그랬던 것처럼 애니였다.

"아가씨, 부탁이니 눈 좀 붙이세요. 마부가 아직 반나절은 더 가야 한댔어요. 네?"

"잠이 안 오는걸. 너라도 푹 자렴."

"아가씨……."

그녀의 간곡한 말을 거절하며 흔들리는 마차 안에서 해가 지는 바깥을 내다보았다. 추수도 끝나 이제 그루터기만 드문드문 남은 벌판엔 싸락눈이 내린 흔적만 남아 있었다. 잔설 사이사이 얼어붙은 낱알이나마

주우러 돌아다니는 걸인들이 종종 눈에 띄었다.

며칠 잠도 못 자고 날밤을 새우다 보니 건조한 눈은 뻑뻑하고 쉴 새 없이 머리가 지끈거렸다. 뭐라도 다른 생각을 해야 했다. 그래야 숨을 쉴 것 같았다. 하염없이 황량한 밖을 바라보는 내 시야를 차단하려는 듯 애니가 내 얼굴 옆으로 손을 뻗었다. 그대로 커튼을 치려는 찰나, 그녀의 팔을 잡아 내렸다.

"아가씨……?"

"애니."

"네."

"저런 가난은 어디서 기인한 걸까."

불쑥 떠오른 생각이었다. 다소 맥락 없이 들릴 수 있는 질문이었으나 애니는 바로 대답했다.

"그야…… 대체로 그 아버지에게서, 그리고 그 아버지의 아버지에게서 물려 내려오는 거죠."

"그렇다면 나는 운이 좋았구나."

그전엔 한 번도 한 적 없는 생각이었다. 태생 자체로는 운이 좋은 게 맞았다. 하급 귀족 집안의 여식으로 태어났다는 것. 상급 귀족이나 왕족의 여식으로 태어났더라면 납치의 대상이 되거나 시시콜콜 암살의 위협에 시달렸겠지만, 다행히도 내겐 그 정도의 영향력은 없었으니.

단 한 번도, 끼니를 해결하지 못해 배를 곯거나 다 쓰러져 가는 낡은 집에서 추위에 떨 일도 없었다. 손이 부르트도록 험한 일을 한 적도 없었다.

빈센트처럼 축복받지 못하고 태어나 어릴 때부터 전국 곳곳을 돌아다니며 수련을 했던 것도 아니었다. 적어도 친아버지가 돌아가시기 전까지의 나는 행복했다.

"갑자기 왜 그런 생각을 하세요?"

"그냥, 갑자기."

지난 몇 달간 넓어진 시야로 보이게 된 것들이 많았다. 그전까진 보지 못했던 것들이 새롭게 보이기 시작한 건 테레즈에서 뛰쳐나온 이후였다.

길거리에서 구걸하는 여인, 취객의 주머니를 터는 소매치기 소년, 추수 후 남은 낟알을 줍는 걸인과 무기력하게 문 앞에 앉아 죽을 날만 기다리던 노인.

그중 일부는 고향인 게더에서 본 것들이었고, 내 마음을 유독 불편하게 했다. 엘리엇이 게더에서 잘 해내고 있을지 궁금했다.

"니힐에서는 저런 사람들을 못 본 거 같아."

"그러고 보니…… 그랬죠."

"이상하지. 퀸체로드에서는 있었는데."

뇌까리듯 한 말에 애니가 조용히 고개를 끄덕이다 헙, 숨을 들이켰다.

"그 말, 다른 사람 앞에서는 하시면 안 돼요."

"그렇겠지."

왕이 미처 손아귀에 온전히 틀어쥐지 못한 니힐을 견제한다는 건 모두가 아는 사실이었다. 더군다나 여태껏 선왕의 서자를 그동안 감춰 왔다는 게 완전히 드러난 지금에서야 말할 것도 없었다.

"……아가씨."

애니가 어깨에 내 머리를 기대게 한 건 다음 순간이었다.

"부탁이니 이제 한숨 주무세요. 일어나면 도착해 있을 거예요."

그 말이 신호라도 된 듯 눈꺼풀이 갑자기 무거워졌다. 서서히 눈을 감았다. 어린 아기를 토닥이듯 내 뒷머리를 쓰다듬는 부드러운 손길을 느끼며.

"갑자기 들이닥쳐서 죄송해요."

"뭘. 집처럼 여겨도 좋다고 했었는데."

애니의 말마따나 눈을 감았다가 뜨니 어느새 퀸체로드였다. 어디로 갈까요, 묻는 마부의 말에 전에 신세를 진 적 있던 샤일러 후작 부인 댁에 갈까 하다가 제레미의 타운 하우스로 방향을 돌렸다.

결과적으로 좋은 선택이었다. 내 외숙부, 제레미는 이른 새벽 연락도 없이 들이닥친 나를 아무렇지도 않게 반가이 맞았다. 그가 마부가 내린 짐을 자연스레 받으며 앞장섰다.

그대로 안으로 들어서니 낯익은 얼굴이 보였다. 반가운 얼굴의 소녀가 웃으며 인사했다.

"오랜만이에요, 아가씨."

"응. 오랜만이야, 로시. 일찍 왔네?"

"네, 오늘은 일찍 오라고 하셔서요. 식사는 하셨나요?"

의아했다. 미리 언질을 준 것도 아닌데 마치 기다리고 있었다는 듯한 태도였다. 일단 의문을 뒤로 물리고 웃으며 대답했다.

"지금은 배가 별로 안 고프네. 간단히 준비해 주겠어?"

"네, 조금만 기다리세요."

"저도 도우러 갈게요."

간단히 먹을거리를 준비하기 위해 로시가 애니와 함께 주방으로 사라지자 거실엔 나와 제레미 단둘만 남았다. 카우치에 마주 앉기가 무섭게, 거두절미하고 입을 열었다.

"제가 올 거 아셨어요?"

"대강은."

제레미는 전과 다름없는 얼굴이었다. 제 나이보다 적어도 열 살은 더

젊어 보이는 동안에 어딘가 한량 같은 인상까지. 어떻게 알았냐는 질문을 할 새도 없이 그가 바로 말을 이었다.

"사실 내게 후원자가 하나 있거든."

그 말에 번뜩 드는 생각이 있었다. 놀란 내 얼굴을 보며 제레미가 씩 웃었다.

"맞아. 네 약혼자. 빈센트 무어 경."

"……언제부터죠?"

"조금 됐어. 한 이 년 전부터인가. 덕분에 한물간 내가 이 정도로는 먹고사는 거고."

어깨를 으쓱인 제레미가 등받이에 몸을 기대며 대꾸했다. 그렇다면 결론은 나왔다.

"그에게 미리 연락을 받은 거군요."

조용히 그가 고개를 끄덕였다.

"빈센트 경 때문에 온 거겠지."

"그는 지금 어딨죠?"

"왕성 지하."

덤덤한 대답에 숨이 턱 막혔다. 왕성 지하라 함은 지하 감옥을 의미했다. 도착한 날 바로 왕을 알현했다면, 적어도 이틀은 넘게 갇혀 있었다는 말이었다. 울컥 치밀어 오르는 감정에 잠시 숨을 골라야 했다.

"그가 이곳에 들렀었나요?"

그곳이 얼마나 열악한 환경인지는 누구나 알았다. 정치범과 가벼운 죄를 저지른 사람의 경우와는 달랐다. 왕성의 외탑에 갇히는 그들에겐 최소한의 대우가 주어졌지만, 지하 감옥은 아니었다. 그곳은 중죄 이상의 죄인이 갇히는 곳이었다. 사방이 차가운 돌벽에 몸을 누일 짚조차도 주어지지 않는다고 했다. 끼니도 하루에 한 끼로 국한됐다. 그나마도 딱딱한 빵과 차게 식은 수프가 전부였다.

"왕성에 가기 전에 아주 잠시."

"뭐라고 했는데요?"

유령처럼 창백해진 내 안색에 혀를 찬 제레미가 뒤이어 대답했다.

"네가 오면 돌려보내라더군."

순간적으로 밀려든 침음을 삼켰다. 그다운 말이었다. 어떤 심정으로 그렇게 말했을지도 이해가 갔다. 빈센트, 그 남자는 내가 자신 때문에 위험해지는 걸 참을 수 없었을 것이다. 만약 여유가 있었더라면 약혼을 파기하고 갔을 수도 있었다.

나도 모르게 주먹 쥔 손을 힐긋 내려다보던 제레미가 넌지시 말을 이었다.

"표정을 보아하니 그렇게 할 생각이 없는 거 같은데."

두말할 것도 없는 소리였다. 그럴 것 같았으면 이곳까지 오지도 않았을 터였다.

"……일단 그를 만나야겠어요."

그게 오는 내내 마차 안에서 생각한 결과였다. 먼저 빈센트를 만나고, 왕을 만날 생각이었다. 둘 사이에 오간 이야기를 알면 이 상황을 해결할 실마리를 줄 수도 있을 테니까. 하지만 돌아온 대답은 절망적이었다.

"그건 무리일 거야. 면회가 금지됐거든. 그가 갇힌 것도 문지기한테 뇌물 써서 들은 거고."

상황은 예상보다도 더 심각했다. 그 말에 정신이 아찔했다. 기어코 왕은 제 배다른 동생을 죽일 생각인 걸까. 수도가 소란스럽지 않은 걸 보아하니 쥐도 새도 모르게 처리할 생각인 것 같았다. 애초에 빈센트는 음지에서 활동하던 기사라 많은 이에게 알려지지 않기도 했으니.

하지만 선왕의 핏줄인 것을 외부에 알릴 수 없으니 다른 죄목을 덮어씌울 필요가 있었다. 뒤늦게 거기까지 생각이 미치자 묻지 않을 수 없었다.

"무슨 죄명으로 갇힌 거죠?"

"그건 나도 몰라."

내 질문에 제레미가 난처한 얼굴을 한 것은 처음이었다. 뭔가 석연치 않은 반응이었다. 선의의 거짓말이라는 게 본능적으로 느껴졌다.

"그나저나 주방에 간 애들은……."

"제레미."

금방이라도 쓰러질 듯한 내 안색에 그가 말을 돌리려고 하는 때였다. 나직이 입술을 달싹였다.

"숨길 필요 없어요. 솔직히 말해 주세요. 감당할 각오가 되어 있으니까."

제레미는 작게 한숨을 내쉰 뒤 결국 진실을 토해 냈다.

"……반역 음모 혐의 죄."

심장이 내려앉았다. 손이 벌벌 떨렸다. 지하 감옥에 가둔 만큼 가볍지 않은 죄를 뒤집어씌울 거라고는 생각했지만, 예상보다도 더 심각한 중죄였다. 유죄로 판결이 난다면 사형을 선고받을 수도 있다.

"증거는요?"

"재판 전에 만들면 그만이지."

맞는 말이었다. 그 정도의 계략은 왕에게 식은 죽 먹기일 테니까. 하지만 한 가지 걸림돌이 있었다. 빈센트가 바로 변경백의 하나뿐인 조카라는 점이었다.

변경백은 개인 기사단을 가졌으며 귀족 사회에서 은연중에 영향력이 있었다. 그걸 의식한다면, 이렇게 쉽게 처리할 리가 없었다. 아직 그를 살려 둔 것도 그 때문일 터였다. 왕의 입장에선 섣불리 잘라 낼 수 없는 손톱 밑 가시일 것이다. 변경백이 의식을 차리지 못한 지금이라면 더욱이.

목소리가 갈라졌다.

"만약, 제가 알현을 신청하면 받아들여질까요?"

바로 회의적인 대답이 돌아왔다.

"글쎄. 받아들여진다 해도 어쩔 건데? 무릎 꿇고 빌기라도 할 셈이야? 그게 받아들여질까?"

이성적인 대답이었다. 그 말대로였다. 왕은 사사로운 감정 따위에 휘둘리는 인물이 아니었다. 그렇다고 변경백의 심부름꾼 자격으로 들어갈 수도 없었다. 왕이 무엇을 원할지부터가 문제였거니와 그럴 자격도 없으니까. 무엇보다 만약 그에게 니힐과 빈센트 중에서 한 가지를 선택하라고 한다면 무엇을 선택할지 두려웠다.

아무리 사랑하는 조카라 해도 그 누구도 태어나 평생을 가꾸고 지켜온 곳을 쉽게 버릴 수 없는 법이었다. 그런 내 복잡한 마음을 들여다봤는지 제레미가 한마디를 덧붙였다.

"일단 알현이 허락되는 것부터가 문제일 거야. 왕의 눈엔 너조차 곱게 보일 리 없을 텐데. 쉬이 허가증을 받고 싶어도 그럴 만한 위치가 아니고."

날카로운 지적이었다. 그때, 발걸음 소리가 등 뒤에서 들려왔다. 노크와 함께였다.

"들어가도 될까요?"

로시의 목소리였다. 들어오라고 말하려는 찰나, 번쩍 섬광 같은 게 머릿속을 스치고 지나갔다.

"상급 귀족의 개인 시녀는 어떨까요."

확실히 하급 귀족은 알현은 고사하고 사전에 담당자에게 허가증을 받지 않으면 왕성에 발을 딛는 것조차 어려웠다. 하지만 백작 위 이상의 상급 귀족은 달랐다. 따로 허가증을 받지 않고서도 왕성에 들락거릴 수 있었으며, 알현 허락도 비교적 쉽게 떨어졌다.

"누구의?"

"샤일러 후작 부인."

올리비아 시오네, 혹은 무어가 아니라 샤일러란 성(姓)이 붙은 귀부인의 시녀라면 이야기가 달랐다. 대뜸 나온 내 말에 동그랗게 눈을 뜬 제레미가 물었다.

"……그렇게 들어간다 치고, 왕과 무엇을 거래할 건데?"

"내가 아는 전부요."

실마리는 있을 것이다. 내가 알고 있는 모든 걸 이용한다면.

처음 입는 시녀복은 생각보다 편했다. 물론 슈미즈와 엠파이어 드레스만큼은 아니었지만, 적당히 격식을 차리면서도 실용적인 목적을 위해 코르셋과 크리놀린을 생략한 덕분이었다. 손에 들고 있던 하얀 보닛을 쓰고 나자 머리가 완전히 가려졌다.

"다 됐네요."

마지막으로 옷매무새를 정리해 준 샤일러 후작 부인의 시녀가 당부했다.

"다시 말씀드리지만, 누군가 말을 걸 때까지 고개를 들지도, 먼저 입을 열어서도 안 됩니다."

상급 귀족인 후작 부인의 개인 시녀쯤 되면 신분부터 하급 귀족의 여식일 가능성이 컸다. 돈이 목적이라기보단 귀부인의 행동거지와 모습을 보고 배우기 위해서였다. 물론 직업으로 삼는 사람도 없지는 않았다.

"걱정 마세요. 후작 부인께 누를 끼치지 않도록 노력할 겁니다."

순순히 대답하자, 만족스러운 얼굴을 한 시녀가 방문을 열고 나와 앞장섰다.

"밖에서 마차가 대기하고 있습니다."

그대로 긴 복도를 걸어 현관홀 쪽으로 나오자 그 말대로 샤일러 후작가의 인장이 새겨진 마차가 보였다. 시녀가 걸음을 멈춘 건 네 발자국 정도를 남겨 두고 난 다음이었다.

그녀가 내게 작별 인사를 했다.

"별 탈 없이 다녀오시길."

상급 귀족이라 할지라도 왕성에 들어설 때 데려갈 수 있는 수행 시녀는 한 명으로 국한됐다. 그대로 내게 역할을 양보해 준 시녀에게 가볍게 눈인사한 뒤, 마차로 다가갔다. 대기하고 선 마부가 마차 문을 열자, 무릎 위에 얇은 책을 펴고 읽고 있던 샤일러 후작 부인이 보였다. 그녀가 고개를 들자 눈이 마주쳤다.

"기다리시게 해 죄송합니다."

"아니에요."

바로 책을 덮은 샤일러 부인이 옅은 미소를 띠며 맞은편으로 자리를 권했다. 그녀가 손짓하는 대로 자리에 앉자 바로 마차 문이 닫혔다. 원래 좌석으로 돌아간 마부의 채찍 휘두르는 소리가 들리더니 곧바로 움직였다.

"순간 못 알아볼 뻔했군요. 자연스럽네요."

"그렇다니 다행이군요. 이렇게 기회를 주셔서 감사합니다, 후작 부인."

"뭘요. 도움이 됐다면 다행이에요. 왕비 전하라면 친분이 있기도 하고."

내 감사 인사에 조용히 대답한 후작 부인이 뒤이어 말을 끝맺었다.

"빈센트 경은 제 친구기도 하니까요."

어제 낮, 급작스럽게 찾아온 나를 후작 부인은 놀란 눈으로 기꺼이 맞이해 주었다. 응접실로 안내를 받자마자 대뜸 왕성에 들어갈 수 있게 도와 달라는 내 부탁을 그녀가 잠시의 망설임 없이 응해 준 건 나로서도 의외였다.

그도 그럴 게, 그녀의 집안은 왕당파였기 때문이다. 따라서 제1 기사단장인 빈센트가 지하 감옥에 갇혀 있다는 걸 이미 알고는 있었겠지만, 이렇듯 선뜻 도움의 손을 내밀 줄은 몰랐다. 설득할 각오를 하고 갔기에 아무런 대가 없이 날 돕겠다고 대답한 후작 부인의 반응은 생각지도 못했다.

그런 내게 그녀가 한 말은 간단명료했다. 나를 믿기 때문이라고. 비록 왕이 아닌 왕비를 알현하게 됐지만, 그걸로도 충분했다.

"실은 사이먼 씨에게도 편지가 왔었어요."

"그에게서요……?"

불현듯 나온 이름에 놀라 얼어붙었다. 후작 부인이 다시 입을 열었다. 정신이 번쩍 들었다. 잠시 잊고 있던 이름이었다. 사이먼. 이곳으로 떠나 있을 때 상회의 일을 도맡아 준 중요한 사람. 사업상, 지금 한참 게더에 있을 사람이었다.

"올리비아 양이 찾아올지도 모른다고, 그녀에게 따뜻하게 대해 달라는 말이었죠."

몰랐다. 내 주변엔 이리도 사람이 많았다는걸. 나는 여태껏 나도 모르게 도움을 받아 왔다. 그걸 의식하자 가슴 깊은 곳에서 따뜻한 무언가가 피어오르는 느낌이었다.

한참 움직이던 마차가 속도를 천천히 줄인 것은 왕성 입구에 다다라서였다. 완전히 멈추어 서자 곧바로 문지기인 기사들이 다가왔다. 마부와 잠깐 이야기를 나누는가 싶더니, 이내 마차의 문장(紋章)을 확인했는지 길이 트였다. 잠시 후 마차 문이 열리고, 바닥에 디딤판을 놓은 마부가 후작 부인을 에스코트해 내렸다. 내 차례는 그다음이었다.

우리 둘 다 땅에 발을 딛고 나자 누군가가 다가왔다.

"샤일러 후작 부인."

보통 내성으로 들어가서야 누군가가 입구 양옆으로 선 기사들 사이를 지나쳐 다가왔다. 이름이 불림과 동시에 후작 부인이 고개를 돌리자 눈이 마주친 여자가 매끄러운 목소리를 이어 나갔다.

　"절 따라오시면 됩니다."

　우리를 마중 나온 이는, 왕비의 측근 시녀였다.

* * *

　왕성의 내실은 이번이 처음은 아니었다. 하지만 저번에 왔던 것과는 다르게 이번 발걸음이 더 깊고 내밀한 곳으로 향했다. 시녀를 따라 미로처럼 얽힌 몇 개의 회랑을 거쳐 한참을 들어갔다. 걸음이 멈춘 곳은 위압감이 느껴질 만큼 큰 문 앞에서였다. 왕성 안 몇십 개나 되는 알현실 및 응접실 중에서도 상급 귀족만 출입하는 곳으로 보였다.

　절차대로 문으로 다가선 시녀가 세 번 노크하자 잠시 후, 안쪽에서 문이 열렸다. 문을 열고 나온 하녀에게 뭐라 귀띔을 받은 시녀가 뒤이어 우리에게 고개를 돌렸다.

　"들어가셔도 좋습니다. 자리는 이미 준비되어 있습니다."

　"고맙네."

　이미 나는 한 걸음 뒤로 물러서 길을 비켜 준 채였다. 짤막하게 인사한 후작 부인이 열린 방 안으로 들어서고, 나 또한 뒤를 따르려 할 때 가로막는 손이 있었다. 놀란 눈을 끔뻑이자 여기까지 안내해 준 시녀가 단호히 말했다.

　"이곳은 후작 부인께서만 들어가실 수 있습니다."

　밖의 대기실에서 기다리라는 말이었다. 엄격한 제재에 자연스럽게 대응한 건 뒤를 돈 후작 부인이었다.

　"아니. 이 아이는 괜찮아."

그러자 내내 무감했던 시녀의 얼굴이 미묘하게 변했다. 의아함이 가장 큰 감정 변화였다.

"……이상하군요. 전 왕비 전하껜 언질을 듣지 못했습니다만."

그러면서 내 얼굴을 샅샅이 살피는 시선이 맹금류의 그것처럼 날카롭고 예리했다. 무언가 수상쩍은 기척을 눈치챈 게 아닐까 싶었다. 날 알지 못해도, 만약 평소 후작 부인을 수행하는 시녀의 얼굴을 알고 있다면 들키는 건 시간문제였다. 각오를 아예 안 한 건 아니었다. 하지만 정체를 들키는 건 왕비의 앞에서일 거라 생각했었다. 이렇게 성공을 거의 앞에 두고 문턱에 막힐 줄은 몰랐다. 순간 긴장감에 목 뒤가 뻣뻣해졌다.

낮은 웃음소리가 들린 건 다음 순간이었다.

"그랬던가? 깜빡했군. 나이가 들어서 말이네."

오랜 시간 사교계에 지대한 영향력을 끼쳐 온 인물답게, 노련하고 재빠른 대처였다. 냉랭해지려는 분위기를 단번에 전환한 후작 부인이 한 손에 쥐고 있던 부채를 펴 입매를 가리고 호호 웃었다.

"하지만, 그게 중요한가? 왕비껜 내가 직접 양해를 구하지."

"그렇지만……."

"요 며칠 왕성이 흉흉한 건 알지만 이 정도일 줄은 몰랐는데."

"후작 부인."

뭐라 대답하려는 시녀의 말을 끊은 후작 부인이 일순 눈을 가늘게 떴다.

"이상하군. 내가 예민한 건가? 아니면 자네가 예민한 건가. 왜 의심받고 있다는 생각이 들지?"

자작 가문 여식 이상 신분의 왕궁 소속 시녀는 바로 옆에서 고귀한 이를 모시는 자리인 만큼 공공연히 그 위세가 대단했다. 하지만 아무리 그렇다 한들, 거슬러 올라가 보면 왕족과 피가 섞인 후작 가문의 귀부인을 함부로 대할 수 없었다. 후작 부인이 편하게 그녀를 하대하는 것도 같은 이유에서였다.

"그건……."

경직된 침묵 속에 긴장감이 흘렀다. 일 초가 일 년처럼 느껴졌다. 결국 무언의 기 싸움에서 백기를 든 건 예상대로 상대편이었다. 고개를 숙인 시녀가 공손히 말했다.

"그렇지 않습니다. 기분이 상하셨다면 사과드립니다."

"아니네. 그럴 수도 있지."

"……이해해 주셔서 감사합니다. 왕비 전하께서 곧 나오실 테니 앉아서 기다리시면 됩니다."

"알겠네."

언제 팽팽히 줄다리기를 했냐는 듯 부드럽게 대꾸한 후작 부인이 다시 뒤를 돌았다. 날 여전히 경계 어린 눈빛으로 응시하는 시녀를 스쳐 지나 그 뒤를 따르자 이윽고 등 뒤에서 문이 닫히는 소리가 들렸다.

그렇게 들어선 곳은 하나의 방이라기보단 마치 방과 방 사이를 연결해 주는 작은 거실 같은 곳이었다. 방금 들어온 문과 마주 보는 자리엔 벽면 하나를 거의 차지하는 벽난로 한 개와 그 앞에는 마주 보는 카우치 두 개가 있었다.

그리고 오른쪽과 왼쪽 양옆엔 문이 달려 있었다. 멈춰 서서 신기하게 주위를 둘러보는 날 눈치챘는지, 어느새 카우치에 다가가 앉은 후작 부인이 입을 열었다.

"왕비 전하께선 오른쪽 문으로 들어오실 거예요."

나보다 분명 신분이 높을 시녀를 대할 때와 달리 반 존대였다. 불쑥 히스델리아를 이용해 그녀의 조카, 란델 백작의 아들을 도왔던 일이 천운이었다는 생각이 들었다. 그 일이 없었다면 여러 가지로 많은 것들이 달라졌으리라. 후작 부인은 확실히 은인을 아는 사람이라는 것도 운이 좋았다.

작게 고개를 저어 상념을 지우고 물었다.

"어째서죠?"

대답은 바로 돌아왔다. 생각하지도 못한 방향으로.

"왕비 전하의 침실이니까요."

"네……?"

귀를 의심했다. 멍청히 되물을 밖에 없었다. 그녀의 말에 좀 전 시녀의 제지를 받을 때보다 더 심장이 쿵쾅 뛰었다. 어딘가 방문의 크기부터 위치까지 예사롭지 않다 싶었는데, 왕비의 침실과 바로 연결되는 곳인 줄은 감히 상상도 못 했다. 놀라는 내 반응에 예상했다는 듯 후작 부인이 말을 이었다.

"왼쪽은 옷방이라더군요. 나도 들어간 적은 없지만."

그러더니 눈짓으로 옆자리를 가리켰다.

"옆에 앉아요."

얼어붙은 다리를 옮겨 겨우겨우 후작 부인의 옆자리에 앉은 순간이었다. 그녀의 말처럼 오른쪽 문이 느릿하게 열리더니 하녀 한 명이 나왔다. 눈이 마주치자 나와 후작 부인에게 깊게 고개 숙여 인사하더니 입을 열었다.

"곧 나오실 겁니다."

문이 다시 열린 건, 그리 말한 하녀가 우리가 들어왔던 문을 통해 나간 후였다. 윗사람을 맞는 예로 후작 부인과 나란히 일어났다. 걸음은 하나가 아닌 둘이었다. 드레스 자락이 바닥에 쓸리는 소리가 들리더니, 문을 연 시녀 뒤로 한 가녀린 여자가 모습을 드러냈다. 왕비였다.

손님을 맞기엔 다소 편안해 보이는 모습이었다. 슈미즈 가운 차림에 굴곡 있는 머리카락을 허리까지 늘어뜨린 금발의 젊은 여자가 나와 후작 부인을 번갈아 봤다.

"왕비 전하를 뵙습니다."

"왕비 저하를 뵙습니다."

당연히도 먼저 예를 차린 건 우리 쪽이었다. 제대로 얼굴도 보지 못한 채 고개를 숙였다. 걸음 소리가 빠르게 다가온다 싶더니 노래하듯 고운 목소리가 아주 가까이 들렸다.

"오랜만이네요, 이모님."

이사벨라 왕비는 왕의 두 번째 정비였다.

왕자 시절에 맞은 왕자비가 십 년도 전, 둘째를 출산하는 과정에서 아이를 사산하고 사망한 탓이었다. 죽은 부인을 애도하던 왕자가 새 왕비를 들이겠다고 의견을 표명한 건, 많은 피를 보고 난 뒤 왕위에 오르고 나서였다.

여러 유력한 가문의 여식들이 물망에 올랐으나, 결국 선택된 건 지방에 거점을 둔 한미한 하급 가문의 열여덟 살 아가씨였다. 의외였지만 이해 못 할 일은 아니었다. 당시 처가의 힘을 빌릴 정도로 왕권이 미약한 게 아니었다. 왕이 그런 집안의 아가씨를 고른 건 훗날, 대적하게 될지 모르는 복병을 들이지 않기 위함이리라 모두가 생각했다.

그 소문을 증명하듯 신부의 몸이 좋지 않다는 점을 앞세워 왕은 성대해야 할 결혼식을 번갯불에 콩 볶아 먹듯 빠르게 진행했다. 그리고 공식적인 자리를 제외하면 왕비를 노출시키지 않았다.

이후 이사벨라 왕비가 주인공이 된 적은 단 한 번이었다. 육 년 전, 왕자를 낳았을 때였다. 죽은 왕자비가 낳은 아이가 공주였던 만큼 처음으로 공식적인 후계자가 태어난 경사였다. 나라 안이 한창 들썩였을 당시였다.

어찌 보면 왕비의 입장에선 기회였다. 여태껏 왕의 그림자에서 엎드려 있었지만, 상황이 달라졌으니. 사람들은 장성하여 차기 왕이 될 유일한 후계자를 낳은 마당에 그녀가 이제 어느 정도 권력을 쥐리라 생각했다. 하지만 모두의 예상은 보기 좋게 엇나갔다. 왕비는 변하지 않았다. 이전과 다를 게 없는 행보를 이어 나갔다. 외교적인 일, 혹은 왕성 내의 살림에만 관심을 쏟고 종종 귀부인들 간의 갈등을 중재하는 게 전부였다.

여러모로 베일에 가려진 그녀가 샤일러 후작 부인의 친정 조카였다는 게 믿기지 않았다. 이를 알고 있는 사람이 몇이나 될까 생각했다. 백작 부인으로서 한창 사교계에 활동했을 때도 알지 못했으니 아마 극소수일 것이다.

놀라움과 동시에 어째서 후작 부인이 하루 전에 왕비의 알현을 승낙받고, 바로 이런 사적인 공간에 스스럼없이 초대받았는지 궁금증이 풀리는 순간이었다.

"그런데 이쪽은……."

한 차례 후작 부인과 반가운 포옹을 나누던 왕비가 내게 시선을 준 건 잠시 후였다. 어떻게 반응해야 할지 몰라 후작 부인을 바라보자 그녀가 고개를 끄덕여 보였다. 솔직히 말해도 좋다는 뜻이었다.

"오랜만에 인사드립니다, 왕비 전하. 아마 기억하지 못하시겠지만, 게더의 올리비아 시오네라고 합니다. 한때는……."

다음 말은 조금 힘들게 나왔다.

"올리비아 하퍼였지요."

"아아, 기억나는군요."

과거를 들춘 보람이 있었는지, 의아한 표정을 짓던 왕비가 번뜩 떠오른 표정을 지었다.

"이야기는 나도 많이 들었지요. 이혼장을 던지고 나온 귀부인."

테레즈를 뛰쳐나온 게 벌써 반년 전의 일이었다. 당시 사교계에서 화젯거리가 되었다는 건 알았지만, 아직 날 기억하고 있을 줄은 몰랐다. 아마 무척 드문 일이기 때문일까.

생각을 읽어 내기라도 하려는 듯 내 얼굴을 번연히 바라보던 왕비가 이내 자리를 권했다.

"일단 자리에 앉으세요."

우리가 그대로 맞은편에 앉자, 방금 침실의 문을 열고 나온 시녀가 다가와 귀엣말로 왕비에게 뭐라고 속삭였다. 왕비가 고개를 끄덕이고는 다시 우리에게로 시선을 돌렸다. 시녀가 나가자 온전히 셋만 남았다. 카우치 사이 유리 세공이 된 테이블에는 좀 전까지 미처 보지 못했던 다과상이 준비되어 있었다.

"지금 일어나셨으면 시장하진 않으신가요?"

후작 부인의 말에 왕비가 작게 손사래를 쳤다.

"별로요. 오전엔 입맛이 없어서. 시녀에겐 차가 식었을 것 같아 새로 내오라 했답니다."

"전하께선 어릴 때부터 몸도 연약하셨죠. 해서 걱정입니다. 어서 입맛이 돌아오면 좋겠군요."

의례적인 인사말은 몇 번 더 오갔다. 누가 든든 상관없는 대화였다. 나갔던 시녀가 다시 덥혀 온 찻주전자를 놓고 다시 나가기가 무섭게 문이 닫힘과 동시에 화기애애하던 분위기가 멎었다. 마치 미리 짠 것처럼 침묵이 가라앉은 가운데, 본론에 접어든 건 우리 쪽이 아닌 왕비였다.

"자, 이제 말해 주시면 좋겠군요."

마치 후작 부인을 향해 한 듯한 말이었지만, 그녀의 시선 끝에 있는 건 나였다. 느슨하게 등받이를 기대고 앉은 왕비가 느릿하게 말을 이었다.

"갑자기 날 만나러 온 이유가 뭐죠?"

소극적이고 온유하다는 평과 달리 직설적이며 확고한 목소리였다. 저절로 손끝에 힘이 들어갔다. 도움은 끝났다. 이제 온전히 내가 감당할 차례였다. 날카로운 왕비의 눈동자뿐 아니라 옆자리에 앉은 후작 부인의 시선 또한 느껴졌다.

"전하."

문득 목 안이 건조했다. 조심히 침을 삼키고 다시 입술을 달싹였다.

"혹시 빈센트 무어 경에 대해 알고 계시는지요."

다시금 정적이 한 차례 찾아온 뒤, 왕비가 수긍했다.

"……알고 있지요. 며칠 전 지하 감옥에 갇힌 기사를 말하는 거라면."

지하 감옥. 그 단어에 심장이 옥죄어 왔다. 왕비의 낯빛을 보니 그의 출생에 대해선 모르는 기색이었다.

"그가 바로 제 약혼자입니다."

"그게 무슨……."

내 말에 놀란 얼굴의 왕비가 기댔던 몸을 일으켜 세웠다. 커다래진 눈이 후작 부인에게로 향했다. 조카와 시선이 마주친 후작 부인이 그녀를 향해 조용히 고개를 끄덕여 보였다. 그렇게 확인을 받자 더욱 놀란 얼굴이었다. 말까지 더듬었다.

"그, 그런 소식은 처음 듣는군요. 언제부터죠?"

"약혼식을 한 건 얼마 전입니다. 국왕 전하의 허락은 그 전에 받았구요."

사실 허락이라기보단 나를 두고 오간 대화에 가까웠다. 빈센트는 약혼을 허락받기 위해 날 감시한다는 명목을 내밀었고, 왕은 선뜻 휴가를 내줄 정도로 그에 동의했다.

불과 한 달도 전의 일이었다. 상황은 바뀌었고 빈센트는 지금 목숨도 보장할 수 없는 상태였다.

"……무슨 의도로 여길 왔는지 알겠군요. 하지만 유감스럽게도, 내가 해 줄 수 있는 건 없어요."

"왕비 전하."

"이만 두 분 다 돌아가도록 해요. 국왕 전하의 눈에 띄면 좋을 게 없으니까."

겨우 마음을 진정시켰는지 잠시 심호흡을 하던 왕비가 자리를 털고 일어난 건 다음 순간이었다. 다급히 뭐라 입을 열려는 순간, 후작 부인이 끼어들었다.

"왕비 전하, 그는 무결합니다."

"……이모님."

"오 년간 충실하게 곁에서 국왕 전하를 모셔 왔어요. 저 또한 그를 잘 안다고 생각합니다. 그럴 인물이 아니에요. 보장합니다."

철옹성처럼 닫혔던 왕비의 태도에서 아주 약간의 틈이 보인 건 그때였다. 놓칠 수 없었다. 자리에서 일어나 천천히 카펫 위에 무릎을 꿇었다.

"올리비아 양……!"

경악한 후작 부인의 목소리가 들렸지만, 개의치 않았다. 이런 것쯤 아무것도 아니었다. 이보다 더한 것도 얼마든지 할 수 있었다. 겨우 찾은 행복을 허무하게 놓칠 수는 없었다.

"왕비 전하."

"일어나세요."

당황한 왕비의 얼굴을 올려다보며 할 수 있는 최대한 차분한 목소리로 또박또박 말했다.

"저는 국왕께 말씀드려 그를 놓아 달라 탄원하러 온 것이 아닙니다."

"……."

"그렇다고 그의 마지막 얼굴이라도 보게 해 달라 찾아온 것 또한 아닙니다."

전자는 씨알도 먹히지 않을 소리였고, 후자 또한 이 상황에서는 더욱 일을 악화시킬 뿐이었다.

"그저 한 사람의 왕국민으로서 진심으로 간언 드릴 말이 있어 이리 찾아뵙게 되었습니다.”

오랜 시간 생각했다. 니힐에서 수도로 오기까지 내가 할 수 있는 게 무엇일까 생각하고 또 생각했다. 내려진 결론은 하나였다.

“지금 그를 죽이신다면, 이 나라는 위험해집니다.”

왕비는 어린 자식을 둔 어미였다. 그 점을 강조해야 한다. 조용히 한 마디를 덧붙였다.

“그렇게 된다면, 어쩌면 훗날 왕자 저하께서 다스리실 곳도 사라지게 되는 거겠지요.”

그 말을 내뱉음과 동시에 누군가 이곳에 차가운 얼음물을 들이부은 듯 싸한 침묵이 찾아왔다.

“……일어나게.”

정적을 가로지른 건 맞은편에서 들려온 나직한 음성이었다. 눈앞에 뻗어진 후작 부인의 팔을 잡고 일어섰다. 같은 눈높이에서 마주한 왕비의 얼굴은 유했던 조금 전과 달리 딱딱하고 차가웠다.

“만약 그냥 해 본 말이라면, 이 일의 뒷감당은 감히 상상할 수도 없게 만들어 주지.”

“그냥 해 본 말이 아닙니다.”

자칫하면 떨어질 수 있는 등 뒤의 절벽을 알면서도 서길 원했던 자리였다. 내 결연한 대답에 왕비가 질끈 감았던 눈을 바로 떴다.

* * *

“무슨 말인지 자세히 이야기해 보게.”

후작 부인 앞에서 형식적으로나마 포장했던 왕비의 반 존대는 사라졌다. 다시 마주 앉아 마주한 그녀에게선 방금까지 없었던 위압감이 풍겼다. 장막에 싸여 있었으나 명색이 한 나라의 국모였다. 조금이라도 허점을 보였다간 그대로 목덜미를 짓눌러 버릴 것 같은 눈동자였다.

"전하께선, 카티아 내란에 대해 알고 계시겠죠."

내 대답에 엉뚱한 답을 들었다는 듯한 반응이 돌아왔다.

"……형제간의 왕위 다툼이라고 들었지. 드물지 않은 일이기도 하고."

"국왕께선 내란에 대해 중립을 선언하셨구요."

왕비가 고개를 끄덕였다.

"하지만, 그에 반(反)하는 세력이 있다면 어떨까요."

"뭐라고?"

"카티아 측으로 끝없이 지원을 보내는 자들이 있습니다."

순간 날 선 시선으로 날 바라보던 왕비의 표정이 굳었다.

"……그럴 수도 있겠지. 하지만 그걸 국왕께서 모르실 리가 없어."

"네. 아시겠죠. 아마 누군지도 파악하셨을 겁니다."

"그렇다면 자네 말은 더 들을 필요가 없겠군. 안 그런가?"

왕과 왕비의 사이는 좋지도 나쁘지도 않다고 들었다. 주에 두 번, 정해진 시간이면 함께 침실을 쓰고 외교 사절단을 맞는 등 공식적인 자리에선 늘 동행하지만, 그저 그뿐인 관계.

혹여 몰라 왕비의 집안을 견제해 이름 없는 가문에서 후처를 데려온 노회한 왕이 왕비에게 정치 이야기를 했을 리가 없었다. 어디까지나 내 추측이었지만, 다행히도 전부 들어맞은 듯했다. 가져온 패가 그것뿐이냐는 듯 날 바라보는 왕비에게 고개를 저어 보였다.

"아니요. 왕비 전하께선 제 말을 들으셔야 합니다."

숨을 고르고 말을 이었다.

"국왕께선 심증은 가졌으나 충분한 물증이 없으실 겁니다. 그래서 눈앞에 번연히 도사리고 있는 불길함에 어떤 확실한 행동도 취하지 못하고 계시구요."

부디 내가 내민 패가 최선의 것이기를 바랐다.

"하퍼 백작은 내란의 조짐이 생기기 시작한 무렵부터 카티아를 지속적으로 후원했습니다. 저는 그의 기밀 장부가 있는 곳을 알고 있습니다. 잘하면 연관된 귀족까지 잡아들일 수도 있는."

말꼬리를 물고 뒤따라 온 무거운 침묵을 가르며 말을 덧붙였다.

"만약 빈센트 경을 이대로 처형하신다면, 국왕께선 그 기회를 잃으시는 겁니다. 덧붙여 목숨을 바쳐 지켜 줄 기사 또한 스스로 버리시는 거구요."

오늘 밤, 왕비의 입을 통해 국왕한테 들어가길 바랐다. 그리고 국왕이 깨닫길 바랐다. 먼발치의 불씨보다 발등에 붙은 불부터 끄는 것이 더 사리에 맞는 법이라는 것을.

* * *

"와……. 여긴 진짜 음침하네요."

"왕성이 지어질 때부터 있었으니까."

"들어보니, 선배. 밤마다 유령이 나온다는 게 사실인가요?"

"중죄인을 가두는 감옥이잖아. 여기서 죽은 사람이야 세는 게 일일 걸."

나란히 걷는 세 명의 발걸음 소리가 어두운 정적을 가로질렀다. 그들은 길고 어지러운 나선형 계단을 내려오는 중이었다. 지하 감옥으로 향하는 내내 바깥보다 더한 냉기가 피부에 달라붙었다. 사방은 온통 돌뿐이었다. 단단히 맞물린 돌 틈으로 외풍이 비집고 들어올 자리는 없음에도, 공기는 뼛속까지 시릴 정도로 차가웠다.

뒤를 따르며 쓸데없는 소리를 하는 후임들은 그 이유가 이 지하 감옥을 떠도는 유령들 때문이라고 생각하는 듯했다. 뒤따라오는 두 사람의 대화를 들으며 간수장은 코웃음을 쳤다. 이윽고 긴 계단을 전부 내려오자마자, 그가 혀를 차며 으름장을 놨다.

"아무짝에도 쓸모없는 얘기는 그만하고, 배급 끝내고 얼른 올라갈 생각들이나 해."

그 말에 화답하듯 낄낄거리는 광인의 웃음소리가 멀지 않은 곳에서 들려온 건 다음 순간이었다. 처음으로 지하 감옥에 발을 들인 신참이 동시에 소스라치게 놀라며 들고 있던 바구니를 놓쳤다.

"으아아악!"

"진정해!"

놀란 건 신참뿐, 다른 이들은 전혀 놀라지 않았다. 이곳에선 흔한 일이었다. 독방이라는 것에 대한 외로움, 하루 한 끼밖에 제공되지 않는 것에 대한 배고픔, 그리고 고문으로 인한 고통보다도 죄수들이 가장 힘들어하는 건 바로 옆 감옥 죄수의 비명이었다.

다음 차례는 자신이 될지도 모른다는 두려움과 긴장감, 그리고 초조함이 사람의 정신을 갉아먹고 미치게 만든다. 빛이라곤 손바닥만 한 창에서 겨우 들어오는 이 지하 감옥에서는. 간수장은 발치에 놓인 바구니를 내려다보았다. 다행히 바구니는 멀쩡했다. 바닥을 닦아 내야 하는 수고를 피했음에 감사하며 간수장이 아직도 벌벌 떨고 있는 신참에게 지시했다.

"일단 올라가 있어, 네 선배와 함께."

"하지만, 간수장님은……."

"괜찮으니까 둘 다 올라가."

혼자 일을 하기엔 힘들긴 하지만 두어 번 오고 가면 못할 일도 아니었다. 벽 등이 군데군데 걸려 있어 일렬로 이어진 철창 반대편의 복도는 어둡지 않았다. 이내 두 간수를 올려 보낸 간수장이 하나둘씩 철창 사이로 식사를 배급하기 시작했다. 바구니에 담긴 것은 딱딱한 검은 빵과 귀리죽이었다.

이른 새벽이라 대부분의 죄수들은 빛이 들어오지 않는 귀퉁이 끝에서 잠이 든 채였고, 그저 안에 바구니를 집어넣기만 하면 끝났다. 마지막으로 간수장의 걸음이 멈춘 건, 맨 끝자리에서였다. 철창 안은 어두컴컴해 아무것도 보이지 않았다. 그는 목소리를 최대한 낮추고 입을 열었다.

"식사입니다."

대답은 바로 돌아오지 않았다. 마치 깊은 동굴에 대고 말하는 기분이었다. 하지만 안에 있는 건 굴속에 웅크린 맹수가 아닌 사람이었다. 이곳에 갇힌 죄수는 늘 조용했다. 다른 죄수와는 달랐다. 억울하다 철창을 흔들지도, 오열하며 앞으로 겪을 고통에 좌절하지도, 절망하여 넋을 놓지도 않았다. 보통 세 가지로 보이는 반응에 그 어느 것도 해당하지 않는 이는 처음이었다.

간수장은 남자를 호송해 온 기사의 태도를 기억했다. 기사는 철창의 문을 여는 순간까지 남자에게 정중했다. 표정 하나 안 변하고 감옥 안으로 들어서는 남자에게선 묘한 위압감이 느껴졌다. 이 안의 죄수는 함부로 대하면 안 될 사람이었다.

자고 있나 싶어 숨죽인 간수장이 그대로 철창 안으로 식사를 집어넣는 순간이었다. 어둠 속에서 뻗어 나온 손이 그의 팔뚝을 잡았다.

"간수장."

숨이 멎은 건 그와 동시였다. 간수장이 놀란 나머지 숨을 들이마시는 사이, 다시 낮은 목소리가 들렸다.

"내게 줄 게 있을 텐데. 아닙니까?"

있었다. 해서 아랫사람들이 없는 지금이 천운이었다.

"그, 그게⋯⋯. 잠시만요."

품을 뒤적이던 간수장이 이윽고 숨죽인 얼굴로 뭔가를 꺼내 내밀었다. 여러 번 접힌 종이였다. 어제저녁, 자신을 극작가 나부랭이라고 소개한 웬 남자가 뒷돈과 함께 찔러준 편지였다.

맹수가 먹이를 낚아채듯 상대가 종이를 가져감과 동시에 감옥 안은 다시 침묵이 찾아들었다. 그때였다.

콰!

강한 타격음이 울려 퍼졌다. 벽이 흔들림과 동시에 부서진 파편이 부스스 떨어졌다. 벽을 후려친 주먹이 쥐고 있는 건 조금 전 간수장이 건넨 종이였다. 찌르르 울리는 통증이 피부를 타고 올라왔으나 겉으로 보이는 낯빛은 언제나처럼 무심했다. 빈센트는 화를 삭이려 눈을 감았다.

[올리비아가 내 집에 왔네.]

올리비아. 그 단어를 듣는 순간 머릿속이 하얗게 셌다. 죽으러 왕성에 찾아온 것은 아니나 당장 앞날을 장담할 수 없었다. 때문에 왕성에 제 발로 걸어 들어가기 전, 일부러 제레미야에게 찾아간 자신이었다. 그녀의 외숙부인 그는 제멋대로에 한량이긴 했으나 나름 믿을 만한 사람이었다. 그는 다만, 그녀가 안전하기를 원했다. 해서 그간 모아 놓았던 모든 것을 올리비아에게 남긴다는 유서를 그에게 대리로 맡겨 놓지 않았던가.

애써 평정을 되찾은 시선은 마지막까지 읽어 내리자 깊게 침잠했다.

**[온 첫날, 전하를 알현하겠다고 나섰어. 아마 왕비를 알현한 거 같더군.
· 제레미야]**

예상외였다. 그녀가 가만히 기다리고만 있지는 않을 거라곤 생각했지만, 막상 생각지도 못했던 소식을 들으니 심장이 철렁 내려앉았다. 올리비아의 행동은 사자의 주둥이에 머리를 들여놓는 격이었다. 만약 할 수만 있다면, 그 가녀린 어깨를 흔들며 추궁하고 싶은 심정이었다.

물론 그 전에 빌어먹게도 말을 안 들어 먹은 이 남자부터 만나야겠지만.

"뭐, 뭐라고 전달하면 될까요?"

심상치 않은 분위기에 마른침을 삼키던 간수장이 어안이 벙벙한 자신을 다잡은 건 잠시 후였다. 더듬거리며 조용히 묻는 말에 다시금 묵직한 정적이 지하 감옥 안을 휘감는가 싶더니, 뒤이어 조용한 대답이 돌아왔다.

"······약속을 지키라고 전해 주십시오."

"알겠습니다. 그럼 이만."

목소리는 차분하지만, 한기가 느껴졌다. 소름이 돋을 만큼 단호하고 냉랭한 어조였다. 다급히 고개를 끄덕인 간수장이 황급히 챙길 것을 챙겨 자리를 빠져나갔다.

멀어지는 발걸음 소리를 들으며 빈센트가 복잡해진 머릿속을 정리하는 도중이었다. 다시금 멀리서 다가오는 발걸음 소리가 들렸다. 빠르지도 느리지도 않은 발걸음 소리가 멈춘 건 바로 앞 철장 너머에서였다. 좀 전까지 간수장이 있던 자리. 그가 뭔가 놓고 간 것인가 해서 구태여 아는 체하지 않았다.

하지만 예상과 달리, 다시 돌아가는 발걸음은 없었다. 혹시 전할 말이 또 있는가 싶어 빈센트가 결국 시선을 돌려 그곳을 보았다.

"오랜만이군."

"······."

눈으로 방문자를 알아보기도 전에 귀가 먼저 알아봤다. 놀란 숨이 잘게 흩어졌다. 호위 한 명 없이 온 왕이 다시금 입술을 달싹였다.

"어때, 그 안은 지낼 만한가?"

인사 대신 던진 말은 아이러니했다. 재회한 즉시, 얼굴을 보기도 전에 지하 감옥으로 그를 처넣은 장본인이라는 걸 고려하면. 남이 듣는다면 걱정 어린 질문이 아닌가 싶을 정도로 다정했지만, 빈센트는 그가 얼마나 많은 껍질을 뒤집어쓰고 타인을 속일 수 있는지 익히 알았다.

"……덕분에 말입니다."

왕은 다행히 조금 전의 일을 모르는 것 같았다. 감정의 동요를 감추고 대꾸하자, 낮은 웃음소리가 되돌아왔다.

"대답하는 걸 보니 아직 살 만한가 보군."

누구나 들으면 귀를 의심할 말이었다. '살 만하다'는 표현은, 적어도 이곳에 붙일 만한 단어는 아니었다. 지하 감옥은 평범한 사람에겐 단 하루를 있어도 악몽으로 자리매김할 곳이었다.

차가운 돌바닥과 단 한 줌뿐인 햇살, 하루 한 번 배급되는 딱딱한 빵과 식은 수프와 시도 때도 없이 돌아다니는 시궁쥐와 벌레들은 멀지 않은 고문실에서 들려오는 비명만큼이나 호시탐탐 죄인들의 정신을 갉아먹으려 들었다. 그렇게 해서 미쳐 버린 이는 차라리 다행이었다. 멀쩡한 정신으로는 언제 끝날지 모르는 감옥 생활을 견딜 수는 없을 테니까.

"좀 더 가까이 오지 그러나. 얼굴이 보고 싶은데."

제안으로 들렸으나, 사실 거절이란 선택지는 없었다. 매시 매분마다 왕은 한 손에 그를 움켜쥐고 그가 소중히 여기는 것들을 어떻게 해야 할지 가늠하고 있었다.

이를 악문 채 철창 쪽으로 걸음을 옮기자 어둠에서 벗어나기가 무섭게 강한 손길이 갸름한 턱을 잡아 들었다.

새카만 두 개의 동공이 철창을 사이에 두고 첨예하게 마주쳤다. 예술 조각을 감상하는 듯 낱낱이 이복동생의 얼굴을 훑던 왕이 나직이 탄식하듯 뇌까렸다.

"정말 닮긴 닮았군."

외진 북부에서 처음 마주한 순간부터 곁에 둬야겠다고 생각했다. 그는 결국, 욕심대로 빈센트를 자신의 기사로 파격적인 조건으로 데려왔고 중요한 자리에 배치했다. 자신답지 않은 충동적인 결정이었다. 분명 나이도 어린데 불구하고 나라 안에서 손꼽힐 실력이었지만, 비워 두었던 제1 기사단의 단장을 맡길 측근들은 왕의 주변에 얼마든지 있었다. 하나 그 의문은 오래가지 않았다. 모처럼 발견한 쓸 만한 검을 귀히 여기고 싶은 건 무릇 어느 지배자라도 당연한 거니까. 그는 그 알 수 없는 끌림을 그리 정의 내렸다.

그러다 스멀스멀 한 가지 의문이 피어올랐다. 처음엔 그저 궁금증이었다. 출신 성분도 알 수 없는 고아를 손수 주워 이름을 지어 주고, 제 자식들과 함께 어울려 키울 만큼 데인 변경백이 살가운 인물이었나부터 시작했다.

물론 아이가 일곱 살 되던 해 가차 없이 내몰았다지만, 십 년의 수행 생활을 끝내고 돌아온 빈센트를 다시 곁에 둔 것은 어린아이를 사지로 내몰았던 그 매정함마저도 어쩌면 필요한 시련이 아니었을까 생각하게 했다.

결국, 오랜 시간 은밀히 알아본 결과 그 뒤에는 한 여자가 있었다는 데까지 그는 진실에 가닿았다. 옛날에 실종된 이네스 데인이라는 변경백의 누이.

그리고……

시간이 흘러 어쩌면 가지에 가지를 뻗은 심증들은 어쩌면 그가 선왕의 핏줄일지도 모르겠다는 것까지 도달했다. 표면적으론 인정받는 니힐 출신의 기사이며, 변경백이 곁에 뒀던 기사였다. 확실한 물증도 없이 대놓고 죽일 수가 없어 임무를 빌미로 호시탐탐 사지(死地)로 내몰았다. 하나 죽었으면 바랐던 그때마다 기사는 살아남았고, 어느덧 오 년이란 시간이 흘렀다.

상념이 깨어진 건 으르렁대는 목소리가 귀를 파고들었을 때였다. 턱을 잡았던 손이 뿌리쳐졌다. 들개 같은 눈동자가 금방이라도 달려들듯 상대를 노려보고 있었다.

"무슨 말을 하고 싶으신 겁니까?"

빈센트의 얼굴은 원래 보던 모습과는 분명 다른 몰골이었다. 며칠 새 초췌해졌으며 깎지 못한 수염이 돋아 있었다. 하지만 보석이 더럼을 묻혔다고 본질이 달라지는 건 아니듯, 타고난 외모가 퇴색되는 건 아니었다.

빈센트의 얼굴이 회랑에 걸린 아비의 젊은 시절 모습과 겹쳐졌다. 겉모습이 아닌, 지배자로서의 위엄이 핏줄을 타고 남아 있었다. 그것이 그를 밤낮없이 뒤척이게 했다.

"알려 주려고 말이야."

뿌리쳐진 손을 내려다보며 왕이 잠시 숙였던 고개를 들었다.

"자네 약혼녀가 아주 당돌한 제안을 해 오더군. 지금 알현실에서 짐을 기다리는 중이고."

"……!"

말이 끝마치기가 무섭게 철창이 흔들렸다. 분노와 초조, 걱정으로 뒤얽힌 시선이 타들어 가듯이 뜨거웠다. 사람을 베면서도 무심한 눈을 하던 예전과는 달랐다. 자신은 어쩌면 이 얼굴을 보기 위해서 여기까지 친히 내려온 걸지도 몰랐다.

"그녀는 건드리지 마십시오."

손등에 핏줄이 돋아날 정도로 세게 철창을 움켜쥔 빈센트가 한마디 한마디 씹어 내뱉듯 경고했다.

"후회하게 되실 겁니다."

설마 했던 가정이 맞았다. 올리비아 시오네는 빈센트 무어의 약점이었다. 섬뜩할 정도의 분노였다. 어떤 상황에서든 침착했던 얼굴이 실낱

같은 이성을 간신히 붙잡고 있었다.

"……글쎄."

짙은 미소를 띤 왕이 나직이 대꾸했다.

"고려하도록 하지. 결과는 곧 알려 주겠네."

뭐가 됐던 결론은 명쾌할 터였다. 죽음이냐 아니냐.

*　　*　　*

내성 입구에서부터 왕의 알현실로 날 안내해 준 시녀는 전번에 만났던 시녀였다. 그녀가 날 알아봤는지는 알 수 없었다. 하지만 알현실 문 앞에 다다르자 알아봤음을 확신했다. 저번처럼 왕을 대할 때의 주의 사항은 그녀의 입에서 나오지 않았다.

딱 한마디만을 했을 뿐이었다.

"전하께선 잠시 후 들어오실 겁니다. 앉아서 기다리세요."

"알겠습니다."

알현실 안으로 들어선 뒤, 문이 닫히는 소리가 들리자 나도 모르게 참았던 숨을 토해 냈다. 처음 방문했던 그 공간 그대로였다. 다만 이번엔 나 혼자였다. 왕이 먼저 와 있지도, 시중을 드는 이도 보이지 않았다. 여러 가지로 저번과 상황이 달랐다. 은밀해야 할 이야기니만큼 일부러 그렇게 한 듯했다.

"……."

천천히 걸음을 옮겨 카우치로 다가가 앉았다. 앉기가 무섭게 긴장된 손끝이 계속 무릎 아래를 파고들었다. 테이블 위에 올려 둔 찻잔에 김이 올라오는 게 보였다.

눈을 감자 왕비와 나눴던 대화가 떠올랐다.

빈센트를 풀어 주지 않으면, 하퍼 백작이 숨겨 놓은 기밀 장부를 넘기지 않겠다는 내 당돌한 말에 이사벨라 왕비는 처음엔 귀를 의심하는 듯 눈살을 찌푸렸다. 그러다 이내 기가 막힌 듯 웃음을 터뜨렸다.

–*게더를 쑥대밭으로 만드는 건 일도 아니야.*

명백한 협박이었다. 하지만 그에 굴할 거였다면, 애초에 말을 꺼내지도 않았으리라. 등을 더 꼿꼿이 펴고 입매를 늘려 여유롭게 보이길 원했다.

–*하지만 합당한 명분이 없으시겠죠.*

–*만들면 그만이지.*

–*쉽지 않으실 겁니다.*

여론을 만드는 건 어렵지 않았다. 그레덴 상회로 인해 쌓은 인맥은 절대 적지 않았다. 적어도, 빈센트의 출생을 모르는 샤일러 후작 부인은 내 편인 듯 보였다.

영문도 모른 채 우리의 대화를 지켜보던 후작 부인이 조용히 끼어들었다.

–*왕비 전하.*

–*······이모님.*

–*제 얼굴을 봐서라도 재고해 주시면 안 될까요?*

–*······.*

왕비의 입술이 곤란한 듯 다물린 건 그때였다. 문득 후작 부인과 왕성을 들어온 것이 천운이라는 생각이 들었다. 두 사람이 친척 간이라는 것은 널리 알려진 사실이 아니었고, 거기다 왕비는 어째서인지 이모인 후작 부인에게 약했다.

침묵은 짧았다. 잠시 후 왕비가 자리에서 일어났다. 동시에 떨떠름한 허락이 떨어졌다.

–*좋아. 전하를 알현할 수 있게 해 보지.*

―감사⋯⋯.

―만약.

화색으로 미처 감사 인사를 끝내기도 전에 말꼬리를 채 간 왕비가 날 날카로운 눈빛으로 내려다보며 또박또박 경고했다.

―만약 내게 한 말이 허튼소리였다면, 오늘의 무례는 톡톡히 갚아야 할 거네.

왕자까지 거론한 것이 왕비의 심사를 뒤틀리게 만든 듯했다. 이렇게 된 이상 물러설 곳도 두려울 것도 없었다. 본의 아니게 이용하게 되어 버린 후작 부인에게는 면목 없었지만 마주한 시선에 담담히 고개를 끄덕이는 수밖엔 별다른 도리가 없었다.

잠시 떠오른 기억을 지워 낸 건 문밖에서 대기하던 하녀의 목소리였다.

"전하께서 들어오십니다."

문이 열리기가 무섭게, 자리에서 일어났다. 발걸음 소리가 점차 다가오더니 내 앞에서 멈춰 섰다. 눈을 마주치기 전에 고개를 숙이고 살짝 무릎을 굽혀 먼저 인사를 올렸다.

"게더의 올리비아 시오네, 전하를 뵙습니다."

"그래. 오랜만이군."

예상과는 다르게, 평온한 어조였다. 날 찍어 누르려는 위압감도 느껴지지 않았다. 신중을 기하려 차를 따르는 하녀조차 들이지 않은 것치곤 편안해 보이는 태도였다. 그와 반대로 나는 척추를 바로 세웠다. 왕의 이 같은 태도는 어쩌면 상대를 방심하게 하려는 의도인지도 몰랐다.

"내 말 안 들리나?"

정신이 번뜩 든 건 왕의 뒤이은 말 때문이었다. 어느새 맞은편 자리에 느슨히 앉은 왕과 눈이 마주쳤다. 아차, 싶었다.

"실례지만······."

"앉으라고 했네."

"······죄송합니다."

고개를 끄덕이며 조심히 자리에 앉았다. 보기 좋게 놓인 과일과 디저트 중 사과를 집어 한입 베어 문 왕이 여유롭게 등받이에 등을 기댔다.

"올리비아 양."

그대로 고개를 들어 눈이 마주치자 왕은 입매를 끌어 올렸다. 마치 제 굴까지 스스로 찾아든 토끼를 바라보는 사자의 눈빛이었다. 뱃속이 옭아매듯 옥죄여 오는 느낌이었다.

왕을 처음으로 독대했을 때가 생각났다. 어째서 묘한 느낌이 들었는지도. 빈센트와 같은 검은 눈동자를 한 이 남자에겐 그와 같은 분위기가 있었다. 빈센트보다 훨씬 더 성숙하고 짙지만 확실했다. 숨 쉬듯이 자연스럽게 상대를 압도하는 무언가.

"말씀하세요."

대답하는 순간, 입안이 바짝 말라 왔다. 침을 삼켰다. 이곳까지 온 이상 이미 다른 선택지는 없었다. 꿋꿋이 시선을 피하지 않자 검은 동공이 흥미롭다는 듯 반짝였다. 사과를 내려놓고, 손깍지를 무릎 위에 얹은 왕이 다리를 꼬며 말을 이었다.

"보다시피 짐은 참을성이 별로 없지. 지루한 걸 싫어해."

조용히 다음 말을 기다렸다.

"쓸데없는 소리를 듣자고 시간을 낭비하는 건 질색이야. 어느 때는 다 듣기도 전에 손이 먼저 움직이지 뭔가."

왕이 절대적 존재로 숭앙됐던 예전과 달리, 귀족의 입김이 세졌다고 하나 이 나라는 여전히 군주제를 유지하는 국가였다. 왕은 신분 고하를 막론하고 즉결 처분권이 있었고, 그 대상에 예외는 없었다. 즉결 처분권을 사용하지 않고 빈센트를 살려 둔 건 단지 뒷수습이 곤란한 상대였기 때문인지도 몰랐다.

그러나 나는 달랐다. 손이 먼저 움직인다는 건, 그런 뜻이었다.

그것을 깨닫자 긴장감이 온몸을 관통했다. 뒷덜미가 쭈뼛했다. 거두절미하고 본론부터 들어가자는 얘기였다. 어차피 이 자리에 오래 앉아 있을 생각은 없었다. 전신에 알게 모르게 힘이 들어가 말문이 움츠러들었다.

"······무슨 말씀인지 잘 알겠습니다."

"얘기가 빨라서 좋군."

마음에 든다는 듯 더욱 짙게 미소 지은 왕이 손을 뻗어 차를 한 모금 마시더니 내게도 권했다. 먼저 마셔 보았다는 건 독이 들지 않았음을 입증한 것이다. 내가 어느 쪽에 앉을지 몰랐을 테니까. 찻잔에서 입술이 떨어지자 왕이 다시 입을 열었다.

"그래, 재밌는 제안을 했다지."

"예. 왕비 전하께 들으신 바대롭니다."

"나는 내 귀로 다시 듣길 원하네."

돌아온 건 한 음절, 한 음절 힘을 준 목소리였다. 잠시 숨을 고르고 입술을 달싹였다.

"하퍼 백작이 카티아의 내란에 개입한 증거가 있습니다. 그것의 위치를 제가 알고 있구요."

왕이 이를 드러내고 웃은 건 다음 순간이었다. 동시에 섬뜩한 긴장감이 머리끝부터 발끝을 관통했다.

"그렇군. 어디지?"

"······전하."

이야기가 달랐다. 내가 원한 건 거래였으나, 왕이 원한 건 상납이었다. 거대한 그림자가 날 덮친 것처럼 옴짝달싹할 수가 없었다. 방심하면 한순간에 집어삼켜질 것 같았다. 목이 졸린 듯 숨통이 답답했다. 젖 먹던 힘을 쥐어짜 냈다.

"전하께선 제가 장사꾼이라는 걸 아십니다."

왕은 무자비할 정도로 독선적이고 잔인한 위인이었지만, 한편으론 합리적이고 이성적이기도 했다. 니힐로 가기 전, 왕을 대면했던 때를 떠올렸다. 이곳 이 자리에서 비슷한 상황에 부닥쳤었고, 하퍼 백작과의 이혼을 위해 내가 내민 카드는 바로 히스텔리아였다.

더 말해 보라는 듯, 느긋하게 날 응시하는 왕을 향해 입을 열었다.

"세상에 대금을 받지 않고 물건을 넘기는 장사치는 없습니다."

"그 목에 칼이 들어가도?"

왕은 그때와 달랐다. 좀 더 노골적이고 솔직한 태도로 돌변했다. 마치 저녁 메뉴를 물어보는 듯한 형식적인 어조였다. 애초에 목숨의 무게라는 것이 그 정도밖에 되지 않는 양. 아무 감정도 느껴지지 않는 시선이 소름 끼치게 냉랭했다. 문득 벽난로 위에 걸린 검 두 자루가 보였다. 왕이 그것을 든 순간 모든 건 끝일 것이다.

어쩌면 아무도 이곳에 들이지 않은 건, 귀찮은 목격자를 만들기 싫어서일지도 몰랐다. 왕이 사람을 불러 내 시체를 처리하는 광경이 떠올랐다. 피를 닦고 흔적을 지우는 데는 삼십 분도 걸리지 않을 것이다. 생각이 거기까지 미치자 숨이 턱 막혔다. 하지만 다행히 목소리는 떨리지 않고 나왔다.

"그렇게 되면…… 전하께선 아무것도 얻지 못하시겠죠."

낭떠러지가 바로 한 발짝 뒤에 있었다. 앞에선 거센 바람이 몰아쳤고, 어둠 속에서 날 노려보는 짐승이 있었다. 가냘픈 무기를 꺼내자 관을 쓴 짐승이 가소롭다는 듯 으르렁거렸다.

"재밌군. 날 상대로 지금 장사를 하겠다는 건가? 알현을 허가해 준 것만도 큰 자비라는 걸 알 텐데."

"빈센트 무어 경을 풀어 주겠다고 약속해 주세요."

설령 날카로운 송곳니에 목덜미가 찍힌다 해도 할 말은 해야 했다.

"잊으시진 않으셨으리라 생각합니다. 그를 내 약혼자로 인정한 건 전하십니다. 그 전까진 입을 열지 않겠습니다."

"……그래, 그랬지. 내가 그 약혼을 인정했었어."

혼잣말처럼 뇌까리는 왕의 시선이 내 덜덜 떨리는 손에 닿지 않기를 바라고 또 바랐다. 억겁보다도 길게 느껴지는 침묵이 지나고 잠시간 생각하는 듯 말이 없던 왕이 느릿하게 물었다.

"모를 리가 없을 테지만, 일단 물어보지. 그가 왜 갇혔는지 알고 하는 소린가?"

"……네, 알고 있습니다."

"내게 있어 왕권을 위협하는 존재라는 것도?"

"……네."

부정할 수 없었다. 당장 부정한다 해서 감춰지는 것도 아니었다. 어설픈 거짓은 큰 화를 부르는 법이었다. 망설임 없이 수긍하는 내 반응이 의외였는지 가만히 바라보던 왕도 의외의 화제를 꺼냈다.

"사실 이곳에 오기 전 지하 감옥에 갔었네."

이번에 놀란 쪽은 나였다. 목구멍에서 하고 싶은 말들이 치밀어 올랐다. 애써 생각하지 않으려고 했던 것들이었다. 그 끔찍한 곳에서 야위었을 빈센트의 모습. 내 기억 속에서 그는 항상 완벽했기에 더욱 상상하기 어려웠다. 한번 상상하려 들면 심장이 욱신거렸다. 견딜 수가 없어 생각하지 않으려고 했던 것들.

흔들리는 내 눈을 눈치챘는지 왕이 상체를 내 쪽으로 기울이더니 진득하게 웃었다.

"자넬 만난다고 하니 그가 처음으로 흥분하더군. 광분이라 해야 하나."

손이 부들부들 떨렸다. 이번엔 두려움이 아닌 분노에서였다. 그에게 내 안위를 두고 쥐를 가지고 노는 고양이처럼 굴었을 왕이 떠올랐다.

"이를 갈며 말하더군. 자네만은 건드리지 말라고 했어. 그러기 위해서 뭐든 하겠다고."

그 어느 때도 느끼지 못했던 충동이 가슴 깊은 곳에서 올라왔다. 할 수만 있다면 왕의 멱살을 잡고 흔들고 싶었다.

"말해 보게. 내가 어쩌면 좋겠나?"

어차피 둘밖에 없었지만, 왕이 비밀 이야기를 하듯 작게 속삭였다. 더 듣고 있을 수가 없었다.

"그만……!"

귀에 와 박히는 한마디 한마디가 마치 비수를 꽂는 듯했다. 도저히 참을 수 없었다. 그만 견디지 못하고 자리에서 일어난 건 본능이었다. 예상했다는 듯 일어선 나를 왕이 무심히 응시했다.

"……제가 영민하지 못해 알아듣지 못하겠습니다. 부디 원하는 게 뭔지 말씀해 주시죠."

"겸손이 과하군. 그야 자네가 줄 수 있는 것. 하퍼 백작의 장부를 원해."

당연하다는 듯 대답하는 모습이 마치 갈라진 혀를 날름거리는 살모사처럼 느껴졌다.

"하지만 그것만으론 부족하지. 모든 걸 알게 된 자네, 그리고 언젠가 내 왕위를 위협할 수도 있는 선왕의 사생아를 살려 두어 내가 감수해야 할 것에 비해선."

뒤따른 말에 정신이 아찔했다. 평생 떠받듦을 받는 왕족이 아닌, 충성스러운 기사로서 살아온 빈센트였다. 뻣뻣하리만치 올곧은 그가, 이제 와 출생의 비밀을 알았다고 해서 왕위를 탐낼 가능성은 없었다.

나는 확신했다. 그날, 비바람이 치고 태풍이 치던 묘지기의 오두막에서 내가 본 남자는 탐욕스럽고 권력욕에 미친 남자가 아니었다. 그저 사랑하는 사람과, 평온하게 사는 것을 바라는 게 전부인 남자였다.

파사삭.

어느샌가 왕의 손에 들려 있던 찻잔이 부서졌다. 파편이 유리 테이블이 떨어져 날카로운 마찰음을 냈다. 자칫 잘못했다간, 그 찻잔이 내가 될 수도 있다는 뜻이었다.

"그러니 그에 합당한 대가를 내놓아야 하지 않겠나?"

태연자약하게 말을 이은 왕과 눈이 마주친 순간, 직감적으로 깨달았다. 그걸 왕도 알고 있다는 것을. 그런데도 왕은 빈센트를 풀어 줄 생각이 없었다. 밀물처럼 차오르는 절망감에 숨을 삼켰다.

"그렇다면 무엇이 더 필요하죠? 무엇을 드려야 저희의 안위를 보장해 주실 거죠?"

"간단하네. 그 똑똑한 머리로 곰곰이 생각해 봐. 그만한 대가로써 무엇을 해야 할지."

그만한 대가. 목숨을 걸어야 하고, 자칫 잘못하면 낭떠러지 아래로 떨어질 수도 있는 위험한 일. 머릿속에 떠오른 건 한 가지였다. 설마 하는 마음으로 천천히 대답했다.

"……설마 직접 카티아에 가서, 첩자 노릇이라도 하라시는 건."

말은 미처 끝맺어지지 않았다. 그대로 입을 다물었다. 정상적인 사고로는 할 수 없는 생각이었다. 차라리 사자 우리 안으로 등을 떠미는 편이 덜 노골적이었다.

하지만 왕은 기꺼이 그렇게 했다.

"벌써 여러 명이 실종됐지."

마주한 얼굴은 태연하다 못해 덤덤했다.

"이제 막 약혼녀가 된 자네의 안위를 위해서, 빈센트 무어 경은 기꺼이 하겠다고 하더군."

"……."

"잘됐지 않은가. 자네는 그냥 얌전히 기다리면 될 일이니."

그 순간, 깨달았다. 왕이 방금 전 떠보듯 말한 건 미끼였다. 그 말을 들은 내 얼굴을 엿보기 위해서였다.

왕과 빈센트. 두 사람은 이미 결론을 내렸고, 나는 뒤에 남겨졌다. 그가 날 두고 홀로 니힐을 떠났을 때처럼.

이를 악물었다. 지켜지고, 품에 감싸지는 건 내게 있어 더는 보호의 의미가 아니었다. 그 대가로 눈과 귀를 틀어 막힌 채 초조하게 그를 기다리고 싶지 않았다. 귀족 여성에겐 인내가 미덕이라지만 순응하고 싶지 않았다.

"그렇다면!"

머뭇거림은 없었다. 목소리는 바로 터져 나왔다.

"그렇다면, 저도 빈센트 경과 함께 가겠습니다."

"……뭐?"

처음으로, 한 치의 흔들림도 없던 왕의 얼굴에 황당함이 서렸다. 이것만은 예상하지 못한 상황인 듯했다. 다음 순간, 어처구니가 없다는 듯 고개를 젖힌 왕이 낮게 웃음을 터뜨렸다.

"하, 하하하……. 미안하네. 이런 반응이 올 거란 생각도 못 해서."

명백한 비웃음이었다. 불쾌했으나 티 낼 수 없었다. 눈물까지 나왔는지 눈언저리를 검지로 훔친 왕이 뒤이어 말했다.

"그거 아나? 용기가 과하면 치기라고 하지. 여자가 가 봤자 짐 덩어리가 될 뿐이다."

생각했던 대로였다. 순순히 고개를 끄덕이지 않으리라곤 생각했다. 하지만 제지받는 대도 포기할 수 있을 리 없었다.

"빈센트 경이 실력 있는 기사라 한들 지금처럼 시국이 심각한 상황에, 삼엄한 경계를 뚫고 카티아로 가는 밀항선에 무사히 오르기란 쉽지 않은 일입니다."

제레미에게 듣기론, 카티아로 가는 모든 배가 끊긴 건 불과 사흘 전이었다. 드나드는 배라곤 새벽녘이나 저녁 어스름을 틈타 은밀하게 오고 가는 소수의 밀항선뿐이었다. 주로 카티아에서 부족한 것들을 실은 몇몇 장사꾼의 배.

"맞는 말이네. 하지만 한 명이 아닌 둘이 가면 더욱 눈길을 살 테지. 그중 하나가 척 보아도 자네 같은 여인이라면. 특히, 뱃사람은 여인을 배에 태우는 걸 질색한다지."

"물론 남장을 할 생각입니다."

왕이 코웃음을 쳤다.

"그게 먹힐 거라고 생각하나? 누가 봐도 여인인 그 모습을 보고?"

"체격이 작은 사내는 얼마든지 있습니다, 전하. 목소리는 어찌할 도리가 없으니 벙어리인 척할 생각입니다."

바다를 접한 이 나라, 벨로트와 카티아까지 뱃길로는 불과 하루 거리였다. 밀항선이라 돌아간다 해도 이틀을 넘지 않을 테니, 그동안의 속임은 조심만 한다면 불가능한 것이 아니었다. 다음 말을 기다리는 모습에 덧붙였다.

"얼굴은 화상을 입어 남에게 모습을 보일 수 없다고 하면 어찌어찌 넘어갈 겁니다."

"……뭐, 그렇다 치지. 사실 그딴 사소한 건 아무래도 상관없네."

못 미덥다는 얼굴로 어깨를 으쓱인 왕이 더 말해 보라는 듯 팔짱을 꼈다. 이쯤 해서 본론에 들어가라는 말이었다.

"전하, 저는 그레덴 상회의 관계자입니다. 그리고 그레덴 상회는 지혈 효과가 매우 뛰어난 히스델리아를 취급하고 있죠. 덧붙여, 내란의 조짐이 스멀스멀 올라오기 전 카티아와의 교역을 준비해 놓기도 했습니다."

목소리는 거듭할수록 또렷해졌다. 스스로 보기에도 자신 없는 목소리는 상대에게도 똑같이 들리는 법이었다.

"전하."

등을 한껏 펴고 턱을 당겼다. 그리고 낼 수 있는 최대한, 당당하고 뚜렷한 목소리로 말을 이어 나갔다.

"만약 제가 빈센트 경과 동행한다면, 밀항선을 아무런 차질 없이 얻어 탈 수 있습니다. 또한, 미리 만들어 놓은 현지의 인맥도 십분 활용할 수 있게 되는 겁니다."

* * *

모험은 성공했다. 간곡한 마음으로 설득한 게 효과가 있었는지, 잠시 고민하던 왕은 결국 내 의견을 받아들였다.

사실 그가 내게 설득을 당했건, 혹은 만약 일이 잘못되어 나 또한 죽는다면 더 좋다고 생각했건 하나도 중요하지 않았다. 중요한 건 빈센트가 풀려난다는 사실이었다. 빠르면 오늘 안, 늦어도 내일 안에.

테레즈 외곽, 하퍼 백작의 장부가 숨겨진 장소를 알리기 무섭게 축객령이 떨어졌다. 그대로 왕의 알현실에서 나와 다시 시녀의 안내를 받았다. 올 때와 마찬가지로 내실을 빠져나오자, 탈진한 듯 그전의 기세가 어디로 갔는지 전신이 물먹은 솜처럼 무거웠다.

무거운 걸음으로 기사의 안내를 받아 외성의 문을 나와 완전히 왕성을 빠져나왔을 땐 어지럽기까지 했다. 일단 제레미의 집으로 가기 위해 승합 마차를 잡으려는 때였다.

어디선가 날 부르는 목소리가 들렸다.

"올리비아!"

"아가씨!"

소리의 근원지를 찾아 고개를 돌리자, 기다리고 있었던 듯 먼발치서 내게 다가오는 얼굴이 있었다. 제레미와 애니였다. 그가 다가와 걸치고 있던 외투를 벗어 내게 두르는 순간, 잊고 있던 추위가 느껴졌다. 하늘은 화창하고 잔설도 다 녹았지만, 황량하고 냉랭한 북풍은 여전했다. 먼저 다가와 말을 건 건 제레미였다.

"걱정했다. 일은 잘 풀렸고?"

"네, 다행히……."

"아가씨!"

웃으며 잘됐다고 말하려 했으나, 그 순간 시야가 휘청했다. 애니의 황급한 비명을 뒤로한 채 시야가 가무러졌다. 마지막으로, 제레미가 내 등을 받쳐 안는 게 느껴졌다.

다시 눈을 뜬 건 시간이 지난 후였다. 제레미의 손님방 침대 위였다. 첫 번째로 먼저 느껴진 건 내 손을 잡은 온기였다. 애니인가 싶어 그녀의 이름을 부르려고 입술을 달싹였다. 하지만 목이 쉬었는지 말이 잘 나오지 않았다.

"……올리비아."

결국, 힘겹게 고개를 돌렸다. 동시에 침대 머리맡에 앉아 나를 내려다보던 남자와 눈이 마주쳤다. 그의 얼굴을 본 순간, 어떤 말도, 표현도 의미가 없었다. 그가 다시 한번 내 이름을 불렀다.

"올리비아."

벨벳 천을 쓰다듬는 듯 부드럽고 다정한 목소리였다. 언제나 그에게서 들려왔던 목소리기도 했다. 그가 다른 한 손을 뻗어 내 이마를 쓸더니 그대로 뺨을 어루만졌다. 하지만 목소리는 이상하게도 가라앉아 있었고, 서늘하기까지 했다.

"어째서 여기까지 온 겁니까."

"……빈센트."

간신히 있는 힘을 다해 그의 이름을 내뱉었다. 목소리가 어쨌건, 그건 상관없었다.

이게 환상도 꿈도 아닌 현실임을 알게 되자 이제야 그의 모습이 구석구석 보이기 시작했다. 며칠 전에 본 모습보다 좀 더 초췌해져 평소보다 날카로운 인상이 되긴 했지만, 여전히 그는 그였다. 내가 보아 왔고 알아 왔던 모습 그대로였다. 무사했다. 한숨이 토막처럼 터져 나왔다.

"다행이에요, 무사해서."

옅게 웃으며 내 뺨에 닿은 빈센트의 손 위에 내 손을 얹었다. 그리고 상체를 일으켜 배드 헤드에 기대앉았다. 본능적으로 날 부축한 그의 손길이 바로 떨어졌다. 다시 뭐라 입을 열려는 사이 선수를 빼앗겼다.

"……'다행'이요?"

놀란 눈이 크게 떠졌다. 조금 전까지 날 걱정하고 내가 눈을 떴음에 안도하던 모습은 사라졌고, 지금은 화를 눌러 참는 남자의 얼굴이 보였다. 급한 마음에 그에게 손을 뻗었다. 어찌하겠다는 생각도 없이 반사적인 행동이었다. 그의 피부를 만지고 싶었다. 다시 온기를 느끼고 안도하고 싶었다. 하지만 가차 없이 뿌리쳐졌다.

"빈센트."

"다행이라는 말은 아무 때나 쓰는 게 아닙니다."

순식간의 일이었다. 강한 힘으로 양어깨를 틀어 잡힌 채 밀어붙여졌다. 이를 악문 그가 또박또박 말을 이었다.

"당신이 왕을 알현한다고 들었을 때, 내가 얼마나……."

그러나 목소리는 다 이어지지 못했다. 내가 그대로 그의 목을 끌어안아서였다. 놀란 듯 굳은 그의 몸이 느껴졌다.

"날 두고 어디에도 가지 않는다고 했잖아요."

말로 맹세하지 않아도, 우리가 오두막에서 나눴던 키스와 대화는 그런 의미였다. 그의 어깨에 얼굴을 묻고 온 힘을 다해 말했다.

"더는 당신과 떨어지고 싶지 않아요. 얌전히 앉아서 기다리는 역할은 지쳤어요."

"……."

그가 날 떼어 낸 건 잠시 후였다. 언제 눈물이 나왔는지 뺨이 축축했다. 한 손으로 내 눈물을 닦은 그가 물었다.

"그곳이 절벽 앞이라도 말입니까?"

그 질문에 나는 붉어진 눈시울을 한 채 웃음을 터뜨렸다. 기습하듯, 그의 뺨을 잡고 짧게 입 맞췄다. 이마를 맞댄 채, 마주한 눈을 바라보며 달콤한 밀어를 지저귀듯 작은 목소리로 속삭였다.

"설령 지옥이라도."

세상 그 어느 곳이라도.

* * *

어둠이 온통 사위를 덮은 이른 새벽이었다.

물안개가 깔린 항구도시는 음산하면서도 비밀스러운 무언가를 감추고 있었다. 그 안을 뚫고 두 쌍의 말발굽 소리가 나직이 정적을 깨뜨렸다. 두 인영이 탄 말이 멈춘 건 분주히 숨을 죽이며 움직이는 몇 명의 사람들 앞에서였다.

먼저 안장에서 내려온 이가 손을 뻗어 동행한 이가 내리는 걸 도왔다. 그들은 깊은 로브를 써 코 위로는 얼굴이 보이지 않았다. 범상치 않은 분위기의 사람들이었다. 특히 훤칠한 키의 남자는 섣불리 말을 걸기 힘들지만, 어쩐지 계속 바라보고 싶은 묘한 권위가 느껴졌다. 쉴 틈 없이 창고에서 배로 짐을 나르던 일꾼들의 시선까지 사로잡았다.

어색함을 가르고 그들에게 다가간 건 밀항선의 책임자, 토마스였다. 혹시 왕성에서 단속을 나온 기사들이 아닐까 싶어 식은땀이 흘렀지만 애써 넉살 좋은 얼굴로 다가갔다. 여차하면 곳곳에 숨어 있는 자신의 사병들이 나올 터였다.

"보아하니 나리분들 같은데, 이 시간에 여긴 무슨 일로……."

램프를 들고 다가선 토마스의 걸음이 멈춘 건 두 발자국 앞에서였다. 그가 미처 입을 닫기도 전에 목소리가 말허리를 끊었다.

"달이 구름에 가려졌군."

"그건……."

잔뜩 힘이 들어갔던 두툼한 목덜미와 어깨가 탁 풀린 건 다음 순간이었다. 차가운 공기 속에서 남자가 내뱉은 건 그들만의 암호였다.

"그레텐 상회에서 나오셨군요. 간부신가요?"

대답 대신 빈센트가 짧게 고개를 끄덕였다. 그제야 안심한 토마스의 관심이 그의 등 뒤로 옮겨졌다.

"그런데 뒤의 분은……."

한 명이 올 거라고 예상했던 바와 달리 그가 배에 태워야 할 사람은 총 두 명이었다. 암호를 말한 남자에 비해 다른 한 사람은 그의 등에 완전히 가려질 정도로 왜소한 체구였다. 고개를 푹 숙인 채 아무런 말도 없었다. 호기심에 얼굴이나 볼까 하고 좀 더 가까이 가려 한 순간, 토마스는 제지하는 팔에 가로막혔다.

그때였다.

"……."

우두커니 멈춰 서 올려다보자 남자가 천천히 로브를 벗었다. 흔들리는 불빛 너머로 남자의 눈이 마주친 순간, 토마스는 동시에 저절로 숨을 들이켰다. 오랜 시간 이곳저곳 다니며 산전수전을 다 겪은 그였다. 모험담도 뱃사람들 사이에서 어깨 힘주기엔 부족하지 않을 정도로 많았고, 웬만한 미모는 다 보았다고 생각했다.

하지만 눈앞의 상대를 본 순간 그 확신이 깡그리 날아갔다. 마주한 남자는 사람이라기보단 깎아 만든 조각 같았다. 가장 깨끗한 눈의 결정을 모아 만든 듯한 백금발과 무저갱처럼 새카만 눈동자. 보기 힘든 조화도 조화였지만, 무엇보다 어딘가 차갑고 현실감이 없으면서도 느껴지는 위압감이 목덜미의 털을 쭈뼛 서게 할 정도였다.

정신을 차리지 못하는 사이 동굴처럼 깊고 낮은 목소리가 귀에 파고들었다.

"내 수행원입니다."

"아······."

"뭐 잘못된 거라도?"

내용과 달리 말대꾸는 절대 받아 주지 않을 것 같은 어조였다. 어쩌면 등 뒤의 이를 조금이라도 노출시키는 걸 꺼리는 모습이었다. 나직이 귀에 스며든 조용한 경고에 눈치 빠른 토마스가 잠시 넋 놓고 있던 고개를 가로저었다. 그러곤 서둘러 대화를 끝맺었다.

"아뇨, 없습니다. 머무르실 방은 미리 준비해 두었으니 선원이 안내해 드리는 대로 2층 방으로 가시면 됩니다. 물건은 일꾼들이 이미 옮겨 두었습니다."

*　　*　　*

겉으로는 그럴듯해도 밀항선의 안은 삭막할 거라는 내 예상과는 다르게 아담한 규모에 비해 갖출 건 다 갖춘 구조였다. 작은 선장실과 조타기가 있는 갑판을 합쳐 총 삼 층 규모로, 지하엔 이 배의 원료 및 물건을 가득 실은 창고 및 식당이 있었고, 이 층엔 선원들의 방과 손님용 객실이 자리했다.

"식사는······."

"문밖에 놓으면 됩니다."

나도 모르게 긴장된 탓에 숨을 참느라 온몸에 힘을 주고 있던 모양이었다. 등 뒤로 문이 닫히는 소리가 들리자마자 답답했던 로브를 벗었다. 벗자마자 그대로 내 로브를 받아 든 빈센트가 코트 걸이에 그것을 걸었다. 고맙다는 인사를 하기도 전에, 시야가 반전됐다.

"비, 빈센트……!"

한 손으론 내 어깨를 두르고, 다른 한 손으론 내 무릎 뒤를 안은 빈센트가 날 번쩍 들어 품에 안았다. 놀라움에 채 저항하기도 전에 그대로 몇 걸음 옮겨지더니 푹신한 침대에 앉혀졌다. 평소 신체 접촉을 다른 남자들에 비해 보수적일 정도로 적게 하는 편인 그였다. 하지만 내 안위에 관해서는 이야기가 달라졌다. 그는 한 치의 머뭇거림도 없이 행동했고, 조금의 거부도 허용하지 않았다.

그의 이런 과보호 같은 모든 행동이 전부 나를 위한 마음이라는 걸 아니 이제는 거부할 마음조차 들지 않았다. 대신 내 앞에 자연스레 한쪽 무릎을 꿇고 날 올려다보는 그를 향해 미소 지었다. 그리고 말했다.

"괜찮아요. 나 멀쩡해요, 아픈 곳 없이."

대답은 바로 돌아오지 않았다. 습관처럼 내 안색을 세세히 살핀 후에야 빈센트가 입을 열었다.

"그렇다기엔 안색이 안 좋습니다."

"원래도 그리 건강한 혈색이 아닌걸요."

"역시 오늘 오는 게 아니었습니다."

"빈센트."

자조하는 듯한 목소리에 반사적으로 대답했다.

"오늘이 아니면 일주일을 더 기다려야 했어요. 우린 지금 한시가 급한 상황이잖아요."

"그건……."

내 말에 반박하려다가 다시 입을 다문 빈센트의 팔을 잡고 일으켜 세

왔다. 그리고 그대로 내 앞에 선 그의 손을 이끌어 옆에 앉혔다.

"난 짐이 되지 않을 거예요. 그건 견딜 수가 없어."

그가 풀려난 다음 날 동틀 녘, 도성의 입구가 열리기도 전에 우리는 소리 소문 없이 퀸체로드를 벗어났다. 이곳으로 오는 내내 혹시라도 있을 사람들의 눈을 피해 각자 말을 타고 이동했다.

달리고 달려 항구도시에 도착한 건 수도를 떠난 지 이튿날 되는 늦은 저녁이었다. 그리고 또 하루가 지나 오늘. 이른 새벽, 우리는 최소한의 짐만을 가지고 어두컴컴한 안개를 뚫고 밀항선에 승선했다.

내 말이 마음에 걸렸는지 나란히 앉아 마주 본 빈센트가 진지하게 말했다.

"당신이 짐이면 기꺼이 짊어 멜 겁니다."

"그러니까 그런 상황이 싫다는 건데……."

변함없는 충견 같은 모습에 픽 웃으며 뇌까리다 입을 다물었다. 그의 어깨에 머리를 기대고 눈을 감았다.

"놀라워요. 어쩌면 적진 한가운데로 나가는 일인데, 이렇게 덤덤할 수 있는지."

중얼거리듯 한 말이지만, 사실 그 이유를 이미 알고 있었다. 그가 옆에 있기 때문이었다. 세상에서 가장 날 위해 주는 남자가 곁에 있는데 불안할 리가 없었다. 가슴 한구석으론 어쩌면 올지도 모르는 최악의 상황에 손이 벌벌 떨렸지만.

그런 내 일말의 두려움을 알아챘는지 그대로 나를 끌어안는 그의 손이 있었다. 그 어떤 방패보다도 단단하고 믿음직스러운 보호막이자 따뜻한 온기였다. 남들보다 더 차가운 온도를 가졌지만, 내겐 추운 겨울 저녁의 화톳불보다도 따스했다.

한동안 말없이 체온을 주고받던 우리를 떨어지게 한 건 방 밖의 노크 소리였다.

"아침 식사 가져왔습니다. 말씀하신 대로 놓고 가겠습니다."

선원이 가져온 식사는 베이컨과 작고 둥근 컵에 담긴 수란, 그리고 딸기잼과 식빵이었다. 간소했지만 부담스럽지도 않고 가벼운 허기를 달래기엔 딱 적당했다. 침대 발치 앞, 손님 접대용으로 놓인 두 개의 나무 의자와 테이블에 마주 앉아 간단히 식사를 마친 후, 살짝 문을 열어 빈 쟁반과 그릇을 다시 문 앞에 갖다 놓는 순간이었다.

마주한 복도의 몇 걸음 앞에서 목소리가 들렸다.

"안녕하세요."

배에 올라타기 전, 우리를 맞았던 키가 작고 통통한 남자였다. 자신을 토마스라 소개한 이 배의 책임자. 나도 모르게 어깨에 움츠러들었다. 로브도 없는 지금 당장 고개를 든다면 눈이 마주할 게 분명했다. 대답이 없음에도 남자는 계속 다가왔다.

"마침 드릴 말씀이 있었는데……."

천만다행으로 배 안이 어둑했고, 손에 들린 종이를 보느라 내 모습을 보지 못한 듯했다. 잠시 안도했지만, 그렇다고 바로 무시하고 문을 쾅 닫아 버릴 수도 없어 그대로 굳어 버린 때였다. 그 순간 등 뒤로 날 덮는 그림자가 생겼다. 뒤를 돌아보지 않아도 알 수 있었다. 내가 등진 문을 한 손으로 밀고 뒤에 선 빈센트가 다른 한 손으로 내 어깨를 잡아 방 안으로 이끌었다.

그대로 안으로 들어가자 그의 뒷모습이 보였다.

"무슨 일입니까?"

얼굴은 보이지 않았지만, 상상이 갔다. 타인을 상대할 때면 늘 그래 왔듯 냉랭할 만치 건조한 목소리였다. 찬바람이 횡횡 부는 무표정한 표정일 게 분명했다. 그제야 어안이 벙벙한 듯한 토마스의 목소리가 들렸다.

"아…… 별건 아니고, 수행인분께 드려도 되는 말씀인데."

"그렇다면 내게 해도 됩니다."

"······그, 그렇다면 잠시······."

그에게 가로막혀 내가 보일 일은 없었지만, 혹시나 했는지 한 발짝 앞으로 간 그가 등 뒤로 문을 닫았다. 호기심에 문에 귀를 댔지만 아무런 소리도 들리지 않았다. 빈센트가 방으로 다시 들어온 건 십여 분 뒤였다. 의자에 앉아 있다가 나도 모르게 벌떡 일어났다.

"무슨 얘기였어요?"

"별 얘기는 아니었습니다. 십 분 뒤 출발해서 다음 날 저녁이면 카티아에 도착할 거라더군요. 그 외엔 식사 시간 얘기였습니다."

알고 있는 지름길이 있는지 예상보다 빠르게 도착할 예정이라 마음이 놓였다.

"그랬군요."

고개를 끄덕이며 대꾸했지만, 사실 그런 것치고는 이야기하는 시간이 좀 길었던 거 같았다. 그런 내 의문이 표정에 드러났는지 가만히 날 바라보다 뒤를 돌아 아직 벗지 않고 있던 로브를 벗어 코트 걸이에 걸어 둔 빈센트가 다시 입을 열었다.

"이 방이 2인용 방이기는 하나, 두 명이 올 줄은 몰랐다더군요. 혹시 함께 방을 쓰는 게 불편하다면 방을 하나 더 내주겠다고 했습니다."

"······아."

그 말을 들음과 동시에 정수리에 찬물이 쏟아진 듯했다. 그제야 지금 놓인 상황이 눈에 들어왔다. 널찍하긴 했으나 하나뿐인 침대. 카우치가 하나 있긴 했으나 크진 않았다. 약혼 관계에서도 같이 방을 쓰는 건 일반적이지 않았다.

하지만 막상 그와 다른 방을 쓴다고 생각하자 망망대해에 내던져진 느낌이었다. 나도 어찌할 수 없는 기분에 침잠해 있자 어느새 마주 선 그가 내 이마에 키스했다. 빈센트는 나와 닿을 때 더없이 조심스럽다가도 이런 순간순간에는 부지불식간에 치고 들어오곤 했다. 내 불안을 잠재우기 위해서.

지금 또한 놀란 어린아이를 달래 주는 어른처럼 부드럽고 자연스러운 접촉이었다. 반사적으로 감았던 눈을 뜨자 그가 올려다보았다.

"거절했습니다."

"네?"

"이곳은 일반적인 배가 아닌, 밀항선입니다. 비상시에 무슨 일이 생길지도 모르니 같은 방을 쓰는 편이 좋다고 생각해서. 이곳 사람들은 당연히 당신을 남자로 알고 있으니 이상하게는 안 볼 겁니다."

그의 이어진 말에 나도 모르게 안도의 숨이 나왔다.

"물론 잠은 제가 카우치에서 잘 겁니다."

"하지만……."

체구가 훨씬 작은 내가 카우치에서 자는 게 맞다고 말하려 했지만, 바로 가로막혔다.

"제가 카우치에서 잘 겁니다."

"그럼 그냥 둘 다 침대에서 자요."

그의 눈이 처음으로 커졌다. 귀를 의심하는 얼굴이었다. 말을 내뱉으면서도 대담한 줄도 모르고 또박또박 말을 이었다.

"어차피, 침대도 넓잖아요. 저렇게 불편한 데서 자면 분명 다음 날 영향이 있을 거예요."

"……바보였어, 나는."

같이 침대를 쓰자고 말한 건 확실히 깊은 생각을 거치지 않고 나온 실수였다. 넓은 침대의 끝과 끝으로 자리 잡고 누웠으나 그의 숨소리와 뒤척거림이 여과 없이 전해져 신경이 온통 쏠렸다. 작은 숨결 하나하나도 바로 귓가에 스치듯 가까이 느껴졌다.

몸은 피곤한데 정신은 점점 또렷해졌다. 결국, 견디지 못하고 벽을 바라보던 몸을 반대편으로 튼 순간이었다. 바로 눈앞에 보인 모습에 왠지 모르게 맥이 빠졌다. 빈센트는 천장을 바라보며 새근새근 자고 있었다.

……원래 이런 상황에서는 여자 쪽이 아닌 남자 쪽이 잠 못 이뤄야 하는 거 아닌가.

"……."

그러다 문득 윈터 가든에서의 그가 떠올랐다. 정확히는 레이븐 홀을 습격한 자객에게 심한 부상을 당해 정신을 잃고 있던 때. 침상에 누운 그가 언제나 눈을 뜰까 초조해하며 머리맡을 지켰던 날이었다. 짧은 시간이었지만 내겐 억겁같이 길게 느껴졌다.

그러자 사고가 정지했다. 그가 내 앞에 있다는 걸 확인해야 했다. 그대로 이끌리듯 본능대로 손을 뻗었다. 그러곤 조심스레 빈센트의 이마를 매만졌다. 손끝에 감기는 부드러운 백금발의 머리칼을 따라 귓가 언저리를 쓸던 손이 조금 올라가 그의 서늘한 이마에 닿았다.

그의 숨을 확인하려는 듯 내 손은 그대로 반듯한 콧대와 입술을 따라 미끄러졌다. 그의 숨은 규칙적으로 나오고 있었다. 깊은 잠에 빠졌다는 증거였다. 그제야 안심하고 다시 돌아누우려는 순간이었다. 단번에 손이 잡힌 채 몸이 되돌려졌다. 뒤이어 허리를 잡힌 채 몸이 붕 뜨나 싶더니 그의 배 위에 앉은 자세가 됐다.

"올리비아."

이 상황에 대한 놀람보다, 솔직히 좀 전의 내 행동에 대한 부끄러움이 앞서 얼굴에 피가 몰렸다. 하지만 한편으론 그가 괘씸했다. 내가 손을 떼고 돌아눕자마자 기다렸다는 듯 나를 낚아챘다는 건 분명, 처음부터 자는 척을 했다는 거 아닌가.

여러 감정이 오고 가는 내 표정이 재밌다는 듯 빈센트가 옅은 미소를 지었다. 그 모습이 어이가 없고 웃음이 나와 결국 못 이기는 척 작게 웃음을 터뜨렸다. 그리고 물었다.

"언제부터 자는 척을 했어요?"

"처음부터."

예상을 뛰어넘는 대답이었다. 잠자리에 든 지가 지금 네 시간은 지난 것 같았는데, 뒤척이던 나조차도 한 시간 정도는 깜작 선잠이 들기도 했다. 이 남자의 정신력과 의지가 무서울 정도로 대단하게 느껴졌다. 그런 내 머릿속을 읽었는지, 늘어뜨린 내 머리칼을 가져가 끝에 습관처럼 키스한 빈센트가 뒤이어 말했다.

"연인과 같은 침대를 쓰는데 잠을 취할 수 있는 남자는 없습니다. 그리고…….

연인, 그 단어를 말하는 말투는 무엇보다 단단하고 견고했다. 금방이라도 날 집어삼킬 것 같은 시선이 내 곳곳을 훑는 게 느껴졌다. 갈증에 허덕이는 눈을 하면서도, 그는 여유롭게 말을 이었다.

"방금은 당신 하는 행동이 꽤 깜찍했기에 일부러 눈 뜨지 않았습니다."

"그건…….

바로 반박하려다 어쩔 수 없이 입을 다물었다. 당신이 살아 있는지, 살아서 내 옆에 아직도 숨 쉬고 있는지 확인하고 싶어서 그랬다. 차마 그렇게 말할 순 없었다. 낮이 활활 타오르다 못해 재가 될 말을 내뱉느니 그냥 약혼자가 좋아 도저히 가만있을 수가 없는 여자가 되는 편이 나았다.

붉으락푸르락하는 내 얼굴을 가만히 바라보던 빈센트가 손을 뻗은 건 다음 순간이었다. 조금 전처럼 속절없이 끌어들였고, 그대로 그의 품에 안겼다. 정확히는 누워 있는 그의 가슴 위를 내가 그대로 덮친 것 같은 모양새였다.

"놔줘요."

"싫습니다."

"놔 달라니까요."

"싫다고 했습니다."

연이은 민망함에 벗어나려 넓은 가슴을 밀었다. 하지만 돌아오는 건 멀어진 거리 대신 되레 더 가까워진 그의 얼굴이었다. 처음 만났을 때 알아봤지만, 언제 봐도 처음 보는 이들을 넋 놓게 할 만큼 하나하나가 반듯하고 조화를 이룬 얼굴이었다. 사람은 어쩔 수 없이 본능적으로 미(美)에 약했다. 나 또한 예외가 아니었다. 익숙해질 대로 익숙해졌다고 생각했는데, 오판이었다.

한 가지 이해되지 않는 것은 되레 나를 신성하다 못해 떠받들며 올려다보는 그의 눈빛이었다.

"이리 가까이 당신과 닿을 수 있다는 게 새삼스레 신기해."

"……."

"어쩌면 죽을지도 모르는 사지에 가면서도, 황홀하기 짝이 없을 정도로."

귓가를 쓰다듬는 듯 뇌쇄적이고 낮게 가라앉은 목소리였다. 할 수만 있다면 온종일 듣고 싶을 정도로 질리지 않을 것 같았다. 나도 모르게 침을 삼켰다. 그런 내 모습이 긴장감에 떨고 있는 거로 생각했는지 내 양팔을 잡고 있던 그의 손이 멀어졌다. 동시에 왠지 모를 아쉬움에 스스로 소스라치게 놀랐다.

그를 만나기 전까지만 해도, 아니 그를 만난 뒤에도 한동안 계속 이러한 식의 접촉에 강한 거부감을 느꼈던 나였다. 원치 않은 밤 생활을 강요당하고 거짓된 쾌락에 허덕였던 나는 이제 없었다.

빈센트는 저런 눈빛을 하면서도, 저런 갈망을 품고 있으면서도 늘 나를 기다려 주었다. 하지만…… 미약하게 흔들리는 내 시선을 물끄러미 응시하던 그가 한 손으론 내 허리를, 다른 한 손으론 내 뒤통수를 끌어 안더니 그대로 옆에 누웠다. 그렇게 그의 품에 안겨 누운 자세가 되어 그의 가슴팍에 얼굴을 묻었다.

"올리비아."

종이 한 장 들어가지 못할 만큼 가깝게 밀착한 상태에서 그가 말했다.

"결혼하기 전 미혼의 입장에서 깊은 관계를 맺는 것에 거부감이 있다는 것 압니다."

아니었다. 그래서가 아니었다. 품 안에서 고개를 젓는 나를 빈센트가 더욱 세게 끌어안았다.

"혹여나 또다시 당신이 그렇게 대우받을 자격이 없니, 깨끗한 몸이 아니니 하는 말이라면 반응하기도 싫으니 듣지 않겠습니다."

"……."

"돌아가서, 우리가 정식으로 결혼하게 되면."

그가 참았던 숨을 몰아쉬듯 내쉬곤 내 정수리에 입을 맞췄다. 그 부분만 유달리 타들어 갈 것처럼 화끈거렸다.

"그때는 내 침실에서 당신을 잡아 두고 놔주지 않을 겁니다."

완곡하고도 직설적인 통보이며 구애였다. 한 음절 음절마다 눌러 담은 그의 열기에 숨이 막혔다. 뜨거운 불 앞에 선 기분이었다. 잠시 가만히 눈을 감고 그 높은 온기를 느꼈다. 그리고 말했다.

"빈센트. 내 말, 들어 줘요."

손을 뻗어 그의 가슴을 끌어안았다.

"예전에, 아주 예전에…… 내 배 속에…… 아이가 있었어요."

그의 몸이 굳는 게 느껴졌다. 절대 잊을 수도, 없던 일로 할 수도 없던 과거가 내 심장을 움켜쥐고 흔들어 댔다.

"……태어나지는 못했어요. 유산했으니까. 그것도 내 부주의로 인해."

내 배 속에 짧은 시간이나마 품었던 아기. 내 피와 살을 공유하던 유일한 것이었다. 만약 다시 되살릴 수만 있다면 모든 걸 주어도 상관없다고 생각할 때도 있었다. 언제나 생각하며 잊지 않으리라 맹세했다. 하지만 그사이 점점 희미해져 가고 있었다. 아이에게 미안해서라도, 그리고 빈센트에게 떳떳하기 위해서라도 진실을 말해야 했다.

"나는…… 아이를 갖지 못하는 몸이에요. 아마 그 일 때문일 거라고 의사가 말하더군요."

가시가 가득 박힌 한마디, 한마디가 기도로 토해지듯 고통스러웠다.

"늦게 말해서 정말 미안해요. 당신과 사랑하게 될 거라고는 생각지 못했기 때문에. 만약 일이 끝나고 돌아왔을 때, 나와 파혼하고 싶다 하더라도 이해할게요."

나는 이제 숨김없이 모든 걸 고백했고, 이제 결정을 내리는 건 그의 몫이었다. 무겁고 진중한 침묵이 찾아들었다. 티를 내지 않으려 했으나 판결을 기다리는 죄수처럼 손이 덜덜 떨렸다.

빈센트가 내 이름을 부른 건 몇 분이 지난 후였다.

"올리비아."

"……네."

"상관없습니다."

가벼운 결정을 내리듯 덤덤한 목소리였다. 귀를 믿을 수가 없어 놀란 눈으로 고개를 들자 동공에 언제나와 같은 그의 모습이 비쳤다.

머뭇거리며 묻지 않을 수 없었다.

"그럼 아까 그 침묵은……."

"당신이 잃었던 아이에게 묵념한 겁니다."

세례처럼 그의 입술이 이마에 와 닿았다.

"그리고 이건, 그때 당신의 슬픔에 대한 위로의 뜻."

마지막으로 내 입술에 키스한 그가 속삭이듯 작은 목소리로 말했다.

"이건 그런 일이 있었음에도 잘 이겨 내고 버텨 준 당신의 강함에 대한 경애의 뜻."

"그만······."

"······."

"그만해요······. 빈센트······."

헐떡이며 그를 막았다. 더는 듣고 있을 수가 없었다. 울음이 터져 나왔다. 목 깊은 곳에서, 아니 심장 깊은 곳에서 뚫고 나온 슬픔과 기쁨이 마구잡이로 뒤얽혀 내 기도를 통해 터져 나왔다.

"사랑해요."

한숨과도 같은 고백이었다. 하지 않고서는 견딜 수가 없었다. 그가 끝없이 내게 사랑을 속삭일 때 항상 소극적으로 굴었던 나였다. 스스로도 깨닫지 못했던 격렬하고 뒤끓는 감정이 내 안에서부터 가득 채워졌다.

"당신이 날 떠나도, 한없이 그 뒷모습만 바라보다 죽어도 좋을 만큼."

그게 할 수 있는 최대한의 고백이며 고해였다. 끝없는 우물처럼 차오르는 나에 대한 그의 애정에 답할 수 있을지는 모르지만 내 전부를 건다 해도 후회하지 않을 사랑이었다. 검지로 내 눈물을 닦은 빈센트가 조용히 대답했다.

"난 언제나 그래 왔습니다."

그러면서 나를 다시 한 번 끌어안았다.

"그리고, 앞으로도 그럴 생각입니다."

*　　*　　*

그 뒤 언제 어떻게 잠이 들었는지 몰랐다. 잠에서 깨어나니 제일 먼저 느껴진 건 눈꺼풀 위로 쏟아지는 햇살이었다.

"아침이에요, 올리비아."

"으음……."

나도 모르게 짜증스레 뒤척이며 눈을 가리는 순간이었다. 다시 한 번 날 깨우는 목소리가 들렸다.

"일어나요, 올리비아."

빈센트였다. 할 수 없이 눈을 비비며 느긋하게 일어나다, 뒤늦게야 이곳이 어딘지 인지하고 벌떡 몸을 일으켰다. 침대 발치 너머로 서 있는 빈센트는 이미 다 준비한 듯 말끔히 옷을 갈아입은 모습이었다.

불현듯 정신이 번쩍 들었다.

"지금…… 도착했나요?"

한 발짝만 잘못 디뎌도 추락할지 모르는 벼랑 위였다. 이제 더는 느긋하게 잠을 누리고 있을 시간이 없었다.

"곧이요. 그 전에 어서 옷을 갈아입으라고 깨웠습니다."

천천히 다가온 그의 손에 든 건 어제 내가 입었던 남성용 셔츠와 바지였다. 조금 헐렁했지만, 내 품에 맞게 줄이는 건 사치이기에 대충 집어 들었던 옷이기도 했다. 그것을 받은 뒤 팔과 다리를 끼워 바로 입었다.

급하게 옷을 다 갈아입자마자, 어깨에 잠시 잊고 있었던 무게감이 느껴졌다.

"배를 나가면 우릴 기다리는 사람이 있습니다."

그가 내 어깨에 로브를 걸쳐 주며 말했다.

* * *

처음 카티아에 발을 들인 느낌은, 차갑고 황량하다는 기분이었다. 두툼한 로브를 썼지만 천 틈 사이로 들어오는 쌀쌀하고 건조한 바람은 금세 피부에 달라붙었다. 살짝 몸을 움츠린 날 눈치챘는지 빈센트가 갑판 위를 빠르게 걷던 걸음을 줄였다.

물살에 흔들리는 배에서 나오자 어둠을 틈타 배에 든 것들을 옮기는 선원들이 보였다. 물건을 넘겨받기 위해 온 카티아 측 사람들도 보였다. 그중 그레덴 상회의 물건은 우리가 따로 지시할 필요 없이 이미 사이먼의 지시로 옮겨지는 중이었다.

조용히 분주한 사람들을 스쳐 지나 우리가 멈춰 선 곳은 정박지에서 조금 떨어진 외곽이었다. 어스름 속에서 대기하고 있는 새카만 사륜마차가 보였다. 기다리고 있었다는 듯, 마부 옆에 앉아 있던 남자 한 명이 우릴 보고 다가왔다.

"그레덴 상회에서 오신 분들 맞으시죠?"

낮고 진중한 목소리였다. 전쟁이 시작된 카티아 북과 남측 모두 외국품 무역은 불법이 아니었다. 하지만 국가의 허가를 받지 않았다면 이야기가 달라졌다. 그렇다고 해도 위험을 무릅쓰고 외국에서 물건을 들여오는 건 어느 쪽이든 대부분 양쪽의 왕에게 막대한 세금을 낼 용의가 없었다. 다른 말로 하면 이 항구에 있었다는 것만으로도, 어쩌면 운이 나빠 부지불식간으로 들이닥친 수색대에게 끌려가 모진 고초를 겪을 수 있다는 말이기도 했다.

남자의 물음에 고개를 끄덕인 빈센트가 조용히 대답했다.

"맞습니다. 사이먼이 이곳으로 오면 될 거라고 하더군요."

"전 집사인 앤디입니다. 두 분 다 마차 안으로 드시죠."

마차 안에 아무도 없을 거라는 예상은 어긋났다. 누군가 이미 타 있었다. 문을 열자마자 한 남자가 보였다. 얼굴을 보지 않아도 알 수 있었다. 그는 방금 만난 집사의 주인이자 사이먼의 인맥이었다. 또한, 그레덴 상회의 거래 상대. 생각보다 젊은 남자였다. 삼십 대 초중반쯤으로 보였다.

먼저 입을 연 건 상대였다. 우리를 보더니 옅게 미소를 지으며 앞자리로 손짓했다. 나와 빈센트가 맞은편에 앉자마자 인사를 건넸다.

"먼 길 오셨군요. 세겔 남작입니다. 반갑습니다."

혹시나 하는 위험에도 직접 항구까지 마중 나온 상대에게 얼굴을 보이지 않는 건 예의에 어긋났다. 우리 둘 다 로브를 벗었다.

"따뜻이 맞아 주셔서 감사합니다."

"직접 오실 줄은 몰랐습니다. 반갑습니다."

당연하게도 세겔 남작의 표정이 날 보는 즉시 얼어붙었다. 놀란 듯 눈을 끔벅이던 그가 빈센트를 보며 설명이 필요하다는 듯한 얼굴을 했다.

"그녀는 우리 상회에 있어 필요한 인재입니다. 히스델리아에 관해서도 담당자이기도 하죠."

설명이 끝난 뒤에야 세겔 남작의 표정이 좀 더 부드러워졌다.

"아아, 그렇군요. 이거, 실례했습니다. 아시다시피 우리 카티아에선 여성이 사회적으로 활동하는 것 자체가 무척 드문 일이라……."

아주 드문 경우지만 여성의 작위 계승권을 인정해 주는 우리나라와 달리, 카티아는 여전히 가부장적이고 남성 우월주의 사상이 지배적인 나라였다. 예상하지 못한 반응은 아니었기에 유연하게 대처할 수 있었다. 덧붙여 바로 반응이 누그러지는 걸 보니 세겔 남작은 좀 더 개방적인 성향을 가진 듯했다.

"괜찮습니다. 그럴 수도 있죠. 올리비아라 합니다."

"이쪽 분은……."

"빈센트입니다. 편한 대로 부르시면 됩니다."

"아아, 네. 그렇게 하죠."

통성명을 마치자마자 기다렸다는 듯 새벽녘의 푸르스름한 공기를 가로질러 마차가 움직이기 시작했다. 마차가 항구에서 벗어나고 나니 덜컹거림이 덜했다. 불쑥 세겔 남작이 품에서 궐련을 빼내 들더니 나와 빈센트에게 권유했다. 둘 다 고개를 젓자 양해를 구한 후 작게 창을 열고 불을 붙인 궐련을 들이켜더니 푹 내쉬었다.

"요즘 유일한 낙이 이 담배를 피우는 것뿐이랍니다. 피우는 동안에는 암울한 현실을 보지 않아도 되니까."

남작의 시선을 따라 창밖으로 고개를 돌리자 과연 내란 중인 곳답게 주변 상황이 참담했다.

곳곳에 뼈밖에 남지 않은 고아들이 추위를 하나의 모포로 버텨 내는 게 보였다. 누더기를 걸친 노인들이 장님같이 어둠을 배회하는 모습도. 어린 아들을 품에 안고 구걸하는 여인도 있었으며 삶의 의욕을 완전히 놓은 듯 벽에 기대앉은 이도 종종 보였다.

묘한 위화감을 느끼며 나도 모르게 입술을 달싹였다.

"이곳은 그래도 격전지와 멀리 떨어져 괜찮을 줄 알았는데 의외군요."

우리가 향하는 곳은 북측의 가장 큰 도시이자, 1왕자가 수도로 천명한 도시 크람비였다. 항구인 이곳과는 말을 타는 전제하에 서너 시간정도의 거리였으며, 국경과는 마찬가지 기준으로 사흘 정도 걸리는 거리였다. 그리고 어쩌면 내 전남편이자 하퍼 백작인 레너한이 있을지도 모르는 곳.

내 말에 세겔 남작이 절반까지 피운 궐련을 밖으로 던지며 대답했다.

"매일같이 사람이 죽어 나는 국경 지역과 비할 바는 아니겠지만, 사정이 안 좋기로는 어느 곳이나 마찬가지랍니다. 일단 노동력이 되는 젊은 남자들은 모두 징병 되는 데다 돈 될 만한 것들은 모조리 빼앗기니까요. 현물이 부족하다 보니 화폐의 가치도 많이 떨어졌지요."

그런 와중에 집사와 마차를 거느리고, 사치품으로 분류되는 궐련을 피운다는 건 지금 이 상황이 얼마나 기형적인지 보여 주는 하나의 증거였다. 밀수품으로 이득을 챙긴 자들의 주머니는 점점 부풀어 오르고 정직하게 살아왔던 서민들의 처지는 점차 나락으로 떨어져 가는.

깊어지려는 상념에서 단번에 나를 끌어 올린 건 빈센트의 말이었다.

"돈이 될 만한 거라면…… 쇠붙이 같은 것들 말입니까?"

날카롭고 핵심을 찌르는 질문이었다. 우리가 이곳에 오게 된 이유를 상기시키는 말이기도 했다.

이 카티아 내란에 대한 정보를 얻기 위해서. 혹시 이 내란에 연관된 우리나라의 귀족들이 있는지, 그리고 있다면 왜 연관되어 있는지 알아내야 했다.

빈센트가 많은 것 중 '쇠붙이'를 콕 짚어 물은 것도 그 일환이었다. 이곳은 북측이었고, 레너한 하퍼가 광산의 철광을 지속적으로 많이 빼돌린 1왕자의 땅이었다. 하지만 예리한 질문과 달리 세겔 남작은 의도를 눈치채지 못했는지, 혹은 그저 모르는 척하려는 것인지 평범한 반응으로 대답했다.

"뭐…… 그렇지요. 전쟁에 있어 필수적인 것 중 하나니까요."

"……그렇군요."

아쉬웠지만 아직 시간이 있었다. 수도에 가면 많은 사람과 접촉할 일이 있을 테고, 언제고 정보를 빼낼 수 있었다. 그게 얼마나 고급 정보냐가 중요하긴 했지만.

잠시 생각에 빠진 나와 빈센트를 번갈아 본 세겔 남작은 우리가 피로해 보였는지, 부드럽게 말했다.

"두 분 모두 여독이 많이 쌓였을 텐데 잠시나마 눈을 붙이도록 하세요. 한숨 자고 일어나면 목적지에 도착해 있을 겁니다. 앞으로 당분간 머무시게 될 제 저택으로요."

그 말을 신호처럼 머지않아 눈꺼풀이 무겁게 내리 감겼다. 자신의 어깨에 머리를 기댄 나를 좀 더 편하게 해 주기 위해 빈센트가 몸을 고쳐 않는 게 느껴졌다.

설령 적진 한가운데로 향하고 있다 해도 이 온기와 손만 있다면 충분했다.

* * *

"……올리비아."

로브 안에 들어간 내 머리를 빼내 주는 부드러운 손길이 느껴졌다. 잠결에 눈을 비비자 빈센트가 내 손을 잡고 다시금 말했다.

"올리비아, 수도에 도착했습니다."

그 말에 물 머금은 솜처럼 무거웠던 눈꺼풀을 들어 올렸다. 창밖으로 스며들어 오는 건 확실한 햇빛이었다. 조금 암울하고 칙칙했던 항구와 달리, 중심지 특유의 활기찬 공기가 느껴졌다. 동시에 잠이 완전히 달아나 좀 더 창밖의 풍경으로 시선을 고정했다. 나라 간 인접한 탓에 서로 영향을 주고받아 퀸체로드와 크게 다르지 않았지만 건물에 둥근 아치가 주로 쓰이는 우리나라와 달리 뾰족한 첨탑이 곳곳에 솟아 있는 등 이국적인 분위기 또한 느껴졌다.

그러나 가장 시선을 끈 건 이면에 전쟁으로 인한 공포와 불안감을 품고 있으리라곤 생각되지 않을 만한 활기참이었다. 도리어 항구도시에서보다 더 생기에 차 있었다. 가장들은 졸린 눈을 비비며 출근하고, 호외를 파는 소년이 중앙 광장에서 소리 높여 손에 든 것을 팔고 있었다. 연이은 가게들은 문을 열 준비를 하고 있었다.

"깨어나셨군요."

목소리에 고개를 돌린 건 잠시 후였다.

"세상모르고 푹 주무시던데. 많이 피곤하셨나 봅니다."

말을 이은 세겔 남작이 싱긋 웃었다. 악의는 느껴지지 않았다. 어색했지만 마주 웃어 보인 후 물었다.

"이제 곧 별장에 다다르나요?"

"네, 앞으로 십여 분만 더 가면 됩니다."

"그렇군요."

작위는 낮지만, 수도에 타운 하우스가 아닌 제 소유의 저택을 갖고 있다는 건 남작의 넉넉한 부유를 가늠하게 했다. 짤막한 대화가 끝난 후, 그대로 다시 시선을 옮겨 창밖으로 향했다. 세겔 남작과 빈센트가 대화를 나누는 게 들렸다.

"사이먼 씨에게 이미 들으셨겠지만, 저택으로 돌아가시면 오늘 저녁 제가 주최하는 사교회 만찬이 열립니다."

"들은 바 있습니다. 참석자분들이 저희 상회의 물건에 관해 관심을 가진 귀족분들이라는 것도."

"네. 다들 그레덴 상회에 지대한 관심을 갖고 계신 분들입니다. 해서 매우 기대하고 계시지요."

'히스델리아'라고 말하지 않은 건, 혹시 모를 시선을 피하기 위해서였다. 아직 엄청나게 유명한 정도가 아니라 해도 히스델리아는 퀸체로드의 몇몇 귀족들을 후원자로 두고 있었다. 혹여나 레너한이 알아채기라도 한다면 큰일이었다.

따라서 사이먼은 히스델리아라는 품목 자체는 지인인 세겔 남작과만 거래하는 조건으로 카티아로 들어올 길을 뚫었다. 세겔 남작은 그 대가로 우리에게 의식주와 더불어 이곳 귀족과의 연결고리가 되어 주기로 약조했다.

두 사람의 대화를 한 귀로 흘려들으며 계속 창밖을 응시하던 도중이었다.

"……마차 세워요."

"네?"

"올리비아?"

"마차 세워요!"

나도 모르게 커진 목소리에 두 남자가 나를 놀란 눈으로 바라보는 게 보였다. 어쩐지 심상치 않은 내 표정에 바로 마부를 불러 세겔 남작이 말을 세운 건 다음 순간이었다. 중앙 광장을 끼고도는 교차로에서 수많은 마차가 오고 갔고 우리를 태운 마차가 그 중앙에 덩그러니 놓였다. 에스코트 없이 바로 문을 열고 뛰쳐나와 주위를 훑었다.

분명히 그를 보았다. 잘못 봤을 리가 없다. 그런데…….

길을 잃은 미아처럼 주변의 시선도 신경 쓰지 않은 채 허겁지겁 주위를 둘러보던 나를 제지한 건 옆에 선 빈센트였다. 어깨 위에 그의 손이 놓인 후에야 제정신으로 돌아왔다.

"올리비아."

"……빈센트."

"무슨 일입니까? 뭘 봤죠?"

어느새 바짝 마른 입안이 건조했다.

"레너한, 아니 하퍼 백작이…….""

"쉿."

더 말을 잇기도 전에 내 로브를 다시 씌운 빈센트가 나를 다시 마차 안으로 이끌었다. 뭐라 저항하기도 전에 은밀히 귓가에 속삭였다.

"지금은 보는 사람이 너무 많습니다."

동시에 소름이 번쩍 들며 제정신이 돌아왔다. 안 그래도 항상 살얼음을 딛듯 조심해야 할 상황에서 무슨 짓을 한 것인가.

"무슨 일입니까? 괜찮으세요, 레이디?"

"그녀는 괜찮습니다. 잠시 깜빡 악몽을 꾼 모양이에요."

날아온 질문에 대신 대답한 빈센트가 손을 뻗어 마차 문을 닫았다. 하지만 난 확실했다. 악몽 따위가 아니었다. 잊고 있던 불길함과 긴장감이 발끝에서부터 스멀스멀 기어 올라왔다. 이곳이 어디인지 다시금 깨달았다.

내가 있는 곳은 내란이 일어난 카티아, 1왕자의 영역인 북측. 그 중심이었다.

카티아에 도착한 이래, 시간은 금방 흘렀다. 세겔 남작은 사람들에게 우리를 외국에서 온 먼 친척이라 소개했다. 그건 그레덴 상회에 관심이 있는 이들에게 경계심을 누그러뜨리는 역할을 톡톡히 해냈다.

특히 그가 주최한 연회에서는 더더욱.

"정말 다양한 물품을 취급하는군요."

"그럼에도 품질은 다른 상회에 뒤지지 않는답니다. 재고도 항상 넉넉히 준비하니까요."

"이 향수는 저도 사용한 적이 있어요. 이게 그레덴 상회의 것이었군요."

그레덴 상회에 관심을 가진 이들은 다양했다. 독신 귀족 남성부터 아이가 셋인 귀부인까지. 지금처럼 풍족한 물건 공급을 기대할 수 없는 상황에서는 어쩌면 당연한 일이었다.

"좀 더 이야기를 나누고 싶은데, 모레 살롱 초대장을 보내도 될까요?"

"그럼요. 보내 주시면 감사하죠. 기꺼이 참석하겠습니다."

"어머, 와 주신다니 기쁘군요. 마침 화장수에 대해 상담할 게 있었는데……"

사교계에 있던 경험을 살려 사람들을 응대하는 건 어렵지 않았다. 다만 조금 지칠 때 무리 속에서 빠져나오는 게 문제였다. 점점 입꼬리를 올리는 게 어렵다고 생각할 즈음 누군가 등 뒤로 다가왔다. 무게감 있는 손이 내 어깨에 놓이는 순간 누군지 알아챘다.

"어머, 빈센트 씨."

나와 이야기를 나누던 귀부인이 화색을 했다. 그녀를 향해 작게 눈인사를 한 빈센트가 양해를 구했다.

"잠시, 실례하겠습니다. 나눌 이야기가 있어서."

그의 말에 귀부인이 아차 하는 얼굴로 대답했다.

"그러고 보니 제가 올리비아 양을 너무 길게 잡아 뒀군요. 미안해요."

"아니에요, 헤르타 백작 부인. 즐거웠습니다. 그럼 또."

"네. 초대장 보내겠습니다. 또 뵈어요."

끝까지 말이 많았던 귀부인을 보낸 뒤에야 팽팽히 당겨져 있던 신경줄이 겨우 느슨해진 느낌이었다. 그런 나를 눈치챘는지 재빨리 다가온 빈센트가 대화를 적재적소에 끊어 주지 않았더라면 크게 무리했을 터였다.

세겔 남작은 내가 생각했던 것보다도 더 부유한 자산가였다. 피츠헨드 홀을 방불케 하는 그의 넓은 저택엔 이틀에 한 번꼴로 성대한 연회가 열렸다.

초청받은 악단들은 최신 교향곡을 연주했고 한껏 차려입은 신사와 숙녀들이 만찬을 즐겼다. 그 점이 아이러니했다. 이 나라가 처한 상황과는 별세계였다. 이곳에 있으면 밖이 전쟁 중이란 사실을 잊어버릴 것 같았다.

조금만 벗어나도 굶주린 사람들이 구걸하고 있다는 게 상상이 가지 않을 정도로. 만약 직접 눈으로 보지 않았다면 나 또한 마찬가지였을 것이다. 창 사이사이로 들어오는 바람에 살짝 취기가 맴돌았던 정신이 돌아왔다. 사람들 틈새를 스쳐 지나 연회 홀을 빠져나오자 드디어 막혀 있던 숨통이 트였다.

"올리비아, 괜찮습니까?"

"괜찮아요. 조금 피곤한 것 외엔. 당신은요?"

"괜찮습니다. 오늘은 이만 들어가 쉬는 게 나을 것 같군요."

카티아에 온 이래로 벌써 열흘. 제대로 쉴 새도 없이 달려온 게 사실이었다. 우리는 매일 새로운 사람들을 만나고 친분을 쌓았다. 세겔 남작의 연줄로서 소개받자 사람들은 친절했지만, 그 이면에 외지인에 대한 경계심은 남아 있었다.

"빈센트, 할 말이 있어요."

자연스럽게 한 손으로 내 등을 받친 빈센트에게 반쯤 부축을 받으며 걷던 도중이었다. 걸음을 멈췄다. 잊어버리기 전에 말해 둬야 했다.

"조금 전, 헤르타 백작 부인의 살롱에 초대받았어요."

좋아하지 않으리란 걸 알고 있었다. 마주 선 그의 입술이 단단히 다물렸다. 과부인 헤르타 백작 부인은 높은 사회적 지위와 수도 내에서 손꼽는 부유함을 가진 여걸이라는 탈 뒤에, 평소 남녀 관계가 문란하기로 뒤에서 소문이 자자한 여자였다.

내가 초대받은 건 바로 그런 그녀가 주최한 살롱이었다. 드물게 여성 회원 전용으로, 특이한 점이라면 전부 가면을 쓰고 들어가야 한다는 법칙이었다. 헤르타 백작 부인의 살롱은 사교 살롱이라는 명목으로 오가는 퇴폐적인 파티로도 이름이 높았다. 거기서 오가는 대화들이 주로 깊은 관계를 맺는 법에 관한 이야기라는 소문이 돌 정도로. 어떨 때는 시종으로 변장한 고급 남창들이 참석한다고도 들었다.

여러모로 빈센트가 좋아할 이야기는 아니었다.

"빈센트, 나 좀 봐요."

굳은 그의 손을 잡아끌고 부드럽게 창가로 향했다. 바로 등 뒤로 커튼을 치자 주위와 완벽히 차단된 공간이 생겨났다. 커튼을 치자마자 그에게 위팔을 잡혀 그대로 앉혀졌다. 등 뒤로 장의자의 등받이가 느껴졌다. 그를 앉히려고 한 것과 반대 상황이 된 셈이었다.

나를 앉히고 그 위를 감싸듯 내 머리 옆에 양손을 얹은 빈센트가 나직이 입을 열었다.

"다른 선택지도 많았을 텐데요."

날 내려다보는 눈동자는 언제나처럼 올곧았다. 하지만 그 안에 일렁이는 분노가 느껴졌다. 나를 향했다기보다는 이 상황에 대한 분노에 가까웠다. 언제 어느 때든 그가 날 향해 이를 드러낸 적은 한 번도 없었으니까. 지금도 마찬가지였다.

"그건 맞아요."

머뭇거림 없이 바로 수긍했다. 어설프게 거짓말을 해 봤자 들통날 따름이었다. 순순히 고개를 끄덕이자, 빈센트의 눈빛이 살짝 흔들렸다.

"……그런데 어째서죠?"

"우리에게 남은 시간이 많지 않으니까요."

잠시 숨을 고르고 난 뒤에 또박또박 말을 이었다.

"기묘할 정도로 태평한 이곳과는 달리, 국경에서의 상황은 점점 심각해지고 있다고 들었어요. 현재는 북측과 남측이 치열하게 번갈아 승전고가 울리고 있지만, 언제 상황이 뒤바뀌고 전운이 수도에까지 맴돌지는 아무도 모르죠. 난 그게 한 달도 채 안 걸릴 거라 생각해요."

어느 쪽이건 상황이 급변하게 된다면 이곳에 머무는 시간도 자연히 줄어들 수밖에 없었다. 사람들은 혼란에 어떻게든 이유를 붙이고 싶어 할 테고, 그렇게 된다면 외지인인 우리가 그 표적에 들어갈 가능성이 컸다. 비난의 대상이 되건 도피의 대상이 되건 필요 이상으로 시선을 끄는 건 밀명을 받고 들어온 우리로서는 좋을 게 없는 일이었다.

"그런 점에서 헤르타 백작 부인의 살롱은 은밀하고 중요한 정보를 빼내는 데 있어서 적격이에요. 사람들은 본디 도피처에선 마음이 더욱 느슨해지기 마련이니까요."

쾌락과 유희에 취해 있는 사람들에게 조금만 비위를 맞춰 주고 정보를 얻는다면 밑지는 장사는 아니었다. 그 말엔 동의하는지, 조용히 입을 다물고 있던 빈센트가 이내 천천히 고개를 저었다.

"하지만 그런 곳에 당신이 발을 들이는 건 달갑지 않습니다. 특히 내가 갈 수 없는 곳에서 당신이 위험에 처한다고 생각하면……."

채 말을 잇기도 전에 두 손으로 그의 뺨을 감쌌다. 뒤이은 말은 듣지 않아도 알 수 있었다. 빈센트는 때로 과보호라고 생각이 들 정도로 내 안전에 집착했다. 아마 내가 게오르그에게 뺨을 맞은 이후부터였을 것이다. 눈앞에서 내가 상처 입었다는 사실을 그는 받아들이기 힘들었던 모양이었다.

"다시 말하지만, 난 약하지 않아요. 당신의 생각보다는."

"그래도……."

"정 위험할 거 같으면 바로 자리를 떠날게요. 약속해요."

불쑥 항상 곁에 있던 애니를 두고 온 게 후회됐다. 수족처럼 함께 했던 그녀조차 옆에 없을 거라 생각하니 긴장되는 게 사실이었다. 하지만.

"나도 할 수 있다는 걸 믿어 줘요. 누군가의 등 뒤에서 보호받기만 하는 사람이 아니란걸."

"……올리비아."

의자 등받이를 꽉 움켜쥔 손에서 힘이 빠지는 게 보였다. 그의 얼굴을 가까이 가져가 한 손으로 앞머리를 위로 쓸어 올렸다. 그리고 그대로 이마에 키스했다.

"난 괜찮아요. 날 믿어 줘요."

그제야 작게 한숨을 내쉰 빈센트가 날 강한 힘으로 끌어안았다. 살짝 답답할 정도의 압박감과 온기가 천을 사이에 두고 느껴졌다.

"조금이라도 신변에 위험이 되면 바로 뛰쳐나오는 겁니다."

"네."

"당신이 늦게까지 돌아오지 않는다면 내가 바로 들어갈 겁니다."

"알았어요. 그렇게 해요."

조용히 그의 품 안을 파고들어 등을 토닥였다.

"금방 다녀올게요. 약속해요."

그가 좀 더 강한 힘으로 나를 끌어안자, 기다린 듯 내 등 뒤로 쏟아진 햇살이 그의 백금발을 새하얗게 비췄다. 별빛이 그대로 내려앉은 듯한 색깔에 홀린 듯이 머리를 쓰다듬었다.

달이 우리를 감싸 안는 듯 따스한 공기가 느껴졌다.

*　*　*

"헤르타 백작 부인의 살롱이라면······. 소문은 들으셨겠죠?"

다음 날 아침, 하인을 통해 내 소식을 들은 세겔 남작은 방으로 찾아왔다. 그리고 난처한 반응을 보였다. 그의 입장도 충분히 이해가 갔다. 비록 뒤에서 오고 가는 거래이기는 하나 그에게 우리는 보살펴야 할 손님이었고, 안위에 문제가 생긴다면 책임을 져야 하는 처지니까.

하고 갈 모자를 고르며, 고개를 끄덕였다.

"네. 비밀도 아니더군요."

세겔 남작은 우리가 이곳에 온 이유가 순전히 그레덴 상회의 이익을 위해서인 줄 알고 있었다. 내란이 끝난 후면 늦으니, 미래의 고객층을 확보하기 위해서라고. 그러기 위해 친분을 쌓고 인맥을 만들어 두기 위함으로 알고 있었다.

뒤를 돌자 티 테이블 앞에 앉은 세겔 남작이 보였다.

"주최자가 직접 초대한 입장이니만큼, 별일이 있으리란 생각은 안 합니다만······."

"충분히 사전에 이야기를 들었고, 오래 있을 생각도 아닙니다."

그렇게까지 말하니 그제야 안심이 된 듯한 모습이었다. 낮게 한숨을 내쉰 세겔 남작이 불쑥 다시 입을 열었다.

"빈센트 씨에게는 확실히 말을 해 두신 거 맞겠죠?"

생각지 못한 질문이었다. 나도 모르게 놀라 눈이 커졌다. 저 질문이 어떤 뜻인지 쉽게 가늠하기가 어려웠다. 그저 상사로서 확인을 받았느냐고 묻는 건지, 아니면……. 그리고 이런 내 의문은 다음 순간 풀렸다.

"두 분은 연인이시지 않습니까."

놀랄 일이냐는 듯 자리에서 일어난 세겔 남작이 가볍게 어깨를 으쓱했다.

"……어떻게 알았죠?"

"그야, 보다 보니 알겠던데요. 그가 아가씨를 보는 눈빛을 보면 더욱."

그간 남의 눈이 있는 이상, 필요 이상의 접촉도 거리도 두지 않은 우리였다. 이리 쉽게 들통날 줄은 상상조차 하지 못했다. 방심하고 있었다는 데에 소름이 돋았다. 촉이 좋은 남자였다.

"아아, 혹여나 걱정은 마십시오. 어디 말하고 다닐 정도로 눈치가 없진 않으니까."

내 굳은 얼굴을 어떻게 의식했는지, 바로 덧붙인 세겔 남작이 성큼 문 쪽으로 걸음을 옮겼다.

"앞으로 두 시간 후면 살롱이 시작되겠군요. 외출 준비를 도울 시녀를 지금 보내죠. 타고 가실 마차 또한 미리 대기해 놓겠습니다."

세겔 남작의 저택을 나서기 한 시간 전, 갑자기 날아온 헤르타 백작부인의 전보가 있었다. 짤막하게 단 한 줄이 적혀 있는 전보였다.

[살롱의 드레스 코드는 블랙입니다. 그에 맞는 드레스와 가면을 준비해 주세요.]

따로 챙겨 온 검은 드레스가 없기에 당황했지만, 다행히 세겔 남작의 시집간 누이가 남긴 옷이 있어 잠시 빌려 입었다. 몸의 곡선이 그대로 드러나는 얇은 드레스라 어색했지만, 다행히 품이 맞아 어정쩡한 걸음걸이에서는 벗어났다.

그대로 남작이 준비해 준 마차를 타고 도시의 외곽으로 들어서니 장엄한 대저택 하나가 나왔다. 마차는 대저택의 정문으로 가는 것이 아니라 후문으로 향했다. 이곳에서 살롱이 열리는 건가 의아할 만큼 의외로 조용하고 어두웠다. 마부의 에스코트를 잡고 마차에서 내리자마자 잘 차려입은 하인 한 명이 다가왔다.

"실례합니다만, 레이디. 살롱에 처음 초대받으신 건가요?"

"네, 그렇습니다."

"소개이신가요, 아니면 직접적인 초대이신가요? 혹시 성함이?"

"백작 부인께서 직접 초대하셨습니다. 이름은 올리비아입니다, 그레덴 상회의."

"아아……. 잠시만 기다려 주십시오."

짧은 대화가 끝난 뒤 하인이 뒤를 돌았을 때야 주변을 둘러볼 여유가 생겼다. 백작 부인의 저택 별채, 살롱의 은밀한 입구 앞은 삼엄하리만치 보완이 철저했다. 낮에 열리는 보통의 살롱과 다르게 저녁 일곱 시가 되어서야 열리는 비밀 살롱이었다. 그런데도 이렇게 소문이 자자한 건 드물게 퇴폐적인 분위기 때문인 듯 보였다.

잠시 명단을 확인하러 떠났던 하인이 얼마 뒤, 열두어 살 정도의 소년과 함께 돌아왔다.

"명단 확인되셨습니다. 들어오시죠. 이 아이가 안내해 드릴 겁니다."

"잘 부탁드립니다."

말이 끝나기가 무섭게 공손히 고개를 숙인 소년을 따라 살롱 입구로 들어섰다. 그리고 안으로 발을 내딛기가 무섭게 재채기가 터져 나왔다.

"에취……!"

"괜찮으세요, 레이디?"

"괘, 괜찮아요. 공기가 탁하군요."

제일 먼저 느껴진 건 궐련 연기와 뒤섞인 짙고 탁한 공기였다. 이상 야릇한 냄새마저 들어 손수건을 꺼내 코를 막았다. 임시방편 격에 불과한 행동이었지만 그대로 들이마실 수가 없을 만큼 독한 냄새였다.

"정 힘드시면 준비가 되셨을 때 다시 오셔도 됩니다. 몸이 좋지 않으셔서 돌아가셨다고 제가 백작 부인께 잘 말씀드리겠습니다."

표정이 어지간히 고통스러워 보였는지 걱정스럽게 날 바라보던 길잡이 소년이 부드럽게 권했다. 사려 깊고 고마운 마음 씀씀이었으나 단호히 고개를 저었다. 어렵게 잡은 기회였거니와, 무엇보다 두 번 이곳에 오는 건 사양하고 싶었다.

"정말 괜찮아요. 그냥 앞으로 곧장 가죠. 헤르타 백작 부인께 인사드리고 싶군요."

"……알겠습니다. 제 뒤를 잘 따라오세요."

내 거절에 수긍한 소년이 다시 앞장을 서서 실오라기처럼 길고 구불거리는 복도를 걸었다. 지나치는 객실마다 문이 트여 있었고 나른하게 앉아 술과 궐련을 피우며 수다를 떠는 여자들이 보였다. 사방에서 깔깔거리는 웃음과 함께 뭐라 뭐라 속닥거리는 목소리로 가득했다.

지난 열하루 동안 지켜본 결과, 이곳 카티아의 북측은 묘한 승리의 확신을 가진 것처럼 보였다. 그리고 나는 그 확신이 바로 레너한이 가져온 막대한 광산의 철광이라는 것에 심증이 있었다. 그렇게 많은 양의 쇠 금속이 필요할 정도로 1왕자가 그간 철저한 전쟁 준비와 무기 생산에 집중해 왔다는 증거로서.

한 가지 이상한 점이 있다면, 내란의 시작이 1왕자의 아들이 살해당했다는 것에서 시작한다는 거였다. 잠시 생각에 빠져 있는 사이 소년의 걸음이 멈췄다. 복도를 정면으로 둔 문 앞에서였다. 소년이 문에 노크하기 전 내게 먼저 알렸다.

"이곳입니다. 백작 부인께서 이곳에 계십니다."

마치 그 말은 돌아갈 기회를 주는 것 같은 느낌이었다. 대답 대신 가볍게 고개를 끄덕이자, 뒤이어 소년이 노크한 후 문을 열었다. 그 틈새로 들어온 광경에 일순 말을 잃었다. 혼잣말을 뇌까렸다.

"……이런 곳이 있었군."

세겔 남작의 연회도 성대하다 생각했지만, 이곳에 비하면 약과였다. 고개를 돌려 살펴보기가 무섭게 드넓은 장방형의 홀에는 사치스럽기 그지없는 풍경이 펼쳐져 있었다. 크리스털이 박힌 샹들리에가 천장에 네 개나 달려 있었고, 금으로 세공된 실내 분수대에는 물 대신 달콤한 초콜릿이 쏟아져 나왔다. 상의를 탈의한 채 마치 고대 국가의 시종처럼 흰 천을 허리춤에 두른 미남자들이 한 손에는 술과 한 손에는 금박을 얹은 디저트 등을 들고 손님들 틈새를 돌아다니고 있었다.

공단과 새틴을 덧댄 안락의자에는 가면을 쓴 여성들이 마찬가지로 노출이 있는 호화로운 차림으로 담소를 나누거나 독한 궐련을 잇달아 피웠다. 그러다 손을 뻗어 서빙을 하는 하인들의 몸을 만지거나 깔깔거렸다. 그야말로 퇴폐의 온상지나 다름없는 모습이었다.

충격에 빠져 쉽게 걸음을 옮기지 못하는 나를 조용히 이끈 건 이곳까지 안내한 소년이었다. 걱정스러운 얼굴로 내게 다시 말을 걸었다.

"괜찮으세요, 레이디? 백작 부인께선 좀 더 안쪽에 계십니다."

이제는 뒷걸음질 치기는 늦어 버린 듯, 돌아갈 수 있다는 말은 쏙 빼놓은 채였다. 나 때문에 앞장서서 걷다 돌아온 게 미안해 손에 쥔 가면 손잡이에 힘을 주고 다급히 고개를 끄덕였다.

"……아. 미안해요. 다시 앞장서세요."

북적거리는 사람을 사이를 지나 소년이 우뚝 멈추어 선 곳은 맨 앞,

정중앙의 단 아래서였다. 옛날 옛적 이교도의 황제가 앉았을 법한 세 개의 단 위에 긴 장의자가 놓여 있었다.

"헤르타 백작 부인, 초대하신 올리비아 양 오셨습니다."

그 위에 안마하는 하인 세 명을 대동한 채 나른히 다리를 꼬고 궐련을 피우는 여자가 있었다. 고개를 들어 눈이 마주치자 궐련을 비벼 끄더니, 반가운 낯빛으로 곧 그녀가 자리에서 일어나 내려왔다. 그리고 내 팔을 잡으며 반갑게 인사했다.

"와 줬군요, 올리비아 양."

"초대해 주셔서 감사합니다, 백작 부인."

"어제 몸이 안 좋아 보이던데, 괜찮아요?"

"네. 괜찮습니다. 공연히 걱정을 끼쳐 드렸군요."

동시에 내게 집중되는 시선이 사방에서 느껴졌다. 내 팔을 잡아끈 백작 부인이 두 번째 단의 무리 안으로 들어갔다. 동시에 세 명이 나를 맞았다.

"여러분, 소개할게요. 저번에 이야기한 올리비아 양이랍니다."

"아아. 그레덴 상회의……."

"그렇군요. 말씀 많이 들었습니다. 만나게 뵈어 반가워요."

"이곳은 처음인가요?"

"네, 처음입니다. 저야말로 뵙게 되어 반갑습니다."

백작 부인이 나를 앉힌 곳은 바로 옆자리였다. 저택 주인인 헤르타 백작 부인의 옆자리. 이곳 살롱의 실세인지 다들 제집처럼 편안한 모습에 어느 정도 거만한 표정이었다. 어느 정도 인사를 마친 내가 자리에 앉자 그들은 다시 일상적인 이야기로 되돌아갔다. 이전 남작의 연회에서 들었던 정보와는 비교도 할 수 없는 깊은 이야기도 섞여 있어 귀를 기울였다.

─사람들은 본디 도피처에선 마음이 더욱 느슨해지기 마련이니까요.

어젯밤 빈센트에게 이야기했던 말이 맞았다. 권력의 중심에 서 있는 여자들은 남들보다 더 많은 정보를 알았고, 조금 취하고 들떠 있는 상태로 가볍게 떠들었다. 다행히도 내게 경계심이 한층 낮아진 느낌이었다.

"그나저나 요번에 2왕자 측에서 배반자가 한 명 나왔다면서요?"

"네, 제가 듣기에는 새로 1왕자 저하께 붙은 분이 펠리체 자작이라고 들었어요. 공에 대한 충분한 보상이 따라오지 않았다는 게 이유라고……."

"어머, 2왕자 측에선 사정이 그리 충분치가 않나 보죠?"

너무 귀를 기울이는 티가 나지 않게 적당히 놓인 디저트를 먹으며 헤르타 백작 부인과 화장수에 대한 자잘한 이야기를 나누는데, 한 명이 불쑥 내게 궐련을 내밀었다.

"올리비아 양은 궐련을 해 본 적이 있나요?"

"아니요. 제가 있는 곳에선 그리 상용화되어 있지 않은지라."

"그렇군요. 그럼 이김에 한번 피워보는 건 어때요? 다들 하고 있는데."

본 적 있는 궐련이었다. 이곳 대부분의 손님이 줄곧 피워 대고 있는 궐련이자 세겔 남작도 이곳에 도착한 첫날 이래로 계속 피웠던 물건이기도 했다.

"아니요. 역시 괜찮습니다."

"아쉽네요. 한번 해 보면 정말 중독적인데. 얼마나 황홀한지 몰라요."

그리 말하는 그녀의 동공이 살짝 풀려 있는 걸 보니 순수한 담배가 아니라는 걸 눈치챘다. 아편이라면 이미 한번 옆에서 봐 온 바가 있어 지긋지긋했다. 옅게 웃으며 대답했다.

"다음에 기회가 되면 해 볼까 싶네요. 지금은 몸이 좋지 않아서."

"뭐…… 그렇다면 할 수 없죠."

부드럽게 돌려 거절한 뒤, 다시 옆의 두 사람이 나누는 이야기에 관심을 두는 순간이었다. 언제 또 화제가 지나갔는지, 사용하는 화장수와 비누 등의 이야기를 나누던 두 사람이 귀에 익은 단어를 입에 올렸다.

"그나저나 그 코르티잔의 살롱이 나날이 번창한다면서요?"

"말도 마요. 이곳과는 달리 신사들도 출입이 가능한 곳이라 얼마나 문란하던지……."

"외국에서 오래 살았다지만, 본디 이곳 출신이라는데 솔직히 나는 별로 믿음이 안 가요. 막말로, 2왕자 측에서 보내온 첩자인지 아닌지 알 게 뭐예요?"

"내가 듣기로는 옆 나라에 있었을 때 왕의 정부였다고도……."

"제가 들은 소식은 무슨 재력가 백작의 정부였다고 들었는데……."

"어머, 올리비아 양?"

욕지거리가 치밀어 오른 건 바로 정부란 단어 때문이었다. 순간 반사적으로 한 얼굴이 떠올랐다. 왕의 정부, 그리고 백작의 정부. 원래는 카티아인…… 단어 하나하나가 그 여자를 가리켰다. 어쩌면 그녀가 맞을지도 모르겠다는 생각에 나도 모르게 자리에서 벌떡 일어섰다.

"왜 그래요? 어디 아파요?"

덩달아 놀랐는지 내게 묻는 헤르타 백작 부인에게 미처 대답하지도 못한 채, 방금 전 이야기를 나누고 있던 두 사람에게 고개를 돌렸다.

"죄송하지만, 이야기하시는 그 여자의 이름이 혹시……."

이전처럼 두려움도 거부감도 분노도 없었지만, 여전히 껄끄러운 이름이었다. 따라서 목구멍에 올리기까지는 조금 시간이 들었다. 인내심 깊게 나를 바라보는 여러 쌍의 눈과 마주하며 최대한 천천히 물었다.

"헤더 제누아인가요?"

"음…… 글쎄요."

내 말에 고개를 기울이며 잠시 생각하는 듯 말이 없던 여자가 뒤이어 고개를 끄덕였다.

"맞아요. 그런 이름이었던 거 같네요. 조금 특이해서 기억나요."

헤더 제누아.

낯선 타인의 입에서 그 여자가 맞다는 말이 새어 나오는 순간, 전신의 피가 모두 빠져 나가는 기분이었다. 순간 다리에 힘이 풀려 휘청거리려는 것을 어느새 다가온 소년이 내 팔을 잡아 부축했다.

그런 내 모습에 헤르타 백작 부인이 걱정스러운 얼굴로 말을 걸었다.

"괜찮으세요, 올리비아 양?"

"네……. 잠시 바람을 좀 쐬어도 될까요?"

"그러세요."

고개를 끄덕인 백작 부인이 이내 날 부축한 소년에게 말했다.

"손님을 발코니까지 부축해 드리렴."

"예."

마음 같아선 바로 이 자리를 뛰쳐나오고 싶은 심정이었지만 그럴 수가 없어 선택한 차선이었다. 그대로 아이의 어깨를 잡고 비틀비틀 걸어 커튼으로 가려져 있던 발코니로 나오자, 가까스로 막혀 있던 숨이 트였다.

"괜찮으세요?"

"응. 잠시 혼자 있고 싶구나."

뭐라도 가져오려는 아이를 제지한 뒤, 내보내고 발코니의 난간을 두 손으로 짚었다. 떨리는 손을 진정시키고 깊게 심호흡을 했다. 앞으로 어떻게 할지에 대해 고민해야 했다.

그때 옆 발코니에서 까르륵거리는 웃음소리와 함께 인기척이 들렸다. 반사적으로 커튼 뒤로 숨었다. 두 사람의 걸음이 들린다 싶더니 목소리가 뒤따랐다.

"……해서 그 의상실이 가장 유명하다는 거죠?"

"네. 그럼요. 오죽하면 제가 그 여자까지 봤겠어요? 최고가 아니면 몸에 걸치지도 않는 그 여자를?"

"역시 코르티잔 출신이라 다르긴 다르네요. 보는 안목이 있나 보군요."

"제가 듣기에는 고위층과도 끈이 있다고 하던데……."

코르티잔, 단어 하나에 소름이 쫙 끼쳤다. 카티아의 수도에서 그렇게 불릴 만한 여자는 많지 않았다. 바로 커튼을 치고 나오자 놀란 두 쌍의 눈동자가 나를 쳐다봤다.

"실례지만, 말해 주세요. 그 의상실이 어디죠?"

* * *

다음 날, 갑자기 의상실에 가겠다는 나를 의아한 눈으로 쳐다본 빈센트는 어딘가 심상치 않은 낌새를 느꼈는지 동행하겠다고 말했다. 나 혼자서도 괜찮다고 몇 번을 말해도 소용이 없었다.

어젯밤, 날 혼자 헤르타 백작 부인의 살롱에 보낸 것이 못내 신경 쓰인 모양이었다. 그리고 내가 세겔 남작의 누이 옷을 빌려 입었던 것도.

"어머, 손님~ 정말 잘 어울리세요. 완전히 손님을 위한 드레스 같은데요?"

콧소리를 내며 내게 달라붙으려는 여사장을 피해 고개를 돌리자, 카우치에 앉아 있던 빈센트가 고개를 끄덕였다.

"이것도 괜찮겠군요. 입어 보세요, 올리비아."

"빈센……."

"바깥분께서 정말 자상하시네요~ 탈의실로 안내 도와 드릴게요!"

벌써 네 번째 갈아입은 드레스였다. 애초에 목적이었던 헤더 제누아는 보이지도 않았기에 오늘은 이만 됐다고 말하려는 찰나였다.

갑자기 끼어든 여사장이 호호 웃으며 내 등을 밀었다. 얼결에 떠밀리듯 탈의실로 들어섰다. 긴 복도에 하나씩 일렬로 둥근 커튼이 쳐진 탈의실이었다. 아직 오전이라 사람이 별로 없었다.

"제일 가장자리로 들어가셔서 탈의하시고 종을 흔드시면, 저희 직원이 착의를 도와드릴게요."

이것도 벌써 네 번째 듣는 설명이었다. 뭐라 대답하기도 귀찮아 고개를 끄덕이자 사장이 등 뒤로 나가는 소리가 들렸다. 그대로 배정된 탈의실의 커튼을 열었다. 들어가자마자 마주 보이는 전신 거울과 간이의자가 보였다. 밖에서 보는 것과 달리 두 사람이 들어가도 충분할 정도로 넓은 공간이었다.

전신 거울 너머로 한껏 꾸민 여자가 보였다. 어쩐지 맥이 빠진 얼굴을 한.

"시간만 버린 건가……."

불현듯 든 생각에 입술 새로 한숨이 비어져 나왔다. 일단 팔꿈치까지 감싼 긴 공단 장갑을 벗으려는 찰나였다.

"아, 오셨군요! 오늘은 안 오시는 줄 알았어요."

상기된 여사장의 목소리가 커튼 너머로 들려왔다. 발끝을 타고 관통하는 예감에 몸이 부르르 떨렸다. 두 사람의 발걸음 소리가 점점 가까이 다가왔다. 숨을 죽이고 귀를 기울였다. 잠시 후 내가 그토록 기다렸던 목소리가 들렸다.

"바다 건너 새로 신상이 들어왔다길래."

잊을 수 있을 리가 없었다. 지금은 내게 아무런 영향을 끼치지 못한다 해도 한때 내 인생을 암흑으로 만들었던 여자였다. 떨리는 호흡을 속으로 깊게 몰아쉬었다. 커튼이 착, 여닫는 소리가 들리고 여사장이 멀어졌다. 교대하듯 마침 나와 헤더 제누아를 제외하고 유일하게 있던 다른 한 명의 손님이 직원의 안내를 받아 나오고 있었다.

이때가 기회였다.

최대한 소리를 죽여 커튼을 열고 그 여자가 들어간 곳을 찾았다. 한 걸음, 두 걸음, 세 걸음……. 드디어 거의 다 왔다고 생각했을 때, 커튼을 활짝 열었다. 동시에 화들짝 놀란 날카로운 목소리가 울렸다.

"누구야!"

"날 몰라요?"

"다, 당신……."

다음 순간 내게 등을 돌린 헤더 제누아와 거울 너머로 눈이 마주쳤다. 믿을 수가 없다는 듯 그녀의 눈동자가 잘게 떨렸다. 그런 반응을 바라보며 한 발짝 앞으로 다가갔다. 혹여 사람들이 올까 등 뒤로 커튼을 치는 건 물론이었다.

"오랜만이죠?"

"당신이 왜 여기에……."

내가 다가옴에 따라 몸을 돌리더니 나를 마주한 헤더 제누아가 뒷걸음질 치다 의자에 앉혀졌다. 그런 그녀를 내려다보며 나직이 말했다.

"그건 알 거 없고, 내가 묻는 말에나 대답해."

"……."

"당신 대체 누구야."

그녀가 이곳에 있다는 말에 가장 먼저 든 생각이었다. 카티아에 적을 두고 있고, 꽤 많은 부를 가졌음에도 굳이 우리나라에 있었던 이유가 무엇이며, 그리고 지금은 또 고국으로 돌아온 이유가 뭔지. 그 이면에는 분명 숨겨진 무언가가 있었고 작지 않은 진실이 숨겨져 있을 게 분명했다.

놀랐는지 깜빡거리던 헤더 제누아의 눈이 원래대로 돌아온 건 잠시 후였다.

"내가 대답해야 해?"

"뭐?"

"어차피 당신도 제대로 된 방법으로 이곳에 들어온 건 아닐 테고, 밖에 남자가 기다리고 있던데 이혼이라도 한 거야?"

부지불식간으로 마지막으로 그녀를 봤던 때를 생각했다. 내게 무릎 꿇고 절절히 제 배 속 아기의 안위를 부탁하던 여자. 그와 비교해 지금은 뻔뻔하다 못해 다른 사람 같은 얼굴이었다. 호락호락하지 않을 거라고는 생각했지만 바로 평정을 되찾고 맞받아치는 건 의외였다.

십 년을 백작 부인으로, 그리고 반년을 넘게 상회의 사람으로 일하면서 산전수전을 다 겪었다고 생각했지만, 헤더 제누아에게서 느껴지는 묘한 위압감과 분위기는 그런 나와 비등하거나 더 높은 수준이었다.

"……좋아. 이쪽이 먼저 물었지만, 대답하지. 첫째, 제대로 된 방법으로 들어온 건 아닐 거라는 건 맞았어. 그리고 밖의 남자가 내 약혼자인 것도 맞지."

"서른에 가까운 이혼녀가 저런 젊고 부자인 미남을? 능력도 좋지. 대체 어떻게 꾄 거야? 몸으로? 만약 그렇다면, 당신이야말로 대단한 코르티잔이 될 자질이 있는데? 그 재능이 아까워."

금방이라도 뺨을 내리치고 싶어 손이 부르르 떨렸지만, 겨우 참았다. 그거야말로 이 여자가 바라는 바일 테니까. 만약 내가 그녀의 뺨을 친 순간 누군가 다가와 커튼을 걷는다면 꼼짝없이 당하는 건 내 쪽이었다. 그런 내 마음을 읽기라도 한 건지 헤더 제누아가 미간을 좁혔다.

"덕분에 반년도 전에 한 번 죽었다 살아났으니까. 칭찬은 고마워. 당당히 왕의 정부를 꿰차고 그 다음은 백작의 옆자리를 차지한 당신만 할까 싶지만."

"세상에. 당신, 그 곧 죽어도 꼿꼿하던 백작 부인과 같은 사람 맞아?

그사이 많이 달라졌군."

제누아가 기가 막힌 얼굴을 하며 중얼거렸다. 눈빛에 잠시 이채가 스친 것도 같았다. 그 말 또한 놓치지 않고 받아쳤다.

"그것도 칭찬으로 알아듣지. 이젠 내 차례야."

혹여나 도망칠까, 앞을 단단히 봉쇄한 후였다. 무슨 생각인지 나를 빤히 바라보던 헤더 제누아가 팔짱을 끼며 나를 올려다봤다.

"좋아. 물어봐."

흥미가 생겼는지 갑자기 순순해진 그녀의 반응에 나도 모르게 내심 안도의 한숨이 나왔다. 물어볼 건 많았다. 하지만 그중 하나가 가장 뚜렷했다.

"하퍼 백작이 어딨는지, 알아?"

"……."

"알면 말해. 당신은 내게 빚이 있으니까."

헤더 제누아의 배 속에 레너한의 아이가 들었다는 말을 듣고 도박을 결심한 나였다. 실제로 당시, 만약 도박에서 실패한다면 그대로 말에서 떨어져 목이 꺾여 죽어도 좋았다. 그 정도였다. 없는 아이를 두고 나를 흔들 정도로 헤더 제누아는 나를 움켜쥐고 제멋대로 갖고 놀았다. 그 대가로 레너한에게 내쳐졌대도, 내게 지은 죄가 사라지는 건 아니었다.

한 번 내쳤던 그녀를 레너한이 다시 옆에 둘 리가 없다는 건 알고 있었다. 다만 내가 쥐고 있는 건 그녀의 살롱이었다. 고급 회원제로 운영된다는 살롱. 그곳에서 오가는 온갖 이야기 중에 분명 그의 행방을 알 수 있는 단서가 있을 터였다.

이곳에 온 첫날, 난 분명 마차 옆을 스쳐 지나가는 레너한을 봤다. 만약 그가 속한 곳을 알게 된다면, 그곳을 몰래 뒤져 카티아의 내란에 가담한 귀족들을 알아낼 수 있을 터였다. 그렇게 되면 왕이 원하는 만큼의 중요한 정보를 얻는 셈이었다. 내 질문에 대한 답을 알고 있는 건지 아닌지, 가만히 입을 다물던 헤더 제누아가 천천히 입술을 달싹였다. 그리고 뭐라 말을 하려 할 때였다.

"손님, 착의 도와드리겠습니다."

발걸음 소리가 들리더니 뒤를 지나쳐 갔다. 그리고 커튼이 걷히는 소리와 함께 의아한 목소리가 들렸다.

"손님……? 어디 가셨지?"

시간이 흘러도 내가 부르지 않자 직접 찾아온 모양이었다. 굳은 시선이 내 맞은편, 앉아 있는 헤더 제누아에게 멎었다. 금방이라도 소리를 내고 직원을 부를 수 있었는데도 그녀는 아무런 말도 하지 않았다.

잠시 후, 직원이 나가는 소리가 들린 후에서야 온몸에 주었던 힘이 빠졌다. 한 걸음 뒤로 물러서 묻지 않을 수 없었다.

"왜 소리를 내지 않은 거지?"

"흥미가 생겼으니까."

"뭐?"

"죽은 백작 부인 대신, 태어난 여자가 어떤 여잔지 궁금해졌어요."

언제 꼬박꼬박 하대했냐는 듯 다시 존대로 돌아온 헤더 제누아가 자리에서 일어났다. 나보다 약간 큰 그녀가 나직이 내 이름을 불렀다.

"부인…… 아니, 레이디 올리비아."

"……."

"원하는 걸 얻으시려면 사자 굴에 뛰어들 자신은 있으시겠죠."

"사자 굴?"

되묻자 그녀가 고개를 끄덕였다.

"네, 방심했다간 죽을지도 모르는 위험한 굴이요."

"뭐든 상관없어."

"그렇다면 잘 됐네요."

내 담담한 대답에 싱긋 웃은 헤더 제누아가 잠시 벗어 놓은 외투 주머니를 뒤적이더니 뭔가를 건넸다.

"제 회원제 살롱 파티 초대장이에요. 이번 주 수요일. 아마 원하는 걸 얻을 수 있을 겁니다."

정신이 번쩍 들었다. 수요일이라면, 바로 모레였다.

헤더 제누아의 살롱.

눈앞에 놓인 건 오늘 낮, 의상실에서 그녀가 건넨 초대장이었다. 새하얀 종이에 장식이 된 다른 초대장과는 달리 검은 종이에 하얀 글씨로 간단히 장소와 서명이 적혀 있었다. 그래서 더욱 영리한 초대장이었다. 과하지도 덜하지도 않으면서 효과적인.

−제 회원제 살롱 파티 초대장이에요. 이번 주 수요일. 아마 원하는 걸 얻을 수 있을 겁니다.

돌아와 옷을 갈아입고, 씻는 내내 머릿속에 그 한마디가 맴돌았다. 저녁을 먹으며 나눈 세겔 남작과의 대화도 집중할 수 없었지만, 다행히 빈센트와 세겔 남작 두 사람은 그런 나를 눈치채지 못한 듯했다. 헤르타 백작 부인의 모임에 갔을 때도 걱정을 끼쳤는데 이번에도 똑같은 일을 할 수는 없었다. 이미 마음은 간다는 쪽으로 굳혀지긴 했지만.

문밖에서 노크하는 소리가 들린 건, 조심스레 초대장에 손을 뻗는 순간이었다. 마치 도둑질하다 걸린 어린아이처럼 화들짝 놀라 그대로 손을 멈췄다. 바로 목소리가 들려왔다.

"올리비아 님, 머리를 말려 드리러 왔습니다."

이곳에 온 이래로 계속 내 자잘한 시중을 드는 시녀였다. 애니가 아닌 다른 시녀의 시중을 받는 건 오랜만이라 익숙지 않았지만, 능숙한 손길과 공손한 태도로 이내 편안해진 상대이기도 했다. 들어와도 좋다고 말하자 그녀가 두 개의 수건을 들고 들어왔다. 자리를 바꿔 화장대 콘솔에 앉았다. 내 뒤에 앉은 시녀가 마른 수건으로 젖은 내 머리를 감싸고 물기를 닦기 시작했다.

그러다 초대장을 봤는지 불쑥 입을 열었다.

"초대장을 받으셨네요."

"네."

"어딘가요?"

뭐라 대답할지 고민하다가 적당히 꾸며 내는 쪽을 택했다.

"가까운 귀부인의 살롱이요."

"아아……. 그렇군요."

고개를 끄덕인 시녀의 대답이 어쩐지 석연치 않았다. 알아본 듯도 한 느낌이었다.

"혹시 헤더 제누아라는 이름 알아요?"

"그건……."

고개를 든 시녀와 거울 속에서 눈이 마주쳤다. 살짝 흔들리는 걸 보아 내가 생각했던 게 맞는 모양이었다.

"사실 그분의 살롱에 초대받았거든요. 그런데 아는 게 없어서."

"……제가 뭐라고 말씀드릴 입장은 아닌 거 같아요."

내 직설적인 질문에 시녀가 뭐라고 입을 열려다가 다시금 다물었다. 마치 목적지의 직전에서 장애물을 만난 듯한 답답한 기분이었다. 세겔 남작이 평소 고용인들의 행동거지와 입버릇을 얼마나 단단히 단속하는지 어렴풋이나마 알게 됐다.

진중한 눈빛으로 그녀에게 다시 말을 걸었다.

"부탁이에요. 아주 작은 거라도 상관없으니까."

"제가 말씀드릴 수 있는 건……."

잠시 숨을 들이마신 시녀가 작게 말을 이었다.

"그 살롱에는 이름 있는 유력 인사분들이 많이 참석하신다는 점이에요. 저희 같은 것들도 알 정도로요. 그리고."

"그리고?"

내 머리를 감싼 손이 작게 떨렸다.

"품위 있는 귀족 아가씨나 귀부인들은 잘 참석하지 않으신다는 점이요."

여기까지였다. 말할 수 있는 건 그게 전부라는 듯 시녀가 입을 다물고 자신의 일에 집중했다. 그것만으로도 충분히 고마웠다. 어쨌건 간에 손님에 불과한 내게 용기를 내어 할 수 있는 말을 해 준 것이니까.

"고마워요."

"별말씀을요."

시녀가 자리에서 일어난 건 잠시 후였다. 머리의 물기가 어느 정도 마르자 창밖이 어느덧 캄캄해졌다.

"그럼 저는 이만 물러가 보겠습니다. 좋은 저녁 되세요, 올리비아 님."

"네. 고마워요. 수고했어요."

고개를 숙인 시녀가 나가자 다시 홀로 남겨졌다. 어쩐지 답답한 느낌에 일어나 창가로 향했다. 닫힌 덧창을 열자 차가운 밤공기가 폐부로 스며들었다. 가만히 눈을 감고 신선한 바람을 들이켤 때였다. 다시금 노크 소리가 들렸다. 시녀인가 싶었다. 뭔가를 두고 갔다든가.

"들어오세요."

바깥에서 뭐라 말이 들려오기도 전에 허락하자 바로 등 뒤에서 문이 열리는 소리가 났다. 들어왔으면 말을 걸어야 하는데 아무런 목소리도 없었다, 의아해 등을 돌리려는 때였다. 어깨에 긴 가운이 얹혔다. 누군지 묻지 않아도 알 수 있었다.

"빈센트."

"밖이 춥습니다."

"답답해서요."

"감기에라도 걸리면 어쩌려고."

다른 건 몰라도 내 안위에 대해선 일체의 양보도 없는 남자였다. 항복의 표시로 작게 한숨을 쉬자, 등 뒤에 선 그가 손을 뻗더니 그대로 창문을 닫았다.

"이 밤중엔 무슨 일이에요? 급한 일이라도 생겼다든가……."

"보고 싶어서요."

말을 채 잇기도 전에 들려온 목소리에 순식간에 얼굴로 열이 몰렸다. 허리를 껴안은 단단한 손이 느껴졌다.

"사, 사람들이 보면……."

"밖엔 아무도 없습니다. 원한다면 커튼을 쳐도 괜찮습니다만……."

"……."

"그럼 제가 자제가 힘들 거 같군요."

귓가에 느껴지는 숨소리가 이토록 선연하게 들린 건 처음이었다. 머릿속이 새하얘지고 얼굴이 홧홧해졌다. 유리창 너머로 마주한 시선은 뜨겁고 진중했다. 언제나 그래 왔듯이.

빈센트가 고개를 숙여 내 목덜미에 얼굴을 묻었다. 어떠한 음흉함도 느껴지지 않는 순수한 애정 표현 같았다. 마치 저녁 식사 후, 안락의자에 앉은 주인의 무릎 위에 머리를 얹는 사냥개처럼.

그는 분명 기다려 준다고 말했다. 거짓말이나 허튼소리를 할 사람이 아니니 믿었다. 언제나 날 지탱하고 기다려 주고 믿어 준 사람.

뒤를 돌아 그의 손을 잡아 벽난로 앞 카우치로 이끌었다. 그는 이끌리는 대로 따라왔다. 같은 의자에 나란히 마주 앉자 조용히 입을 열었다.

"빈센트."

여전히 그의 두 손을 꼭 잡은 채 내가 물었다.

"뭐 힘든 일이 있어요?"

돌아온 건 침묵이었다. 알 수 없는 눈빛으로 날 쳐다보던 빈센트가 묵직하게 입을 열었다.

"저번에도 말했지만, 나의 힘듦은 거의 당신에게서 비롯됩니다."

"나에게서?"

"언제나."

그가 내게 잡힌 손을 빼내고 있었다. 왠지 모를 불길함에 다시 손을 뻗었지만, 그전에 뭔가가 눈앞에 내밀어졌다. 숨을 참았다.

"이것."

"언제, 봤어요?"

"들어오면서요."

그가 내게 내민 건 헤더 제누아가 내게 준, 살롱의 초대장이었다. 내 잘못이었다. 시녀가 들어오기 전에 서랍에 감춰 놔야 했는데.

"빈센트, 그건…… 그냥 우연히……."

"글쎄요. 우연이라고는 안 보입니다만."

턱도 먹히지 않을 거짓말이었다. 차라리 하지 않는 게 나았다. 속으로 한숨을 내쉬는 사이 테이블 위에 초대장을 내려놓은 빈센트가 날 응시했다.

"솔직히 말해 주세요. 의상실에서입니까?"

"……."

예리하다 못해 푹 찌르는 듯한 질문이었다. 명치를 얻어맞은 듯한 충격이 밀려들었다. 너무 안이하게 생각했다. 야생의 늑대처럼 약간의 냄새만으로도 목적을 추적하는 남자였다. 물론 나에게만큼은 그런 모습을 보여 주지 않았지만, 그래서 더 방심했던 걸지도 모른다.

어차피 들통난 뒤였다. 당장 뭐라고 말을 꾸민다 해도 어설플 것이 분명했다. 결국, 솔직히 털어났다.

"맞아요."

"의상실에 가자고 한 것도?"

"그것도 맞아요. 헤르타 백작 부인의 살롱에서, 그녀가 그 의상실을 자주 간다는 걸 알아냈거든요. 그래서 혹시나 했어요."

"그렇다면 정말 운이 좋았군요."

"……그렇죠."

무기를 뺏기고 전의를 상실한 기사처럼 순순히 다 대답했다. 그런 나를 보던 빈센트가 미간을 좁혔다.

"올리비아."

이름이 불림과 동시에 잠시 내리깔았던 눈꺼풀을 들었다. 평소와 다른, 조금 화가 난 듯한 그의 얼굴이 날 향하고 있었다.

"내가 말하는 운이 좋았다는 뜻이 뭔지 모르는군요."

"……."

"그녀가 만약 나쁜 마음을 품었다면, 그리고 호위를 데리고 다녔다면 당신은 어떻게 됐을까요."

미처 생각하지 못한 말이었다. 놀란 눈만 깜빡이자 그럴 줄 알았다는 듯 빈센트가 말을 이었다.

"그녀를 따라온 남자 두 명이 있었습니다. 가족이라기엔 너무 상하 관계가 확실해 보이더군요. 탈의실에까진 따라가지 않았지만."

그 순간 머릿속에 불쑥 들었던 의문 한 가지가 풀렸다.

"그래서 뭔가 이상하다고 생각한 거군요."

"맞습니다. 지금은 그게 중요한 게 아니지만."

그가 고개를 끄덕이며 대꾸했다. 그리고 양손으로 내 어깨를 잡았다. 마치 내가 도망갈 것을 사단에 차단하는 듯한 기민한 움직임이었다. 덫에 꼼짝없이 걸린 느낌이었다. 발버둥을 쳐도 이미 늦어 버린 느낌.

"이제 말해요."

"……."

"대체 혼자 무슨 생각을 하고 있는지, 나 몰래 무엇을 할 작정이었는지."

만약 들키게 된다면, 당연한 순서처럼 뒤따라올 질문이었다. 알고 있었고 생각해 두었음에도 입술이 차마 떨어지지 않았다. 빈센트가 다시한 번 내 이름을 부르고 나서야 겨우겨우 입이 떨어졌다.

"……하퍼 백작의 거처를 알아내려고 해요."

"어째서죠?"

"그가 아마도 이 카티아 내란에 가담한 귀족들의 윗선일 테니까요."

국왕은 내가 주었던 정보를 빈센트에겐 말하지 않은 모양이었다.

"내가 말했었죠. 이곳에 도착한 첫날, 그를 봤다고."

순식간에 지나쳤다. 피로와 스트레스가 겹친 나머지 환각을 본 게 아닌가 싶을 정도였다. 하지만 시간이 지날수록 그 순간의 기억이 뚜렷했다. 분명히 나는 그를 봤다.

"그가 있는 곳을 알아낸다면, 국왕 전하께 건넬 정보가 확실해져요. 더욱 중요해지고."

말이 끝나기가 무섭게 어깨에 느껴지는 통증에 아, 신음했다. 놀란 듯 손을 뗀 빈센트가 바로 사과했다.

"미안합니다, 올리비아. 나도 모르게."

"괜찮아요, 정말로."

자책하는 듯한 빈센트의 얼굴을 보는 게 더 힘들었다. 잘못한 건 나였지 그가 아니었다.

"어째서 내게 이런 중요한 일을 숨긴 겁니까?"

"당신이 휘말려서 다치는 걸 원하지 않았으니까."

약간은 거짓이었다. 레너한의 흔적을 좇는 나를, 빈센트가 모르기를 바랐다. 그가 걱정할 만한 이유는 아무것도 없지만, 조금이라도 신경 쓰이게 하는 것이 싫었다. 나로 인해 빈센트가 힘들어 한 일들은 이미 충분히 차고도 넘쳤으니까. 내 말을 가만히 듣고 있던 빈센트가 팔을 뻗어 내 뺨을 감싼 건 다음 순간이었다.

"올리비아, 나를 다치게 하는 것은 당신이 나를 믿지 않는 겁니다."

"……빈센트."

"그리고 당신이 다치는 겁니다."

그의 손등 위에 내 손을 얹었다. 나를 지그시 바라보며 빈센트가 입술을 달싹였다.

"솔직한 마음으로, 난 당신이 이곳에 가는 걸 원치 않습니다."

"……."

예상했던 말이었다. 허락해 주지 않으리라는 것 정도는.

"하지만."

이어진 뒷말에 눈이 커졌다.

"당신은 그래도 가겠죠. 그런 사람이니까."

허리를 끌어 당겨졌다. 그의 품에 안겼다.

"그러니 나도 함께 가겠습니다. 동행도 가능하다 적혀 있으니."

거절할 수도, 그를 밀쳐 낼 수도 없었다. 가만히 그의 등을 마주 안았다.

"좋아요. 그렇게 해요."

어떻게 시간이 지나는지 모를 정도로 약속의 밤은 금방 찾아왔다. 피부에 달라붙는 밤바람이 싸늘했다. 차창을 닫고 계속 내려오려는 숄을 위로 끌어 올려 준 건 빈센트였다. 우리를 태운 사륜마차는 덜컹거리며 쉴 새 없이 목적지를 향해 나아갔다.

"꽤 깊은 곳까지 들어가는군요."

"그러게요. 알고는 있었지만."

분명 수도를 벗어난 거 같지 않았지만, 인적이 드문 외곽으로 한참을 나온 느낌이었다. 주변은 온통 새카맸다. 마부가 고삐를 잡아끈 건 세겔 남작의 저택에서 길을 떠난 지 삼십여 분이 지난 후였다. 빈센트가 조끼 주머니에서 회중시계로 시간을 확인했다.

초대장에 쓰인 대로 저녁 아홉 시였다. 헤르타 백작 부인의 살롱도 늦은 시간에 열리긴 했다. 하지만 아홉 시라는 시간은 모임이 열리기엔, 사실 애매한 시간이었다.

마부가 도착을 알린 건 잠시 뒤였다. 육중한 철문이 열리는 소리가 들리고 마차는 자갈이 깔린 길로 접어들었다. 그제까지 들리지 않았던 사람들의 웅성거림도 하나둘씩 들리기 시작했다. 창밖을 내다보던 빈센트가 내게로 고개를 돌렸다.

"도착했군요."

"……."

"올리비아."

그의 크고 따듯한 손이 내 손등 위를 덮었다. 동시에 떨림이 멎었다. 나도 모르게 무릎 위에 얹은 손이 덜덜 떨고 있던 모양이었다. 속도를 늦춘 마차가 완전히 멈추어 섰다. 현관홀 입구에 서 있던 문지기가 다가오고 있었다. 빈센트가 옆자리에 앉더니 이마를 맞댔다.

"지금이라도 늦지 않았습니다."

원한다면 지금이라도 고삐를 돌려 돌아갈 수 있다는 말이었다. 순간, 혹하는 마음에 고개를 끄덕일 뻔했지만, 간신히 억눌렀다. 그럴 수는 없었다. 비록 뱀의 아가리 앞에 서 있는 꼴이라 해도 힘들게 여기까지 왔다. 이대로 돌아간다면 여태까지의 일들이 무용지물이 되는 것과 다름없었다.

"나는 괜찮아요. 정말로요."

이미 각오하고 오지 않았는가. 결정적일 때면 항상 내 발목을 잡는 심약한 몸뚱이가 지금처럼 싫을 때가 없었다. 힘들게나마 입매를 끌어올리자 굳어 있던 빈센트의 표정이 약간 누그러졌다. 이마에 닿았던 그의 체온이 멀어졌다.

내 뺨을 감싼 그가 어린아이를 달래듯 나직이 말했다.

"언제든 돌아가고 싶으면 말하면 됩니다."

"알았어요."

고개를 끄덕여 보이기가 무섭게 마차 문을 두드리는 소리가 났다. 문지기였다. 빈센트가 문을 열자 허리를 굽혀 인사하더니 나와 그를 번갈아 봤다.

"살롱에 오신 것을 환영합니다. 실례가 아니라면, 초대장을 확인하여도 괜찮을까요?"

외투 안주머니에서 초대장을 꺼낸 빈센트가 그대로 내밀었다. 문지기가 유심히 확인하더니 이내 고개를 끄덕이며 유쾌한 얼굴로 말했다.

"두 분을 다시 한번 환영합니다. 어서 드시지요. 안내는 종복이 해 드릴 겁니다."

그대로 문지기가 한 걸음 물러선 자리에 빈센트가 먼저 내리고, 그다음 나를 에스코트해 내렸다. 가면을 챙기는 것도 잊지 않았다. 일반적이지 않은 파티가 그러하듯이 이곳 또한 가면을 쓰는 형식이었다.

* * *

"이곳 전체가 살롱을 위한 건물입니다."

살롱에 처음 초대받았다고 이야기하자, 안내하는 종복은 친절하게 곳곳을 소개했다.

"저장고와 부엌이 있는 지하까지 포함하여 총 사 층의 건물로 손님들이 사용하실 공간은 지하를 제외한 삼 층이지요."

안으로 발을 들여놓기가 무섭게 먼지 하나 없는 새하얀 대리석 바닥과 꽃으로 장식된 핑거 푸드들, 천장에는 수백 개의 크리스털이 박힌 샹들리에가 보였다. 마치 왕성을 보는 것처럼 곳곳이 성대했다. 헤르타 백작 부인의 살롱도 호화로운 편이었지만 규모가 좁고 퇴폐적인 분위기가 물씬 풍겼다면, 이곳은 소문과 달리 좀 더 양지에 속해 있다는 느낌이었다.

그만큼 남녀 가리지 않고 사람들이 많았으며 마치 친분을 과시하며 인연을 맺는 정식 무도회 같은 분위기였다. 공간이 워낙 넓어 인파에 비해 비좁다는 느낌도 아니었다.

"언제부터였나요? 원래 그런 용도로 지어진 것 같지 않은데."

여느 귀부인들이 그렇듯 빈센트의 팔에 팔짱을 끼고 내가 묻자, 한 발짝 앞서서 가던 종복이 대답했다.

"사실 그리 오래되지는 않았습니다. 서너 달 전, 살롱의 주인이신 제 누아 님께서 이곳을 사들이셨지요. 당시엔 버려진 오랜 별장이었습니다만 보수 및 개축을 한 뒤엔 보시다시피 완전히 새 건물처럼 변신했지요."

그의 말 한마디 한마디가 귀에 박혔다. 이만한 건물을 사들이고, 이렇게 새로 단장시키려면 드는 돈은 보지 않아도 어마어마할 것이 당연했다. 헤더 제누아가 대체 어떤 돈으로, 어떤 목적으로 이곳을 만들었는지 의아했다. 국왕에게서 받은 돈이 그렇게나 많았다는 건가?

생각에 빠져 있는 사이 어느덧 현관홀을 지나쳐 메인 홀로 들어서는 입구 안이었다. 역할은 여기까지라는 듯 열려 있는 문 앞에서 걸음을 멈춰 선 종복이 깍듯하게 말했다.

"제누아 님은 이곳에 계십니다."

"아, 그렇군요. 안내 고마워요."

"아닙니다. 부디 두 분 다 즐거운 시간 보내시길."

인사한 종복이 걸음을 돌려 멀어지자 주위의 몇몇 시선이 새로 들어온 우리에게 쏠리는 게 느껴졌다. 이 이상 이목을 끌면 안 됐다. 우리는 빠르게 걸음을 옮겨 사람들 틈으로 들어섰다. 들어서자마자 악단 전용 발코니에서 연주하고 있는 사람들이 보였다. 익숙한 무도곡이었다. 정중앙에선 여러 쌍의 잘 차려입은 남녀들이 가면을 쓴 채 춤을 추고 있었다.

주위를 훑는데 조용히 빈센트가 입을 열었다.

"소문과는 다르군요, 여러 가지로."

"그러게요. 좋지 못한 이야기가 많았었는데."

정숙한 귀부인이나 아가씨들은 이곳에 발을 디디지 않을 거라는 시녀의 말이 아직도 귓가에 생생했다. 하지만 그 말과 달리 살롱은 여타 다른 곳과 크게 두드러지게 다른 점이 없어 보였다. 좀 더 규모가 크고 성대하다는 것 외에는. 그러다 불쑥 든 생각에 고개를 들었다.

"그러고 보니 이 위의 이 층과 삼 층에 관해선 설명을 못 들은 거 같아요."

말을 하면서 그제야 다른 곳과의 차이점이 눈에 들어오기 시작했다. 곳곳에 어딘가 감시역으로 보이는 남자들이 서 있었다. 다른 손님과 마찬가지로 가면을 쓰고 있었지만 쓸어 넘긴 머리나 같은 복장이 눈에 띄었다.

내 말에 잠시 생각하는 듯 말이 없던 빈센트가 이내 대답했다.

"확실히…… 그렇군요. 분위기가 무르익고 보는 눈이 적어진 다음에 올라가 보는 게 좋을 거 같습니다."

고개를 끄덕이자, 그가 나를 중앙으로 이끌었다. 어안이 벙벙해 쳐다보자 말을 덧붙였다.

"바로 의자에 앉는 게 오히려 시선을 끌 수 있으니까요."

"아. 알았어요. 그렇겠네요."

이러한 자리에 온 남녀가 들어오자마자 자리를 잡고 앉는 건 노부부가 아닌 이상, 대부분 그렇지 않았다. 적어도 한두 곡에 맞춰 춤을 춘 다음에 앉는 게 일반적이었다. 우리를 주시하는 감시자들의 시선이 느껴졌다. 춤을 추는 다른 남녀들 사이로 들어서자, 마침 곡이 끝나고 다른 곡이 시작되고 있었다.

빈센트의 손이 능숙하게 내 허리를 잡고 다른 손이 내 손을 잡았다. 묘한 기분이었다. 그와 이렇게 춤을 추는 게 세 번째였다. 첫 번째는 예렌의 어느 작은 마을 축제에서, 두 번째는 후작 부인의 파티에서, 그리고 지금. 한때 내 전남편의 정부였던 헤더 제누아의 살롱에서.

한 번도 발을 디딘 적 없는 외국. 그것도 적지 한복판에서 이렇게 차분한 마음이 들다니 의외였다. 만약 이곳에 나 혼자 왔다면 어땠을지 상상이 가지 않았다.

"집중해요, 올리비아."

그런 내 복잡한 마음을 깨달은 듯 빈센트는 더 강하게 내 허리를 끌어당겼고, 이내 춤에 집중할 수 있었다. 곡이 끝나자 춤 또한 끝났다. 자연스럽게 우리는 나란히 벽의 장의자로 향했다. 부드럽게 나를 자리에 앉힌 빈센트가 말했다.

"자리에 앉아도 될 거 같습니다. 뭔가 마실 거라도 가져오죠."

"알았어요. 기다릴게요."

그렇지 않아도 목이 마른 참이었다. 고개를 끄덕이자 미소 지은 그가 뒤를 돌아 음식과 음료가 있는 곳으로 향했다. 멀지 않은 곳이라 그대로 그의 뒷모습을 바라보는 도중이었다. 불현듯 한가운데서 종소리가 들리더니, 귀에 익은 목소리가 크게 울려 퍼졌다.

"이곳에 오신 모든 분에게 감사의 인사드립니다. 살롱의 주인 헤더 제누아입니다."

눈으로 줄곧 찾고 있던 여자였다. 조금 전까지 춤을 추고 있던 정중앙에 서 있었다. 사람들 틈으로 힐긋 보이는 모습은, 손님들과 달리 가면을 쓰지 않은 얼굴이었다. 뒤이어 우레와 같은 박수가 터져 나오더니, 좌중이 다시금 조용해졌다. 헤더 제누아의 높은 목소리가 다시금 이어졌다.

"제일 인기가 많은 시간이 드디어 왔습니다. 많은 분이 고대하는 시간이죠. 하지만, 처음 오신 분들이 있으니 간단하게 설명하겠습니다."

언뜻 그녀가 인파 사이로 나를 바라본 듯한 느낌이 들었지만, 이 많은 사람 속에서 나를 단번에 찾아낼 리가 없었다.

"이제 약 십오 분간, 일시적으로 저택 내의 모든 불을 끌 예정입니다. 그 안에 '사냥감'을 찾아내시는 게 바로 여러분이 하실 일이죠."

사냥감? 그 단어에서 느껴지는 어떤 불길함에 불현듯 팔에 소름이 돋았다. 그런 내 마음과 관계없이 설명은 이어졌다.

"언제나 그랬듯이 사냥감이 되시는 여성분들은 무작위로 선출하였으며, 그 여성분들을 가장 먼저 잡아내시는 신사분께는 그 여성분과의 밀회를 선물해 드립니다. 밀회를 위한 공간은 아시다시피, 위층에 마련되어 있구요. 여성분께는 거절권이 있긴 하지만, 세 번째 잡히는 순간엔 효력이 없다는 거 알고 계시겠죠?"

헤더 제누아의 말이 끝난 순간, 그제야 왜 이곳이 음지에서 열리는지 깨달았다. 상상도 해 본 적 없는 일이 이곳에서 버젓이 일어나고 있었다. 고급 창관에서나 열릴 만한 일을 헤더 제누아는 자신의 살롱에서 벌이고 있던 것이다. 이곳을 세울 만한 돈은…… 그걸 원하는 남자들이 지원을 해 줬을 것이고.

"맙소사……."

그걸 깨달은 순간 욕지기가 깊은 곳에서 밀려들었다. 속이 울렁거리고 시야가 휘청댔다. 더는 이곳에 있고 싶지 않았다.

"사냥감으로 지정된 여성에게는 목덜미에 작은 표식이 있습니다. 공연히 엉뚱한 여성분을 잡다가는 희롱으로 뺨을 맞아도 할 말이 없겠지요?"

태연하게 내뱉는 농담에 사람들의 웃음소리가 잇따랐다. 갑자기 터무니없는 예감에 손을 들어 목 뒤쪽을 쓸었다. 다행히 아무것도 느껴지지 않았다. 안심하는 순간이었다.

그대로 팔을 내린 찰나, 동시에 나도 모르게 비명이 터져 나왔다.

"아......!"

눈을 비볐다. 다시 보아도 여전히 손끝에 뭔가 묻어 있었다. 붉은 인주 같은 액체였다. 다시 뒷덜미를 문질러 지우려고 애를 써도 더는 묻어나지 않았다. 황급히 자리에서 일어나 근처 벽에 걸린 거울로 향했다. 다급히 목덜미를 확인했다. 뭔가의 표식처럼, 작은 문양이 도장처럼 찍혀 있었다.

"사냥감이 되신 여성분께는 지금부터 오 분 동안 몸을 피할 시간을 드립니다. 저택 안이라면 어디든 상관없습니다. 밖을 나가는 건 제지될 겁니다."

그 말과 동시에 다급하게 걸음을 옮기기 시작하는 여자들이 보였다. 나 또한 그에 섞여 어느새 닫힌 입구로 다가갔다. 그런 우리를 본 헤더 제누아의 눈이 가늘어지더니 소리쳤다.

"그럼 사냥감분들, 재량껏 달아나세요!"

동시에 문이 열렸다.

헉헉…….

숨이 턱 바로 아래까지 차올랐다. 심장 소리가 가슴을 뚫고 귀에 울려 대는 것 같았다. 메인 홀을 나서자마자 가장 먼저 현관을 나가려고 시도했으나 여지없이 막혔다. 그러는 중에도 다른 사냥감으로 지정된 여성들은 너 나 할 것 없이 뿔뿔이 흩어지고 있었다.

그녀들은 이 사실을 알면서도 이곳에 온 걸까 궁금했다. 얼핏 스쳐지나간 가면 속 얼굴들이 초조와 공포로 질려 있던 걸 보아, 어쩌면 저마다 사정으로 인해 다들 어쩔 수 없이 나온 게 아닐까 싶었다. 유희라기엔 너무 잔인했다. 헤더 제누아는 나를 함정에 빠뜨리려고 일부러 초대한 걸까? 이상했다. 아까 눈이 마주쳤을 땐, 그런 것으로는 보이지 않았었다. 악의라기보다는 짓궂은 장난에 가까운 눈빛……

하지만 상념은 거기까지였다. 시간이 없었다. 주위를 둘러봐도 숨을 곳이 마땅치 않았다. 허겁지겁 대계단 위를 올라 위층으로 향했다. 양 옆으로 길게 늘어진 복도와 방들이 보였다.

떨리는 손으로 제일 먼저 보인 방의 손잡이를 잡아 흔들었지만 굳게 닫혀 있었다. 절망감에 몸서리가 쳐졌다. 포기하지 않고 계속 옆의 문을 흔들었다. 또 잠겨 있으면 그 옆, 그 옆……

달칵.

"드디어……!"

안도의 한숨과 동시에 문이 열린 건, 맨 가장자리 방에서였다. 후들거리는 다리를 지탱하고 뒤돌아 주위를 살폈다. 오래 사용하지 않는 방인 듯, 먼지 방지용 흰 천이 가구들을 덮고 있었다. 쇠살대로 가로막힌 벽난로 앞의 장의자를 발견했을 때 바로 쓰러지듯 앉고 싶었지만, 이를 악물고 참았다. 일단 이 방문을 잠글 열쇠가 필요했다.

벽난로 장식 선반부터 시작해서 흰 천을 걷고 서랍장을 일일이 여닫았다. 손을 뻗어 뒤적이고 샅샅이 찾았다. 무언가가 손에 잡힌 건 그때였다. 열쇠임이 분명했다. 순식간에 얼굴에 화색이 돌았다. 그대로 문으로 다가가 잠그려는 찰나였다.

발걸음 소리가 들렸다. 탈출구를 바로 지척에 두고 발목을 잡힌 심정이 이런 걸까. 눈앞이 아득해졌다. 할 수 있는 건 숨거나 문을 막는 거였다. 본능적으로 장의자 뒤에 숨었다.

끼이익.

멀지 않아 문이 열리는 소리가 들더니 누군가 안으로 들어왔다. 그대로 두 손으로 입과 코를 막았다. 숨소리라도 새어 나오는 날엔 꼼짝없이 잡힐 것이다. 걸음 소리가 점차 가까이 왔다. 침입자가 장의자의 뒤로 오기 전에 반대편으로 가야 했다. 엎드리듯 손으로 바닥을 짚었다. 제발 들키지 않기를 기도하는 수밖에 없었다.

그때였다.

"······우읍!"

상대의 발걸음이 빨라지더니 순식간에 내 앞으로 다가왔다. 놀라 그대로 몸을 피하려는 순간 등 뒤에서 손이 뻗쳐 왔다. 내 얼굴을 거의 덮을 만큼 큰 손이었다. 절망이 차올랐다. 맹수에게 목덜미를 물린 초식동물처럼 몸부림쳤다. 최후의 반항으로 내 입을 막은 손을 깨물려는 순간이었다.

"쉿. 올리비아, 납니다."

귀를 의심했다. 침입자의 정체는, 내가 의지하고 기대는 유일한 남자였다. 눈물이 핑 돌았다. 뒤를 돌았다. 내 떨리는 몸을 껴안은 빈센트가 귓가에 작은 목소리로 속삭였다.

"그 여자가 알려 주더군요. 당신이 위층으로 향했다고. 해서 찾으러 왔습니다."

'그 여자'를 의미하는 건 헤더 제누아였다. 의외였다. 날 일부러 이렇게 내몬 게 아니었던가. 어둠 속에서도 흔들리는 내 눈빛이 보였는지, 진정시키듯 내 뒷머리를 쓰다듬으며 그가 말했다.

"유일하게 잠그지 않은 방으로 가라더군요. 그곳에 당신도 있고, 아마 찾는 답도 있을 거라고."

그 말이 무섭게 살짝 열린 문틈으로 복도에서 말소리와 함께 발걸음 소리가 들려왔다. 점점 커지는 걸로 보아 명백히 이쪽을 향하고 있었다.

"올리비아, 이리로."

내 손을 잡아 발코니로 이끈 빈센트가 뒤이어 안쪽의 커튼을 치고 창을 닫았다. 소리를 들을 수 있게 반 뼘 정도로 열어 놓은 상태였다. 우리가 숨자마자 문이 열리더니 두 개의 걸음 소리가 들렸다. 숨을 죽이고 안의 상황에 귀를 기울였다.

"정말 대담하군. 그런 일을 기획하고, 그 틈에 이 방으로 날 끌어들이다니."

먼저 들린 건 젊은 남자의 목소리였다. 약간 취기에 오른 느낌이었다. 뒤이어 여자의 목소리가 들려왔을 때 몸이 뻣뻣하게 굳었다.

"그야 시시한 건 질색이니까요. 아슬아슬함을 즐기는 게 좋지 않나요?"

틀림없는, 내가 아는 사람이었다. 이 살롱의 주인이자 나와 빈센트를 이곳으로 오게 한 장본인. 창 너머로 헤더 제누아가 한 남자의 목에 팔을 두른 채 요염하게 웃고 있었다.

"흠. 그건 그래. 재미없는 건 금방 흥미가 가시니까."

남자가 씩 웃으며 그녀에게 입을 맞추려 하자, 헤더가 묘하게 웃으며 그의 입술을 피했다. 남자의 눈썹이 꿈틀댔다.

"지금 뭐 하자는 거지?"

날카로운 반응에 화사하게 웃은 헤더가 검지로 남자의 가슴을 쓱 쓸더니 붉게 칠한 입술을 열었다.

"정말 성격도 급하셔라. 분위기가 충분히 무르익지 않았잖아요?"

여자인 내가 들어도 넋을 놓을 만큼 고혹적이고 아름다운 모습이었다. 남자 또한 마찬가지였는지 침을 삼키는 게 보였다.

"좋아. 말해 봐. 뭘 원하지?"

"어머, 멋있어라. 다 들어주실 건가요?"

"들어줄 수 있는 거라면."

선심을 베푼다는 듯 어깨를 으쓱해 보인 남자가 흰 천을 걷더니 카우치에 느슨히 앉았다. 그 앞으로 돌아간 헤더가 그의 앞을 덮치듯 남자의 무릎에 마주 보고 앉았다. 얼굴이 보이는 건 이제 그녀뿐이었다.

"자, 이제 말해 봐. 원하는 게 뭔지. 보석? 드레스? 그도 아니면 그저 금품?"

"설마요. 그런 거야 저에게도 차고 넘친답니다. 물론 나리만큼은 아니겠지만요."

호호 웃은 헤더가 느긋하게 덧붙였다.

"사실 제가 원하는 건 그리 대단한 건 아니랍니다. 그저 여자의 사소한 호기심을 조금 충족시켜 드렸으면 해서요."

"호기심?"

"네. 호기심이요. 저는 아주 궁금한 게 많거든요."

"그게 뭐지?"

그때 남자를 내려다보던 헤더가 불쑥 우리 쪽으로 시선을 돌렸다. 그저 그뿐 아무런 행동도 취하지 않았으나 마치 이제부터 하는 이야기를 귀담아 새겨들으라는 듯이. 조금 더 열린 창 쪽으로 다가갔다.

"나리께서 바로 1왕자 저하의 측근 중 하나라고 알고 있는데, 맞나요?"

"맞네. 저하께서 가장 신뢰하는 부하 중 하나이지, 내가."

뻐기듯 대답한 남자가 취기가 도는 목소리로 묻지도 않은 이야기를 뒤이어 꺼냈다.

"아아……. 대단하셔라. 얼마나 신뢰하시는데요?"

"얼마나라니?"

"뭐, 그런 것들 있잖아요. 어느 정도로 믿고 중요한 일을 맡기는가, 하는."

"그, 그야……."

남자의 뺨을 매혹적인 손짓으로 한 번 쓰다듬은 헤더가 속삭이듯 대답했다. 당황했는지, 혹은 망설이는 건지 남자가 머뭇거렸다. 그런 남자를 바라보는 헤더의 얼굴이 점차 찌푸려졌다.

"뭐야, 말만 그런 거였군요? 실망이에요."

"그게……."

"저는 그만 일어나 보겠습니다. 잊고 있던 일이 생각나네요. 나리께는 다른 아이를 불러 드릴게요."

물 흐르듯 자리에서 일어서려는 헤더를 잡은 건 남자였다.

"저하께선 날 정말 신뢰하네! 아주 중요한 인물의 일신을 맡길 정도로 말이야."

헤더가 다시 자리를 잡은 그 한마디였다. 그녀가 다시 남자의 무릎 위에 앉더니 놀랐다는 듯이 숨을 들이켰다. 그리고 비밀 이야기라도 나눈다는 듯 은밀해진 목소리로 물었다.

"중요한 인물이요? 이를테면……?"

"벨로트의 백작."

벨로트, 그리고 백작. 그 단어가 의미하는 바는 명확했다. 레너한. 레너한 하퍼 백작. 온몸이 꼿꼿하게 굳었다. 그런 나를 알아차렸는지 빈센트가 부드러운 손길로 내 어깨를 잡았다.

놀란 건 나뿐이 아니었는지 헤더의 눈이 잠시 커졌다 돌아왔다. 그런 그녀를 바라본 남자가 의기양양하게 말을 이었다.

"듣기에, 여러 개의 광산을 소유한 부자이자 벨로트에서도 발언권이 있는 자라고 하더군. 저하를 도와 이 전쟁을 초반부터 지원하고 있지."

"……그런 중요한 사람이 나리의 저택에 있다는 건가요?"

"암, 그렇고말고. 물론 내 명의의 저택은 아니지만……."

"나리의 저택이 아니라면 어떤……."

부스럭.

소리가 난 건 그 순간이었다. 나도 모르게 숨을 참았다. 헤더를 밀어내고 일어난 남자가 예리하게 소리쳤다.

"누구냐!"

소리의 주인공은 내 앞 발코니 테이블에 놓여 있던 화분이었다. 바람에 쓸려 내 앞에 떨어졌다.

"잠시만요. 제가 확인해 볼게요. 그대로 계세요, 나리."

부드러운 목소리로 남자를 안심시킨 헤더가 우리 쪽으로 다가왔다. 눈이 마주치자 검지를 들어 입에 갖다 댔다. 고개를 끄덕이기 무섭게 뒤를 돈 그녀가 남자에게로 돌아갔다.

"화분이 떨어졌네요. 밖에 바람이 좀 불어서요."

"그렇군. 문은 닫았나?"

"조금 있다가 닫을게요. 속이 답답해서."

유연하게 대꾸한 헤더가 일어선 남자를 다시금 카우치에 앉도록 이끌었다. 그리고 옆자리에 앉아 귓가에 속살거리듯 물었다.

"우리 아까 하던 이야기나 마저 해요. 네?"

"하던 이야기……?"

"왜, 중요한 인물의 거처요. 1왕자 저하가 신뢰하는 나리가 맡으셨다는."

신뢰라는 단어에 힘을 주어 헤더가 대꾸했다. 그제야 기억났는지 고개를 끄덕인 남자가 입술을 달싹였다.

"그 백작은 지금 내 집사 소유의 별장에 있지. 뭐, 명의만 집사 거고 실상 내 것이니 어딜 가든 빠지지 않는 저택이지만 말이야."

"그 별장이 수도에서 먼가요?"

"아니. 여기서도 가려면 갈 수 있지. 마차를 타고 삼사십 분이나 걸릴까."

대화는 거기서 끝이었다. 헤더가 까악 하는 소리를 질렀다. 그녀의 허리를 잡아 제 앞에 앉힌 남자가 손을 들어 그녀의 목덜미를 쓸었다.

"대화는 이걸로 충분하지 않나? 음?"

"아아, 그럼요. 충분하고말고요."

그녀의 그 대답은 그가 아닌 우리에게 하는 것처럼 들렸다. 이제 충분하지 않느냐는. 고개를 들어 빈센트와 시선을 마주했다. 그도 나와 같은 생각인 것 같았다.

"헌데, 이곳은 너무 춥고 침대도 없으니 위층으로 올라가시지 않겠어요?"

"삼 층? 지금 한참 열기가 뜨거울 텐데."

"아이, 나리도. 당연히 따로 마련해 두었지요, 우리를 위한 방은."

'우리'라는 단어가 마음에 든 듯 남자가 고개를 끄덕였다. 머지않아 두 사람이 나가는 소리가 들렸고, 우리 또한 방에서 빠져나왔다.

8. 결착

 살롱에서 빠져나온 뒤, 가장 먼저 한 일은 세겔 남작에게 별장이 위치한 곳을 알아내는 거였다. 수도에 별장을 가진 사람이 한두 명이 아니라 추리기까지 시간이 조금 걸렸지만, 사람을 쓰니 이튿날 답이 돌아왔다.

 레너한이 있는 곳은 수도의 가장 외곽에 자리한 별장이었다. 오가는 이들에 대한 은근한 감시가 삼엄했기에 다른 수를 써야 했다.

 "전혀 몰라보겠네요, 올리비아 님."

 시녀가 내 가발의 끝을 정돈해 준 뒤 만족스럽게 웃으며 말했다. 전신 거울 앞에 선 나는 그 말 따라 전혀 다른 사람 같았다.

 직모로 뻗은 밀색 머리칼은 곱슬기가 있는 검은 머리로 바뀌었고, 옷 또한 평범한 장사치가 입을 법한 흔한 드레스 차림이었다. 세겔 남작의 도움 덕분이었다.

 ―올리비아 님은 여러 가지로 눈에 띄니 변장이 필요하겠습니다.

 안 그래도 행여나 레너한과 마주할까 내내 로브를 쓸 작정이었다. 지금 생각해 보니 섣부른 생각이었다. 만약 그랬다간, 도리어 별장 안에 발을 딛기도 전에 의심을 살 수도 있었으리라. 하지만 그가 어디선가 구해 준 가발로 인해 그런 걱정은 새하얗게 지워졌다.

마지막으로 늘어뜨려진 내 뒷머리를 핀으로 꽂아 고정한 시녀가 나가자 방에 홀로 남았다. 화장대 앞 콘솔에 앉은 채로 심호흡하고 잠시 마음을 가라앉히는데 노크 소리가 들렸다.

"올리비아."

"들어와요."

목소리를 듣자마자 누군지 알아차렸다. 내 허락이 떨어지기가 무섭게 들어온 빈센트가 화장대 거울로 나와 눈을 마주쳤다.

"어때요? 감쪽같죠."

"……."

"눈 색깔도 바꿀 수 있으면 좋았을 텐데요."

혼잣말처럼 중얼거린 말에 빈센트가 내 어깨를 끌어안은 건 다음 순간이었다.

"어떤 모습이건 내 눈엔 그저 아름답기만 할 뿐입니다."

"……그렇게 말할 줄 알았어요."

"당신 혼자 별장에 보낸다는 게 아직도 난……."

"빈센트."

조용히 어깨를 두른 그의 손 위에 한 손을 얹었다. 언제나처럼 서늘한 온기가 느껴졌다. 이 안에 뜨거운 열정이 숨겨져 있다는 건 나밖엔 모르리라.

"나 혼자가 아니에요. 세겔 남작이 붙여 준 사람과 함께 가잖아요."

"마음이 놓이질 않습니다."

"별일 없을 거예요. 그냥…… 그가, 있는지 확인하는 것뿐이니까."

'그'라는 단어에서 살짝 주춤한 걸 빈센트가 알아차리지 않으면 좋겠다고 생각했다. 전남편인 하퍼 백작에게 미련이 남아서가 아니었다. 그냥 그에 대해서 신경 쓸 필요가 없다는 뜻이었다.

레너한이 있을지도 모르는 그 별장에 가기로 마음먹었을 때, 빈센트도 함께 가고 싶어했다. 하지만 그렇게 되지 않았다. 워낙 눈에 띄는 외모에 큰 키는 변장을 한다 해도 이목을 끌 게 분명해서였다. 따라서 세겔 남작은 내게 사람을 따로 붙여 주었다. 나는 그의 비서 겸 수행인인 척 따라갈 예정이었다.

"조금이라도 늦으면 바로 따라 들어갈 겁니다."

내 말이 통했는지 어깨를 꽉 끌어안은 손에서 조금 힘이 빠졌다. 그의 말이 그냥 하는 소리도, 거짓말도 아님을 알았다. 허튼소리를 하는 남자가 아니라는 건 아주 옛날에 깨달았으니까.

"약속할게요. 정보가 사실인지, 딱 확인만 하고 바로 돌아설 거예요. 그 이상은 아무것도 하지 않을게요."

'정보'라는 건 바로, 추려 낸 별장에 한 젊은 외지인이 묵게 되었다는 소문이었다. 그저 별장 주인의 지인일 수 있겠지만 이런 시국에 한가로이 외국에서 지인을 초대한다는 건 이상했다. 레너한의 얼굴을 아는 건 나와 빈센트뿐이었고, 어차피 둘 중 한 사람은 무조건 별장에 들어가야 했다.

세겔 남작은 자세한 사정을 몰랐지만, 별달리 무언가를 물어보거나 따지지 않았다. 사이먼에게 따로 들은 말이 있는 건지는 모르겠지만 묵묵히 우리에게 협력했다.

대답이 없는 빈센트 쪽으로 몸을 돌려 일어났다. 까치발을 들어 그의 입에 입 맞췄다. 이젠 아주 자연스럽고 당연하게 느껴지는 가벼운 애정 표현이었다.

짧게 입술만 닿고 떨어지려는 찰나 그가 한 손으로는 내 허리를, 다른 한 손으로는 내 목덜미를 잡고 자신에게로 끌어당겼다.

"······읍!"

순식간에 그의 입술에 입이 틀어 막혔다. 그는 내게 깊숙이 키스했다. 숨이 부족할 정도였다. 두 입술이 떨어진 건 방에 다시금 노크 소리가 들리고 나서였다. 무슨 일이냐고 묻자 바로 문 맞은편에서 대답이 돌아왔다.

"주인 나리께서 준비가 다 되셨다고 전하라 하셨습니다."

대답이 들리자마자 조용한 침묵이 우리 사이를 맴돌았다.

"다녀올게요."

나에게 맞춰서 고개 숙인 그의 뺨을 어루만지며 속삭였다.

* * *

별장에 잠입할 수 있었던 배경은 바로 명의상 별장의 하녀장 덕분이었다. 뭔가 확인할 것이 있다며 보석과 금품을 쥐여 주자, 망설이던 그녀는 한 시간이라는 제한 시간을 내걸었다. 나와 내 동행에겐 하녀와 하인복이 지급됐다. 피차 남에게 들키게 되면 좋을 게 없다는 판단하였다. 하녀장은 내게 복사해 둔 열쇠 꾸러미를 내밀었다.

"확인할 것만 확인하고 바로 나가셔야 해요."

"그럼요, 부인. 호의를 베풀어 주셔서 감사합니다."

부드럽게 웃으며 대답하고 바로 옷을 갈아입었다. 한 명을 데려온 게 다행이었다. 저택은 생각보다 넓었고, 가볍게 훑으며 찾는다 하더라도 나 혼자서는 힘들었다.

"삼 층의 손님방을 뒤지세요. 나는 응접실과 서재가 있는 이 층을 살펴볼게요."

"알겠습니다."

간단한 내 지시를 끝으로 나는 바로 위층으로 향했다. 손에는 청소도구 하나를 쥔 채였다. 혹여 누군가 처음 보는 내게 관심 가지게 되는 걸 피하고자.

제일 먼저 들어선 곳은 응접실이었다. 아무도 없었지만, 혹시 레너한이 이곳에 무언가를 숨겨 놓았을지도 모른다는 생각에 곳곳을 샅샅이 뒤졌다. 장식장부터 시작해서 까치발 탁자 아래, 벽난로의 장식 선반 안쪽까지도 청소하는 척하며 꼼꼼히 살폈다. 하지만 성과는 없었다. 나도 모르게 한숨이 새어 나왔다.

"아무것도 없네……. 설마 잘못 선택한 건가."

아니다. 아직 한곳밖에 뒤지지 않았으니 속단하기엔 일렀다. 실망한 마음을 부여잡고 바로 옆방으로 향했다. 문을 열자마자 맡아지는 책 냄새에 이곳이 서재임을 깨달았다. 생각보다 넓고 책장도 열 개가 넘는 곳이었다. 바닥에서 천장까지 빼곡히 꽂힌 책들이 위엄 있게 다가왔다.

어디서부터 뒤져야 할지 감이 들지 않아 일단 창가 쪽을 살피기로 마음먹었다. 성큼 더 안쪽으로 걸어가 가장 끝으로 향했다. 총 네 개의 창은 발코니처럼 다 바깥으로 둥글게 나와 있었다. 커튼을 쳐야 그 안쪽을 볼 수 있는 구조였다.

하나하나 살필 생각이었다.

그렇게 맨 왼편의 창가에서부터 두 번째 커튼을 열어 그 안으로 걸음을 내딛는 순간, 등 뒤에서 달칵하는 문소리가 들렸다. 동시에 나도 모르게 반사적으로 커튼을 닫아 내 모습을 가렸다. 발걸음 소리가 점차 가까이 다가왔다. 목 안의 침이 바싹 마르는 느낌이었다.

누구일까.

만약 하녀장이라면 상관없지만, 다른 이라면 곤란했다. 일부러 이곳을 담당한 고용인에게 하루 휴가를 준 뒤였다. 혹시 뭔가 잊어버려서 돌아온 걸까?

여러 가지 생각이 찰나에 머릿속을 스치고 지나갔다. 숨을 참고 벽

쪽으로 등을 붙였다. 여차하면 커튼을 걷고 바로 뛰쳐나갈 생각이었다. 내가 누군지 볼 수 없도록.

걸음이 멈춘 건 잠시 후였다.

"……."

다행히 내 앞에서는 아니었다. 귀를 기울이면 숨소리를 들을 수 있을 정도로 가까웠지만 그래도 상대는 내 실루엣이 비추는 영역에서 벗어나 있었다. 커튼을 치는 소리가 나더니 걸음걸이가 멈췄다.

침입자가 들어선 곳은 내 바로 옆의 창문이었다. 나와 마찬가지로 커튼을 열고 그 안의 숨겨진 공간으로 들어섰다. 내가 창가 쪽으로 가지 않는 한 들킬 일은 없었다.

안도의 한숨이 속에서 비어져 나왔다. 긴장감이 빠져나가자 그 자리를 호기심이 채웠다. 옆의 사람이 누군진 몰라도 어딘가 비밀스러운 행동거지였다.

그대로 숨을 죽이고 벽에 귀를 기울였다. 어떤 사소한 목소리라도 단서가 될 수 있었다. 그때 연이어 문이 열리는 소리가 들리더니 또 하나의 걸음 소리가 재차 다가왔다. 이번에도 옆자리였다. 목소리가 들리는 순간 그대로 얼어붙었다.

"……여기 있었군."

들어본 적 있는 목소리였다. 중후하고 깊게 울리는 나이 든 남자의 목소리. 얼굴이 저절로 떠올려졌다. 풍채 좋고 서글서글한 눈매의 남자, 그레이 후작. 수도의 가극장에서 마주친 적 있었다. 그날 마주치고 얼마나 얼어붙었는가. 그가 이곳에 있다는 것은…….

내 생각이 더 전개되기 전에 돌아온 대답이 그 끝을 대신했다.

"이곳 외엔 무료하기 짝이 없으니까요."

익숙하다 못해 귀에 박히는 음성이었다. 동시에 다리에 힘이 풀렸다. 정말 오랜만에 듣는 목소리였다. 열일곱 살부터 스물일곱 살이 될 때까지, 지난 십 년간 들었던 목소리.

그레이 후작과 함께 있는 인물은 레너한이었다. 레너한 하퍼 백작.

그대로 바닥에 소리 없이 꿇어앉아 떨리는 손으로 벽을 짚고 다시금 들려오는 목소리에 집중했다. 대화가 들렸다.

"너는 어릴 때부터 그리 참을성이 없었지."

"나처럼 집요한 사람한텐 어울리지 않는 말인데요."

그레이 후작의 힐난에 레너한이 차갑게 대답했다.

"벌써 시간이 얼마나 지났는지 아십니까?"

"지나다니?"

후작의 반문에 레너한이 빈정거렸다.

"이곳에 온 지 일 년은 된 거 같은데요. 꼬리를 만 개처럼 구는군요. 아, 혹시 그쪽에서 날 무서워합니까?"

"……그렇게 되진 않았어. 엄살이 심하군. 덧붙여 무례하기까지."

마치 까칠한 아들과 그런 아들을 못마땅하게 지켜보는 아버지 같은 느낌이었다. 두 사람의 관계가 먼 친척이라는 데 기억이 미쳤다. 자신의 분노에 태연하다 못해 차분한 그레이 후작에게 화가 났음에도 간신히 숨을 끌어 모아 분노를 삼킨 레너한이 조용히 말했다.

"그럼 무례가 불경으로 변하기 전에 묻죠. 나는 1왕자를 언제 볼 수 있죠?"

"안 그래도 그 이야기를 하러 들린 거네."

1왕자. 레너한, 그리고 그레이 후작.

비밀스럽고도 중요한 이야기가 오가고 있었다. 침을 삼키고 집중했다. 한마디, 한 단어도 놓치지 않기 위해 귀를 벽에 바짝 대야 했다.

이어진 후작의 대답은 의외였다.

"내일 만나게 될 거야."

"내일이요?"

"반응이 얼떨떨하군. 어서 만나고 싶어 하지 않았나?"

"그건 그렇지만, 이렇게 통보식으로 말입니까?"

내일……. 정신이 번쩍 뜨였다. 숨소리조차 방해가 될까, 입과 코를 틀어막은 채 들려오는 말에 온 관심을 쏟았다.

"여하튼 그리 알도록 해. 시간과 장소는……."

지금부터가 가장 중요했다. 손바닥에 땀이 나는 느낌이었다.

"오후 3시, 첼셔 거리의 흰 사슴 여관이네."

새벽부터 몰아치기 시작한 비바람이 계속 머리를 흐트러뜨렸다. 로브 모자가 벗겨지지 않게 손으로 고정해야 했다.

"어서 옵쇼!"

여관으로 문을 열고 들어서자마자 성량 좋은 목소리가 우리를 맞이했다. 여관 안은 떠들썩했다. 벨로트의 여관이 그렇듯, 카티아의 여관도 일 층은 식당 겸 술집을 겸하는 듯했다. 낮부터 술을 기울이는 남자들이 벌써 거나하게 취해 큰 목소리로 떠들고 있었다.

멀리서는 대화가 안 되겠다 생각한 건지, 방금 우리에게 인사했던 직원 한 명이 다가왔다. 빈센트가 로브 모자를 벗었다.

"숙박이신가요? 아니면 식사?"

"식사."

"그렇다면 빈자리에 앉으시지요."

빈자리라는 말에 주위를 눈으로 휘 훑었다. 절반 정도가 차 있어 앉을 자리를 찾는 건 어렵지 않았다. 우리는 그중 이 층으로 올라가는 계단의 바로 옆 테이블에 자리 잡았다. 시간은 아직 한 시 사십 분이었다. 바로 이 층으로 올라가면 의심을 받을 수 있으니 일단 올라가기 전 잠시 일 층에 앉아 있을 생각이었다. 레너한 일행이 오면 화장실에 가는 척하며 바로 뒤따라가기에 적합했고.

식탁 위에 놓인 메뉴판을 뒤적이다 잠시 후 손을 들어 올리자, 여급이 한 명 다가왔다.

"주문하시겠습니까?"

"오늘의 추천 메뉴로."

"알겠습니다. 조금만 기다리세요."

우리가 들어오는 순간 미묘하게 바뀐 공기를 알아챈 건 빈센트였다. 그가 소음 속에 내게만 들릴 정도의 목소리로 나직이 말했다.

"뭔가 느낌이 심상치 않군요."

목덜미의 솜털이 쭈뼛 서는 기분이었다. 그가 한 말의 뜻을 바로 알아차렸다. 어쩌면 일 층의 모든 손님이 1왕자나, 혹은 레너한의 졸개일 수도 있다는 말이었다. 집요하게 우리를 바라보는 시선이 있다고 생각하니 자연히 어깨가 굳었다.

"……전부 그런가요?"

여관 일 층의 식탁은 총 열두 개였다. 전부 사 인용이었고, 네 자리가 다 찬 자리도 있었지만, 우리처럼 두 사람 혹은 한 사람이 앉은 자리도 있었다. 우리가 한 자리를 차지해 빈 식탁은 다섯 개. 나머지 여섯 테이블에 사람들이 있다는 말이었다. 뒤를 돌아 그들을 확인하지 않도록 있는 힘을 다해야 했다.

그런 나에 비해 벽을 등지고 앉은 빈센트는 태연했다. 주문을 받으며 여급이 따라 준 물컵을 들어 여유롭게 물을 마신 다음 느긋이 대답했다.

"전부는 아닙니다. 그렇게 보이는 건 세 자리 정도."

"인수는?"

"일곱 명."

"……."

"여차하면 상대할 수 있으니 걱정하지 말아요, 올리비아."

빈센트의 목소리는 연인 앞에서 허세를 잡는 남자의 목소리도, 날 안심시키기 위해 거짓말을 꾸며 내는 가식적인 목소리도 아니었다. 언제나 그래 왔듯 뚜렷한 높낮이 없고, 그래서 더 평온하게 느껴지는 낮은 목소리였다.

처음엔 그런 목소리가 생각도, 감정도 읽을 수 없어 경계하게 됐으나 지금은 오히려 그 어떤 것보다 날 안심하게 했다.

"알아요. 믿어요."

옅게 웃으며 대답하자 마주한 식탁 아래로 그가 내 손을 잡았다. 어떤 접촉보다도 따뜻하고 위로가 되는 온기였다. 마음이 한결 가벼워지자 움츠러들었던 어깨가 펴졌다.

때맞추어 여급이 쟁반 위에 식사를 가져왔다. 버섯 소스를 끼얹은 감자 요리와 호밀빵이었다. 따뜻하고 가벼운 메뉴였다. 아침부터 긴장감에 한 끼도 제대로 먹지 못한 게 생각났다. 손을 뻗어 나이프로 내 접시 위에 놓인 호밀빵을 자른 빈센트가 내게 먹으라는 듯 눈짓했다. 그의 의도대로 한입 베어 먹자 속이 든든했다. 그 또한 식사를 시작하자, 등 뒤에 달라붙었던 시선들이 하나둘씩 떨어지는 게 느껴졌다. 어쩌면 이것도 빈센트가 의도했던 것일지도 모른다는 생각이 들었다.

문이 열리고 또 한 차례 손님이 들어온 건 식사가 거의 끝난 무렵이었다. 고개를 들어 식당의 시계로 시선을 향했다. 한 시 오십오 분이다. 세 명의 사내였다. 셋 다 키가 컸고 우리처럼 로브를 쓰고 있었다. 안으로 발을 들여 놨지만 모자를 벗지 않았다. 촉이 왔다.

"어서 오십쇼!"

좀 전과 마찬가지로 우렁찬 목소리가 그들을 맞았다. 사장으로 보이는 이가 그들에게 다가갔다. 시끄러운 주변 때문에 그들이 나누는 대화가 잘은 들리지 않았지만, 아닌 척 귀를 기울이자 언뜻 토막 난 단어들이 귀에 들어왔다.

이 층, 예약, 암호……

대화는 길지 않았다. 곧이어 세 쌍의 발걸음이 우리 쪽으로 다가왔고 계단 앞에서 멈춰 섰다. 혹시 들킨 걸까 싶어 나도 모르게 포크를 쥔 손에 힘이 들어갔다. 빈센트와 눈이 마주쳤다. 계속 먹어요. 그가 눈으로 말했다. 작게 고개를 끄덕였다. 하나 남은 감자를 반으로 가르고 남은 소스를 발라 입에 넣었다. 방금까지 달고 부드럽게 느껴지던 음식이 쓰고 딱딱하게 느껴졌다.

겨우겨우 목구멍에 욱여넣는 순간, 남자들이 다시 걸음을 옮겼다. 삐거덕거리는 나무 계단 위를 세 남자가 올라갔다. 물컵에 손을 뻗어 막혔던 목을 축였다.

"저들인 거 같죠?"

"그런 거 같군요."

"바로 뒤따라갈까요?"

"당장은 말고."

목소리보다는 입술의 움직임으로 서로의 말을 파악했다. 뒤이어 몇 곳에서 의자 끄는 소리가 들리더니 계단 위로 향하는 걸음 수가 늘어났다. 빈센트가 말한 일곱 명의 발자국은 아니었다. 세 명이 올라갔고, 네 명이 이곳에 남았다. 아마 혹시 모를 상황에 대비해 심어 둔 사람인 듯했다. 어느 쪽인지는 모르지만.

손을 들어 다시 한 번 여급을 불렀다. 이번에도 여급은 바로 다가왔다. 이곳에서 벌어지고 있는 일은 전혀 모르는 평온한 얼굴이었다.

"네, 손님. 더 시키실 일이 있으신가요?"

"여기 화장실이 어디죠?"

"여자 화장실의 경우엔 이 층으로 올라가셔서 바로 왼편에 있습니다."

"그렇군요. 감사해요."

알고서 물은 말이었다. 남자 화장실은 일 층에, 여자 화장실은 이 층에. 우리를 비롯한 다른 손님들을 경계하는 눈을 피하기 위해서였다.

빈센트와 눈이 마주치고 서로 신호처럼 고개를 끄덕였다. 그대로 자리에서 일어나는 순간 그가 내 팔목을 잡았다.

"이번뿐입니다."

단호하고 엄한 눈빛이었다. 여기에 오기까지 그가 얼마나 내게 많이 양보한 건지 알았다. 조금이라도 내 안위에 문제가 생기게 되는 걸 견디지 못하는 사람이었다. 내게 작은 생채기만 나도 예민하게 반응하는데, 내 계획에 따라 준 것은 그만큼 신뢰와 애정이 밑받침되었다는 것을 모를 리 없었다.

"네. 알아요."

"위험하면……."

마치 홀로 물가에 내놓은 아이를 보듯 나를 올려다본 그가 말을 끝맺기도 전에 바로 대꾸했다.

"바로 등을 돌려 나온다."

"……."

"걱정하지 말아요. 별일 없을 테니까. 여차하면 날 구하러 올라올 거잖아요?"

내 말에 당연한 말을 왜 하느냐는 얼굴이 돌아왔다. 그 얼굴을 보는 순간, 이런 상황인데도 전혀 떨리거나 두렵지 않았다. 혹시나 하는 상황은 없을 것이다.

"다녀올게요. 오래 걸리지 않을 거예요."

그를 안심시키기 위해 빙그레 웃어 보인 후, 그대로 걸음을 옮겨 계단 위로 향했다.

* * *

떠들썩한 일 층과 달리, 이 층은 온통 조용했다. 겉보기엔 일반적인 여관과 다를 게 없는 구조였지만 생각보다 방이 많았다. 방금 올라온 남자들이 언뜻 맨 오른쪽 방, 이라고 했던 걸 토대로 맨 끝 방으로 걸음을 향했다.

문 앞에 서서 무슨 대화가 오가는지 들을 생각이었다. 마룻바닥의 소리가 나지 않게 조심조심 맨 오른쪽 방문 앞에 선 순간이었다. 누군가 계단을 오르는 소리가 나더니 내 쪽으로 다가왔다. 어쩌면 일행일지도 몰랐다. 어떻게 해야 할지 머리를 굴리는 사이 발걸음은 어느새 내 등 뒤로 왔다.

"누구지?"

목소리를 들음과 동시에 몸이 뻣뻣이 굳었다. 하필이면 레너한이었다. 방금 온 것이다. 머뭇거리는 새 설상가상으로 뒤이어 다른 한 명이 다가왔다.

"무슨 일입니까?"

수행인인 듯 보였다. 레너한은 수하의 말에 대꾸하는 대신 거듭 내게 말했다.

"뒤를 돌아."

"……."

"내 말이 안 들리나?"

목소리는 고압적이고 까칠하게 변해 갔다. 마치 단두대 앞에 선 사형수가 된 기분이었다. 서슬 퍼런 칼날이 내 바로 목 위에 있었다. 집행관이 줄을 놓는 순간 단번에 목숨이 날아가리라.

그가 내 어깨를 잡아채고 뒤를 돌리기 전에 스스로 행동해야 했다. 입 안쪽을 깨물며 천천히 뒤를 돌았다. 로브 모자를 눈을 가릴 정도로 덮어쓰고 최대한 고개를 숙였다. 임시방편밖에 안 되는 걸 알았지만 그렇게라도 하지 않을 수 없었다. 내가 들키게 되면, 위험해지는 건 나 혼자가 아니었다. 아래에 앉아 있을 빈센트를 생각했다. 밑의 네 명은 어찌 상대한다 해도 작정하고 달려드는 일고여덟의 상대는, 아무리 실력이 뛰어난 그라고 해도 무리일 터였다.

명령은 바로 떨어졌다.

"얼굴이 안 보이는군. 눈을 덮은 걸 벗어."

거절은 용납하지 않겠다는 차갑고 냉랭한 지시였다. 내가 머뭇거린다면 직접 내 모자를 벗길 생각인 듯했다. 목소리를 낼 수도, 뒷걸음질을 칠 수도 없었다. 목소리를 낸다면 즉시 그가 알아차릴 것이고, 뒷걸음질을 치기에 등 뒤는 벽뿐이었다.

그때였다.

"안 들어가고 뭘 하고 있나."

또다시 귀에 익은 목소리가 들렸다. 그레이 후작이었다. 레너한이 미간을 좁히며 뒤를 돌았다. 대답은 그의 수하가 대신했다.

"이자가 수상하게 문 앞을 서성이고 있었습니다."

그레이 후작이 나를 훑었다. 그의 시선이 지나간 자리마다 소름이 알알이 돋는 느낌이었다. 싸늘한 침묵이 지나가고 후작이 결론을 내렸다.

"종업원은 아닌 거 같은데…… 길을 잃은 거 아닌가?"

내게 묻는 소리였다. 고개를 끄덕였다. 그 말뜻을 민감하게 알아챈 레너한이 바로 반박했다.

"첩자일 수도 있지 않습니까."

"그러기엔 어떤 무기도 갖고 있지 않은 거로 보이는데. 게다가 여자잖나."

두 사람이 첨예하게 기 싸움을 벌이는 도중이었다. 끼어드는 목소리가 있었다.

"여기 있었구나! 어디 갔나 했네."

우리의 주문을 받던 여급이었다. 정신이 번쩍 뜨였다. 눈이 마주치자 그녀가 작게 미소 지어 보였다. 심상치 않은 낌새를 눈치챈 빈센트가 보낸 모양이었다.

"죄송합니다. 제 동생입니다. 오늘 여기 처음 와서 궁금했나 보네요."

팽팽했던 긴장감이 툭 끊어지는 소리가 들렸다.

"사과는 본인이 직접 해야지. ……혹시 말을 못하나?"

"그게, 이 아이가 벙어리라서……. 어렸을 때 얼굴에 화상을 입어 함부로 드러낼 수 없는 점 양해 부탁드립니다."

그 말을 듣는 순간 어쩌면, 빈센트는 이 상황을 미리 예비해 두었겠구나 하는 생각이 들었다. 순식간에 내게 쏠렸던 두 남자의 관심이 흐려졌다.

"별거 아닌 일로 시간을 끌 생각이야? 안에 있는 이가 누군지 생각하게."

"……그렇군요."

소태를 씹은 듯 까칠하게 대답한 레너한이 내 옆을 스치고 지나갔다. 문이 열리고 세 남자가 들어간 순간 주저앉을 것 같아 간신히 계단 난간을 쥐었다.

"아…… 곤란합니다만, 그 방엔 아무도 들이지 말라고 했단 말입니다."

"거기서 준 금액의 세 배를 주지. 곤란하게 될 일은 없을 거요."

"저, 정말로 쥐 죽은 듯이 있다가는 겁니다?"

"두말할 필요 없는 소리."

눈앞에 거금이 든 주머니를 흔들자, 결국 여관 주인은 옆방을 내주었다. 여관 벽이 그리 두껍지 않아 숨을 죽이고 벽에 귀를 대면, 어렴풋이 옆방의 소리를 들을 수 있는 상태였다. 우리는 여관 주인이 건넨 열쇠로 숨을 죽여 문을 따고 방 안으로 들어섰다.

발소리가 나지 않도록 신발을 벗고 레너한 일행이 있는 옆방과 이어진 벽에 가까이 다가갔다. 처음엔 아무 소리도 나지 않는가 싶더니, 아주 희미하게 목소리가 들려왔다.

"그렇다면 본격적으로 2왕자 왕궁을 기습하는 건, 보름 후에나 가능하다는 말입니까?"

조금 흥분한 듯, 날카로워진 레너한의 목소리였다. 뒤이어 상대적으로 차분한 다른 남자의 목소리가 들렸다.

"상황이 그렇게 되네. 조금의 위험이라도 감수할 수 없으니까 말이야."

"하, 마치 겁에 질려 덜덜 떠는 토끼 같군요. 그만한 위험도 감수하지 않고 일을 벌이겠다니."

안을 들여다보지 않아도 어떤 상황인지 똑똑히 알 수 있었다. 의자를 끄는 소리와 검집에서 날붙이가 스치는 소리가 들렸다. 각자 데려온 호위들이 살벌해진 상황에 이를 드러내며 으르렁대는 상황이리라.

대립을 끝낸 건 그레이 후작이었다.

"하퍼 백작! 말이 심하군! 본인이 누구 앞에 있는지 떠올리도록!"

레너한에게 일침을 가한 그레이 후작이 뒤이어 말했다.

"그리고 1왕자 저하, 우리는 아직 이곳 타지에 와서 협력에 대한 어떤 대가도 받은 적이 없음을 상기해 주시길 바랍니다."

다시금 무거운 침묵이 이어지고, 잠시 후 서로에게 들이댔을 게 분명한 칼들이 다시 검집 안으로 거칠게 들어가는 소리가 들렸다. 대화를 다시 시도한 건 1왕자 측이었다. 방금 레너한에게 하대를 했던 목소리였으니 분명했다.

"다시 한 번 말하겠네. 기습은 보름 후에 있을 걸세. 왕성의 문지기와 하녀를 매수하는 건 성공했네만, 이 일을 맡아도 아무 뒤탈 없을 사람을 구하는 건 쉽지 않은 일이니 말이야."

그 뒤, 목소리가 점점 은밀해지는지 들려오지 않기 시작했다.

고개를 돌린 빈센트와 눈이 마주쳤다.

                    *   *   *

　1왕자는 시종일관 침착하고 차분한 목소리로 이야기를 끝맺었다. 넓은 탁자 위엔 2왕자 궁의 지도와 여러 졸(卒)이 놓여 있었다.

　"……해서, 이런 식으로 전개될 걸세. 이 정도면 날 믿어 주겠나?"

　지팡이로 유일한 붉은 졸을 치워 바닥에 떨어뜨린 1왕자가 고개를 들었다. 팔짱을 낀 채 서서 명을 듣던 레너한의 표정은 좀 전보단 누그러진 낯빛이었다. 그레이 후작이 작게 손뼉을 쳤다.

　"완벽합니다. 중요하고 위험한 일일수록, 신중에 신중을 기울여야 하는 법이지요."

　동의하지 않냐는 듯, 날 선 눈빛이 레너한을 향했다. 마지못해 레너한이 고개를 까딱했다.

　"……확실히, 계획 자체엔 흠잡을 곳이 없군요."

　그는 벨로트에 어서 카티아의 내전이 끝나기를 바라는 같은 파의 귀족들을 떠올렸다. 왕의 눈치를 보며, 조금이라도 꼬투리를 잡히지 않기 위해 눈치를 보며 살아야 했던 그들. 순순하지 않은 레너한을 곱지 않게 일별한 1왕자가 탁자 위에 얹었던 두 손을 떼어 냈다.

　"만족했다니 다행이군. 그럼 이야기가 된 줄 알고, 자리를 파하겠네."

　"좋습니다."

　레너한이 고개를 끄덕였고, 먼저 자리를 뜬 건 1왕자 측이었다. 서너 명의 사람들이 나가고, 호위 또한 밖으로 내보내자 방금까지 숨통을 조일 듯 팽팽했던 기류가 트였다.

　두 사람만 남자, 공기가 답답했던지 창가로 다가간 후작이 커튼을 걷고 덧창을 열었다. 싸늘한 바람이 한층 가라앉은 비와 함께 들이닥쳤지만 개의치 않는 기색이었다.

　"이걸로 벨로트의 원성은 당분간 안 들을 수 있겠군."

"1왕자가 계획대로 한다면 말입니다."

"이제 와 우리의 뒤통수를 칠 일이 뭐가 있겠어. 모든 일에 의심하는 건 기본이지만, 그렇게 날 선 신경으로 버티다 힘들어지는 건 본인이 네."

후작의 모습은 좀 전 날카롭게 그를 일갈했던 모습과 달리 한결 편안하고 후련해 보였다. 머지않았다. 곧 코앞이었다. 과거의 영광이 새카맣게 덧칠 당했을 때 느꼈던 굴욕은, 평생 잊지 못할 악몽이었다. 한껏 몸을 웅크리고 쥐 죽은 듯 살아야 했던 날들.

"다시 우리의 시대가 올 거야."

어깨를 한껏 펴고 차가운 공기를 들이마시는 후작의 등 뒤에서 나직한 지적이 날아왔다.

"스스로 왕이 되려 하십니까?"

있을 리 있는 지적이었다. 후작이 천천히 뒤를 돌았다. 벽에 등을 진 레너한이 방금과 마찬가지 자세로 그를 응시하고 있었다.

"그럴 리가. 말했잖나."

"……."

"나는 왕 따위가 되려는 게 아니야. 권력 없는 왕 같은 게 무슨 대수라고."

한마디 한마디가 한 치의 가식도 없는 진심이었다. 1왕자와 하퍼 백작, 두 사람을 중재하던 이성적인 노인의 얼굴이 점차 탐욕스럽고 만족할 줄 모르는 권력자의 얼굴로 변해 갔다. 만약 제삼자가 봤다면 눈을 비빌 만큼 완연히 다른 변화였지만, 레너한은 그런 후작의 면모를 아는 극소수의 사람이었다. 놀라지도 않은 채 코웃음을 친 그가 벽에서 등을 뗐다.

"현왕에게 아들이 하나 있긴 하지요."

"왕비 소생을 말하는 거군. 있긴 하지."

예상외로 시원찮은 대답이었다. 의아한 듯 고개를 살짝 기울인 레너한이 물었다.

"적통이라면 그밖에 없으니 그 어린 왕자를 이용해서 대리 섭정이라도 하겠다는 말입니까?"

사실 왕조를 뒤엎지 않고도 평화롭게 벨로트를 장악하려면 그 방법이 가장 상책이긴 했다. 피를 가장 적게 볼 방법이며, 왕당파 귀족들의 목줄 또한 한 손에 틀어쥘 수 있으니. 그러나 돌아온 대답은 반대였다.

"물론 그렇게 된다면 당장에야 손쉽고 편할 테지. 하지만 외척의 입김이 닿는 건 사양이야."

"어차피 이름도 없는 한미한 가문에 불과할 뿐인 것을."

"내가 지금 그딴 별 볼 일 없는 가문을 말하는 거로 보이나?"

레너한의 말이 끝나기가 입을 연 후작이 뒤이어 덧붙였다.

"내가 신경 쓰는 건 샤일러 후작 가문이네. 정확히는 왕비의 가족이기도 한 샤일러 후작 부인."

"작위는 높으나 한낱 미망인일 뿐입니다. 그저 재산 많은 유한부인에 불과하죠. 그 아들은 외가에 관심을 쏟기엔, 제가 움켜쥐고 지킬 것에 더 관심을 기울일 겁니다."

수틀리면 죽이면 그뿐, 사자가 굴 안의 여우를 경계할 필요는 없었다. 레너한이 삐딱하게 대꾸하자 후작이 조용히 물었다.

"왜 샤일러 후작 부인이 예술가들에게 그리도 관대하고 후원을 베푼다고 생각하나?"

"그야 흐르는 시간이 무료하고, 샤일러 후작이 남긴 돈은 넘쳐 나서겠죠."

"자네는 확실히 나이에 비해 영리하지만, 아직 멀리 보는 혜안은 못 갖췄군."

쯧쯧 혀를 찬 그레이 후작이 고개를 저었다.

"그녀의 영향력을 물로 보지 말게. 예술가가 가진 대중의 장악력도."

대중의 장악력. 레너한의 눈이 처음으로 살짝 커졌다.

"……그들을 후원한 이유가 민심을 쥐락펴락하기 위해서란 말입니까?"

"아주 손쉬운 일이지. 은혜를 베풀고 난 다음, 작은 부탁을 하는 건."

레너한은 그제야 자신이 선불리 판단했음을 깨달았다. 어디까지 내다봤는지는 모르지만, 인상 좋은 귀부인의 얼굴로 상대를 방심케 하는 여자였다.

"시조카인 테오도르조차 귀족치고는 드물게 예술가를 택했지. 거기에 샤일러 후작 부인의 입김 또한 들어갔을 거라고 생각한 적은 없나?"

예리한 곳을 짚는 질문이었다. 관심 밖이라 깊게 생각해 본 적 없는 일이었다. 레너한이 조용히 대꾸했다.

"확실히 그렇군요. 외국에서 유학했으니, 안팎으로 들락거리는 것도 겉으로는 이상하지 않은 일이고."

"그렇네. 이 모든 것이 그저 쓸데없는 걱정이라고 해도, 그녀가 경계해야 할 대상임은 이상 말하지 않아도 알겠지."

결론을 맺은 샤일러 후작이 덧창을 닫았다. 벽난로로 걸음을 옮긴 레너한이 점차 사그라지는 불씨를 응시하더니 다시 입을 열었다.

"그렇다면 어떤 허수아비를 내놓을 생각이십니까?"

"조건에 들어맞는 자면 누구든 상관없지."

세 손가락을 펴 보인 그레이 후작이 한 손가락을 접으며 말했다.

"우선 벨로트 왕족의 핏줄이어야 할 것."

설명은 바로 이어졌다.

"왕당파를 누르고 매서운 민심을 피해 가려면 필수적인 조건이지. 선왕의 핏줄이건, 현왕의 핏줄이건 상관없네. 뒤지고 뒤지다 보면 살아남은 사생아 한 명쯤은 있겠지. 설령 그 어미가 창부여도 상관없어. 정 없다면 먼 핏줄이어도 괜찮지. 정성 들여 포장하고 베일로 감싸면 그 정도 허물이야 덮이는 법이니까."

더 말해 보라는 듯 레너한이 조용히 입을 다물었다.

"두 번째는 나이가 어느 정도 있는 자일 것."

두 번째 손가락을 접은 후작이 말을 이었다.

"어릴수록 휘두르기가 쉽긴 하지만, 반대로 내가 그 뒤에서 쥐락펴락하고 있다고 떠들어 댈 자들이 늘어나는 법이지."

"그렇게 된다면 속으로 딴생각을 품을 수도 있지 않습니까."

사람이 자리를 만드는 게 아니라, 앉은 자리가 사람을 만드는 법이었다. 비천하고 낮은 곳에 있었던 자일수록 더더욱. 레너한의 말에 타당한 지적이라는 듯 후작이 고개를 끄덕였다.

"그래서 세 번째 조건이 붙지."

"……"

"절대적인 볼모가 있어야 할 것."

치밀하고 꼼꼼한 조건이었다. 레너한이 고개를 끄덕이며 수긍했다.

"확실히, 그 정도면 뒤탈이 없겠군요."

"아직 그에 딱 들어맞는 이를 찾지 못했다는 단점이 있지만 말이야."

"어디든 곳곳을 찾아보면 나오겠죠. 물론 쥐도 새도 모르게 진행해야합니다."

"당연한 소릴. 아무도 모르게 진행하고 있지. 적어도 우리가 벨로트로 다시 군사를 이끌고 돌아가기 전까진 찾아낼 거야."

거기까지 대화한 찰나였다. 레너한이 잠시 생각하느라 숙인 고개를 번쩍 쳐들었다.

"……어르신, 방 안에 들어오기 전, 마주쳤던 여자 기억나십니까?"

"그 벙어리 여자 말인가?"

기억난다는 듯 그레이 후작이 고개를 끄덕였다.

레너한이 말을 이었다.

"어딘가 이상하지 않았습니까? 계속 언니를 따라 여관에 있었다기엔 로브에 아직 물기가 남아 있었습니다."

이어진 말에 후작 또한 날카로운 눈을 빛냈다.

"그렇군. 뭔가 수상해."

"혹시……."

뇌까리던 레너한이 방을 나선 건 다음 순간이었다. 본능을 따라 성큼 걸음을 옮기더니 옆방의 방문 앞에 다다랐다.

그대로 놋쇠 손잡이를 잡고, 단번에 문을 열어젖혔다.

2왕자 왕궁의 기습.

거기까지 이야기를 들었을 때, 나와 빈센트는 여기까지면 충분하다고 생각했다. 그 정도면 애당초 기대했던 것보다 더 큰 성과였다. 세겔 남작의 저택에 있으면서 교류한, 이곳 귀족들에게서 들은 정보까지 더하면 왕에게 가져다줄 정보로서 충분했다.

목소리도 은밀하게 줄였는지 때마침 더는 들려오지 않았고, 언제 어떻게 들이닥칠 위험을 감수하고 계속 듣고 있으니 자리를 피하는 편이 낫다고 여겼다. 빈센트도 같은 생각이었는지, 눈을 마주치자 고개를 끄덕였다.

의견이 맞음을 확인한 우리는 그대로 지체하지 않고 방을 나왔고, 바로 여관을 빠져나왔다. 저택에 도착하자마자 세겔 남작을 찾았고, 마침 집무실에 있던 그가 거실로 나왔다.

그가 소파에 마주 앉기가 무섭게 내가 먼저 입을 열었다.

"카티아를 떠나야겠습니다."

부지불식간에 튀어나온 말에, 세겔 남작이 잠시 어안이 벙벙한 표정을 지었다.

"이렇게 갑자기 말입니까?"

그의 말을 받은 건 빈센트였다.

"처음부터 오래 있을 생각은 없었습니다. 목적이 있었고, 그걸 달성했으니 바로 떠날까 합니다."

"그렇군요……. 알았습니다. 언제 떠날 생각이시죠?"

"빠르면 빠를수록 좋습니다. 오늘 밤 안에라도."

겉으로는 이곳에 온 첫날과 별다를 게 없었지만, 이방인이라 이곳 사람들보다 오히려 더 예민하게 느껴지는 공기가 있었다.

시국이 점차 흉흉해지고 있었다. 매일 새벽마다 길거리 소년의 호외를 알리는 쩌렁쩌렁한 소리가 있었다. 거기에 적힌 소식들은 격전지에서 얼마나 많은 이들이 죽고 다쳤는지, 나날이 벌어지는 전장이 얼마나 치열했는지에 대한 내용이었다.

이런 상황에서 외국인인 우리가 주변의 눈에 띄는 건 어쩔 수 없었다. 더 상황이 심각해지기 전에 이곳을 벗어나야 했다. 괜한 오해를 사 1왕자 측에 끌려가게 된다면 모든 게 끝장이었다. 분명 레너한은 우리를 단번에 알아볼 것이고, 그 뒤는 상상하기조차 싫었다.

"오늘 밤 안은 불가하지만, 내일 새벽이라면 배가 하나 있습니다."

하인을 불러 뭔가를 물어본 세겔 남작이 대답했다.

"마침 카티아로 가는 밀항선이고, 출항이 동이 뜨기 전이군요. 저번처럼 객실은 없을 거고 아마 화물칸에서 숨어서 가서야 할 겁니다."

그렇게 말하며 남작의 시선이 나에게 향했다.

"하루 이틀이라지만, 꽤 불편하고 힘든 여정일 겁니다. 레이디께서 견디실 수 있을지 걱정되는군요. 모레 새벽에도 출항하는 밀항선이 하나 있으니 그걸 타시는 게 나을 겁니다."

빈센트가 뭐라 대답하기도 전에 내가 먼저 입을 열었다.

"괜찮아요. 자리가 어떻든 그건 중요하지 않으니까."

"올리비아."

옆에 앉은 빈센트가 날 불렀지만, 그쪽으로 시선을 주진 않았다.

"최대한 빠른 배편으로 부탁합니다. 방금 말했던 그 배로요."

거듭 부탁하자 잠시 나와 빈센트를 번갈아 보던 세겔 남작이 어쩔 수 없다는 듯 고개를 끄덕였다.

"그럼 말해 놓겠습니다. 새벽 5시 출항이고, 오늘 저녁에 저택에서 출발하시면 될 겁니다."

* * *

세겔 남작은 곧바로 일을 처리했다. 조금 이른 저녁 식사가 끝나자마자 손이 빠른 하녀 둘이 내 방에 들어와 짐을 꾸렸고, 그가 말한 출발 시각이 되자 현관홀 앞으로 마차가 기다리고 있었다.

사위엔 어둠이 짙게 내려앉아 있었다. 남의 시선을 끌지 않고 몰래 수도를 빠져나갈 기회였다. 하인도 없이 홀로 램프를 든 세겔 남작이 우리를 배웅했다. 그에게 먼저 손을 내민 건 빈센트였다.

"그간 신세 지게 되어 감사했습니다."

"아닙니다. 그저 할 일을 했을 뿐인걸요."

빈센트와 짤막하게 인사를 주고받은 세겔 남작이 내게 고개를 돌렸다.

"그동안 저택에서 편하게 지내셨는지 모르겠습니다."

"더할 나위 없이 잘해 주셨는걸요. 다음에 벨로트에 오실 일이 있으면 꼭 게더에 들러 주세요."

내 말에 세겔 남작이 옅게 미소 지으며 대답했다.

"네. 그러겠습니다. 두 분 다 무사히 돌아가시길."

뒤이어 빈센트의 도움을 받아 내가 마차에 올랐고, 빈센트 또한 내 맞은편 자리에 앉았다. 문이 닫히기가 무섭게 마부가 채찍을 휘둘렀다. 동시에 히이잉, 하는 말 울음소리와 함께 마차가 출발했다.

"끝까지 아무것도 묻지 않네요."

창밖을 바라봤지만, 어둠 때문에 제대로 보이는 건 없었다. 커튼을 치며 먼저 입을 열었다.

"그 점에선 사이먼과 닮은 듯합니다."

"……그러고 보니 사이먼의 지인이랬죠."

더할 나위 없이 합리적이고 결정한 일은 뒤돌아보지 않는다. 확실히 그 사고방식이 비슷했다. 상인의 사고방식이었다. 명예나 위신에 스스로 발목 잡히고 휘둘리는 귀족과는 다른.

"어서 벨로트에 돌아가면 좋겠어요. 왕께 알아낸 정보를 말한 다음 편해지고 싶어요."

그 뒤로 할 일이 많았다. 우선 게더로 돌아가 밀린 일을 처리하고 작위 문제를 마무리 짓고 싶었다.

만약 엘리엇이 끝까지 기사의 길을 선택한다면 더는 강요하지 않을 생각이었다. 작위를 여자가 계승한 일이 없지 않으니 어쩌면 가능할지도 몰랐다. 이 일의 공으로 시오네 자작 위를 계승하는 일은. 하지만 이상하게도 그리 기쁘거나 가슴이 벅차오르지는 않았다.

한때 내가 살았었고 사랑하는 고향임은 맞았지만, 그곳에 묶이는 느낌이 들어 가슴이 답답했다. 가장 좋은 건 엘리엇이 작위를 승계받는 일일 텐데.

그런 내 상념을 깨뜨린 건 빈센트의 한마디였다.

"결혼식 준비도 해야 하고 말이죠."

"……결혼식요?"

미처 여태껏 생각하지 않았던 화제였다. 당연한 일인데도. 나도 모르게 눈을 크게 뜨자 빈센트가 덤덤히 대답했다.

"네, 당연히 올릴 생각입니다만."

"아…… 그렇죠. 올려야죠."

이어 내 귀에 들려온 말은 의외였다.

"게더에서 올려도 됩니다."

"빈센트……."

"그곳에 당신 어머니도 계시고 동생도 있으니까."

보통 결혼식은 남자의 지역에서 치르는 게 일반적이었다. 하지만 빈센트는 기꺼이 그 관례를 어겨도 상관없다고 말하고 있었다. 갑자기 가슴 안쪽이 따뜻해지는 기분이었다.

"그럼 변경백께서 참석하시기 힘들잖아요."

마지막으로 데인 변경백을 봤을 때를 생각했다. 빙벽처럼 차갑게도 느껴졌던 얼굴에 병색이 완연했다.

백작 부인을 만나러 갔을 때, 변경백을 마지막으로 보고 갔을까? 조용히 생각하는 사이, 내 말에 빈센트가 대답했다.

"약혼식을 니힐에서 치렀으니 별말은 안 하실 겁니다. 결혼 후 인사드리러 가면 되고."

구태여 그가 입 밖에 내지 않아도 알았다. 그에게 있어 언제 어느 상황이든 내가 최우선임을. 무릎 위에 얹힌 그의 손을 잡았다.

"난 사실 어느 쪽이든 좋아요. 결혼 후엔 이곳저곳 여행을 하는 것도 좋겠네요."

"가고 싶은 곳이 있습니까?"

"일단 벨로트 곳곳을 돌아다니고 싶어요. 그간 못 갔던 곳이 많거든요. 휴양지도 좋고, 외딴곳도 좋아요."

어디든 좋았다. 그와 함께 있다면. 빈센트가 상체를 기울여 꿈꾸듯 눈을 감은 내 눈 위에 입 맞췄다.

"당신이 만약 시오네 자작이 되어도 나는 좋습니다."

동시에 눈이 번쩍 뜨였다. 방금 내 머릿속을 어지럽혔던 고민을 다 알고 있었던 모양이었다. 내 놀란 얼굴을 마주하며 빈센트가 손을 뻗어 흐트러진 긴 머리칼 하나를 귀 뒤로 넘겨주었다.

"돌아가면 기사단장을 그만두고, 상회 일에 집중할 생각입니다. 덧붙여 그레덴 상회의 거점을 게더에 둘까 합니다. 난 그곳에서 당신을 보호하고 사랑하며 평생 함께할 테니까."

들을수록 계속 목이 멨다. 이마를 맞댄 빈센트가 조곤조곤 입술을 달싹였다.

"만약 당신이 작위를 물려받지 않게 된다면 함께 상회의 공통 주인으로서 곳곳을 여행하며 살아갈 수도 있겠죠. 어느 쪽이건, 나는 좋습니다. 당신이 내 곁을 떠나지만 않는다면."

"당신을 떠나다뇨. 그럴 리가 없잖아요. 떠난다고 하면 놓아줄 건가요?"

눈물이 날 것 같아 장난스레 툭 던진 말에 손목이 잡혔다. 매가 먹이를 가로채듯 빠른 순간이었다. 그가 엄지로 손목 안쪽을 쓸었다. 파고드는 열기에 나도 모르게 순간 손을 빼낼 뻔했다.

"그렇게 되면 이 가냘픈 팔목에 족쇄라도 채울 겁니다. 다시는 그럴 말도 할 수 없게."

눈이 마주쳤다. 농담인지 진담인지 알 수 없는 어조였다. 긴장감에 몸이 굳은 사이, 다시 손목이 놓였다.

"농담입니다. 그런 짓을 할 바엔 애원하고 매달리는 편이 낫겠죠."

"……음. 그것도 왠지 상상이 안 가는데요."

"그럴 일이 없을 테니까 안 해도 됩니다."

"하긴, 그렇네요."

가벼운 미소가 오고 가고, 뒤늦게 졸음이 찾아왔다. 무거운 눈꺼풀을 감긴 건 커다란 손이었다.

"한숨 자다 보면 도착할 겁니다."

마법처럼 그 말을 듣자마자 잠이 쏟아졌다.

"도착하면⋯⋯ 깨워 줘요⋯⋯."

"당연하죠."

"⋯⋯."

하지만 잠이 깬 건, 그가 깨우기 전이었다. 몇 시간이나 흘렀을까. 밖은 여전히 캄캄했지만 어째서인지 바다의 파도 소리가 들린 것 같았다. 게슴츠레한 눈을 비비고 완전히 졸음에서 벗어나자, 맞은편에 앉아 있던 빈센트와 시선이 마주쳤다.

"딱 맞춰 깨어났군요. 도착했습니다."

그 말에 커튼을 걷고 창밖을 바라봤다. 과연 출렁거리는 바다와 정박해 있는 배가 보였다. 단 한 척이라 알 수 있었다.

"저 배군요, 우리가 타고 갈 배가."

"맞습니다."

카티아로 올 때와 다르게, 훨씬 더 규모가 작고 대신 민첩해 보이는 배였다. 머지않아 마차가 멈춰 섰다. 먼저 문을 열고 나온 빈센트가 내게 손을 내밀었다. 그의 손을 잡고 내려오자 분주히 배 안으로 짐을 나르는 사람들이 보였다. 내게 로브 모자를 씌운 빈센트가 말했다.

"급하게 뒷돈을 주고 타는 상황이라 화물칸 안으로 타야 합니다."

"네. 들었어요."

이 다음 날이면 한결 편하게 갈 수 있는 길을, 거절한 건 내 쪽이었다. 저번에도 말했다시피 짐이 되고 싶지 않아서였다. 마차를 보내고 나자 한 남자가 다가왔다.

"세겔 남작님의 손님이십니까?"

고개를 끄덕이자 그가 우리를 안쪽으로 안내했다. 혹여 시선을 끌까 조심스럽게 그 뒤를 따랐다. 우리는 그대로 가파른 나무 계단을 내려와 배의 창고로 들어섰다. 안내자가 돌아 나가고 벽 등에 놓인 양초에 가져온 성냥으로 불을 붙이는 찰나였다.

"올리비아!"

순식간이었다. 빈센트가 나를 자신의 등 뒤로 밀며 검집에 손을 댔다. 그리고 거의 동시에 챙, 하는 칼날 소리가 들리더니 칼과 칼이 맞부딪혔다. 빈센트와 검을 붙인 건 괴한이었다. 비명을 지를 새도 없이 흔들리는 불빛 속에서 예닐곱 명의 복면을 쓴 괴한들이 보였다. 전부 칼을 들고 있었다.

"악!"

"누구지? 누가 보낸 거냐."

칼을 맞대고 있던 괴한을 베어 낸 빈센트가 으르렁대자 괴한들의 등 뒤로, 어둠 속에서 누군가 걸어 나왔다.

"어쩐지 뭔가 찜찜하다 했더니……."

입매를 비튼 레너한이 씹어 내뱉듯 말했다.

"더러운 들개가 내 주위를 어슬렁거렸었군."

뱀처럼 가늘어진 호박색의 눈동자가 뒤이어 내게 꽂혔다.

"안 그래? 올리비아."

* * *

등 뒤로 문이 닫히는 소리가 들렸다. 누군지 뒤돌지 않아도 알았다. 이곳에 노크도 안 하고 제멋대로 들락거릴 수 있는 사람은 한 명뿐이니까.

"올리비아."

태연하다 못해 뻔뻔한 얼굴로 내게 다가온 레너한이 정확히 한 걸음을 사이에 두고 멈춰 섰다. 등을 돌려 뺨이라도 올려붙이고 싶었지만 그럴 기운조차 없었다. 창가에 손을 짚고 단단히 걸쇠가 걸린 창밖을 응시했다. 안개가 짙게 껴 이곳이 어딘지 분간조차 어려웠다.

"계속 식사를 하지 않는다고 들었는데."

"내가 원하는 걸 들어주기 전까진."

두 눈이 가려진 채 이곳으로 끌려온 지 이틀째였다. 방은 일반적인 귀빈실과 똑같았다. 하루에 세 번 하녀 두 명이 번갈아 가며 찾아왔다. 식사를 준비해 주거나 필요하다면 찻상을 차렸다. 어떤 일이든 헛짓이었다.

이곳이 어딘지 몰라도 교외 지역인 건 확실했다. 창밖에 보이는 건 그냥 드넓은 정원일 뿐이고 가끔 왔다 갔다 하는 마차 외엔 인적이 없었다.

두 어깨가 세게 잡히더니 그대로 등을 돌려졌다. 비명을 내뱉을 새도 없이 사나운 눈동자와 마주했다.

"그 새끼를 만나게 해 달라고? 나보고 그런 말을 하는 거야?"

"살아 있기는 해?"

"살아 있지. 살아 있고말고. 다만 그게 언제까지일지는 모르겠지만."

날 떠보는 말임이 분명했다. 반사적으로 입안을 짓씹었다.

"올리비아."

그런 내 반응을 예상했다는 듯 갑자기 입매를 끌어 올린 레너한이 부드럽게 말했다.

"네가 죽으면 그 새끼도 죽어."

"하퍼 백작님……."

"레너한."

호칭을 거듭 지적하며 그가 두 손을 내 어깨에서 거뒀다.

"레너한이라고 불러. 내 인내가 바닥나기 전에."

숨이 막혔다. 머리가 어질해서 그대로 계속 서 있을 수가 없었다. 휘청거리며 창가 옆에 놓인 장의자에 앉았다. 날 부축하려는 듯 손을 뻗은 그를 무시하고.

뒤이어 나온 목소리는 건조하고 잔뜩 갈라진 상태였다.

"……대체 뭘 원하는 거야."

"뭘 원하느냐고?"

"다 말해 줬잖아. 여관에서는 네가 보이길래 호기심에 다가갔을 뿐이었고, 이곳 카티아로 온 것도 상회 일 때문이었다고."

그것을 증명할 증거는 많았다. 나와 빈센트가 이 나라에 발을 들일 때 가져온 물건들이라든가 우리가 만나서 상회와 계약하게 된 귀족들이라든가. 혹시 모를 상황에 대비해 깔아 둔 연막이었다. 누군가 의심할 수도 있으니까.

예상은 했지만, 상황이 이렇게 될 줄은 몰랐다.

"그래. 꽤 그럴듯한 이야기긴 하지. 장사치들은 이익만 된다면 어디든 발을 들이미는 족속이니까."

그렇게 말하는 자신 또한 자신 소유의 광산에서 광물을 캐내어 거래하는 장사치였지만, 본인이 감히 같은 범주에 들어서지 않는다고 생각하는 모양이었다. 지적하고 싶었지만 그러지 않았다. 그의 심기를 건드렸다가 좋을 일이 없었다.

"맞아. 전시 상황이 돈이 될 거라고 생각해서 위험을 무릅쓰고 이곳에 왔어. 그뿐이야."

한 손으로 지끈거리는 관자놀이를 매만지며 대꾸했다. 신경 쓰기엔 우리가 아무것도 아니라고 생각해 주길 바랐다. 잠시의 침묵이 이어지고, 내리깐 시선 끝에 그의 구두가 보인 건 조금 뒤였다. 턱을 잡혀 그대로 고개가 들렸다.

레너한의 웃는 얼굴이 보였다. 한설이 불어닥칠 것 같은 눈으로 내게 미소 짓고 있었다.

"그간 거짓말이 늘었구나, 내 사랑."

내 사랑.

그 말을 듣는 즉시 나도 모르게 미간이 찌푸려졌다. 듣던 중 가장 구역질이 나는 단어였다. 적어도 그의 입에서 나올 말은 아니었다. 칠 년 내내 날 외면하고 정신적으로 학대했던 그의 입에서.

"우린 이미 이혼했어."

"오, 그걸 내가 모를 거라 생각해? 네가 왕을 구워삶았기 때문이지. 뭐라고 했는진 모르겠지만."

대답은 소름 끼칠 정도로 매끄러웠다. 내 뺨을 부드럽게 어루만지며 밀어를 속삭이듯 레너한이 말을 이었다.

"하지만 그 정도는 괜찮아. 감수하지. 내가 한 짓이 있으니까. 어차피 다시 되돌리면 되고."

되돌려? 말도 안 되는 일이었다. 전례가 없던 일이기도 했다. 그 말에 흔들리는 내 시선을 만족스럽게 쳐다보며 그가 덧붙였다.

"조만간 세상이 뒤집힐 거야, 올리비아. 벨로트든 카티아든. 우리의 사소한 일 정도야 아무렇지도 않게 넘어가겠지."

"……."

"왜 놀란 얼굴이야. 이미 너도 알고 있는 일이잖아. 안 그래?"

명백히 의심을 담은 눈빛이었다. 고개를 저었다. 알고 있다는 티가 나면 안 됐다. 만약 그가 확신하게 된다면 빈센트의 생사가 불투명해질 것이다.

"무슨 말인지 모르겠는데."

"아니. 너는 알고 있어."

"몰……."

다시 고개를 저으려는 순간이었다. 레너한의 손이 내 머리칼을 파고드는가 싶더니 강하게 잡아당겼다. 머리에 통증이 밀려오고 저절로 미간이 찌푸려졌다.

 벗어나려는 내 손을 가볍게 물리친 그가 그대로 내 목을 젖히더니, 고개를 숙여 코앞에서 눈을 마주했다.

 "날 속이려고 드는 건 괜찮아. 너 같지 않아서 색다를뿐더러 꽤 깜찍해 보이니까."

 말과는 달리, 날 목 졸라 죽이고 싶다는 시선이었다. 내리꽂히는 위압감에 숨이 턱 막혔다.

 "하지만, 네가 감히 날 바보로 알아?"

 "……레너한."

 처음으로 부르는 단어였다. 이곳에 끌려온 내내 백작님이라는 호칭 외엔 입에 담지 않았으니까. 끔찍이도 말하기 싫은 이름이었지만 당장 흥분한 그를 가라앉히려면 어쩔 수 없었다.

 "화가 났다면 미안해. 일단 이것 좀 놔줘. 너무 아파."

 마치 뱀의 비늘을 쓰다듬는 듯 거부감이 밀려왔지만, 꾹 참고 내 머리채를 움켜쥔 레너한의 손등에 내 손을 올렸다. 예기치 못한 접촉에 금안이 살짝 커지는 게 보였다. 다시 한 번 애원하듯 나직이 부탁했다.

 "너무 아파. 응?"

 "……미안."

 그제야 날 놔준 레너한이 내 옆에 앉았다. 내내 특정 거리를 유지했던 그였다. 내가 조금 누그러진 안색을 하자마자 아무렇지도 않게 거리를 좁히는 모습에 순간 얼굴을 굳힐 뻔했지만, 간신히 참았다. 일단 화제를 돌려야 했다.

 "헤더 제누아를 봤어."

 "뭐?"

 "이곳에 큰 살롱이 있다던데. 알고 있었어?"

 "……관심 없어."

몰랐다는 표정이었다. 하지만 그의 얼굴에 순간적으로 스친 감정은 분노였다. 분명 그가 그녀를 버렸다고 들었다. 내가 낙마해서 생사를 오갔던 그 밤에. 만약 그게 사실이라면 저런 격한 감정이 들 리가 없었다. 뭔가가 더 있었다.

"말해 줘. 대체 그녀의 정체가 뭐야?"

"……."

"그냥 코르티잔이라고는 하지 마. 그것뿐만이 아니란 걸 아니까."

그를 분노케 할 무언가. 하지만 레너한은 쉽게 걸려들지 않았다.

"……그것뿐만이 아니라면?"

다시 나를 바라보는 얼굴은 태연했다. 어떤 감정의 동요도 비치지 않았다.

"이제 와 질투를 할 리 없겠지. 넌 더는 날 사랑하지 않는다고 했으니까."

"……."

"그러니 내 마음을 흩트리려는 속셈이라면 어느 정도는 성공했어. 하지만 지금 그딴 여자가 중요한 게 아니야."

마치 내가 화제를 돌리려고 한 걸 안다는 투였다. 대답 대신 조용히 그를 응시했다.

"하지만 이렇게 친절히 알려 줬으니, 그 답례로 나도 하나 알려 주지."

"답례……?"

"네가 데려온 들개의 상황 말이야."

빈센트였다. 당장이라도 레너한의 멱살을 틀어쥐고 흔들고 싶었다. 얼마나 피가 말랐던가. 눈을 감을 때마다 그가 생각났다. 마지막의 마지막까지 상처투성이가 되도록 날 지키려 했던 남자. 생각하면 할수록 걱정에 심장이 졸아드는 기분이었다. 살아 있다고는 했지만 멀쩡할 리 없었다.

"지금 모진 고문을 받고 있지."

생각하고 있던 일이지만, 막상 말로 확인받자 짐승의 앞발이 내 숨통을 지그시 내리누르는 느낌이었다.

"왜 그리 놀라? 너랑 약혼까지 한 사이라 그런가?"

이를 드러내고 웃은 레너한이 조곤조곤 말했다. 그가 이렇게 웃을 때면 항상 오한이 돋았었다. 덫에 걸린 토끼처럼 이러지도 저러지도 못하고 짐승의 아가리에 한입에 삼켜지는 기분이었다. 두 눈을 시퍼렇게 뜬 상태로.

하지만 이제는 아니었다.

"그럼, 아무 사이도 아니란 말이라도 기대해?"

좀 전, 아프니 놓아 달라던 모습과 딴판으로 변한 내 모습에 레너한의 눈빛이 이채를 띠었다. 그런 그를 똑바로 바라보면서 또박또박 말했다.

"날 먼저 외면하고, 버린 건 너야."

"……사정이 있다고 했잖아. 시간이 지나면, 너도 날 이해할 거라고."

"사정? 무슨 사정?"

"그건……."

잠시 내 말에 머뭇거리던 레너한이 초조한 손길로 내려온 앞머리를 쓸어 넘겼다.

"너도 알다시피, 난 왕과 대립하고 있어. 그리고……."

가만히 숨을 죽이고 그의 다음 말을 기다렸다. 레너한이 뒤이어 덧붙였다.

"헤더 제누아는 왕의 정부였지."

"그 말은……."

"왕이 버린 정부를 거둠으로써, 겉으로나마 내가 복종하고 있다는 걸 알리기 바랐어. 그럼으로써 방심하게 만들기 위해서."

다음 말은 매끄럽게 이어졌다.

"그리고 두 번째는, 왕의 약점을 알아내길 바랐지. 한낱 정부에게 그런 걸 내비칠 만큼 호락호락한 인간이 아니란 걸 알고 있었지만."

"그래서, 얻어 냈어?"

"전혀."

그 대답에 허탈했다. 나도 모르게 헛웃음이 나올 뻔한 걸 간신히 참아 냈다.

"내게 솔직히 털어놓을 생각은? 아예 하지 않았던 거야?"

"적을 속이려면 아군도 속이라는 말이 있으니까."

"아니, 그게 아니야."

눈앞에 빤히 보이는 진실을, 왜 그렇게 외면하는지 이해가 가지 않았다. 그러니 내가 직접 말해야 했다.

"결국, 넌…… 날 전혀 신뢰하지 않았던 거야, 레너한."

"……올리비아."

"그 시점에서 우리는 이미 끝난 관계였지."

오래전에 해야 했을 이야기를 지금에서야 풀어놓았다. 가슴 한구석에 처박아 놓았던 엉킨 매듭을 이제야 푼 것이다. 하지만 고통도, 슬픔도, 분노도 없었다. 그저 허탈함과 환멸감만이 전부였다. 오로지 그 하나만을 바라보고 목을 맸던 나는 달리는 말에서 뛰어내린 그날, 죽어 버린 것이다.

지금의 나는 다른 나였다.

"올리비아, 난……."

그런 날 바라보며 알 수 없는 표정을 짓던 레너한이 다시 입을 다문 건, 때마침 문밖에서 들려온 노크 소리 때문이었다.

"하퍼 백작님, 후작님께서 찾으십니다."

"지금 간다고 전해."

대답과 동시에 자리에서 일어난 레너한이 일언반구도 없이 내 앞을 스쳐 문으로 성큼 향했다.

"나가기 전, 이것 한 가지는 장담하지, 올리비아."

"……."

"오늘 점심부터, 네가 또 식사를 거부한다면 그땐……."

문을 열고 나서며 그가 말을 끝맺었다.

"그 들개 놈의 손가락을 하나씩 보게 될 거야."

달칵, 문이 닫혔다.

* * *

시간은 무심히 흘러 이곳에 감금된 지 열흘째였다.

빈센트의 손가락을 잘라 버리겠다는 협박을 들은 뒤로, 나는 일단 겉으로는 순종하는 척했다. 레너한은 적어도 순순히 따르는 내 모습에 만족한 듯 보였다.

일주일 되던 날부터 그는 제한적이나마 나의 운신 범위를 넓혀 주었다. 정확히 내 방을 비롯한 손님방들, 그리고 서재가 있는 이 층과 식당과 응접실이 있는 일 층까지였다.

그와 함께 종종 일 층의 식당에서 같이 식사를 하기도 했고, 레너한이 저녁 늦게 돌아올 때면 주로 서재에서 시간을 보냈다. 그의 의심을 피하고자 일부러 그가 올 시간 즈음이면 무엇을 손에 들고 있더라도 아무런 미련 없이 자리에서 일어났다. 내 일거수일투족은 전부 레너한에게 보고될 테니 공연히 수상한 행동을 하는 건 좋을 게 없다는 판단하에서였다.

"오늘은 잘 지냈어?"

유리잔에 담긴 포도주를 가볍게 흔든 레너한이 긴 식탁 끝에 마주 앉은 날 향해 물었다. 흰 식탁보 위에 차려진 온갖 음식들은 마치 테레즈에 있었을 때를 떠올리게 했다. 우유 속에 넣어 조리한 파바 콩, 살짝 굽고 향신료로 마무리한 뱀장어 요리, 청어구이와 새빨갛게 익힌 뒤 토마토와 치커리로 장식한 가재……

하지만 그 어느 것에도 식욕이 동하지 않았다. 쓰디쓴 약을 먹는 것처럼 입맛이 없었다. 앞 접시에 담긴 청어를 나이프로 썰며 대꾸했다.

"늘 똑같지. 서재에서 책을 읽는 거."

"이곳에 네가 좋아하는 시집은 별로 없을 텐데."

"시집을 좋아하는 건 맞지만, 그것만 읽지는 않으니까."

"혹시 필요한 게 있다면 뭐든 말해, 올리비아."

마치 본인이 내 보호자라도 되는 양 자연스럽고 당연한 듯한 태도였다. 순간 반발심이 치밀어 올랐지만, 간신히 목구멍 너머로 욱여넣었다.

"필요한 건 다 있어. ……자유가 없을 뿐이지."

"올리비아."

뇌까리듯 중얼거린 말에 대답이 돌아왔다. 내 이름을 부르는 목소리에 숙였던 고개를 들었다.

"앞으로 나흘이면 돼. 모든 게 끝나."

나흘.

무슨 말인지 단박에 알아들었다. 2왕자를 습격해서 암살하는 날이었다. 성공한다면 분명 카티아의 판도가 순식간에 뒤집힐 일이었다. 레너한은 내가 그때 여관에서 자신들의 이야기를 엿들은 사실을 모르는 눈치였다. 뒷돈을 주고 잠시 옆방을 빌렸다는 것도. 빈센트가 그들의 이야기를 알고 있을 수는 있어도, 내가 그럴 리는 없다고 생각하는 듯했다. 그만큼 과감한 성격이 아니었으니까.

"……왜 나흘인데?"

일단은 모르는 척 물어봐야 했다. 내 질문에 음식을 입에 가져가던 레너한의 손이 멈췄다.

"그건 네가 몰라도 상관없는 얘기야. 여하튼 그렇게 알고 있어."

대답을 끝낸 그가 마저 요리를 먹더니 곧이어 냅킨을 집어 입매를 닦았다. 그리고 강압적으로 말을 끝맺었다.

"당분간은 늦게 돌아와. 함께 식사할 일 없을 거야. 그러니 얌전히 지내도록 해."

"……알았어."

앞으로 나흘. 시간이 얼마 남지 않았다. 초조함에 식탁 아래로 두 손을 맞잡았다.

*　　*　　*

다음 날 아침이었다. 머리가 아프다는 핑계로 일부러 조금 늦게 일어났다. 점심 즈음에 눈을 뜨자 저택엔 여전히 나뿐이었다. 가구처럼 서서 묵묵히 제 할 일을 할 뿐인 고용인들을 제외하고.

"올리비아 님, 식사 가져왔습니다."

"들어와."

식당으로 내려가지 않겠다는 말에 하녀 둘이 간단한 식사를 은쟁반 위에 받쳐 들고 방 안으로 찾아왔다. 계속 이 저택에서 내 시중을 드는 하녀들이었다. 주로 침실을 정돈하고 식사를 가져다주는. 한 명은 정식 하녀인 듯 능숙한 모습이었고, 다른 한 명은 수습인 듯 앳된 얼굴에 다소 어설픈 느낌이었다.

"다 드신 다음 방 밖에 놔두시거나 침대 머리맡의 종을 울리시면 됩니다."

공손히 고개를 숙여 인사한 두 하녀가 나가기 직전이었다.

쨍그랑.

"아……!"

"올리비아 님?"

쟁반이 바닥에 떨어져 접시들이 깨지며 나는 소리였다. 내가 아픈 표정으로 손가락을 움켜쥐자 둘 다 놀란 얼굴로 다시 뒤를 돌아 다가왔다.

"나이프에 손을 베인 거 같아. 연고 같은 게 없을까?"

"그건……."

핏방울이 배어 나온 검지를 보여 주며 문자 수습 하녀가 어물거렸다. 위치를 모르는 듯했다. 예상대로였다. 다른 한 명이 나섰다.

"제가 다녀오겠습니다. 잠시만 기다려 주세요."

"그럼 저도……."

내가 조용히 끼어들었다.

"바닥은 누군가 치워야지."

"그렇군요. 그럼 저만 갔다 오겠습니다."

대화 끝에 결국 방 안에 남은 건 수습 하녀와 나뿐이었다.

"그, 그럼 밟으실지 모르니 지금 치우겠습니다."

아직 놀람이 가시지 않은 얼굴로 수습 하녀가 무릎을 꿇고 앞치마에 바닥에 떨어진 파편들을 하나하나 줍고 있을 때였다. 내가 불쑥 입을 열었다.

"이름이 뭐지?"

"……아, 안나라고 합니다."

긴장해서 말을 더듬는 모습에 불쑥 메리가 떠올랐다.

"안나라. 예쁜 이름이구나. ……여기 앉아 볼래?"

부드럽지만 강한 어조로 말하자 머뭇거리던 하녀가 내 침대 발치에 앉았다. 손가락을 까닥했다.

"좀 더 가까이 와."

"네……."

고개를 끄덕인 그녀가 어느 정도 가까이 와 앉자 다시 입을 열었다.

"나이가 어떻게 돼?"

"열여섯…… 살입니다."

"아아, 그랬구나. 조금 어려 보인다 했어."

내 나직한 말에 안나의 얼굴이 점점 사색이 되어 갔다.

"혹시 제가 마음에 안 드셔서 그러시는 건……."

"아니야. 그럴 리가. 그랬다면 가까이 앉으라는 말도 안 했을걸."

혹시 잘릴까 걱정하는 모습에 손사래를 쳤다.

"그냥 내가 아는 사람을 좀 닮아서, 반가워서."

그녀가 내 대꾸에 안심한 듯 한숨을 내쉬었다. 그 모습을 보며 빙긋 웃어 보였다. 품을 뒤져 주머니를 내밀었다. 어제저녁 간식으로 나왔던 구운 아몬드였다.

"일하다 보면 배고프지 않아? 일단 이거라도 먹어."

받아도 될지 고민하던 안나가 결국 내가 내민 것을 받아들였다. 그녀가 조심스레 주머니를 열어 아몬드를 먹는 걸 바라보다가 넌지시 운을 떼었다.

"안나는 이곳에서 일한 지 얼마나 돼?"

"이제 한 달 정도 됐어요."

한결 경계가 누그러진 얼굴이었다. 나이가 적고 경험이 없다 보니 가능한 일이었다.

"그랬구나……. 여기서 먹고 자고 하는 거야?"

"네. 그렇죠."

"부모님이나 형제자매가 보고 싶지는 않아? 아직 어린데."

"그건……."

아몬드를 우물거리던 입술이 축 아래로 늘어졌다. 집에 있을 가족들을 회상하는 듯했다. 순진한 아이를 이용하는 것 같아 양심이 찔렸으나 지금은 수단과 방법을 가릴 여유가 없었다.

"편지 같은 걸 보내 볼 생각 안 해 봤어?"

"아직 봉급이 안 나와서요……."

가까운 곳이라면 모를까 먼 곳에 사람을 써서 편지를 보내는 건 일개 고용인에게 있어 거금이었다. 예상한 대답이었으나 일단 안타까운 척 조용히 말했다.

"그렇구나. 괜한 걸 물어봐서 미안해."

"아, 아니에요. 아가씨. 그래도 이런 상황에 이런 곳에서 잘 입고 잘 먹으며 돈을 벌 수 있다는 게 행운인걸요."

확실히 그랬다. 전쟁이 나면 물자 부족과 식량 부족에 허덕이는 건 언제나 수도에서 멀리 떨어져 사는 가난한 평민들이었으니까.

"그렇다면 다행이다. 너는 나와 다르구나……."

살짝 시선을 떨구자 동정심 어린 반응이 돌아왔다.

"올리비아 님도 가족이 멀리 계셔요?"

"응……. 정말 멀리. 친구라면 가까이 있지만."

"그럼 친구에게라도 편지하지 않으세요?"

순진무구하게 묻는 걸 보아 지금 내가 처한 상황을 모르는 듯했다.

"백작님이 공연히 친구와 연락이 되어 밖으로 만나러 나간다면, 내 건강을 해칠까 걱정하시는 모양이야."

"그렇게 만나고 싶으세요?"

동정심 가득한 동그란 눈동자가 날 향해 있었다. 어깨를 늘어뜨리고 힘없이 대꾸했다.

"아니. 그것까진 안 바라. 그냥 내가 잘 지내고 있다고 전할 수만 있다면 좋겠어. 그뿐이야."

침묵이 방 안을 휘감았다. 목소리가 들린 건 잠시 후였다.

"혹시…… 제가 도와드릴 일이 없을까요?"

마음을 정한 듯 떨림 없는 물음이었다. 내리깔았던 시선을 들자 결연한 표정과 마주했다.

"정말? 도와줄 수 있어?"

"아주 작은 힘이라도 괜찮으시다면요."

"고마워!"

나도 모르게 그녀의 손을 잡고 거듭 감사를 전했다. 어젯밤 미리 써 두고 접어 놓은 종이를 내밀었다.

"이걸 클리에른 거리 23번가, 세겔 남작 저에 갖다 줄래?"

적어 내린 건 내가 처한 상황과 2왕자를 암살하려는 음모가 있다는 편지였다. 빈센트가 갇혀 있는 곳을 알아내 달라는 부탁과 함께. 어떻게든 2왕자가 암살당하는 걸 막아야 했다. 만약 그렇게 된다면 카티아는 1왕자의 차지가 될 것이고, 레너한 일파에게 힘을 빌려줄 것이다. 벨로트가 혼란에 빠지게 되는 지름길이었다.

"뭐라고 말하며 전하면 될까요?"

내가 건넨 종이를 주머니에 챙기며 안나가 물었다.

"그냥 올리비아. 그 이름만 대면 돼. 정말 고마워."

세겔 남작은 내 이름을 알고 있으니 그 이상의 것은 필요하지 않았다.

달칵.

말이 끝나자마자 문이 열리고, 아까 연고를 가지러 간 하녀가 들어왔다. 그녀는 제일 먼저 내 침대에 앉아 있는 안나에게 날 선 시선을 보냈다. 바로 그녀를 두둔했다.

"내가 앉으라고 했어. 위험하고 힘들어 보여서."

"……그랬군요. 베인 손가락은 괜찮으신가요?"

석연치 않지만 넘어가 주겠다는 듯 대꾸한 하녀가 뒤이어 묻자 고개를 끄덕였다.

"아프지는 않지만, 아직 피가 나는 것 같아."

"잠시 내밀어 주시겠어요?"

말 잘 듣는 학생처럼 다친 손가락을 내보였다. 군더더기 없는 손길로 내 상처 부위에 연고를 바르고 그 위에 작게 얇은 천을 덧댄 하녀가 이내 몸을 일으켰다. 그리고 여기저기 흩어진 음식과 그릇 조각을 일별하더니 내게 말했다.

"생각해 보니 빗자루질을 하는 편이 낫겠군요. 작은 파편들이 많으니까."

고개를 끄덕이며 나 또한 침대에서 몸을 일으켰다.

"내 생각에도 그래. 하인을 불러서 청소하는 게 좋겠어."

쟁반을 쏟은 반대편에 일어서며, 안나가 떨어뜨린 아몬드를 소리 없이 챙겼다. 하녀의 눈에 띄게 되면 안나를 추궁할 게 뻔하고 내가 부탁한 것 또한 들통날 거 같아서였다.

태연하게 기지개 켜고 방문으로 다가가는 내 등 뒤로 하녀가 물었다.

"식사는요?"

"거르게. 당장 입맛이 없네."

"서재에 가시나요?"

"응."

"그럼 삼십 분 내로 다 치워 놓겠습니다."

"알았어. 고마워."

대꾸하며 문을 열고 나왔다. 그대로 다시 문을 닫으려는 순간 슬쩍 방 안을 응시했다. 동시에 우연히 안나와 눈이 마주쳤다. 소리 없이 입술을 달싹였다.

부탁해.

'맨 끝 방을 들어가게 되면, 아무것도 보지 말고 즉시 할 일만 다 하

고 나와야 한다.'

그게 이 저택의 규칙이었다. 소녀는 머릿속에 떠오르는 얼굴에 가볍게 어깨를 떨었다. 쥐고 있던 먼지떨이에 저절로 힘이 들어갔다. 이곳의 하녀장은 한번 말한 것을 반복하는 걸 좋아하지 않는 사람이었다. 수습 하녀인 소녀로서는 절대 거역할 수 없는 상대이기도 했다.

소녀가 오늘 아침 이곳 담당인 것을 알았을 때, 몇몇 짓궂은 선배 하녀가 덧붙였다.

─얘, 그거 아니? 삼 층 맨 끝 방은 흉악한 범죄를 저지른 유형수가 있대.

─벌써 열 하루째야. 왕자님께 위임받아 후작님이 잠시 맡아 두시는 거라지? 그 방을 지날 때마다 나는 소름이 돋더라.

─종종 목소리가 들린다니까?

동시에 소녀의 얼굴이 새하얗게 질렸다. 흉악한 유형수라니. 그 단어를 생각하면 산만 한 덩치에 험악한 인상을 지닌 남자가 머릿속에 그려졌다.

'커튼을 걷고, 근처 청소만 후다닥 해치우고 나오자.'

그렇게 무거운 추를 매단 듯 움직이지 않는 발걸음을 겨우겨우 옮겨 방문 앞에 다다랐을 때였다. 깊게 심호흡을 하고 떨리는 손으로 앞치마 주머니에서 열쇠를 꺼내 문을 열었다. 기름 먹인 경첩이 아무 소리 없이 부드럽게 열리고 질끈 눈을 감으며 한 걸음 들어섰다.

뭔가 무시무시한 코골이 소리나 귀청이 떨어질 법한 호통이 떨어지리라 생각한 것과 달리 방 안은 조용했다. 소녀는 조심조심 발걸음을 세워 안으로 들어섰다.

흉악한 남자를 잡아 가두기엔 넓고 호화스러운 방 안이었다. 커튼의 주름 휘장과 겉 휘장을 연달아 열자 어두운 굴처럼 컴컴했던 공간에 햇살이 비쳐 들었다. 조금 용기를 얻은 소녀가 걷은 커튼을 걸이 장치로 고정하고 뒤를 도는 순간이었다.

어디선가 뒤척이는 소리가 들렸다. 소녀의 몸이 움찔했다. 굳은 얼굴로 소리가 들려온 곳을 바라보자 소리의 근원지는 햇살이 닿지 않는 쪽이었다. 다시 말해, 침대 쪽이었다.

잘못 들은 걸 거야. 애써 자신을 달랜 소녀가 침을 삼켰다. 그리고 잠시 떨어뜨렸던 먼지떨이를 들었을 때였다. 또다시 뒤척이는 소리와 함께 낮은 신음이 들렸다. 또다시 무시하고 지나치기엔 확실하게 귀에 꽂혔다. 혹시 아픈 걸까? 만약 그런 거라면 하녀장에게 알려야 했다. 하지만 아니라면? 공연히 헛소리했다고 야단맞을 게 분명했다.

이대로 지나치자니 마음에 걸렸고 가까이 다가가서 상태를 살피려니 망설여졌다. 그러다 언뜻 침대 발치에서 한 발목이 보였다. 발은 털이 우수수 나지도 발가락 마디마다 굵지도 않았다. 오히려 희고 큰, 평범한 남자의 발이었다. 발목에 족쇄가 걸려 있지 않다면. 끝에는 침대 기둥에 이어져 있었다. 중간에 사슬이 있었지만, 문에까지 닿을 만한 길이는 아니었다. 그걸 보니 안심이 됐다.

'여차하면 바로 도망칠 수 있을 거야. 그냥 괜찮은지만 확인하자.'

마음먹은 소녀가 불끈 주먹을 쥐었다 놓았다. 천천히 다가가 드디어 침대 머리맡에 도착한 순간이었다. 흔치 않은 백금발의 머리칼이 시야에 들어온 찰나 문 쪽에서 목소리가 들렸다.

"거기 너, 지금 뭐 하는 거지?"

후작이었다. 무시무시한 얼굴로 성큼 다가오더니 소녀의 위팔을 잡고 문으로 질질 끌었다.

"나, 나리……! 저는!"

"오늘부로 집에 돌아가라. 말 안 듣는 하녀는 이 저택에 필요 없으니."

뒤늦게 깜짝 놀라 뭐라 변명하려는 소녀의 말을 뭉갠 그레이 후작이 차갑게 일갈했다. 순식간에 방 밖으로 내쫓겨진 하녀가 파르르 떨리는 몸을 추스를 새도 없이 눈앞으로 세게 문이 닫혔다.

쾅.

굴속에 웅크리고 자는 짐승처럼 미동 없던 몸이 움직인 건 부서질 듯 문이 닫힌 순간이었다. 동시에 잠이 달아나 감겼던 눈이 번쩍 떠졌다. 그레이 후작의 발걸음은 조금 전 하녀가 커튼을 걷었던 침대 쪽으로 향했다.

"아침잠을 자기엔 너무 늦은 시간이라 생각하지 않나?"

"누가 밤늦게까지 심문을 하지 않는다면 말이죠."

후작은 끈질기고, 교활하며, 뱀과 같은 자였다. 왕의 들개라 불리는 그를 냄새 나는 감옥에 처박지 않는 데서부터 심문은 시작이었다.

만약 전부 솔직하게 털어놓는다면 풀어 주겠다. 어차피 내가 꾸민 일에 네가 간섭할 가능성도 사라졌고, 결과 또한 바꿀 수 없으니 내린 판단이다. 알량한 자비 정도야 베풀 수 있다. 내가 궁금해하는 몇 가지만 대답해 준다면.

그런 말로 간교하게 회유했고, 그게 통하지 않으면 온갖 수를 써 잠을 못 자도록 만들었다. 잠이 오려 할 때마다 머리 위로 냉수를 뿌리거나 자지 못하는 약을 먹었다.

태도가 크게 반항적이면 하루 내내 식사를 굶기기도 했다. 보통이라면 피폐해진 정신에 있는 사실, 없는 사실을 다 털어놓았을 테지만, 빈센트 무어란 남자 역시 강적이었다.

잠시 창밖을 내려다보다 뒤를 돈 후작이 가볍게 대꾸했다.

"끝끝내 백기를 들지 않는 그 정신엔 칭찬해 주지."

"그런 수가 어디까지나 통할 줄 알았던 안일함에는 기가 찹니다."

곧 죽어도 고개를 뻣뻣이 들고 당당히 굴 남자였다. 이쯤 되자 적이지만 감탄이 나왔다. 후작이 손뼉을 쳤다.

"대단해. 정말 궁금하군. 그 충성심은 대체 어디서 나오는 거지? 이미 버림받았음에도 불구하고."

"무슨 헛소린지 모르겠지만, 이 상황과는 전혀 관계없다고 몇 번이고 말했을 텐데요."

"아아, 상회인지 뭔지 말인가."

침대에서 일어난 빈센트가 금방이라도 달려들 기세로 후작을 주시했다. 그 모습이 수풀 속에 몸을 숨긴 맹수 같아 후작이 입가를 늘렸다. 절대 길들일 수 없는 맹수를 앞에 둔 기분이었다. 오직 왕만이 통제할 수 있는 맹수.

이런 맹수를 길들이는 기분이 어떨지 궁금했다. 하퍼 백작의 압력에도 고이 내버려 두는 것도 그 이유 때문이었다. 후작이 천천히 운을 뗐다.

"자네가 왜 왕에게 버림받았는지 알아."

목소리는 은근했다.

"선왕의 살아남은 서자라지?"

"……."

"어제저녁, 벨로트에 심어 놓은 첩자로부터 그 이야기를 들었을 땐 놀랐네."

예상치도 못했던 소식이었다. 하지만 듣는 순간 엉킨 실타래가 풀리듯 속속들이 그간 의아했던 부분들이 풀려 나갔다. 왕이 어째서 그를 늘 곁에 두면서도 매번 죽을 자리에 욱여넣었는지 깨달았다. 본능적으로 느꼈을 것이다. 같은 부왕을 둔 핏줄이라는걸.

대답은 돌아오지 않았다. 더 말해 보라는 느낌이었다.

"말해 보게. 분명 왕이 살려 주는 대가로 이 사지에 밀어 넣었을 테지. 안 그런가?"

침묵이 두 사람 사이에 고였다. 그림자에서 햇살이 비치는 곳으로 걸음을 옮긴 빈센트가 대꾸했다.

"무슨 말을 하나 기다렸더니 그런 헛소리입니까."

내심 당황해할 거라는 생각과는 다르게 평온한 어투였다. 후작의 눈썹이 꿈틀댔다.

"헛소리인지 아닌지는 내가 판단할⋯⋯."

목소리는 이어지지 못했다.

"내가 원하는 건 하납니다. 저번에도 말했듯이."

말허리를 자른 빈센트가 덧붙였다.

"그녀가 무사한지 두 눈으로 확인하는 것."

끊임없이 강조해 온 요구였다. 그녀라면 올리비아 시오네를 뜻했다. 후작이 고개를 저었다.

"그건 안 된다고 말했을 텐데."

"그렇다면 내게서 가져갈 게 아무것도 없을 겁니다."

마치 선고를 내린 판사처럼 단호한 목소리였다. 목에 칼이 들어와도 거부하겠다는 의지가 느껴졌다. 마주한 시선이 차고 냉랭했다. 말이 통하지 않는 짐승이었다. 맹목적이고 오로지 한 가지만 바라보는 늑대.

결국, 백기를 든 쪽은 후작이었다.

"⋯⋯좋아. 보게 해 준다 치세. 그렇게 해 준다면 어쩔 텐가."

"적어도 지금보단 훨씬 협력적인 태도를 약속하죠."

처음이었다, 협력이라는 단어를 내뱉은 건. 저게 진심이라고 믿을 수는 없었지만 적어도 괄목할 만한 변화였다.

"과연 주군이자 핏줄인 왕에 대한 충성보다 연인의 안위가 더 중요하다 그건가."

뇌까리듯 중얼거린 후작이 고개를 끄덕였다.

"좋아. 그럼 그렇게 하지. 내일."

대화가 끝나자마자 문에서 노크 소리가 들렸다. 하인이었다.

"후작 나리, 손님이 오셨습니다. 일단 응접실에 모셔 두었습니다."

"알았네."

문을 향해 대꾸한 후작이 빈센트에게 시선을 돌렸다.

"그럼 이만 실례하지."

그 말을 끝으로 방문이 닫혔다. 방 안이 다시 침묵이 고이는 찰나였다. 복도 쪽에서 들려오던 빠른 발걸음이 문 앞에서 멈춰 섰다. 신경이 온통 문밖으로 곤두섰다.

지난 11일간 이곳을 출입할 수 있는 사람은 고용인을 제외하고 극히 드물었다. 거기다 지금은 하녀가 올 시간이 아니었다. 어쩌면 잡혔다는 소식을 들은 왕이 암살자를 보내온 걸지도 몰랐다. 커튼 뒤에 숨는다 한들 발에 걸린 족쇄 때문에 금방 들킬 터였다.

다음 순간, 조용히 문이 열렸다.

"……."

침입자는 그 어떤 말도 없이 들어와 안으로 걸음 했다. 그를 찾는 듯 주위를 두리번거리더니 침대 쪽으로 다가왔다. 빠른 걸음으로 어느새 다가와 이불을 걷는 순간이었다. 벽에 기대 몸을 숨기고 있던 빈센트가 그를 덮쳤다.

"우악……!"

남자는 순식간에 등 뒤로 두 손이 묶인 채 침대에 얼굴을 처박았다. 자비 없는 손길로 더 힘을 준 빈센트가 물었다.

"누구냐."

날카로운 시선이 남자의 전신을 훑었다. 이리 가볍게 당하는 걸 봐선 암살자라고는 믿기 힘들었다. 그가 연이어 추궁했다.

"누가 보냈지?"

"그, 그게……."

놀란 숨을 헐떡이던 남자가 간신히 고개를 들고 숨을 몰아쉬더니 다시 입을 열었다.

"저는 세겔 남작께서…… 보낸 사람입니다."

포박이 풀린 건 그와 동시였다. 남자가 몸을 돌리기가 무섭게 어깨를 틀어 잡았다.

"세겔 남작이 우리가 처한 상황을 아나?"

당장이라도 한입에 삼킬 듯한 기세에 남자가 황급히 고개를 끄덕였다.

"올리비아 님이 소식을 전하셨습니다."

"……그녀가? 그녀는 무사한가?"

"예. 아직 감금되어 계시지만요. 이틀 전에 한 소녀가 그분의 편지를 남작 저에 전달했습니다. 남작께서 사태 파악을 하시자마자 사람을 2왕자 측으로 보내셨고, 이곳 또한 찾아내셨지요."

"……그랬군."

2왕자 측으로 사람을 보냈다는 건 올리비아가 암살 사건에 대해 말했다는 뜻이었다. 거기에 어떤 판단을 내린 건지, 세겔 남작은 빠르게 움직였다. 남작이 그를 찾은 것 또한 무려 하루만이었다. 남작의 정보망이 어디까지 뻗어 있는지 가늠하기 어려웠다. 어쨌거나 가장 중요한 소식을 들어 한결 마음이 차분해졌다.

"뭔가 전하라던 말은?"

"남작께서 이것을 전해 드리라 하셨습니다."

심부름꾼이 건넨 건 칼이었다. 검집에서 꺼내자마자 파르스름한 칼날이 보이는 날카로운 단검.

* * *

"이제 나가면 아마 모레에 돌아올 거야. 더 늦을 수도 있고."

아침 식사 도중, 레너한이 통보하듯 말했다. 무슨 일로 저택을 비우는지 알았다. 내일이 바로 2왕자 암살 당일이니까. 생각에 빠진 날 보고 어떻게 판단했는지 그가 눈살을 찌푸렸다.

"조금 아쉬운 척이라도 하지 그래?"

"······내가 왜."

간신히 대꾸하며 넘어가지 않는 물을 한 모금 마셨다. 식탁에 차려진 건 디저트였고 입에 댔다 싶을 정도로만 먹은 상태였다. 벌떡 일어난 레너한이 등 뒤로 다가왔다. 혀를 날름대는 독사 앞에 선 것처럼 등줄기가 뻣뻣해졌다.

내 어깨를 끌어안은 그가 속삭였다.

"이제 곧이야."

"······."

"너무 오래 기다렸어."

이상했다. 그리 말하는 목소리는 마치 어린 소년 같았다. 나도 모르게 말이 입술 새로 흘러나왔다.

"복수를?"

돌아오는 대답은 없었다. 덧붙일 필요가 있음을 깨달았다.

"왕한테 복수하려는 거잖아. 아니야?"

나를 끌어안은 손이 멀어진 건 그때였다.

"······맞아."

옆자리의 의자에 앉은 그가 순순히 수긍했다. 그러곤 나를 번연히 바라보다가 뇌까렸다.

"무슨 일인지 알아챘군."

"눈치는 있는 편이니까."

조용히 고개를 끄덕였다. 잠시 생각하는 듯 말이 없던 레너한이 이내 어깨를 으쓱였다.

"뭐…… 상관없어. 이제 와 변할 건 없으니까."

오늘이 거사 하루 전인 데다 내가 이곳에 감금되어 있음을 직시하게 만드는 말이었다. 그는 내가 여전히 아무것도 할 수 없는 여자라고 생각했다. 예전이라면 화가 났을지도 모르나 지금 같은 상황에서는 차라리 다행이었다. 얕보임을 당하면 당할수록 경계는 누그러진다.

"그 소문이 사실이었구나. 왕이 선대 백작 부부를……."

"마차 사고로 위장하여 죽였지. 선왕의 공신이라는 이유로."

내 말을 가로챈 레너한이 대신 말했다. 식탁에 놓인 그의 손이 주먹 쥔 채 떨리고 있었다. 두려움보다는 흥분감, 분노보다는 앞으로 들이닥칠 복수의 쾌거를 기대하는 듯한 떨림이었다.

"어차피 들켜 버린 거 속을 터놓기로 하자, 올리비아."

"……좋아."

어떤 의미로든 그와 단둘이 이렇게 대화를 나누는 것은 마지막이라는 예감이 들었다. 무려 십 년이었다. 그를 사랑하고, 기다리고, 완전히 놓기까지 걸린 시간이.

"먼저 내가 물어볼게."

운을 뗀 건 내 쪽이었다. 계속하라는 듯 레너한이 말없이 나를 응시했다. 사선으로 시선이 마주했다. 넓은 식당 안엔 나와 그뿐이었고, 복도를 지나가는 고용인들의 발소리도 들리지 않았다. 사막에라도 온 듯 온통 적막이었다.

"넌 한 번도 날 지운 적 없다 했지. 지난 십 년간."

낙마하고 죽었다 살아났을 때, 그리고 이곳에 감금된 내내 몇 번이고 들은 말이었다. 처음에는 듣는 순간 어이가 없었고 그다음 분노가 찾아왔다. 지금은 그저 의아했다.

"그렇다면 헤더 제누아는?"

"……말했잖아. 이용했을 뿐이라고."

"칠 년간이나? 그 긴 시간 동안 흔들리지 않았다고?"

그러기엔 둘이 보낸 시간이 정말 길었다. 어떻게 시작됐던 미운 정 고운 정이 들 수밖에 없는 세월.

하지만 대답은 견고했다.

"흔들린 적 없어, 단 한 번도."

"복수심이 널 지배했구나……."

네 눈을 가리고 무작정 앞으로만 달려 나가게 했구나. 그 끝에 뭐가 기다리고 있는지도 모르는 채.

문득 안타깝다는 생각이 들었다. 그러다 고개를 저었다. 지금 누가 누구를 동정한단 말인가. 이 상황에서.

나는 명백한 피해자였고 그는 가해자였다.

"그랬을지도 모르지."

씁쓸한 미소를 머금은 레너한이 바로 입매를 굽혔다.

"그럼 이제 내 차례군."

"물어봐."

"솔직히 말해 봐. 정말 빈센트란 놈을 사랑해?"

직설적인 질문이었다. 이렇게 대놓고 물어볼 줄 몰랐던 질문이었다. 내 놀란 눈에 레너한이 바로 말을 이었다. 아니, 이으려고 했다.

"나에게 복수하기 위해서 그와 약혼한 거라면……."

말이 끝맺어지기도 전에 그의 말끝을 자르고, 고개를 끄덕였다.

"사랑해."

"……어째서?

그리 묻는 레너한의 얼굴은 인내심으로 겨우 침착을 가장하고 있었지만, 금방이라도 일그러지기 직전이었다.

"그는……."

나직이 입술을 달싹였다.

“나를 믿어 줘.”

언제 어느 때든 내가 무엇을 하던.

“나를 기다려 주고, 내가 기댈 곳이 되어 줘.”

긴 세월을 내 주변을 맴돌았고 이제 드디어 내 옆으로 다가왔다. 언제나……

“그만.”

내 말을 견디지 못한 건 레너한이었다.

“이제 충분히 알았으니까.”

의자가 뒤로 끌리는 소리가 났다. 자리를 털고 일어난 레너한이 내 손목을 잡았다.

“날 원망해도 괜찮아. 증오한다 해도 상관없어.”

나를 내려다보는 시선은 뜨겁고 또 집착으로 가득했다.

“내가 저지른 죗값은 평생 살아가며 갚을 테니까. 그러니까……”

잡은 손끝에 입을 맞춘 그가 말했다.

“다시 한번 내게 기회를 줘. 복수를 끝내고, 너를 제대로 사랑할 기회를.”

* * *

레너한이 떠나자마자 나는 또다시 저택 안에 덩그러니 홀로 남겨졌다. 하녀 안나는 홀로 있고 싶어 하는 나를 배려해 내가 서재에 있을 때면 되도록 걸음 하지 않았다. 마음이 어떻든 평소를 가장해야 했기에, 여느 때와 다름없이 서재에서 책을 꺼내 읽는 중이었다.

이례적으로 노크가 들렸다. 들어오라고 말함과 동시에 안나가 문을 열고 들어섰다.

“올리비아 님.”

"응?"

"손님이 오셨는데요."

"……손님?"

생각지 못한 단어에 눈이 동그래졌다. 이 별장의 현재 주인은 레너한이었다. 고용인 등 제삼자의 눈으로 보면 나는 비공식적으로 이곳에 묵게 된 군식구에 지나지 않았다. 사실, 내가 이곳에 감금되어 있다는 사실을 아는 이도 극히 일부이리라.

귀를 의심하며 물었다.

"무슨 손님? 하퍼 백작님은 지금 안 계시잖아."

"올리비아 님을 뵈러 왔다고 하시는데요."

그 순간 혹시 세겔 남작인가 싶었다. 그런데 이렇게 대담하게 쳐들어올 사람이던가? 미처 그의 생김새를 묻기도 전에 안나가 먼저 선수를 쳤다.

"그레이 후작님이라고 하셨습니다."

그 이름을 듣는 순간 숨을 들이켰다. 대체 왜? 레너한이 없는 틈을 타서?

불안감에 나도 모르게 입안을 깨물었다.

"지금 어디 계시지……?"

그 질문에 대한 답은 바로 돌아왔다.

"여기 있네."

문이 다시 활짝 열리더니 안나의 옆으로 그레이 후작이 쑥 들어왔다. 그 뒤의 수행원까지.

"그럼 저는 이만 나가 보겠습니다."

공손히 인사한 안나가 등을 돌리고 서재를 나갔다. 소리치고 나가지 말라고 하고 싶었다. 후작과 눈이 마주친 순간부터 독사의 독니에 물린 사람처럼 옴짝달싹할 수 없었다. 그사이에도 상대편은 한 걸음 한 걸음 다가왔다. 거미줄에 전신을 친친 휘감겨 독니를 기다리는 나비가 된 기분이었다.

후작은 딱 한걸음의 거리를 남겨 두고 멈춰 섰다.

"오랜만이군, 올리비아 양."

"……오랜만입니다, 후작님."

간신히 정신을 차리고 일어나 치맛자락을 잡고 인사했다. 어색하기 그지없는 움직임이었다. 그런 나를 생각을 알 수 없는 눈으로 바라본 후작이 시선을 돌려 내가 쥐고 있던 책으로 향했다.

"아아, 책을 읽고 있었나 보군. 내가 방해했나?"

"아닙니다. 막 첫 장을 넘기는 순간이라서."

목소리는 다행히 차분하게 나왔다. 등을 돌린 후작이 책장에 다가가더니 책 하나를 꺼내 내게 보였다.

"이 책의 내용을 아나?"

제목을 보니 언젠가 읽었던 소설이었다. 인간을 동물에 빗댄 우화로 풍자적이고 날카로운 내용의 소설이었다. 고개를 끄덕이자 만족스럽게 웃은 후작이 다시 입을 열었다.

"여기엔 이상하게도 권력을 잡은 동물들이 죄다 탐욕스러운 돼지로 나오더군. 혹은 치장하는 데 혈안이 된 공작새라던가."

책의 저자는 평민 출신의 사업가였다.

"그에 반해 소시민적인 동물들은 주로 작고 선한 동물이지. 예를 들어 다람쥐라든가 토끼 같은. 지극히 무해하고 순한. 하지만 조금은 어리석은."

책장을 손으로 후루룩 훑은 후작이 못마땅한지 미간을 좁히더니 말했다.

"오로지 그 위에 군림하는 지배자만이 완벽한 존재인 호랑이로 표현되지. 이상하지 않나?"

목소리는 무감했으나 조금 끝이 올라가 있었다.

"세상에 완벽한 존재란 없는데 말이야. 호랑이는 영리하고 공정하다고 나오지만 실은 배고플 때면 아무 돼지나 토끼를 잡아먹지. 이 얼마나 야만적이고 잔인한가."

점점 후작이 무슨 소리를 하는 건지 감이 잡히기 시작했다. 그는 내게 이 반역의 정당성을 말하는 거였다. 내가 그에 동조하는지도. 레너한이 없는 지금, 후작의 입장에선 별것 아니나 손톱 밑의 가시처럼 신경 쓰이는 존재인 나를 치워 버릴 기회였다.

침을 삼키고 잠시 숙였던 고개를 들었다.

"신이 그리 안배하신 뜻을 저는 미처 모르겠습니다."

"의견이 없다?"

후작의 시선이 날카로워졌다. 이런 식으로 두루뭉술하게 넘어가는 것이 거슬리는 모양이었다. 방향을 바꿔야 했다.

"다르게 생각해 봐도 답이 없기는 매한가지 같습니다. 만약 호랑이가 아닌, 또 다른 지배자가 나선대도 과연 대다수인 토끼와 다람쥐들은 만족할까요?"

왕이 몇 번 바뀌든, 어떤 세력이 권세를 잡고 나라를 휘두르든 그건 절대 대다수의 평민들에게는 크게 달라질 것 없는 얘기였다. 배를 곯고 취객에게서 지갑을 훔치고 길거리에서 성냥갑과 꽃을 파는 사람들에게는.

"완전히 다른 유형의 지배자가 아닌 이상에는요."

후작의 웃음이 터진 건 그 순간이었다.

"역시 재밌군. 아까울 정도로."

"……"

후작의 시선이 경직되어 올라간 내 어깨에 닿았다.

"토론하고 싶지만, 그다지 시간이 없군. 가져갈 게 있어 잠시 들른 거

라. 그럼 나가 보지."

뜻밖의 순순한 물러남이었다. 대답 대신 묵례하자 후작이 맥이 빠질 정도로 가볍게 뒤를 돌았다. 다리에 힘이 풀릴 거 같아 책장에 손을 얹은 찰나였다. 후작과 더불어 들어온, 로브를 쓴 수행원과 눈이 마주쳤다. 동시에 숨이 멎었다.

검은 눈동자. 틀림없는 빈센트였다.

그가 후작을 따라와 내 앞에 있었다. 대체 어떻게……? 의문보다 먼저 신경 쓰인 건 며칠 새 수척해진 그의 얼굴선이었다. 목이 메었다. 그 또한 내가 자신을 알아봤음을 눈치챈 듯했다. 찰나의 시간이었지만 시선 사이로 많은 대화가 오갔다. 다음 순간, 문을 연 후작의 목소리가 들렸다.

"걸음이 느리군."

그때 땅에 무언가가 떨어졌다. 빈센트의 로브 안쪽에서였다. 다행히 카펫 위로 떨어져 소리는 나지 않았다. 다급하게 그것을 발로 치워 카펫 안쪽으로 숨겼다. 날 향해 눈인사한 빈센트가 내 앞을 스쳐 지나갔다.

일순간 손가락을 얽고.

*　*　*

세겔 남작 저에 손님이 찾아온 건 올리비아와 빈센트가 저택을 떠난지 십이일 뒤였다. 손님은 마차에서 내리자마자 응접실로 직행했고, 세겔 남작 또한 바로 손님을 맞았다. 하인의 목소리가 들리고 문이 열리자마자 카우치에 앉은 남작이 몸을 일으켰다.

"사이먼."

"세겔."

학교를 졸업한 뒤 오랜만에 마주하는 친우였다. 현재 국적도 신분도 달랐지만 둘은 여전히 그때 그 소년 시절의 친구였다. 가벼운 포옹이 끝난 뒤 세겔이 맞은편 자리를 권했다. 다른 고용인들은 멀리 물린 뒤였다.

먼저 대화의 운을 뗀 것도 세겔 쪽이었다.

"내가 좀 더 신중했어야 했어. 믿고 두 손님을 맡긴 자네에겐 면목이 없네."

"아니야. 그저 사고였을 뿐. 자네 탓이 아니네."

고개를 저은 사이먼이 입고 있던 코트를 벗어 옆자리에 두었다. 엊그제 저녁 급하게 카티아에서 날아온 전보에 얼마나 심장이 내려앉았던가. 그 뒤 곧장 배편을 알아보고 이곳으로 온 게 바로 오늘 새벽이었다.

가볍게 세겔 남작의 자조를 걷어 낸 사이먼이 뒤이어 말했다.

"엊그제 2왕자 궁에 사람은 보내 났나?"

"응. 일단은. 암살 계획이 있으니 자리를 피해 달라는 서신이었지. 믿을지는 모르겠지만."

초조한 듯 주먹을 쥐었다 편 세겔이 대꾸했다.

"이제 암살 계획 당일인 이틀 뒤면 어느 쪽이건 결단이 나겠지."

"고맙네. 쉬운 결정이 아니었을 텐데."

"그저 내 이익에 맞는 행동을 했을 뿐이야. 1왕자는 이미 외세의 도움을 받은 순간부터 승산이 없네. 알려지는 순간 국민들의 외면을 받을 테니까. 그에 반해 2왕자에게 협력하면 내가 이후 받을 이익이 엄청나겠지."

계산은 거기까지가 아니었다. 올리비아라는 인물에 대해 뒷조사를 해 본 결과, 전 하퍼 백작 부인이라는 정보가 들려왔을 때 얼마나 놀랐던가. 그 뒤 거미줄처럼 죽죽 뻗어 나간 가정에는 바로 벨로트의 왕이 있었다.

왕과 하퍼 백작이 서로를 견제하고 경계하는 관계라는 건 사실 그리 비밀스러운 사실도 아니었다. 그에게 납치당했다는 걸 보아 한 가지 사실은 명확했다.

이혼한 뒤 올리비아는 백작의 천적인 왕에게 붙은 것이다. 그래서 위험을 무릅쓰고 여기까지 왔던 거고. 그렇게 생각하자 그녀가 첫날 마차에서 갑자기 내려 주위를 두리번거리고 누군가를 봤다고 말했던 것도 이해가 갔다. 바로 전 남편인 하퍼 백작이었을 것이다.

그러니 올리비아에게 협력하는 건 바로 벨로트의 왕에게 협력하는 것과 같았다. 자신과 척을 진 귀족 세력이 1왕자를 지지한다는 건, 곧 벨로트의 왕이 2왕자를 지지한다는 것과 다름없으니.

일종의 도박이었으나 성공한다면 돌아올 이익이 어마어마했다. 어쩌면 카티아 제일가는 집안으로 성장할 수도 있을 것이다.

대뜸 옆 서랍을 열어 궐련을 꺼낸 세겔이 사이먼에게 한 개비를 권했다. 사이먼이 고개를 젓자 벽난로의 불을 빌려 끝을 태우곤 깊게 궐련을 들이마셨다.

그 일련의 과정을 인내심 깊게 기다린 사이먼이 이윽고 다시 입을 열었다.

"두 사람이 갇힌 저택의 위치는?"

"다 파악했네. 다만 둘 다 접근하기가 꽤 힘든 곳이야."

빈센트란 남자가 갇힌 곳에 사람을 몰래 보낸 것도 아슬아슬하게 성공했다. 운이 따른 덕분이었다. 혹시 몰라 서신 같은 건 넣지 않고 전달할 물건만 전달했다. 그의 능력이라면 그것을 활용해 얼마든지 틈을 노릴 수 있을 거라는 계산으로.

"일단 주변 저택에 계속 염탐을 보내고 있네. 여차하면 탈출을 도울 생각으로."

외부에서 할 수 있는 건 거기까지였다. 문밖에서 노크 소리가 들렸다.

"남작님, 저번에 말씀하신 아이가 찾아왔습니다."

"들이게."

짧막한 대화가 끝나고 응접실 안으로 발을 디딘 건 어느 앳된 소녀였다. 두 남자의 시선이 한 번에 모이자 소녀가 얼굴을 붉혔다.

"이리 가까이 오렴."

세겔 남작이 검지를 들어 까닥하자 소심하게 고개를 끄덕인 소녀가 걸음을 옮겼다. 어느 정도 가까워졌다 싶을 때 사이먼과 세겔의 시선이 맞닿았다. 의문 가득한 친구의 시선에 세겔이 웃더니 소녀에게 다시 고개를 돌렸다.

"고위 귀족의 저택에서 일했다고 했지."

"예. 분명 저택의 주인 나리가 벨로트에서 온 귀족이라고 하셨습니다."

세겔이 수소문해서 데려온 건 며칠 전 일방적으로 통보를 받고 쫓겨났다던 하녀였다.

사이먼의 눈동자가 이채를 띠었다.

"집사에게 전해 듣기로 거기서 웬 남자를 봤다고 하던데. 맞나?"

소녀가 바로 고개를 끄덕였다.

"예. 백금발 머리에 발목에 족쇄를 찬 남자였습니다. 주위의 말로는 유형수라고 하더군요."

확실했다. 빈센트였다. 확신한 사이먼이 저도 모르게 턱을 굳혔다.

"저택에 꾸준히 누가 들락거리거나 하지 않았나?"

"드나드는 사람은 다양하지만, 인상 깊었던 사람은 두 사람이었습니다. 흑발의 노란 눈동자를 가진 젊은 남자, 혹은 수행원들을 여러 명 대동한 금발의 중년 남자요."

전자는 하퍼 백작, 그리고 후자는 1왕자였다. 세겔이 피우던 궐련을 재떨이에 비벼 끄곤 나직이 물었다.

"그 말에 거짓은 없겠지?"

"전부 사실입니다."

확실한 어조의 대답에 세겔의 입가에 만족스러운 미소가 피어올랐다.

"알았다. 묻는 말에 솔직히 말해 줬으니 약속했던 대로 네 가족이 당분간 생활할 돈을 주지."

소녀의 얼굴에 순식간에 화색이 돌았다.

"감사합니다, 나리! 정말……."

"대신."

감사 인사를 하는 소녀의 말을 중간에 끊은 세겔이 주의를 시켰다.

"당분간 조용히 지내야 한다. 누구에게도 그 말을 해서도 안 되고. 내가 다시 불러 그 이야기를 되물을 때까지."

대체 왜 그래야 하는지, 자신의 말에 무슨 의미가 있는지 알지 못했지만 그건 중요한 게 아니었다. 당분간 가족과 배를 곯을 일이 없게 되었다는 게 중요했다.

소녀가 연신 고개를 끄덕였다.

* * *

"칼……."

빈센트가 내 앞에 떨어뜨리고 간 단검이 손바닥 위에 있었다. 처음 이걸 주웠을 때, 대체 어떻게 해야 할지 무슨 의도로 내게 이걸 건네준 것인지 감이 오지 않았다. 계속 골똘히 궁리하다가 생각해 낸 건 바로 커튼을 뜯는 거였다.

내가 갇힌 곳은 2층이었지만 생각보다 높았다. 설마 이 높이에서 뛰어내리진 못했을 거라고 생각했는지 그가 창문을 봉쇄하지 않아서 다행이었다.

그날 밤부터 오늘 새벽까지 커튼의 안쪽 장막을 칼로 뜯어내어 엮었다. 밤을 새운 결과 완성한 천을 봤을 때는 안도의 한숨을 터져 나왔다. 더는 내게 시간이 없었다. 암살 당일이 오늘이니 성공했든 실패했든 아마 저녁에 레너한이 돌아올 것이다.

천천히 숨을 고른 뒤 덧창을 열고 밖을 내다봤다. 눈이 내려앉아 온통 새하얘진 정원 너머로 대문이 보였고, 문지기들이 보였다. 서성이는 경비들도.

그간 지켜본 바로는 이들이 교대하는 시간은 오전 아홉 시와 오후 아홉 시였다. 그때는 잠시 경계가 느슨해졌다. 내가 노리는 시간도 그때였다. 아침 식사가 들어오는 건 오전 여덟 시 사십 분에서 오십 분이니 얼마 남지 않았다.

그런 내 예상을 증명하듯, 문을 두드리는 소리가 들린 건 잠시 뒤였다.

"식사를 가져왔습니다."

익숙한 목소리가 들리자마자 재빨리 창을 닫고 커튼을 친 뒤, 다시 침대 위로 올라갔다. 뒤이어 문이 열리고 하녀가 들어왔다. 저번에 뭔가 수상하다고 느낀 건지 안나가 내 침실로 따라 들어오는 경우는 이제 없었다.

"여기 있습니다."

어느새 침대에 반쯤 누운 내게 빵과 토스트, 스콘과 우유가 놓인 쟁반을 건넨 하녀가 창가로 향했다. 늘 그랬듯이 환기를 시키려는 목적이었다.

"커튼은 안 걷어도 돼."

그녀가 커튼을 쳐 버린다면 내가 칼로 찢어 낸 안쪽 장막을 보게 된다. 그러면 내 탈출 계획은 수포가 되는 거였다.

"예?"

내 제지에 뒤를 돈 하녀가 의아한 얼굴을 했다. 의심을 사기 전에 얼른 덧붙였다.

"잠을 더 자고 싶어서. 간밤에 잠을 설쳤거든."

"아…… 그러시군요."

내 피로한 얼굴에 하녀가 조용히 고개를 끄덕였다. 어제 후작이 나를 방문한 것을 알고 있는 기색이었다. 갑자기 방문한 낯선 손님. 까다롭고 예민하게 구는 내가 그 스트레스에 밤잠을 설쳤다는 건 있을 수 있는 일이었다.

"알겠습니다. 식사는요?"

"입맛이 없네. 필요하면 일어나서 부를게."

다시 다가온 하녀가 내 아침이 담긴 쟁반을 치웠다. 실은 배가 고팠지만 내색할 수 없었다.

"그럼 일어나시고 허기지시면 불러 주세요."

그리 말한 하녀가 그대로 문을 열고 나가자 드디어 다시 홀로 남았다. 곧바로 창가로 다가가 다시 커튼을 걷고 밖을 응시했다. 얼마 뒤 경비병과 문지기들이 아침 식사를 하기 위해 저택 쪽으로 다가오는 게 보였다.

이들이 저택으로 돌아옴과 동시에 미리 식사를 마친 후 저택 안에서 대기하던 또 다른 사병들이 나올 것이다. 기회는 지금이었다.

운이 좋게도 내 방 앞엔 사시사철 잎이 있는 상록수가 빼곡했다. 다가온 사병들은 내 쪽이 아닌 고용인 전용 식당이 있는 뒷문으로 향했다. 떨리는 호흡을 가다듬고 과감하게 창문을 연 뒤 침대 아래에 숨겨 놨던 엮은 천을 꺼냈다. 한쪽 끝을 침대 기둥에 묶고 다른 한쪽은 창문 밖으로 던졌다.

그대로 아래에 떨어진 천은 바닥과 거의 맞닿아 있었다. 밖은 찬 바람이 쌩쌩했지만, 슈미즈를 갈아입을 여유는 없었다. 치맛자락을 묶어 무릎 위로 올려 고정한 뒤 단단히 묶인 천을 의지해 벽을 타고 내려갔다.

목소리가 들린 건 중간까지 내려온 순간이었다.

"오늘 아침 식사는 뭐래?"

"글쎄. 내가 어제 안나에게 듣기로는 수란이랑 잼 바른 빵이라고 들었는데."

나무 바로 앞이었다. 거의 다 들어갔다고 생각했는데 두 명이 남아 있었다. 숨을 흡 참고 그대로 움직임을 멈췄다. 나무가 나를 완전히 가려 주길 바랐다. 둥지에 있던 새 하나가 날아올랐을 땐 그대로 생명 줄처럼 잡고 있는 천을 놓칠 뻔했다. 젖 먹던 힘까지 들어간 손이 벌벌 떨리고 몸이 경직됐다.

천만다행으로 대화 소리가 점점 멀어졌다. 식은땀이 정수리와 등허리에 흘러내렸다. 질끈 감았던 눈을 뜨고 침착하게 아래로 내려왔다. 맨발이 차가운 흙에 닿았을 땐 나도 모르게 환호성을 지를 뻔했다. 얼마 만에 발 디뎌 보는 땅인지 몰랐다. 열흘 넘게 저택 안에만 갇혀 있던 날들.

천천히 걸음을 옮겼다. 인수인계가 끝난 사병들이 교대하여 나오기 전에 이곳을 빠져나가야 했다. 눈이 덮인 땅은 동상이라도 걸릴 듯 발바닥에서부터 냉기가 올라와 뼈가 시렸지만 한 걸음 한 걸음 내달렸다. 삼분의 이 지점까지 온 순간 등 뒤에서 누군가 외치는 소리가 들렸다.

"여자가 도망친다! 잡아라!"

사병들이었다. 이렇게 빨리 눈치챌 줄은 몰랐기에 눈앞이 새카매졌다. 잡히면 죽는다! 그 생각으로 안간힘을 다해 뛰고, 또 뛰었다. 그리고 겨우 정문 앞에 도달한 순간 절망에 힘이 풀렸다. 정문이 사슬로 묶여 있었다. 아무리 풀려고 해도 실패했다. 날 쫓아온 추격자들은 내 숨통을 조여 오고 있었다.

그때였다.

"물러서세요!"

경고와 함께 뒷걸음질 치자 사슬 위로 검이 내리꽂히더니 단번에 잘려 나갔다. 어안이 벙벙해 그대로 서 있는 나를 손 하나가 잡아끌었다.

"사이먼······?!"

놀란 나를 향해 눈인사한 그가 그대로 내 허리를 들더니 말 위로 나를 앉혔다. 그리고 경고했다.

"저를 꽉 잡으세요."

그와 동시에 내 앞에 올라탄 그가 고삐를 당겼다. 순식간에 우리 두 사람을 태운 말이 빠른 속도로 저택에서 멀어졌다.

* * *

땅거미가 지기 시작할 무렵이었다. 마차가 멈춰 서자마자 한 남자가 다급하게 땅으로 발을 내디뎠다. 저택으로 들어서는 걸음이 다급했다.

2왕자의 암살이 실패했다.

시국이 점점 긴박하게 돌아가기 시작했다.

"올리비아!"

문이 거칠게 열리기가 무섭게 화난 레너한의 음성이 메인 홀에 울려 퍼졌다. 대답은 돌아오지 않았다. 가늘어진 호박색 눈동자가 주위를 훑었다. 어딘가 이상했다. 평소보다 더 긴장한 얼굴들이 시야에 들어오자 레너한의 표정이 점점 더 얼어붙었다.

"올리비아는 어디 있지? 사람을 보내 마중 나오도록 시켰을 텐데."

그때 금이 간 유리처럼 굳어 버린 고용인 틈새에서 하녀 한 명이 다가왔다.

"백작님…… 드릴 말씀이 있습니다."

"뭐지?"

"아가씨가 도망치셨습니다."

"……뭐라고?"

동시에 짓씹는 듯 한층 낮아진 목소리가 다시 물었다.

"지금 나랑 장난하자는 건가?"

"제가 어찌 감히……."

도망치다니. 분명히 들었지만, 머리까지 전달되지 않았다. 생각한 적도 없던 일이었다.

"비켜."

뭐라 더 입을 열기 전에 하녀를 밀친 레너한이 곧바로 이 층으로 걸음을 옮겼다. 뒤따르는 걸음이 있건 말건 신경 쓰지 않고 달리듯 빠른 발걸음으로 귀빈실로 향했다. 가파르게 뛰는 심장 박동이 귀 가까이에 들리는 느낌이었다.

그럴 리가 없어.

속으로 고개를 내저은 레너한이 머뭇거림 없이 바로 문을 열어젖혔다.

"올리비아!"

주위를 둘러보며 이름을 불렀으나 또다시 아무런 반응도 되돌아오지 않았다.

"백작님……."

등 뒤로 집사가 다가왔으나 무시한 그가 넓은 방 안으로 성큼 들어왔다.

"대체……."

없었다. 침대 이불을 들치고 옷장을 열고 커튼을 걷어 봐도 아무것도 없었다.

그 어디에도.

뭔가 깨지는 굉음이 방 안을 울린 건 다음 순간이었다.

쨍그랑.

"아악!"

다시 다가와 뭐라 말하려는 집사를 향해 유리병이 날아왔다. 비명과 함께 이마에 맞으며 바닥에 부딪혀 산산조각 난 화병이 그대로 곳곳에 뿔뿔이 흩어졌다.

"……어떻게 된 건지 설명해."

통증에 무릎을 꿇은 채 피가 철철 나는 이마를 부여잡은 집사의 발치에 다가온 레너한이 나직이 말했다.

"차, 창문으로 탈출하셨습니다."

고통으로 헐떡이는 숨 사이로 더듬더듬 돌아온 말은 생각지 못한 대답이었다. 레너한이 미간을 좁혔다.

"어떻게?"

"커튼을 잘라 사용하신 거 같습니다. 한쪽이 침대 기둥에 묶여…….
윽!"

말이 채 끝나기도 전에 복부로 가차 없는 발길질이 날아왔다. 본능적으로 몸을 말았으나 이어진 건 더 혹독한 폭력뿐이었다.

끔찍한 고통 속에서 정신을 잃어 가던 집사를 구한 건 어느새 닫힌 문을 열고 들어온 하녀의 목소리였다. 동시에 레너한의 움직임이 멎었다.

"백작님!"

"뭐지."

"드, 드릴 말씀이 있습니다."

좀 전까지 잔인하게 사람을 폭행했다는 것이 믿기지 않게 숨 하나 흐트러짐 없는 시선이었다. 감정 없는 눈이 훼방꾼을 향했다.

"가치 있는 말이어야 할 거야. 지금 이 상황에서 쓸데없는 소리를 지껄였다간 나도 어떻게 할지 모르겠으니까."

담담한 위협. 이 남자는 진심이었다. 높낮이 없는 어조와 무표정한 얼굴이 이를 증명했다. 덜덜 떨리는 두 손을 부여잡은 하녀가 간신히 다시 입을 열었다.

"어제 저택에 손님이 찾아왔었습니다."

"손님?"

"예. 분명 그레이 후작님이라고 하셨습니다."

"……."

"사전에 이곳에 출입할 수 있도록 언급된 분이라, 백작님이 안 계셨음에도 맞았습니다만…… 올리비아 님이 있던 서재에 들어가시는 걸 봤습니다."

순간, 머릿속을 관통하는 불길함에 레너한의 표정이 점차 일그러졌다. 단번에 하녀에게 다가와 어깨를 잡고 흔들었다.

"그게 언제지? 얼마나 있었고?"

"어, 어제 낮이었습니다. 아주 잠깐 왔다 가셨어요. 저택에 머무르신 건 그리 오랜 시간은 아니셨어요. 십 분 정도."

십 분.

짧았지만 뭔가 일이 일어나기엔 충분한 시간이었다.

"다른 누군가는?"

"수행원을 한 분 데려오셨습니다만……."

"수행원?"

이상했다. 후작이 자신이 자리를 비운 저택에 들어온 것부터 군이 대동할 필요가 없는 수행원을 데려온 것까지.

"얼굴을 봤나?"

"로브를 쓰고 있어 얼굴은 보지 못했습니다……."

쿨럭거리는 집사를 내려다보다 질근 눈을 감은 하녀가 대꾸했다.

"그랬군."

중얼거리듯 조용히 말한 레너한이 그대로 그녀를 스쳐 방 안을 나갔다. 다리에 힘이 풀린 하녀가 그대로 털썩 주저앉았다.

＊　＊　＊

"연락도 없이 웬일인가. 소식은 들었네. 2왕자 암살이 실패했다지. 안 그래도 내일 부르려고 했는데."

느닷없는 방문에 그레이 후작은 반가운 얼굴이었다. 뒤를 돌아 직접 방문객을 눈앞에 보기 전까진. 응접실에 들인 건 평소의 레너한 하퍼가 아닌, 한껏 털을 세운 채 금방이라도 덮칠 듯 무시무시한 눈을 한 짐승이었다.

의아한 얼굴로 뭐라 다시 운을 떼려는 순간이었다. 살기 가득한 목소리가 들렸다.

"……어르신."

마주한 눈은 빙하처럼 차가웠다. 적어도 집안의 어른에겐 이토록 적의를 드러낸 적이 없던 남자였다.

"올리비아를 어디다 숨겼습니까."

"그게 무슨 소린가."

"저택을 방문했다 들었습니다."

시치미를 떼는 후작의 모습에 그의 살의가 더욱 짙어졌다.

"동의도 없이 제 사람을 빼돌리다니. 뒤통수를 쳐도 정도가 있는 겁니다."

다짜고짜 쳐들어와서 하는 말이 알아들을 수 없는 이야기였다. 후작 또한 표정을 구겼다.

"도통 무슨 말을 하는지 모르겠군. 그 여자가 도망쳤나? 어쩌다가?"

"제가 먼저 물었습니다. 어제 왜 제 저택에 오셨습니까. 제가 없는 줄을 뻔히 알면서."

"그건……."

뭔가 심상치 않은 기세에 입을 연 후작이 굳은 얼굴로 물었다.

"설마 내가 그 여자의 탈출에 일조했다고 생각하는 건가?"

"커튼을 엮어 창밖으로 탈출했더군요. 아주 날렵하게 잘린 흔적이 있더군요."

머리끝까지 달아오른 흥분을 억누르려 잠시 숨을 고른 레너한이 뒤이어 말했다.

"이상한 일이죠. 주변에 날붙이라는 건 하나도 없었는데 말입니다."

혹시 모를 극단적인 상황을 대비해 날이 날카로운 건 그 방에 하나도 남겨 놓지 않았다. 식사용 나이프 또한 일부러 둔탁하게 갈아 놓은 상태로 예리하게 커튼을 자를 정도가 아니었다. 바로 일갈이 날아왔다.

"설마 칼 같은 걸 내가 건넸겠는가!"

레너한이 입매를 비틀었다. 후작의 반응은 서재에서 그녀를 봤다는 걸 스스로 입증하는 대답이었다.

"하지만 어르신밖에 용의가 없습니다. 혹은……."

레너한이 점점 사냥감을 절벽에 몰아넣는 듯 여유를 되찾은 목소리로 말을 끝맺었다.

"어르신이 동행한 수행인이거나."

"……."

"제 생각은 이렇습니다. 어르신이 제 저택에 온 건 올리비아가 목적이었습니다. 정확히는 누군가의 환심을 사는 게 목적이었겠죠."

목소리는 끝에 간 듯 부드러웠으나 듣는 이가 몸서리칠 정도로 차가웠다.

"그 들개 놈에게 꽤 좋은 대접을 해 주고 있다고 들었습니다만, 친히 목줄을 끌고 제가 머무는 저택을 산책시켜 주셨을 줄은 꿈에도 몰랐군요."

몇 걸음을 사이에 두고 마주한 두 사람 사이에 냉랭한 침묵이 흘렀다. 잠시 후 후작이 결국 어깨를 으쓱였다.

"거기까지 생각하다니, 대단하군. 인정하지. 앉게."

카우치에 앉은 뒤 맞은편을 권했다. 그에 따르는 대신에 레너한이 조용히 물었다.

"동행한 수행원이 빈센트 무어가 맞았습니까?"

"맞아. 그러기로 약속했으니까."

산뜻하게 돌아온 대답에 레너한이 성큼 다가온다 싶더니 벽난로 선반 위의 모든 장식이 한 번에 쓰러트렸다. 동시에 실내에 와장창 깨지는 소리가 울려 퍼졌다.

"이게 뭐 하는 짓인가!"

일어선 후작의 역정에 레너한이 천천히 뒤를 돌았다.

"어째서요."

"……."

"어째서 그놈의 말을 들어준 겁니까. 날 등지면서까지."

팽팽하게 대립하는 시선이 허공에서 맞닿았다.

"……전에 말한 적 있었지. 머지않아 우리가 벨로트로 돌아가 권력을 잡게 되면 왕좌에 앉힐 허수아비가 필요하다고."

레너한이 조용히 고개를 끄덕였다. 후작이 말을 이어 나갔다.

"사실 그 말을 꺼내기 전에 사람을 써 샅샅이 뒤져 봤네. 인적 드문 산간까지 구석구석. 하지만 하나도 없더군. 정말 단 한 명도. 조금이라도 왕좌와 가까운 왕족은 이미 죽었거나, 거의 외국으로 망명했거나, 오래전에 신의 이름을 걸고 계승권을 포기했네."

신의 이름을 건 맹세는 죽어서도 어길 수 없었다. 어떤 경우에서든. 만약 어긴다면 죽어서도 규탄받으며 명예를 모르는 자로 손가락질을 받았다.

그러나 사람들이 가장 두려워하는 건 마지막이었다. 죽음 이후에도 약속된 낙원에 이르지 못한다는 것. 그뿐 아니라 이승에서 영원토록 영혼이 고통받으며 후손 역시 대대손손 저주를 받아 단명할 운명이라는 것.

그걸 어기고서까지 왕좌를 차지하려는 왕족은 없었다.

솔직히 말해, 적이지만 감탄스러울 정도였다. 왕자 시절부터 조금의 의혹이라도 있다면 막 태어난 아기까지 자비 없이 죽였다더니 사실이었다.

기억을 되짚듯 잠시 입을 다물었던 후작이 말을 끝맺었다.

"그러다 얼마 전에서야 알았지. 빈센트 무어가 선왕의 서자라네."

"그게 무슨……."

예상하지 못했던 말이었다. 레너한이 고개를 저었다.

"잘못 아신 겁니다. 그럴 리 없어요. 그놈은 그저 더러운 사생아에다 들개에 불과합니다."

음절마다 불쾌감이 가득 서려 있었다. 평소에도 제 신분과 고귀한 피에 대해 긍지가 높은 남자였다.

"아니. 정확히는 데인 변경백의 누이, 이네스 데인과 선왕 사이에서 난 아들이지."

이를 알았을 때 얼마나 소름 끼쳤던가. 데인 변경백이 대단했다. 어쩌면 후에 가문을 폭풍 속에 던져 놓을 존재를 죽이지 않은 것도, 그런 존재를 바로 왕 옆에 갖다 바치고도 아무렇지도 않은 듯 살고 있던 것도.

"그는 쓸모가 있어. 잘 길들이기만 한다면."

"길들여요?"

차갑게 웃으며 레너한이 반박했다.

"절대 무릎을 굽히지 않을 놈입니다. 거기다 '절대적인 볼모'까지 없어졌죠."

"끝끝내 길들지 않으면 죽여야겠지. 그 여자의 이야기는 숨기면 그만이네. 철통 감시 속에 있으니."

레너한의 입에서 광기 어린 웃음이 터져 나온 건 그때였다.

"철통 감시라는 단어 뜻을 잘 모르시나 보군요."

그가 한 단어 한 단어 씹어 내뱉듯이 사납게 말했다.

"올리비아가 탈출할 때 쓴 단검은 바로 그놈이 건넨 겁니다."

"그럴 리가……."

"제 말 아직 안 끝났습니다."

중간에 말허리를 자른 레너한이 말을 이었다.

"궁금하지 않습니까. 그렇다면 그 칼은 어디서 났을까요? 아마 쥐새끼가 한 마리 들어왔겠죠. 그 철통같은 감시를 뚫고요."

안색이 하얗게 질렸다가 붉으락푸르락해진 후작이 뭐라 입을 여는 순간이었다. 다급하게 응접실 문을 두드리는 소리가 나더니 허락도 없이 하인 한 명이 뛰어 들어왔다.

"후작님!"

"무슨 일인가."

"상황이 바뀌었습니다. 아무래도 2왕자의 암살이 실패했다는 것과 벨로트 세력이 1왕자에게 가담했다는 게 민중들 사이로 퍼뜨려진 거 같습니다!"

흔들리는 주인의 눈을 바라보며 하인이 다급하게 외쳤다.

"분노해 횃불을 들고 궁으로 찾아온 폭도들에게 1왕자가 자신은 벨로트의 도움을 받은 적 없으며 그들은 그저 염탐하러 온 세작이라고 했답니다! 또한 2왕자의 암살 또한 그들이 멋대로 꾸민 짓인 거 같다고 말했다 합니다! 당장 이곳을 떠나셔야 합니다!"

사이먼이 날 태우고 도착한 곳은 예상대로 세겔 남작의 저택이었다. 아직 레너한과 후작이 이곳까지 눈길을 돌리지 못한 듯했다. 저택은 처음 왔을 때와 마찬가지로 조용했다.

"올리비아 님!"

"남작님!"

나를 마중 나온 세겔 남작이 말에서 내리자마자 서둘러 다가왔다.

"무사하셔서 정말 다행입니다. 납치되셨단 말을 듣고 얼마나 놀랐는지……."

죄책감이라도 가졌는지 축 고개를 숙인 그의 손을 조용히 잡고 말했다.

"자책하지 마세요. 남작님 탓이 아니에요."

더 주의하지 못했던 내 잘못이었다.

"어디 다치신 곳은 없습니까?"

"네. 괜찮아요."

고개를 끄덕였으나 얇은 슈미즈 틈새를 비집고 들어오는 추위에 어깨를 옹크렸다. 그런 내 모습에 세겔 남작이 눈을 크게 떴다.

"이런. 상당히 추우셨겠군요. 어서 안으로 어서 드시죠. 불을 지펴 놨습니다."

그 말과 동시에 그대로 저택 안으로 들어섰고, 세겔 남작의 말은 사실이었다. 옷을 갈아입자마자 내려온 응접실은 따뜻했다.

"2왕자에게 사람을 보냈다고요?"

"네. 암살을 막는 데엔 성공했다고 들었습니다."

"자객은요? 잡았나요?"

"아무래도 놓친 모양입니다."

손에 든 차는 김이 모락모락 올라올 만큼 뜨거웠다. 하지만 그 온도를 느낄 새도 없이 세겔 남작의 말에 귀를 기울였다.

"상황이 급변할 수도 있겠군요."

"안 그래도 지금 알아보러 사람을 보냈습니다. 무슨 일이 벌어지든 대비하는 게 좋으니까요."

고개를 끄덕인 세겔 남작이 사이먼에게 시선을 돌렸다.

"자네도 고생했군. 요 며칠 계속 저택을 맴돌았잖아."

"운이 좋았지. 마침 타이밍이 맞았으니까."

그들의 대화를 듣는데 그제야 감사 인사를 아직 하지 않았다는 것에 생각이 미쳤다. 테이블 위에 찻잔을 내려놓고 입을 열었다.

"정말 고마워요, 사이먼 씨."

"아닙니다. 과감하게 탈출을 시도하셔서 성공할 수 있던 거죠."

그렇다 해도 운이 좋았다. 마지막 순간엔 정말 모두 끝장나는 줄 알았으니까. 하늘이 도왔다고밖에 생각할 수 없었다. 그러다 불쑥 떠오르는 얼굴에 나도 모르게 표정이 점점 굳어 갔다. 그런 내 마음을 알아차렸는지 세겔 남작이 조용히 입술을 달싹였다.

"빈센트 님이 어디 있는지는 알고 있습니다."

듣던 중 희소식이었다. 동시에 봇물 터지듯 질문들이 터져 나왔다.

"어디 있죠? 몸은요? 무사한가요? 어디 아픈 곳은?"

그리 물으면서 그동안 애써 생각하지 않으려고 했던 목소리가 머릿속에 되살아났다. 빈센트가 현재 모진 고문을 받고 있다던 레너한의 말.

"진정하세요, 올리비아 님."

창백해진 내 안색을 바라보며 세겔 남작이 차분하게 달랬다.

"그분이 갇힌 곳은 그레이 후작의 저택입니다. 그리고 제가 전해 들기론 어느 한군데도 심각한 부상을 입은 상태는 아니었다고 들었습니다."

그 말을 듣는 순간 자연히 안도의 한숨이 흘러나왔다. 레너한의 말과 달리 후작은 빈센트를 거칠게 다루지 않은 모양이었다. 생각해 보니 그날 서재에서 봤던 얼굴도 수척했지만, 상처가 있거나 하진 않았었다.

세겔 남작이 나직이 말을 이었다.

"후작의 저택은 올리비아 님이 있던 곳보다도 더 경계가 삼엄해 직접 탈출을 돕는 방법은 어려웠습니다만 대신 단검 하나를 건넸습니다."

"……단검이요?"

그 단어를 듣는 순간 심장이 쿵 떨어졌다.

"그만한 무기라도 몸에 지니고 다닌다면 적어도 필요한 순간 사용할 수 있겠지 싶어서요. 그렇다고 포기한 건 아니고, 물론 지금도 계속 방법을 찾고 있습니다."

뒷말은 귀에 들어오지 않았다. 전신에 힘이 풀리는 느낌이었다. 눈시울에 열이 오르고 나도 모르게 꼭 맞쥔 두 손을 떨었다. 그런 내 모습을 본 사이먼이 걱정스레 물었다.

"……괜찮으십니까?"

"그거……."

"네?"

"단검이요. 저한테 있었어요."

"그게 무슨……."

두 남자의 눈동자가 흔들렸다.

"미처 들고 나오진 못했지만 제가 가지고 있었어요. 넘겨받았거든요. ……그에게서."

바보 같았다. 어째서 의심하지 못했을까. 같은 처지인, 아니 더 심각한 처지인 그가 그런 물건을 지니고 있던 이유. 빈센트는 내게 기꺼이 생존의 기회를 양보한 것이다. 아주 당연하다는 듯이. 그 어떤 말도 하지 않고.

"과연, 그랬군요……."

단검을 넘겨받은 경위에 대해 조곤조곤 설명을 끝내자 가만히 듣고 있던 세겔 남작이 조용히 뇌까리더니 잠시 내리깔았던 시선을 든 뒤 나와 사이먼을 번갈아 응시했다.

"일단 중요한 건 어서 세 분이 이곳을 떠나는 겁니다. 시간이 지체하면 지체할수록 좋지 않아요."

"그렇죠. 아무래도. 어서 더 방법을 찾아봐야……."

거기까지 대답한 순간이었다. 창밖으로 말 울음소리가 들리는가 싶더니 머지않아 문밖에서 노크 소리가 들렸다. 집사였다.

"남작님."

"무슨 일인가."

"손님이 왔습니다."

느닷없는 방문객이었다. 등줄기가 싸했다.

"어디에 모셨지?"

"남작님을 당장 뵈어야 한다기에 지금 함께 모셔 왔습니다."

그 순간 경직된 공기가 살얼음처럼 얼어붙었다. 우리 중 먼저 행동을 취한 건 이 저택의 주인인 세겔 남작이었다. 그가 나와 사이먼에게 작은 목소리로 속삭였다.

"괜찮습니다. 별일 없을 겁니다."

지금 문밖에 서 있는 손님이 누구건 이 상황에서 몸을 피한다는 건 불가능했다. 이미 늦었을 뿐만 아니라 도리어 더한 의심을 사기 좋았다. 세겔 남작 저에 먼 친척 두 명이 묵고 있다는 건 이미 알려진 사실이었다.

만약 빈센트의 얼굴을 보지 못한 사람이라면 사이먼을 그로 착각할 가능성이 컸다. 그렇게 되어야 했다.

말없이 고개를 끄덕여 보이자 세겔 남작이 손님을 들이라는 허락을 내렸다.

동시에 문이 천천히 열리고 집사 뒤로 검은 로브를 쓴 젊은 남자가 몸을 드러냈다. 그가 세겔 남작과 나, 그리고 사이먼을 차례로 바라보더니 느릿하게 후드를 벗었다.

"처음 뵙겠습니다. 벨로트의 전하께서 보내셨습니다."

남자의 정체는 왕이 보낸 사신(使臣)이었다.

* * *

"제기랄!"

탁자에 내리꽂힌 주먹이 부르르 떨렸다. 레너한이 제 분을 이기지 못해 씨근덕거리는 모습에 그레이 후작이 조용히 혀를 찼다.

"원래 그리 다혈질인 성격은 아니잖나."

안 그래도 불붙은 집에 기름을 부은 격이었다. 레너한이 날카롭게 받아쳤다.

"지금 이 상황에 여전히 태연한 어르신이 이상한 겁니다."

이곳 카티아로 온 이래 최악의 상황이었다. 1왕자에게 예상치 못했던 배신을 당한 속은 쓰라리다 못해 누군가 끝없이 쥐어짜고 비수를 꽂는 기분이었다. 그 결과 쥐새끼처럼 거처를 옮겨 이런 작은 곳에서 벌써 며칠째 몸을 피하고 있다는 게 믿기지 않았다.

그렇다고 재빨리 카티아를 떠나자니 이 모든 상황을 왕이 알아차렸을지도 모르는 이때, 벨로트로 돌아가는 것도 어리석은 짓이었다. 이미 일은 저질러졌고 돌이킬 수 없는 상황이 되어 버렸으니.

"그러게 진즉에 내가 말하지 않았습니까. 1왕자의 기색이 어딘가 미덥지 않다고. 어쩌면 제 아들을 죽인 범인을 이미 의심하고 있을지도⋯⋯."

"거기까지."

레너한의 말을 막은 건 후작의 한마디였다. 날카로워진 눈으로 레너한을 응시하며 후작이 한층 목소리를 낮춰 말을 이었다.

"아는 이 없는 은신처라지만 너무 경솔하군. 누가 듣는 줄 알고 그리 함부로 입을 놀리나. 아예 우리가 죽었다고 떠벌리고 다닐 생각이야?"

레너한이 코웃음을 쳤다.

"어쩌면 알고 있는지도 모르죠."

"하퍼 백작!"

손을 뻗어 다시 한 번 술잔을 한 모금 들이켜는 그를 일갈한 후작이 못 견디겠다는 듯 자리를 박차고 일어났다.

"몰골을 봐서 내일 아침에나 말할 생각이었지만, 그리 불안해 보이니 말해 주지. 실은 좀 전 1왕자에게 전보가 왔네."

"전보요?"

"읽어 보게."

이윽고 전보를 받아 든 레너한의 손이 부르르 떨렸다.

"민심을 잠재우기 위해 대신 2왕자에게 보낼 암살 미수범을 보내 달라⋯⋯?"

목소리는 점점 가라앉았다. 요지는 그거였다. 자신의 결백을 주장하기 위한 희생양을 바치라는 것. 제 사람을 희생시키기 싫으니 이쪽의 목숨 하나를 내놓으라는 것과 같았다.

"웃기는군요. 완전히 암살 건을 우리가 독단으로 했다고 말하고 다니는 것과 마찬가지 아닙니까!"

금방이라도 전보를 갈기갈기 찢어 버릴 듯한 기세에 그의 손에서 종이를 뺏어 든 후작이 대꾸했다.

"이기게 된다면 어차피 벗을 누명이네. 역사는 승자의 것이니까. 일단은 민심이 중요하지. 1왕자는 이에 대한 대가로 카티아에 묻혀 있는 막대한 자원을 약속했어."

그러니 그 과정에서 이 정도의 굴욕 정도야 감수할 수 있었다. 몸을 움츠리고 숨을 죽이고 산 세월이 어느 정도였던가.

후작의 말을 끝으로 침묵이 깊은 고랑처럼 고였다. 그 사이 잠시 눈을 감고 깊게 심호흡을 한 레너한이 한결 진정된 얼굴로 물었다.

"······좋아요. 뭐, 그렇다고 치죠. 거사에는 희생이 따르는 법이니까. 그런데, 그럼 누굴 보낼 겁니까?"

누굴 보내든 2왕자 측이 처단하리라는 건 분명했다.

"누구든 상관없겠지. 그만한 보상을 주면 가겠다고 할 이는 찾아보면 넘칠 테니까."

"아니요. 굳이 먼 데서 찾을 필요가 있습니까."

"뭐?"

불쑥 들려온 말에 후작이 얼굴을 굳혔다. 레너한이 입매를 비틀며 말했다.

"분명 말씀하셨죠. 길들지 않는다면 죽일 거라고."

"자네······."

뒤이어 후작의 눈이 가늘어졌다. 누구를 뜻하는지는 자명했다. 발은 물론 손도 족쇄에 묶여 간힌 남자. 레너한이 화풀이로 매일 그 등에 채찍을 휘두르는 걸 알고 있었다. 말려 봤자 더 큰 반작용이 돌아올 걸 알기에 내버려 둔 게 화근이었다.

"왜 이리 못마땅한 얼굴을 하십니까? 누가 보면 마치 제가 아니라 그놈이 후작님의 친척인 줄 알겠습니다."

"안 되네. 누구를 보내든 얼마든지 사람을 구할 수 있어."

부정하는 후작을 보는 레너한의 눈빛에 점점 날이 섰다.

"그 누구가 왜 그놈이 되면 안 된다는 거죠?"

"전에 말했지 않은가. 그는……."

"후작님이야말로 방금 하신 말을 잊으셨나 보군요."

아까보다 더 낮아진 목소리가 이어졌다.

"역사는 승자의 것이라 하셨죠. 그렇다면 그럴듯하게 만든 가짜를 세우는 수도 있잖습니까."

"그런……."

"어르신."

버릴 패로 쓰기엔 너무 아까웠다. 어떻게든 막으려는 후작의 말허리는 가차 없이 끊어졌다.

"어르신도 아시겠지만, 저는 여태껏 많이 양보해 왔습니다."

레너한의 목소리는 조용했으나 뼈가 시릴 만큼 차디찼다. 이례적일만큼 한 걸음 한 걸음 물러선 자신이었다. 후작을 만나 긴 시간 일을 도모하기까지 무엇 하나 자기 뜻대로 해 본 일이 없었다.

"그러니 이제 어르신도 한발 양보할 차례죠. 안 그렇습니까?"

반박은 전혀 허용하지 않는 얼굴이었다. 후작이 질끈 눈을 감았다.

"네놈은 곧 죽게 될 거다."

목소리는 가볍고 즐거워 보였다. 그리고 일견 아쉽게 들리기도 했다. 직접 그 모습을 보지 못해 유감이라는 듯. 그리 말하는 얼굴은 보이지 않았다. 검은 천으로 눈을 가린 채 마차에 태워졌으니까.

빈센트는 당황하지 않았다. 전날 밤 마지막 호의로 후작이 얘기했던 대로였다. 암살 미수범으로서 국경지의 2왕자 진영으로 끌려갈 것이라는 말.

벌써 이틀째였다. 제대로 서지도, 눕지도 못한 채 두 눈이 가려진 채로 덜컹거리는 마차 안에 갇힌 게.

대답이 없자 곧바로 주먹이 날아왔다. 오랜 시간 전장에서 구른 몸이라 그다지 아프진 않았다. 다만 입안이 터졌는지 피비린내가 났다. 그럼에도 말이 없는 빈센트를 바라보는 레너한의 눈빛이 점점 험악해졌다. 그러다 문득 좋은 생각을 떠올린 듯 지그시 미소 지었다.

"그거 아나? 올리비아가 지금 어디 있는지."

"탈출했다 들었다."

"아니. 후작에게서 거짓말을 들었군. 그녀는 지금 내 저택에 있어."

"헛소리."

"설마 후작의 말을 완전히 믿는 건 아니겠지?"

처음으로 무표정했던 얼굴에 균열이 일었다. 레너한의 입가에 미소가 점점 짙어졌다.

"그러고 보니 고마워할 게 하나 있군. 그녀를 건드리지 않았던데."

"……"

"인내심이 대단하다 해야 하나? 감탄스럽더군."

거짓말이다. 빈센트의 손등에 핏줄이 돋았다. 그걸 아는 건 그녀와 자신 단 두 사람이었다. 올리비아가 제 입으로 그런 말을 했을 리 없었다.

분노가 스멀스멀 명치를 타고 올라왔으나 간신히 눌러 참았다. 뭐라고 말하든 그녀의 명예를 실추한다는 건 변함이 없었다. 적어도 자신의 입에서 그런 말이 나오는 건 있을 수 없었다.

"나는 내 것이 남의 손을 타는 게 질색이란 말이야."

"웃기는군."

"뭐?"

처음으로 제대로 반응한 말에 레너한이 조용히 되물었다.

"뭐라 말했지?"

"그 말은 그녀 쪽에서 할 말이지 당신 입에서 나올 말은 아니라는 말이다.”

긴 시간 정부를 둔 것을 비꼬는 말이었다. 빈센트의 말이 끝나기가 무섭게 레너한이 그의 멱살을 틀어쥐었다.

“명심해. 넌 2왕자의 진영으로 들어간 순간 죽은 목숨이라는걸. 난 네가 죽는 방식과 마지막 모습을 잘 들어서 기억해 둘 생각이다.”

광기와 분노가 어린 목소리였다.

“해서 올리비아에게 친히 전해 주지. 얼마나 끔찍했고 괴로워했는가를.”

멱살이 놓이고 다시 둘 사이의 거리가 생겼다. 그녀가 여전히 저택에 잡혀 있다던 레너한의 말을 전부 믿는 건 아니지만, 절망할 올리비아의 얼굴이 머릿속에 달라붙어 떠나지 않았다.

“그렇게 해서 그녀의 마음을 얻을 수 있다 생각하나?”

“해 보지 않으면 모를 일이지.”

“천만에. 영원히 외면당할 거다.”

눈을 가린 천 너머로 쏘아보는 살기가 절절히 느껴졌다. 레너한이 뭐라 입을 열려는 찰나였다.

“그러니 그녀에게 상냥하게 대해. 네 말이 사실이라면.”

빈센트가 입을 다무는 그 순간 마차가 멈춰 서더니 문지기에게 가로막혔다. 어느새 중립 진영을 지나 2왕자의 진영 앞이었다. 작게 혀를 찬 레너한이 뇌까렸다.

“아쉽지만 여기까지군. 일어서라.”

문이 팩 열림과 동시에 마차 안에서 밀쳐지듯 내려왔다. 이곳에 들어올 수 있는 건 한 명뿐이었다.

2왕자 암살 미수범.

무장한 병사 두 명이 그대로 양옆으로 빈센트를 연행했다. 국경의 문이 열리고 빈센트가 그 안으로 발을 들여놓는 순간, 레너한은 마지막

저주 또한 빼놓지 않았다.

"충고 새겨듣지. 부디 끔찍하게 죽길 바란다."

*　　*　　*

끌고 가는 내내 병사들은 한마디의 말도 없었다. 거칠게 양팔을 붙들려 들어간 곳은 막사 안이었다. 여전히 앞을 새카맸고, 어깨를 짓눌려 흙바닥에 무릎 꿇린 채 앉혀졌다.

처음으로 목소리가 들린 건 다음 순간이었다.

"고개를 조아려라. 2왕자 저하 앞이다."

묵직하고 차가운 음성이었다. 빈센트가 고개를 숙이는 순간 칼날이 날아왔다. 마지막이라고 생각한 찰나, 주마등처럼 머릿속에 스쳐 지나간 건 여태껏 지나온 짧은 생이 아닌, 오직 한 명의 여자였다. 길고 매끄러운 밀색 머리카락과 유리알 같은 두 눈동자……

생각보다 이른 죽음이라 생각하며 그대로 눈을 감는 찰나였다.

스르륵.

갑작스러운 변화에 잠시 빈센트의 몸이 얼어붙었다. 아직 숨이 붙어 있었다. 바닥에 떨어진 건 머리가 아닌 눈을 가린 검은 천이었다. 눈을 뜨자 오랜만에 마주한 빛에 시야가 잠시 침침했다. 어느 정도 초점이 들어왔다 싶었을 때 다시금 목소리가 들렸다.

"이곳이 어딘지 아느냐."

조금 전과 다른, 위엄이 서린 중년 남자의 목소리. 빈센트가 천천히 시선을 들어 올렸다. 휘장을 깐 의자에 앉은 남자가 그를 내려다보고 있었다.

그 옆에는 무장한 기사와 몇몇 대신이 있었다. 누군지 소리 내어 묻지 않아도 보였다. 카티아의 2왕자. 현재 1왕자와 대척점에 선 인물.

"2왕자 저하의 진영이라 들었습니다."

그에게 반감은 없었다. 빈센트가 순순히 대꾸했다. 그 모습에 의외라는 듯 잠시 놀란 눈을 한 2왕자가 고개를 끄덕였다.

"그래. 그리고 너는 날 암살하려 한 미수범이라지."

빈센트는 긍정도 부정도 하지 않았다. 이러나저러나 같은 운명이었다. 긍정한다 하면 거짓이었고 부정을 한다 해도 믿어 줄 리 없었다. 그의 침묵에 반발심이 일었는지 누군가 칼집에서 칼을 꺼내어 그의 목으로 갖다 댔다.

"감히 어느 안전이라고 이리 무례하게 구느냐!"

"……."

"됐다."

살벌하게 구는 분위기를 완화한 건 2왕자였다.

"이름이 뭐지?"

"……빈센트 무어입니다."

제 목숨을 노린 상대에게 어쩐지 조금은 호의적인 태도에 의아할 때였다. 잠시 주위에서 숨을 들이켜는 소리가 들렸다. 상황을 미처 파악하기도 전에 등 뒤에서 누군가 걸음 소리가 들렸다. 그리고 바로 그의 등 뒤에서 멈춰 섰다.

이윽고 새로 들어온 이에게 시선을 옮긴 2왕자가 말했다.

"맞나?"

상대가 고개를 끄덕인 듯했다.

"그렇다면 데려가라."

명령과 동시에 바로 다시 눈이 가려졌다. 좀 전 양팔을 잡았던 병사들에게 다시 잡힌 채 막사를 나왔다.

이제 뒤쪽에서 죽음을 맞이하는가 싶었다. 하지만 아니었다. 처형장으로 향할 거라는 예상과 달리 도착한 곳은 또 다른 막사였다. 그때 등 뒤에서 인기척이 들렸다. 아까 왕자의 막사에 발을 디뎠던 이가 분명했다. 누구냐고 묻기 전에 이름이 불렸다. 동시에 그는 귀를 의심했다.

"빈센트."

"……."

"보고 싶었어요."

다시는 듣지 못하리라 생각했던 목소리였다. 죽음 직전에도 차분했던 그의 손이 처음으로 덜덜 떨렸다.

"보고 싶어 죽는 줄 알았어요,"

눈을 가린 천을 푼 뒤, 앞으로 돌아와 빈센트를 꼭 껴안은 올리비아가 울음기 가득한 목소리로 속삭였다.

"왜 이리 수척해졌어요……."

*　　*　　*

그에게 들어야 할 말도, 내가 하고 싶은 말도 많았다. 하지만 우선 왜 내가 여기에 있는지 설명해야 했다. 가능한 한 일목요연하게 설명하기 위해 기억을 되짚고 중간중간 잠시 말을 멈춰야 했다. 빈센트는 인내심 깊게 내 말을 기다렸다.

사흘 전이었다.

세겔 남작 저로 왕의 사신이 찾아온 날이. 사신이 온 이유는 지금까지의 상황을 보고받고, 우리를 다시 그 앞으로 데려가기 위해서였다. 하지만 혼자라도 일단 벨로트로 향하라는 말에 나는 거절했고, 뒤이어 거래를 제안했다.

나와 빈센트의 목숨값으로 약속된 건 이곳 카티아의 상황일 뿐 그 이상은 아니었다. 그랬기에 대담하게 요구할 수 있었다.

―그간 하퍼 백작 저에 있으면서 보고 들었던 것, 그리고 알아낸 것 모두 넘기겠습니다.

내 말에 사신의 눈이 의외라는 듯 커졌다.

―그렇다면 요구 사항은?

―빈센트를 구해 주세요. 그것뿐입니다.

그 대화를 끝으로 사신은 돌아갔고, 며칠 후 소식을 전해 들은 왕은 이를 승낙했다. 그리고 바로 2왕자와 연락해 협정을 맺기로 했다.

민심을 빌미로 2왕자 측에서 1왕자에게 암살 미수범을 내놓으라 한 것도 그 결과 중 하나였다. 1왕자가 암살의 모든 책임을 레너한과 그레이 후작에게 떠넘긴 지금, 암살 미수범 또한 레너한 측에게 요구하리라는 예상하에서였다.

반쯤 도박에 가까운 시도였지만, 결국엔 이렇게 빈센트를 다시 만나는 데 성공했다. 그간 피 말리는 마음고생이 무색할 정도로.

"……그랬군요."

그에게 받은 단검으로 탈출한 시점부터 지금까지, 내 설명을 모두 들은 빈센트가 이해했다는 듯 조용히 고개를 끄덕였다.

"움직이지 말아요."

막사 안에 미리 구급품을 챙겨 둔 것이 다행이었다. 저번에 봤을 때보다 더 수척해 보이는 몰골에 상의를 벗게 하자 등 뒤에 빼곡하게 새겨진 채찍 자국이 보였다. 그의 등은 길게 사선으로 수없이 난도질을 당한 상태였다.

그 처참한 모습에 나도 모르게 다시 울음이 터질 것 같았지만 간신히 억눌렀다. 손이 떨리지 않도록 마음을 다잡으며 그의 상처 위에 연고를 바르고 그 위로 붕대를 덧댔다. 아플 법도 한데 빈센트는 신음 소리 하나 내지 않았다. 최대한 신속하게 끝내기 위해 노력했다.

"다 됐네요."

침착한 어조를 유지하려 했으나 말끝이 떨리는 건 어쩔 수 없었다.

"올리비아."

그때 마주 앉은 그에게 팔을 잡혀 그대로 넓은 품에 안겼다.

"애썼군요."

"……."

"고생했습니다."

그 두 마디로 충분했다. 레너한에게 납치되어 감금당하고 탈출하여 이곳에 오기까지의 모든 일이 그에게 도달하는 길이었다고 생각하니 모든 공포와 초조함 분노와 슬픔이 그대로 녹아내려 형체도 없이 사라지는 느낌이었다.

"빈센트도…… 고생 많았어요."

겨우겨우 막힌 목으로 나온 목소리는 이 한마디였다. 언제까지고 이대로 있고 싶었다. 그와 마주 앉아 체온을 맞대고. 조용한 평온이 깨진 건 얼마 뒤였다. 막사로 누군가 들어왔다.

들어온 이는 불청객은 아니었다.

"이런, 재회를 방해했군요."

머쓱한 사이먼의 시선이 포옹을 푼 우리에게 머물렀다. 빈센트가 자리에서 일어났다. 두 남자의 시선에서 유대와 우정이 오고 갔다.

"오랜만이야, 사이먼."

"얼마나 걱정했는지 아나?"

이윽고 다가온 사이먼과 빈센트는 가볍게 포옹했다. 뒤이어 사이먼이 나에게 시선을 옮겼다. 먼저 입을 연 건 나였다.

"밖에 무슨 일이 있나요?"

잠시 잊고 있었다. 이곳은 전쟁터였다. 언제 어느 때 무슨 일이 터져도 이상하지 않은 곳이었다. 불안한 내 눈동자를 읽었는지 나직이 고개를 저은 사이먼이 대답했다.

"아니요. 무슨 일이 일어난 건 아닙니다. 다만 우리 모두 지금 당장 떠나야 해요. 배편이 바로 근처에 와 있습니다."

드디어 카티아를 떠나는 순간이었다. 칼날 위를 걷듯 위태로웠던 나날들이었다. 다리에 힘이 풀리려는 찰나, 어느새 붕대 위로 옷을 입고 내 허리를 잡은 빈센트가 나를 부축하며 물었다.

"뭐 챙길 것은 없습니까?"

"여기 전부 다 있는걸요."

내 전부가 바로 옆에 선 이 남자, 그 자체였다.

* * *

귀국 삼 개월 후.

"아가씨, 지금 들어갈게요."

노크 소리가 들린 건 막 잠에서 깨어났을 때였다. 어쩐지 애니의 목소리를 들은 게 오랜만이라는 생각이 들었다. 카티아에 있었던 때를 꿈으로 꾸어서일지도 몰랐다.

"들어와."

"아침은요?"

"어제저녁부터 굶은 거 알잖아."

"너무 무리하시는 거 아니에요? 지금도 날씬하신데."

"그냥 입맛이 없어서 그래."

허락과 동시에 문을 열고 들어온 애니가 내 대답에 어깨를 한 번 으쓱하더니 커튼을 걷었다. 동시에 부드럽고 따사로운 햇살이 머리 위로 쏟아졌다. 뒤돌아보니 어느새 만개한 봄이었다.

"오늘 참 날씨가 좋네요. 잘됐어요."

"그러게. 다행이야."

길게 기지개를 켜며 내 얼굴 위를 덮은 이른 햇볕을 만끽했다.

"손님들은?"

"다 오셨어요."

애니의 말에 만족스럽게 고개를 끄덕였다.

"준비는?"

"완벽해요."

"수고 많았어. 너도, 로즈도."

"아니에요, 아가씨. 이런 기쁜 날에는 당연히 열심히 일해야죠."

웃으며 내 말에 애니가 대답하기 무섭게 다시 한 번 노크 소리가 들리더니 하녀 둘이 들어왔다.

"머리와 화장, 그리고 착의를 도와 드리러 왔습니다."

오늘은 결혼식 날이었다. 게더에서 치러지는, 소박하지만 의미 있는 결혼식.

거창한 것을 꺼린 내 의견에 따라 우리의 결혼식은 성당에서 조촐하게 치러지게 됐다. 붉은 양탄자가 깔린 입장 통로 옆에는 초대된 양측의 하객들이 앉아 있었다.

빈센트 쪽에는 건강상의 문제로 참석하지 못한 변경백 측에서 보낸 대리인 한 명과 그레덴 상회 측의 사이먼과 얼마 전에 수도에 의상실을 낸 클로에, 그리고 부하 기사 서너 명이 대표로 앉아 있었다.

내 쪽에는 어머니와 히스델리아 담당 약초 전문가로서 상회에 정식으로 고용된 메리, 그리고 로즈와 애니 모녀 및 외숙부인 제레미가 앉아 있었다.

나는 약혼식 때와 마찬가지로 클로에가 손수 만든 우아한 드레스를 입고 붉은 카펫 위를 걸었다. 은사(銀絲)로 섬세하게 새겨진 잔꽃 무늬가 새겨진 가슴 부분, 그리고 그 아래로 가느다란 허리를 강조하면서 풍성하게 종 모양으로 끝이 나는 드레스였다.

날 강단 앞에 선 빈센트로 이끄는 건 얼마 전 기사직을 그만두고 자작 위를 승계받은 엘리엇이었다.

그렇게 된 배경에는 한 달 전 시오네 자작가의 인장을 찾은 게 그 역할이 컸다. 왕의 허락을 얻어 이네스의 유해를 니힐로 옮기는 중에 관 속에서 발견한 것이다. 그것을 보고 진정한 기사도가 뭔지, 아버지가 끝까지 고수하려 했던 것이 뭔지 스스로 깨달은 게 있는지 끝끝내 자작 위를 거절할 것 같던 엘리엇이 결국 받아들였다.

성당 문을 열고 들어선 순간 꽂힌 여러 쌍의 시선을 느끼며, 우리 남매는 한 걸음 한 걸음 앞으로 나아갔다. 두 눈을 앞으로 고정하며 서로에게만 들릴 목소리로 엘리엇이 먼저 입을 열었다.

"이런 날이 오게 될 줄 몰랐어, 누나."

"나도 그래."

조촐하게 양측의 손님들과 함께 식사하고 신부님께 정식으로 인정받으면 되는 걸 굳이 결혼식을 해야 하냐는 내 말을 설득한 건 뜻밖에 다른 누구도 아닌 엘리엇이었다. 하나뿐인 누나인 내게 그간 신경 쓰지 못한 것에 대해 일말의 책임감을 느끼고 있었던 듯했다.

"누나."

빈센트가 점점 가까워지고 있었다. 검은 정장을 차려입고 백금발의 머리를 쓸어 올린 모습으로.

마지막으로 날 부른 엘리엇이 말했다.

"이제는 자유롭고 행복하게 살아야 해."

"그럴게."

"여행 중 무슨 일이 있으면 언제든 게더로 돌아와. 누나 뒤에는 언제나 내가 있으니까."

"알았어."

지리멸렬했던 카티아의 내전은 우리가 벨로트로 돌아온 이후 두 달 만에 결국 2왕자의 승리로 끝이 났다. 벨로트의 전폭적인 지원도 있었지만, 민심이 1왕자에게서 등을 돌린 점과 자신의 차남이 사실 2왕자가 아닌, 전쟁을 촉발하기 위한 수단으로 레너한 측에게 살해당했다는 것을 알게 된 1왕자의 자포자기가 결정적으로 작용했다.

그 뒤는 의외였다. 한바탕 피바람이 돌 것을 예상했던 것과 달리, 왕은 좀 더 미온적인 태도로 나왔다. 그레이 후작과 하퍼 백작에게 가담한 귀족들을 처형하는 대신 작위와 재산을 빼앗고, 그들의 가족을 비롯해 일가친척을 이 나라에서 영원히 추방하는 것에 그친 것이다.

그 배경에는 아마 이번에 왕비가 다시 임신을 하게 되어 너그러워진 게 아닐까 하고 사람들은 수군거렸다. 혹은 그들이 반역을 도모했던 이유가 자신이 자처했음을 인정하는 처사일 거라고 말하는 이도 있었지만, 뭐가 진실인지는 알 수 없었다.

유일하게 처형 판결이 내려진 그레이 후작과 하퍼 백작은 계속 잡히지 않았지만, 사흘 전 카티아에서 후작의 시체가 발견됐다는 소식이 들렸다.

모든 처분이 끝난 이후 왕은 우리에게 여러 가지 사례를 제시했다. 돈, 명예, 권력.

누가 들어도 혹할 만한 보상이었지만 전부 거절했다. 우리에겐 별 의미가 없는 것이어서였다. 대신 우리는 우리를 비롯하여 주변의 모든 이에게 손을 대지 말라는, 왕의 자리를 건 맹세를 요구했다. 왕은 흔쾌히 수락했다.

이후는 순탄하게 흘러갔다. 빈센트는 1기사 단장직을 사직했고 상회의 주인으로서 살아가는 것을 택했다. 그리고 신혼여행 겸 일의 일환으로 결혼식이 끝나자마자 함께 게더를 떠나 긴 시간 동안 국내외를 여행

할 계획이었다.

"잘 다녀올게."

빈센트의 앞에서 멈춰 엘리엇에게 인사하며 이제 평생 나와 함께 할 남자의 손을 잡았다.

"기다리느라 힘들었습니다."

"고작 몇 걸음일 뿐이었는데요."

"나에겐 십여 년이었습니다."

"이제 내가 당신에게 갈게요."

"우리가 함께 가는 겁니다."

반투명한 베일 너머로 마주한 눈은 애정으로 가득했다. 나 또한 그럴 것이다. 그때 낮게 흠흠 헛기침을 하는 소리가 들려왔다. 신부님이었다. 그의 손을 잡고 함께 강단 쪽으로 시선을 돌렸다.

흰 예복을 입은 나이 지긋한 성직자가 나와 빈센트를 번갈아 보더니 운을 뗐다.

"신랑 빈센트 무어 경은 신부 올리비아 시오네 양을 맞아 기쁠 때나 슬플 때, 건강할 때나 아플 때도 존중하고 아끼며 사랑할 것을 맹세합니까?"

"맹세합니다."

그가 잡은 손에 힘을 주며 대답했다. 이번엔 내 차례였다.

"신부 올리비아 시오네 양은 신랑 빈센트 무어 경을 맞아 기쁠 때나 슬플 때, 건강할 때나 아플 때도 존중하고 아끼며 사랑할 것을 맹세합니까?"

"맹세합니다."

"이 결혼에 반대하는 분은 지금 말해 주십시오. 아니면 영원히 침묵하십시오."

의례적으로 십여 초간 정적이 흘렀지만, 이의를 제기하는 사람은 당연히 없었다. 잠시 하객들에게 두었던 시선을 뗀 신부님이 다시금 나와 빈센트에게 명했다.

"이제 맹세의 키스를 하십시오."

그 말이 끝나기가 무섭게 빈센트가 내 허리를 휘어잡았고, 서로의 입술이 맞닿았다. 고개를 숙인 그에게 이끌려 나도 까치발을 들었다. 짧지만 강렬한 키스였다.

"두 사람은 이로써 신의 이름 아래 한 쌍의 부부가 되었음을 선언합니다."

동시에 머릿속에서 뎅 뎅 뎅, 세 번의 종이 울리는 소리가 들렸다.

"아가씨."

"······애니."

애니가 쉬고 있던 날 찾아온 건 피로연이 막 끝났을 때였다. 편한 옷으로 갈아입었으니 이제 저택 앞에 대기하고 있는 마차를 타고 그와 함께 게더를 떠나는 일만 남았다.

거기에 애니는 동행하지 않았다. 이곳 마거릿 홀에서 일하는 쌍둥이 중 한 명이었던 제닌 때문이었다. 내가 카티아에 있던 사이 게더로 돌아와 있던 애니는 여섯 살의 나이 차이를 극복하고 연하인 그와 연인 사이가 되었다고 했다. 둘은 결혼을 준비하고 있었다.

"또 아가씨와 떨어진다니 슬퍼요."

"아가씨가 아니라 이젠 무어 부인이지."

"아, 그렇죠. 마님."

애니는 재빨리 호칭을 정정했다. 내가 웃으며 말했다.

"네 결혼식 전엔 꼭 돌아올게."

"정말이죠? 약속하시는 거예요?"

"그럼. 당연하지."

내 친자매나 다름없는 애니의 결혼식에 빠질 마음은 조금도 없었다.

"그 말을 하려고 온 거였어?"

"아, 아니요. 계속 잊고 있었던 게 있어서요."

부드럽게 묻자 고개를 저은 애니가 그제야 떠올랐다는 듯 품을 뒤져 편지 하나를 꺼냈다.

"아가씨, 아니 마님과 나리가 없을 때 온 편지예요."

편지를 건네받아 보니 문진에 대고 찍은 건지 밀랍 인장도 없었고 수신인도 적혀 있지 않았다. 내 의아한 얼굴에 애니가 먼저 입을 열었다.

"누가 전해 줬는지는 저도 몰라요. 제가 아닌 다른 하녀 아이가 받은 편지라서."

"심부름꾼 외양이 어땠다던데?"

"로브를 쓰고 있어서 얼굴이 잘 안 보였다고 해요. 다만 언뜻 보인 옷차림으로는 그냥 평범한 농부 같아 보였다고……."

"그래?"

민원을 말하려는 소작인이었다면 이리 내게 편지를 보내는 방법보다 더 쉽고 간단한 방법이 많았다. 엘리엇은 그간 소작인의 편의와 생활에 관심을 가졌고 그들과 의사소통하며 처우를 개선시키기 위해 많은 노력을 기울였으니까. 밖에서 마차와 빈센트가 기다리고 있었다. 낭비할 시간이 없었다. 그대로 편지를 뜯는 순간이었다. 봉투에서 종이를 꺼내는 찰나 드러난 필체로 누군지 알 수 있었다. 놀란 눈으로 짤막하게 적힌 내용을 읽었다.

[우리 아이를 죽인 자는 벨로트의 왕이야, 올리비아.

너도 알아야 할 것 같아 마지막으로 편지한다.

이제 전부 잊어. 이제 행복하길 바라.]

발신인은 레너한이었다. 아마 편지를 전했다는 로브를 쓴 이도 그일 것이다. 충격적인 내용이었다. 손이 떨렸다. 내 안색에 화들짝 놀란 애니가 걱정 어린 눈을 하며 물었다.

"왜 그러세요, 마님?"

"……아무것도 아니야."

"뭔가 충격적인 내용이라도 적혀 있는 거 아닌가요?"

"……아니. 어쩌면 이미 알고 있었던 일이야."

가슴 깊이 알고 있었으나 외면했던 일이기도 했다. 왕이 내 유산에 관여했을 수도 있었다는 것. 떠올릴 때면 여전히 가슴이 찢어지지만, 상처 위에 딱지가 돋고 새살이 올라오듯 아픔은 전보다 희미해졌다.

어찌 됐건 죽어 버린 아기는 돌아오지 않았다. 나는 그것을 받아들여야 했다. 앞으로 나아가기 위해. 하지만 그렇다고 잊자는 의미가 아니었다. 다만, 모든 건 때가 있었고 그게 지금은 아니었다.

"그 남자가 또 뭐라고 묻지 않았다더니?"

"그냥…… 마님이 잘 지내고 있는지 물었더래요."

"그래서?"

"행복하게 잘 지내고 계시다고 대답했다고 해요. 그러니까 남자가 조용히 그러하냐고 대답하며 뒤돌아섰다고."

"그랬구나……."

레너한은 살아 있었다. 그 사실이 이상하게도 불안하거나 화가 나지 않았다. 오히려 반대의 경우였다면 더 신경 쓰였을 거라는 생각이 들었다. 이제 나와 그는 영원히 얼굴을 볼 일이 없다.

조용히 들고 있던 편지를 찢었다.

"우리가 떠나면 혼자 태워 줘. 재는 바람에 뿌려도 되고."

"알았어요, 마님."

고개를 끄덕이는 애니를 뒤로하고 저택을 나서자 그가 보였다.

"올리비아."

나와 마찬가지로 편한 차림으로 갈아입은 빈센트가 마차 앞에서 내게 손을 뻗었다. 그의 손을 잡으며 물었다.

"우리는 이제 어디로 가나요?"

내 손등에 입 맞춘 빈센트가 간결하게 대답했다.

"부인이 가고 싶은 곳, 어디든."

마침.

외전. 이네스 데인

　니힐 사람들은 그녀를 까마귀 공주라고 불렀다. 레이븐 홀에서 살고
있어서만은 아니었다. 자수정처럼 짙은 보라색 눈동자가 어둠 속에서
순식간에 칠흑처럼 변해서였다.

　그와 반대로 푸른 기가 맴도는 긴 백금발의 머리칼은 서늘한 흰빛을
띠었으나 역시 어둠 속에선 그림자를 흡수하듯이 새카맣게 물들었다.

　니힐에서 가장 아름다운 소녀. 그녀의 다른 이름은 바로 그녀의 아버
지에게서 기인했다.

　이네스 데인. 북부의 변경백, 칼릭스 데인 백작의 병약한 딸.

　"아가씨! 아가씨!"

　"들어와."

　치맛자락을 움켜쥔 유모가 방문을 벌컥 연 건 점심이 막 끝날 무렵이
었다.

　"구혼자에게 대체 뭐라고 답장을 보낸 거예요? 방금 그쪽에서 죄송

하지만, 청혼을 취소하고 싶다고 연락이 왔어요!"

급하게 계단을 뛰어 올라왔는지 유모의 얼굴은 발갛게 상기되어 있었다. 화장대 거울 너머로 그녀의 헐떡이는 숨과 충격에 일그러진 얼굴을 보던 이네스가 가볍게 어깨를 으쓱였다.

"있는 그대로 사실을 전해 준 것뿐이야."

정말 그뿐이었다. 자신에겐 원인을 알 수 없는 지병이 있고 열흘에 한 번꼴로 발작을 일으킨다는 것. 결혼해서 아이를 낳기에 적절하지 않은 몸임을 은연중에 암시한 것 외에는 사실 그대로를 적었을 따름이었다.

"지금 영지 순방 중인 아버님이 아신다면 경을 칠 일이에요!"

아버님이란 단어에 태연한 이네스의 얼굴에 처음으로 금이 갔다. 그러거나 말거나 유모가 말을 이었다.

"혼기가 지나가는 건 순식간이에요. 얼마 뒤엔 아예 혼담이 뚝 끊길지도 몰라요. 정말 평생 결혼하지 않고 사실 작정이세요?"

"그렇게 되면 내가 평생 데리고 살지."

문이 열린 건 그 말과 거의 동시였다. 노크 소리도 없이 이네스의 방에 들어올 수 있는 사람은 니힐에선 몇 없었다.

두 번째 방문자와 시선이 마주치는 순간, 이네스의 얼굴이 처음으로 화색을 띠었다.

"오라버니!"

"보아하니 우리 공주님이 또 사고를 쳤나 보군."

나이 차가 많이 나는 그녀의 하나뿐인 오라비 레녹스 데인이었다. 섬세하고 여성스러운 누이와 달리 각진 턱과 차가운 눈매를 가진 레녹스는 냉랭하고 단단한 인상의 남자였다.

그런 그가 부드럽게 미소 짓는 몇 안 되는 상대가 바로 그의 누이였다. 남들이 볼 땐 삼촌과 조카처럼 보이기도 했지만 어쨌건 서로에게 하나뿐인 남매였다.

"퀸체로드에 가셨던 일은 잘 되셨어요?"

자연스럽게 품에 안겨 오는 이네스의 긴 머리칼을 쓰다듬은 레녹스가 빙긋 웃었다.

"그럼. 말했던 선물도 사 왔다. 아버님이 아신다면 또 한차례 호통을 치시겠지."

"어머, 정말요? 오라버니 최고!"

이네스의 얼굴이 기대로 반짝였다. 그 모습을 뿌듯하게 바라보던 레녹스가 짐짓 서운한 표정으로 입을 열었다.

"지금 보니 날 기다린 게 아니고 선물을 기다린 거군. 안 그래, 유모?"

그제야 한 달 만에 재회한 남매의 상봉을 조용히 지켜보던 유모가 장난스레 웃으며 동조했다.

"그렇고말고요. 며칠 전부터 계속 저한테 그 얘기를 하셨는걸요."

"유모!"

밉지 않게 유모를 흘겨본 이네스가 붙임성 좋게 레녹스의 팔을 잡고 밖으로 이끌었다.

"그럴 리가 없잖아요. 어서 선물 보여 주세요. 네?"

"알았다, 알았어."

어깨에도 닿지 못하는 작은 정수리를 내려다보며 못 이기겠다는 듯 미소 지은 레녹스가 팔을 이끌린 채 방문을 나갔다.

* * *

레녹스가 선물한 건 말 위에 얹을 맞춤 안장이었다. 망아지는 타 본 적 있으나 제대로 말을 타는 것은 처음이기에 이네스가 처음 말을 탈

땐 시간이 좀 필요했다.

하지만 동물을 잘 다루는 터라 익숙해지기까지는 시간이 오래 걸리지 않았다.

"답답하니 해안 절벽을 따라서 한 바퀴 돌고 올게, 유모나 누가 오면 그냥 이불을 뒤집어쓰고 웅크린 채 잠자는 척하면 돼! 부탁해!"

"아, 아가씨!"

울먹이는 하녀의 부름을 못 들은 체한 이네스가 빠른 걸음으로 방을 나서더니 고용인용 뒤쪽 계단을 사람들 몰래 슬금슬금 내려갔다.

안개가 가득했던 요 며칠과 달리 오랜만에 햇살이 따사로운 날이었다. 승마복으로 갈아입은 탓에 거치적거리는 치맛자락도 없고 몸은 공기처럼 가벼웠다.

저택을 나오기 무섭게 이네스의 시선이 새하얀 말에게 고정됐다. 말구종에게 미리 언질을 준 덕분이었다.

환하게 웃으며 말에게 다가간 이네스가 고개를 돌려 옆에 선 소년에게 감사 인사를 했다.

"어려운 부탁 들어줘서 정말 고마워, 닉!"

"아니에요, 아가씨……."

이름을 불린 닉이 뺨을 붉히며 다시 입술을 열었다.

"어, 언제까지 오실 거예요? 여물은 미리 먹여 두었으니 따로 챙겨 가지 않으셔도 되지만……."

니힐에선 유명한 얘기였다. 주인 나리는 늘그막에 얻은 연약한 딸을 애지중지했다. 망아지를 타는 것조차 탐탁지 않게 여길 정도였다. 그에 비해 오라비인 레녹스 데인은 좀 나은 편이었으나 역시 과보호인 건 마찬가지였다. 자신이 보는 앞에서가 아니면 이네스가 승마를 하는 걸 금지했다.

그러니 이네스의 입장에선 아버님도, 오라버니도 눈길이 닿지 않은 오늘이 기회였다.

내일이면 순방을 나갔던 변경백도 돌아오고 레녹스 또한 업무에서 해방되니까.

여러모로 말구종인 닉의 입장에선 꽤 큰 용기를 낸 호의였다. 들켰다간 레이븐 홀에서 내쫓기는 건 물론, 흠씬 두들겨 맞고도 남을 일이니까.

이네스의 미소에 잠시 넋을 놓았던 닉이 뒤늦게 되도록 저녁 여물을 먹이는 시간에 맞춰서 돌아오시라는 말을 덧붙이려는 순간이었다.

어느새 발받침을 딛고 오라비가 선물한 안장에 올라탄 이네스가 청량한 공기를 폐부 가득히 들이마신 뒤, 고삐를 쥐고 말을 몰았다.

"아가씨⋯⋯!"

순식간에 멀어지는 뒷모습을 바라보던 닉이 그제야 정신 차리고 뭐라 뭐라 뒤에서 소리쳤지만, 이미 속도를 내기 시작한 그녀의 귀에는 들리지 않았다.

절벽 위의 초원을 백마가 그간 갇혀 있던 한을 풀듯 힘차게 내달렸다. 바로 옆의 바다에서 철썩이는 파도 소리와 함께 소금기가 밴 냄새가 희미하게 그녀의 코에 스며들었다. 평생을 이곳에서 살았지만 얼마 맡지 못했던 냄새였다.

태어난 날, 오래 살지 못할 거라는 주치의의 말에 변경백은 딸을 외부로부터 격리했다. 다들 아내의 생명을 대가로 낳은 늦둥이 딸이니만큼 귀히 여기는 거라 말했지만, 정작 그녀가 느끼기에 부친은 어렵다 못해 감히 접근할 수 없는 존재였다. 부녀가 얼굴을 마주하고 제대로 된 대화를 한 지가 언제인지 까마득했다. 그만큼 이네스는 아버지가 어렵고 또 무서웠다. 그 과묵함이 아내의 생명을 빌어 태어난 자신을 말없이 비난하는 것처럼 느껴졌다.

저택 사람들은 금방이라도 깨질 유리 인형을 대하듯 자신을 대했고 매일 붙어 다녔던 유모 또한 그녀가 뭘 하려고만 하면 온 촉각을 곤두세우고 지켜봤다.

보이지 않는 새장 속에서 조금씩 시들어 가는 느낌이었다. 태어날 때부터 칼깃을 제거당해 날 수도 없는 신세로.

"히이이잉!"

"쉬…… 괜찮아."

말이 급하게 울며 말굽을 세운 건 상념에서 막 벗어난 찰나였다. 시선을 내리자 바로 앞에 깎아지른 듯한 낭떠러지가 있었다. 정신이 아찔했다. 놀란 말을 갈기를 쓰다듬어 진정시킨 이네스가 자신 또한 뒤늦게 두방망이질 치는 심장을 깊게 심호흡해 다스렸다.

그다음 말에서 내려 곳 위에서 눈앞으로 펼쳐진 광활한 바다를 응시했다. 새하얗게 부서지는 포말과 햇살을 받아 보석처럼 반짝거리는 해변이 보였다. 잔잔한 바람은 풍랑을 일으켜 자잘한 너울을 만들어 냈고 먼 끝에 보이는 쪽빛 지평선은 한계도 없이 가로로 이어졌다.

답답했던 속이 확 트이는 광경이었다. 몇 시간이고 그저 바라만 봐도 좋을 것 같은 풍광에 잠시 굳었던 이네스의 얼굴이 느슨하게 풀어졌다.

그때였다. 천천히 해변가를 다시 응시하던 어두운 보랏빛 눈동자가 동그래졌다.

"……저게 뭐지?"

웬 작은 오두막 하나가 가장자리 구석에 자리 잡고 있었다.

이네스가 고개를 갸웃거렸다. 이상했다. 이 자리에서 보이는 바다는 데인 백작가의 사유지라 허가 없이는 누구도 발을 들일 수 없는 곳이었다. 그리고 적어도 이곳 니힐에서는 감히 변경백의 권위에 도전할 사람은 없었다.

곰곰이 생각한 끝에 나온 결말은 그저 돛이나 밧줄을 창고인가 싶었다. 하지만 그렇다기에 배가 보이는 것도 아니었다.

"……내려가 봐야겠어."

오랜만에 산책이라 평소보다 호기심과 용기가 앞섰다. 빠르게 결론을 낸 이네스가 고삐를 쥐고 내리막길로 향했다. 예전에 다져 놓은 길인지 말이 내려가기에 그리 거칠지 않았다. 다만 모래사장으로 내려서자 말굽이 푹푹 빠져 불편한지 백마가 신경질적으로 투레질을 했다.

"여기 얌전히 있어."

결국, 암벽에 붙어 자란 나무에 고삐를 묶은 이네스가 홀로 오두막으로 향했다.

절벽 위에서는 맞지 못했던 바닷바람이 묶은 머리를 헝클이고 걸음걸이를 방해하듯 들이닥쳤지만, 그녀를 멈추진 못했다.

잠시 후 오두막 앞에 선 이네스가 작게 숨을 고르고 문을 여는 순간이었다.

"까악!"

검은 무언가가 그녀를 향해 돌진했고 그대로 몸이 뒤로 넘어졌다. 엉덩방아를 찧는 찰나 찌르르 충격이 올라올 줄 알았지만, 생각보다 푹신했다. 바닥이 모래여서 다행이었다.

뭔지 모를 존재한테 습격당해 이대로 세상을 뜨나 싶은 찰나였다. 정신을 차리기도 전, 뭔가 축축한 것이 뺨에 닿았다. 굳게 닫힌 눈이 천천히 뜨였다.

"개……?"

"왈왈!"

그녀의 말에 화답하듯 한 번 짖은 검은 개가 다시 한 번 그녀의 얼굴을 긴 혀로 핥았다. 품종은 알 수 없지만, 위압적이리만치 커다란 개였다. 하지만 덩치에 맞지 않게 순해 보였다. 목줄은 걸려 있지 않았고, 사람을 좋아하는 듯했다. 공격 의사는 전혀 없어 보였다.

안심하며 겨우겨우 개를 밀어낸 이네스가 모래를 털며 자리에서 일어났다.

"……너 ……뭐야? 어디서 왔니?"

아버님이 저택에서 키우는 사냥개는 아니었다. 생김새도 다르고 털색도 달랐다. 무엇보다 그 개들은 이렇게 아무렇게나 풀어놓지 않는다. 그러니 저택에서 꽤 떨어진 이곳까지 올 수 있을 리가 없다.

경계와 의구심이 가득한 이네스의 마음을 읽기라도 한 건지 쓰다듬어 달라는 듯 개가 계속 머리를 들이댔다.

얼결에 쫑긋한 귀와 미간을 쓰다듬은 이네스가 그제야 오두막 안을 휘 둘러봤다.

"……누가 사는 곳인가?"

단언컨대, 창고는 확실히 아니었다. 먼지 하나 없이 정돈된 공간에 화로 겸 벽난로를 중심으로 안락의자와 카펫이 있었다. 덧붙여 맞은편 벽에 고정된 나무 선반에는 자잘하게 부엌 가재도구 등이 놓여 있었다.

"해변 관리자를 고용했다는 소리는 듣지 못했는데."

더 안으로 들어선 이네스가 벽난로 안을 들여다봤다. 주인이 막 자리를 비운 듯 불씨가 살아 있었다.

"앗……!"

그때였다. 천진난만한 개가 그 주위를 맴돌다 그녀의 등을 밀었다. 그대로 뜨거운 벽난로 안으로 고꾸라질 것 같은 찰나였다. 반사적으로 손을 앞으로 뻗자마자 누군가 강한 힘으로 목덜미의 옷깃을 잡았다. 얼어붙은 등 뒤에서 목소리가 들렸다.

"도둑인가?"

"……."

"그 안에 들여다 봤자 아무것도 없을 텐데."

나이대를 가늠할 수 없는 깊고 낮은 목소리였다. 동시에 목덜미에 솜털이 오스스 섰다.

"훔칠 게 없다는 건 확인했겠지."

불씨로 직행하는 건 막았지만, 다음 순간 남자는 마치 먼지라도 털어내듯 이네스에게서 손을 뗐다. 이내 중심을 잃어 카펫 위로 다시 엉덩방아를 찧은 이네스가 콜록거렸다. 벽난로 안에 있던 재들이 입과 코로 들어가 그녀를 괴롭혔다.

"에, 에취!"

숨을 쉬려고 시도하자 연달아 재채기와 기침이 터져 나왔다. 한참 눈물이 나올 정도로 콜록거린 뒤에야 간신히 숨이 트였다.

기침을 멈춘 이네스가 정신을 차리기도 전에 불쑥 남자가 손수건을 내밀었다. 무슨 의미냐는 듯 의심스러워하는 그녀의 눈빛에 나직이 상대가 다시 입을 달싹였다.

"본인 몰골을 한번 보는 게 어때."

눈짓하는 곳에 마침 물이 담긴 작은 대야가 있었다. 황급히 얼굴을 확인하자마자 이네스의 얼굴이 붉게 달아올랐다. 검댕이 묻어 볼과 이마가 까매져 있었다. 불난 집에 부채질하듯 남자가 덧붙였다.

"말 그대로 까마귀 공주님이군."

그의 평가가 끝나기가 무섭게 발끈한 이네스가 남자의 손에서 수건을 뺏듯이 채 갔다. 바로 그것을 물에 적시고 얼굴을 닦았다. 순식간에 흰 손수건이 새카맣게 물들었다. 대충 얼굴이 깨끗해지자 한숨 돌린 이네스가 남자에게 고개를 돌렸다.

"……일단 고맙다고 해 두죠."

그렇지만 고마운 것과 무례한 것은 다른 이야기였다. 처음 본 사람한테 까마귀 공주님이라니. 종종 듣던 얘기긴 했지만 이런 식으로는 아니었다. 보통은 어둠 속에서 흑요석처럼 빛나는 눈을 가졌다는 찬사로 따라오는 별명이었으니까.

"그 전에 할 말이 있지 않나?"

등을 돌린 남자가 낡은 선반 위에서 유리잔을 하나 꺼내더니 물인지 술인지 모를 것을 따라 한 모금 마셨다.

한차례 숨을 고른 이네스가 그제야 남자를 유심히 살폈다. 제일 먼저 눈에 들어온 건 바로 금발이었다. 이런 초라한 오두막의 주인답지 않게 최고급 금사金砂처럼 부드럽고 결이 좋아 보였다. 손을 뻗으면 단번에 손가락 사이사이로 감길 것 같은 머릿결이었다.

그 모습을 잠시 멍하니 올려다보는 순간, 등을 돌린 남자가 다시 그녀에게로 시선을 옮겼다. 눈이 마주치고 컵을 나무 탁자에 내려놓은 남자가 입매를 틀어 올렸다.

"에스코트라도 해 드릴까, 까마귀 아가씨?"

내용과 달리 전혀 그럴 생각이 없는 어조였다. 뭐 이런 남자가 다 있나 싶어 얼굴이 홧홧해졌다. 시선을 피한 이네스가 급히 고개를 저었다.

"필요 없어요."

생전 처음 보는 검은 눈동자였다. 어두운 보랏빛인 그녀의 것과는 비교할 수 없을 만큼 새카만 동공. 훤칠한 키에 나이를 가늠하기 어려운 미남자였다.

행동거지나 생김새는 그녀보다 열두 살이 많은 레녹스와 또래 같은데, 어쩌면 그보다 훨씬 더 나이 들어 보였다. 묘하게도 입매를 늘리며 소년 같은 표정을 지을 땐 그녀와 나이 차이가 별로 나지 않는 것처럼 느껴졌다.

그제야 자리를 털고 일어난 이네스가 경계심 가득한 목소리로 물었다.

"당신은 누구죠?"

위기의 순간에 도와줬다고는 하나 처음 보는 숙녀에게 다짜고짜 반말에 무례하게 구는 태도는 무뢰배들이나 하는 짓이었다. 덧붙여 까마귀 공주님이니 하는 소리를 한 걸 보면 그녀를 알고 있다는 뜻이었다. 당당하게 물었으나 다시 마주한 눈동자에 그녀의 어깨가 절로 움츠러 들었다.

무저갱처럼 새카맣고 아무것도 담기지 않은 눈이었다. 수백 년을 산 옛이야기 속의 노인 같기도 했고 모든 부와 권력을 다 휘둘러 봐서 싫증 난 폭군의 그것 같기도 했다. 단번에 매료될 만큼 뇌쇄적이면서도 멀리 떨어지고 싶을 만큼 위험해 보였다. 하지만 다음 순간, 대답은 의외로 순순히 돌아왔다.

"필립."

"네?"

"필립 그레덴."

이네스는 귀를 의심했다. 어울리지 않을 정도로 평범한 이름이었다. 그러건 말건 얼어붙은 그녀를 조심성 없는 고양이를 보듯 응시한 남자가 성큼 다가왔다. 불현듯 지금 상황이 파악됐다. 그녀는 모르는 남자와 외딴곳에서 단둘이 남겨진 것이다.

"다, 다가오지 마요!"

뒤늦게야 위험을 인지하고 뒷걸음질 치는 이네스를 일별한 남자가 피식 웃더니 대꾸했다.

"유감이지만 어린애를 건드리는 취미는 없어서."

머쓱할 정도로 깔끔히 벽난로 쪽으로 고개를 튼 남자가 선반에 놓인 성냥갑을 들었다. 성냥을 꺼내 불을 붙이고 옆에 놓인 장작을 두어 개 집어넣자 불씨가 순식간에 활활 타올랐다.

얌전히 엎드려 두 사람을 번갈아 보던 개가 흥분했는지 펄쩍 뛰며 주인의 옷자락을 잡았다.

"이 녀석, 조금도 가만있질 못하지."

그녀를 대하는 것과 달리, 애정 어린 목소리로 개를 한 번 머리부터 꼬리까지 길게 쓰다듬은 필립이 가져온 바구니에서 생선을 하나 꺼내고는 위로 던졌다. 단번에 허공에 몸을 날려 먹잇감을 입에 문 개가 신나게 꼬리를 흔들며 구석으로 향했다.

어안이 벙벙한 표정으로 그 광경을 바라보는 이네스는 안중에도 없는 태도였다. 뒤이어 맞은편 벽 선반 위에서 뭔가를 뒤적이던 필립이 둥근 팬 하나를 꺼내더니 손잡이를 잡아 화로에 올려놓았다. 거센 불에 바로 달아오른 화로 위에 계란 하나를 깨뜨리자 단번에 하얗게 익기 시작했다.

그는 아무렇지 않게 식사를 차렸다. 투명 인간 취급도 정도가 있었다.

"지, 지금 뭐 하는 거예요?"

"보면 모르나?"

"그걸 묻는 게 아니잖아요."

이네스가 씩씩댔다. 머릿속이 온통 엉망진창이었다. 기가 막혀 제대로 말이 나오지 않았다.

"당신 뭐 하는 사람이에요? 대체 무슨 권한으로 이곳에 있는 거죠? 허가 없이 이곳에 머무르면 바로 엄하게 처벌 받는 거 몰라요?"

다다다 쏟아진 질문은 두서가 없었다.

"질문이 너무 많군."

미간을 좁힌 필립이 예상외로 친절히 대답했다.

"답해 주자면 첫째, 나는 떠돌이 장사꾼이다. 둘째, 당연히 권한을 받고 당분간 이곳에 머무르는 거지. 그러니 셋째는 구태여 대답할 필요가 없군."

장사꾼? 권한? 의문이 풀리기는커녕 들을수록 점점 미궁 속으로 빠져드는 느낌이었다. 따지고 싶은 건 많은데 막상 입으로 나온 건 한마디였다.

"그런데 왜 반말을 하죠?"

"뭐?"

"내가 누군지 아는 거 같은데. 지금 나한테 하대하잖아요."

어린애가 투정 부리는 것 같은 말이었다. 스스로 내뱉고도 취소하고 싶을 만큼. 좀 더 우아하게 돌려 말할 수도 있었는데. 하지만 물은 이미 엎질러졌다. 이제 와 후회하는 티를 내지 않기 위해 이네스는 일부러 더 눈을 부릅떴다.

그 모습에 필립의 표정이 묘하게 변하더니 대뜸 질문이 날아왔다.

"아가씨, 내가 몇 살로 보이지?"

"……."

뜬금없는 질문에 입을 다문 이네스가 이내 대꾸했다.

"스물……여덟, 아홉?"

대충 레녹스 오라버니의 또래일 거라 생각해 내놓은 대답이었다. 상대는 그럴 줄 알았다는 표정이었다.

"그거보다 훨씬 많아."

"……."

"덧붙여 아가씨보다 나이 많은 망나니 아들놈이 하나 있지. ……대충 가늠이 되나?"

"거짓말!"

생각하기도 전에 튀어나온 말이었다. 말투가 나이 든 남자 같긴 해도 절대 그 나이대로 보이지 않았다. 등도 휘어지지 않았고 얼굴에 주름 하나 없지 않은가.

이네스가 뒤이어 뭐라 말하려는 순간 질문이 되돌아왔다.

"내가 거짓말할 이유는?"

"……."

"한참 연장자로서 충고 하나 하지. 이해할 수 없다고 그게 전부 거짓인 건 아니란다."

마치 철없는 꼬마 아이를 어르는 나이 지긋한 친척 어른 같은 어조였다. 더욱 기가 막혔다.

"상인이 아니라 사기꾼 아니……에요?"

호기롭게 내뱉었던 말은 날카로운 시선에 막혔다. 어설프게 존대를 붙인 이네스가 눈을 내리까는 순간이었다.

탁, 머리 옆의 벽이 작게 흔들리는가 싶더니 숨결이 닿을 듯 가까워진 검은 눈동자가 그녀를 사로잡았다. 강한 힘으로 벽을 친 그가 귓가에 나직이 경고했다.

"새장 속 새한테 이런 말 하는 것도 웃기지만, 상대를 보고 입을 놀리는 편이 좋아."

한 치의 흐트러짐 없는 숨과 함께 느리고 낮은 어조였다. 감히 반박을 허용하지 않는 단호하고 예리한 목소리였다. 그 순간 전율이 발끝을 타고 정수리까지 올라왔다. 오싹하면서 전신의 피가 몰리는 기분이었다. 분명한 건, 가쁜 심장 박동이 두려움 때문만은 아니라는 사실이었다.

그 순간이었다.

"왈!"

팽팽히 당겨진 긴장을 깨뜨린 건 둘 사이로 비집고 들어온 개였다. 심상치 않은 분위기를 느낀 건지 작게 낑낑거리며 이네스를 지키듯 머리로 주인을 밀어냈다. 베일 듯 날카로웠던 시선이 누그러진 건 그때였다.

"쓸데없이 눈치는 빨라서."

언제 살벌하게 경고했냐는 듯 팔을 거둔 필립이 개를 쓰다듬었다. 그러곤 잠시 내려놓았던 팬을 들더니 어딘가에서 접시를 꺼내 조금 탄 음식을 옮겼다. 소박하고 단출한 늦은 점심이었다.

"용건 없다면 이만 돌아갔으면 하는데."

그의 시선이 향한 곳은 문 쪽이었다. 때마침 멀리서 누군가 그녀를 부르는 소리가 들렸다. 말없이 문으로 향하던 이네스가 대뜸 뒤를 돈 건 나가기 직전이었다.

"난 갇힌 새 따위가 아니에요."

처음으로 검은 눈에 흥미가 돌았다. 고개를 기울인 그가 대꾸했다.

"그렇다면 증명해 봐."

붉은 입술이 호선을 그리며 휘었다. 변덕스럽고 사악해 보이면서도 매혹적인 미소였다. 눈을 뗄 수 없었다.

"……어……떤 식으로?"

"어떤 식으로든."

이채가 돈 건 일순간이었다. 금세 흥미를 잃은 얼굴로 필립이 대꾸했다.

"열흘 뒤 내가 이곳을 떠나기 전에."

*　*　*

어떻게 집으로 돌아왔는지 몰랐다. 도망치듯 해변을 벗어나 저택에 도착하자 벌써 해가 질 무렵이었다. 나올 때와 마찬가지로 재빨리 방으로 숨어들어야 했지만, 그럴 정신도 없었다. 영혼이 반쯤 나간 느낌이었다. 어쩌면 영혼의 일부를 오두막에 남겨 두고 온 것 같았다. 그러다 번쩍 정신을 차린 건 문을 열자마자 서릿발처럼 들려온 유모의 목소리 때문이었다.

"아가씨!"

"……유모."

"얼마나 걱정했는지 알……!"

또 남몰래 말을 타고 온 것을 한바탕 야단칠 작정이었던 유모는 마주한 이네스의 표정에 그대로 말을 멈췄다. 비틀거리는 그녀의 어깨를 잡고 창가 의자에 앉힌 유모가 조심스럽게 물었다.

"왜 그래요? 무슨 일 있었어요?"

"해변가의 남자를 알아?"

"예……?"

유모가 의문 모를 소리에 고개를 기울이자, 이네스가 통통한 그녀의 팔을 잡았다.

"나이는 모르겠는데, 금발에 검은 눈이야. 정말 새카매서 무슨 생각을 하는지도 모르겠는……."

목소리는 중간에 끊겼다. 등 뒤로 문이 열리더니 레녹스가 방 안으로 들어왔다.

"이네스 데인!"

평소와 달리 엄하고 딱딱한 목소리였다. 여동생을 야단칠 때면 그는 늘 평소 부르던 우리 공주님, 내 아가씨라는 말 대신 이름을 불렀다.

"오라버니."

찔리는 구석이 있는 터라 이네스의 목소리는 땅을 기어가듯 작았다. 잠시 화를 가라앉히는지 심호흡을 한 레녹스가 한층 진정된 목소리로 추궁했다. 시선은 뭔가를 살피는지 문을 힐긋 향했다.

"대체 생각이 있는 거냐 없는 거냐. 아버지가 조금 일찍 오실 수도 있다는 생각을 왜 못 해?"

동시에 이네스의 눈동자가 크게 뜨였다.

"분명 내일 오신다고……."

답답한지 고개를 내저은 레녹스가 빠르게 대답했다.

"방금 오셨어. 어서 옷 갈아입도록 해."

노크 소리가 들린 건 그때였다. 용건을 묻자 문밖에서 바로 대답이 들렸다.

"각하께서 아가씨를 찾으십니다."

보름여 만에 주인이 돌아오자 레이븐 홀의 고용인들은 일사불란하게 움직였다. 하녀들은 차가운 물을 덥혀 욕조에 채워 놓고, 요리사는 다급히 식재료를 준비해 저녁 식사를 준비했다. 식사 후엔 집사가 마음 진정과 피로에 효과적이라는 귀한 차와 다과를 내올 예정이었지만, 막상 돌아온 변경백은 짧게 목욕한 후 옷을 갈아입었을 뿐 그 후로 내온 것들은 거절했다. 기사 훈련장을 한 번 돌아본 백작은 곧바로 집무실로 향했다.

애당초 일정보다 하루 일찍 귀환을 앞당긴 탓이었다. 칼릭스 데인은 평소보다 신경이 한층 날카로워져 있었다.

"그 이방인에게 전보를 보냈나?"

"예. 곧 심부름꾼이 돌아올 겁니다."

그의 오랜 친우이자 주군은 전부터 변덕스러운 면이 있었고, 제멋대로인 고양이처럼 항상 예기치 않게 들이닥치는 타입이었다. 당연히 이번에도 어떤 언질이나 소식도 없었다. 레이븐 홀의 주변을 경비하던 기사 하나가 우연히 근방에 나가 이방인을 보았다고 보고하지 않았다면 그대로 넘어갔을 일이었다.

그런 백작의 심기를 읽었는지, 대각선으로 조금 떨어진 자기 자리에서 몇 달간 소작인들의 지세 추이를 담은 문서를 작성하던 집사가 다시 조용히 입을 열었다.

"하녀를 시켜 아가씨와 함께 간단히 드실 거라도 가져오라 할까요?"

나름 사려 깊은 질문이었으나 칼릭스는 달갑지 않은 반응이었다. 배도 안 고프거니와 그럴 기분도 아니었다.

"식사하고 오지 않았나. 그럴 필요는 없네."

그때 때맞추어 문밖에서 노크 소리가 들렸다. 그가 들어오라고 말하자마자 바로 문이 열렸다. 이네스였다.

"아버님."

"오랜만이구나."

백작과 눈이 마주친 집사가 눈치 빠르게 두 사람에게 묵례한 뒤, 집무실을 나갔다. 등 뒤로 문이 닫히자 이네스는 아랫입술을 살짝 깨물었다.

"순방은 잘 다녀오셨어요?"

의례적인 인사였고 긴장을 덮기 위한 인사였다. 늘 그래 왔듯 부녀간에 애틋한 재회의 포옹은 없었다. 대신 칼릭스는 어린 딸의 물음에 부드럽게 대꾸했다.

"별일은 없었단다. 잘 있었고?"

고저 없고 무뚝뚝한 여느 때와는 조금 달랐다. 굳어 있던 이네스의 표정이 조금 밝아졌다. 아버님은 어쩌면 바쁜 와중에 오늘 낮 그녀의 행방을 묻지 않았을 수도 있었다. 애초에 관심이 없었을지도. 슬픈 가정이었으나 타당했다. 일 리 있는 추측이었다.

"네. 저도 잘 있었어요."

한결 가벼워진 대답에 칼릭스가 조금 전 집사가 앉아 있던 책상 자리의 맞은편을 고갯짓했다. 벽난로와 그 앞의 푹신한 장의자가 있었다.

"잠시만 거기 앉아 있거라."

기사들에게 명령할 때처럼 간결하고 명료한 지시였다. 조용히 걸음을 옮긴 이네스가 가리킨 곳에 앉자 넓은 집무실 안은 다시금 정적이 깃들었다. 깃펜의 펜촉이 종이 위를 사각거리며 뭔가를 써 내려가는 나직한 소리만이 자리했다.

몇 분이 지났을까. 애꿎은 드레스 자락을 움켜쥔 이네스가 어색함에 숨을 잠시 들이마신 무렵이었다. 불쑥 의자가 뒤로 끌리는 소리가 났다. 이네스가 내리깐 눈을 들기도 전에 자리를 털고 일어난 칼릭스가 맞은편 자리에 앉았다.

"내가 자리를 비운 사이, 레녹스가 선물을 하나 했다더구나."

그 말과 동시에 이네스의 숨이 멈췄다. 단 한 번도 딸인 그녀에게 손을 들거나 무섭게 호통 친 적도 없는 아버님이었지만, 대신 한마디 한마디가 위압감 있었다. 이네스가 움직이지 않는 고개를 겨우 끄덕였다.

"제가 졸랐어요. 오라버니는 그냥 제 말을 들어주었을 뿐이구요."

"알고 있다. 그렇겠지."

의외로 담담한 반응이 되돌아왔다. 가볍게 대꾸한 칼릭스가 문득 오랜만에 딸을 주시했다. 어느덧 혼기가 찬 딸아이는 시간이 갈수록 죽은 어미를 닮아 갔다.

아내가 목숨을 맞바꾸어 낳은 아이. 딸의 생일이면 백작은 부러 레이븐 홀에서 떨어진 곳으로 일정을 잡았다. 동반자를 잃은 상실감에서 비롯된 고통이 어느 정도 잦아든 무렵엔 이미 부녀간의 거리가 멀어진 지 오래였다. 구김살 없이 자라기까지 그 빈자리를 채워 준 레녹스의 공이 크다는 것을 그는 알고 있었다.

그랬기에 더더욱 칼릭스가 이네스를 집무실로 부른 건 야단을 치기 위해서가 아니었다. 말을 타지 말라는 불문율을 어긴 것이 신경 쓰이긴 했다. 하지만 구태여 엄하게 다스릴 만큼의 큰일은 아니었다. 망아지 시절부터 군마로써 훈련한 덕에 기본적으로 레이븐 홀엔 광폭한 말이 없었다. 승마할 때마다 항상 옆에 사람이 있을 테고, 어차피 갈 수 있는 곳은 레이븐 홀 주변까지였다. 그 이상 나가면 제지하도록 미리 경비병에게 당부해 놓았으니 걱정할 일은 없었다.

"잘못했어요. 오라버니를 혼내진 말아 주세요."

잠시 이네스의 모습에서 그리운 아내를 떠올리던 칼릭스가 상념에서 빠져나온 건 쥐 죽은 듯 조용한 목소리 때문이었다.

"괜찮다. 결혼 전 잠깐의 자유는 괜찮겠지."

"네……?"

생각지도 못한 대답에 이네스가 눈을 크게 떴다. 흔들리는 시선을 바라보며 칼릭스가 말을 이었다.

"실은 얼마 전에 네게 혼담이 들어왔다."

"혹시 오웰 경 말씀하시는 건가요?"

그 구혼자라면 바로 며칠 전에 구혼을 거두고 싶다는 연락이 온 사람이었다. 이네스는 나이 차이도 별로 나지 않고 소문도 좋은데 왜 굴러 들어온 복을 차느냐고 유모가 닦달했던 것을 떠올렸다.

"아니. 그와 다른 사람이다. 한 번 들어봤을 텐데. 발렌틴 경이라고 얼마 전에 백작 위를 승계받은 젊은이란다."

발단은 순방 중에 날아온 전보였다. 선대 발렌틴 백작은 같은 북부 지역의 귀족으로서 그간 일 년에 한두 번 안부나 묻던 사이였다. 얼마 전 말에서 떨어지는 바람에 시름시름 앓다가 합병증으로 세상을 떴다. 장례에 참석했을 때 차분하고 영특해 보이는 모습이 마음에 들어 눈여겨본 젊은이였다.

무엇보다 영지가 북부에 있어 마음만 먹으면 하루 안에도 왕복할 수 있는 거리에 산다는 게 가장 좋은 조건이었다. 비록 살갑게 대한 적은 없지만, 하나뿐인 딸아이를 평생 얼굴조차 보기 힘든 먼 곳에 시집보내는 건 내키지 않았으니까.

"네 생일 연회 때도 왔었지."

조용히 이어진 말에 이네스가 입 안쪽을 짓씹었다. 기억을 더듬어 보니 흐릿하게 생각났다. 평범한 이목구비에 선해 보이는 인상의 남자였다.

"하지만, 아버님. 저는 아직……."

이네스의 말은 채 이어지지 못했다. 단호히 말허리를 끊은 칼릭스가 통보했다.

"한번 얼굴이나 보라고 초대했다. 내일 저녁 식사를 함께할 거다."

칼릭스는 그동안 몇 번이나 저 몰래 구혼자들을 거절해 왔는지 알고 있었다. 이미 충분히 딸아이의 투정을 받아 줬다. 어차피 시집을 보내야 한다면 적어도 시야에 미치는 곳에 보내는 편이 나았다.

레이븐 홀로 돌아오기 전, 이미 결론을 내린 사항이었다.

* * *

바위 위에 앉아 시작한 낚시는 연방 허탕이었다. 미끼도 좋았고 솜씨도 나쁘진 않다 자부했지만, 낚싯대를 들어 올리려고만 하면 눈치 빠른 물고기들이 재빨리 도망쳤다. 주인의 속도 모르고 검은 개는 신나서 주변을 뛰어다니며 헉헉거렸다. 그러다 갑자기 짖기 시작한 건 그의 머리 위에 그림자가 드리워진 순간이었다.

"여기 계셨군요, 전하."

"오랜만이군, 칼릭스."

그간 잘 지냈냐는 의례적인 안부 인사는 없었다. 사적인 공간에서까지 예의를 차릴 정도로 두 사람이 쌓은 세월은 허술하지 않았다. 칼릭스는 왕이 왕세자였던 시절부터 친분을 쌓아 온 사이였다. 물론 그게 이 남자에게 있어 면죄부를 줄 이유는 되지 않는다는 걸 잘 알았다.

"여기선 그냥 필립이라 부르게."

낚싯대를 끌어 올린 그가 태연히 가명을 부르자 칼릭스가 미간을 조금 찌푸렸다.

"농담이시죠?"

"별론가?"

되물은 필립이 다소 맥 빠진 목소리로 뇌까렸다.

"이런, 괜찮은 이름이라고 생각했는데."

결국 칼릭스가 입매를 비틀었다.

"……반역 혐의로 죽인 수하 이름을 갖다 붙이는 건 악취미이지 않습니까?"

칼릭스의 머릿속에서 주군에게 사냥개처럼 이용당하다 죽임을 당한 가엾은 남자의 얼굴이 떠올랐다. 말만 반역 혐의였지 사실 실컷 이용하고 난 뒤 더 이상 쓸모가 없어지자 죽인 것과 다름없었다. 그의 주인은 왕이었고, 그 외의 무엇도 아니었다. 한 여자의 남편도, 아들의 아버지도, 누군가의 친구도 아니었다. 때때로 그런 것처럼 위장했지만 얄팍한 눈속임에 불과했다.

사실 그 아비보다는 나았다. 이전 왕은 왕비를 두 번 교수형 시켰으니까. 어린 시절, 어미가 눈앞에서 죽는 걸 목격한 왕세자는 악착같이 살아남아 왕위에 올랐다. 신기한 것은 지금도 그때의 얼굴이 그대로 남아 있다는 점이었다. 왕은 중년을 넘어서 장년에 접어드는 나이였다. 그런데도 무슨 저주에라도 걸린 듯 모습은 여전히 젊은이 같았다.

칼릭스가 본 처음이자 마지막으로 본 나이 든 얼굴은 어느 겨울밤, 벽난로 앞에서 타닥거리는 불씨를 바라보던 모습이었다. 웬일인지 무척 지쳐 보였고 무기력해 보였다. 그때 처음으로 자신보다 나이가 많은 남자라는 걸 새삼스레 인식했다. 그날은 왕이 손에 피를 묻힌 날이었다. 십 년을 보필했던 수하의 목을 직접 쳤던 날.

"그건 그거고 이건 이거지."

신랄한 말을 산뜻하게 받아넘긴 필립이 머리 위로 길게 기지개를 켜며 일어났다. 그 동작을 드디어 집에 돌아가 가는 것으로 인식한 개가 반갑게 그의 손바닥을 핥았다. 부드럽고 간지러운 감촉에 그가 작게 웃음을 터뜨렸다.

"개를 좋아하시는지는 몰랐습니다. 그간 변화가 좀 있으신 모양이군요."

"볼수록 귀엽지 않나. 고양이와 달리 충성심도 있고."

"품종이 좋아 보이는군요. 이름이 뭡니까?"

"없어."

의외의 대답이었다. 척 보아도 많이 아끼는 것처럼 보였다. 백작의 얼굴 위로 덧쓴 의문을 읽은 듯 그가 뒤이어 말했다.

"자네는 기르는 가축에 이름을 지어 주나?"

"……."

순간 막힌 말에 칼릭스가 가만히 입을 다물었다. 가축과 애완동물은 개념 자체가 달랐다. 하지만 알려 준다 해도 이해할 수 있을 것 같지가 않았다. 무언가에 애정을 쏟으며 조건이나 대가 없이 기른다는 것 자체를 의아해 할 남자였다. 자식에게조차 관심이 없으니. 그런 그를 보며 필립이 조용히 미소 지었다. 살기를 띠지는 않았으나 어딘가 차가운 데가 있는 미소였다.

"이런 곳에서 지내시지 말고, 제 저택으로 오시죠."

칼릭스는 자연스레 화제를 돌리는 데 재능이 있었다. 필립이 거절의 뜻으로 어깨를 으쓱했다.

"조용히 있다 갈 생각이라."

태연히 돌아온 대답에 칼릭스가 저도 모르게 고개를 절레절레 저었다. 때때로 그는 자신의 무게를 생각하지 못하는 사람처럼 굴었다. 이번이 처음은 아니었다. 1년에 보름. 능력 있는 재상에게 잠시 자리를 맡긴 뒤, 왕은 니힐뿐 아니라 곳곳을 마치 행상인처럼 떠돌았다. 발길 닿는 대로 갔다가 하룻밤 묵거나 아예 며칠 주저앉기도 했다.

"어떤 수행인도, 호위 기사도 붙이지 않고서 말이죠."

"내 한 몸을 지킬 힘은 충분하니까. 거기다, 보다시피 빈털터리 장사꾼으로 보이지 않나?"

가지런한 이를 드러내며 필립이 웃었다.

허락을 받았으니 다시 말 타는 것에 망설임은 없었다. 사실 반쯤 반항적인 마음에서였다.

"쉬…… 착하지. 어제도 왔었지. 기억나?"

백마는 발굽에 닿는 모래가 생소한지 뒷걸음질 치려 들었다. 이네스는 재빨리 어제 묶어 놓았던 대로 고삐를 묶어 말을 고정했다. 몇 번 갈기를 쓰다듬어 주자 곧 얌전해졌다. 목소리가 들리자 이네스가 그제야 뒤를 돌아보았다.

"아가씨, 정말 이래도 되나요……?"

그녀에 뒤이어 우물쭈물 말에서 내려온 건 바로 닉이었다. 사용인을 한 명 명목상으로 데려가야 했기에 선택한 아이였다.

"허락은 이미 받았잖니."

"그건 그렇지만……."

이네스의 대답에 닉의 시선이 흐려졌다. 처음 절벽 위의 꽃처럼 바라만 봤던 아가씨가 한낱 보잘것없는 말구종인 제게 말을 걸어 주고 산책에 동행인으로 선택한 건 좋았다. 하지만 어디까지나 레이븐 홀의 금지옥엽 아가씨가 갈 수 있는 범위는 눈에 보이지 않는 경계로 정해져 있었다.

"여기는 기사님들도 잘 경비하러 오지 않는 곳이잖아요. 위험할 수도 있어요."

"아까 내가 한 말 못 들은 모양이구나. 어제도 왔었다니까."

닉의 우물대는 목소리에 작게 웃음을 터뜨린 이네스가 말을 덧붙였다.

"혹시 무섭다면 먼저 돌아가도 돼. 대신 눈에 띄지 않게 숨어 있어야 해. 내가 돌아올 때까지. 그 정도는 할 수 있지?"

유순하기만 했던 눈매에 힘이 들어간 건 그때였다.

"무, 무섭긴요. 그렇지 않아요. 혼자서는 돌아가지 않을 거예요."

닉이 강단 있게 말했다. 비록 이네스보다 한 살이 어렸지만, 자신은 남자였다. 비슷한 또래의 이성에게 애 취급을 받은 건 자존심 상하는 일이었다. 단호한 닉의 모습에 잠시 눈만 깜빡이던 이네스가 잠시 뒤 느릿하게 고개를 끄덕였다.

"마음대로 해. 다만 따라오지는 말고 여기서 기다려. 오래 기다리게는 안 할 테니까."

그가 어째서냐고 묻기도 전에 뒤를 돈 이네스가 머뭇거림 없이 점점 멀어졌다. 그녀의 걸음이 멈춘 건 얼마 뒤였다.

"문을 두드려야 하나……."

오두막은 어제와 다를 게 없었다. 문 옆에 꼬리를 안으로 말고 웅크린 개가 쿨쿨 자고 있었다. 조금 다가가서 귀를 기울이자 안에선 아무 소리도 들리지 않았다. 어제 봤던 남자도 자고 있겠다는 생각이 들어 망설이는 순간이었다.

"왈왈!"

어제처럼 검은 개가 이네스에게 달려들었다.

"꺅!"

저도 모르게 비명을 지르고 뒷발로 일어선 개를 껴안았다. 어제 처음 봤을 땐 솔직히 조금 무서웠지만, 다시 보니 그냥 덩치만 좀 있을 뿐 천진난만한 개였다. 무게에 밀린 이네스가 저도 모르게 뒷걸음치자 등 뒤에 문이 닿았다. 화들짝 놀라 등을 떼니 그 반동인지 조금 열려 있었다.

"……너 때문이야."

돌아갈까 하던 차에 기회를 만들어 준 개를 밉지 않게 흘겨본 이네스가 말과 다르게 요란스러운 환영을 끝내고 하품을 하는 머리를 한 번 쓰다듬었다.

"저기요? 안에 있어요?"

조심히 문을 열고 들어섰으나 대답은 돌아오지 않았다. 정오가 되기 직전의 시간이라 벽 틈새로 빛이 들어와 어둡지는 않았다. 단출하고 딱 필요한 것만 보이는 살림살이. 발을 안으로 내디딜 때마다 끼이익 마룻바닥 소리가 들렸다. 공연히 오싹한 느낌에 뒤돌아 다시 문밖으로 나가려는 때였다. 다시금 등 뒤로 뭔가가 닿았다. 문은 아니었다.

"무단 침입이 취미인가 보지?"

"……필립 그레덴."

검은 눈이 마주치자 이네스는 저도 모르게 그의 이름을 불렀다. 그러거나 말거나 옆을 스쳐 지난 필립이 손에 든 것을 탁상 위에 올려놓았다. 자잘한 나뭇가지들로 땔감이었다. 신난 개가 그 뒤를 따라 안으로 들어섰다. 이네스의 눈에 그제야 탁상 위에 올려진 생선이 보였다. 막 잡은 듯 나무 대야 안에서 펄떡였다. 조금 전 낚시를 나갔다 온 모양이었다. 실제로 살아 있는 생선을 본 일이 몇 없었다. 놀란 이네스가 눈을 동그랗게 뜨자 필립이 피식 웃었다.

"귀한 아가씨라 손질되어 나온 생선 요리밖에 본 적 없는 건가?"

비꼬는 의도로는 보이지 않았으나 묘하게 사람 신경을 건드리는 말이었다. 결국 이네스가 발끈했다.

"그 말투 좀 어떻게 고칠 수 없어요?"

"무슨 말투?"

"배배 꼬인 말투요. 똬리를 튼 구렁이도 아니고."

그 말까지 내뱉다가 아차 싶었다. 어젯밤 저 남자의 표정이 한순간에 북풍처럼 냉랭해지는 걸 보지 않았나. 이어진 침묵에 긴장한 이네스가 숨을 들이마시는 순간, 상대방의 입에서 나직이 웃음이 터져 나왔다.

"하하하하……."

예상외의 반응이었다. 당황해하고 있는 이네스와 달리 도리어 상쾌해진 느낌의 필립이 가볍게 말했다.

"대놓고 그리 말해 주니까 뭔가 반박할 기분도 나지 않는데."

"심한 말이었다면 미안해요."

금세 꼬리를 내리는 모습에 필립이 입매를 늘렸다.

"밥은?"

"네?"

"지금이 내 식사 시간이라서."

어제도 그러지 않았었냐는 어조였다. 본의 아니게 민폐를 끼치고 말았다는 생각에 이네스가 뭐라 할 말을 찾아내는 듯 잠시 말이 없었다.

"갑자기 벙어리가 됐나?"

"……아직이에요."

"그렇다면 마침 잘됐네."

그 다음으로 이어진 필립의 동작에 이네스의 시선이 고정됐다. 벽장에 손을 뻗어 칼을 꺼내더니 미리 준비한 차가운 물로 생선을 씻은 그가 요리사처럼 능숙한 손길로 생선을 잡았다. 칼로 배를 가르고 내장을 꺼낸 다음 다시 깨끗한 물로 여러 차례 씻었다. 필립이 동시에 이네스에게 조금 전 내려놓은 땔감을 눈으로 가리켰다.

"불 좀 피워 줘."

어째서인지는 모르겠지만 거절할 수 없는 목소리였다. 얼결에 그 지시에 따라 작게 불씨만 살아 있던 벽난로에 땔감을 넣고 불쏘시개를 몇 번 뒤적인 이네스가 다시 그에게 고개를 돌리자 어느새 나무 꼬챙이에 생선을 꿴 필립이 하나를 그녀에게 내밀었다.

"당장 소금이 없어서 좀 아쉽긴 하지만. 간단히 먹기엔 딱이지."

어떻게 하라는 건지 몰라 멀뚱히 쳐다보다가 이윽고 불 위에 생선을 갖다 대는 것을 보니 감이 왔다. 이네스는 그를 따라 했다. 얼마 지나지 않아 바삭바삭한 생선구이가 완성됐다. 이렇게 별 조리 없이 간단하게 만들 수 있는 요리는 처음이었다. 더군다나 직접 뭔가를 구워 본 것도.

"먹어 봐. 담백하고 맛있을 테니."

그 말은 왠지 믿어도 좋을 거 같았다. 호기심으로 손에 쥔 생선구이를 내려다본 이네스가 조심히 한입 먹으려는 순간이었다.

"뜨거우니까 조심해."

자신에게 경고한 줄 알고 고개를 드는 찰나, 이네스의 표정이 황당함에 굳어 버렸다. 생선의 머리 부분을 떼어 낸 필립이 개 밥그릇에 내려놓으며 개한테 한 말이었다. 당연히 알아들을 턱이 없었다. 정신없이 꼬리를 흔들던 개가 겁 없이 바로 생선에 주둥이를 갖다 댔다가 뜨거운지 펄쩍 뛰었다.

"멍청하기는."

내용과 달리 애정이 담긴 목소리로 중얼거린 필립이 개 밥그릇을 들더니 선반 위에 올려놓았다. 억울한 눈으로 자신을 올려다보는 애완견에게 말했다.

"식으면 줄게."

그 말은 알아들었는지 시무룩하게 귀와 꼬리를 늘어뜨린 개가 안락의자 옆에 자리를 잡고 철퍼덕 앉았다, 그 모습을 번연히 지켜보다 고개를 돌린 필립과 시선이 마주했다. 안락의자에 앉은 그가 대각선으로 마주 보는 콘솔에 고갯짓했다.

"앉아서 먹지 그래."

처음 먹어 보는 요리는 그 말대로 담백하고 고소했다. 비린내가 좀 나기는 했지만 참을 만한 수준이었다. 필립이 다시 입을 연 건 두 사람 손에 들려 있던 생선이 뼈를 드러낸 뒤였다.

"그래서, 여긴 왜 또 왔지?"

그 말에 이네스의 숨이 잠시 멈췄다. 그러고 보니 생각이 나지 않았다. 그냥 어젯밤, 아버님과 대화 후 속이 너무 답답했고 아침에 눈을 뜨자마자 어딘가로 가고 싶었다. 그러다 생각난 곳이 또 여기였고…… 바로 저택 안을 빠져나오진 못했지만, 일단 말을 타는 것까지는 허락받았으니 적당한 때를 보아 나오는 데 성공했다.

여러 가지 생각이 교차했으나 막상 그녀의 입으로 나온 말은 짧았다.

"여, 여긴 백작가의 소유 땅이에요."

"그래서?"

"설령 당신이 이곳에 머물 권한을 얻었다 해도 날 막을 수는 없어요."

뻔뻔했지만 맞는 말이었다. 자신은 이곳 니힐을 다스리는 변경백의 딸이었다. 같은 식구가 아닌 이상 함부로 그녀의 앞길을 막을 사람은 없었다. 거기까지 생각이 미치자 이 남자가 계속 자신에게 반말을 써 왔다는 게 거슬렸다. 하지만 이제 와서 지적해 봤자 말투가 달라질 거라는 생각은 안 들었다. 이네스가 조용히 체념하는 사이 대답이 들렸다.

"그게 아니겠지."

의외인 듯 그녀를 잠시 바라보던 필립이 몸을 일으켰다.

"아가씨는 그냥 이곳에 와 보고 싶었던 거야."

정곡을 찌르는 말이었다. 하지만 수긍하고 싶지는 않았다. 이네스가 뭐라 대답하기도 전 필립이 나직이 말했다.

"아마 어제 증명해 보라는 내 말 때문이겠지."

"……."

"하지만 어쩐지 지금은 별로 시기가 좋은 거 같진 않군. 안 그래?"

뒷말은 그녀가 아닌 문 쪽으로 향해 있었다. 그의 시선을 따라 고개를 옮긴 이네스가 얼어붙었다.

"오라버니."

$$* \quad * \quad *$$

레녹스는 서늘한 눈으로 두 사람을 번갈아 보다가 바로 이네스의 손을 잡고 오두막에서 끌고 나왔다. 스쳐 지나가는 순간, 필립에게 가볍게 목례했으나 이네스의 눈엔 보이지 않았다.

"사람도 없이 홀로 말을 타고 나가는 건 금지라고 했을 텐데."

"혼자가 아니에요. 닉과 함께 왔어요."

그 말과 동시에 이네스가 침음을 삼켰다. 이미 들켰을 것이다. 얼마나 많이 혼날지 생각하니 죄책감에 마음이 무거웠다.

"닉? 그 벌벌 떨고 있는 말구종 말이냐?"

"제가 억지를 부린 거예요. 그 애는 용서해 주세요."

앞서 걷던 레녹스의 걸음이 멈춘 건 그때였다.

"……이네스."

어린 여동생에게 더 이상 화를 내기 힘든지 작게 한숨을 내쉰 레녹스가 조용히 말을 이었다.

"답답한 걸 안다. 매일 갇혀 있다시피 했으니 그렇겠지. 그게 안쓰러워 네게 안장을 사 준 것이었어."

"오라버니……."

"하지만 오늘은 조심했어야지."

"……알고 계시군요."

이네스의 안색이 어두워졌다. 어젯밤 아버님이 말했던 구혼자가 온다고 했다. 이전처럼 교묘히 거절하는 것을 용납하지 않을 것 같았다. 다시 발걸음을 재촉한 레녹스가 말했다.

"산책을 가고 싶다면 내가 믿을 만한 호위를 붙여 주마. 대신 저곳은 안 돼."

"어째서요?"

대답이 돌아오기까지는 조금 시간이 걸렸다.

"가까이 해 봤자 좋을 게 없는 자니까."

레녹스는 목소리를 낮게 깔았다. 하지만 그렇게 말하는 자신도 저 남자의 정체가 뭔지 정확히는 알 수 없었다. 다만 아버님과 친분이 있는 남자며 고귀한 신분이라는 것 외에는. 다만 확실한 건, 마주한 눈은 평범한 이가 가질 수 있는 그런 것이 아니었다.

식사 자리는 생각보다 더 화기애애했다. 구혼자는 연신 이네스의 얼굴에 시선을 고정했다. 상석에 앉은 변경백은 애써 드러내진 않지만, 그 점이 마음에 드는 기색이었다.

"레이디께선 생각했던 것보다 더 아름다우십니다."

"……감사합니다."

먹음직스러운 음식이 목구멍에서 막히는 듯한 느낌을 참으며 이네스가 거듭된 칭찬에 억지로 입가를 끌어 올렸다. 그런 이네스를 향해 마주 미소 지은 발렌틴은 자연스레 시선을 그녀의 오라비와 부친에게로 돌렸다. 잠시간 니힐의 경제 상황이나 중앙 수도의 정치 상황에 대해 이야기가 그들 사이에서 오갔다.

대화가 길어질수록 이네스의 표정은 점점 굳어 갔다. 나름 책을 좋아하고 다른 여자들과 비교해서 세상 물정에 대해 밝은 편이라 생각했는데 세 남자가 하는 대화는 마치 외국어 같았다. 하나도 알아듣기가 어려웠다. 저도 모르게 힘이 들어간 이네스의 손끝을 우연히 발견한 발렌틴이 부드럽게 화제를 돌렸다.

"요전번에 퀸체로드에 갔을 때는 자수 같은 것을 파는 가게를 본 적이 있는데, 정말 감탄한 적 있습니다. 어떻게 여성들은 그렇게 섬세하고 부드러운 공예를 할 수 있지요?"

변경백을 향해 묻듯이 한 말이지만 명백히 이네스의 반응을 끌어내기 위한 감탄이었다. 자신들의 대화에 그녀를 끌어들이기 위한 배려라는 걸 알았지만, 어쩐지 별로 달갑지 않았다. 이네스가 입을 꾹 다물고 있자 조금 어색해진 분위기에 결국 관조하듯 자리를 지키고 있던 레녹스가 입을 열었다.

"이네스. 너도 수를 좀 놓는 편이니 발렌틴 경에게 보여 드릴 것이 좀 있겠구나."

이네스의 눈이 약간의 배신감으로 커진 건 그와 동시였다. 당사자에게 말하기도 전에 이미 딸의 결혼을 이미 확정 지은 것 같은 아버님과 달리 그래도 어느 정도 자신의 편에 서 있다고 생각한 오라버니였다. 그런데 눈앞에서 마치 그녀를 구혼자에게 밀어내는 듯한 말을 들으니 기가 막히고 화가 끓었다.

"……오라버니도 참."

간신히 입을 연 이네스가 레녹스와 발렌틴을 번갈아 보더니 대답했다.

"사실 저는 그런 것보다 승마나 사냥에 더 관심이 많습니다."

그 말을 자신이 내뱉고 나서도 아차 싶었다. 누가 봐도 발렌틴의 말을 정면에서 밀어내는 대답이었다. 분위기가 갑자기 조용해졌다. 마주 앉은 남자에게 사감이 있는 건 아니었다. 발렌틴의 인간성은 그리 나쁘지 않았다. 되레 좋은 편에 속했다. 대화 내내 자신에게 맞춰 주려는 모습을 보였고 여성인 이네스를 존중하는 태도였다. 누군가는 전부 연기라고 할 수도 있겠지만, 자연스럽게 배어 나온 매너와 말투는 그가 평소와 같은 사람이란 걸 보여 줬다.

정적을 깬 건 변경백의 목소리였다.

"이네스."

딸의 이름을 부르는 목소리는 차갑고 낮았다. 이네스가 등을 꼿꼿이 세웠다. 뭐라 대답하기도 전에 칼릭스가 말을 이었다.

"낮에 멀리 산책을 다녀오더니 많이 피곤한 모양이구나."

화들짝 놀란 이네스가 반사적으로 바로 옆의 레녹스에게 시선을 돌렸다. 레녹스의 얼굴은 결백했다. 하긴 누이의 작은 일탈을 아버님께 말할 오라비는 아니었다. 집안 고용인 중 그녀가 외출한 것을 아는 사람은 몇 없었다. 이네스가 조용히 고자질한 범인을 머릿속으로 꼽는 사이, 하인이 다가와 따른 와인을 한 모금 마신 칼릭스가 조용히 물었다.

"바깥바람을 아무래도 너무 많이 쐰 모양이지?"

명백한 경고였다. 승마하는 것에 대해 허락했고 그녀가 또 말을 타고 멀리 나간 걸 앎에도 그대로 넘어간 것에 대한 대가가 이거냐는 질문이기도 했다.

생각이 짧았다. 어색해진 분위기 속에 이네스가 결국 열리지 않는 입을 열어 손님에게 사과했다.

"죄송합니다. 제가 조금 취한 거 같아요……. 혹여 불편하셨다면 죄송합니다, 발렌틴 경."

"아, 아닙니다. 불편하다니요. 가벼운 운동은 숙녀께 좋은 취미이죠."

사람 좋은 미소로 고개를 저은 발렌틴이 바로 물었다.

"사냥을 좋아하신다니, 이곳 니힐에 사셔서 여러모로 좋은 점이 많으시겠군요."

북부에서 가장 광활하고 동물 수가 많은 변경백 소유의 사냥터를 가리키는 말이었다. 홧김에 한 말인데 이리 반응할 줄은 몰랐기에 이네스의 얼굴이 살짝 굳었다. 사실 그녀는 죽은 동물을 보는 건 좋아하지 않았다.

레녹스가 매끄럽게 말을 받았다.

"그러고 보니 작년 전하가 주최하신 여우 사냥에서 1위를 한 게 바로 발렌틴 경이었지."

"그저 남들보다 운이 좋았을 따름입니다. 소백작께서 참가하셨다면 단연 1위는 제 것이 아니었을 겁니다.”

과하지 않게 자신을 낮추면서도 물 흐르듯 상대를 높이는 대답이었다. 발렌틴은 북부 남자답지 않게 언변이 좋았다. 덧붙여 신분도 나무랄 데 없고 인성도 괜찮아 보였다. 어째서 아버님의 마음에 다른 구혼자들을 제치고 들어갔는지 알 만했다. 하지만 그것과 당사자인 그녀의 마음은 별개였다. 먹기 위해서가 아닌, 의례적인 행사로서의 사냥이나 모피 등을 만들기 위한 사냥은 그녀가 싫어하는 것 중 우선순위였다.

칼릭스가 들고 있던 포크를 내려놓으며 말했다.

“이왕 여기까지 걸음 하셨으니 오늘은 하룻밤 자고, 내일 이네스와 함께 사냥터를 한번 둘러보는 게 어떤가.”

동시에 쏟아진 세 사람의 시선 속에서 각자 다른 감정이 교차했다. 생각지도 못한 변경백의 호의에 반가움과 놀라움이 뒤섞인 표정의 발렌틴을 바라보며 그가 말을 끝맺었다.

“사냥에 일가견이 있는 발렌틴 경이라면 위험할 일은 없겠지.”

* * *

아무리 사윗감으로 점찍었다 하나 보수적인 칼릭스가 의례적으로 두 사람의 시간을 허락한 건 어제 이네스의 돌발 발언 때문이 분명했다. 접대해야 할 손님에게 무례한 행동을 했으니 이네스는 이게 그에 따른 대가라고 생각했다.

“날씨가 정말 좋군요. 공기도 상쾌하구요.”

“……그렇네요.”

숲에 들어온 건 그녀와 발렌틴을 포함해 총 다섯 명이었다. 전부 말을 타고 있었고 뒤에 호위 겸 수행인들이 세 명 붙기는 했지만, 어느 정도 거리를 두고 따라오고 있었다. 두 사람은 나란히 고삐를 잡은 채 느리게 말을 몰았다.

"소문보다 더 장대하고 대단한 곳 같습니다. 이네스 양은 어릴 때부터 자주 오셨겠죠?"

"주로 오라버니가 잘 데려와 주시곤 했습니다. 혼자 오기에는 거리가 조금 있으니까요."

"그랬군요. 그렇게 누이에게 다정하신 분인 줄 몰랐습니다."

"저뿐 아니라 부인에게도 그러세요."

눈을 내리깐 이네스의 말에 발렌틴이 생각난 듯이 대꾸했다.

"삼 년 전 결혼하셨던 레이디를 말씀하시는 거군요."

"네. 잠시 일이 있어 친정에 가서서 어제는 저녁 식사에 얼굴을 보이지 못하셨지만요."

"소백작 부처의 금실이 좋으시다는 건 소문을 들어 알고 있습니다."

부전자전으로 애처가였던 칼릭스와 마찬가지로 레녹스 또한 아내에게 다정했다. 발렌틴이 고삐를 잠시 짧게 잡은 건 그때였다. 갑자기 뒤처진 발렌틴을 향해 의아한 얼굴의 이네스가 바라보자 그가 조용히 그녀의 이름을 불렀다.

"레이디 이네스."

"……."

"아실지 모르겠지만, 저 또한 금실이 좋은 부모님 아래서 자랐습니다."

완곡하면서도 뜻이 분명한 말이었다. 하지만, 이렇게 빨리? 이네스의 얼굴에 빠르게 금이 갔다. 그런 그녀의 모습을 조용히 바라보며 발렌틴이 말을 이었다.

"저 또한 화목하면서 행복한 가정을 꾸리고 싶어요."

그가 조용히 말에서 내리려는 순간이었다.

"히이잉!"

"까아악!"

"이네스 양!"

그녀가 탄 말이 갑자기 앞발을 치켜들며 놀란 듯 소리를 질러 댔다. 멀리서 뒤따라오던 세 사람이 달려오는 소리가 들렸다. 경악한 발렌틴이 바로 내려 그녀를 구하려 했지만 마찬가지로 동요한 말이 빠르게 멀리 달려갔다. 당장 주위에 아무도 없었다. 혼비백산한 이네스가 질끈 눈을 감는 찰나 왠지 낯설지 않은 소리가 들렸다.

"왈왈!"

"……."

설마 싶었다. 해변에서 사냥터는 거리가 있었고, 이곳 사유지 숲은 엄한 문지기가 지키고 있어 아무나 들락거릴 수 없었다. 하지만 그녀의 주위를 천방지축으로 뛰어다니며 짖어 대는 건 분명 그녀가 봤던 검은 개였다.

"왈왈왈!"

바들바들 떨던 말이 다시 앞발을 치켜들었다. 몸이 휘청거리더니 시야가 뒤집혔다. 그대로 바닥에 낙마하려나 싶어 이네스가 몸을 굳혔다.

하지만 아니었다. 예상은 빗나갔다. 땅에 몸이 닿기 전에 무언가 단단하고 따뜻한 팔이 그녀를 끌어당기더니 공주님처럼 안았다.

머리 위에서 혀를 차는 소리가 들렸다.

"이런……."

어안이 벙벙해 이네스가 살며시 눈을 떴다.

"하마터면 큰일 날 뻔했군."

검은 눈이 그녀를 내려다보고 있었다.

"괜찮아, 까마귀 아가씨?"

이네스는 홀린 듯이 뇌까렸다.

"……필립."

맞닿은 시선이 마치 그녀를 사로잡은 듯 놓아주지 않았다. 자신의 어깨와 무릎 뒤에 덮인 그의 큰 손이 느껴졌다. 단 한 번도 가족을 제외한 남자와 이렇게까지 가까이 접촉한 적은 없었다. 그것을 의식하자 점점 얼굴이 새빨개졌다. 숨이 턱 막힐 때까지 호흡을 멈추고 나서야 겨우겨우 말이 트였다.

"노, 놓아줘요."

"기꺼이."

용기를 낸 그녀의 요청에 싱거울 정도로 가볍게 대답한 필립이 팔을 풀었다. 땅을 딛기가 무섭게 개가 달려들어 그녀의 치맛자락에 흙 묻은 앞발로 매달렸다. 그 모습을 바라보며 필립이 태연하게 말했다.

"놀랐다면 미안하군. 이 녀석이 말을 엄청 좋아해서 보기만 하면 달려든다니까."

그건 중요한 게 아니었다. 계속해서 꼬리를 흔들며 달려드는 개를 밀어내고 애써 침착하게 숨을 고른 이네스가 간신히 진정된 심장을 가다듬고 물었다.

"……당……신이 왜 여기 있죠?"

"산책."

어처구니없을 정도로 즉각 나온 대답이었다. 그녀가 물었던 질문에 대한 답이 아니었다. 그것을 자신도 아는 듯했다. 의뭉스러운 얼굴에 입매를 굳힌 이네스가 다시 질문했다.

"내 말은 어떻게 여길 들어올 수 있었냐는 거예요."

"내가 변경백의 지인이라고 저번에 말하지 않았나?"

"아버님은 지인이라 해도 이곳은 아무나 들이지 않아요. 수상한 외지인이라면 더더욱……."

이네스의 말은 중간에 끊겼다.

"아가씨."

대답하기가 귀찮아졌다는 듯 성의 없이 그녀의 허리를 가로챈 필립이 통보하듯 툭 내뱉었다.

"난 '아무나'가 아니야. 어디든 갈 수 있지, 내가 원한다면."

점점 더 수수께끼 같은 말이었다. 이네스의 머릿속이 혼란으로 가득했다.

"이곳 또한 내 것이지. 뭐, 그럴 일은 없겠지만."

오만하고도 대범한 말이었다. 마치 폭군처럼.

"그게 대체 무슨……."

이네스가 미간을 좁히며 뭐라 다시 입을 열려는 찰나였다. 다시금 그녀를 부르는 소리가 들렸다.

"이네스 양!"

"아가씨!"

발렌틴과 뒤따라온 수행인들이었다.

천만다행으로 그날, 발렌틴과 필립이 마주하는 일은 없었다. 아마 동행인들에게 이 상황을 어떻게 설명해야 하나 고민하는 사이였다. 그들이 가까이 다가왔을 땐 이미 주변엔 아무도 없었다. 그 시끄러운 검은 개도 털끝 하나 보이지 않았다. 그녀가 정신을 차린 건 발렌틴이 몇 번이고 그녀의 이름을 부르고 난 뒤였다. 푹 숙였던 이네스가 고개를 들자 조금 안도한 눈빛으로 그가 다시 물었다.

"괜찮아요, 이네스 양?"

"……괜찮아요. 다행히 고삐를 놓치지 않아서요."

그렇게밖에 말할 수 없었다. 엄연한 데인 백작 가문의 사유지인 해변에서 지내는 낯선 남자가 자신을 구했다고 말하기에는 너무 지어낸 말같았다. 덧붙여 마음 한구석에는 그의 존재를 이들에게 알리고 싶지 않다는 생각도 있었다.

"그렇군요. 무사하셔서 정말 다행입니다."

척 보아도 연약한 이네스가 흥분하여 날뛰는 말의 고삐를 움켜쥐고 놓지 않았다는 건 믿기 어려웠지만, 상처는커녕 흙 하나 묻지 않은 모습을 보고는 인정하는 수밖에는 없었다. 안도의 한숨을 내쉰 발렌틴이 이어 말했다.

"저도 하필이면 믿어 주신 변경백 각하께 면목이 없을 뻔했군요. 어디 아프신 곳은 없는 거죠?"

그는 속으로 순순히 인정했다. 어쩌면 아내가 될 그녀의 안위도 중요했지만, 다른 한편으론 이곳 니힐에서 가장 큰 영향력을 행사하는 변경백의 원수가 되는 상상은 심장을 얼어붙게 했다. 부친이 나름의 공고한 위치에 있다고 하나 자신은 아직 북부에서 막 깨어난 햇병아리일 뿐이었다. 그에겐 한동안 방패가 되어 줄 든든한 장인이 필요했다.

그런 발렌틴을 바라보던 이네스가 다가온 수행인의 부축을 조용히 거절했다. 경황이 없어 아무도 말이 놀란 이유를 묻지 않을 때 이 자리를 피해야 했다.

"네. 다만 무척 피곤해졌어요. 들어가서 쉬고 싶어요."

최악의 상황을 면한 발렌틴은 그녀의 요구에 순순히 고개를 끄덕였다.

"그러시죠. 바래다 드리겠습니다."

그리고 발렌틴 백작은 영지에 돌아감과 동시에 이네스에게 삼 일째 편지를 보내기 시작했다. 겉으론 안부를 묻는 친애의 내용이었지만, 북부에서 미혼의 남자가 미혼의 여자에게 지속적으로 편지를 보낸다는 건 머지않아 그 끝을 의미하는 것이 확실했다.

청혼.

남부에서 남편을 따라 잠시 북부에 온 사촌 제인은 그 사실이 못내 즐거운 모양이었다.

"발렌틴 경이라며? 네게 구혼하는 남자가."

창가에 마주 앉아 수를 놓던 이네스가 고개도 들지 않은 채 대꾸했다.

"그새 거기까지 소문이 퍼졌어?"

"북부에 올라오자마자 들리는 얘기였는걸. 까마귀 공주님이 조만간 시집을 갈 거라고."

시집. 그 단어를 받자마자 조금 전 먹은 간식이 목구멍을 콱 틀어막는 느낌이었다. 이네스가 억지로 잘 열리지 않는 입술을 달싹였다.

"……아직 청혼을 받은 건 아니야."

시선을 피하는 그녀의 모습을 제인은 거부감이 아닌 수줍음으로 받아들였다.

"뭐, 그게 그거지. 끝까지 널 품에 안고 사실 거 같던 큰아버지도 결국 널 떠나보내시긴 하는구나."

금방이라도 베일을 씌우고 흰 드레스를 입혀 보낼 것 같은 그녀의 말에 결국 이네스가 손에 든 것을 무릎 위에 올려놨다.

"글쎄, 확실한 건 아무것도 없다니까."

"그래그래. 네가 그렇다면 그런 거겠지."

다섯 살 위의 언니답게 여유로운 모습으로 씩 웃은 제인이 어깨를 으쓱이며 창밖으로 고개를 돌렸다. 그리고 자연스럽게 화제를 바꿨다.

"그나저나 내가 오늘 아침, 북부에 도착하자마자 눈 호강을 했잖니."

이네스의 고개가 갸웃 기울어졌다.

"갑자기 무슨 눈 호강?"

"오면서 시내 상점에 갔는데, 나가다 문 앞에서 한 남자와 부딪혔거든."

기억을 더듬듯 잠시 먼 곳을 바라보던 제인이 다시금 이네스에게로 시선을 돌렸다.

"세상에, 그렇게 잘생긴 남자는 정말 처음이었어. 북부에선 큰아버지랑 레녹스 오라버니가 가장 잘생긴 줄 알았는데 그것도 아니었다니까."

"어떻게 생겼길래?"

호기심에 이네스가 묻자 짙게 미소를 머금은 제인이 대꾸했다.

"금발에 흑요석처럼 새카만 눈동자. 말투는 딱 봐도 북부인은 아니었는데, 뭔가 오묘했어. 혹시 모르지. 부모 중 한 사람이 이곳 사람일지도."

그녀의 말이 이어질수록 이네스의 표정이 미묘하게 변해 갔다.

"어디에서 본 건데?"

"오스웬."

가볍게 대답하던 제인이 굳은 이네스의 얼굴에 걱정스레 물었다.

"혹시 아는 사이야?"

그렇다면 어째서 괜찮은 구혼자를 두고 안색이 좋지 않은지 조금 알 것도 같았다. 이네스가 저도 모르게 솔직하게 대답했다.

"……조금."

"네 연인이니?"

그 질문에는 바로 고개를 저었다.

"그건, 아니야."

"아~ 알겠다. 짝사랑이구나."

"아니라니까?"

명쾌하리만치 확답을 낸 제인의 반응에 이네스가 확 미간을 찌푸렸다.

"그냥 좀 아는 사이야. 얼굴만."

"그렇다면 왜 그런 표정을 짓는 건데?"

"뭐……?"

훅 들어온 말에 이네스가 놀란 눈을 깜빡였다. 제인이 부드럽게 대답했다.

"알아? 너 지금 되게 그리운 얼굴을 하고 있어. 그러면서 슬프기도 한 얼굴."

노크 소리가 들리고 머지않아 방문이 열린 건 다음 순간이었다.

"첼시에 자작 부인, 부군께서 전보를 보내셨습니다."

은쟁반 위에 서신을 가져온 하인이 다가와 그것을 내밀었다. 말없이 손을 뻗어 봉랍을 떼어 낸 제인이 곧이어 자리에서 일어났다.

"너무 오래 자리를 비웠나 봐. 별장으로 돌아가야겠어."

"타고 온 마차를 준비시킬게."

"고마워. 그리고……."

"그리고?"

"그 남자가 날 알고 있더라."

"……그게 무슨 말이야?"

전보를 가져온 하인이 나가자 다시 단둘이 남았다. 잠시 머뭇거리듯 입을 다물었다 뗀 제인이 품을 뒤적이더니 두 번 반으로 접힌 종이 하나를 내밀었다.

"네게 이거 전해 달라고 하더라. 읽지는 않았어."

그녀가 방을 나가고, 이네스가 잠시 긴장된 표정으로 손에 들린 종이를 열었다. 싱거울 정도로, 제인이 건넨 짧은 편지의 내용은 간단명료했다. 곧 있을 결혼을 축하하며, 자신은 이제 북부를 떠날 거라는 말. 추신으로 덧붙인 말에는 두 사람이 잘 어울리는 한 쌍이고 분명 잘 살 거라는 덕담까지 적혀 있었다.

화장대 앞, 콘솔에 앉아 한 문장 한 문장 읽어 내려갈 때마다 심장이 조금씩 얼어붙는 느낌이었다. 그리고 왠지 모를 배신감까지 찾아왔다. 단 세 번 만났던 남자에게. 그녀 본연의 자유로운 모습을 인정하고 지지해 주었다고 생각했던 게 전부 착각이었나 싶었다.

그날 해변가에서 우연히 오두막을 발견했던 게 마치 오래전 일인 양 아득히 느껴졌다. 어쩌면 잠시 꿈을 꾼 것도 같았다. 저도 모르게 손에 힘이 들어가 쥐고 있던 편지를 구긴 순간이었다.

"아가씨?"

노크 소리도 못 들었는데 등 뒤로 문이 열려 있었다. 이네스가 관자놀이를 만지작대던 손을 떼어 냈다.

"……유모."

들어온 사람은 한 명이 아니었다.

"각하께서 재단사를 보내셨어요."

유모의 뒤를 따라 들어온 여자가 공손히 고개를 조아리며 인사했다.

"처음 뵙겠습니다, 아가씨."

어딘가 이상했다. 이네스의 얼굴이 굳었다. 조용히 유모에게 시선을 옮겼다.

"……늘 봤던 의상실의 재단사가 아닌데. 게다가 지금은 새 드레스를 만드는 시기가 아니잖아."

대답은 유모가 아닌 재단사에게서 들렸다.

"백작님께서 아가씨의 웨딩드레스를 미리 만들라고 지시하셨습니다."

＊　＊　＊

저녁에 마구간에 쳐들어와 말을 끌고 나온 건 충동적인 행동이었다. 말구종 닉은 없었다. 그녀를 말리지 못한 죄에다 말려들었다는 상황을 정상 참작해 일주일간 근신을 받았다고 했다. 그건 미안했지만, 이네스는 망설이지 않았다.

저택 사람 모두가 자고 있었다. 레이븐 홀의 호위를 서는 기사들이 언제 어디서 교대를 하는지 알고 있기에 그들의 눈을 피하는 건 어렵지 않았다. 다행히 말은 순순히 따라왔다.

아마 여태까지 했던 일 중에 가장 과감하고 앞뒤 가리지 않은 일일 것이다. 후회는 없었다. 몸이 온통 불구덩이에 던져진 듯 뜨거워 견딜 수가 없었다. 어떻게든 찬 바람이라도 쐬지 않고서는 금방이라도 안쪽에서부터 타들어 갈 것 같았다.

말이 달려가는 목적지는 한곳이었다. 자기도 모른 채 고삐의 방향을 쥔 이네스는 비탈진 내리막길 앞에서야 간신히 정신을 차렸다. 그리고 숨을 들이켰다.

"여긴……."

철썩이는 밤 파도 소리와 소금기 어린 냄새가 그녀를 휘감았다. 말은 두 번 왔던 길이라고 이젠 두려워하거나 망설이지 않았다. 이네스가 판단을 내리기도 전에 먼저 앞장섰다. 그러다 문득 걸음을 멈췄다. 처음 왔을 때 말을 묶어 두었던 곳이었다. 눈을 감고 속으로 심호흡을 한 이네스가 바로 안장에서 내려왔다. 그리고 잠시 갈기를 쓰다듬은 다음 고삐를 묶었다.

처음 와 보는 밤의 해변은 길게 들이닥쳤다가 다시 빠지는 바닷물의 자장가 소리와 함께 별빛을 받아 투명하게 반짝이는 새파란 융단을 덮고 있었다. 저 멀리 작게 연기가 올라오는 오두막이 어둠 속에서 희끄무레하게 보였다.

이네스는 오두막을 향해 걸었다. 무슨 생각으로 혼자 이곳을 향했는지 스스로조차 알 수 없었다. 그냥 그래야 한다는 마음속 소리를 따랐다. 이제 그녀는 곧 시집을 가게 될 것이고, 두 번 다시 그를 볼 수 없었다. 그 생각을 한 순간 철렁 가슴이 내려앉았다는 걸 인정했다.

"……필립."

오두막 문 앞에 선 뒤에야 이네스가 중얼거리듯 그의 이름을 불렀다.

문을 열면 그가 있었다. 하지만 도저히 문손잡이로 손이 가지 않았다. 편지의 내용이 떠올랐다. 왜 그가 제인을 통해 그녀에게 그런 편지를 보냈는지는 알 수 없었다. 그는 그녀의 결혼을 축하한다고 했다. 마치 오다가다 우연히 만난 지인의 결혼을 축하하는 것처럼. 여기까지 말을 타고 달려온 용기가 단번에 사그라들어 이젠 재밖에 남지 않은 것 같았다.

그때였다. 문 안쪽을 긁는 소리가 나더니 이어 개가 우는 소리가 들렸다.

"왈왈!"

"왜 그래, 밖에 나가고 싶어?"

낮고 깊은 남자의 목소리. 분명 필립의 목소리였다. 개가 끙끙대며 울었다. 기민한 후각으로 그녀의 존재를 알아챈 것 같았다. 금방이라도 문이 열릴 것 같아 이네스가 재빨리 등을 돌렸다. 걸음이 점점 빨라지고 발밑으로 모래가 푹푹 꺼졌다. 겨우 멀어졌나 싶은 때였다.

"이제 다 도망갔나?"

뒤에서 뻗어 나온 큰 손이 이네스의 허리를 휘감더니 그대로 품으로 끌어 들여졌다.

"인정하지. 용기를 증명했다는걸."

저항조차 못 하게 단단히 이네스를 품에 안은 필립이 나직이 말했다.

밤의 해변가답지 않게 오두막 안은 따뜻했다. 조금 추워지려 할 때마다 필립은 적절히 벽난로 안에 장작더미를 집어넣었다. 그 모습을 바라보며 이네스는 손에 든 차를 한 모금씩 마셨다.

기세 좋게 그녀를 붙잡아 데리고 온 것과 다르게 막상 오두막에 들어서니 필립은 그녀를 편안한 안락의자에 앉히고 차를 가져다주었다. 그리고 아무런 말도 하지 않았다. 이네스는 불쑥 뜨거워진 눈매를 식히느라 찬 손을 눈 위에 갖다 댔다. 검정개가 그녀의 발치에 앉아 머리를 쓰다듬어 주기를 기다리고 있었다.

침묵이 깨진 건 십여 분 뒤였다. 메인 목을 진정시킨 이네스가 조용히 물었다.

"……왜 내게 편지를 보냈죠? 날 시험하려고?"

"……."

"그 편지를 보고 이곳으로 달려올 만한 용기가 있는지 없는지 궁금해서 보낸 건가요?"

다시금 약간의 정적이 둘 사이에 머물렀다.

"기억하는지 모르겠군."

나직이 말한 필립이 손짓으로 검정개를 불렀다. 개는 주인의 얼굴을 흘깃 바라보다 다시 앞발에 얼굴을 묻었다.

"저번에 숲에서 마주쳤을 때, 그런 얼굴이었지. 살려 달라는."

"그럴 리가……."

"그럴 리가 없다는 말은 하지 마. 아가씨는 알고 있었어."

이네스의 얼굴이 홧홧해진 건 그 말이 끝나기가 무섭게 거의 동시였다. 필립이 가볍게 어깨를 으쓱했다.

"만약 표정을 가장하고 있었더라도 날 속일 순 없었을 거야. 나이는 장식으로 먹은 게 아니니까."

잠시 잊고 있던 나이 이야기에 이네스의 심장이 철렁 내려앉았다. 맞다. 그는 자신보다 적어도 배로 나이가 많았다. 사실 열 살, 스무 살 많은 남편과 결혼하는 게 드문 일은 아니었다. 하지만 그에게는 가족이 있었다.

"아들이 있다고 했었죠."

"잔뜩 비뚤어졌지만."

도저히 떨어지지 않는 입을 비집어 내뱉은 질문에 태연한 대답이 돌아왔다. 그다음 말을 하기까지에는 용기를 더욱 끌어 모아야 했다. 궁금했고, 꼭 물어야 했으나 한편으로는 알고 싶지 않았다. 어째서인지는 몰랐다.

아니, 내심으로는 알고 있었다.

"······아······내분은요?"

간신히 물은 말은 목소리가 잔뜩 졸아붙어 있었다. 대각선으로 마주 앉은 필립이 가만히 눈을 깜박였다.

"그건 왜 묻는 거지?"

"아내분이······ 이런 상황을 좋아하진 않으실 거 같아서요."

부연 설명은 필요하지 않았다. 젊은 아가씨와 밤에 단둘이 있는 상황. 시선을 피한 이네스가 작게 불이 붙은 난로 속을 조용히 응시했다. 그리고 잠시 후 돌아온 대답에 양손을 저도 모르게 주먹 쥐었다.

"쓸데없는 걱정이군."

자리에서 일어선 필립이 작은 탁자 위에 놓인 주전자로 손을 뻗었다. 텅 빈 찻잔에 다시 물을 채우곤 한 모금 들이켰다.

"아내는 오래전에 죽었으니까."

충격적인 말이었다. 생각지도 못한 말에 이네스가 얼어붙은 채로 입매를 굳혔다.

"결혼한 건 열일곱 살 때였지. 동갑이었고, 같이 산 건 실제로 삼 년도 되지 않아. 그 전에 아이를 낳다 죽었으니까."

"그런 줄 몰랐어요. ······정말 유감이에요."

이네스가 예의를 차려 말했다. 필립이 입매를 끌어 올렸다.

"그렇게까지 애도할 필요는 없어. 지금은 얼굴도 기억나지 않으니까."

차갑다 못해 뼈가 시릴 정도의 말이었다. 하지만 명백한 진심이라는 게 느껴졌다.

"정략혼이었고, 그게 전부였지."

"한 번도 애정이나 사랑을 느껴 본 적이 없었던 건가요?"

삼 년. 삼 년이란 시간은 길진 않지만 그리 짧지도 않은 시간이었다. 서로에 대해 아무것도 몰랐던 남녀가 어느 정도 서로 간의 거리를 좁히고 사랑에 빠지기에는 충분한.

이네스가 저도 모르게 토해 낸 말에 급히 입을 다물었다. 필립은 생각을 알 수 없는 눈으로 그녀를 바라보다가 벽난로 쪽으로 시선을 돌렸다. 이번엔 장작을 넣는 대신 불쏘시개를 들어 몇 번 휘저었다.

"그런 질문은 처음 들어보는군."

"단 한 번도 묻는 사람이 없었다구요……?"

본인도? 그 말은 이네스의 목구멍 안쪽으로 가라앉았다. 필립이 태연하게 대꾸했다.

"감정이야 중요하지 않은 일이니까."

"그럼 중요한 게 뭐죠?"

따지듯 물은 말에 돌아온 대답은 짧았다.

"대의."

"……"

"서로의 가문에 이익이 되기에 한 혼인이었지. 구태여 어떤 수식이나 꾸밈을 덧붙일 필요는 없어. 그게 전부니까."

냉소도, 비꼼도 그 무엇도 없었다. 그냥 있는 사실을 나열할 뿐인 건조한 목소리가 이어졌다.

"그 어떤 낭만적인 결혼 뒤에도 결국 보이지 않는 거래가 오고 가는 법이야. 적어도 귀족의 혼인은 그렇지."

마치 사형 선고라도 받은 듯한 느낌이었다. 이네스가 고개를 저었다.

"아니에요. 예외는 있어요, 늘 그러하듯이."

"예외?"

"제 아버님과 오라버니는 달라요."

이건 확신할 수 있었다. 그녀가 아는 한에서는 누구나 알고 있는 사실이었다.

"설령 어떻게 시작했든지, 당사자들이 어떻게 하느냐에 따라 서로 진심이 될 수도 있고 껍데기뿐인 관계도 될 수 있다고 생각해요."

이네스의 말에 필립이 입매를 비틀었다.

"앞뒤가 안 맞는 말을 하는군. 그렇다면 왜 이곳에 왔지?"

"그건······."

"인정해. 아가씨는 도망칠 곳이 필요했어. 그래서 안면이 있는 날 택했지. 안전하다는 걸 무의식적으로 알았으니까."

아니었다. 그뿐만은 아니었다. 하지만 부정할 수도 없었다. 그 외의 이유가 있다고 한다면 이 남자의 표정이 어떻게 변해 갈지 두려웠다.

잠시 후 필립이 자리에서 일어섰다.

"이제 돌아갈 시간이야, 까마귀 아가씨. 저번처럼 목덜미를 붙들려 돌아가고 싶지 않다면."

그리고 덧붙였다.

"언제든 문은 열어 놓지. 예정보다 좀 더 있게 될 거 같으니까."

* * *

편지를 뜯는 손이 떨렸다. 옆자리에서 유모가 기대의 찬 눈으로 바라보고 있었다. 그러나 그녀의 가슴은 전혀 다른 의미로 두근거리고 있었다. 이네스가 편지를 눈으로 읽어 내려갔다.

[저는 오늘 잠시 북부를 떠나 있습니다만, 닷새 후 다시 돌아올 예정입니다. 그때 잠시 레이븐 홀에 들리게 될 거 같습니다. 다시 뵐 생각을 하

니 가슴이 설레는군요. 부디 이네스 양도 저와 같기를 바랍니다.]

"……."

이네스가 굳은 얼굴로 편지를 내려놓자 지켜보던 유모가 득달같이 물었다.

"아가씨? 무슨 내용이에요?"

이네스는 바로 대답하는 대신 지끈거리는 관자놀이를 꾹꾹 눌렀다. 발렌틴 백작의 이번 편지는 통보와도 같은 말이었다. 서로의 편지가 오간 지 오늘로 닷새째였다. 길게 시간을 끌 생각은 애초부터 없었는지 첫 편지부터 꾸밈없이 제 마음을 드러낸 발렌틴은 이제 청혼을 하러 올 것이라고 그녀에게 말하고 있었다.

"아가씨?"

거듭되는 유모의 채근에 결국 이네스가 느릿하게 입을 열었다.

"발렌틴 경이 닷새 후에 이곳에 다시 방문하신대."

"어머, 어쩜! 아가씨를 보러요?"

"그건 모르지. 여하튼 그렇게 쓰여 있어."

더 대답해 주기에는 당장 정신이 없었다. 어물거리며 대답한 이네스가 자리를 털고 일어났다. 창가로 다가가 창문을 열었다. 서늘한 바람이 이마와 목덜미를 쓰다듬고 지나갔다. 문이 열린 건 잠시 후였다.

"이네스, 나 왔어."

"제인."

밝은 얼굴로 들어온 제인은 약간 창백한 이네스를 보더니 조용히 물었다.

"산책 안 할래?"

거절할 이유가 없었다. 이네스가 고개를 끄덕였다. 그때 유모가 끼어들었다.

"밖에 가셨던 레녹스 님이 곧 돌아오실 텐데요. 찾으시지 않을까요?"

돌려 말했지만 혼날 일은 하지 말라는 이야기였다. 미간을 좁힌 제인이 대신 대꾸했다.

"잠깐 요 앞 정원을 산책하는 것뿐이야."

그리고 바로 이네스의 손을 잡아끌었다. 이네스는 그대로 제인에게 손을 잡혀 나갔다. 저택을 나오는 내내 두 사람은 아무 말이 없었다. 그러다 정적이 트인 건 밖으로 나온 뒤였다. 이네스를 장의자에 앉힌 제인이 바로 입을 열었다.

"이네스, 무슨 일이야?"

"……발렌틴 경의 편지가 왔어."

"그거야 얼마 전부터 그랬잖아."

"며칠 후에 레이븐 홀에 다시 오겠대."

나직한 이네스의 대답에 제인은 잠시 입을 다물었다. 그리고 머지않아 한 손으로 입을 가렸다.

"그 말은 그럼……."

"제인이 생각하는 그게 맞겠지."

"청혼이구나."

대답 대신 이네스가 고개를 끄덕였다. 힘이 없는 모습이었다. 정작 당사자인 자신을 빼놓고 상황이 재빠르게 돌아가는 기분이었다. 이미 웨딩드레스는 본을 뜨고 시침질에 들어갔고, 남은 건 의례적인 절차뿐이었다 청혼을 받고, 승낙하고 결혼식 날짜를 정하고……. 거기서 그녀의 의사는 중요하지 않았다.

"이네스."

조용히 옆에 앉은 제인이 이네스의 손을 잡았다.

"변경백의 딸로 태어나 생각하지 못했던 일은 아니잖아."

"……."

맞는 말이었다. 하나둘씩 시집가는 주변의 친구들을 보며 머지않은 미래라고 생각했던 것이 사실이었다. 열다섯 살이 되던 해부터 어느 정도 마음의 각오도 하고 있었다.

"하지만 너무 급작스러워서 어떻게 해야 좋을지 모르겠어."

거짓말이었다. 그 때문만은 아니었다. 잠시 말없이 그녀를 바라보던 제인은 그녀를 가볍게 끌어안았다.

"가엾은 내 사촌 이네스."

탄식하듯 안타까운 어조였다. 머리를 쓰다듬는 부드러운 손길을 느끼며 이네스가 눈을 감았다.

"이미 마음에 둔 사람이 있구나. 맞지?"

단번에 아니라고 부정했던 어제와 달리, 이네스는 그 말에 아무런 대꾸도 할 수 없었다. 포옹을 푼 제인은 이네스의 뺨을 어루만졌다.

"큰아버지께 말씀드려 보는 건 어때? 그래도 네겐 약한 분이잖아."

이네스가 고개를 저었다. 발렌틴이 저돌적으로 다가서는 것과 별개로, 혼담을 진행하는 게 바로 그 아버님이었다.

"통할 리가 없어."

노여워하지나 않으시면 다행이었다. 그도 그럴 것이 상대는 신분이 그녀보다 낮은 데다 나이도 배는 많은 남자니까. 그 사실을 알게 된다면 결혼식 전날까지 어쩌면 갇혀 살아야 할지도 몰랐다. 그건 정말 생각도 하기 싫었다.

"설마 내가 저번에 만났던 남자니?"

대답은 필요 없었다. 그 말에 곧바로 흐려진 얼굴이 확실한 수긍의 대답이었다.

"······맙소사, 그렇구나."

"뭘 어쩌고 싶은 건 아니야. 그냥 몇 번이라도 더 보고 싶어. ······그뿐이야."

말할수록 목소리는 점점 작아져 갔다. 그게 전부가 아니라는 걸 본인이 알기 때문이었다. 제인은 조용히 고백했다.

"나도 그랬었어, 이네스."

"……."

"하지만 결혼하고 나서 함께 사니까, 점점 잊혀지더라. 중요한 건 내 옆에 있는 남편이니까."

진솔한 어조로 그리 말한 제인이 이네스의 등을 토닥였다.

"너도 곧 그렇게 될 거야. 발렌틴 경은 좋은 남자니까."

그는 단 한순간도 혼자가 아니었다. 겉으로 보기에 수행인을 대동하지 않는 것처럼 보이지만, 그들은 항상 그늘 속에 숨어 있었다. 그리고 필요할 때마다 나타나 때로는 손발로, 때로는 호위로 행동했다. 즉위한 그 순간부터 그림자처럼 따라다녔던 존재였다. 잠을 자는 순간에도 그의 주위를 맴돌았다. 이번에도 예외는 아니었다.

"왕자의 근황은?"

"의외로 차분한 모습을 보이십니다. 아마 전하의 뜻을 아신 거 같습니다."

'그림자'는 부름과 동시에 모습을 드러내 한쪽 무릎을 꿇고 보고했다. 그 대답에 그가 입매를 끌어 올렸다. 눈은 웃고 있지 않았다.

"그 아인 눈치 하난 옛날부터 빨랐지."

"전하를 닮아 영민하신 덕분입니다."

"그보단 교활하다는 말이 맞겠지."

아들을 평가하는 말치고는 노골적일 정도로 신랄했다. 아주 옛적부터 왕의 핏줄에는 광기가 내려왔다. 불과 백여 년 전, 반란을 일으켜 폭군을 숙청하고 스스로 왕의 자리에 앉은 조상은 처음엔 선정을 베푸는 듯했으나 그 스스로도 언젠가 끌어내려질지 모른다는 불안감에 살아생

전 온갖 죄명을 덮어씌워 수천 명을 죽음으로 몰아넣었다. 그중 분명 무고한 이도 있었을 테지만, 그에겐 전혀 중요한 사실이 아니었다.

"계속 상황을 주시하도록. 슬슬 몸을 사렸던 쥐새끼들이 활동을 재개할 시간이니까."

"명 받들겠습니다."

한 치의 머뭇거림 없이 대답하는 그림자를 내려다보던 시선이 발치로 옮겨졌다.

"이것도 다 치우고. 너무 갑자기 달려드는 바람에 얼결에 죽여 버렸군."

목을 단번에 그었으니 고통은 짧았을 것이다. 어쩌면 당장 죽이지 않을 수도 있었다. 그 점이 아쉽다고 생각하며 그가 미간을 좁혔다. 그리고 잠시 후 자리에서 일어나 문 쪽으로 향하며 나직이 덧붙였다.

"핏자국도 깨끗하게 지워. 저녁에 손님이 올 거 같으니까."

대담하긴 했으나 어린 아가씨였다. 핏자국을 보고 기겁할 모습을 생각하니 썩 기분이 좋진 않았다. 한 번도 해 본 적 없는 생각이었으나 스스로 자각하지는 못했다. 그림자는 늘 그래 왔듯 명령을 이행한 뒤 다시금 어둠 속으로 몸을 숨겼다.

*   *   *

저녁이면 필립은 생선뿐 아니라 토끼 같은, 혼자 먹기에 맞는 동물들을 가져와 요리하기도 했다. 흰털에 피가 묻은 토끼는 누가 봐도 사냥터에서 사냥한 것이지만 이네스는 그 점에 대해서는 입을 다물었다. 그가 누군지 여전히 궁금하긴 했지만, 아버님께 물어봐도 대답해 주지 않을 거고 본인에게 물어봤자 같은 대답만 돌아오리란 걸 알았다. 대신 다른 걸 물었다.

"죽으면 원래 이렇게 차갑게 식나요?"

"동물이건 사람이건. 여태껏 조리된 고기만 먹어 왔나 보군."

"죽은 동물을 본 적은 있지만 만진 적은 없어요."

토끼는 축 늘어져 있는 데다 차가웠다. 콕 건드리던 이네스가 손을 떼자 필립이 머뭇거리지 않고 가죽을 벗겨 내고 배를 갈랐다. 훅 끼쳐 오는 냄새에 그녀는 저도 모르게 코를 막았지만 물러서진 않았다, 검정 개는 신나서 꼬리를 막 흔들어 댔다.

어느 날 밤, 충동적으로 이곳을 찾은 이래로 벌써 사흘째였다. 이네스는 저택 사람들의 눈치를 보며 어쩔 땐 낮에 오고 어쩔 땐 저녁에 이곳으로 왔다. 문득 든 의문에 이네스가 질문했다.

"그러고 보니 애 이름은요?"

"없어."

"정말 매정하네요. 내내 같이 있으면서 어떻게 이름 하나 안 지었죠?"

경악한 이네스가 개의 머리를 쓰다듬었다. 그 모습에서 힐긋 시선을 돌려 다시 고기 손질에 들어간 필립이 제안했다.

"그럼 아가씨가 지어 주던가."

순식간에 이네스가 화색을 했다.

"정말 그래도 돼요?"

"별일도 아닌데, 뭐."

"좋아요. 내가 지을게요."

씩 웃은 이네스가 무릎을 굽혀 개와 시선을 마주했다. 크고 검은, 제 주인과 달리 천진한 눈동자가 자신을 응시하자 어쩐지 모르게 기분이 좋아졌다. 잠시 고민하는 듯 말이 없던 이네스가 이내 후보를 내놓기 시작했다.

"음...... 암컷이니 엘리자베스?"

"기각."

"코델리아?"

"기각."

연달아 거절당하자 이네스가 입을 불퉁 내밀었다.

"내가 지으라면서요?"

"적어도 부를 때 짜증 나지 않는 이름이어야지."

"그렇다면……."

고심하던 이네스가 한발 물러서 절충안을 내밀었다.

"코코. 코코 어때요?"

"아까보단 낫군."

승낙이었다. 두 사람의 대화라도 알아듣기라도 했는지 방금 코코라는 이름을 얻게 된 개가 자리에서 방방 뛰며 꼬리를 더 신나게 흔들었다.

"좋아? 코코?"

다정하게 말하며 이네스가 코코의 머리를 부드럽게 쓰다듬었다. 그 사이 고기 손질을 마치고 토막 낸 필립이 물었다.

"저녁은?"

먹고 갈 거냐는 물음이었다. 이네스가 고개를 끄덕였다. 다시 고개를 돌린 필립이 화로 위에 물과 조금 전 썰어 둔 야채가 든 냄비를 올려놓자 뜨거운 불에서 끓기 시작했다. 그 안에 방금 손질한 토끼 고기를 넣었다. 조금은 따로 빼서 개 밥그릇에 넣자 코코가 신나서 얼굴을 박고 먹었다.

털을 쓰다듬던 이네스가 허리를 펴는 순간이었다. 발을 헛디뎌 화로 쪽으로 몸이 기울어졌다.

"이네스!"

휘청하는 찰나 강한 힘이 어깨를 잡아끌었다. 동시에 넓은 가슴에 얼

굴이 파묻혔다. 심장이 쉴 새 없이 두근거렸다. 이네스 자신의 것인지
이 남자의 것인지 알 수 없었다. 그대로 시간이 멈춘 느낌이었다. 그게
아니라고 일깨워 준 건 필립의 목소리였다.

"발목이 부러지기라도 했나?"

"……뭐라구요?"

고마운 마음이 싹 달아나는 어조였다. 그의 품에서 이네스가 벗어났
다. 필립이 신경질적으로 앞머리를 쓸어 올렸다.

"밤도 아니고, 편평한 땅에서 걸릴 것도 없이 넘어지는 게 흔한 일은
아니지."

뭐라 대꾸할 말이 없는 지적이었다. 잠시 입을 꾹 다물던 이네스가
결국 백기를 들었다.

"그건 그러네요. 부주의했어요. 도와줘서 고마워요."

나름으로 한 꺼풀 꺾인 채 한 말이었다. 하지만 상대는 가차 없었다.

"얼마나 위험했는지는 지각하는 건가? 넌 방금 죽을 뻔했어. 그 어여
쁜 얼굴이 화상으로 뒤덮였겠지."

의심할 여지도 없이 빈정거리는 투였다. 분명 위험한 순간이긴 했지
만 이렇게까지 화를 낼 일인가 싶었다. 결국, 이네스가 언성을 높였다.

"……알아요. 죽을 뻔했다는 거 인정하고, 부주의했다고도 했잖아요."

한마디 정도는 쏘아붙여야 했다. 그녀가 말을 이었다.

"그리고 외모가 어떻게 되든 그건 상관없어요. 보이는 게 전부가 아
니니까."

필립이 낮게 웃음을 터뜨렸다.

"성숙한 아가씬 줄 알았는데 이제 보니 어린 소녀군."

이네스가 미간을 좁혔다. 날카로워지는 시선을 마주하며 필립이 어
깨를 으쓱해 보였다.

"보이는 게 전부야. 그것 외엔 아무것도 없지."

"비관주의자인가요? 막 신이 없다고 믿는 그런?"

팔짱을 낀 이네스의 비아냥에 그가 단어를 정정했다.

"현실주의자지. 어린아이와의 이런 논쟁이 아무짝에도 쓸모없다는 것도 아는."

아이러니하게도, 그리 말하는 것치고는 비현실적인 얼굴을 가진 남자였다. 졸지에 어린애 취급을 받아 뺨을 붉힌 이네스가 뭐라 다시 반박하기도 전이었다. 그녀의 어깨 너머로 시선을 고정한 필립이 고갯짓을 했다.

"비켜 줬으면 하는데. 스튜를 저어야 해서."

과연 어느새 냄비가 팔팔 끓고 있었다. 뭔가를 더 넣은 건지 고기 비린내 대신 고소하고 담백한 냄새가 닫힌 채 덜그럭거리는 뚜껑 틈새로 흘러나왔다. 금세 제 몫을 먹어 치운 코코가 욕심을 내며 화로 쪽으로 코를 들이밀었다. 한 손으로 개를 막고 다른 한 손으로 스튜를 몇 번 저은 필립이 멀거니 서 있는 이네스에게 다시 입을 열었다.

"그릇."

"……."

뭔가를 지시받은 적이 없던 이네스가 순간 의아한 표정을 지었다. 필립이 눈알을 굴렸다.

"발목도 그렇고 손목도 부러진 모양이군."

"……그게 어딨는데요."

"저쪽 선반. 수저도 거기 있고."

과연 그가 눈짓으로 가리킨 곳에 그릇이 놓여 있었다. 뒤늦게 그쪽으로 손을 뻗은 이네스가 그릇 두 개와 수저를 꺼냈다. 그릇을 건네받은 필립이 젓던 국자로 스튜를 떠 담았다. 식탁은 딱 이인용이었다. 둘이 마주 앉자 꽉 찼다. 상대적으로 만만한 대상을 찾은 코코가 꼬리를 살랑이며 이네스의 옆자리로 다가가 초롱초롱한 눈으로 그녀를 올려다봤다. 필립이 경고했다.

"너 방금 먹었잖아."

알아들었는지 코코가 주인의 눈치를 보며 꼬리를 말았다. 그 모습을 번갈아 보던 이네스가 슬쩍 물었다.

"아까 준 게 부족했던 거 아니에요?"

"충분했어."

그러니 주지 말라는 말이었다. 이번엔 주인의 의견이 전적으로 우선이었다. 작게 고개를 끄덕인 이네스가 수저로 스튜를 한 스푼 떠서 입에 넣었다. 후후 불며 삼키는 순간 기대보다도 더 담백하고 다채로운 맛이 입안에 퍼져 나갔다. 놀란 이네스의 얼굴을 보며 필립이 여유롭게 웃었다. 묻지 않을 수가 없었다.

"혹시 요리사예요?"

"그것도 괜찮겠네."

완곡한 부정이었다. 이상했다. 남자치고 칼을 다루는 것도 능숙해 보였고 토끼를 손질하는 손길도 군더더기 없고 신속했다. 요리에 넣을 채소를 잘게 썰고 스튜에 넣는 과정에도 일말의 어색함도 없었다.

"사냥꾼?"

"어떤 의미에서는."

마치 선문답을 하는 기분이었다.

"난 당신의 진짜 이름도 몰라요."

"알 필요가 없으니까."

거기까지 이어지자 이네스는 차라리 입을 다물었다. 속내가 읽히지 않는 데다 변덕스러운 남자였다. 자상해 보이다가도 금세 거리를 두고 차갑게 굴었다. 이네스는 대체 그녀를 어떻게 생각하는 건지 궁금했다. 직접 입을 열어 물어보고 싶지만, 대답을 듣는다면 크게 실망할 것 같았다. 일단 자신을 여자로 보지 않는 건 확실하니까.

스튜는 금세 동이 났고 밖은 더 컴컴해져 있었다. 먼저 다 먹은 이네스가 의자를 뒤로 끌며 일어났다.

"잘 먹었어요. 이만 돌아가야겠네요."

"조심히 돌아가. 배웅은 없겠지만."

"기대도 안 했어요."

배웅을 해 준다고 해도 문제였다. 혹시라도 누군가 자신이 밤중에 모르는 남자와 함께 나란히 있는 모습을 본다면 그건 그것대로 큰일이었으니까.

마지막으로 그녀가 가는 걸 알아챘는지 끙끙대는 코코의 콧잔등을 한번 간질인 이네스가 문을 열고 나왔다. 마찬가지로 식사를 마친 필립은 그녀 쪽으로 고개를 돌리지도 않고 빈 접시를 치우고 있었다. 불쑥 떠오른 생각과 함께 심술이 일었다.

"한 가지, 방금 발을 헛디뎌서 좋은 점 하나가 떠올랐어요."

갑작스러운 말에 검은 눈이 그녀 쪽으로 향했다. 만족스럽게 웃으며 이네스가 말했다.

"조금 전에 당신, 내 이름을 처음 불렀으니까요."

"……."

"그럼 내일 또 올게요."

문이 바로 닫혔다.

*　　*　　*

자비 없이 단단히 매듭을 조이는 코르셋에 이네스는 숨을 훅 참았다. 잠시 후, 드디어 재봉사가 만족스러운 목소리로 지시했다.

"한번 뒤돌아 주실래요?"

"이렇게?"

긴 치맛자락이 바닥을 스치는 소리가 나고 한 발 뒤로 물러선 재봉사와 눈이 마주쳤다. 이네스의 머리부터 발끝까지 꼼꼼히 눈으로 살피던 재봉사가 이내 빙긋 웃었다.

"역시 제 생각대로예요. 정말 잘 어울리세요."

눈치 빠른 하녀 둘이 전신 거울을 들고 다가왔다. 섬세하고 유연한 웨딩드레스였다. 목깃을 덮는 넝쿨 모양의 장식은 그대로 날씬한 허리를 강조한 부분과 맞물렸다. 그 아래로는 안에 페티코트를 입어 풍성해진 라인이 이어졌다. 지켜보던 유모와 거울 안에서 눈이 마주쳤다. 유모가 흐뭇하게 웃었다.

"그대로 바로 식장에 들어서신다고 해도 어색하지 않겠어요, 아가씨."

"청혼은 아직 받지도 않았는데 말이지."

"무슨 그런 말씀을. 다들 알고 있답니다. 발렌틴 백작님과 아가씨가 곧 부부가 되리라는걸요."

딴에는 위로라고 한 말이겠지만, 정작 당사자인 그녀는 그 말이 달갑지 않았다. 눈앞의 거울을 치우게 한 이네스가 창가로 다가가며 어깨를 으쓱했다.

"혹시 모르지. 그사이 변심하셔서 돌아와 다른 아가씨에게 청혼할지도."

이제 바로 기겁한 목소리가 들릴 차례였다. 하지만 아무것도 들리지 않았다. 조용히 방 안으로 들어온 레녹스가 화들짝 놀란 하녀 둘과 재봉사, 그리고 유모를 문으로 눈짓해 나가게 했다. 뭔가 이상한 낌새를 눈치챈 이네스가 뒤를 돌아본 순간이었다.

"⋯⋯유모?"

"어울리는구나, 이네스."

"오라버니."

인사 대신 미소 지은 레녹스가 그녀의 뺨에 가볍게 입 맞췄다.

"내 작디작은 누이가 벌써 시집을 가다니."

"그런 것치곤 별로 아쉬워하지 않으신 거 같은데요."

뇌까리는 이네스의 말을 작은 투정으로 받아들인 레녹스가 대답했다.

"아쉽지 않을 리가. 할 수만 있다면 그냥 품에만 계속 두고 싶은 마음이다."

이네스가 속으로 고개를 저었다. 거짓말이었다. 예전엔 믿었지만, 지금은 아니었다. 발렌틴 경과 함께 했던 식사 자리를 기억했다. 아버님과 덩달아 마치 자신을 그의 옆으로 밀어내려던 모습. 다음 말은 충동적으로 나왔다.

"그렇게 하실 수 있잖아요."

"……이네스."

어르듯, 그러나 더 나가지 말라고 경고하듯 레녹스가 누이의 이름을 불렀다.

"하지만 하지 않으시겠죠. 그게 니힐에 이익이 되는 일이라면."

대답은 바로 돌아오지 않았다. 잠시 둘 사이에 정적이 가라앉았다. 오라비를 잠시 올려다보던 이네스가 그에게 등을 돌려 침대에 풀썩 앉았다. 그런 그녀를 조용히 따라 걸음을 옮긴 레녹스가 그녀의 어깨에 손을 얹었다.

"나와 아버님이 아무에게나 너를 내줄 거라 생각하는 거냐?"

부드럽고 강인한 목소리였다. 대답이 없자 레녹스가 다시 한 번 이네스의 이름을 불렀다. 결국 그녀가 고개를 저었다.

"아니요. 그럴 리가요."

"네 나이가 벌써 열여덟이다. 네 또래는 이미 한두 해 전에 결혼하여 아이가 있는 경우도 있지."

이네스는 말없이 고개를 끄덕였다. 레녹스의 입에서 나오는 말은 구구절절 사실이었고 옳은 말이었다. 북부의 여성은 일반적으로 열다섯 살, 열여섯 살부터 결혼 적령기로 접어들었다. 그녀들과 비교한다면 이네스의 경우는 늦은 편이었다.

인기가 없어서는 아니었다. 그녀는 북부에서 손꼽히는 대가문의 여식인데다 미모 또한 모친을 닮아 아름답기로 자자했다. 그 때문에 열다섯 살이 되기 전에도 구혼자가 심심찮게 있었다. 그러나 대부분 그녀 선에서 완곡하게 거절하거나 상대에게 그녀의 오랜 지병을 알게 하여 제풀에 떨어져 나가게 만들어 왔다.

아무리 비밀로 했다지만, 사실 이네스는 그것을 아버님이나 오라버니가 모를 거라고 생각하지 않았다. 그랬기에 그녀에게 어느 정도 확신이 있었다. 자신이 원하지 않는 이상은 집안에서 억지로 시집보내지는 않을 거라고.

떨어지지 않는 입술을 억지로 비집어 연 이네스가 다시 입을 열었다.

"발렌틴 경이…… 좋은 분인 건 알아요. 그에 대한 평판도 괜찮다는 것도요."

생각 외로 유순한 대답이 돌아오자, 조금 굳어 있던 레녹스의 낯이 부드럽게 펴졌다.

"그는 분명 네게 잘해 줄 거다."

확답이자 약속이었다. 조금이라도 그가 누이의 눈에서 눈물을 보이게 한다면 가만있지 않겠다는. 레녹스는 부디 그 단단한 약속을 이네스가 알아주길 바랐다. 이네스는 그에게 있어 여동생이기도 했지만 마치 큰딸 같은 존재였다.

그 말 없는 속내를 알아들었는지 이네스가 조용히 고개를 끄덕였다.

"오라버니가 그렇게까지 말하신다면, 그렇겠죠. 믿어요."

믿는다는 말에 환해진 레녹스의 안색을 마주하며 이네스는 가슴 한

구석이 따끔거리는 걸 느꼈다. 순종하는 척 대답했으나 사실 머릿속을 차지한 건 든든한 오라버니도, 구혼자인 발렌틴 경도 아니었다. 단 한 사람이었다.

* * *

처음 나서 본 바다낚시는 생각보다 고요하고 평화로웠다. 필립은 예상외로 좋은 선생님이었다. 인내심이 깊었고 무엇보다 자세하고 알아듣기 쉽게 설명했다.

"미끼를 이렇게 고정하고 내던지는 거야."

"이, 이렇게요?"

벌벌 떨리는 목소리로 이네스가 물었다. 손에서 꿈틀대는 지렁이가 못 견디게 징그러웠다. 곤충은 괜찮지만 벌레는 질색이었다. 낚싯대 끝에 꿰어 물고기의 미끼로 내던진다니 어쩐지 더 징그러운 느낌이었다. 손안에서 미끌거리는 감촉에 몇 번이고 내버리고 싶었지만, 간신히 참았다. 그러건 말건, 능숙하게 제 작업을 끝낸 필립이 이네스에게 말없이 손을 내밀었다.

"……."

그 행동이 무슨 뜻인지 몰라 그녀가 눈을 동그랗게 뜨자 그가 그녀의 손에 들린 것을 가져갔다.

"좀 더 깊이 꿰야지. 그러다가 던지기도 전에 죄다 도망가겠군."

이리저리 꿈틀대는 지렁이를 단번에 날카로운 낚싯대 끝으로 꿴 필립이 그것을 그대로 이네스에게 내밀었다. 기겁하는 표정에 씩 웃은 그가 불쑥 말했다.

"겁이 없는 줄 알았는데."

"겁난 게 아니라, 징그러워서 그래요."

"징그러워하는 거 자체가 겁내는 거 아닌가?"

"그게 아니라고 했……."

발끈해서 대꾸하려던 입이 꾹 다물린 건 다음 순간이었다. 뇌리를 스치는 생각에 이네스가 미간을 확 좁혔다.

"지금 나 놀리는 거죠?"

"그걸 알아채다니. 방심했군."

"완전히 바보 취급이군요."

필립을 흘겨본 이네스가 그의 손에 들려진 그녀의 낚싯대 손잡이를 뺏듯이 잡아 들었다.

"기분 상했다면 사과하지."

"어차피 말뿐일 사과."

입을 불퉁 내민 이네스의 등 뒤로 코코가 달려든 그 순간이었다. 헉하며 앞으로 기울어지려는 찰나, 옆에서 튀어나온 손이 어깨를 감쌌다. 손이 놓이자 굳었던 몸이 풀렸다. 그녀의 붉어진 뺨을 본 필립이 고개를 기울였다.

"그래서."

"……."

"우리 아가씨께선 어떤 사과를 원하시나?"

발아래 철썩이는 파도가 두 사람이 앉은 바위에 끊임없이 부딪혔다. 무릎을 하나 세우고 앉은 필립은 밀짚모자를 쓰고 있었다. 저녁이면 날이 추워졌지만, 아직 겨울은 아니었다. 머리 위에서 내리쬐는 정오의 햇볕은 조금 뜨거웠다. 햇살을 등진 그 덕분에 좀 나았지만, 여전히 더웠다.

다만 그게 단지 날씨 때문인지, 혹은 또 다른 이유가 있어서인지는 헷갈렸다. 챙에 그늘이 져 남자의 얼굴은 곧게 뻗은 콧대와 그 아래 입술만 보였다. 가까운 거리를 의식하자마자 이네스는 시선을 피했다. 필립이 입매를 끌어 올렸다.

"또 눈을 피하는군."

"……낚시에 집중해야죠."

본인이 말해 놓고도 설득력 없는 변명이었다. 당당한 척 허리를 곧게 편 이네스가 낚싯대 끝을 바다에 던졌다. 첨벙하고 들어간 낚싯대가 잔잔한 물살에 흔들렸다. 어젯밤, 자신이 호기롭게 던졌던 말이 불현듯 떠올랐다. 그러자 얼굴이 홧홧하게 달아올랐다. 대체 무슨 치기로 그런 말을 했었던 건지.

그때였다.

"입질이 오는군."

"아……!"

잠시 멍해진 정신을 되잡은 건 손끝에서 떨리는 느낌 때문이었다. 손등에 온기가 닿더니 강한 힘이 낚싯대를 바다로 끌어 당겨졌다. 점점 팽팽해진다 싶은 순간, 이네스의 손을 잡은 필립이 그대로 낚싯대를 끌어 올렸다. 팔의 솜털이 오스스 섰다. 소름이 손가락부터 정수리까지 내달리는 느낌이었다.

펄떡이며 허공에서 격렬하게 몸을 뒤트는 물고기를 보는 순간, 이네스의 입에서 저도 모르게 탄성이 튀어나왔다.

"잡았다!"

해냈다는 성취감과 함께 가슴 깊은 곳에서 무언가가 들끓어 올랐다. 뜨겁고 생생한 무언가였다. 바닥에 내동댕이친 물고기를 잽싸게 입에 문 건 코코였다. 필립이 손을 뻗어 빼 내기도 전에 줄행랑을 쳐 버렸다. 쫓아갈까 잠시 고민하는 듯 그 뒤꽁무니를 보던 필립이 이내 가볍게 어깨를 으쓱했다.

"첫 물고기가 달아나 버렸군."

"괜찮아요. 다시 잡으면 되니까."

"초심자의 행운이라고 알아?"

의기양양한 말에 풋 웃은 필립이 문자 벌컥 오기가 솟아올랐다. 이네스는 결국, 뱉자마자 후회할 말을 꺼내고 말았다.

"두 번은 못 잡을 거라는 말이군요. 내기할래요?"

"무엇을 두고?"

"무엇이든지."

이네스의 대답에 필립이 의뭉스러운 미소를 지었다.

"그런 말은 안 하는 게 좋을 텐데."

그림자가 져 보이지 않았으나 그의 시선이 그녀의 목선을 따라 쇄골, 그리고 그 아래로 내려가 훑는 게 느껴졌다. 살갗에 뜨거운 것이 닿은 것처럼 열이 올랐다. 하지만 다음 순간, 마치 그 느낌이 거짓이었다는 듯 시선은 깔끔하게 떨어졌다. 어떠한 미련도 두지 않고 바다로 시선을 옮긴 필립이 뒤이어 말했다.

"내가 뭔 짓을 할 줄 알고."

"……그만 놀려요."

이네스는 그가 고개를 돌려서 다행이라고 생각했다. 조금 전 느꼈던 시선은 분명 착각이었다. 설레발을 치며 기뻐하느니 그냥 애초부터 기대하지 않는 편이 나았다. 어차피 스쳐 지나갈 인연이었다.

목소리는 아주 작게 입술 사이로 새어 나왔다.

"만약 내가 이기면요?"

대답은 바로 돌아왔다.

"마찬가지. 할 수 있는 거면 뭐든지."

"좋아요."

잠시 호흡을 고른 이네스가 미끼통에서 다시 한 번 지렁이를 잡아 끝에 꿰었다. 바다에 던지고 두 번째 입질을 기다렸다.

그리고, 신은 그녀의 편이었다.

"어어……?"

다시 낚시를 시작한 지 몇 분 안 돼 방금 느꼈던 팽팽함이 다시 느껴졌다. 아까보다는 몸집이 작은 놈인지 당기는 힘이 덜했다. 힘 씨름은 얼마 가지 않았고, 머지않아 이네스는 두 번째 물고기를 낚아 올렸다. 외치지 않을 수 없었다.

"내가 이겼어요!"

"……졌군. 이리 줘."

그녀에게서 낚시 바늘을 가져간 필립이 머뭇거림 없는 손길로 물고기를 빼더니 가져온 바구니에 담았다. 좀 전에 얄밉게 달아난 코코가 그새 다 먹었는지 눈치를 보며 다가오고 있었다. 일어서서 코코에게 닿지 않을 높이에 바구니를 둔 필립이 이내 이네스에게 시선을 옮겼다.

"그래서 내게 뭘 원하지?"

부드러운 목소리였다. 마치 어린아이의 머리를 쓰다듬는 어른처럼.

"사탕? 드레스? 아니면, 곰인형?"

그러나 한편으로는 그녀를 희롱하는 것처럼도 느껴졌다. 자신의 마음을 빤히 꿰뚫어 보면서 모르는 척 구는 것도 같았다. 고개를 쳐든 이네스가 당당히 말했다.

"키스요."

필립이 눈매를 좁혔다. 자신의 귀를 의심하는 기색이 역력했다. 심지어 처음으로 되묻기까지 했다.

"뭐라고?"

"내게 키스해요. 그게 내가 원하는 거예요."

대담한 척 당당히 말해 놓고는 막상 저지르고 보니 심장이 벌렁거렸다. 하지만 여기까지 왔으니 무를 수는 없었다. 만약 한 발자국 물러서는 기색을 보인다면 더욱 그녀를 놀릴 게 뻔했다.

"못 하겠나요? 방금은 뭐든지 한다고 그랬었는데."

잠시 얼어붙었던 필립이 바람 빠지는 웃음을 짓더니 흘러내린 앞머리를 쓸어 올렸다.

"뭔가 잊어버린 것 같은데. 내 나이가 몇인지 알아?"

"알아요. 대강은요."

알기 싫어도 본인이 몇 번이고 각인시켰다. 조금이라도 가까워지려고 하면 선을 긋는 핑계가 바로 그것 아닌가. 겉모습은 절대 그 나이대로 보이지 않았지만 말이다.

진지한 이네스의 얼굴에 필립이 얼굴 또한 조금 굳었다.

"넌 내 지인의 딸이야."

"하지만 당신은 내 삼촌도, 아버지도 아니죠."

"철이 없어도 정말 없군."

설득은 통하지 않을 얼굴이었다. 저 얼굴을 알고 있었다. 이네스의 얼굴 위로 그 부친의 얼굴이 덧대어졌다. 지독한 외곬에 고집불통. 작게 고개를 저은 필립이 모자를 벗어 그녀에게 씌었다. 머리를 식히라는 뜻이었다.

"결혼을 앞두고 호기심이 왕성한 줄은 알겠지만, 물불은 가리는 게 좋아. 혼전의 아가씨에게 추문은 좋을 것이 없으니까."

얼굴 위로 찬물을 끼얹은 듯 서늘한 도발이 그의 눈앞에 던져진 건 바로 그때였다.

"무섭나요?"

"……."

"고작 추문 같은 게 두려워요?"

밀짚모자를 바로 벗어 버린 이네스가 씹어 내뱉듯 말했다. 눈에 물기가 어려 있었지만 스스로는 눈치채지 못했다. 다만 눈시울이 뜨겁고 열이 올랐다. 느껴지는 건 마주한 검은 눈이 말없이 이채를 띠며 그녀를 내려다보고 있다는 것만이 전부였다.

"난 하나도 안 두려워요. 여기까지 매일 찾아오는 것도 나는……."

남의 시선도 신경 쓰지 않고, 그냥 당신을 보기 위해서.

어째서인지 목이 멨다. 한마디, 한마디 내뱉을 때마다 목구멍이 조이는 듯 아팠다. 간신히 다시 입을 열어 더듬더듬 뭐라고 말을 이으려는 순간이었다. 그 순간, 팔이 위로 끌어 당겨지더니 뭔가 부드럽고 축축한 것이 이마에 맞닿았다.

입술이었다.

"이걸로 값한 셈 치지."

초를 세기도 힘들 정도로, 정말 짧은 순간이었다. 하지만 낙인처럼 이마에 맞닿은 체온은 불붙은 듯 화끈거렸다. 숨소리마저 크게 느껴졌다. 두방망이질 치는 심장 소리가 들릴까 두려웠다. 그때, 두 사람 사이에 때맞추어 끼어든 코코가 필립에게 달려들었다.

동시에 둘 사이에 흐르던 긴장감이 흩어졌다. 혀를 내밀고 헐떡이며 영락없이 먹이를 조르는 모습에 빙긋 웃은 필립이 코코의 쫑긋 세운 귀 사이를 밀었다.

"아까 것도 모자라 또 달라니. 내가 양심 없는 놈을 키웠군."

평화롭고도 한 폭의 그림 같은 모습이었다. 지금이 아니면 어쩌면 영원히 말하지 못할 것 같았다. 도저히 말하지 않고는 견딜 수가 없었다.

가슴께까지 차오른 말이 기어이 의지를 배반했다.

"좋아해요."

"……."

"나도 어찌할 바 없이."

순간순간이 느리게 흘렀다. 개에게서 시선을 든 필립이 고개를 돌려 자신을 보는 동작이 느릿느릿하게 느껴졌다. 하지만, 다음 순간 그가 놀란 눈으로 자신을 부르며 손을 뻗었을 때 착각이었다는 걸 깨달았다.

"이네스……!"

당신, 또 내 이름을 불렀어.

돌연 의식을 잃은 이네스가 까무룩 눈을 감았다.

* * *

눈으로 사람을 죽일 수 있다면 아마 예리한 칼날에 몸을 난도질당했을 것이다. 그만큼 눈앞의 남자를 바라보는 레녹스의 눈길은 매섭고 날카로웠다.

다른 이라면 몸을 움츠리고 감히 시선을 마주하지도 못했을 터나, 상대는 그보다도 더 차갑고 잔인한 눈동자를 수없이 겪어 온 자였다. 제법 날카로운 발톱을 갖고 있으나, 다 자라지 못한 맹수를 보는 시선으로 필립이 먼저 입을 열었다.

"오랜 지병을 앓고 있다더니 생각보다 심각한가 보군."

어떤 동요도 없는 태연한 목소리였다. 마주한 무표정한 얼굴에 정수리로 피가 몰리는 느낌이었다. 금방이라도 달려가 멱살을 틀어쥐고 싶은 얼굴로 레녹스가 짓씹듯이 대답했다.

"최근엔 거의 증상이 나오질 않다가 갑자기 발병한 겁니다."

그 말에는 힐난의 의미가 명백히 담겨 있었다. 응접실에서 마주 앉은 이방인은 안전한 장소에서 어떠한 방해물도 없이 편안히 지내고 있던 누이를 온통 흔들어 놓은 장본인이었다. 무시무시한 살기를 뿜은 채 자신을 노려보는 상대를 차분히 바라보며, 앞에 놓인 차를 한 모금 마신 필립이 순순히 인정했다.

"주의하지 못한 점은 인정하지."

"주의하지 못한 점이요······?"

되물은 레녹스가 이를 갈았다.

"이네스는 사지를 오갔습니다."

창백한 얼굴로 저택에 안겨 온 누이를 봤을 때, 심장이 떨어진다는 게 무엇인지 처음으로 실감했다. 금방이라도 숨을 멎을 것만 같아 차마 손을 대는 것도 망설여졌다. 아버님이 일로 저택을 비운 게 다행이었다. 티는 내지 않아도 이네스의 안위에 신경이 곤두서 있는 건 자신뿐만이 아니었다. 이틀 전, 아버님에게서 이 남자의 정체를 전해 듣지 못했더라면 이성을 잃고 칼을 뽑았을지 몰랐다. 그 뒤에 따라붙은 그림자들이 막아섰겠지만.

주먹을 쥐며 화를 삭이는 레녹스의 모습을 가만히 응시하던 필립이 주위를 눈으로 훑었다. 과하지도, 그렇다고 덜하지도 않게 꾸며진 응접실이었다. 사치스러운 장식품 하나 없더라도 다른 저택에 비해 두 배는 큰 규모와 벽난로의 섬세한 부조 장식 등이 눈에 띄었다. 그중 제일 눈에 띄는 건 붉은 융단 대신 백호의 가죽을 벗겨 바닥에 깐 부분이었다. 어찌 보면 야만스러운 물건인데도 공간에 잘 녹아들어 어색하지 않았다. 그 자체로 위용과 힘이 느껴지는 공간이었다.

그가 입을 연 건 그 짧은 감상을 마친 뒤였다.

"과장이 심하군. 마치 유리그릇을 다루는 것같이."

"제 누이, 이네스는……."

그제야 어느 정도 진정된 레녹스가 나직이 대답했다.

"그 아이는 어머니가 목숨을 걸고 낳은 아이입니다. 달수도 채 되지 않아 나왔죠."

어머니를 죽인 아이. 그래서 처음엔 끔찍이도 싫었다. 얼굴조차 보기 싫은 아이였다. 그렇게 몇 달이 흐르고, 어느 날 문득 숨을 거두기 전 어머니가 남긴 유언이 떠올랐다. 핏기가 하나도 없는 얼굴로 아들의 뺨을 쓰다듬으며 속삭였던 말이었다.

-네 누이를…… 끝까지…… 지켜 주렴.

혹여나 거절하면 금방이라도 잡은 손이 축 늘어질까 두려웠다. 황급히 그러겠다며 고개를 끄덕였었다. 몇 시간 뒤, 어머니는 숨을 거뒀고 남은 건 손바닥만 한 아기였다. 아기를 보겠다고 변덕을 부려 찾아간 육아실은 조용했다. 조심히 다가갔고, 그대로 자는 줄만 알았던 눈이 마주쳤다. 위에서 내려다보는 얼굴을 잡으려는 듯 뻗은 작은 손이 시선에 확 들어왔다. 그 순간, 아직 이름도 없었던 아기가 자신을 보고 웃었다.

—아…… 부…….

자신을 올려다본 건 어머니와 똑 닮은 얼굴이었다. 그는 그때 깨달았다. 이 작은 누이를 평생 사랑하게 될 거라는걸.

잠시 머릿속으로 스쳐 지나간 추억을 마무리 지은 레녹스가 뒤이어 말했다.

"내 누이는…… 내겐 무엇보다 소중한 존재입니다."

그러니 그 아이를 위해 더는 만나지 말아 달라, 이곳을 떠나 달라고 말을 하려는 순간이었다. 방 안의 공기가 순식간에 얼어붙었다. 레녹스는 귀를 의심했다.

"그래서 그렇게 가두면서 키웠나?"

"뭐……라구요?"

도저히 믿을 수 없어 묻는 말에 나른히 팔짱을 낀 필립이 또박또박 말했다.

"이곳이 네 세상이고, 너는 여기서 벗어나면 죽고 만다. 그렇게 네 아비와 같이 누이를 단정 짓고 죄인처럼 숨통을 조이며 살게 했냐 물었다."

"당신이!"

도저히 더 들을 수가 없었다. 감히 무례를 무릅쓰고 소리친 레녹스가 바닥을 기는 듯 낮은 목소리로 말했다.

"당신이, 대체 뭘 압니까."

상체를 기울여 주먹 쥔 채 테이블을 내려친 그가 말을 이었다.

"진료를 받을 때마다, 번번이 의사는 그 애가 올해를 넘지 못한다고 했습니다. 하지만 지금까지 살아왔고, 적어도 평온하게 살고 있었습니다. 당신을 만나기 전까지는."

"글쎄. 평화롭게가 아니라, 그렇다고 위안하면서겠지."

그 말에 필립이 웃었다. 눈에까지는 닿지 않는 미소였다. 일견 섬뜩하기도 했다. 순간 팔뚝에 소름이 돋았지만, 그를 상대로 레녹스는 물러서지 않았다.

"위안이든 아니든 중요한 건 살아 있다는 겁니다. 안전하고 평온하게요."

필립이 실소를 터뜨렸다. 어안이 벙벙한 레녹스를 바라보며 나직이 물었다.

"아름답게 꾸미고, 잘 장식된 방에 놓아 두어 보관하다 종래엔 맞는 값을 지불한 주인에게 넘긴다. 이게 뭐라고 생각하나?"

"……."

"인형이지. 마음껏 휘두르고 갖고 노는 인형."

가슴에 비수가 박힐 정도로 노골적이고 신랄한 말이었다. 반면에 마치 목소리는 심판을 내리는 듯 냉랭하고 감정이 없었다.

"설령 거기에 애정이 있다 해도 결과는 같아. 너는 한 명의 인간으로서 그녀를 대한 적이 없다."

레녹스는 대답 대신 아랫입술을 깨물었다. 저도 모르게 세게 깨물었는지 비릿한 피 맛이 느껴졌다. 숨이 틀어 막힌 기분이었다. 뭐라 반박하고 싶지만 아무런 말도 나오지 않았다. 눈앞의 무표정한 남자가 더없이 잔인한 괴물로 보이다가 냉소적인 현자처럼도 보였다.

"그건……."

겨우 달싹이던 말조차도 이어지지 못했다. 심장을 파고드는 그의 말 또한 어쩌면 스스로 알고 있던 사실이었을지도 몰랐다. 잠시 후, 말이 없어진 레녹스를 가만히 응시하다 자리를 털고 일어난 필립이 문으로 향했다.

"두려워하지 않아도 되네. 안 그래도 이곳을 떠날 때가 왔으니까."

언제 얼음장처럼 싸늘했냐는 듯 평소와 같은 어조였다. 문을 열고 나가기 전, 마지막으로 뒤를 돈 필립이 충고했다.

"다만 스스로에게 물어보게. 한 번이라도 누이에게 본인의 혼인에 대해 의사를 물어본 적이 있는지."

마지막으로 기억나는 건 쓰러진 자신을 잡은 필립의 손이었다. 눈을 뜬 순간 제일 먼저 느껴진 건 이마 위에 축축한 수건이었다.

밖을 바라보니 이미 해가 져 있었다. 쓰러진 당일일까? 아니면 그다음 날? 얼마나 시간이 지났는지 가늠할 수가 없었다. 방문이 열린 건 이네스가 막 눈꺼풀을 뜨고 창밖을 바라보던 때였다.

"아가씨."

"유모."

"노크해도 대답이 없으셔서 주무시는 줄 알았어요."

"노크 소리를 못 들었어."

"몸은 괜찮으세요?"

"응."

침대 한쪽이 기울어지는가 싶더니 어느새 다가와 침대에 앉은 유모가 그녀 이마 위에 놓인 물수건을 치웠다. 그러더니 손을 뻗어 이마의 열을 재곤 나직이 안도의 한숨을 내쉬었다.

"다행히 열은 내렸네요."

"대체 얼마 지난 거야?"

"오늘 낮에 쓰러지셔서 저택으로 옮겨지셨어요."

그렇다면 그렇게 쓰러지고 나서 다행히 몇 시간 지나지 않았다는 말이었다. 간헐적으로 발생하는 발작은 심할 때면 사나흘을 잡아먹었다. 쓰러지고 눈을 뜬 순간, 이미 시간이 훌쩍 지나 있다는 걸 깨달을 때의 기분이 얼마나 끔찍한지 겪어 보지 못한 사람은 모른다.

세상이 그녀만을 남겨 두고 앞으로 나아가는 것 같은 외로움과 고독감, 그리고 박탈감. 뒤늦게 밀려드는 두통에 신음한 이네스가 천천히 상체를 일으키려 하자 유모가 고개를 저으며 제지했다.

"아직 누워서 안정을 취하시는 편이 좋아요."

"앉아 있으려는 것뿐이야. 바람을 쐬고 싶어."

어릴 때부터 고집 하나는 그 누구도 따라갈 수 없었다. 결국 백기를 든 유모가 그녀를 부축해 침대 헤드에 등을 기대도록 도왔다. 뒤이어 유모가 등을 돌려 커튼을 걷고 창문을 열었다. 그러자 서늘한 밤공기가 기다렸다는 듯 침실 안으로 밀려들었다.

다시 뒤를 돈 유모가 세심하게 물었다.

"배가 고프진 않으세요? 간단하게라도 식사를 가져오라 할까요?"

이네스가 작게 고개를 저었다.

"아니. 배는 안 고픈데 목이 조금 마르네."

"그럴 줄 알았어요. 물을 가져올게요."

부드럽게 웃은 유모가 문으로 다가갔다. 눈을 내리깐 채 주먹을 쥐고 다시 펴기를 반복하던 이네스가 조심스레 물었다.

"……누가 날 데려왔어?"

데인 변경백의 딸이라는 위치가 가진 무게는 무거웠다. 그런 만큼 만약 그녀가 벌건 대낮에 외간 남자의 품에 안겨 저택에 들어왔다면, 이미 니힐 전역에 소문이 다 퍼졌을 게 분명했다. 하지만 유모의 태도는 걱정 어린 표정만 평소와 다를 뿐, 그 외에는 똑같았다.

그녀의 물음에 유모가 의아한 얼굴로 대답했다.

"그야 레녹스 님이 안고 오셨어요. 두 분 같이 산책하셨던 거 아니었 나요?"

오라버니가? 의외의 말이었다. 대체 어떻게 된 영문인지 파악해야 했 다. 일단 이네스가 어색한 미소를 지었다.

"아…… 맞아, 그랬지. 깜박했어."

"네. 그럼 잠깐 계세요."

가면처럼 입가에 머물던 미소가 사라진 건 문이 닫히고 난 후였다. 이네스는 지끈거리는 관자놀이를 매만지며 기억을 더듬었다. 그러나 아무리 떠올리려 해도 그날 그와 낚시를 하다가 쓰러진 기억밖에는 떠 오르지 않았다.

그런데 어떻게 오라버니가 안고 왔지?

문밖에서 인기척이 들린 건 그 순간이었다. 노크 소리와 함께 익숙한 목소리가 들렸다.

"이네스, 일어났다고 들었다."

레녹스였다. 자는 척을 하고 싶었지만 이미 늦은 것 같았다. 이네스 가 두 손을 맞잡았다.

"네. 들어오세요."

뒤이어 문이 열리고 낯익은 얼굴이 보였다. 다가와 머리맡의 의자에 앉은 레녹스가 물었다.

"몸은 괜찮고?"

"아프지는 않아요."

대답하며 이네스가 아랫입술을 깨물었다. 그새 긴장했는지 저절로 갈라지는 목소리가 스스로도 듣기 싫었다. 내려앉은 침묵에 어깨를 누 군가 힘주어 누르는 것 같았다. 간신히 용기를 끌어 모은 그녀가 운을 떼는 찰나였다.

"어제는……."

"많이 놀랐다."

이네스의 말허리를 끊은 레녹스가 조용히 말했다.

"네가 그 남자를 또 만날 줄은 몰랐으니까."

"오라버니……."

"그동안 말을 타고 나갔을 때마다 계속 만나러 갔던 거냐? 말해 보렴."

레녹스의 눈매가 굳었다. 오두막에서 이네스를 데리고 나온 날, 명백히 경고했던 일이었다. 하지만 누이가 이를 무시하고 위험한 남자를 또 만나러 간 것은 그의 입장에서 결코 유쾌한 일이 아니었다. 언제나 순종하고 말 잘 듣던 동생이 처음으로 반기를 든 일이었다. 느슨해진 마음이 문제였다. 정해진 청혼과 결혼을 앞두고 답답하겠다 싶었다. 해서 자잘한 산책 따위야 자유에 맡겼던 게 잘못된 판단이었다.

잠시 후, 숨 막히는 정적을 가로지른 건 이네스의 목소리였다.

"죄송해요. 그냥…… 너무 답답했어요."

그게 다는 아니었지만, 적어도 절반은 진실이었다. 레녹스가 그녀의 어깨에 조용히 손을 올렸다.

"이해한다. 너로서는 처음으로 외지인을 보는 걸 테니 신기했을 테지."

"……."

"아버님이 바쁘셔서 미처 알지 못하신 걸 다행으로 생각해라."

그러니 마치 그 이방인 남자에게 품은 것이 호기심 그 이상의 것은 안 된다고 말하는 것 같았다. 숨이 턱 막히는 기분에 이네스가 억지로 고개를 끄덕였다. 그리고 조용히 입술을 달싹였다.

"그런데 저를 어떻게……."

뒷말은 조용히 묻혔지만 쉽게 유추할 수 있었다.

레녹스는 작은 인기척조차 내지 않은 채 저택 안에 숨어든 '그림자'

가 제 등 뒤에 와 섰을 때를 기억했다. 상대는 그가 뒤늦게 알아채고 반응할 새도 없이 허점을 파고들어 접근했다. 그리고 짧은 말을 전했다.

─오두막으로 오시오, 지금 당장.

누구의 전언인지는 그 순간 바로 알았다. 그가 고개를 끄덕이자마자 그림자는 뒤를 돌기도 전에 흔적도 없이 사라졌다. 수행하겠다며 자연스레 뒤를 이으려는 기사들을 떼어 내고 급하게 말을 몰고 오두막을 쳐들어왔을 때, 미동도 없이 침대 위에 누운 이네스가 눈에 들어왔다.

"그 필립이라는 남자가 나를 불렀다. 그래서 널 데리고 왔지."

다만 올 때는 그녀뿐이 아닌, 그도 함께였다. 남자는 이네스가 괜찮아진 걸 눈으로 확인하겠다고 했다. 그리고 그녀의 상태가 호전되는 걸 확인하자 혀에 독이라도 묻힌 양 날카로운 독설을 퍼부었다. 제일 분한 건, 그런 남자에게 번번이 대꾸도 하지 못한 자신이었다. 몇 번이고 생사를 오갔던 누이의 손을 잡고, 제발 이 아이가 다음날 해를 볼 수 있게 해 달라고 믿지도 않는 신에게 빌었던 나날이 대체 얼마였던가.

이네스를 가장 잘 아는 건 하나뿐인 오라비인 자신이었다. 아버님조차 자신보다 더 그녀를 잘 알지 못했다. 적어도 레녹스 자신은 그렇게 믿었다.

"그는 그럼……."

혹시 오라비가 그에게 해라도 끼쳤을까 염려하는 기색이 역력한 얼굴이었다. 사실, 누이에 한해서는 과보호적인 면이 있으니 그러고도 남았다. 차마 말을 잇지 못하고 머뭇거리는 이네스를 바라보며 레녹스가 순순히 대답했다.

"원래 집으로 돌아간다고 하더군."

"……네?"

돌아온 대답에 이네스가 조용히 되물었다. 마치 방금 들은 말을 믿지 못하는 듯 아연한 얼굴이었다. 그런 누이를 가만히 응시하며 레녹스가 다시 입을 열었다.

"남긴 말도 없었다."

"그럴…… 리가…….."

"당분간 침대에서 안정을 취하거라. 혹여 밖에 나갈 생각은 하지 말고."

혼잣말처럼 뇌까리는 이네스에게 시선을 거둔 레녹스가 자리를 털고 일어났다.

"아버님께는 내가 적당히 둘러놓겠다."

갑작스러운 이별에 정신을 차리지 못하는 누이에게서 멀어져 방을 나가려는 때였다. 문손잡이를 잡기가 무섭게 등 뒤에서 떨리는 목소리가 그의 발목을 잡았다.

"그럴…… 리가 없어요."

"그럴 리가 없다니."

"그가 내게 아무런 말도 하지 않고 홀연히 떠났을 리가 없어요."

현실을 부정하는 말에 레녹스가 낮은 목소리로 물었다.

"대체 너와 그 남자가 무슨 사이기에?"

"그건…….."

"마치 연인이라도 되는 것처럼 말하는구나. 그러기엔 그의 진짜 신분도, 이름도 모르면서."

왕은 정체를 숨기면서 이네스와 며칠을 함께 시간을 보냈다. 거기에 그 어떤 남녀 간의 접촉이나 감정적인 교류가 없었다 해도 그가 저지른 건 명백한 기만이었다. 레녹스는 누이의 저런 얼굴을 본 적이 없었다. 마치 사랑하는 연인이 멀리 떠난다는 말을 들은 것 같은 여인의 표정. 추궁하듯 삐딱하게 뒤를 돈 레녹스가 이어 말했다.

"설마 친구라고 할 셈이야? 그러기엔 나이가 많이 차이 나는 거 아닌가?"

대답 대신 뭐에라도 홀린 듯 연달아 고개를 저은 이네스가 침대에서 일어섰다. 레녹스가 제지하기도 전에 성큼 다가온 그녀가 그의 팔을 잡았다.

"오라버니는 알고 계세요?"

올려다보는 눈이 간절했다. 이네스가 숨을 고를 새도 없이 이어 말했다.

"그는 대체 뭘 하는 사람이죠? 상인이 맞나요? 이름이라도······."

물에 빠져 허우적거리다 겨우 줄을 잡은 사람처럼 매달린 손을 떼어내며 레녹스가 냉정하게 말했다.

"모른다."

"아뇨. 오라버니는 알고 계세요. 알고 계시잖아요."

자수정 같은 눈동자가 애원을 담아 그를 올려다보고 있었다. 이네스의 창백한 낯은 금방이라도 쓰러질 듯이 연약해 보였다. 레녹스가 그녀의 어깨를 잡았다.

"어차피 두 번 다시 볼 일 없는 사람이야."

선고하듯 머리 위로 내려앉은 단호한 말에 무언가가 울컥 치솟았다. 레녹스의 손을 뿌리친 이네스가 처음으로 그에게 대들었다.

"그걸 왜 오라버니가 결정하죠?"

"이네스."

"저는 아버님과 오라버니가 허락하지 않은 사람과는 말을 섞을 수도, 함부로 어울릴 수도 없나요?"

목소리엔 울분과 서글픔이 가득했다. 레녹스가 천천히 고개를 저었다.

"모두 다 너를 위해서다."

돌아온 대답에 이네스의 눈이 순식간에 막이 쓰인 듯 탁해졌다. 온몸의 진이 탁 풀리는 느낌이었다.

"……항상 그렇게 말하시죠. 모두 날 위한 거라고."

뇌까리는 말은 힘이 없고 안으로 파고 들어갈 듯 작았다. 마치 그제야 제 발목에 사슬이 달렸다는 걸 깨달은 새 같았다. 이네스는 침잠해오는 절망감에 눈을 감았다. 이 또한 처음 보는 얼굴이었다. 레녹스의 안색이 흐려졌다.

"이네스, 나는……."

"됐어요."

뭐라 변명하기도 전에 그의 말을 끊은 이네스가 고개를 저었다.

"더는 뭐라 말해 봤자 결국 제가 알고 싶은 건 알려 주지 않으실 거잖아요."

유감스럽게도, 맞는 말이었다. 그 남자가 사실 이 벨로트를 다스리는 왕이라는 걸 알게 되면 이네스가 얼마나 충격을 받을지 알 수 없었다. 어쩌면 또다시 몸져누울지도 모른다. 레녹스는 그만한 위험을 감수하고 싶지 않았다.

"……그럼, 좀 더 쉬도록 해라."

대답은 돌아오지 않았다. 힘없이 침대로 등을 돌린 이네스의 뒷모습을 잠시 바라보다 레녹스가 조용히 문을 닫고 나갔다.

며칠 후.

손님이 온다는 소식에 저택 사람들은 아침부터 제각기 제 역할을 해내느라 부지런히 움직였다.

잘 닦인 길에 마차가 들어서고, 현관홀 앞에 멈춰 선 사륜마차 안에서 나온 사람은 발렌틴 경이었다. 마중 나온 이는 저택 사람 대부분이었다.

먼저 악수를 청한 건 변경백이었다.

"어서 오게."

적에게는 가차 없는 냉랭한 시선이 드물게 온화한 빛을 띠며 상대에게 머물렀다. 처음엔 낯설었지만, 이제는 익숙해져야 할지도 몰랐다. 발렌틴 또한 미소를 띤 얼굴로 인사했다.

"이리 환대해 주시니 감사합니다, 변경백 각하. 그간 잘 지내셨습니까?"

"근래 변경의 야만인 놈들이 설쳐서 조금 바쁘긴 했지만, 그냥저냥 지냈다네. 간 일은 잘되었고?"

"네. 염려해 주신 덕분입니다."

백작과의 의례적인 안부 인사를 나눈 뒤, 발렌틴의 시선이 그 옆에 선 장남에게 향했다. 이번에는 발렌틴 쪽에서 손을 내밀었다.

"데인 경."

"발렌틴 경."

"그간 잘 지내셨습니까?"

"별일은 없었습니다."

"그렇다니 다행이군요. 그런데……."

누군가를 찾듯 잠시 주위를 둘러보던 발렌틴의 눈동자에 의문이 깃들었다.

"이네스 양은 보이시지 않는군요."

"누이는 며칠 전부터 몸이 좋지 않아 안에 있습니다. 거실에서 기다리고 있지요."

레녹스의 말에 발렌틴이 안타까운 표정을 지었다.

"아. 그랬군요. 많이 안 좋으신 겁니까?"

"종종 겪는 현기증일 뿐, 그리 염려하실 필요는 없습니다."

지병에 대해서는 이미 발렌틴 또한 알고 있는 부분이니 구태여 덧붙이거나 살을 떼어 낼 필요도 없었다. 담백하게 대꾸한 레녹스에 이어 변경백이 손님을 안으로 이끌었다.

"먼 길 왔는데 편히 앉아야지. 들어오게."

"그럼 실례하겠습니다."

그대로 세 사람은 응접실로 향했다. 손님이 이미 점심을 먹고 왔기에 식당에 가지는 않았다. 대신 응접실 테이블 위에 정갈하면서 화려한 간식들과 차가 놓였다. 비교적 과묵한 데인 부자와 다르게 발렌틴은 달변가였고, 분위기는 시종일관 화기애애했다.

"……그렇게 돼서 결국 거래에서 어느 정도 이익을 봤습니다."

"어떻게 보면 심리전이었군."

"혹여 약점을 잡힐까 얼마나 전전긍긍했는지 모릅니다."

대화는 쉴 없이 오고 갔다. 세 남자 사이에서 이네스는 적당히 맞장구를 치거나 눈이 마주치면 경청하고 있었다는 듯 옅게 웃으며 고개를 끄덕였다.

매일같이 오두막에 간 것을 덮어 주는 대신, 발렌틴 경 앞에서는 호의적인 태도를 유지하라는 레녹스의 말 때문이기도 했지만, 애초부터 무례하게 굴 생각은 없었다.

그녀는 항상 자신의 자리에 대해 인식했다. 말을 타고 멋대로 저택을 뛰쳐나가는 순간에도 어디까지나 선을 넘지 않는 한에서 행동했다. 답답한 새장처럼 느꼈다 해도 그녀는 자신의 의무에 대해선 항상 지키는 편이었다.

다만 가슴 한구석을 옥죄어 오는 통증 때문에 순간순간 표정을 관리하기가 힘들었다. 그때마다 레녹스와 눈이 마주쳤다. 이네스는 바로 시선을 피했다. 말을 걸 순간을 기다린 듯, 들어온 하녀가 식은 차를 바꾸는 사이 발렌틴이 그녀를 향해 입을 열었다.

"이제야 묻는 실례를 용서하세요. 몸은 괜찮으십니까?"

"그럼요. 오늘 아침부터 한결 좋아졌어요. 걱정 끼쳐서 죄송하네요."

"죄송은요. 정말 다행입니다."

부드러운 초록 눈동자를 마주하며 이네스는 속으로 약간의 미안함을 느꼈다. 어찌 되었건 맞은편에 앉은 남자는 자신의 구혼자였다. 하지만 그녀의 머릿속에는 그가 없었다. 겉으로 마주 보고 있어도 생각나는 건 다른 한 남자였다. 직접 이곳을 떠났음을 확인까지 한.

쓰러진 다음 날 새벽이었다. 눈을 뜨자마자 이네스는 레녹스의 방으로 향했다. 그리고 눈을 마주하며 당당히 말했었다.

−직접 가 봐야겠어요.

그런 그녀를 가만히 바라보던 레녹스가 이윽고 고개를 끄덕였다.

−데려다주지.

예상치 못한 순순한 승낙이었다. 일말의 불안감과 기대감을 갖고 오두막을 찾은 순간, 그녀를 덮친 건 단순한 실망감을 넘어선 무엇이었다. 문 앞에서 새장이 닫히는 소리가 들린 건 환청이었을까.

짧은 상념을 뒤로한 이네스가 다시 채워진 잔을 들고 한 모금 마시는 순간, 발렌틴이 조심스레 말했다.

"실례가 아니라면 저택의 정원을 좀 둘러보아도 될까요? 전에 왔을 때는 경황이 없어 제대로 둘러보지 못해 아쉬움이 남았습니다."

그가 말하는 건 저택의 정원이었으나 그 안에 담긴 뜻은 그게 아니었다. 그것을 방 안의 네 사람은 알았다. 마치 각본이 정해진 배우처럼 무대 위에 선 기분이었다. 변경백이 고개를 끄덕였다.

"그렇게 하게나."

그러고는 딸에게로 시선을 옮겼다.

"꽃에 관해서는 이중에선 이네스가 가장 적임자지."

＊　＊　＊

레이븐 홀의 정원은 남부나 수도와 비교해 비록 다채롭거나 화려하지는 않아도 고적하고 은은한 미가 있었다. 조화롭게 핀 꽃들이 잎사귀 사이로 수줍게 얼굴을 내밀었다. 기대하지 않은 듯 주위를 둘러보던 발렌틴이 가볍게 찬사를 했다.

"아름답군요."

이네스가 의례적으로 고개를 끄덕였다.

"겨울이 되면 꽃들이 지는 대신, 잎 사이사이에 눈이 앉죠. 관목 가지에도 눈이 맺혀 눈꽃이 핀답니다. 그때 광경은 더 볼만하죠."

"오, 과연…… 기대됩니다. 그때도 볼 수 있었으면 좋겠습니다만."

"언제든 오세요. 아시겠지만, 찾아온 손님은 가족처럼 대접하는 게 북부의 풍습이니까요."

비유가 아니라, 어쩌면 그는 이미 가족이었다. 적어도 자신을 제외한 두 사람에게는. 다소 냉소적인 생각에 이네스는 눈을 내리깔고 잠시 입을 다물었다. 나란히 걷던 두 사람의 그림자가 멀어진 건 잠시 후였다. 멈춰 선 동행자를 향해 이네스가 뒤를 돌았다.

"……발렌틴 경?"

"레이디 이네스."

세 걸음의 간격을 남겨 두고 마주한 발렌틴이 진지한 얼굴로 그녀를 불렀다. 원래라면 깜짝 놀란 얼굴로 조금의 설렘을 갖고 반응해야 했으나, 이미 한 번 본 연극을 다시 보러 온 관객처럼 사실 별다른 감흥이 없었다.

이네스가 조용히 대꾸했다.

"네."

"저번에 숲에서 저와 나눴던 대화 기억하십니까?"

이네스는 기억을 더듬었다. 아마 부부에 관한 이야기였다. 그의 부모 이야기도 했었던 거 같았다. 대답 대신 그녀가 고개를 끄덕이자 발렌틴이 말을 이었다.

"조금 이를지도 모르지만, 처음 뵌 순간부터 편지를 주고받으면서 저는 당신을 보며 느꼈습니다. 어쩌면 제 부모님처럼 살 수도 있겠다는 생각을요."

끝이 분명한 서두였다. 그가 한걸음 다가와 무릎을 꿇었다. 반사적으로 뒷걸음질 치려던 이네스의 발목이 멈춰 섰다. 땅에 단단히 묶인 것처럼 움직이지 않았다. 진지하고 올곧은 시선이 자신을 올려다보고 있었다.

"보통은 혼사에 대해 집안에서 결정하고 당사자들은 몇 번 얼굴을 보는 게 전부겠지만……."

잠시 말을 끊은 발렌틴이 부드럽게 웃었다.

"제 아버님께서는 직접 어머님께 물으셨다 합니다."

젊고 성실하고 집안 좋은 구혼자. 무릇 보통 아가씨라면 기다리고 두근거려야 할 순간이었지만, 그녀에게는 마치 눈앞의 남자가 새로운 새장의 주인처럼 느껴졌다. 여태까지 자신이 갇혀 왔고, 앞으로도 갇혀야 할 새장.

발렌틴이 느릿하게 신중히 입을 달싹였다.

"이네스 데인 양."

"……."

"부디 저와 결혼해 주시겠습니까?"

이미 답이 정해진 물음이었음에도 긴장했는지 굳은 얼굴이 보였다. 언제 숨겨 왔는지 무릎을 꿇으며 내민 꽃은 북부에서는 구하기 힘든 붉은 작약 다발이었다. 이 계절에는 피지 않는 꽃이라 어지간히 구하기 어려울 텐데 푸릇푸릇하기까지 했다.

"저는……."

잠시 눈을 감았다 뜬 이네스가 천천히 입을 열었다. 각오했던 순간이기도 했고, 어떻게 대답해야 하는지도 알았다. 대답하기 위해 말을 이으려는 순간이었다. 어디선가 부스럭거리는 소리가 들리더니 환청처럼 개 짖는 소리가 들렸다.

"왈!"

처음엔 그저 훈련 후에 잠깐 목줄을 풀어 놓은 사냥개인가 싶었다. 사냥개들은 저택 부지 안에서는 사람을 물지 않으니까.

하지만 어딘가 이상히도 귀에 익었다. 그 순간, 이네스는 황급히 소리가 난 방향으로 고개를 틀었다. 번뜩이며 머릿속을 스쳐 지나간 건 바로 코코였다. 숲에서처럼 코코가 다시 나타난 것 같은 느낌이 들었다. 한참이 지나도 대답이 들려오지 않자 발렌틴이 그녀를 불렀다.

"이네스 양?"

하지만 이미 이네스의 정신은 구혼자에 머물러 있지 않았다. 소리의 근원지를 향해 고개를 돌린 그녀가 본능처럼 그쪽으로 바삐 걸음을 옮겼다. 자리에서 일어선 발렌틴이 다시 한번 그녀를 부르는 소리가 들렸지만, 먼 메아리처럼 아득하게 느껴졌다.

'설마……!'

불현듯 숲에서의 일이 떠올랐다. 덮치듯 갑자기 달려든 코코, 놀란 말, 그리고 떨어지려던 자신. 그 뒤에 모습을 드러낸 건 바로 그 남자였다. 한 치의 흐릿함도 없이 자신을 직시하던 검은 눈동자. 귀에 감기는 깊은 목소리. 어깨를 휘감던 크고 단단한 손.

필립.

역시 말없이 떠나지 않았다. 오라버니는 틀렸다.

치맛자락을 잡고 빨라지는 걸음이 기쁨과 기대로 날듯이 가벼웠다. 흙으로 드레스가 더러워지건 말건 신경 쓰지 않고 달리는 때였다. 걸음은 머지않아 막혔다.

"아가씨?"

그 끝에 서 있는 건 기다렸던 그가 아니었다. 흥분한 개들의 목줄을 다시 맨 사냥개 관리인이 허리를 펴고 의아한 얼굴을 했다.

"놀라셨다면 죄송합니다."

숨이 턱 막혔다. 순식간에 땅 아래로 추락하는 느낌에 가슴이 짓눌리는 것 같았다. 뜻 모르게 고개를 젓던 이네스가 걸음을 더 내디뎠다.

"아니……."

"혹시 검은 개, 못 봤어요? 털이 긴 장모종에, 이 개들보다는 조금 더 큰데."

영문 모를 소리에 고개를 갸웃한 관리인이 대꾸했다.

"아니요. 레이븐 홀에서는 이 개들 외엔 다른 개는 없습니다만……."

머리가 어질했다. 그녀의 등 뒤를 받치는 손이 있었다.

"이네스 양, 무슨 일입니까?"

"아니에요…… 아무것도."

"많이 놀라신 거 같던데."

이내 눈치 빠른 관리인이 개들과 자리를 피하고 다시 둘이 남았다. 이네스가 조용히 입을 열었다.

"좀 전에 제게 물어보셨었죠. 결혼해 주겠느냐고."

체념과도 같은 심정이었다. 하지만 이 길 외에는 방법이 없었다.

"좋아요. 결혼해요."

그녀가 건조한 목소리로 말했다.

이네스가 정식으로 혼담을 받아들이자, 조금씩 진행되던 결혼은 일사천리로 준비되기 시작했다. 결혼식 때 입을 웨딩드레스는 물론이고 피로연 때 입을 드레스도 시침질에 들어갔다. 일가친척들과 지인들에게 가문의 인장이 찍힌 청첩장을 보내는 건 원래라면 어머니의 몫이었지만, 기혼인 데다 이네스보다 연상인 제인이 맡기로 결정됐다.

"이 부분은 좀 더 우아한 흘림체로 마무리 짓는 게 좋을까?"

"그것보다는 은박을 덧대는 건 어떨까요?"

"그럴 시간이 있을지 모르겠네. 보름 안에 다 돌려야 하니……."

들뜬 두 사람의 대화 속에 당사자인 이네스는 우두커니 앉아 있었다. 결혼식을 장식할 꽃과 좌석 배정을 하느라 전날 밤잠을 이루지 못한 탓이었다.

때문에 제인이 그녀를 부르는 소리도 미처 듣지 못했다.

"……네스."

"……."

"이네스!"

"응?"

연이은 부름에 이네스가 고개를 돌리자 제인이 못마땅한 얼굴로 그녀를 보고 있었다.

"대체 어디다 정신이 팔려 있는 거야? 네 의견을 물었잖아."

"미안, 피곤해서."

제인의 시선이 이네스의 거뭇한 눈 밑으로 향했다.

"괜찮아? 잠을 제대로 자는 거야?"

"응. 걱정 끼쳐서 미안해."

"이해해. 나도 심란했는걸. 기대 반 걱정 반이었지."

이유는 달랐지만 구태여 부정할 필요도 없었다. 이네스가 손에 쥔 수에 시선을 내렸다. 첫날밤 베고 잘 베개의 수를 놓는 중이었다. 오래된 풍습이고, 보통은 신부 측의 유모나 침모의 손에 맡기는 일이었다. 유모의 일손을 돕겠다고 나선 건 그녀 자신이었다. 마침 집중할 다른 무언가가 필요했다. 두 사촌 간 오가는 시선이 어딘가 비밀스러운 데가 있었다.

둘을 번갈아 보던 유모가 자리에서 일어났다.

"저는 내려가서 뭔가 먹을 걸 좀 가져올게요. 말씀 나누고 계세요."

"다녀와."

이윽고 문이 닫히자 방 안에는 둘만 남았다.

"이네스, 아직 마음의 정리가 안 된 거야?"

"……."

"직접 확인했다며. 흔적도 없이 떠난 거."

이네스가 가만히 고개를 끄덕였다. 그랬었다. 그는 나타났을 때와 마찬가지로 홀연히 떠났다. 최소한 짤막한 편지라도 남길 거라고 기대한 그녀를 비웃듯이.

그녀의 손등 위에 손을 얹은 제인이 달래듯이 부드럽게 말했다.

"그리 길지도 않은 시간이었잖아."

"……그랬지."

겨우 쥐어짜 낸 목소리는 작고 힘이 없었다.

"잊을 수 있을 거야, 분명히."

"응."

이네스가 대답함과 동시에 제인이 그녀의 옆에 앉았다. 그녀가 자신의 어깨에 사촌 동생의 머리를 기대게 하고 다정한 손길로 쓰다듬었다.

* * *

시간은 차질 없이 흘러갔다. 결혼식을 사흘 앞두고 미리 초대받아 온 하객들은 저마다 일찌감치 배정된 손님방을 차지했다. 주인 가족 세 명의 저녁 식사는 이젠 열 명 남짓의 만찬이 되었다. 그사이 하녀장은 잡일을 할 하녀 두 명을 더 뽑았고, 요리사는 매일 들어오는 식재료와 손님 각각의 기호에 맞는 메뉴를 고심했다. 집사는 발렌틴 백작가 사이에 오갈 서류들을 준비했다. 여러모로 식구가 늘어나니 모처럼 고즈넉한 레이븐 홀 안에 분주한 생기가 돌았다.

그중 관심이 가장 쏠린 건 바로 당사자인 두 남녀였다. 곳곳에서 지켜보는 시선을 느끼며 이네스는 발렌틴과 선조들의 초상화가 걸린 긴 회랑을 나란히 걸었다.

"두통이 있으시다 들었습니다. 잠을 통 못 주무신다고."

그 정보의 출처가 누구인지는 분명했다. 어느 정도 거리를 두고 뒤를 따르는 유모의 시선을 느끼며 이네스가 부드럽게 대답했다.

"걱정을 끼쳐 드렸네요. 그다지 심한 건 아닙니다."

"그러시다니 다행입니다. 무얼 하든지 무리는 하지 마세요."

뒤에 생략된 말들이 들리는 거 같았다.

'결혼식이 머지않으니까.'

벌써 식장이 꾸려지기 시작했고, 미리 만들어야 할 음식들은 손질에 들어갔다. 축사를 봐 줄 성직자도 오늘 아침 도착했다고 들었다. 다 괜찮았지만, 조금 견디기 힘든 건 조금씩 그녀의 짐을 싸는 하녀들을 지켜보는 일이었다.

"결혼식을 치른 후에 제 저택에 오실 때가 기대됩니다. 마음에 드셨으면 좋겠습니다."

마주한 채 내려다보는 시선은 정략혼 상대라는 게 믿기지 않을 정도로 다정했다. 제인 또한 신랑 될 사람의 성품이 좋다며 칭찬했던 게 떠올랐다. 이네스가 입가를 조용히 끌어 올렸다.

"그곳도 아름다운 곳이라고 들었어요. 기대되네요."

그때 누군가 다가와 끼어들었다.

"여기 있었군."

"오라버니."

의아한 얼굴로 이네스가 물었다.

"찾으셨나요?"

레녹스의 시선은 그녀가 아닌 발렌틴에게 향했다.

"아버님이 발렌틴 경을 찾으시더군."

"그렇군요. 어디 계시죠?"

"2층 집무실에 계시니 바로 가면 됩니다."

인사 대신 작게 눈인사를 한 발렌틴이 자리를 뜨자 남매 둘이 남았다. 이네스가 혼절해서 깨어난 그날 이후 오랜만에 마주 선 순간이었다. 두 혼약자를 뒤따르던 유모 또한 일이 생겼는지 어느새 보이지 않았다. 어색함이 감도는 가운데 먼저 운을 뗀 건 오라비 쪽이었다.

"몸은 괜찮으냐?"

귀에 익은 소리였다. 잠시 시선을 피했던 이네스가 고개를 들었다.

"다들 저한테 그 질문을 하는군요."

"……."

"그 질문을 들을 때마다 숨이 막히는데."

주위에서 그런 얘기를 할 때마다 상기시키는 것 같았다. 그녀가 몸이 약한 여자라는 것을. 그럴 때마다 뼛속 깊은 곳까지 무력감이 파고들었다. 그대로 등을 보이며 멀어지려는 때였다. 레녹스가 조용히 그녀의 이름을 불렀다. 이네스가 멈춰 서자 그가 입을 열었다.

"발렌틴 경은 진심으로 널 아낀다."

이네스는 뒤돌지 않았다. 다만 조용히 물었다.

"오라버니나 아버님이 절 아끼는 방식으로요?"

"이네스."

힘이 실린 목소리에 이네스 또한 목에 힘을 주었다.

"제 의견을 물어보신 적은 있나요? 의례적으로 하는 말이 아닌, 진심으로 궁금해서."

목소리는 차분했지만 가라앉아 있었다. 레녹스는 대답하지 않았다. 잠시 그대로 서 있던 이네스가 말없이 다시 걸음을 옮겼다.

누군가와 부딪힌 것은 회랑의 모퉁이를 도는 순간이었다.

"아……!"

"미안합니다."

머리 위로 들리는 목소리는 땅을 기는 듯 낮아서 섬뜩했다. 키가 큰 남자였다. 이상하게도 아무 무늬 없이 새하얀 가면을 쓰고 있었다. 어딘가 수상쩍었다. 이네스가 미간을 좁혔다.

"……결혼식에 초대받으신 손님이신가요?"

가면을 쓴 남자가 대답 대신 고개를 끄덕였다. 이네스의 표정에 의아한 기색이 더해졌다. 저택 안에서는 누구도 얼굴을 가릴 수 없었다. 그게 신세를 지고 있는 손님이라면 더더욱. 레이븐 홀뿐만 아니라, 그게 일반적이고 암묵적인 예의였다. 이름과 신분을 물으려는 찰나, 남자가 먼저 입을 열었다.

"어릴 적 얼굴에 큰 화상을 입었습니다."

"……"

"하여 남들에게 흉한 모습을 보이지 않고자 이런 가면을 쓰고 있지요. 아가씨를 놀라게 했다면 죄송합니다."

더할 나위 없이 정중하고 깍듯한 사과였다. 수상쩍다 의심했던 마음까지도 누그러질 정도로 남자의 태도는 귀족으로서 완벽했다. 불현듯 마음속에서 그 안의 얼굴을 보고 싶다는 호기심이 일었지만, 이네스는 그런 스스로에게 고개를 저었다.

"아닙니다. 사정을 몰라 무례를 저질렀습니다. 마음 상하셨다면 부디 용서하세요."

"마음 상할 일은 없었습니다. 그럼."

짧은 인사가 오가고 작게 묵례한 남자가 조용히 그녀의 곁을 스쳐 지나가는 순간, 이네스의 입술이 저도 모르게 움직였다.

"저기."

남자가 고개를 돌렸다. 다음 말을 기다리는 듯했다.

"어디 머무르시죠?"

이름이나 신분을 묻는 건 어쩐지 아까처럼 캐묻는 느낌이 들어 완곡하게 돌려 물은 질문이었다. 가면 너머의 눈동자와 시선이 마주쳤다.

"서관에 머무릅니다."

"그렇……군요."

서관이라면 친일척 일가가 아닌 다른 지역에서 온 사람이라는 말이었다. 고개를 끄덕인 이네스의 시선이 조금 집요하게 가면 안의 동공을 응시하는 순간이었다.

"아가씨!"

회랑 저편에서 누군가 그녀를 부르며 다가왔다. 뒤를 돌아 확인하니 하녀장이었다.

"식장을 장식할 꽃에 대해 의논드릴 게 있어요."

"의논?"

"네. 발렌틴 백작 부인께서 의견을 하나 내셨는데, 한번 확인하시고 결정하시는 편이 좋을 거 같아서요."

아직 혼전이니 백작 부인이라 함은 그녀가 아닌 발렌틴 경의 모친을 이르는 말이었다. 아담한 체구에 온화한 인상인 노부인은 조곤조곤한 목소리에 상냥한 성격을 가진 귀부인이었다.

"그렇구나. 지금 어디에 계시지?"

"산책을 하실 것을 권했으나 방에 계신다고 하셨습니다."

"곧 가겠다고 말씀드……."

물 흐르는 듯한 대화를 이어 가며 번뜩 생각난 얼굴에 이네스가 홱 다시 고개를 트는 순간이었다. 그녀는 조용히 커진 눈을 깜빡였다.

"어디 갔지?"

"아가씨?"

혼잣말 같은 뇌까림에 하녀장이 의아한 얼굴로 고개를 갸웃했다.

"방금 나와 서 있던 남자 말이야. 언제 사라졌지?"

"글쎄요…… 저는 계신지도 몰라서."

"……그래."

하녀장의 시야엔 그녀가 가로막고 있어서 그를 미처 신경 쓰지 못한 모양이었다. 가린다고 해도 눈치 못 챌 체구는 아니었지만. 잠시 눈을 내리깐 이네스가 이내 고개를 들었다. 걸음을 재촉하는 모습에 하녀장이 바로 뒤따랐다.

"노부인을 뵈러 가시는 건가요?"

"응. 따로 전할 것 없이 바로 갈 거야."

"드실 간식이라도 준비해 올릴까요?"

"백작 부인께선 이가 약하시니 부드러운 케이크 종류가 좋겠어."

이네스의 말에 하녀장이 다소 놀란 얼굴을 했다. 백작 부인은 어제 저녁에 저택에 왔고 그녀와는 잠깐 얼굴을 본 것뿐이었다. 그런데도 이네스는 금세 그녀의 특징을 파악했다. 누가 봐도 타고난 눈썰미였다.

"왜 그렇게 쳐다봐?"

"잘 알았습니다."

빤히 바라보는 눈빛에 이네스가 묻자 고개를 저으며 바로 대답한 하녀장이 뒤이어 말했다.

"그럼 저는 주방에 가서 지시 전하고 바로 따라 올라가겠습니다."

"응."

가볍게 대꾸한 이네스가 한마디 덧붙였다.

"그리고 서관의 손님 목록을 좀 갖다 줄래? 이왕이면 저녁 식사 이전에."

"서관이요?"

자신의 혼사임에도 최소한의 관여밖에는 하지 않던 그녀가 아닌가. 뜬금없는 말에 하녀장이 놀란 눈을 하자 짤막한 대답이 돌아왔다.

"마지막으로 한번 식장의 좌석 배치를 살펴보고 싶어서 그래."

어쩐지 그것뿐만이 아닌 것 같다는 생각이 들었지만, 아주 순간이었다. 으레 결혼을 앞둔 아가씨들은 변덕스러운 구석이 있기 마련이니까. 간단히 결론을 낸 하녀장이 옅게 미소 지었다.

"알았습니다."

복도를 가로지르는 여인의 발걸음이 빨라졌다. 주변을 두리번거리는 시선은 날카로웠지만, 좀처럼 목표물이 잡히지 않았다. 그러던 중이었다. 그녀의 눈에 창을 닦고 있던 하녀 한 명이 들어왔다.

"잠시만."

"네?"

부름과 동시에 걸레질하던 하녀가 멈춰서 뒤를 돌았다.

"혹시 아가씨 못 봤어?"

이 저택에서 아가씨라면 원래 유일무이했다. 하지만 혼담으로 인해 손님들이 여럿 방문한 지금에서는 특정하기가 어려웠다. 하녀가 고개를 갸웃하자 답답한 얼굴로 유모가 말을 이었다.

"우리 아가씨."

"아아⋯⋯."

그제야 알겠다는 얼굴을 한 하녀가 뒤이어 말을 이었다.

"제가 마지막으로 뵌 건 오늘 아침 안뜰에서였어요."

"안뜰?"

"네. 옆을 스쳐 지나가셨는데⋯⋯."

그때 유모가 그녀의 말허리를 가로챘다.

"어느 쪽으로?"

기억을 더듬듯 잠시 말이 없던 하녀가 잠시 후 말했다.

"아마 서관 쪽일 거예요."

* * *

없었다. 저택 곳곳을 아무리 둘러봐도 보이질 않았다. 혹시 헛것을 본 게 아닌가 싶을 정도였다. 하지만 가슴 한구석엔 확신이 있었다. 헛것이 아니었다는 것. 누가 보면 왜 한 번 스쳤을 뿐인 사람을 그리도 찾을까 의아하겠지만 그녀 자신조차 확답할 수 없었다.

그저 한 번만 더 그자의 얼굴을 봐야 했다. 그게 전부였다. 망설임 없이 나아가던 이네스의 걸음걸이가 멈춘 건 잠시 뒤였다. 복도에서 저도 모르게 빈방의 문 뒤로 숨어 버렸다. 문틈 새로 들리는 목소리는 세탁물을 옮기는 하녀들이었다.

"벌써 결혼식이 이틀밖에 안 남았네."

"그러게. 정말 정신없었지."

그 말대로였다. 속속들이 도착한 손님들을 맞느라 레이븐 홀은 레녹스의 혼인 이후 오랜만에 북적거렸다. 소문은 재빠르게 퍼져 나가 이제 북부에서 데인 백작 영애와 발렌틴 백작의 혼인을 모르는 사람이 없을 정도였다. 본의 아니게 엿듣게 되어 버린 상황이 거북해 문을 열고 나가려는 순간이었다. 세 하녀 중 한 명이 미소 띤 얼굴로 말했다.

"발렌틴 백작님이 좋은 분인 거 같아 다행이야, 여러모로."

"맞아. 정말 아가씨를 아끼시는 거 같고."

그때였다. 어딘가 묘한 어조의 목소리가 끼어들었다.

"그래 보이기는 하지."

맨 왼쪽에 선 금발 머리의 하녀였다. 그 말을 듣는 순간, 등줄기에 소름이 쫙 돌았다. 이네스는 나가려던 걸음을 그대로 멈췄다. 동시에 다른 두 사람의 시선이 동료에게로 쏠렸다.

"그게 무슨 말이야?"

"사실은 그렇지도 않다는 말이야……?"

"아, 아냐. 그냥 내가 실언을 했네."

호기심 가득한 두 쌍의 눈이 자신에게 모이는 것을 보며 금발 하녀가 손사래를 쳤다.

"그렇게 말하고 입 닫는 게 어딨어."

"누가 아니래. 우리 답답하게 하지 말고 그냥 말해, 타냐."

그러자 압력에 못 이기는 척 그녀가 입을 열었다.

"아…… 이건 비밀인데. 사실 얼마 전에 백작님의 집무실을 청소하다가, 우연히 집사님과 백작님이 하시는 이야기를 들었어."

모시는 집안의 비밀은 단연 가장 흥미로운 화젯거리였다. 나머지 하녀들이 귀를 솔깃해하며 다음 말을 기다렸다. 잔뜩 목소리를 내리깐 타냐가 은밀하게 말을 이었다.

"그러니까…… 혼담이 오고 가기 전, 발렌틴 경과 백작님 사이에 모종의 거래가 있었대."

다음 순간 터져 나온 반응은 야유였다.

"그럴 리가 없잖아."

"맞아. 귀족 간의 결혼 중에 거래가 없는 결혼이 없다지만, 우리 백작님이 그럴 분이야?"

"그래, 당연히 아니지. 뭐가 부족해서. 그렇게 아가씨를 아끼시는데."

마지막 문장은 동의하기 힘들었지만, 전체적으로 맞는 말이었다. 이네스가 속으로 고개를 끄덕였다. 예상외의 싱거운 반응에 타냐가 고개를 저었다.

"애들아, 생각해 봐. 그간 이네스 아가씨에게 더 좋은 혼담이 없었어?

저번의 구혼자도 꽤 좋은 집안에 높은 작위를 갖고 있었잖아."

"그건…… 그렇지?"

"그런데 변경백께선 이제까지 다 거부하셨어. 직접 그러신 건 아니지만, 아가씨가 돌려 거절하는 걸 그저 두고 보셨으니 이를 용납했다는 말이지."

묘하게 설득력이 있는 어조였다. 다시 귀 기울이는 동료들을 번갈아 보던 타냐가 결론을 냈다.

"그러니까, 발렌틴 백작님께 변경백 각하가 원하는 뭔가가 있다는 얘기지."

"그게 대체 뭔데?"

"그건 바로……."

그 순간이었다. 모두의 집중이 타냐의 입술에 고정된 찰나, 말을 막은 누군가가 있었다.

"다들 일은 안 하고 이리 농땡이를 피우고 있었군."

잔뜩 날 선 목소리였다. 매처럼 날카로운 눈동자가 세 사람을 번갈아 응시했다.

"유모님……!"

사색이 된 하녀들이 어서 눈을 내리깔았다.

"아가씨의 혼인 준비로 다들 눈코 뜰 새 없이 바쁜 줄 알았더니, 그렇지 않은 사람이 있는 줄은 몰랐네."

"오, 오해세요!"

"오해이건 아니건 그건 내가 결정할 문제고."

다급히 변명하려는 하녀들의 입을 한마디로 틀어막은 유모가 시선을 그녀들이 들고 있는 빨랫거리로 옮겼다.

"당장 손에 든 것부터 옮기는 게 좋을 거 같은데."

제안처럼 말했지만 단호한 명령이었다. 저택 안에서 각자 권위를 가진 아가씨의 유모와 하녀장은 개인적으로 친한 사이였다. 이를 어길 시에 어떻게 될지는 잘 알고 있기에 그들은 이견이 없었다. 하녀들이 도망가듯 후다닥 자리를 피하자 남은 건 이제 한 사람이었다. 작게 한숨을 내쉰 유모가 문을 열었다.

"아가씨, 한참 찾았어요."

"······유모."

어쩐지 대답하는 목소리가 평소와는 달랐지만, 유모는 일단 무시했다.

"식장에 들어갈 때를 대비해 연습하는 날이잖아요. 대체 왜 여기 계시는 거······."

"유모."

잔소리를 끝내기도 전에 낮은 목소리가 한 차례 가로막았다.

"거래라니, 무슨 소리야?"

"아가씨······."

당황한 반응에 이네스가 쓰게 웃었다.

"얼굴을 보니 알고 있군. 그렇지?"

입을 다문 유모의 얼굴을 보자 소리 없는 실소가 저절로 터져 나왔다. 항상 이런 식이었다. 그녀를 존중하는 척하지만, 정작 중요한 건 아무도 알려 주지 않았다. 다른 선택지를 전부 막아놓고 선택하라고 말하는 것과 같았다. 모두에게 기만당한 기분이었다.

"말해봐. 아버님과 발렌틴 경 사이에 무슨 거래가 오고 갔는지."

"아가씨, 그건 오해······."

"내가 지금 아무런 심증도 없이 이러는 거 같아?"

이상하다고 생각하기는 했다. 하지만 차마 의심하지 못했던 일이었다. 유모가 그녀의 양어깨를 잡았다.

"정말 오해세요. 한낱 수다쟁이 하녀의 말을 믿으시다니요. 백작님께서 그럴 분이 아니라는 걸 따님인 아가씨가 제일 잘 알고 계시잖아요."

유모의 말에 이네스가 고개를 저었다. 입가엔 자조 어린 미소를 머금은 채로 대꾸했다.

"잘 알아? 글쎄. 그렇다고 생각했던 적도 있긴 했지."

그녀는 추억을 더듬었다. 아주 어린 시절에는 오라버니뿐 아니라 아버님의 손을 잡고 정원을 산책하거나 목마를 탄 기억이 흐릿하게 남아 있었다. 현재는 둘 다 무슨 생각을 하는지, 그녀를 두고 어떤 판단을 내렸는지 알 수 없었지만 적어도 그 기억은 그들이 자신을 사랑한다는 증거였다.

그렇게 믿고 살아왔다. 하지만.

"지금은 모르겠어."

"아가씨……!"

이네스는 어린아이를 달래듯 포옹하려는 유모의 팔을 풀었다.

"그러니까 말해. 대체 무슨 거래가 오고 갔는지."

그러곤 목에 힘을 주고 또박또박 말했다.

"내가 얼마에 팔렸는지."

"그건…… 저도 몰라요."

"유모!"

"정말이에요!"

끝까지 모르쇠로 일관하는 유모에게 으름장을 넣는 순간, 그녀 또한 결백하다는 듯 응수했다.

"그러니까…… 두 분 사이에 어떤 것들이 오고 갔다는 건 알지만, 그게 정확히 뭔지는 잘 몰라요."

그렇게 확정 짓는 말을 듣자 조금은 의심했던 심장이 철렁 내려앉았다. 비틀거리는 몸을 부축하려는 손길을 쳐 낸 이네스가 벽에 손을 짚었다.

"아버님의 집무실에 가야겠어."

그때였다.

"그럴 필요까지는 없을 것 같구나."

"……오라버니."

언제 그녀를 발견했는지 등 뒤로 다가온 레녹스가 누이동생과 그녀의 유모를 번갈아 바라봤다. 그와 눈이 마주친 유모가 무언의 명령에 조용히 자리를 뜨자 텅 빈 복도엔 남매만이 마주 보는 상태였다.

운을 뗀 건 오라비 쪽이었다.

"일단 안에 들어가서 얘기하자. 보는 눈이 있을지도 모르니까."

문을 연 레녹스가 나직이 제안했다. 대답 대신 고개를 끄덕인 이네스가 방 안으로 들어서고, 뒤이어 그가 들어서자 바로 문을 닫았다.

다리에 힘이 빠져 비척거리며 카우치에 앉은 이네스에게 다가간 레녹스가 조용히 입을 열었다.

"좀 전에 유모와 하던 얘기를 들었다."

"……."

"아버님과 발렌틴 경 사이에 있었던 거래를 알고 싶은 거겠지."

그간 서먹했던 사이에 누이는 한층 말라 있었다. 유모를 제외한 누구도 눈치채지 못한 변화였지만 그만은 확실히 알아차렸다. 어느새 맞은편에 앉은 레녹스를 바라보며 이네스가 고개를 끄덕였다.

"대체 뭐가 오고 간 거죠?"

"직접 물어보는 건?"

생각지도 못한 대답에 이네스의 눈이 커다래졌다.

"어떻게 그런 말을 할 수가 있죠?"

"안 될 이유는 뭐가 있는데."

"저는 아버님과 단둘이 길게 대화해 본 적도 까마득해요. 오라버니와 달리."

그래도 가족이라 어색한 가운데서도 편한 레녹스와 달리, 아버님은 그녀에게 멀리 있는 존재였다. 곧바로 차가운 지적이 날아왔다.

"그렇겠지. 지금 네가 정신 팔린 건 아버님도, 네 결혼도 아니니까."

정곡을 찌르는 말이었다. 이네스가 대답하지 못하자 레녹스가 턱을 굳혔다.

"아직도 그 남자를 기다리는 거냐?"

"그렇다면요?"

당돌한 반문에 그가 무릎 위에 놓은 손을 주먹 쥐었다. 마주한 건 누이의 반항기 어린 눈동자였다. 얼마 전 보았던 것과 똑같은.

"나는 분명 위험하다고 경고했다."

"그건 제가 판단해요. 오라버니는 아무것도 몰라요."

"아무것도 모르는 건 내가 아니라 너다."

끝없는 되돌이표를 반복하는 기분이었다. 이네스는 가슴이 답답해져 참을 수 없어 결국 자리에서 벌떡 일어났다.

"그럼 알려 주세요!"

"이네스."

"제가 뭘 모르는지, 뭘 알아야 하는지, 또 제게 뭘 숨겼는지. 전부 다요!"

"아버님은!"

점점 높아지던 언성은 레녹스의 목소리가 정점을 찍었다. 그리고 곧바로 하강했다.

"……너와의 결혼을 받아들이는 대가로 아버님이 발렌틴에게 요구한 건, 결혼 후에 너를 데리고 레이븐 홀을 자주 와 달라는 거였다."

"……."

"너는 사실 그것보다 그 남자의 정체가 궁금하겠지."

예리한 시선이 이네스를 꿰뚫고 있었다. 레녹스가 짓씹듯이 말했다.

"그는 현재 이 벨로트의 왕, 시어도어 듀크 폰 벨로트다. 그리고 지금이 지금도 이곳에 머무르고 있지."

머리 위에 번개가 내리꽂힌 것 같았다. 귀는 제대로 작동하는데 머리가 받아들이지 못했다. 이네스가 고개를 내저었다. 사색이 된 얼굴은 핏기 없이 창백했다.

"그럴 리가요. 그런 말도 안 되는 거짓말을 왜 하시는 거죠?"

"내가 뭐 하러 네게 거짓말을 할까."

그럴 줄 알았다는 듯 미간을 좁힌 레녹스가 무감하게 대답했다. 그 흔들림 없는 얼굴을 보자 이네스는 다시 한번 무너져 내렸다.

"이상하다고 계속 느꼈을 거다. 아무 권력도, 권위도 없어 보이는 그가 어떻게 아버님에게 이곳에 머무는 걸 인정받고 자유롭게 행동하는지."

사실이었다. 전혀 신경 쓰지 않는 듯 굴었지만, 가슴 한구석에는 항상 그런 찜찜한 의문이 남아 있었다. 이네스가 아무런 대답이 없자 가만히 바라보던 레녹스가 말을 이었다.

"하지만 더는 생각하지 않았겠지. 왜냐면 넌 그저 새로운 관심거리가 필요했고, 어쩌다 그게 우연히 그였을 뿐이니까."

노골적이고 신랄한 평이었다. 가족인 그녀에게만은 항상 자상하고 부드러웠던 오라비답지 않게 차가우면서 낯선 모습이었다. 안색이 내내 파리했던 이네스가 밀려드는 두통에 질끈 눈을 감았다. 반사적으로 그런 누이의 모습에 레녹스가 손을 내밀었다. 하지만 도와주려는 손길은 받아들여지지 못했다. 그의…… 손을 쳐 낸 이네스가 고개를 저었다.

"……그만, 이제 그만하세요."

"이네스."

"보기에 아주 즐거우셨겠군요, 이 새장 속에서 별 의미 없는 발버둥을 치는 제가. 오라버니는 예전부터 끔찍이도 잔인한 구석이 있었으니까요."

"입 다물어."

잔뜩 뒤틀린 말에 레녹스가 나직이 경고했다. 마주친 시선이 서늘했다. 이네스가 싸늘한 미소를 지었다.

"그렇죠. 항상 그런 식이었어요. 저는 입을 다물라고 하면 입을 다물고 가만히 있으라 하면 장식된 인형처럼 예쁘게 앉아 있어야 하는."

이제 그만 입을 다물어야 함을 알지만, 목소리가 계속해서 흘러나왔다.

"제가 그저 새로운 관심거리가 필요했고, 그게 어쩌다 그였을 뿐이라구요?"

가슴에 비수를 꽂아 박듯 그녀를 한 번에 상처 입힌 말이었다. 더불어 오라버니가 자신을 그동안 어떻게 여겨 왔는지 단적으로 알 수 있는.

"예. 필요했죠. 숨이 막혀서 조금이라도 마음껏 호흡할 수 있는 공간이 필요했어요."

"이네스!"

마지막 경고였다. 더 나아가지 말라는.

"그리고 그게 오두막이었죠. 이 지긋지긋한 저택이 아니라……."

짜악.

강한 힘으로 고개가 돌아감과 동시에 볼이 화끈거렸다. 이네스는 몇 초간은 이 상황을 도저히 믿을 수가 없어 가만히 눈만 깜빡였다. 그건 상대도 마찬가지였다. 레녹스는 여태껏 단 한 번도 누이에게 손을 든 적이 없었다. 이리 언쟁한 적도 없었거니와 그 어떤 상황에서도 침착하고 차분했으니까. 하지만 이번만큼은 단단한 그의 이성도 그의 매서운 손을 막아 주지 못했다. 본능적으로 힘 조절을 해 크게 아프지는 않을 테지만, 아무리 그래도 덩치와 기본적인 힘에서 차이가 컸다.

"이, 이네스……."

뒤늦게 상황을 파악한 레녹스가 처음으로 당황한 목소리로 그녀를 불렀다. 당연히도, 대답은 돌아오지 않았다. 땅에 떨어졌던 이네스의 시선이 천천히 들렸다. 마주한 눈동자에 레녹스의 얼굴이 순식간에 굳었다. 얼마 전만 해도 가장 신뢰하며 애정하는 이를 바라보던 눈빛이 어느덧 확연하게 달라져 있었다. 믿기지 않는 듯 긴장한 표정으로 이네스는 그를 경계하고 있었다.

그 사실을 깨닫자마자 레녹스가 다시금 급하게 말없이 돌아서는 그녀를 불렀다.

"이네스, 미안하다."

사과하는 목소리가 조금 떨렸다. 어떻게 저 한 줌밖에 되지 않는 어린 누이를 제 손으로 때릴 수 있었는지 좀 전의 스스로가 이해되지 않았다.

"욱하는 바람에. ……그럴 의도가 아니었어."

누가 들으나 진심 어린 사과였지만 그녀에게 닿지 못했다. 손을 뻗어 제가 후려친 뺨을 감싸려던 레녹스의 의도는 저지당했다. 우연히 마주친 위험한 짐승을 피하듯 조심스럽게 한 걸음 물러선 이네스가 조용히 대꾸했다.

"아니요. 조금 전엔 충분히 그럴 의도셨어요."

"……."

아무런 말도 할 수 없었다. 그저 믿을 수 없는 얼굴로 제 손을 내려다보는 것 외에는. 그런 레녹스를 주시하며 이네스가 입안을 깨물었다. 뺨을 맞을 때 찢어졌는지 피 맛이 느껴졌다. 알싸하게 번지는 통증도 통증이지만, 가슴을 꿰뚫어 버린 고통이 더 강렬했다.

"혼자 있고 싶어요."

"……미안하다. 내가 나가 마."

"적어도 내일은 저를 찾지 마세요."

이틀 뒤면, 결혼식 날이었다. 식장에서 마주하는 것 외에 얼굴을 보지 말자는 통보였다. 차마 아무 말도 못 하고 저를 바라보는 오라비에게 그녀가 물기 어린 목소리로 말을 이었다.

"적어도 지금 생긴 제 뺨의 통증이 나을 때까지는요."

"그건……."

"그리고."

그의 말허리를 끊어 버린 이네스가 쐐기를 박았다.

"말은 계속 탈 거예요. 걱정은 마세요. 어차피 이제 멀리 나갈 일도 없으니까."

잠시 남매 사이에 무거운 침묵이 흘렀다. 그러다 몇 분 뒤, 자신의 실수를 상기하듯 제 주먹을 꽉 쥔 레녹스가 목이 졸린 듯한 창백한 얼굴로 대답했다.

"……알았다. 대신 수행인을 항상 데려가라."

* * *

다음 날, 레녹스가 붙여 준 수행인은 다름 아닌 제인이었다. 유모는 말을 탈 줄 모르고, 그렇다고 기사나 하인을 옆에 붙여 주자니 결혼 직전, 구설수에 휘말릴 여지가 있었다. 그래서 타협한 게 바로 동성의 사촌이자 어느 정도 승마에 익숙한 제인이다. 그 의견 속에는 기혼인 그녀가 결혼을 앞둔 이네스에게 적절한 조언을 해 주고 잘 다독여 주리라는 기대 또한 분명히 포함되어 있었다. 그 부분은 애써 무시하며, 이네스는 아무 죄도 없는 제인에게 화가 가지 않도록 레녹스와의 약속을 지켰다.

하지만 제인의 눈에 이네스는 평소와 달랐다.

"이네스, 또 여기야?"

그녀는 말에서 내려 해안 절벽 위에 서서 철썩이는 파도와 모래사장, 그리고 쓰러져 가는 오두막을 내려다보고 있었다. 처음엔 그냥 바람이나 쐬러 멀리까지 왔구나 싶었다. 하지만 멀거니 나래를 바라보는 시선은 어딘가 애틋하고 더 먼 곳을 바라보는 눈빛이었다.

"물론 경치는 좋긴 하지만, 맨날 똑같은 광경을 보면 지루하지 않아?"

"별로. 볼 때마다 새로운 광경인걸."

언성이 오고 간 그날, 레녹스는 분명 그가 이곳에 있다고 했다. 이네스는 뒤늦게 오라비를 추궁했으나, 끝까지 그가 어디에 있는지 말해 주지 않았다. 거듭해서 그가 떠났다는 대답이 돌아왔다. 하지만 그녀는 믿지 않았다. 지금까지 머물렀다면 그녀의 결혼식까지는 보고 떠나지 않겠는가. 그래서 남아 있을 가능성이 컸다.

가만히 이네스의 옆모습을 응시하던 제인이 문득 하늘을 올려다봤다.

"우리 이제 그만 슬슬 돌아가자. 어쩐지 하늘도 흐려지고 예감이 안 좋아."

공기도 어딘가 무겁고 구름도 점점 끼기 시작했다. 들어가서 몸 편히 쉬고 싶었다. 사촌 오라비가 그녀에게 준 숙제를 어서 내려놓고 싶다는 마음이 더 컸다. 사실 결혼 전날 한창 바빠야 할 신부였다. 대답이 없자 제인이 이네스의 어깨를 잡았다.

"저택에서 발렌틴 경이 널 목 빠지게 기다리고 있을 거야."

제인의 말에 이네스가 쓰게 웃었다. 그날 바로 거래가 오갔다는 오해는 풀었지만, 그래도 여전히 어딘가 그와 있을 땐 어색하고 불편했다. 보기에만 어울릴 뿐, 사실 몸에 맞지 않는 옷을 억지로 입은 느낌이었다.

"영지 일로 바빠서 날 볼 시간도 없었는걸."

"그거야 어쩔 수 없는 일이지. 공은 공이고 사는 사니까. 발렌틴 경은 널 정말 좋아하는 거 같더라."

말 이면에는 반대로 그녀는 그렇지 않은 듯 보인다는 말이 숨겨져 있었다. 이네스가 화제를 돌렸다.

"나는 좀 더 여기 있다가 돌아가고 싶어."

"무슨 소리야? 곧 비가 내릴지도 몰라."

제인이 하늘을 가리키며 대꾸했다.

"요즘 날씨가 변덕스럽잖아. 이러다 안 내릴 수도 있고, 내린다고 해도 금방 멎겠지."

"아무리 그래도……."

"제인."

그녀의 말을 가로챈 이네스가 불쑥 물었다.

"시집가고 나서 친정에 얼마나 자주 갔어?"

"그건……."

갑작스러운 질문에 머릿속을 굴리던 제인이 대꾸했다.

"일 년에 서너 번?"

"그것도 작은아버님의 생신을 전후해서겠지. 아니야?"

"……맞아."

이네스가 말하고자 하는 뜻을 눈치챈 제인이 느릿하게 고개를 끄덕였다.

"어쩌면 오늘이, 내가 마지막으로 보는 이곳 풍경일지도 몰라."

변경백과 발렌틴 경 사이에 오간 거래를 모르는 제인으로서는, 언뜻 불길하게 들리긴 했지만 결혼하여 발렌틴 백작령으로 떠나게 되면 좀처럼 이곳에 오기 힘들다는 말로 들렸다. 무언의 시선이 오가고, 결국 그녀가 고개를 끄덕였다.

"좋아. 그러면 딱 삼십 분이야. 그 이상 안 오면 사람을 데려와 찾으러 올 거야. 알았어?"

"알았어."

드디어 한발 물러선 상대에게 이네스가 순순히 고개를 끄덕였다. 어쩔 수 없이 말에 올라탄 제인이 거듭 강조했다.

"정말로, 조금이라도 늦으면 바로 레녹스 오라버님께 말할 거야."

"알았다니까."

"그럼 조금만 더 있다 바로 돌아와."

그 말을 끝으로 제인은 말의 배를 찼다. 히이잉 한 번 운 말이 저택을 향해 달려 나가자, 그녀의 모습은 금세 작은 점이 되어 멀어졌다.

드디어 혼자 남은 것이다. 이네스는 다시 말을 타 레이븐 홀 쪽과 더 멀리 떨어졌다. 그리고 안장에서 내려 바다와 하늘이 맞닿은 끝을 조용히 응시했다. 하늘에는 어느덧 노을이 지고 있었다. 이제 다시 지평선 너머에 해가 얼굴을 들면 그녀는 한 남자의 아내, 그리고 한 아이의 어머니가 될 것이다.

그렇게 생각하자 숨이 턱 막혔다. 무거운 추가 어깨 위를 짓누르듯 삽시간에 그녀를 덮친 부담감과 중압감이 목을 죄는 것 같았다. 살다 보면 남편이 된 남자와 정이 들기는 하겠지만, 그게 과연 정말 사랑이 될 수 있을까.

이네스는 한 걸음씩 절벽을 향해 나아갔다. 철썩이는 파도 소리가 정적 속에서 유난히 크게 들렸다. 걸음은 아슬아슬한 곳에서 끝났다. 그녀의 발밑에서 작은 돌무더기가 가파른 비탈을 타고 떨어져 내렸다. 이네스는 천천히 눈을 감았다. 그리고 숫자를 셌다.

하나, 둘, 셋……. 허공 속으로 발을 디뎠다. 몸이 휘청거리며 자비 없이 저 아래로 추락하나 싶은 찰나였다.

"이네스!"

등 뒤에서 뻗어 나온 손이 이네스의 어깨와 허리를 잡고 뒤로 굴렸다. 감았던 눈을 뜨자 새카만 눈이 보였다. 그녀가 그토록 찾아 헤맸던.

"정말 죽고 싶어서 환장했나?"

"필립."

입술 새로 나온 말이 정말 오랜만에 내뱉는 것처럼 느껴졌다.

"죽으려고 마음먹은 거냐고 물었어."

거칠게 그녀를 떼어 낸 그가 어깨를 잡고 잇새로 말했다. 소름 끼칠 정도로 낮고 냉랭한 목소리였다. 하지만 끝까지 이어지진 못했다.

"그렇게 죽고 싶으면 지금 당장이라도 내가……."

"역시 맞았군요."

"뭐?"

남이라면 얼굴이 새파랗게 질릴 정도의 살기였다. 그것을 바로 앞에서 부딪치며, 이네스가 그에 못지않은 분노 어린 얼굴로 소리쳤다.

"그때 가면을 쓰고 있었죠. 그리고 부딪친 날 모른 척했어요. 일부러 부딪혀 놓고!"

살면서 해 본 적 없는 모험을 단 한 번 시도하길 잘한 일이었다. 실패하면 그대로 곤두박질쳐 목숨이 끊어졌을 테지만, 천만다행으로 행운은 그녀의 편이었다. 한순간 오금이 저리고 피가 얼어붙는 공포가 그녀를 사로잡았지만, 그의 얼굴을 다시 보니 어느새 사그라들었다. 그리고 뒤이어 그의 얼굴을 보는 순간엔 언제 겁쟁이처럼 굳어 버렸냐는 듯 이리저리 뒤섞인 감정들이 맹렬한 분노로 쏟아져 내렸다.

"어떻게 그럴 수 있죠? 내 마음을 이미 알면서! 그저 시험해 보고 싶었나요? 심심해서 갖고 놀았던 거예요……?"

"진정해. 너무 흥분했군."

상대 또한 언제 그녀를 날카롭게 추궁했냐는 듯 태도를 바꿨다. 주먹 쥔 손으로 자신의 가슴을 치는 이네스의 팔목을 잡고 그녀를 제지했다.

"흥분? 진정? 그 전에 내 질문에 먼저 대답해요. 내게 왜 그랬죠?"

기만당하는 건 이제 넌더리가 났다. 다들 그녀가 생각을 하지 않는다고 여기는 것 같았다. 그들과 마찬가지로 멀쩡히 사지 육신이 붙어 있는데. 이상하게도 그녀에게만. 잠시 아무 말 없이 이네스를 바라보던 필립, 아니 시어도어가 짧게 대꾸했다.

"그저 변덕이었을 뿐."

"거짓말."

"믿고 싶은 것만 믿는 병이 있는 모양이군."

"거짓말쟁이를 알아보는 병이 있죠."

그 당돌한 대답에 시어도어가 실소를 터뜨렸다. 그러다 짐짓 진지한 얼굴로 지적했다.

"내가 누군지는 들었을 텐데. 불경죄로 갇힐 수도 있어."

"그렇다면 진작에 갇혔겠죠."

이제 더는 숨길 것도, 아닌 척 굴 것도 없었다. 그녀는 이미 모든 걸 그에게 보여 줬다. 이제 그가 보여 줄 차례였다. 아무런 확신도 없이 무모하게 구는 게 아니었다. 적어도 자신이 느꼈던 순간순간이 사실이었다면.

더할 나위 없이 솔직한 이네스의 모습에 시어도어가 입매를 끌어 올렸다.

"맞아. 그랬겠지. 아가씨가 적어도 내 흥미를 끌기는 해."

"이네스예요, 내 이름은."

"······그래, 이네스."

그의 입에서 이름이 불린 건 오랜만이었다. 항상 그는 그녀를 아가씨나 까마귀 공주님이라고 불렀다. 마치 그들의 거리를 그것으로 정의하는 듯이.

"언제부터 날 지켜봤죠?"

"처음 네가 날 찾아온 날부터."

의외였다. 얼굴이 화끈해지는 것을 느끼며 이네스가 고개를 틀었다. 그 모습을 바라보던 시어도어가 손을 뻗어 이네스의 턱을 잡았다. 그가 닿는 살갗이 화상을 입은 듯 뜨거웠다. 그가 자신에게로 이네스의 얼굴을 끌어들였다. 숨결이 거의 섞일 정도로 가까워진 무렵, 문득 떠오른 생각에 그녀가 조용히 물었다.

"내가 결혼하면…… 그 흥미도 끝인가요?"

"글쎄."

결혼이란 단어에 살짝 미간을 좁혔지만 이네스는 눈치채지 못했다. 잠시 알 수 없는 눈으로 그녀를 보던 시어도어가 그녀를 놓아줬다. 비스듬히 고개를 돌리곤 조금 전 그녀가 바라봤던 먼 지평선을 응시했다. 갸름한 턱 선과 깎아 만든 듯 완벽한 선을 그리는 콧대 아래로 얇지도 두툼하지도 않은 적당한 입술이 보였다.

"내 변덕은 나도 예상하기 힘들어서."

이네스의 머릿속에 불현듯 언젠가 귀여워했던 들고양이가 떠올랐다. 원하는 때, 원하는 만큼 머물고 미련 없이 훌훌 털고 사라져 버렸던. 어떤 작별 인사도, 애정 표현도 없었다. 그만큼 자유롭고 족쇄가 없었다. 이 남자도 그와 똑같이 잔인하면서 솔직했다. 검은 눈동자가 걱정과 슬픔, 그리고 또다시 걱정으로 시시각각 변하는 이네스의 얼굴을 샅샅이 살피듯 주시했다.

그를 잡아 두기 위해선 대가가 필요하다는 것을 그녀는 알았다.

"내가 어떻게 하면 머물 거죠?"

결국 떠오른 말이 그게 전부였다. 그녀의 머릿속을 들여다보듯 여유롭게 바라보던 시어도어가 빙긋이 웃었다.

"그건 네가 생각해야지."

"내일은 바로 내……!"

결혼식이라고 말하려는 순간이었다. 거의 동시에 멀지 않은 데서 이네스를 찾는 소리가 들려왔다. 그쪽으로 시선을 옮기니 제인이 정말 사람을 데리고 찾으러 왔는지 흔들리는 램프 빛 몇 개가 보였다. 화들짝 놀란 그녀가 시어도어에게로 다시 고개를 돌렸다.

"어서 가요."

하지만 초조한 건 그녀뿐인 듯, 정작 당사자는 아무런 감흥이 없는 표정이었다. 만약 그녀가 그와 단둘이 이곳에 있는 걸 누군가 본다면. 그녀는 물론이고 그에게도 좋을 게 없었다. 그가 왕인 걸 아는 게 아마 아버님과 오라버님뿐이라면, 더더욱. 하인들은 아가씨에게 다가온 낯선 남자를 경계할 것이고 어쩌면 그에게 달려들지도 몰랐다.

그중 가장 최악의 상황은, 바로 그녀를 기다리고 있던 발렌틴이 그녀를 찾으려 함께 나왔을 경우였다. 아예 남이라면 모를까. 내일이면 아내가 될 아가씨와 모르는 남자가 같이 있는 걸 본다면 아무리 온화하고 평판 좋은 남자라도 불같이 화를 낼 일이었다.

이네스가 안간힘을 다해 그를 수풀 속으로 밀었지만, 꿈쩍도 하지 않았다. 결국 애원하는 수밖에 없었다.

"제발요! 가요!"

"날 그리도 찾을 때는 언제고, 이제는 가라고?"

어처구니없다는 표정으로 시어도어가 어깨를 으쓱였다.

"무슨 일을 당할지 모른다구요."

"그건 겪어 봐야 알 일이지."

왕이니 당연히 그녀가 생각할 수도 없이 똑똑하다는 걸 알았지만, 지금 이 순간에는 생각을 전혀 알 수 없어 답답하고 충동적인 사람으로 보였다.

그때 다시 한번 그녀를 부르는 목소리가 들렸다.

"레이디 이네스!"

틀림없이 발렌틴이었다. 그가 뒤따르는 하인 서넛과 함께 이쪽으로
오고 있었다. 어쩌면 그녀를 이미 봤을지도 모른다. 하얗게 굳은 얼굴
로 뒤돌아보며 대답하려는 찰나, 이네스의 입을 틀어막은 손이 깊은 수
풀 속으로 그녀를 끌어들였다. 머리카락 한 올까지 수풀 안으로 들어간
순간에 아슬아슬하게 다가온 하인이 소리쳤다.

"이곳에 안 계십니다!"

"이상하다. 말은 여기 있는데."

수풀 속으로 어느덧 다가온 발렌틴이 보였다. 그녀가 타고 온 말의
등을 쓰다듬으며 주위를 한 바퀴 둘러보고 있었다. 금방이라도 들켜 버
릴 것 같았다. 심장이 가슴 위로 터져 나오는 느낌이었다. 이네스는 그
만 눈을 질끈 감았다. 등 뒤에는 거의 그녀를 끌어안다시피 한 시어도
어가 있었다. 사람은 맞는 건지, 이런 상황에서도 숨소리 하나 흐트러
지지 않는 남자였다. 발렌틴이 이곳을 뒤지기 전에 차라리 먼저 나가서
시선을 끄는 게 나을지도 몰랐다.

질끈 감았던 눈을 뜬 이네스가 입을 틀어막은 손을 떼어 내려 안간힘
을 썼다. 하지만 미동도 하지 않았다. 손톱을 세워 할퀴대도 마찬가지
였다. 오히려 그녀가 품에서 벗어나려 하면 할수록 허리와 입을 막은
그의 손이 올가미처럼 더더욱 옥죄어 왔다.

"읍……!"

발렌틴이 어딘가 이상한 기척을 느꼈는지 수풀 쪽으로 시선을 돌린
건 그때였다.

"여기서 무슨 소리가 났는데."

그 말에 덩달아 램프를 든 하인들 또한 이쪽으로 다가오기 시작했다.
눈앞이 컴컴했다. 이젠 끝이다. 체념과 함께, 어쩌면 차라리 이렇게 되
기를 원했을지도 모른다는 생각이 들었다. 그녀가 사실 마음에 둔 남자
가 있으며, 발렌틴이 생각하는 것처럼 그의 약혼녀가 완벽한 여성이 아

니라는 걸 알게 되는 것.

점점 시어도어에게서 벗어나려 안간힘을 쓰던 손에서 힘이 빠져나갔다. 이 사단을 어떻게 수습해야 할지도 떠오르지 않았다. 기왕 이렇게 된 거 어쩔 수 없다는 생각에 그대로 어떻게든 가빠진 호흡을 가다듬는 와중이었다.

"이쪽에서 뭔가 큰 인기척이 났습니다!"

하인이 가리킨 곳은 그들이 있는 수풀과 조금 떨어진 곳이었다. 동시에 여러 쌍의 시선이 옮겨졌다.

"확실해?"

"네. 확실합니다."

하인에게 확인한 발렌틴이 지시했다.

"그럼 저쪽을 찾아보지."

하인들은 신속하게 움직였고, 발렌틴 또한 인기척이 들렸다는 쪽으로 걸음을 옮겼다. 그가 점점 멀어져 뒷모습이 보이지 않게 되자, 시어도어에게서 풀려났다. 수풀을 나오자 막혔던 숨이 탁 트였다. 금방이라도 터질 듯 두방망이질 쳤던 심장이 서서히 돌아오는 느낌이었다. 가쁘게 헐떡이는 이네스의 등을 두드리는 손이 있었다.

"치워요."

날카롭게 시어도어의 손을 쳐 낸 이네스가 헛구역질을 했다. 얼마나 놀랐는지 속이 울렁거릴 정도였다. 어느 정도 진정이 되자 홱 고개를 돌려 추궁했다.

"미쳤어요? 이런 게 재밌나요?"

"놀랐다면 미안하군. 이건 나도 모르게."

사과하는 내용과는 달리, 어조는 지극히 태연했다. 어쩌면 좀 전 덫에 걸린 토끼처럼 와들와들 떨고 있는 그녀를 내려다보는 걸 재밌어 했을지도 모른다. 분노에 잠시 이성이 날아갔다. 상대가 누구인지 따위는 기억나지 않았다.

"성격 진짜 나쁘네요."

"그런 말 많이 듣지."

"칭찬 아니거든요? 본인 성격이 이상한 건 알아요?"

"알아."

이 정도의 당당함은 되레 박수를 쳐 주고 싶을 정도였다. 물론 박수를 칠 일은 없을 테지만. 시어도어가 씩씩대며 노려보는 이네스를 응시하며 빙그레 웃었다.

"이런 남자를 좋아한다는 아가씨는 더 이상한 거 아닌가?"

"그건⋯⋯."

더할 나위 없이 완벽한 한 방이었다. 뒤이어 얼굴 위로 흘러내린 옆머리를 귀 뒤로 넘겨 주는 손길이 있었다. 시어도어가 나직이 물었다.

"결혼하기 싫은 거잖아. 내 말이 틀려?"

"⋯⋯."

그 질문만큼은 침묵을 지킬 수밖에 없었다. 그녀가 하기 싫어한다고 해서 진행되지 않을 혼담도 아니었고, 그렇게 모욕하기에도 발렌틴 경은 좋은 사람이었다. 입술을 꾹 닫아 버린 이네스의 뺨을 쓰다듬는 듯하다 한 손으로 목을 어루만지듯 잡은 시어도어가 명령했다.

"날 봐."

왕족은 본디 태어날 때부터 위엄이 서린다는 말답게, 목소리엔 도저히 거절할 수 없는 힘이 있었다. 이네스가 순응하자 제자를 칭찬하는 가정교사처럼 그가 부드럽게 웃었다. 눈매가 휘어지고 입은 호선을 그렸다. 항상 그려 낸 듯한 미소만 짓던 그였다. 처음 본 얼굴에 이네스가 잠시 넋을 잃은 틈타, 고개를 숙여 얼굴을 가까이 맞댄 시어도어가 말했다.

"내게 말해. 결혼하기 싫다고."

마치 해결해 줄 수 있을 것 같은 말이었다. 조용히 심호흡을 한 이네스가 내리깔았던 눈을 들어 그를 마주했다.

"그렇다면, 뭘 어떻게 해 줄 건데요?"

대답 대신 시어도어는 미소 지었다. 생각을 읽을 수 없으면서 조금 잔인한 느낌이 드는 미소였다.

"네가 할 수 있는 말은 단 하나야."

"……."

"결혼하고 싶지 않다고, 내게 매달리는 것."

그리고 입술이 겹쳐졌다. 아주 짧은 순간이었다. 석고상처럼 굳어 버린 이네스를 손아귀에서 풀어 주며 시어도어가 말했다.

"네가 선택해, 이네스."

유모는 돌아온 이네스를 보고 기함했다.

"대체 어딜 다녀오신 거예요? 이렇게 잔뜩 풀이 묻어서는."

말 그대로였다. 이네스는 마치 한바탕 풀밭에서 뒹군 새끼 고양이 같은 몰골이었다. 미처 털어 내지 못한 잎사귀를 떼어 내며 그녀가 짐짓 모르는 척 물었다.

"산책하다가 그만 수풀에 발을 헛디뎠어. 발렌틴 경은?"

"아가씨를 찾으러 나가셨어요. 곧 돌아오실 거예요."

"씻고 싶어."

또 잔소리를 하려는 유모의 입을 막은 이네스가 피곤한 표정을 지어 보였다.

"목욕물을 바로 준비하라 이를게요. 조금만 기다리세요."

바로 대답한 유모가 방을 나서더니 머지않아 따끈한 물을 든 하녀 두 명과 함께 돌아왔다. 욕실의 욕조에 물을 붓자 연기가 모락모락 피어올랐다. 도움을 받아 탈의한 이네스가 그 안으로 들어섰다. 따뜻한 물 안으로 들어가자 단번에 온몸이 녹진녹진하게 녹는 기분이었다. 그녀의 뒤편에 능숙히 자리 잡고 앉은 유모가 몸을 닦을 스펀지에 목욕용 비누를 묻혔다.

"우리 아가씨, 이제 곧 마님이 되시겠네요."

대답은 돌아오지 않았다. 그녀의 매끈한 어깨를 한번 닦은 유모가 뒤이어 이네스의 한쪽 팔을 닦았다.

"이 유모는 벌써 아가씨가 이렇게 커서 한 가문의 안주인이 된다는 게 믿기지 않아요."

보통의 귀족의 자녀라면 기본적으로 유모가 있었다. 키워 온 아가씨가 혼기에 시집을 가는 것이 특별한 일은 아니지만 이네스의 경우, 어머니를 태어남과 동시에 여의었다. 그 때문에 막 요람에서 기지개를 켤 때부터 젖을 먹이는 것까지 유모가 손수 돌봐 왔다. 따라서 감회가 남다른 듯했다.

"유모는 고향으로 돌아간다고 했나?"

가만히 그녀의 시중을 받던 이네스가 묻자, 유모가 고개를 끄덕였다.

"예. 손자가 얼마 전에 태어났다고 해서 재롱 좀 보다가 막내 딸네랑 같이 살 생각이에요."

"막내가 몇 살이라고 했지?"

"올해 열여덟이에요."

열여덟 살. 그녀와 동갑이었다. 다만 유모의 딸이 결혼한 건 2년 전, 열여섯 살 때였다. 예부터 북부에서 여성이 그 정도 나이면 결혼하기에 딱 적절한 연령대였다. 남자의 경우엔 열아홉 살부터였다.

잠시 생각에 잠긴 듯 말이 없던 이네스가 조금 후 다시 입술을 달싹였다.

"유모, 혹시 국왕을 본 적 있어?"

"아이구, 평생 이곳 니힐에서 벗어난 적도 없는걸요."

"그래도 전하께서 청년 시절 종종 이곳에 왔다고 하던데."

아마 순행 목적 외에도 아버지를 만나기 위해서였을 것이다. 이네스는 내심 확신했다.

"아. 저도 들었어요. 하지만 뭐, 저 같은 촌부가 마주칠 일이 있나요. 그저 소문이라면 조금 듣긴 했지만."

소문. 귀가 솔깃해지는 단어였다. 이네스가 말없이 재촉하자 결국 유모가 덧붙였다.

"별건 아니었어요. 그냥 이곳에 전하의 모친이 묻혀 있다는 이야기 정도."

"……전하의 모친이?"

처음 듣는 얘기였다. 깜짝 놀란 이네스가 눈을 동그랗게 뜨자 유모가 고개를 끄덕이며 말을 받았다.

"정확히는 이곳 출신이 아니셨지만, 생전에 이곳에 묻히시길 원하셨대요. 그래서 전하께서 즉위하시자마자 하신 일이 니힐에 어머니의 유해를 묻은 일이셨죠."

왕태후, 현왕의 어머니는 자연사가 아니었다. 오해받아 선왕인 남편에게 버려지고 죽음을 맞이했다. 몇몇 이들만 아는 사실이었지만, 누구도 굳이 입 밖에 꺼내지는 않았다.

"그랬구나……. 거기가 어딘지는 알아?"

"저도 소문으로나 흐릿하게 들은 것이 다라서요. 어딘지는 몰라요. 어쩌면 그냥 떠도는 풍문에 불과할지도 모르구요."

만약 소문이 정말이라면, 그가 가끔 북부를 찾는 여러 이유 중에서도 그 이유가 가장 클 거라는 생각이 들었다. 처음 안 사실을 가슴에 새긴 이네스가 얼마 뒤, 욕조 밖에 놓인 수건을 집었다. 그만 일어설 거라는 뜻이었다.

벽장에서 긴 수건을 가져온 유모가 자연스럽게 다음 시중을 들었다.

욕실에서 나와 방 안으로 들어선 이네스가 의자에 앉자, 뒤에 서서 머리의 물기를 닦았다.

"이제 이렇게 목욕 시중을 드는 것도 오늘로 마지막이네요."

"오랜 시간 정말 고생 많았어."

눈을 감은 채 고개를 뒤로 젖힌 이네스가 공치사를 했다.

"그런 인사는 아직 일러요. 내일 아침 식장에 들어서실 때까지는 그래도 제가 붙어 있을 거예요."

"그래도 한번 말해 보고 싶었어."

"아가씨도……."

그간의 시간이 주마등처럼 스쳐 지나가는지 금세 눈시울을 붉힌 유모가 머지않아 머리의 물기를 다 닦아 냈다. 방문의 노크 소리가 들린 건 유모가 이네스의 머리에서 손을 뗐을 때였다. 다가간 유모가 문을 열고 하녀와 이야기를 나누더니 곧 돌아왔다.

"발렌틴 경이 찾아오셨는데요. 피곤하시면 굳이 맞지 않으셔도 된답니다."

"그럼 죄송하지만, 내일 뵙겠다 말씀드려 줄래?"

좀 전 수풀에서의 일이 떠올라 양심에 찔렸지만, 이미 벌어진 일이었다. 이네스가 태연한 어조로 대꾸했다. 대답 대신 고개를 끄덕인 유모가 다시 문밖으로 나가더니 머지않아 돌아왔다.

"내일 일찍 일어나시려면 피곤하실 테니, 오늘은 일찍 주무세요. 혹여 저녁을 드시지 않아 시장하셔도 내일을 위해 꾹 참으시구요."

"알았어. 커튼을 안 쳐도 괜찮아."

"예, 아가씨. 그럼 푹 쉬세요."

고개를 끄덕인 이네스가 머리 위로 기지개를 켜며 침대로 다가가 앉았다. 탁상 위의 책을 집어 무릎 위에 올려놓고 몇 장 펼치자, 어느새 유모는 방을 나선 뒤였다.

곧바로 자리에서 일어난 이네스가 창가로 다가갔다. 방 안은 타닥거리는 벽난로의 온기로 창문에 김이 서렸지만, 손바닥으로 한번 닦으니 밖이 잘 보였다.

뒤이어 눈을 가늘게 뜨고 잠깐 먼 밖을 내다보던 이네스가 뒤를 돌았다. 욕조에 남은 물을 퍼 와 난로의 불씨를 끄고 젖은 잿더미를 헤집었다. 한참을 뒤적인 결과, 뭔가가 손에 잡혔다.

칼이었다. 그것을 화장대로 들고 간 이네스가 거울에 비치는 여성을 응시했다. 하얗다 못해 창백한 피부, 잘 관리된 긴 머리칼에 가는 목선, 살짝 크게 입은 잠옷 슈미즈. 그녀는 조용히 심호흡한 다음, 칼을 머리에 갖다 댔다. 그대로 힘을 주자 서걱서걱 잘리는 머리칼이 어깨를 한 번 스치고 바닥으로 떨어졌다. 유모가 본다면 기절할 일이었지만 손길에 망설임은 없었다.

머리카락을 잘라 내던 손길이 멈춘 건 십여 분 후였다.

"이제 다 됐나……."

다시 마주한 얼굴은 익숙했지만 낯설었다. 결 좋은 머리칼은 어느새 턱에 겨우 닿는 길이의 단발이 되어 있었다. 끝이 삐뚤삐뚤하고 가까이서 보면 볼품없었지만 그래도 처음치곤 그럭저럭 괜찮아 보였다. 어깨에 묻은 백금발의 머리칼을 털어 낸 이네스가 곧바로 자리를 털고 일어났다. 한층 가벼워진 머리 덕에 몸도 가벼워진 느낌이었다. 옷장 앞으로 가 옷장의 문을 연 그녀가 이어 옷걸이를 하나 꺼냈다.

그러곤 바로 등을 돌려 작은 양초를 다른 손에 든 뒤 침대로 다가갔다. 침대 바닥 쪽으로 몸을 굽히고 깔린 시트를 걷어 내고 나니 매트리스 아래의 공간이 보였다. 양초로 어둠을 몰아내자 오래전부터 미리 준비해 놓은 시종복이 있었다. 이네스는 옷걸이를 든 손을 그 안으로 뻗었다. 몇 번의 시도 끝에 걸린 옷이 그대로 침대 밑에서 빠져나왔다.

"천으로 감싸 놓길 잘했네."

끝이 조금 삭긴 했어도, 이 밤중에 입기에는 티가 나지 않는 정도였다. 방금 창문이 잠긴 걸 확인했으니, 이네스는 어쩔 수 없이 방 안에서 옷의 먼지를 털었다. 그런 뒤, 바로 슈미즈를 벗고 시종복으로 갈아입었다. 처음 입어 본 바지는 생각 외로 편하고 좋았다. 치수도 재지 않고 건조실에서 가져온 것에 비해 전체적인 품도 몸에 딱 맞았다.

마지막으로 옷에 딸려 온 소년용 모자를 쓰자 얼핏 보아선 그저 흔한 시종 같았다. 보통이라면 시종이 이런 늦은 시간에 복도에 돌아다닐 일이 없겠지만, 결혼 전야다 보니 고용인들 모두 밤낮없이 길게 일했다. 그러니 지금 방문을 나서도 안전할 터였다. 그녀가 이곳을 나가는 모습을 누군가에게 들키지만 않는다면.

"후우······."

심장이 쿵쿵 뛰는 것을 느끼며 이네스가 문고리를 잡았다. 그 순간이었다. 바로 맞은편 복도 쪽에서 누군가 노크를 했다. 하마터면 그대로 문을 열 뻔한 찰나였다. 간발의 차였다. 방문자는 그녀 쪽에서 아무런 미동이 없자 먼저 입을 열었다.

"이네스."

아버님. 이네스가 소리 없이 속으로 대꾸했다. 의외의 상황이라 놀랐다. 아버님이 그녀의 방에 찾아오는 일은 무척 드물었다. 보통은 그녀를 집무실로 부르는 게 일상이었다. 문 쪽으로 귀를 기울이자 집사의 목소리도 들렸다.

"지금은 주무시는 모양입니다. 하녀를 불러 깨울까요?"

모든 계획이 수포로 돌아가는 말이었다. 만약 그대로 문이 열리고, 이 모습을 아버님께 들킨다면······. 차마 상상도 하기 싫었다. 어떤 일이 일어날지 생각하기가 두려웠다.

다행히 대답은 바로 들렸다.

"아니다. 오늘 밤은 푹 자는 게 낫겠지."

"그렇습니까."

집사의 제안을 거절한 변경백이 머지않아 뒤를 도는 것 같았다. 두 쌍의 발걸음 소리가 서서히 멀어지자, 이네스는 그대로 문 옆의 벽에 등을 댄 채 미끄러졌다.

이곳 고용인 대부분은 그녀를 아주 어릴 때부터 봐 온 사람들이었다. 누구에게도 들키지 않고 저택을 빠져나가는 게 우선이었다. 다리가 후들거리고 손이 떨렸지만 다른 수가 없었다. 그나마 다행인 게 일단 변장을 했다는 점이었다. 얼굴을 가까이 보지만 않으면 들킬 위험은 적었다. 오래전, 그냥 하나의 위안거리로 숨겨 놓았던 옷가지가 이렇게 쓸모 있을 줄은.

"죄송해요, 아버님 ......그리고 오라버님."

눈을 감고 사과한 이네스가 용기를 내어 다시 한 번 문고리를 잡아 돌렸다. 다음 순간, 소리 없이 문이 열리고 양옆으로 펼쳐진 긴 복도가 그녀를 맞이했다. 유모가 자는 그녀를 위해 따로 말을 해 놓은 건지 분주히 지나다니는 하녀는 없었다.

생각 외로 일이 좀 쉽게 풀리는가 싶었다. 이네스는 머뭇거리지 않고 바로 발걸음을 옮겼다. 일 층으로 내려가 그대로 누구와도 마주치지 않고 하인용 뒷문으로 나가는 게 목적이었다. 그녀는 빠른 걸음으로 카펫 위를 걸어 손님용 계단이 아닌, 뒤쪽 계단으로 향했다. 그러는 중 몇 명인가 옆을 스쳐 갔지만, 누구도 많고 많은 시종 중 하나에게 관심 갖지 않았다. 신속하게 계단을 내려가는 도중이었다.

"이봐, 젊은이."

등 뒤에서 누군가 부르는 소리가 들렸다. 부르는 이가 자신인지 확신이 서질 않아 그대로 멈추자, 다시 한 번 그녀를 불렀다.

"젊은이?"

두 번 들으니 귀에 익은 목소리였다. 눈앞이 아찔했다. 그녀를 불러 세운 건 바로, 발렌틴 백작의 모친이었다. 목소리를 듣는 순간, 등줄기가 일제히 뻣뻣해졌다. 발렌틴 백작가의 노부인은 대답 없는 시종의 반응에 의아한 얼굴을 했다. 다시 한 번 시종을 불렀다.

"나 좀 방까지 부축해 줄 수 있겠나?"

혹 못 들었을까, 이번엔 목소리에 조금 힘을 준 느낌이었다. 이네스가 속으로 한숨을 내쉬었다. 세 번이나 말을 걸었으니 그냥 넘어갈 수가 없었다. 바로 뒤를 돌자니 정체를 들킬까 두려웠다. 하지만 더는 선택지가 없었다.

"예."

모자를 썼으니 고개를 숙이면 얼굴이 보이지 않을 터였고, 목소리 또한 말을 아끼면 어떻게든 넘어갈지도 모른다. 가능한 목소리를 낮춘 이네스가 등을 돌린 뒤, 손을 뻗어 노부인의 손을 잡았다. 곧이어 바로 동관으로 향하는 모습에 노부인이 입을 열었다.

"자네 내 방이 어디 있는지 아는가?"

순간 아차, 싶었다. 모든 시종이 손님의 얼굴과 방을 숙지해 두진 않으니까. 잠시 아랫입술을 짓씹던 이네스가 이내 고개를 끄덕였다.

"발렌틴 백작님의 모친 아니십니까."

"그렇네만."

"아가씨께서 특별히 신경 써 모시라고 당부하셨습니다."

"아아, 그랬구만."

입을 열 때마다 설마 들키는 게 아닐까 싶어 조마조마했으나 다행히 눈치채지 못한 기색이었다.

동관이라면 계단을 거칠 것도 없이 회랑을 따라 쭉 걸으면 됐다. 가슴을 쓸어내린 이네스가 조금씩 걸음을 옮겨 묵묵히 노부인을 부축했다.

노부인 또한 더 이상 말을 걸어오는 일은 없었고, 얼마 지나지 않아

곧 목적지에 다다랐다. 문을 열어 주자 발렌틴 백작 부인이 부드럽게 인사했다.

"고맙네."

"아닙니다. 그럼……."

이제 끝났나 싶어 황급히 대답하고 다시 갈 길을 가려는 찰나였다.

"잠깐만."

이네스를 불러 세운 노부인이 말을 덧붙였다.

"그러고 보니 이름이 뭐지? 오늘 처음 본 거 같은데."

"……."

입술이 바짝 마르는 느낌이었다. 작게 심호흡을 한 이네스가 머릿속에 순간 떠오르는 이름을 댔다.

"필립입니다, 부인. 오늘 아침에 새로 들어왔지요."

"필립이라……. 그렇군. 고마웠네."

그냥 한번 물어본 말이었는지, 노부인이 이내 고개를 끄덕였다. 그대로 소리 없이 문이 닫히고 난 다음에야 끝없이 쿵쿵거리던 심장이 진정됐다. 놀란 가슴이 가라앉자 불현듯 정신이 번쩍 들었다.

"이제 정말 시간이 없어."

혼잣말처럼 중얼거린 이네스가 재빠른 걸음으로 좀 전에 걸었던 길을 지나 원래 가려 했던 뒤쪽 계단으로 향했다. 좀 전과 마찬가지로 사람이 없어 그 뒤부터는 한결 수월했다. 마주치는 이 하나 없이 1층으로 내려와 곧바로 뒷문으로 갔지만 굳게 닫혀 있었다. 몇 번 시도를 해 봐도 열리지 않았다.

한숨을 내쉰 이네스가 할 수 없이 정문으로 가 문고리를 잡고 돌리는 순간이었다.

"……이럴 수가."

문은 굳게 잠겨 있었다. 저택에 머무는 손님들의 편의를 생각해 문지기가 지키고 있을 거라 생각한 것이 착각이었다. 지끈거리는 관자놀이를 만지작대며 주위를 둘러보던 이네스의 눈에 문득 하녀장이 들고 다니던 열쇠 꾸러미가 떠올랐다.

"그거라면……."

분명히 정문 열쇠도 있을 것이다. 판단이 내려지자 그다음은 빨랐다. 방금 노부인에게 들키지 않은 것으로 자신감이 솟았는지, 이네스는 머뭇거림 없이 지나가는 하녀를 불러 세웠다.

"거기, 잠깐만요."

"예?"

멈춰 선 건 앳된 낯빛의 어린 소녀였다. 미소년 같은 모습의 이네스를 보더니 살짝 뺨을 붉혔다. 다행히 모시는 아가씨일 거라는 건 상상도 못 하는 얼굴이었다.

"혹시 하녀장님의 방이 어딘지 알아요?"

"하녀장님의 방이요?"

"집사님의 심부름이 있어서요."

긴 서두는 필요하지 않았다. 하녀라면 모를까, 시종의 입장에선 하녀장의 방을 모를 수도 있었다. 짤막하게 변명한 이네스가 덧붙였다.

"조금 급한 일인데."

"아아……."

납득했는지 고개를 끄덕인 하녀가 검지로 밑을 가리켰다.

"지하 주방의 옆에 딸려 있어요. 거기서 집무도 보시고 잠도 주무시죠."

"그렇군요. 고마워요."

"뭘요. 그럼……."

모자를 잡고 조금 고개 숙여 인사한 이네스가 빠르게 등을 돌리는 때였다. 불현듯, 그녀의 눈에 하녀의 손에 들린 쟁반이 눈에 들어왔다. 찻잔과 찻주전자였다. 거기까진 이상하지 않았다. 문제는 다음이었다. 그것들은 그녀만 사용하는 전용 자기였다.

"혹시 아가씨의 방에 가나요?"

인사를 한 뒤 마찬가지로 위로 올라가려 했던 하녀가 두 눈을 깜박였다.

"어떻게 아셨어요?"

"……왠지 그러신 거 같길래."

"맞아요. 유모님이 혹시 잠에서 깨어나 계시면 이걸 드리라 하시기에."

살짝 향을 맡아 보니 확실히 숙면에 도움이 되는 차의 종류였다. 유모의 입장에서는 내일 신부가 될 이네스가 걱정돼서 보낸 것일 터였다. 하지만 지금의 그녀에겐 큰 장애물이었다. 만약 하녀가 자신이 없어진 걸 눈치챈다면 분명 위에 보고할 것이고, 저택이 한바탕 난리가 날 가능성이 컸다.

그렇게 된다면 모든 계획이 수포가 되리란 것은 불 보듯 뻔했다.

"사실 좀 전에 제가 그 앞을 지나갔는데."

목구멍이 타들어 가는 것 같아 침을 한번 삼킨 이네스가 다시 입을 열었다.

"푹 주무시는 것 같더군요. 막 방을 나서던 하녀에게 들었어요."

"아, 그렇군요. 하지만……."

어떻게 해야 할까 고민하는 얼굴이었다. 유모에게 혼나지 않을까 싶은 표정에 이네스가 가볍게 조언했다.

"그대로 등 돌려 돌아가는 게 고민된다면, 그냥 방문 옆에 놔두는 게 좋지 않을까요?"

확실히 그 방법이라면, 만약 잠 못 이루는 아가씨가 방문을 열었을 때 발견할 수 있었고 유모님에게도 그곳에 갔었다는 변명거리가 됐다.

한층 안색이 밝아진 하녀가 꾸벅 인사했다.

"감사해요. 확실히 그러는 편이 좋겠네요."

"도움이 됐다면 다행이군요."

"그나저나 어딘가 낯이 익은데……."

하녀가 잠시 숙인 고개를 들어, 이름이라도 물어보려는 때였다.

"어라?"

언제 거기 있었냐는 듯 금세 등을 보인 시종이 성큼 멀어져 있었다. 다시 불러 세우려다 하녀는 그대로 손을 내렸다.

어차피 해가 뜨면 아침 조회 시간에 다시 얼굴을 볼 테니까.

* * *

하녀장은 다행히도 잠을 잘 때 죽은 듯이 자는 유형이었다. 별다른 어려움 없이 정문 열쇠를 빼낸 이네스는 바로 저택을 나섰다. 따로 겉옷을 챙기지 않아 뼛속까지 싸늘한 바람이 달라붙었다. 축축한 물안개를 헤치고 그녀는 곧장 마구간으로 향했다. 닉도, 마구간지기도 잠자리에 들었는지 안 보였다. 있는 건 잠을 자는 말들이었다.

"착하지?"

이네스는 그중에서 종종 탔던 가장 온순한 말을 꺼내어 여물을 먹이고는 뒤이어 안장을 올렸다. 자는 도중 방해받아 짜증을 낼 법도 하건만 암말은 순순히 따라 줬다. 갈기를 한번 부드러운 손길로 쓰다듬은 이네스가 고삐를 쥐고 걸음을 향했다. 그러곤 마구간을 빠져나오자마자 안장에 올라타고는 곧장 고삐를 휘둘렀다. 작게 운 말이 발굽을 굴리며 그녀가 모는 방향으로 향했다.

그대로 사십여 분을 달려 도착한 곳은 바로 마을 외곽의 여관이었다. 공용 마구간에 말을 넣어 두고 문을 두드리자, 피로가 가득 눈으로 종업원 하나가 문을 열어 줬다. 게슴츠레한 눈이 이네스를 위아래로 훑더니 툭 내뱉었다.

"방금 문 닫았는데."

만만하게 봤는지 대뜸 날아온 반말에 이네스가 고개를 삐딱하게 기울였다.

"잠시 잠만 자려고 하는데."

종업원이 눈살을 찌푸렸다.

"그러니 방금 문 닫았다고 말했……."

짜증이 서린 그의 말문을 막은 건 눈앞에 내밀어진 돈주머니였다. 잠이 달아난 얼굴로 종업원이 이네스를 빤히 쳐다봤다. 그럴 줄 알았다는 듯 돈주머니를 더 내민 그녀가 말했다.

"이 시간에 깨웠으니, 일단 팁."

"바로 안쪽으로 모시겠습니다."

갑자기 친절해진 태도로 종업원이 문을 활짝 열자 아까 그 말이 거짓말은 아니었는지 정리 중인 식당이 보였다. 안쪽의 계단은 아마 방으로 이어지는 계단일 터였다.

"혼자 묵으시나요? 몇 박?"

앞장서서 계단으로 향한 종업원이 부드럽게 물었다. 이네스가 고개를 끄덕였다.

"하룻밤."

"그럼 일인실로 준비해 드릴까요? 가격이 조금 있기는 하지만."

"상관없습니다."

존대에는 존대로 답한 이네스가 승낙했다. 그러더니 뒤이어 말했다.

"그리고 괜찮다면 외투를 하나 구할 수 있을까요."

"외투요?"

"예. 입던 거라도 상관없습니다. 비싼 값으로 살 테니."

사실 조금 기다렸다가 내일 아침 가게에 가서 살 수도 있겠지만, 이곳저곳에 얼굴을 내미는 건 피하고 싶었다. 더군다나 새벽이면 분명 그녀가 없어진 걸 알게 된 사람들이 본격적으로 그녀를 찾아 나설 시간이었다.

"아아, 그러면 방에서 조금만 기다리시면 제가 가져오겠습니다."

"가능하면 바로 가져오시면 좋겠는데요."

"그렇군요. 그럼 잠시 기다려 주세요."

이게 웬 횡재냐 싶은 얼굴로 고개를 주억거린 종업원이 신나서 멀어지자 드디어 홀로 남았다. 양옆으로 펼쳐진 방을 둘러보던 이네스의 걸음이 맨 오른쪽 끝 방으로 향했다.

"여기가……."

거침없이 움직여 드디어 이 앞으로 섰지만, 막상 문 앞에 서자 망설임이 찾아왔다. 문을 열고 당긴다면 바로 그가 있을 것이다. 시어도어는 용기를 증명하는 건 그녀의 몫이라고 말했다.

'흰 사자 여관.'

시어도어가 그녀를 보내 주면서 말한 여관의 이름이 내내 귀에 박힌 듯 맴돌았다. 그래서 여기까지 찾아온 거였다. 하지만 먼 길을 달려와 그가 머무는 문 앞에 서자, 정수리까지 차올랐다고 생각한 용기가 거짓말처럼 삽시간에 수그러들었다. 떨리는 손으로 문고리를 향해 손을 뻗는 찰나, 이네스는 화들짝 놀라 굳어 버렸다.

"지금이라도 돌아가도 좋다."

언제 다가왔는지 인기척도 없이 등 뒤에 선 시어도어가 귓가에 나직이 속삭였다.

"나는 널 본 적이 없고, 너도 마찬가지."

귓가에 소름이 오소소 돋았다. 그에겐 여러 가지 목소리가 있었다. 가면을 썼을 때 그 땅을 기듯 낮은 목소리를 비롯해 동굴처럼 울리는 듯한 깊은 목소리, 그리고 지금 약간 피곤에 잠긴 목소리.

이네스는 잠시 눈을 감았다 떴다. 이제 와 무얼 망설이는가.

"돌아간다고 한 적 없어요."

"진심인가?"

"그렇지 않다면 여기까지 오지도 않았겠죠."

그랬다. 이미 아끼며 길러 온 머리도 싹둑 잘라 버렸고, 그간 몰래 조금씩 모아 왔던 비상금도 탈탈 털어 가지고 나왔다. 뒷걸음질 치며 돌아가는 순간 기다리는 건 그녀의 숨을 조일 웨딩드레스와 흰 베일이었다.

"난 이미 여기에 왔어요."

문고리를 열며, 이네스가 등 뒤의 남자를 향해 말했다.

"당신이 여기 있는 것처럼."

레녹스는 귀를 의심했다. 분명 들었으나 받아들일 수가 없었다. 차가운 무언가가 가슴 깊숙한 곳에 내리꽂히는 느낌이었다. 그가 조용히 입을 연 건 오 분여가 지난 뒤였다.

"방금 뭐라고 했나."

예상했으나 목소리는 싸늘했다. 눈보라가 들이닥친 것처럼 폐부를 파고드는 한기에 옆에 서 있던 기사가 몸을 떨었다. 집사는 최대한 목소리를 침착하게 하려고 애썼다.

"말씀드린 대로입니다. 오늘 새벽, 하녀가 세안을 위해 방에 갔으나 아가씨가 없어졌다고…….."

"내가 지금 그딴 걸 되묻는 거 같아!"

말은 이어지지 못했다. 집사의 뺨을 스치고 날아간 문진이 벽에 부딪혀 산산이 깨어졌다. 자리를 털고 일어난 레녹스가 치미는 감정을 억제하는지 핏줄이 곤두설 정도로 주먹을 쥐었다.

"언제, 어디서, 어떻게."

"……아직 파악 중입니다만, 하녀장이 사람들을 모아 추궁한 결과 어젯밤 처음 보는 시종 하나를 만난 하녀가 있었다고 합니다."

시종. 생각지도 못한 단어에 베일 듯 예리한 시선이 희번덕거렸다. 여기서 말을 멈추면 상황이 더 심각해질 거라는 걸 직감한 집사가 잠시 침을 삼키고 바로 말을 이어 나갔다.

"이름을 묻자 필립이라 대답했다고……."

"……유모와 하녀장은."

또다시 뭔가 날아올 거라고 예상한 것과 달리 돌아온 목소리는 의외로 차분했다. 어딘가 속으로 짚이는 구석이 있는 것 같았다. 집사가 신중히 대답했다.

"유모는 현재 아가씨가 갈 만한 곳을 말하는 중이고, 하녀장 또한 나머지 고용인들을 샅샅이 추궁 중입니다."

"아버님은 어디 계시지?"

"다행히 아직 주무시고 계셔서 모르십니다. 시간문제일 거라 생각합니다만……."

최악의 상황을 면한 안도에 레녹스가 속으로 나직한 한숨을 내쉬었다. 불행 중 다행이었다. 만약 아버님이 알게 되신다면 일이 어떻게 꼬여 들어갈지 알 수 없었다.

"하룻밤 사이 멀리 가지는 못 했을 거야. 손님들에겐 적당히 시간을 끌고, 당장 부기사단장을 불러."

분노를 삭이기 위해 움켜쥔 깃펜이 부러지는 소리가 났다. 날카로운 끝이 손바닥을 파고들어 피가 났지만, 고통 따윈 느껴지지 않았다.

집사가 뒤돌아 나가기 전 문득 걸음을 멈췄다.

"발렌틴 백작님과 그 모친께는 어떻게 설명할까요?"

"그건 찾지 못한 후에야 고민하지."

레녹스가 씹어 내뱉듯 대꾸했다.

* * *

어쩌면 금세 찾을 수도 있을 거라는 낙관과 달리, 상황은 점점 나빠
졌다. 레녹스는 즉시 부기사단장을 불러 샅샅이 니힐과 그 인근을 뒤지
게 했으나, 예상외로 이네스를 찾지는 못했다. 하룻밤 동안 오래가지
못했을 거라 생각한 게 실수였던 모양이었다.

어느 정도는 관리 책임을 물어 엄벌에 처해질까, 그날 밤 이네스가
말을 타고 간 것에 대해 입을 꾹 다물었던 마구간지기와 말구종 탓이었
다. 사정을 전해 듣고 직접 나선 그가 직접 그들의 목을 내려치려는 순
간이었다. 아슬아슬하게 그 앞을 막아선 이가 있었다. 집사의 말을 듣
고 한걸음에 달려 나온 아내였다.

"지금 여기서 이런다고 이네스 아가씨가 돌아오지는 않아요."

만약 다른 이었다면 가차 없이 죄인들과 함께 칼날에 베였을 테지만,
유일하게 예외인 여자였다. 레녹스는 팽팽하게 당겨져 금방이라도 끊
어질 듯한 이성을 가다듬었다.

"비켜."

결혼 생활 중 처음으로 아내에게 던진 반말이자 명령조였다. 간신히
분노를 억누르고 있어 이 정도도 한계였다. 마주한 두 눈이 충격에 잠
시 흔들렸지만 이내 단단해졌다.

"아뇨. 난 비키지 않아요."

"……카타리나."

"여기서 가장 침착해야 할 건 바로 당신이에요. 각하께서도 쓰러지신
마당에."

처음 본 아내의 단호한 얼굴에 레녹스가 묵직한 한숨을 내쉬었다. 그

러다 물밀 듯 들어온 회상에 머리가 지끈거렸다.

이네스가 왕과 함께 도피했다는 말을 들은 순간, 처음으로 아버지의
얼굴에 금이 가는 걸 눈앞에서 직접 목격했다. 그 누구보다도 태산 같
고 빙벽을 마주한 것처럼 단단하게만 보였던 몸이 휘청거리며 흔들렸
다.

─아버님……!

다급하게 부르며 부축해 앉혔으나 왼쪽 심장을 움켜쥔 변경백이 파
리하게 질린 얼굴로 몸을 웅크렸다. 집사가 황급하게 주치의를 부르러
나가고 하녀가 물을 가져왔다. 한참 뒤에야 진정된 변경백은 단 한마
디를 했다.

─네 누이를 찾아야 한다, 레녹스.

그게 끝이었다. 그대로 기절하듯 눈을 감은 변경백은 쉬이 일어나지
못했다. 중증의 환자처럼 침대에 몸져누운 게 벌써 며칠째였다. 어떤
일이 닥쳐도 손에서 놓지 않았던 집무는 그대로 아들인 레녹스에게 넘
어갔다.

정신없는 와중, 바로 나서서 눈코 뜰 새 없이 움직였던 게 병약한
아내였다. 그녀는 잠시 떠났던 친정에서 돌아오자마자 팔을 걷어붙이
고 전도 지휘했다.

그녀로부터 직접 소식을 전해 들은 발렌틴 백작은 하얗게 질린 얼굴
로 몇 번을 다시 되묻더니 오물이라도 뒤집어쓴 듯 표정을 일그러뜨렸
다. 그리고 바로 자리에서 일어나 통보했다.

*─그렇다면 이 혼담은 무효가 되겠군요. ……난 이 모욕을 두고두고
기억할 겁니다.*

당연히 예상했던 반응이었다. 카타리나는 백작 측의 막대한 손해를
감수하고 위자료 조의 금액을 내밀어 당장 그를 달랜 뒤, 그 모친을

찾아갔다. 천만다행히도, 가장 걱정했던 노부인은 의외로 차분한 반응이었다. 아들의 신부가 밤중을 틈타 도망갔다는 말에 그녀는 어떤 분노도 모욕감도 드러내지 않았다. 겉으로만 위장한 걸 수도 있겠지만 그럴 성정이 아니란 건 잘 알았다.

이후 혼인이 사정이 있어 무산되었다는 말을 하며 아우성치는 손님들을 달래 돌려보내고, 발렌틴 백작 식솔들이 떠난 빈자리엔 곧 숨 막힐 듯한 긴장감과 칼날 위를 걷는 듯한 두려움만이 깃들었다.

"다들 최선을 다하고 있어요. 그러니까 제발 진정해요."

상처 입고 으르렁대는 짐승을 대하듯 조심스레 한 발자국 다가간 카타리나가 레녹스의 칼을 든 손을 잡았다. 부드럽게 손등을 어루만지고 손가락을 풀자, 힘이 빠져나간 그의 손에서 둔중한 소리를 내며 칼이 떨어졌다.

"아가씨는 이 일을 알고 계실까요?"

변경백이 쓰러진 일을 말하는 거였다. 레녹스가 고개를 저었다. 고개를 젖힌 카타리나가 다른 손을 뻗어 그의 뺨을 어루만졌다.

"그렇겠죠. 새어 나가지 않게 단단히 입단속을 했으니."

"소문난다고 좋은 일은 아니니."

이미 일방적으로 혼담을 파기한 것만으로도 충분히 세간의 이목을 끌었다. 이 이상 불필요한 관심이 몰리는 것은 사양하고 싶었다. 다음 순간, 카타리나의 말에 레녹스가 턱을 굳혔다.

"만약 아가씨가 알게 된다면 바로 돌아오겠죠. 사실 마음이 약한 분이니까. 어떻게 생각해요?"

맞는 말이었다. 오랜 시간 데면데면했다고 하나, 하나뿐인 제 부친이 충격에 쓰러졌다는 말을 듣고 모른 척할 아이는 아니었다. 도리어 당장이라도 말고삐를 돌려 새장 같다던 이곳으로 돌아올 착한 딸이었다.

하지만.

"이 이상 집안의 사정이 새어 나가게 두진 않을 겁니다."

고개를 젓는 그에게 카타리나가 눈빛으로 이유를 물었다. 시선을 어숫하게 피하며 레녹스가 덧붙였다.

"……당장 밖에만 나가도 들개 같은 놈들이 이곳 주위를 배회하니까."

발렌틴 백작은 간신히 진정시켰지만, 변경백이 충격에 쓰러졌다는 소식이 외부에 알려지면 당장에 물어뜯을 놈들이 손에 다 꼽지 못할 정도로 많았다. 평소 다소 독단적이고 강압적이었던 변경백의 방식에 불만을 품은 놈들이었다. 그 아래에서 그간 호시탐탐 배를 채운 놈들이기도 했다. 정작 변경백은 긴 세월, 야만인들의 침략에서 국경을 지키고 겨울이면 혹한의 날씨에 휘하의 식솔들을 먹여 살려야 할 의무에서 단 한순간도 자유로워진 적이 없었다.

남편을 보며 조용히 웃은 카타리나가 뇌까리듯 말했다.

"솔직하지 못하군요. 여전히."

그녀는 확신했다. 레녹스가 떠보듯 내민 제안을 거절한 건 비단 그 이유만은 아니었다. 심약한 이네스가 소식을 듣고 죄책감에 사로잡혀 쓰러질 것을 걱정할 것일 터다. 그런 아내의 생각을 읽었는지 부드러운 손길로 뺨을 감싸던 손을 떼어 낸 레녹스가 스스로에게 다짐하듯 말했다.

"도망쳐 봤자 어차피 손아귀 안입니다. 그대로 니힐을 벗어나는 순간, 보초를 서는 기사들에게 걸릴 수밖에 없으니까."

"그렇겠죠. 철통같은 경계를 뚫고 나갈 사람은 여태껏 한 명도 없었으니."

변경백 치하의 소문이 자자할 정도로 니힐은 삼엄한 경계를 자랑했다. 몇 년간 훈련받아 경계로 배치된 기사들은 그 어떤 태만과 부패도 용납되지 않았다. 걸리는 순간 엄한 처벌이 기다리고 있었으며, 그 엄벌에서 누구도 여태껏 예외는 없었다. 대신 기사들은 위험도와 비례하는 높은 대가와 벨로트에서 가장 이름 높은 기사단이라는 명성으로 노고를 보상받았다. 어딜 가든 그 사실 하나만으로 인정받았으니까.

"개미 새끼 한 마리조차 숨을 수 없도록 샅샅이 뒤지고 있으니 머지 않았습니다."

살벌한 목소리로 혼잣말처럼 중얼거린 레녹스가 카타리나의 머리끝을 매만지다 놓아줬다. 그러곤 저택 뒤에서 기다리는 기사들을 향해 걸어가려 등을 돌려 멀어지는 때였다.

"레녹스."

오래간만에 남편의 이름을 부른 카타리나가 그를 갑자기 멈춰 세웠다. 레녹스의 뒷모습을 바라보며 그녀가 나직이 물었다.

"만약 찾으면요?"

"……."

"이네스 아가씨를 찾으면 당신, 그녀를 어떻게 할 거죠?"

불쑥 튀어나온 질문에 레녹스가 그대로 얼어붙었다. 막상 생각하지 않고 있던 문제였다. 그저 당장 누이를 찾는 데에도 급급해 막상 그녀를 어떻게 할지 고민도 하지 않았다.

"역시 아직 못 정했군요."

대답 없는 등에 조용히 말한 카타리나가 다가와 손을 얹었다.

"나랑 약속해 줘요. 아가씨가 원하지 않는 일은 강요하지 않겠다고."

또다시 혼약을 맺어 모르는 남자의 품에 밀어 넣거나 요양이라는 명목으로 멀리 보내 감금 아닌 감금시키는 걸 의미했다. 레녹스가 답이 없자 그녀가 다시 한번 강조했다.

"약속해 줘요."

잠깐의 순간이 영겁의 세월처럼 스쳐 지나갔다. 레녹스가 무거운 고개를 끄덕였다. 안심한 듯 작게 한숨을 쉰 카타리나가 입술을 달싹였다.

"사실 어젯밤, 익명으로 편지가 하나 제게 왔어요."

"……뭐라고?"

단번에 뒤를 돈 레녹스가 그녀의 어깨를 잡았다. 저도 모르게 흔들며 추궁하려는 순간, 카타리나가 먼저 품을 뒤지더니 아무것도 쓰이지 않은 봉투 하나를 보여 줬다.

"아가씨한테서예요. 읽어 봐요."

그리고 당부했다.

"읽는 동안 찢지 않겠다고 맹세해요."

레녹스가 삐걱거리며 다시 한번 고개를 끄덕였다. 그제야 카타리나가 그에게 손에 든 것을 내밀었다. 덩치에 어울리지 않게 잘게 떨리는 손으로 편지를 받아 들었다.

"……시장이라는 게 이런 거였다니."

눈앞에 펼쳐진 풍경이 마치 그림 속에서 튀어나온 모습 같았다. 주위를 둘러보는 내내 감탄 어린 시선을 떼지 않는 이네스의 모습에 시어도어가 입꼬리를 올렸다.

"마치 밖에 처음 나온 어린아이 같군."

그의 말에 맞은편에 앉아 마차 창문 사이를 바라보던 이네스가 그를 향해 홱 고개를 돌렸다.

"또 어린애 취급인가요?"

"글쎄."

대답은 언제나 고저 없이 태연했다. 자주색 눈동자가 비스듬히 고개를 기울인 채 턱을 괸 시어도어와 눈이 마주쳤다. 의뭉스러워 도무지 속을 읽을 수가 없지만, 이제 어느 정도 감정은 파악이 되기 시작했다. 생각이라도 읽듯 뻔히 그를 바라보는 눈빛에 결국 시어도어가 작게 웃음을 터뜨렸다.

"생각을 읽는 마술이라도 배웠나?"

"역시 날 놀리는 게 맞았군요!"

이네스가 분통을 터뜨린 건 다음 순간이었다. 사흘 내내 눈앞의 남자는 시시때때로 어린애 취급하고, 보호자처럼 굴었다. 그런가 하면 예상치 못한 찰나에 훅 들어와 그녀의 심장을 거의 멎기 직전까지 만들었다.

바로 이런 순간.

"그게 뭐 어때서?"

손을 뻗은 시어도어가 검지와 중지를 굽혀 그녀의 코를 살짝 꼬집었다.

"내가 널 정말 어린애로 봤으면 여기 앉아 있지도 않았겠지."

가까운 친인척이나 친구에게 하듯 자연스럽고 별거 아닌 접촉. 하지만 화끈하게 달아오르는 건 거의 반사적인 반응이었다. 그녀의 머릿속이 뭐라 돌아가기도 전에 몸이 먼저 붉게 물들었다. 만약 심장을 멋대로 조절할 수 있었으면 좋았을 터였다. 그렇다면 이렇게 가슴이 터질 것 같은 순간도 없어질 테니까.

얼어붙은 이네스의 반응에 그가 빙그레 웃었다.

"이번엔 홍당무가 됐군."

"벌써 배가 고픈 모양이군요. 내가 먹는 걸로 보이다니."

더 대화를 이어 나갔다간 또다시 휘둘릴 게 자명했다. 애써 엉뚱한 대답으로 어떻게든 화제를 벗어난 이네스가 다시 창밖으로 고개를 돌렸다. 지긋이 제 옆모습을 응시하는 시선이 느껴졌다. 발끝부터 정수리 끝까지 열이 오르는 느낌이었다. 문득 마차 안이 참을 수 없이 더워 저도 모르게 창에 손을 뻗는 순간이었다.

"그만."

커다란 손이 그녀의 손등을 감싸 그대로 무릎으로 내리도록 만들었다.

"아무리 변장했다 하나 눈길을 끄는 행동은 안 하는 게 좋아."

"아……."

그제야 지금 그녀가 처해 있는 상황이 떠올랐다. 정확히는 그와 그녀가.

"미안해요, 나도 모르게."

"괜찮아, 아가씨."

가볍게 사과를 받아들인 시어도어가 관자놀이를 매만졌다.

"잠시 눈을 붙여야겠군."

"어젯밤 잠을 못 잤나요?"

순진무구한 질문에 그가 조용히 시선으로 그녀의 위아래를 훑었다. 그리고 대답했다.

"누구 덕분에."

순간, 어안이 벙벙한 표정을 짓던 이네스의 얼굴이 뒤늦게야 새빨개졌다.

"어…… 어서 자요. 그런 소리 하지 말고."

첫날을 제외한 삼 일간 좁은 여관방을 전전하며 혹시 모를 상황에 대비해 같은 방을 써 온 그들이었다. 침대가 둘 있는 방의 경우엔 좀 나았지만 간혹 그렇지 않은 경우도 있었다. 넓은 침대고 양끝에서 잔다지만 엄연히 다 큰 성인 남녀가 한 방을 쓰는 상황이었다.

저택을 떠나며 어느 정도 각오한 일이었지만, 가슴 한구석으로는 두려웠다. 그러나 그런 그녀의 심정을 읽기라도 한 듯 내내 아무런 일도 일어나지 않았다.

"도착하면 깨워 줘."

"알았어요."

흔들리는 마차 안에서 깊은 잠을 취하진 못 하겠지만 그래도 시도라도 해 보는 편이 나았다. 시어도어의 말에 이네스가 고개를 끄덕이자,

그의 눈이 천천히 감겼다. 그리고 몇 분 뒤엔 고른 숨소리가 이어졌다.

좀 전 그가 그랬던 것처럼 창가에 팔꿈치를 대고 턱을 괸 채 다시 창밖을 바라보던 이네스가 슬그머니 맞은편으로 시선을 돌린 건 십여 분 뒤였다. 길고 숱 많은 속눈썹이 뺨 위로 내려앉은 게 보였다. 남자의 얼굴은 항상 누군가 공들여 조각한 것처럼 단정하고 우아했으며 어딘지 모를 서늘함을 품고 있었다. 작은 혼잣말이 불쑥 튀어나왔다.

"유람 중인 귀족이라니, 정말 딱 맞는 말이지."

느긋하게 유람 중인 귀족과 그의 시종. 얼결에 정한 변장의 주제가 이렇게 딱 들어맞을 줄이야 스스로 생각해도 어처구니없고 웃겼다. 며칠간 마주친 그 누구도 그들의 위장을 의심하지 않았다. 조금 묘한 눈길로 바라보던 시선은 있었지만. 그 시선의 이유를 안 건 바로 어젯밤이었다. 그것도 여관에서 저녁 식사를 가지고 올라온 여급 하나가 그녀에게 직접 물어봐서였다.

─실례지만 혹시 두 분, 연인 사이이신가요?

─……예?

심장이 철렁 내려앉는 말이었다. 레이븐 홀에서 꽤 멀리 떨어졌다고 생각했는데, 벌써 이곳까지 그녀의 소문이 퍼졌는가 싶었다. 나름 사람들의 시선을 피한다고 최대한 얼굴을 가리고 식사 또한 둘 다 객실 안에서 했는데도 불구하고.

─그, 그건…….

말을 더듬으며 뭐라 대꾸하려는 찰나였다. 이어진 말에 더욱 어안이 벙벙해졌다.

─역시 그랬군요. 우리끼리 그럴 거라고 이야기하기는 했어요.

그 말에 그녀의 등줄기에 소름이 쫙 끼쳤다. 모두가 알고 있는 건가? 그럴 수는…….

―이런 말, 드러도 될지 모르겠지만 멋있다고 생각해요.

멋있다? 점점 영문 모를 소리를 하고 있었다. 놀란 얼굴로 굳어 버린 이네스를 향해 여급이 정말 감동받은 얼굴로 말을 이었다.

―카티아의 시인 요슈아가 말하길 본디 사랑하는 것엔 국경도, 나이도, 성별도 구애받을 수 없다잖아요.

'요슈아'라면 들어본 이름이었다. 한때 그의 시집을 갖는 게 벨로트 여성들의 유행인 적도 있었다. 그리고 분명⋯⋯.

어딘가 이상야릇해진 분위기에 곰곰이 기억을 되짚던 이네스가 그대로 눈만 깜빡였다. 눈앞의 여자가 대체 무슨 말을 하는 건지 깨달은 건, 감정에 취한 여급이 두 손으로 그녀의 한 손을 잡았을 때였다.

―신분도, 성별도 뛰어넘은 금단의 사랑이라니! 말로만 들었지, 정말 로맨틱해요.

―⋯⋯.

―응원할게요. 두 분의 사랑의 도피!

그 순간 기억났다. 요슈아는, 분명 유명한 동성연애자 시인이었다. 감히 생각지도 못한 그들의 상상력에 기겁한 이네스가 불에 덴 듯 화들짝 잡힌 손을 빼 냈다. 그러곤 바로 아니라고 황급히 부정하려는 찰나였다. 불난 집에 부채질하듯 등 뒤로 목소리가 들렸다.

―요하네스.

시어도어가 부른 건 이네스가 가명으로 선택한 이름이었다. 오래된 경첩처럼 덜그럭거리며 천천히 목이 옆으로 향했다.

―다 씻었어.

가운을 입고 젖은 머리칼 끝에서 물이 뚝뚝 떨어지는 모습으로 시어도어가 서 있었다. 그의 시선이 그녀에게서 여급으로 향하는 순간, 이네스는 저도 모르게 문을 닫아 버릴 뻔했다. 그걸 막은 건 여급의 새된 목소리였다.

-바, 방해해서 죄송합니다! 좋은 시간 보내세요!

마치 연극의 클라이맥스 부분에서 눈치 없이 기침한 관객처럼 새빨개진 얼굴로 여급이 서둘러 자리를 피했다. 이내 탁, 문이 닫히고 방안에 남은 건 그녀와 그, 둘뿐이었다. 수건으로 젖은 머리를 턴 시어도어가 나직이 물었다.

-누구?

-……아무것도 아니에요.

가운 사이로 언뜻 보이는 근육 잡힌 가슴과 튀어나온 목울대에 반사적으로 이네스가 시선을 돌렸다. 얼굴도 그렇고 저게 어딜 봐서 그 나이대의 모습인가 싶었다.

-열이 있어 보이는데.

미간을 살짝 좁힌 시어도어가 손을 뻗어 그녀의 이마를 만졌다. 확실히 열이 있었다. 이네스가 그의 손을 치웠다.

-정말 괜찮아요.

-그렇다면 다행이고.

가만히 그녀를 내려다보던 시어도어가 가볍게 대꾸했다. 묘한 긴장감에 숨이 막힐 것 같았다. 결국, 자리를 피한 건 그녀 쪽이었다.

-식사가 왔는데 수저가 하나 모자라네요. 가지고 올게요.

사실 개수를 딱 맞춰 가져왔으나 생각나는 핑곗거리가 그것밖엔 없었다. 그가 대답 대신 고개를 까딱했다. 숨을 다스린 이네스가 방문을 열고 나왔다.

등 뒤로 문이 닫히자 겨우 막혔던 호흡이 트이는 기분이었다. 가슴 깊숙이 숨을 들이마신 이네스가 바로 일 층으로 향했다. 그러다 계단에서 시종 하나와 마주쳤다. 내려갈 필요까지도 없었다.

-저기.

-예?

─사람을 시켜 편지를 하나 보낼까 하는데요.

* * *

"이네스."

마차 안에서 그녀 또한 깜빡 눈을 붙인 모양이었다. 조용히 이름을 부르는 소리에 그녀가 차츰 무거운 눈꺼풀을 들어 올렸다. 목소리가 이어졌다.

"거의 다 왔어."

언제 채비를 다 했는지, 외투를 입은 시어도어가 고갯짓으로 창밖을 가리켰다. 시장을 빠져나오자 다시 인적 드문 공간이 이어졌다. 최대한 경계가 삼엄하지 않은 쪽으로 빙 돌아서 니힐을 빠져나갈 생각이었으므로 목적지는 니힐의 외곽이었다. 끝없이 이어진 숲은 계속 같은 풍경이었지만, 불현듯 이네스의 시선에 확 들어온 것이 있었다.

"……눈이 오네요."

언제부터 내린 건지 전나무들이 온통 흰옷을 입고 있었다. 새하얀 눈발이 바람에 휩쓸려 사선으로 스쳐 지나갔다.

"슬슬 겨울이니까."

북부는 원래 유독 겨울이 길었다. 조용히 대답한 시어도어가 한 가게 앞에서 불현듯 마차를 멈춰 세웠다. 의아한 얼굴을 한 이네스에게 그대로 앉아 있으라고 한 뒤 돌아온 그가 건넨 건 목도리였다.

"감기에 걸리면 곤란하니까."

"당신 것은요?"

받기도 전에 묻는 말에 시어도어가 대답 대신 웃었다. 왕이란 걸 알았어도 그녀는 단 한 번도 전하라고 호칭하거나 극존칭을 쓴 적 없었다. 조금 더 언행에 신경 쓸 뿐, 태도가 크게 달라지지도 않았다. 그 어떤 이도 이네스처럼 그를 대한 적이 없었다.

마차에 다시 올라타며 그가 대꾸했다.

"나는 추위를 안 타는 편이니까."

"그래도 내가 신경 쓰여요."

목도리를 받아 든 이네스가 잠시 생각하는 듯하더니 불쑥 옆자리에 앉았다. 뭐 하는 건가 바라보는 시어도어에게 목도리의 한쪽 끝을 두른 이네스가 그 반대쪽을 자신의 목에 둘렀다.

"이러면 둘 다 따뜻할 거예요."

잠시 침묵이 흘렀다. 그가 물었다.

"……둘 다 불편할 거라는 건 생각 안 하나?"

"난 안 불편해요, 하나도."

잠시 입을 꾹 다문 이네스가 뒤이어 도발하듯 되물었다.

"불편해요?"

"아니."

고개를 저은 시어도어가 대답했다.

"따뜻하군."

생각보다 더. 말을 삼킨 그가 창밖으로 시선을 돌렸다. 가을이 접어들고 겨울이 오고 있었다.

이제 끝이 머지않았다.

그때까지 조금만 더.

* * *

눈발이 조금씩 내리기 시작하더니 해 질 무렵이 되자 바닥을 완전히 덮어 버렸다.

종종 외진 곳을 지나가는 순례자 무리가 있으면 모를까, 별다를 것

없이 조금 한가한 저녁이었다. 최근 이 근방에 도는 강도 소문 때문에
가게들이 막 문을 닫은 탓이었다. 삼 대째 내려온 여관장의 외동아들
한스 또한 손님도 없으니 일찌감치 오늘은 문을 닫고 들어가 잠을 잘
예정이었다. 갑자기 찾아온 한 쌍의 남녀가 아니었다면.

몇 년째 기름칠을 하지 않아 삐거덕거리는 나무 문의 비명과 함께 추
운 바람이 들이닥쳤다. 어서 오시라는 인사를 채 내뱉기도 전에 차가운
인상의 남자가 먼저 입을 열었다.

"오늘 저녁에 묵을 방 하나. 침대는 따로 있었으면 좋겠고."

"예. 식사는 어떻게 하시겠어요?"

묻는 말에 남자의 시선이 곁의 여성에게 향했다. 순간 한스의 눈이
동그래졌다. 실핏줄이 살짝 비치는 하얀 피부에 마치 짙은 자수정을 박
아 넣은 듯한 눈동자, 우아한 곡선을 그리며 뻗은 코와 작고 도톰한 입
술은 근래 보기 드문 미인이었다. 이 동네에서 가장 예쁜 처녀인 키아
라와 비교해도 되레, 키아라가 빛을 잃을 정도였다. 그때 남자가 나직
이 이름을 불렀다.

"레베카."

그런 한스의 시선을 느꼈는지, 남자가 여성의 허리를 잡아끌었다. 그
대로 넓은 가슴에 끌려간 여자가 뒤늦게 눈을 깜박였다.

"저는 괜찮아요. 간단하게 먹었으면 좋겠어요."

"아, 그러면 살짝 구운 소시지와 신선한 수란은 어떠신가요?"

대답 대신 여자가 고개를 끄덕이자, 한스가 그린 듯한 한 쌍을 홀린
사람처럼 바라보던 여급 하나를 불러 안내하도록 지시했다

"왼쪽 오른쪽에서 두 번째 방. 그리고……."

한스의 시선이 잠시 조금 빨개진 여자의 귀 끝에 닿았다.

"따뜻한 물을 올려 드려."

그 순간 여자와 처음으로 시선이 마주했다. 감사하다며 그녀가 고개

를 살짝 숙이려는 때였다.

"레베카."

"……."

묵직하고 낮은 목소리가 둘 사이를 파고들었다.

"들어가지."

가냘픈 어깨를 감싼 손은 명백히 이 여자가 자신의 것임을 공표하고 있었다. 서슬 퍼렇게 내리꽂히는 검은 눈동자에 한스가 저도 모르게 눈을 피했다.

"그, 그럼 아늑한 밤 되십시오."

공손한 인사에 돌아오는 대답은 없었다. 안내해 주는 여급을 비롯한 세 사람의 걸음 소리만이 모두가 잠든 여관 안에 조용히 울려 퍼졌다. 다시 홀로 남은 한스가 기억을 되짚으며 감탄했다.

정말 그림 같은 한 쌍의 남녀였다.

* * *

등 뒤로 문이 닫히자마자 이네스가 뒤를 돌았다.

"너무 무모했어요."

"뭐가?"

"가명만 쓰고, 남장을 안 한 거요."

그리고…… 말을 덧붙이려다 이네스가 그대로 입을 다물었다. 젖은 외투를 벗은 시어도어가 조용히 그녀를 바라보고 있었다. 벌써 닷새째였다. 이젠 익숙해질 만도 한데 도저히 적응이 안 되었다.

"우리 아가씨가 별로 원하지 않는 거 같아서."

"……."

이네스가 말없이 시선을 피했다. 그가 셔츠의 단추를 푸는 손길이 이상야릇하게 느껴졌다. 우스운 일이었다. 사랑의 도피 아닌 사랑의 도피를 해서 연인 비슷한 관계가 되었지만 한 번도 그녀에게 손댄 적 없던 남자였다. 그럼에도 다정하고 친절한 태도.

어쩌면 겉으로는 그녀를 여자로서 여기는 듯하지만 사실, 그게 아닌 건지도 몰랐다. 생각이 거기까지 미치자 금세 침울해졌다. 그런 그녀를 빤히 바라보며 셔츠를 갈아입은 시어도어가 물었다.

"좀 더 좋은 곳을 찾을 걸 그랬나?"

어처구니없는 말에 이네스가 고개를 들었다.

"그럴 만한 상황이 아니었던 건 알아요. 또 내가 고작 그런 걸로 우울해하겠어요?"

사실 이건 그나마 상황이 나은 경우였다. 어제는 겨우겨우 마구간을 면한 곳에서 잠을 청했다. 수중에 남은 돈이 부족한 건 아니었지만, 크고 사람이 많은 곳에 가면 더욱 눈에 띌 가능성이 커져서였다.

"코코를 안 데려온 게 조금 미안하지만요."

조그맣게 덧붙인 말에 시어도어가 낮게 웃었다.

"코코는 내 지인 밑에서 아주 잘 지내고 있으니 안심해."

그러고는 뒤이어 말했다.

"상냥한 엄마인걸."

코코에게 이네스가 엄마라면 아빠는 단 한 사람이었다. 시어도어가 장난처럼 톡 내뱉은 말에 이네스의 뺨이 발그레해졌다. 잠시 덧창을 열고 밖을 바라보던 그가 뒤를 돈 건 잠시 후였다. 들어온 지 얼마나 됐다고 다시 외투를 챙기는 모습에 이네스의 시선이 그대로 따라갔다. 마치 외출을 앞둔 주인을 바라보는 고양이처럼 따라붙는 시선에 시어도어가 피식 웃었다.

"먼저 식사하고 있어. 금방 나갔다 올 테니."

"어딜 가는데요?"

장소를 묻는 그녀의 말에 시어도어가 부드럽게 대답했다.

"볼일이 있어서."

다정하지만, 더 묻지 말라는 듯 단호한 어투. 항상 이런 식이었다. 같이 있어도 시어도어는 종종 먼 곳을 바라보는 듯한 표정을 짓곤 했다. 또한, 그때마다 언제 어느 때든 종종 그녀의 옆자리를 비웠다. 비록 잠시 책무를 내려놓았다 해도 이 남자가 이 나라의 왕이고, 그만큼 그녀가 모를 일을 많이 하고 있다는 건 알고 있었다.

하지만 그가 이럴 때마다 이네스는 홀로 덩그러니 외지에 놓인 느낌이었다.

"……요즘 이 근방에 강도들이 많다 하니 조심하세요."

"그렇게 하지."

그런 이네스의 심정을 읽기라도 한 듯 잠시 다가온 시어도어가 그녀의 이마에 입을 맞췄다. 화들짝 놀라 그대로 굳어 버린 그녀를 내려다보더니 금세 방을 나섰다. 방문이 닫히자마자 뻣뻣하게 변한 이네스가 허물어지듯 침대에 푹 주저앉았다.

"……깜짝이야."

얼굴에 그대로 열이 올라 굳이 손대지 않아도 새빨개졌다는 게 느껴졌다. 뺨의 열기를 식힐 겸 좀 전까지 이네스는 시어도어가 서 있던 창가로 가 찬 바람을 맞았다. 어느새 눈은 그쳤지만. 땅에는 온통 카펫처럼 잔설이 깔려 있었다. 창문에 붙은 눈꽃을 쓱 매만지다 곧 덧창을 다시 닫았다. 그가 돌아오기 전에 씻고 편한 차림으로 갈아입을 생각이었다. 뒤늦게 외투를 벗는 순간 방문 밖에서 노크 소리가 들렸다. 아마 좀 전 부탁한 저녁 식사인 듯했다. 한 치의 의심도 없이 문을 여는 순간이었다.

"으읍……!"

쳐들어온 괴한 두 명에게 그대로 입을 틀어 막히더니 단번에 방 안으로 끌어 당겨졌다. 필사적으로 발버둥 쳤으나 남자 두 명에겐 역부족이었다. 금세 천으로 이네스의 눈과 입을 막고 뒤이어 손발을 묶은 괴한들이 방 안을 뒤지기 시작했다. 그러던 중, 한 명이 문득 멈춰 서더니 이네스의 얼굴을 번연히 응시했다.

"어이."

"왜?"

분주히 짐을 뒤지던 다른 한 명이 뒤돌며 물었다. 불길한 예감에 등줄기에 쫙 소름이 돋았다. 동료를 부른 남자가 이네스의 턱을 들어 이리저리 돌렸다. 안대 너머로 느껴지는 마치 상품을 바라보는 듯 꼼꼼한 시선에 이네스가 더욱 발버둥을 쳤다. 그런 그녀를 바닥에 눕혀 제압한 남자가 턱짓했다.

"와서 이 여자 좀 봐 봐."

"헤······."

머지않아 다가온 다른 한 명이 눈을 빛내며 그녀의 머리부터 발끝까지 끈적한 시선으로 훑었다. 보지 않아도 알았다. 마치 온몸에 벌레가 기어 다니는 느낌이었다. 거부감으로 이네스가 고개를 젓자 두 남자가 나직이 킬킬댔다.

"팔팔한 걸 보니 더욱 군침이 도는데."

"사창가에 팔아도 꽤 비싼 값을 받을 거 같지 않아?"

사창가. 정신이 아찔해지는 단어였다. 한 번도 근처에 다가가거나 그 모습을 본 적 없어도 알음알음 들은 적이 있었다. 헐벗은 여자들이 돈 몇 푼에 몸을 파는 곳. 처음 그런 곳이 있다는 말을 들었을 때, 어찌 그렇게 비참한 곳이 있는가 싶었다.

하지만 그게 끝이 아니었다. 이어진 말은 더욱 최악이었다.

"어디, 그 전에 맛만 좀 볼까."

말이 끝나기도 전에 포식 직전의 들개처럼 군침을 흘리던 한 남자가 이네스에게 달려들었다. 그녀의 묶인 손목을 잡더니 그대로 머리 위로 올렸다. 금방이라도 옷을 찢어발길 듯한 거친 손길에 이네스가 어떻게든 반항하기 위해 뭍에 올라온 물고기처럼 끝없이 반항했다. 남자의 움직임을 멈추게 한 건 지켜보던 동료의 말이었다.

"그런데 이 여자, 일행이 있으면 어떡해? 남편이라든가. 남동생 같은."

"그럼 금방 제압하면 되지. 이미 여관 안은 장악했으니, 문제없어."

이네스의 가슴으로 손을 뻗던 남자의 행동을 멈춘 건 동료의 한마디였다.

"뭐든지 신중히 처리하자고 했잖아. 기억 안 나?"

서릿발처럼 내리꽂힌 목소리에 두 사람이 잠시 옥신각신하는 소리가 들렸다. 불행 중 다행으로 결국 꼬리를 내린 건 그녀에게 달려든 남자 쪽이었다.

"알았어, 알았다구. 대신 어서 금품을 챙겨. 이 여자를 옮기는 건 내가 한다."

아쉬운 듯 쩝, 입맛을 다신 남자가 이네스를 거칠게 일으켜 세웠다. 중심을 못 잡아 비틀거리는 그녀를 짐짝 옮기듯 어깨에 짊어진 남자가 방문을 열고 나왔다.

이네스는 치솟는 수치심과 멀미에 기절하고 싶었다. 머리가 땅을 향해 위아래가 반전되고 몸은 계속 진동에 흔들렸다. 뒤이어 남자가 계단을 내려가기 시작했다. 이대로 끌려갈 수는 없었다. 어떻게든 해야 했다. 재빨리 머리를 굴리던 이네스가 몸에 힘을 쭉 빼자, 남자가 그녀의 허리를 쓰다듬었다.

"그래. 그렇게 얌전히 굴어야 조금이라도 덜 다치지. 응?"

소름 끼치는 손길에 금방이라도 소리를 지르고 싶었지만, 간신히 꾹 참았다. 얌전해진 이네스의 반응에 괴한이 마음에 드는 듯 계단을 다시 내려가기 시작했다. 그리고 일 층에 도착했는지 잠시 완전히 멈춰선 순간이었다.

"윽!"

젖 먹던 힘까지 동원해 팔꿈치로 남자의 명치를 가격한 이네스가 바닥에 그대로 내동댕이쳐졌다. 동시에 온몸에 찌르르한 고통이 엄습해왔지만, 지금은 시간을 낭비할 때가 아니었다.

"이년이……!"

잠시 비틀거리며 일어난 괴한이 이를 갈며 이네스에게 달려들었다. 직감에 아슬아슬하게 피하자 그대로 벽에 몸을 부딪쳤다. 꽤 세게 부딪혔는지 앓는 소리가 들렸다. 이네스는 그 사이를 틈타 머리를 격하게 흔들었다. 안대가 풀리자 바로 답답했던 시야가 트였다. 문을 열고 도망치려는 때였다. 닫혀 있는지 문이 열리지 않았다. 어떻게든 나가려고 문고리를 잡고 흔들었다. 바로 그 순간, 위층에서 발걸음 소리가 들렸다.

"무슨 일이야!"

또 다른 괴한이었다. 눈앞이 아득해졌다. 뒤를 돌자 경악한 표정의 남자가 그녀를 노려보고 있었다.

"이게 죽으려고!"

더는 방법이 없었다. 이네스가 본능적으로 눈을 꾹 감았다. 그러나 뒤이어 다가올 고통이 없었다. 믿기지 않아 천천히 눈을 뜨는 찰나, 손 하나가 그녀의 눈을 가렸다.

"그대로 감고 있어."

털썩. 다리에 힘이 풀렸다. 그녀의 앞을 막아선 건, 시어도어였다.

모든 게 순식간이었다. 두 눈을 가리던 손이 떨어짐과 동시에 몸싸움을 벌이는 소리, 그리고 거친 욕설과 비명이 삽시간에 주위를 둘러쌌다. 이네스가 본능적으로 무릎을 굽혀 몸을 내리자마자 머리 위로 무언가 날아오더니 벽에 부딪혀 떨어졌다. 둔탁한 소리로 보아 아마 식탁이나 의자 같았다. 불안과 걱정으로 몸이 얼어 있을 때, 누군가 그녀의 어깨를 짚었다. 소스라치며 손을 뿌리치려 하자 진중한 목소리가 들렸다.

"그대로 눈을 감고, 절 따라오시죠."

"……누구시죠?"

목소리엔 이상하게도 귀 기울이게 하는 힘이 있었다. 이네스는 심호흡을 한 뒤 천천히 감았던 눈을 떴다. 마주한 건 복면으로 코와 입술을 가린 남자였다.

"전하의 호위입니다."

말과 달리 기사의 차림은 아니었지만, 그 한마디로 충분했다. 고개를 끄덕인 이네스가 그를 따라 어느새 열려 있는 문을 통해 밖으로 나갔다. 등 뒤로 문이 닫히자 안도감에 전신에 힘이 풀렸다.

"시어도…… 아니, 전하는 괜찮을까요?"

조심스레 물은 말에 남자가 복면 너머로 웃는 게 느껴졌다. 마치 황당한 농담이라도 들은 듯한 반응이었다.

"저 정도는 혼자서도 충분하십니다. 외지에 가실 때도 호위를 저 혼자만 대동하실 정도니까요."

"……."

담담히 대답한 호위는 태연했다. 담담한 눈빛. 확신 어린 말에 이네스가 말없이 고개를 끄덕였다. 순순한 그녀의 반응에 호위가 뒤이어 말했다.

"뒤처리를 하려면 아무래도 시간이 걸릴 테니, 불편하시더라도 오늘밤은 마차에 계셔야 할 듯합니다. 담요는 가져다 드리겠습니다."

뒤처리? 뭘? 의문이 들었으나 경황이 없을 정도로 놀란 데다 아직 반쯤 넋이 나간 상태라 깊이 생각하는 게 어려웠다. 인도하는 대로 이네스는 호위를 따라갔다. 몇 분 걷자, 여행 내내 함께했던 마차가 보였다.

앞서 걸어가 마차 문을 연 호위가 정중하게 말했다.

"전하께서도 곧 오실 겁니다."

그 말은 사실이었다. 곧이어 호위가 가져다준 담요를 덮고 깜빡 눈을 감은 사이, 다시 마차 문이 열렸다.

"잠을 깨웠나?"

보기도 전에 목소리로 알아차렸다. 그는 평소와 같았다. 고저 없고 차분한 음성. 뒤늦게 정신을 차린 이네스가 고개를 저으며 등받이에서 몸을 떼어 냈다.

"아니에요. 긴장이 풀리니 갑자기 졸려서요."

"더 자도 되는데."

피. 희미하게 피 냄새가 났다. 금세 찬 공기에 녹아 버렸지만, 무심코 떠올린 강렬한 단어에 번쩍 정신이 들었다.

"괜찮아요?! 어디 다친 건 아니죠?"

"그저 좀도둑놈들이었어. 별거 아니더군."

"그럼, 이 피는 뭐죠?"

"아아."

이네스가 가리킨 건 팔뚝에 길게 그어진 핏줄기였다. 그제야 눈치챘다는 듯 잠시 눈을 크게 뜬 시어도어가 이내 다른 한 손으로 팔을 문질렀다. 상처를 헤집는 것처럼 보이는 모습에 기겁한 이네스가 뭐라 급하게 입을 열려는 찰나였다.

"내 피가 아니야. 보다시피."

손바닥에 묻은 피를 벗어 둔 외투에 닦아 낸 시어도어가 차분히 말했다. 방금 사람 둘을 벤 남자치고는 지극히 무감한 얼굴이었다. 마치 별달리 특별한 일이 아니라는 듯. 거기까지 생각이 미치자 이네스의 얼굴이 희게 질렸다. 그녀를 응시하던 시어도어가 고개를 비스듬히 기울였다.

"왜? 무서워?"

그가 팔을 뻗어 검지로 그녀의 뺨을 쓸었다. 미처 피를 닦아 내지 못했는지 코에 훅 와 닿는 냄새에 희게 질린 이네스가 아랫입술을 깨물었다. 하지만 두려움은 아니었다. 벌벌 떨지도 않았으며 혐오감이나 충격이 담긴 눈빛도 아니었다.

파리한 입술이 달싹였다.

"이게 당신의 세상이었군요."

"……."

"이게……."

그의 일상이었다. 뼛속이 시릴 정도로 차갑고 싸늘하고, 잔인무도한 일들이. 밀물이 일듯 순식간에 들이닥친 감정들에 속이 울렁거렸다. 가만히 이네스를 바라보던 검은 동공이 일순간 흔들렸다.

"……갑자기 왜 우는 거지?"

정말이었다. 이네스는 뒤늦게야 볼을 타고 흘러내리는 눈물 줄기를 손등으로 닦아 냈다. 무슨 생각을 했는지 시어도어의 표정이 굳었다.

"날 동정하는 거라면……."

"아니에요."

말허리를 끊은 이네스가 고개를 저었다. 그치고 싶은데, 계속해서 흘렀다. 결국, 닦는 걸 포기하자 턱 끝에 맺힌 눈물이 뚝뚝 흘러내렸다. 목이 메어 목소리도 잘 나오지 않았다.

"나도…… 나도 모르겠어요."

헐떡이며 말한 이네스가 고개를 저었다. 그리고 물었다.

"당신은 울어 본 적 없어요?"

"없어. 아주 어릴 때를 제외하곤."

거짓말이라기엔 너무 담담한 목소리였다. 진심이라는 걸 바로 알 수 있었다. 그의 목소리는 속삭이듯 나왔다.

"우는 법을 잊어버린 거군요."

다소 엉뚱한 말에 시어도어가 피식 웃었다.

"그래서 나 대신 울어 주는 건가?"

"맞아요."

그저 해 본 말이었는데, 내뱉고 나니 가슴에 박히듯 확 와 닿았다. 누군가 가슴을 쥐고 흔드는 것 같았다. 두 팔을 든 이네스가 시어도어의 양 볼을 감쌌다. 흑요석 같은 동공 속에 비친 낯선 여자가 보였다. 풀어 헤친 머리를 한 엉망이 된 여자가. 어느새 멈춘 눈물이 뺨에 말라붙어 있었다. 예전 같으면 상상도 할 수 없는 모습이었다. 치맛단이 조금이라도 구겨지면 바로 달려오는 하녀들이 있었으니까.

질문은 충동적으로 튀어나왔다.

"지금, 내 모습이 어때요?"

"예뻐."

하늘이 파랬냐는 질문에 대답하는 학생처럼, 돌아온 건 단 일말의 간격도 없는 대답이었다. 동시에 이네스의 뺨이 발그레해졌다. 손을 들어 그녀의 손등을 감싼 시어도어가 다시 한번 말했다.

"누구보다 더."

"……거짓말."

믿을 수 없었다. 말로는 그녀를 여자로 취급하는 듯하지만, 속으로는 그렇지 않을 것이다. 한번 용기를 내니 다음 말은 수월하게 흘러나왔다.

"그럼 왜 안지 않죠?"

"……."

"내가 누구보다 더 아름답다면서요."

상상하지 못한 이네스의 대담한 말에 잠시 입을 다물던 시어도어가 그녀의 손을 내리게 했다.

"좀 더 제대로 된 또래 남자와 어울리도록 해, 아가씨."

"또!"

거리를 두려는 그의 태도에 이네스가 아랫입술을 깨물었다.

"또 날 이름 대신 아가씨라고 불렀어요. 그거 알아요? 당신, 날 밀어 내고 싶을 때면 항상 그렇게 부른다는 거."

"……나는 왕이야."

"알아요."

"너보다 훨씬 나이도 많지."

"그건 당신이 질릴 정도로 강조했죠."

"너만 바라볼 수 없어."

"괜찮아요. 기다릴 수 있어요."

그런 건 그리 중요한 문제가 아니라는 듯 단호히 대답한 이네스가 반 대로 물었다.

"내가 알고 싶은 건 하나예요."

단 한마디면 됐다, 단 한마디면.

"조금 전, 내가 봉변을 당할 뻔했을 때 달려왔던 거 맞죠?"

닿은 등에서도 느껴질 정도로 세차게 뛰었던 심장 박동이 가슴에 새 겨졌다. 자신의 것이라 생각했지만, 아니었다. 분명히 그건 시어도어의 것이었다. 그 어떤 상황에서도 태연하며 침착하던 이 남자의 떨림. 그 는 수긍도, 부정도 없었다. 슬쩍 시선을 피하는 눈동자가 대답 대신이 었다.

"날 사랑하잖아요."

"나는."

힘을 준 목소리가 그녀의 말을 갈랐다.

"난 누구도 사랑해서는 안 돼."

어째서냐고 묻기 전에 다음 말이 이어졌다.

"내가 사랑하는 것들은 전부 사라지거나, 망가지니까."

뇌까리듯 털어놓는 목소리는 텅 비어 있었다. 무엇도 담지 않았다. 그가 왜 그렇게 무감한 얼굴을 하는지 알 것 같았다.

"시어도어."

일어나 옆자리에 앉은 이네스가 그의 뒷머리를 잡아 끌어안았다. 상대는 의외로 고분고분했다. 상처 입어 경계하는 짐승을 쓰다듬듯 그의 머리를 힘주어 안은 이네스가 부드럽게 말했다.

"약속할게요, 갑자기 사라지지 않겠다고."

"……."

"내가 변함없는 한 사람이 될게요."

"……후회하게 된다 해도?"

"후회하지 않아요. 그 어떤 결말이 다가오든."

할 수만 있다면 진심을 다 내보이고 싶었다. 얼마나 당신을 사랑하는지. 내게 있어 당신이 어떤 의미인지.

금방이라도 터져 나올 것 같은 마음을 억누르며 그녀가 속삭였다.

"당신은 내게 살아 있다는 게 무엇인지, 그 의미를 가르쳐 준 사람이니까."

* * *

한없이 짧게 느껴졌던 긴긴밤이었다. 시간이 흐르자, 아침은 여지없이 마찬가지로 찾아왔다.

"으음…… 시어도어?"

이네스는 머리 위로 쏟아지는 햇살에 차츰 눈을 떴다. 주위를 둘러보자 어젯밤에 옮긴 숙소라는 게 기억났다. 방 안엔 그녀 외에 아무도 없었다. 흘러내린 이불을 황급히 올리며 몸을 가린 뒤, 바닥에 발을 딛자

하체에 힘이 빠져 휘청거렸다. 그대로 무릎이 땅에 닿으려는 순간 그녀의 팔을 잡아끌어 올리는 손이 있었다.

"아직 무리하면 안 돼."

"……"

"몸은 괜찮나?"

그 자체로 별말은 아니었지만, 지난밤을 암시하는 듯해 얼굴이 삽시간에 홧홧하게 달아올랐다.

"괘, 괜찮아요. 아……!"

시선을 마주치지 못하는 이네스를 번쩍 든 시어도어가 그대로 그녀를 침대에 도로 눕혔다.

"식사가 곧 올 거야."

목소리는 더없이 다정하고 부드러웠다. 얼굴을 덮은 옆머리를 귀 뒤로 쓸어 넘겨 주는 손길도. 이네스의 시선이 문득 그의 차림에 닿았다. 이미 나갈 준비를 마친 완벽한 모습.

"당신은요?"

"잠시 갔다 올 데가 있어."

불안해 보이는 눈동자를 마주하더니 희고 아담한 이마에 입을 맞춘 시어도어가 뒤이어 몸을 일으켰다. 아주 일순간, 그가 살짝 주먹을 폈다 쥐는 것을 보았다. 짧은 찰나였기에 이네스는 눈을 의심했다.

"곧 돌아오지."

대답을 바라고 한 말은 아니었는지, 바로 뒤를 돌아 멀어지는 그를 이네스가 불러 세운 건 다음 순간이었다.

"잠깐만요."

시어도어가 그대로 멈췄다. 넓은 등을 바라보며 그녀가 물었다.

"금방 돌아올 거죠?"

불안을 감추고 싶었는데, 어찌할 바도 없이 말끝이 흐려졌다. 그런 그녀의 감정을 읽었는지 잠시 말없이 서 있던 시어도어가 조용히 물었다.

"늦으면 화낼 건가?"

"아뇨."

이네스가 고개를 가로저었다.

"그저 기다릴 거예요, 당신이 올 때까지."

언제까지나, 언제까지고.

"……바로 돌아오지. 그전에 먼저 옷 갈아입고 식사하고 있어."

그가 방을 나가고 얼마 뒤, 문밖에서 노크 소리가 들렸다. 그녀가 기다리고 있다는 걸 뻔히 알면서 왜 굳이 노크할까 싶어 의아했지만 별 의심 없이 문손잡이를 잡았다.

"……!"

그대로 문을 여는 찰나, 심장이 철렁 내려앉았다. 문을 다시 닫을 새도 없이 성큼 방으로 들어선 불청객이 먼저 입을 열었다.

"오랜만이구나, 이네스."

"……오라버니."

"산책이 즐거웠는지 궁금하군."

믿기지 않아 굳어 버린 이네스를 내려다보며 잠시 알 수 없는 표정을 짓던 레녹스가 이내 다시 원래의 얼굴로 돌아와 말을 끝맺었다.

"이제 집에 돌아갈 시간이다."

"안 돼요, 지금은 안 돼요…… 오라버니."

뒷걸음질 치며 이네스가 반복적으로 고개를 저었다. 필사적으로 애걸했다.

"제발요……!"

"어째서?"

"기다린다고 했어요."

"누구를."

"그야……."

그때였다.

"혹시 전하를 말하는 거냐?"

다음 순간, 문을 열고 뒤이어 들어온 사람이 있었다. 서로를 바라보며 얼어붙은 두 사람을 번갈아 보며 레녹스가 친절히 설명했다.

"감사하게도, 여길 알려 준 분이지."

* * *

"아가씨는?"

오늘도 역시 헛수고인 모양이었다. 하녀 한 명이 문 앞에 서 있던 동료에게 묻자, 그녀가 고개를 저었다.

"안 드신대."

"벌써 며칠째야? 물만 드시고 아무것도 드시지 않은 게……."

"여러모로 충격이 크셨나 봐."

"그러게. 대체 밖에서 무슨 일이 있었는지는 몰라도……."

일주일 전, 오라비의 손에 다시 돌아온 이네스는 마치 인형처럼 우두커니 앉아 있었다. 텅 빈 눈을 한 채 이끄는 손에 반항도 하지 않고 얌전히 방으로 돌아왔다. 그리고 시든 화초처럼 조금씩 말라비틀어지고 있었다.

한숨을 내쉬는 사이 문 안쪽에서 작게 대화 소리가 들렸다. 이네스 아가씨의 목소리가 들린 건 오랜만이었다.

"안에 누가 있어?"

"유모님이……."

그 순간이었다. 유모의 비명 소리가 들렸다.

"아가씨!"

바로 뭔가가 부딪쳐 산산이 깨어지는 굉음이 뒤따랐다. 기겁한 하녀들이 문을 열고 들어가려는 찰나였다.

"비켜."

"레, 레녹스 님."

여전히 어안이 벙벙한 채로 자신을 올려다보는 하녀들을 일별한 레녹스가 바로 방 안으로 들어섰다. 그리고 바로 미간을 찌푸렸다.

"아주 가관이구나."

그 단어로밖에 표현할 말이 없었다. 유모의 말이 신경을 건드렸는지, 혹은 집요한 권유에 더는 자신을 건드리지 말라는 경고였는지 이네스의 손에서 날아간 찻주전자가 벽에 부딪혀 박살이 난 상태였다. 파편이 바닥에 널려 있었고, 찻물이 벽지에 얼룩져 있었다. 아마 벽지를 뜯어 내지 않는 한은 남아 있을 터였다.

뒤늦게 얼어붙은 유모에게 고개를 돌린 레녹스가 명령했다.

"당장 사람을 불러 치우도록 하게. 그리고 조금 쉬는 게 좋겠어."

"예, 예…… 알겠습니다."

너무 놀라 넋을 잃었는지 조금 늦게 대답한 유모가 바로 자리를 떴다. 뒤이어 좀 전 복도에 서 있던 하녀들이 들어와 신속하게 처참한 흔적을 치우자 벽지를 제외한 방은 다시 말끔해졌다.

레녹스가 입을 연 건 하녀들 또한 방을 나간 뒤였다. 신경질적인 감상으로 인사를 대신하긴 했지만, 며칠 사이 해쓱해진 누이의 얼굴을 보는 일은 생각보다 힘들었다. 지끈거리는 머리를 쓸어 넘기며 레녹스가 다시 운을 뗐다.

"너, 기어이 네 몸을 망칠 작정이냐."

"……."

"오늘로 벌써 열흘째다. 네가 제대로 먹지도, 말 한마디도 하지 않은 게."

어르고, 달래고, 화도 내봤지만 요지부동이었다. 입을 꾹 다문 채 시
선조차 마주치려 들지 않았다. 이네스는 완전히 마음의 문을 닫아 버린
것 같았다. 마치 벽을 보고 이야기하는 기분이었다. 그런 이네스를 바
라볼 때면 점점 두통이 더 심해지는 것 같았다. 참다못한 레녹스가 어
깨라도 흔들려고 손을 뻗는 순간이었다.

"여보."

언제 들어왔는지 등 뒤에 아내가 서 있었다.

"백작님이 부르셨어요. 당장 가셔야 할 거 같아요."

남매 사이에서 일어나는 실랑이를 모르는 척 차분한 얼굴로 카타리
나가 말을 끝맺었다. 마주한 침착한 얼굴에 레녹스의 굳은 얼굴이 조금
펴졌다.

"……알았소."

그대로 아내의 곁을 스쳐 지나 문을 열고 나가자, 방 안에 남은 건
두 여자뿐이었다. 걱정 어린 눈빛으로 카타리나가 먼저 말을 걸었다.

"괜찮아요, 이네스?"

그러자 처음으로 이네스의 입술이 열렸다.

"카타리나."

이 집안에서 유일하게 그녀에게 죄를 짓지 않은 사람이 있다면, 그건
바로 카타리나였다. 첫인상부터 당당하면서도 솔직한 카타리나를 보며
그녀처럼 되고 싶다는 생각을 하곤 했었다. 한 발자국 다가온 카타리나
가 이네스의 여윈 뺨 위에 손을 얹었다.

"얼굴이 말이 아니에요."

"……"

"그 정도로 힘들다는 뜻이겠죠. 가엾게도."

연민이 가볍게 카타리나의 눈빛에 스쳤다. 원래 얌전하고 유순한 줄

만 알았던 시동생이 결혼식 당일, 홀연히 저택을 떠난 건 그녀 입장에서도 충격이었다. 남편이 그토록 격분한 것도 처음 봤고 백작님의 안색이 창백하게 질린 것도 처음이었다. 마치 살얼음 위를 딛듯 위태롭고 팽팽히 당겨진 나날이었다.

그러다 레녹스가 이네스를 데려온다는 소식을 들었을 때, 그래도 이제 모두 끝났구나 싶었다. 하지만 아니었다. 이네스는 식음을 전폐했고, 그를 지켜보는 저택의 분위기는 더욱 심각해졌다. 그런 그녀를 보고 있기가 힘들었다. 비록 피로 이어진 건 아니지만, 이네스는 자신의 가족이기도 했다.

─이네스…….

─나예요, 카타리나. 늦은 줄은 알지만 잠깐 얘기할 수 있을까요? 얘기하기 싫다면 그냥 앉아만 있어도 좋아요.

더는 가만있을 수 없어서 밤중에 몰래 찾아온 것이 시작이었다. 어린 시절 남동생과 짓궂은 장난을 치다 부모님께 혼쭐난 이야기를 먼저 풀어놓자, 처음엔 방어적인 태도로 아무 말이 없던 이네스 또한 조금씩 자신의 이야기를 털어놓기 시작했다. 차츰 흐려져 가는 어린 시절 때부터 어느 날 우연히 산책 간 해안 절벽에서 오두막을 발견한 일. 그리고 '그'를 만나게 된 일까지.

"우리 일단 앉아서 얘기해요."

마치 친엄마처럼, 언니처럼 자신의 마음을 헤아리는 듯한 말에 마주 보길 피하던 이네스의 고개가 천천히 들렸다. 그런 그녀를 의자에 앉힌 카타리나가 늘 그랬듯 맞은편에 앉았다. 그리고 여느 때보다 더 파리한 이네스의 안색에 조심스레 물었다.

"혹시 오늘은 길게 이야기를 할 기분이 아닌가요?"

"아니요……."

고개를 저은 이네스가 잠시 숨을 고르더니 좀 전에 유모가 깨진 것을 대신해 새로 가져온 찻주전자의 차를 잔에 따라 한 모금 마셨다.

"그러니까, 어디까지 이야기했죠?"

"필립과 낚시를 하던 날까지요."

"그랬군요."

카타리나의 대답에 기억이 돌아온 이네스가 작게 고개를 끄덕였다. 당연히도 카타리나에게 시어도어의 본명과 정체는 밝히지 않았다. 처음엔 미친 짓 같았지만, 막상 혼자서만 간직해 왔던 그간의 일들을 입에 옮기기 시작하자 이상하게도 그 순간에는 마음의 안정이 찾아왔다. 본인의 일이었지만, 그녀가 마치 보고 온 연극 무대의 줄거리를 읊듯 중립적인 어조로 이야기를 진행하니 카타리나도 더 몰입되는 눈치였다.

"그러니까……."

조금 전 흥분에서 진정하려는지 심호흡한 이네스가 다시 입을 열고 이야기를 시작했다. 더 집중하려는 듯 무의식적으로 카타리나의 상체가 그녀 쪽으로 살짝 기울여졌다.

*   *   *

그날, 이야기를 마치고 방을 나가던 카타리나의 제안은 솔깃했다.

─이네스, 속이 너무 답답하다면 한번 저녁에 홀로 정원을 산책하는 건 어때요? 눈꽃이 내려앉아서 꽤 아름다워요. 정원사에게는 방해하지 않도록 내가 미리 말해 둘게요.

그간 저택을 나서는 것이 허용되지 않았던 나날이었다. 경계는 더 삼엄해졌고 감시는 말할 것도 없었다. 정원 정도라면 괜찮을지도 모르지만, 등 뒤에서 호위라는 명목으로 따라붙을 기사들이 눈에 훤했다.

그리고 바로 따라붙을 여러 시선도. 솔깃하지만, 망설이는 이네스에게 카타리나가 덧붙였다.

─하인들이 사용하는 뒷문으로 나가면 돼요. 방문과 그쪽을 지키는 기사에겐 미리 말해 둘게요.

─……고마워요.

어쩌면 지금 이 저택 안에서 자신을 진심으로 걱정해 주고 위해 주는 사람은 그녀가 유일할지도 몰랐다. 솔직하게 감사의 마음을 전하자 카타리나가 대답 대신 빙긋 웃었다.

─혹시 모르죠. 정말 예상치 못한 선물을 받게 될지도.

바로 그 말이 이네스의 등을 앞으로 밀었다. 해가 저물고 저택 내의 사람들이 모두 잠자리에 들 시간이 되자, 이네스는 슬그머니 방문을 열고 나왔다. 조심스럽게 주위를 둘러보자, 그녀가 말했던 대로 항상 감옥의 간수처럼 문 앞을 지키던 기사들이 보이지 않았다. 안도의 한숨을 내쉬고 나자 다음 행동은 더욱 과감해졌다.

바로 뒷문으로 향하는 동안, 저번과 달리 이번엔 그 어떤 방해물도 마주치지 않았다. 몇 번 고용인과 마주칠 뻔한 순간은 있었지만 기민하게 알아채 몸을 숨긴 덕분이었다. 뒷문의 문고리에 손을 얹자, 쉽게 돌아갔다. 그녀를 위해 카타리나가 부러 열어 놓은 모양이었다. 마음속으로 다시 한번 감사의 인사를 한 이네스가 숄을 여미며 밖으로 나왔다. 찬 공기가 피부에 달라붙었지만, 아직 그런대로 참을 만했다. 바로 걸음을 정원으로 향하자, 문턱에서부터 소리 없는 감탄이 쏟아졌다.

"와……."

알고 있는 광경이었지만 직접 눈으로 보자 더욱 생생하게 와 닿았다. 관목들 나뭇가지 위로 살포시 내려앉은 눈과 추운 날씨에도 붉게 흐드러지며 만개한 꽃들. 그러나 개중에 그녀의 시선을 가장 잡아끈 것은 순백의 꽃들이었다. 그대로 눈과 동화되어 바라만 보고 싶은 색의.

오랜만의 바깥공기였다. 차갑지만 맑은 공기가 그대로 숨을 타고 흘러 들어가 폐부를 정화하는 듯했다.

이네스는 홀린 듯이 걸음을 옮기며 주위 풍경을 감상했다. 시선은 아름답게 피어난 꽃들과 우아하게 가지를 뻗은 관목들에 고정돼 있었지만, 사실 정신은 온통 한군데에 있었다. 카타리나가 했던 의미심장한 마지막 말. 어쩌면 그저 이 정원 그 자체를 말한 걸 수도 있겠지만 왠지 모르게 묘한 예감이 들었다. 자신이 무엇을 기다리는지도 모르면서 설렜다. 어차피 모든 게 끝났는데.

"하, 하하……."

내심 두근거리던 심장이 조금씩 제자리를 찾은 건 넓은 정원을 한 바퀴 돌고 난 다음이었다. 자조 섞인 실소가 이네스의 입에서 나직하게 터져 나왔다.

바보 같은 여자. 무엇을 기다리는지 모른다고? 아니, 알고 있었다. 바라고 기다리는 건 늘 하나뿐이었으니까.

"이미 배신당했으면서, 대체 뭘 기대했던 거야."

그러니까 시어도어, 이곳에 그가 올 리가 없었다. 지금의 레이븐홀은 누군가의 도움 없이는 몰래 잠입하기도 불가능한 데다가 무엇보다 이네스는, 그의 의지로 이곳에 돌아온 거였다. 충격에 흔들리는 눈동자로 자신을 응시하는 그녀에게 그는 아무런 변명도, 오해라는 부정도 하지 않았다.

곧, 인정한 거였다.

"배신자…… 사기꾼, 나쁜 놈……."

자신을 철저히 농락하고 갖고 놀다 버린 남자였다. 더한 욕설을 퍼붓고 싶었지만 생각나질 않았다. 아니, 생각난다 해도 차마 내뱉고 싶지 않았다. 그런 나약한 자신에게 너무 화가 났다. 자해하는 대신 이네스는 손에 든 램프를 바닥에 집어 던졌다. 유일한 불빛이 사그라지자 주위는 온통 암흑뿐이었다. 당연한 자기 자리를 되찾듯 자연스레 주위를 휘감은 어둠에 자주색 눈동자가 점점 가라앉았다.

희망은 없었다. 이대로 다른 남자의 품에 팔려 가거나, 혹은 미친 것으로 간주되어 죽을 때까지 유폐돼 살아가거나.

이네스가 천천히 무릎을 굽혔다. 깨어진 파편에 저도 모르게 손을 뻗는 순간이었다.

"나쁜 놈은 그렇다 치고, 그 앞의 두 개는 인정할 수 없는데."

처음엔 귀를 의심했다. 정말 자신이 미쳐 버렸구나 싶었다. 고개를 가로저으며 무시하려고 했다.

"얌전히 기다리라고 했더니 스스로 몸을 상하게 할 줄은 몰랐군."

환청이 아니었다. 그러기엔 너무 뚜렷해 의심할 수가 없었다. 홱 고개를 돌려 확인하고 싶었지만, 추위 때문인지 굳어 버린 몸은 움직이지 않았다.

"돌아왔어, 이네스. 늦어서 미안하군."

부들부들 떠는 작은 어깨를 휘감은 손이 단단하게 그녀를 끌어안았다.

"……"

자신의 어깨를 가로질러 감싼 손이 익숙했다. 머리 위에서 속삭이는 목소리는 분명 한 사람이 분명했다. 하지만 이네스는 차마 입을 열어 확인할 수가 없었다. 이름을 부르는 순간, 바로 흩어질 환상처럼 느껴졌기에.

미동 없는 몸에 무슨 생각을 했는지, 시어도어가 나직이 물었다.

"그동안 날 잊었나?"

태연했지만 끝이 약하게 떨리고 있었다.

"만약 그랬다면 조용히 사라져 주지."

"……리가……."

막혔던 숨을 토하듯 소리친 이네스가 그의 손길에서 벗어나더니 뒤를 돌았다. 마주한 그의 가슴을 내리치며 원망의 말을 퍼부으려 했다.

"그럴 리가 없잖……!"

하지만 그럴 수가 없었다. 말을 채 잇기도 전에 다가온 입술이 탐욕스럽게 그녀를 집어삼켰다. 숨이 막힐 정도로 강렬하고 집요한 키스였다. 반항하듯 그의 어깨를 밀어내던 이네스의 손에 점점 힘이 풀렸다.

"아……."

두 입술이 떨어졌을 땐 기진맥진한 상태였다. 새하얀 정원에서 열에 취한 듯 뺨을 발그레 붉힌 아가씨의 모습은 마치 화가가 그려 낸 한 폭의 그림 같았다. 제 것을 대하듯 자연스레 내뻗은 시어도어의 손이 이네스의 입술을 한번 쓱 훑었다.

그녀의 정신이 번뜩 든 건 바로 그 순간이었다. 입술에 머무는 온기에 화들짝 몽롱한 눈을 크게 뜬 이네스가 그의 손을 탁, 내쳤다.

"어떻게 이제 와서…… 너무 뻔뻔하다고 생각하지 않나요?"

"이네스."

"대체 왜 여기 온 거예요? 날 버린 장본인이!"

잘 숨겼다고 생각했지만, 격렬한 분노 속에 절절한 그리움이 묻어 있었다. 사랑한 만큼 아팠다. 가슴을 쥐어뜯는 통증에 얼마나 괴로워했는가. 마치 사냥개한테 목덜미가 물린 토끼처럼, 레녹스와 함께 마차를 타고 저택으로 돌아가는 길엔 차라리 그대로 밖으로 뛰어들어 죽어 버릴까, 충동적인 생각도 했다. 그럴 수 없었던 것은 오로지 부모님 때문이었다. 아버님께 있어서 사랑하는 아내가 목숨 바쳐 낳은 소중한 딸이 바로 자신이었다. 또한 자신의 생명을 바쳐 낳아 준 어머니께 차마 못할 짓이라 이를 악물고 참았다.

그래서, 살았다. 말 그대로 살아만 있었다. 숨을 쉬고 멀쩡히 몸을 움직이면서. 하지만 천천히 죽어 가고 있었다.

"버린 적 없어."

단호히 돌아온 말에 눈동자가 흔들렸지만, 이네스는 이를 악물고 고개를 저었다.

"돌아가요."

"그렇다면 내 눈을 보고 이야기해, 이네스."

처음이었다. 화가 난 듯한 목소리로 시어도어가 그녀를 부른 것은. 헛웃음을 친 이네스가 비껴 냈던 시선을 들어 올렸다. 그녀의 다음 말을 예측했는지 시어도어가 바로 말을 덧붙였다.

"눈을 보면 거짓말인지, 아닌지 알 수 있으니까."

"거짓말."

이번엔 등을 돌리려 했으나. 다음 순간 턱을 그러쥔 손에 제지당했다.

"단 한 번도 네게 거짓말한 적 없다는 걸, 굳이 말해 줘야 아나?"

바로 눈앞에 다가온 동공은 한결같이 새까맸다. 여전히 생각을 알 수 없는 눈이었지만, 이상하게도 지금 그의 눈은 뜨거운 열기에 활활 타오르고 있다는 느낌이 들었다. 때문에 압도되어 숨조차 크게 쉴 수 없었다. 금방이라도 몸을 움직이는 찰나, 그 불이 옮겨 붙어 고통에 몸부림을 칠 것 같아서. 어처구니없는 상상이라는 걸 스스로 알지만 본능은 때론 이성보다 예리했다.

"말해, 아무 말이나."

이어진 명령에 저도 모르게 입안을 깨물던 이네스가 천천히 입술을 달싹였다.

"……나는…… 이곳에 있는 것이 좋아요."

"거짓말."

"결국, 오라버니가 옳았다고 생각해요."

"거짓말."

사실인지 우연인지 전부 다 들어맞았다. 크게 뜬 눈이 놀라움으로 흔들렸다. 이네스가 머뭇거리며 말을 이었다.

"한번은 이곳에서 누군가 절 밀어서 크게 넘어진 적이 있어요."

"……."

"오라버니가 잡아 줬었죠."

교묘하게 거짓과 진실을 섞은 말이었다. 잠시 그녀를 응시하던 시어도어가 입술을 달싹였다.

"누군가 밀어서 넘어진 것은 거짓, 오라비가 잡아 준 것은 진실이군."

그의 말은 맞았다. 충격에 휘청거리는 이네스의 몸을 시어도어가 끌어당겨 안았다. 이네스가 떠올린 건 스스로 발을 헛디뎌 넘어진 거였고, 그때 오라버니가 잡아 준 일이었다. 어떻게 이런 것까지? 충격이 밀려들었다.

"이제 말해 봐. 정말 더 이상 나를 원하지 않나?"

그녀의 어깨를 잡은 그가 또박또박 물었다. 회피나 보류는 용납하지 않을 기세였다. 젖은 숨을 한번 들이쉰 이네스가 결국 백기를 들었다.

"원해요…… 원하지 않은 적이 없죠, 첫 만남 때부터."

때론 자유로운 바람 같고, 어쩔 땐 변덕스러운 고양이 같은 사람. 종잡을 수 없었지만 보고 있으면 있을수록 빨려 들어갔다. 왕인 걸 알았을 때는 너무 늦어 버린 뒤였다. 뒤늦게 헤어 나오려 해도 이미 깊은 늪에 빠진 사람처럼 허우적거릴수록 더 발끝부터 삼켜지는 기분이었다.

"그러니…… 이젠 당신 차례예요."

그의 가슴을 밀어내며 한 발자국 뒤로 물러선 이네스가 고개를 쳐들고 떨어지는 눈물을 닦았다.

"왜 날 배신했죠? 어째서 거기서 날 버렸어요?"

그날 밤, 분명 그와 마음이 통했다고 생각했다. 처음부터 뒤얽혀 자란 한 뿌리처럼, 한쪽이 없으면 온전하지 않은 한 쌍처럼. 전부 다 들어맞았다고 생각했을 때, 그는 그녀를 버렸다.

"……처음엔, 도망쳐 온 네게 그저 밖을 보여 줄 생각이었다. 잠시만이라도."

약간의 정적 후에, 입을 연 시어도어가 천천히 말을 이었다.

"안쓰러웠으니까. 조금이라도 하늘을 향해 날아 보고 싶은 작은 새처럼 느껴졌으니까."

그러니 이성으로 본 적도, 여자로 대한 적도 없었다. 자신의 눈에 이네스는 그저 어린애였고 보호해야 할 연약한 소녀였다.

"하지만, 네가 점점 사랑스럽게 느껴지고 놓치기 싫어지더군. 다른 남자의 것이 되는 건 상상조차 하기 싫었지. 그래서 충동적으로 널 도발했다."

"……."

"나로서도 도박이었어. 절반은 네가 결국 현실에 굴종할 거라고 생각했으니까. 하지만 만약, 정해진 혼담을 걷어차고 내게 온다면 널 내 품에 안아야겠다고."

그가 그런 생각을 했을 줄은 꿈에도 모르고 있었다. 놀라 크게 뜬 눈을 바라보던 시어도어가 그녀의 뺨을 어루만지더니 목덜미, 그리고 어깨를 부드럽게 쓸었다. 닿는 곳마다 홧홧하게 타오르는 열기에 그녀가 몸을 떠는 것이 느껴졌다.

"그리고 넌 내게 왔지. 모든 속박을 집어던진 채."

처음으로 들은 그의 진심을 계속 듣고 싶었다. 하지만 이네스는 간신히 고개를 내저었다. 지금 중요한 건 그 부분이 아니었다.

"그런데…… 그런데 왜 나를 배신했죠?"

답을 재촉하는 질문에 잠시 입을 다문 시어도어가 그녀에게서 손을 떼어냈다.

"언젠가 내게 아들이 하나 있다고 했지."

아들. 분명 그런 적 있었다. 대답 대신 이네스가 가만히 그를 응시하자 다음 말이 조용히 이어졌다.

"그 녀석은 나를 증오해. 단 한 번도 다정한 아비인 적 없었으니까."

"……."

"하나뿐인 자식 놈을 증오에 불타오르게 만든 내가, 과연 누군가를 진심으로 사랑할 수 있을까."

목소리는 자조적이었다. 문득, 그가 아주 오랫동안 해 온 생각인 것처럼 느껴졌다. 전혀 그런 것 따위 신경 쓰지 않고 원하는 대로 살아갈 것 같은 이 사람이.

"더더욱 너는 아직 세상을 알지 못하는 어린 아가씨인데."

그런 건 당신이 판단할 일이 아니라고, 반박하려는 순간이었다. 막 터져 나오려는 그녀의 입술을 막은 건 나직이 이어진 그의 목소리였다.

"뿐만이 아니야, 네 지병을 고려한다면 북부를 벗어나는 게 위험천만하게 느껴졌어. 그런 와중에 왕자가 은밀히 반군을 훈련시키고 있다는 보고가 들려왔지. 그 상황에서 너를 왕성으로 데려간다? 말도 안 되는 일."

"반군……이요?"

다른 무엇보다 그 단어가 깊이 박혀서 차마 눈도 맘 편히 깜박일 수가 없었다.

"맙소사…… 어떻게 됐죠?"

"발 빠르게 움직인 덕에, 녀석도 눈치챘는지 금세 반군을 해산시키더군. 아직 완전한지는 잘 몰라."

"시어도어……."

한 나라의 왕이니만큼 평소 생명의 위험을 심심찮게 받아 왔을 거라 생각했지만, 막상 코앞에서 이야기를 듣는 것은 달랐다. 어느새 분노가 완전히 사그라든 것도 잊은 채 이네스가 다급히 물었다.

"그럼, 당신에게도 왕성은 위험한 거 아닌가요?"

말 그대로였다. 왕자뿐이 아니었다. 언제 어느 때든 호시탐탐 그의 목숨을 노리는 사람들.

"나는 괜찮아. 하지만 내 운명에 네가 휩쓸리는 건 견딜 수가 없어."

"시어도어!"

더는 참을 수 없었다. 전부 자신을 위한 것이었다니. 아무 말도 하지 않고 그런 독단적인 결론을 내린 건 아직 받아들일 수 없었지만, 그래도 모든 오해가 눈 녹듯이 사라져 그 자리에 원래 품고 있던 마음이 돌아왔다.

"이곳엔 어떻게 들어왔죠? 이대로 날 데려갈 건가요?"

"우선 제일 네게 동정적이라는 카타리나에게 접근했지. 처음엔 내 말을 믿지 않는 듯하다가 무슨 생각인지 오늘 새벽, 사람을 보내 결국은 협력한다고 하더군."

오늘 새벽이라면 분명 이곳에 나가 보라고 했던 어젯밤 직후였다. 무엇이 카타리나의 마음을 움직인 건지 알 수 없었지만 할 수만 있다면 전부 내주고 싶을 만큼 고마웠다. 격앙되는 이네스의 감정을 내리누른 건 이어진 차분한 말이었다.

"하지만 널 바로 데려갈 수는 없어."

"……어째서죠?"

무너질 것 같은 가슴을 추스르며 이네스가 물었다.

"말했듯 완전히 반군이 정리되지 않은 이상 아직 왕성은 위험해. 그리고……."

다음이 중요하다는 듯 시어도어가 느릿하게 말했다.

"네 아비, 데인 변경백의 승낙을 얻지 못했어."

심장이 쿵 내려앉는 것 같았다. 자신을 올려다보는 이네스의 귀 뒤를 부드럽게 매만진 그가 맹세하듯 말했다.

"이네스."

"……."

"나는 널 왕비로 맞아들일 생각이야. 단, 그뿐 아니라 가장 축복받고 축하받는 신부로 만들고 싶다. 제일 안전하고 평화로운 때에."

그러니 다시 이별이었다. 영원한 이별은 아니라 하더라도.

"날 또 한번, 기다려 줄 수 있겠나?"

대답은 하나뿐이었다. 그 외의 것이 있을 리가 없었다.

"……기다릴게요."

"다만, 이번엔 내가 당신께로 갈 거예요."

마주한 건 매혹적인 눈동자였다. 시어도어가 그대로 끌려가듯 그녀의 말을 경청했다.

"지난밤에 말했듯, 사라지지도, 망가지지도 않는 단 한 명이 돼서."

앞으로 나아가 좀 전에 벌렸던 거리를 좁힌 이네스가 그의 품에 뛰어들었다. 넓은 가슴에 얼굴을 묻고 크게 숨을 들이마셨다. 이대로 시간을 멈출 수만 있다면. 하지만, 그건 불가능했다.

"그러니 가요."

간신히 입꼬리를 올린 이네스가 떨리는 손을 감추며 이별을 고했다.

"어느새 해가 뜨고 있어요."

그 한마디가 마지막이었다. 이마에 그의 입술이 닿는 듯하더니 순식간에 사라졌다. 감았던 눈을 뜨는 순간엔, 그는 이미 보이지 않았다.

* * *

이후의 시간은 속절없이 흘러갔다. 무릎까지 쌓였던 눈이 녹기 시작하고 겨울 사이 움츠러들었던 새싹들이 점차 기지개를 켤 준비를 하고 있었다. 천금같이 느껴지던 하루하루는 어느새 기대로 가득 찬 기다림의 연속이 되어 있었다.

"이네스 아가씨!"

그날 밤, 그와 마주했던 정원을 바라보며 지는 노을을 바라보던 이네스의 눈이 지그시 열린 건 부르는 소리 때문이었다.

"유모."

"여기 계셨네요. 추우신데 왜 계속 밖에 나와 계세요?"

"그냥, 속이 답답해서."

옅게 웃는 이네스의 얼굴엔 전과 달리 여유가 가득했다. 버려진 채 그저 시간이 지나가든 말든 죽은 눈을 하고 있던 때와 비교도 할 수 없을 정도로 안정되고 차분한 얼굴이었다. 자신이 어디로 향하는지, 어떻게 될 것인지 알고 있는 여자의 얼굴.

어린아이에 불과했던 아가씨를 이토록 성숙한 여인으로 만든 건 단 한 사람이었다. 묘한 표정을 짓던 유모의 시선이 그녀의 배로 향했다.

"그래도 아직 날이 차요. 찬 바람만 맞다간 아기에게 좋지 않을 거예요."

"그런가……."

임신 소식을 알게 된 건 그가 북부를 떠나고 난 뒤 한 달 후쯤이었다. 어느 날 복도에서 쓰러진 아네스를 진찰한 주치의는 그녀가 임신한 상태라고 했다.

─얼마 되지 않았군요.

머릿속에 번뜩 떠오른 건 그날 밤의 기억이었다. 여관에서 정체 모를 괴한에게 습격받았던 그날. 서로의 감정이 폭발했고, 처음으로 서로를 진정으로 안았던 그날 밤.

이어진 무거운 침묵을 그녀는 잊지 못했다. 카타리나와 레녹스, 그리고 유모. 임신을 진단한 주치의까지. 임신을 아는 건 오로지 이 네 사람뿐이었다. 그렇게 어떻게 할지 결정짓지 못한 채로 시간이 흘렀다. 다행히 입이 가벼운 이도 없는 데다 레녹스가 단단히 입단속을 해 놓은 덕에 아직 다른 이가 그녀의 임신에 대해 알지는 못했다. 거기에 워낙 날씬한 몸매를 가졌던 탓에, 오 개월이 다 되어 가는 지금도 크게 차이가 없는 그녀의 배도 한몫했다.

"이제 들어가요. 저녁 식사를 하시고 일찍 푹 주무셔야죠."

처음엔 충격을 받아 아무 말도 하지 못했지만, 정신을 차리자마자 제일 먼저 이네스를 걱정한 건 바로 유모였다. 아주 어릴 때부터 젖을 먹여 가며 키워 온 소중한 아가씨였다. 무슨 일이 일어난다 해도 그건 영원히 변치 않았다.

이네스는 듣기 싫은 잔소리를 한다고 신경질을 내며 보란 듯이 그녀의 눈앞에서 찻잔을 내던진 일을 후회했다.

순순히 고개를 끄덕인 이네스가 천천히 자리에서 일어섰다.

"알았어. 그러고 보니 조금 졸린 것도 같아."

주위의 상황을 알고 있는지, 아이는 순탄하게 자라 줬다. 배를 발로 차지도 움직여서 그녀를 고통스럽게 하지도 않았다. 입덧 또한 없어 종종 뭔가 잘못됐나 싶어 주치의를 불러 확인할 정도였다. 하지만 그때마다 돌아온 대답은 무탈하게 잘 자라고 있다는 말이었다.

유모의 부축을 받아 저택으로 들어와 계단을 올랐다. 다른 이들은 그저 오랫동안 달고 살았던 이네스의 지병이 심해진 것으로 알고 있기에 주치의를 자주 불러들이는 것부터 유모, 그리고 그녀의 오라버니 부부가 다소 그녀를 과보호하는 것에 아무런 의문도 갖지 않았다.

방으로 들어와 조심스레 문을 닫고 나서야 유모가 넌지시 입을 열었다.

"그런데…… 언제 전하실 예정이세요?"

누가 들을까 차마 제대로 하지 못한 말에 이네스가 대답 대신 옅게 웃었다. 아직 이름은 짓지 못했지만, 사랑하는 사람과의 아기.

"분명 둘도 없이 기쁜 소식이지만, 그이가 지금 신경 써야 할 건 따로 있어. 괜히 걱정만 더 키우고 싶지 않아."

반군이 아직 채 제압되지 않고 왕성에 그를 노리는 이들이 판을 치는 이 마당에 조금이라도 그의 집중이 분산될 만한 위험한 일은 하고 싶지 않았다. 어차피 머지않아 만나게 될 거라고 믿기에 더더욱.

"그렇군요. 저는 일단 뭐라도 드실 걸 가져올게요. 저녁 식사 이전에 간단히 간식이라도 드시는 편이 나으니까요."

다행히 티는 나지 않지만 최근 들어 늘어난 식욕 때문에 식사 시간이면 늘 아슬아슬했다. 아직도 굳건히 그를 반대하는 아버님이 안다면 분명, 어떤 사달이 나도 날 게 분명하니까.

"응. 항상 고마워."

"뭘요."

부드럽게 웃어 보이며 감사 인사를 한 이네스가 느긋하게 창가로 시선을 옮겼다. 바로 그때 무언가 낯선 마차가 눈에 보였다. 의아해하며 다가가자 한 남자가 마차에서 내리는 것이 보였다.

저택을 찾아온 젊은 남자.

아주 드문 일은 아니지만, 그가 고개를 들어 이쪽을 보는 순간 어쩐지 불길한 예감이 등줄기를 훑었다. 휙 잠시 걷었던 커튼을 치자마자 등 뒤에서 노크 소리가 들렸다. 카타리나였다.

"이네스, 안에 있나요?"

"네. 들어와요."

카타리나가 은근히 그녀의 임신 사실을 부러워하는 걸 알았다. 아이를 가지기 위해 백방으로 좋은 건 다 구해 봐도 소용이 없었으니까. 그러니 이번에도 그녀의 배를 한번 만져 보러 온 줄 알았다. 아주 가끔, 작은 태동이 이는 때가 있으니까.

하지만 문이 열린 순간 마주한 새하얀 얼굴에 이네스가 놀란 눈을 깜빡거렸다. 거침없이 방 안으로 들어선 카타리나가 그녀의 양어깨를 잡았다.

"큰일 났어요."

"네? 그게 무슨 말이에요?"

자신이 아는 침착하고 우아한 카타리나가 아닌, 초조하고 놀란 그녀를 보니 어안이 벙벙했다. 재빨리 되묻자 바로 대답이 돌아왔다.

"방금 당신의 구혼자가 왔어요."

"네……?"

비록 아버님의 허락은 받지 못했지만, 머지않아 승낙이 떨어질 거라 생각했다. 그랬기에 귀를 파고든 목소리를 믿을 수가 없었다.

"그럴…… 리가요."

"분명해요. 제가 레녹스에게 들었는걸요. 레녹스도 방금 전해 들은 듯 놀란 표정이었어요. 아마 백작님께서 불러들인 거 같다고."

충격에 휘청거리는 이네스를 카타리나가 부축해 의자에 앉혔다.

"아버님이 아직도 절 다른 곳으로 시집보내는 걸 포기하지 않으셨다니……."

임신을 하고 느낀 가장 큰 변화는 감정 변화가 격렬하다는 거였다. 한때는 저녁마다 찾아온 우울감에 많은 힘듦을 느꼈었다. 이제는 어느 정도 안정이 되어 다스릴 수 있다고 생각했는데, 인지하기도 전에 눈물이 앞서 후두둑 떨어져 내렸다.

"어떻게…… 어떻게 해야 하죠, 나는?"

직접 불러들였을 정도면 발렌틴 백작 때처럼 그대로 밀어붙일 가능성이 컸다.

대체 어째서? 아버님은 정말 그렇게 하면 내가 그를 잊을 수 있으리라 생각하는 걸까? 그렇게 행복해질 수 있다고? 지리멸렬하게 교차하는 생각에 헛구역질이 나왔다.

창백해진 카타리나가 이네스의 등을 두드리는 바로 그때, 문이 벌컥 열렸다.

"이네스!"

"오라버니……."

"오늘 밤이다."

"네……?"

갑작스러운 말에 이네스가 놀란 눈을 크게 뜨자, 레녹스가 진지하게 말했다.

"오늘 밤에 수도로 떠나도록 해."

"하지만, 어떻게……."

말을 받은 건 다름 아닌 카타리나였다.

"혹시 모를 일을 대비해 준비해 뒀었어요."

"카타리나……."

잠시 멈췄던 눈물이 다시 눈에 고이기 시작했다. 눈시울이 뜨거워진 느낌에 이네스가 손등으로 눈물을 훔쳤다.

"그리고 오라버니…… 정말 고마워요."

레녹스의 행동은 정말 의외였다. 그녀의 임신을 알게 된 이후, 아버님처럼 강경하게 나오진 않았지만 그래도 묵묵부답으로 일관하던 그였다. 하지만 뒤에서는 아내와 줄곧 자신을 생각해 왔던 거였다.

"그런데, 이네스 혼자 가는 건가요?"

"아니."

고개를 저은 레녹스가 말했다.

"임신을 왕께 알리니 사람을 보낸다고 했어."

그가 알았다. 이네스의 눈이 흔들리는 사이, 그녀를 다잡듯 단호히 바라본 레녹스가 덧붙였다.

"이네스, 널 많이 도울 수는 없어. 아버님께 꼬리를 밟힐 수도 없고, 데인 백작가의 입장은 어디까지나 아직 반대니까."

원망을 해도 할 수 없다고 생각했다. 이토록 매정한 오라비는 없을 테니까. 하지만, 다음 순간 돌아온 건 뺨에 잠시 닿았다 떨어진 입술이었다.

"고마워요. 정말로……. 오라버니."

훌쩍이며 이네스가 몇 번이고 반복했다.

"행복하게 살아. 그거면 됐다. 네가 잘 사는 모습을 보여 주면, 아버님도 그것으로 납득하시겠지."

그런 그녀를 껴안으며 레녹스가 주문처럼 되뇌었다.

"행복하게, 누구보다 행복하게 사는 거다. 이네스."

* * *

하지만 바람을 이루어지지 못했다.

이네스는 몇 달 지나지 않아 죽었다. 심지어 자신의 이름으로도 죽지 못했다. 당장 왕의 핏줄을 찾아내 죽이는 것에 혈안이 된 왕자 때문이었다. 어린 조카는 이제 막 눈을 뜨기 시작했다. 증오하는 왕의 핏줄이라도 절반은 이네스의 피가 흐르는 아이였다.

때문에 이네스의 시신을 수습하여 북부로 가져갈 수도, 무릎 꿇고 앉아 오열할 수도 없었다. 무덤에 묻힌 건 이네스가 아니기에. 레베카라는 얼굴 모르는 여자이기에.

왕비가 되지 못한 채, 왕의 사생아를 낳다 죽은 여자는 데인 백작가에 있어서는 안 되었다. 왕자는 아이가 죽었다는 걸 믿지 않을 것이다. 지켜야 할 이는 많았고 무너진다면 함께 쓸려 내려갈 이는 더더욱 많았다.

결국 가문을 위해서였다.

길고 긴 꿈이었다.

불과 몇 년 전의 일. 카타리나에게 모든 이야기를 전해 듣고 마음이 약해진 게 화근이었다. 그게 영원한 이별일 줄 알았다면 보내지 않았을 텐데. 레녹스는 무거운 눈꺼풀을 뜨며 중얼거렸다.

"이네스."

대답 없는 메아리는 허공 속에서 흩어져 내렸다. 덜컹거리는 마차 안은 아무런 온기가 없었다. 마부가 말을 멈춰 세운 건 잠에서 깨어난 지 얼마 지나지 않아서였다.

"다 도착했습니다, 나리."

누가 봐도 높은 신분인 사람이 이런 연고지도 확실하지 않은 묘지에 찾아왔다는 것이 의아했다. 호기심 가득한 얼굴을 한 마부가 경솔히 다시 입을 열려는 순간, 그에게 삯을 지불하고 내린 레녹스가 익숙한 걸음으로 누이의 묘비를 향해 걸어 나가려는 순간이었다.

"이, 이건……."

작은 묘지 사방에 온통 만개한 것은 분명, 꽃이었다. 이네스가 좋아했던 새하얗게 흐드러진 꽃. 추운 날씨인 북부에서만 자라나 이곳에서는 구하기 어려운 꽃이었다.

레녹스가 믿을 수 없어 고개를 가로저었다. 있을 수 없는 일이었다. 있을 수 없는……. 하지만 가능하다면? 그걸 해낼 수 있는 사람이 있다면?

그때 하얗게 질린 레녹스의 근처에 누군가 다가왔다.

"처음 오시는 분인가요?"

옷차림을 보아 묘지기였다. 낯선 노인의 말에 레녹스가 연이어 고개를 저었다.

"몇 년 전만 해도 이런…… 광경은 아니었는데."

"아아. 얼마 전 일입니다. 웬 높으신 분이 이곳을 방문하더니 매일같이 한 송이의 꽃을 심고 가더군요."

도저히 믿기지가 않았다. 그녀를 무참히 버린 건 바로 그가 아닌가.

"혹시 금발에……."

"검은 눈이더군요."

확정 짓는 말에 그가 질끈 눈을 감았다.

"모두, 전부 그가 한 일입니까……?"

"예. 그 혼자서요. 왜 이런 일을 하느냐고 묻자, 한마디 하더군요."

"……."

"이런 곳에서는 그녀가 외로울 테니까."

전부 다. 모든 게 이네스를 위한, 그녀에게 바치는 꽃이었다. 꽃말의 이름은……. 저도 모르게 중얼거린 레녹스의 말에 묘지기가 대꾸했다.

"'기다림의 끝, 다음 생에서'라고 하더군요."

주먹 쥔 레녹스의 손이 부들부들 떨렸다. 분노 때문은 아니었다. 복잡하게 치솟는 감정을 억누르려 애쓰는 것처럼 보였다.

"그렇다 해도…… 그렇다고 해도, 용서할 수는 없어."

그때였다.

"무슨 일이 있으셨는진 모르지만, 그거야 별개의 일이지요."

"뭐……?"

연륜이 묻어난 눈길로 그를 바라보던 묘지기가 느릿하게 고개를 돌려 사방에 핀 꽃을 응시했다.

"이 늙은이가 감히 말씀드리건대 고인이 그에게 갖는 감정과, 나리가 그에게 갖는 감정은 별개입니다. 그러니 감사를 표할 이유도, 고개를 돌려 외면할 이유도 없지요."

"……."

"다만, 지금은 그저 이 순간을 놓치지 않고 감상하셨으면 좋겠습니다. 해가 질 무렵이면 붉은 석양이 온통 꽃 위를 덮어 아름답거든요. 지금처럼."

묘지기가 옅게 미소 지으며 말했다.

"아마, 오래도록 그럴 겁니다."

외전. 선물

"도련님! 도련님!"

분주히 그를 찾는 목소리가 들렸지만, 펠릭스는 나가지 않았다. 대신 나무 위에 숨긴 몸을 더 웅크렸다. 사람들도 지쳐서 그만 찾을 때쯤 내려갈 생각이었다. 어차피 크게 신경 쓰지도 않을 것이다. 여기서 자신은 그런 존재니까.

하지만 숨바꼭질은 오래 가지 못했다. 초록색 이파리 사이에 금발 머리칼은 눈에 띄기 마련이었다. 머지않아 나무 밑에서 목소리가 들렸다.

"여기 계셨군요."

"……유모."

정확히는 그의 유모가 아닌, 어머니의 유모였지만 이곳에서는 모두가 그녀를 같은 호칭으로 불렀다.

"다들 찾고 있었어요. 오늘 마님 부부가 오는 거 알고 계시죠?"

대답 대신 고양이처럼 가볍게 나무 위에서 뛰어내려 착지한 펠릭스가 고개를 끄덕였다.

"그러니까…… 약 세 달 만이지."

손가락을 접으며 헤아린 말에 유모의 얼굴에 잠시 안타까운 표정이 스쳤다.

"상회 일로 많이 바빠서서 그런 거예요."

"지긋지긋하게 들어온 말이잖아. 강조하지 않아도 돼."

이곳에 온 이후부터 끝없이 듣던 이야기였다. 네 양부모는 매우 바쁜 분들이니 필요 이상으로 귀찮게 해서는 안 된다. 부모님에게 직접 듣지 않았다고 해서 펠릭스가 모를 리 없었다.

"걱정하지 마. 설마 좀 자주 안 찾는다고 해서 내가 배은망덕한 마음을 품겠어, 유모? 길가에서 구걸하고 있던 나를 데리고 와서 먹여 주고 입혀 주고 한 은혜는 항상 감사하고 있으니까."

그뿐 아니라, 양자로 입적까지 해 주었다. 이 나라의 상급학교는 오직 부모가 있는 아이만 받아들이고 있으니까. 가정교사로부터 그의 총명함을 전해 들은 양어머니의 처사였다.

그는 '입양된' 도련님이었다. 길거리에서 그를 발견하고 데려온 건, 부부가 막 결혼하고 여행을 끝마치고 돌아가는 길이었다고 했다. 근본도 모르는 아이를 데려와 거둔 건 그렇다고 치고, 양자로까지 입적하는 것은 양어머니의 모친인 노마님의 반대가 컸다. 벌써 삼 년이 흘렀지만, 이 일을 두고 주변에서도 끝없이 수군거리는 걸 알고 있었다. 사실 말하기 좋아하는 이들에겐 딱 좋은 화젯거리였다.

막대한 재산을 가진 부부 사이에 끼어든 양아들. 더군다나 꾸준히 선행을 거듭함에도 불구하고 부부 사이에서 이후 아이가 태어나는 일은 없었다. 이제는 사실 부부 중 한 명이 문제가 있어 불임이며, 거리의 소년을 데려다 키운 건 혹시 이를 염두에 둔 조치가 아닐까 하는 이야기가 나오고 있었다.

"세상에, 도련님! 대체 누가 그런 소리를 했습니까!"

열두 살 된 펠릭스가 답을 말은 아니었다. 사색이 된 유모가 펠릭스의 어깨를 잡아 흔들었다.

"아무도."

집요하게 늘어질 추궁에 미리 고개를 가로저었지만, 거짓말이었다. 세상에는 아무것도 가진 것이 없던 거지 소년이 하루아침에 한 쌍의 그림 같은 부모를 갖게 되어 귀족의 집안에 들어가고, 상회의 상속자가 되는 걸 달갑지 않게 여기는 사람들이 많았다. 그리고 대개 그런 부류들은 두 가지로 갈렸다.

첫 번째는, 바로 본심을 숨기고 그에게 친절하게 구는 사람들이었다. 속내는 시커멓든 아니든 일단 그에게 얻을 것이 있는 한 가면은 유지했다. 하지만 조금이라도 그의 입지가 흔들리게 되면 곧바로 안면을 몰수할 거란 걸 알았다.

나머지 두 번째는, 대놓고 시기하며 질투하는 이들이었다. 그가 지나가면 부러 소리 높여 수군거리고 그가 무슨 일을 하던 간에 흠을 잡으려고 안달했다. 그렇게 함으로써 보잘것없는 원래 신분을 깎아내리고, 그런 그를 선택한 부부까지 흠집을 내려 기를 쓰는 것이다.

전자는 그래도 당장 그에게 시비를 걸어오지는 않았다. 그래서 무시할 수는 있었다. 문제는 후자였다. 펠릭스는 애당초 그리 참는 성격은 못 되었고, 거리에서 살 적엔 조금이라도 얕잡아 보이는 순간 남에게 이용당하고 잡아먹히는 일은 흔하고 흔했다.

초록색 눈동자가 일순간 짙어졌다.

"어쨌건 날 좀 가만히 내버려 둬. 내일 돌아오시면 인사는 제대로 드릴 테니까."

재빨리 몸을 돌려 다시 몸을 숨길 곳으로 걸음 하려는 순간이었다.

"잠깐만요!"

뒤를 도는 그의 얼굴에서 뭔가를 발견한 유모가 손을 뻗어 소년의 어깨를 잡았다. 그리고 돌려세우더니 뒤이어 물었다.

"이 상처는 못 보던 거네요. 대체 뭐죠?"

왼쪽 눈 바로 아래, 뺨에 못 보던 생채기가 나 있었다. 보아하니 그리 오래되지 않은 상처였다.

"아…… 그러니까 이건……."

아무리 조숙하게 굴어도 애는 애였다. 유모가 매의 눈처럼 예리하게 가리려던 상처를 짚어 내자, 당황한 펠릭스가 뭐라 변명하려 입술을 달싹였다.

"방금 길 가다가 내리막길에서 발을 헛디뎠지 뭐야. 그래서…… 조금 굴렀어."

"그래요? 이상하네요. 그러기엔 또 옷은 단정하신데요. 나뭇잎이 좀 묻은 것 외에는 흙도 안 묻었구요."

터무니없는 거짓말은 통하지 않는다는 어투였다. 단호히 펠릭스의 변명에 반박한 유모가 조용히 말했다.

"분명 또 누군가와 치고받고 하신 거군요. 이번엔 또 누구죠? 방앗간 둘째 아들? 아니면 놀러 온 마구간지기의 조카?"

"……."

여러모로 손바닥 들여다보듯 훤히 꿰고 있는 유모를 피할 수는 없었다. 벙어리처럼 입을 꼭 다물고 있자 고집스러운 소년의 모습에 유모가 작게 한숨을 내쉬었다.

"그럴 때면 그냥 저한테 말씀하시라니까요. 무슨 말을 걸었고, 어떻게 시비를 걸었는지."

"어떻게 그래? 그랬다간 나보고 남자도 아니라고 놀릴 텐데."

그렇게 되면 널리 소문이 날 거고, 수치스러워질 게 분명했다. 여자애들도 아마 비웃을 것이다. 단번에 홧홧해진 펠릭스의 얼굴에 유모가 빙긋 웃었다.

"애슐리 때문에 그러죠?"

"뭐……?"

"애슐리한테 창피하기 싫을 거잖아요. 아니에요?"

애슐리는 푸줏간 집의 막내딸로, 펠릭스와 동갑이자 이 근방에서 가장 예쁜 소녀였다. 때문에 소년들에게 알게 모르게 제일 인기가 많았다. 잠시의 침묵이 두 사람 사이를 휘감고 지나갔다. 몇 분 뒤, 펠릭스가 목소리를 죽여 물었다.

"유모는…… 사실 마술이라도 부리는 거야?"

웃음이 터진 건 거의 동시였다. 못마땅한 듯 자신을 올려다보는 펠릭스를 바라보며 한바탕 웃음을 터뜨린 유모가 이내 고개를 저으며 사과했다.

"풋, 푸후후후…… 기분이 나빴다면 사과할게요, 도련님. 마술을 부리는 건 아니에요. 그냥 똑 닮아서요."

"누구랑?"

"누구긴요. 도련님의 아버님이죠. 비록 피가 섞이진 않았지만, 하는 건 거의 판박이네요."

점점 영문을 알 수 없는 소리였다. 양부와 자신이 닮았다니. 사려 깊긴 하지만 키 크고 무뚝뚝하며, 때론 얼음처럼 차가워 보이는 아버지와? 그런 펠릭스의 속을 읽은 듯 조금 전 터뜨린 웃음에 슬쩍 나온 눈물을 닦고 말했다.

"좀 더 자세히 말하자면, 빈센트 나리가 올리비아 마님을 보시는 그 눈빛과 도련님이 애슐리는 바라보는 그 눈빛이 닮았어요."

"……대체 그게 무슨 소리야?"

"무슨 소리라뇨. 마치 눈에서 꿀이라도 떨어질 듯 달콤……."

"모르는 새 말이 더 많아졌군, 유모."

펠릭스를 본격적으로 놀리기로 작심한 듯 웃음기를 띤 목소리를 가로지른 건 등 뒤에서 들려온 인기척이었다. 깜짝 놀란 두 시선이 바로 목소리가 들려온 방향으로 향했다. 그리고 동시에 외쳤다.

"나리!"

"아버지!"

유모와 양아들을 한번 번갈아 본 검은 눈동자가 다시 유모에게 향했다. 분명 내일 온다고 하셨는데? 영문도 모르는 채 눈만 깜박이는 유모를 일깨워 준 건 어느새 다가온 집사였다.

"오는 도중 계획이 하나 취소되어 조금 일찍 돌아오셨습니다."

"아아! 그러셨군요. 저녁 식사는 하셨나요?"

그제야 이해했다는 듯 고개를 끄덕인 유모에게 빈센트가 대답했다.

"아직. 올리비아는 몸이 좋지 않아 방에 올라갔어. 의사를 불렀으니 곧 올 테지."

"그렇다면 마님께는 간단히 드실 죽이라도 준비할까요?"

"부탁하지. 내 저녁은 됐네."

몇 마디 대화가 오가고 지시를 받은 유모와 집사가 자리를 뜨자 자리에는 부자만이 남았다. 단번에 어색해진 분위기에 먼저 펠릭스가 입을 열었다.

"오랜만에 뵙습니다, 아버님. 잘 지내셨나요?"

"그럭저럭."

무심히 대꾸한 빈센트의 눈이 상대를 훑었다. 한참 때의 소년답게, 펠릭스는 못 보던 사이 한 뼘 더 자라 있었다. 불현듯, 올리비아가 했던 말이 떠올랐다.

―펠릭스는 어쩌면 당신보다 더 클지도 몰라요.

뭔가를 보든 올리비아는 종종 펠릭스를 떠올렸다. '이건 펠릭스에게 사다 주면 좋아할 거예요.', '펠릭스는 잘 있을까요?'

그때마다 전혀 질투할 대상이 아닌데도 슬쩍 짜증이 치밀었던 기억이 올라왔다. 어린애를 상대로 무슨 추태인가. 아픈 와중에도 그를 이곳으로 보낸 것도 올리비아였다. 부자 상봉을 하고 오라는 말에 아픈 그녀를 침실에 두고 나올 수밖에 없었다.

살짝 굳어진 빈센트의 얼굴에 눈치를 보던 펠릭스가 조심히 물었다.

"어머님은…… 어떠신가요?"

"여독이 쌓여 피로하실 뿐이다. 걱정할 필요는 없어."

"그렇군요. 제가 바로 뵈러 가도 될까요?"

대답 대신 빈센트가 고개를 끄덕였다. 그러다 문득 그의 시선이 뒤늦게 펠릭스 뺨의 상처로 향했다.

"……이건 뭐지?"

"아, 이건……."

한층 낮아진 목소리에 펠릭스가 어깨를 움츠렸다. 물론 세상의 중심이자 자신의 아내인 올리비아만큼은 아니었지만, 빈센트는 자기 아들인 펠릭스 또한 아꼈다. 올리비아가 펠릭스에게 아낌없이 애정을 표현하고 정신적으로 감싸 안는 역할이라면, 지내는 데 그 어떤 불편함이 없도록 뒤에서 뒷받침해 주는 게 바로 그의 역할이었다. 한번은 사교회에서 대놓고 펠릭스를 깎아내리려던 남자를 그 자리에서 멱살을 틀어잡아 바닥에 내리꽂은 적이 있었다. 그런 뒤, 경악한 주위 사람들의 눈도 의식하지 않고 남자를 향해 나직이 내뱉었다.

─적어도 겁에 질린 강아지처럼 질질 짜는 건 내 아들보다 네가 더 잘하겠군.

이후, 어른 중 그 누구도 적어도 빈센트가 있을 때는 펠릭스를 비하하지 않았다.

"말해."

그때의 기억을 떠올린 펠릭스의 등줄기에 식은땀이 흘러내렸다. 싸움은 용서해도 거짓말은 용서하지 않을 분이었다. 결국, 열심히 굴리던 머리를 멈추고 순순히 대답했다.

"마을 애들이랑 한바탕 싸웠어요. 놀리길래."

어른과 달리, 아이들은 신분 차에 민감하지 않았다. 마음이 맞으면 쉽게 어울리고, 마찬가지로 틀어지면 상대가 누구든 쉽게 주먹을 들었다. 신분에 따라 사람을 사귀지 말라는 올리비아의 교육 방침 때문이었다. 펠릭스는 대외적으로 영주인 엘리엇과 더불어 이곳 게더를 실질적으로 다스리는 그녀의 아들이었지만, 평민 아이들 사이에서는 그저 좀 부유한 집 친구 정도의 위치였다.

하지만 귀족 아이들은 별개였다. 이번에 한바탕 치고받고 한 것도 은근히 시비를 걸어오는 귀족 애들 때문이었다. 한바탕 야단이라도 쏟아질 듯 눈을 꼭 감았던 펠릭스의 머리 위로 들려온 건 의외의 말이었다.

"그래서?"

"예……?"

잠시 말을 알아듣지 못해 커진 눈을 굴리던 펠릭스가, 이내 깨닫고는 대답했다.

"이겼어요. 상대 애는 더 다쳤어요."

커다란 손이 머리를 쓰다듬은 건 그때였다. 어떤 칭찬도 야단도 없었지만, 빈센트의 손이 부드럽게 펠릭스의 머리를 헝클였다. 짧았지만 충분했다. 반항적인 생각이 눈 녹듯 사라지고, 가슴 깊숙이 따뜻한 기운이 맴돌았다.

바로 그 순간, 허겁지겁 다시 나오는 유모의 걸음 소리가 들렸다.

"나리! 도련님!"

"무슨 일이지?"

"마님이, 마님이……!"

두 남자의 시선이 단번에 날카로워졌다. 숨이 넘어갈 듯 놀란 가슴을 추스른 유모가 메인 목소리로 이어 말했다.

"임신하셨답니다!"

안주인의 회임 소식이 들리자, 저택의 분위기는 삽시간에 축제처럼 들떴다. 불임을 선고받은 몸에 아이가 든 건 정말 기적 같은 일이라고 의사가 몇 번이나 반복했다.

거의 포기하고 있던 일이 현실이 되자 올리비아는 얼떨떨한 모습이었다. 처음엔 믿을 수가 없어 눈만 깜박이다가 나중엔 결국 울음을 터뜨렸다. 그의 가슴에 얼굴을 품고 눈물을 쏟는 아내를 다독이며 빈센트는 몇 번이고 속삭였다.

"다 잘될 겁니다."

놀라움과 기쁨, 그리고 걱정과 가슴속 깊은 슬픔이 그 한마디에 진정된 듯 올리비아는 곧 울음을 그쳤다.

한 발자국 간격을 두고 서서 그 모습을 바라보던 펠릭스는 조용히 방문을 나섰다. 분명 기쁜 일인데, 축하해야 할 일인데 가슴 한구석이 뭔가 텅 빈 느낌이었다. 구멍이 뚫려 버렸는데 무엇으로 메꿔야 할지 알수가 없었다.

그러다 우연히 복도에서 애니와 몸이 부딪혔다. 하인이었던 제닌과 결혼해 이미 어엿한 쌍둥이의 엄마가 된 애니는 밝게 상기된 얼굴이었다.

"어머, 도련님!"

"······애니."

하필이면. 어른들 중 가장 말 많고 오지랖도 넓은 애니와 마주치다니. 난처함에 펠릭스가 눈을 피하든 말든 작은 어깨를 잡으며 애니가 다짜고짜 물어 왔다.

"마님은요?"

"침실에."

"어디 아프신 곳은 없구요?"

금방이라도 꼬리에 꼬리를 물고 길어질 질문에 벌써 머리가 아파 왔다. 슬쩍 애니의 손을 떼어낸 펠릭스가 뒤이어 말했다.

"그래 보였어. 직접 가서 뵙지 그래."

"안 그래도 그럴 참이에요! ……그런데 어디 가세요?"

급습해 온 또 다른 질문에 순간 펠릭스가 버벅댔다.

"아…… 난 방금 얼굴을 봬서 내 방으로."

"거짓말."

눈을 가늘게 뜬 애니가 나직이 말했다. 자신과 마주하길 피하는 초록색 눈동자를 집요하게 쫓더니 무릎을 굽혀 눈높이를 맞췄다. 놀란 펠릭스가 고개를 돌리자 시선이 마주했다.

"혹시 말도 안 되는 생각을 하고 계신 건 아니죠?"

구태여 덧붙일 필요도 없었다. 그 말도 안 되는 생각이란, 사람들의 입에서 오르내리는 말이었다. 사실, 그리 드문 일도 아니었다. 친자가 태어나자, 전에 양자로 들인 자식이 파양되거나 찬밥 신세로 전락하는 일.

물론 양부모가 그럴 사람들이 아닌 건 펠릭스 자신이 더욱 잘 알았다. 가만히 고개를 저었다.

"그럴 리가. 그냥 속이 좀 안 좋을 뿐이야. 오늘 점심에 먹은 게 좀 체했나 봐."

이번 말은 꽤 신빙성이 있었다. 창백해진 안색이 그를 증명했다. 수긍한 애니가 당부했다.

"아아, 그랬군요. 가정부한테 말해서 약이라도 꼭 드세요. 알았죠?"

"응, 그럴게. 그런데 어서 가 봐야 하는 거 아니야?"

"아차!"

소식을 전해 듣고 잠깐 아기들을 친한 이웃에게 맡기고 나온지라 오래 머물 수가 없었다. 번뜩 잠시 굽혔던 무릎을 편 애니가 감사 인사했다.

"맞아요. 고마워요, 도련님."

"아니야. 어머니도 많이 놀라셨을 텐데 곁에 있어 드려."

조용한 펠릭스의 말에 애니가 연신 고개를 끄덕였다. 때론 속을 썩이기도 하지만 역시 생각이 깊고 착한 소년이었다. 처음엔 아가씨가 웬 추레하고 비쩍 마른 거지 소년을 데려왔나 싶었는데, 이제는 이곳에서 없어서는 안 될 존재였다. 다시 지나쳐 침실을 향해 걷던 애니가 대뜸 떠오른 생각에 뒤를 돌았다.

"도련님도 다시 돌아오……."

하지만 말은 미처 이어지지 못했다. 언제 누가 있었냐는 듯 복도는 텅 비어 있었다.

*　　*　　*

두 달째였다. 아직 배가 편평했는데, 이 안에 또 다른 생명이 들어 있다는 게 실감 나지 않았다. 그래서 하루에도 몇 번이나 배를 쓰다듬곤 했다. 태동은 느껴지지 않았지만, 머지않아 아기가 내 배에 발길질하리라 생각하니 걱정과 기대가 반반 섞이는 느낌이었다.

창밖을 바라보며 더 깊어지려는 상념을 깨뜨린 건 부드러운 목소리였다.

"올리비아."

언제 방으로 들어왔는지 천천히 다가와 내 정수리에 가볍게 키스한 빈센트가 맞은편 의자에 앉았다. 하루 종일 침대에 누워 있다 움직인 건 아침에 잠깐 정원을 산책한 게 전부였다. 그리고 나서 다시 누웠기에 몰골이 말이 아닐 것이다.

결혼한 지 벌써 삼 년이 지났는데, 여전히 그의 앞에선 초라한 모습을 보이기가 싫었다.

"아, 잠깐만요. 빈센트. 머리라도 빗고……."

황급히 눈을 피하며 일어서려는 순간, 내 손목을 잡은 빈센트가 그대로 나를 다시 의자에 앉혔다.

"어느 때든 세상에서 가장 예쁘다고 했잖습니까, 당신이."

"……대체 그런 닭살스러운 말은 어디서 배웠어요?"

민망함에 입을 비죽 내밀고 대꾸하긴 했지만, 차마 반항할 마음이 있을 리가 없었다. 세상에서 날 가장 아끼고 걱정하는 게 그라는 걸 잘 아는 한. 흐트러진 내 옆머리를 귀 뒤로 넘긴 빈센트가 나직이 물었다.

"오늘은 뭘 좀 먹었습니까?"

그의 시선이 얼마 사이에 조금 말라 버린 내 팔목에 닿았다. 삼 주 전부터 시작한 입덧 때문이었다. 차츰 좋아하던 음식이 물렸고 고기나 생선의 주변에만 다가가도 비린내가 훅 끼쳤다. 헛구역질을 반복하곤 묽은 죽만 먹고 있었다.

"네. 차츰 좋아지는 거 같아요."

해쓱한 얼굴로 고개를 끄덕였지만 별로 믿는 기색이 아니었다.

"정말이에요. 당신을 닮아서 아이가 얌전한걸요."

"날?"

"네. 변경백께서 보내 주신 편지에 적혀 있었어요. 당신은 얌전한 아기였다고."

정확히는 빈센트의 모친에 대한 이야기였다. 그가 의식적으로 피하려는 주제였지만 그래도 내겐 중요했다. 내가 사랑하는 사람의 어머니이자 내 아이들의 친할머니였다. 그녀의 짧은 삶에 대해 알아 갈수록 가슴이 아리고 아련해졌다.

"그렇다니 다행이군요."

빈센트 또한 처음보다는 더 반발심 없는 얼굴로 얌전히 고개를 끄덕였다. 그 순간 노크 소리가 들리더니 곧이어 문이 열렸다. 미처 들어오라는 말도 없이 들어온 하녀의 행동에 놀라 아연해진 순간, 빈센트가 그녀에게 손을 뻗었다. 공손히 무언가를 그에게 건넨 하녀가 내게 깊숙이 고개 숙여 인사한 다음 다시 방 밖으로 나갔다.

그의 손에 들린 건 작은 상자였다.

"그게 뭐예요?"

"잠깐만 목을 빌려주겠습니까?"

호기심에 묻자 그가 조용히 반문했다. 대답 대신 고개를 끄덕였다. 자리에서 일어선 그가 내 등 뒤에 서더니 내 머리칼을 한군데로 모아 옆으로 넘겼다. 차가운 손이 목덜미를 스치는 감각에 솜털이 곤두서는 느낌이었다.

이제 익숙해질 때도 됐는데, 그가 닿을 때마다 나는 마치 파르르 떠는 작은 강아지라도 되는 것 같았다. 조금이라도 더 그 손길을 받고 싶은데 어떻게 표현해야 좋을지 모르는 것처럼. 그때 무언가가 내 목에 채워졌다. 보지 않아도 목걸이임이 느껴졌다.

"선물입니다."

언제 또 가져왔는지 손거울을 내게 건넨 빈센트가 말했다.

"아……."

감탄이 저절로 입술 새로 새어 나왔다. 아름답다고밖에 표현할 수 없는 목걸이였다. 목덜미에서 벗어난 백금의 줄이 교차하며 이어졌고 그 아래엔 물방울 모양으로 세공된 아콰마린 보석이 달려 있었다. 청량하고 투명했다. 손을 대면 그대로 파스스 부서져 내릴 것처럼 섬세했다.

"내 것과 같은 흑요석으로 할까 하다, 당신의 눈동자 색을 닮았기에."

흑요석이라면, 이네스의 유품인 목걸이를 뜻하는 거였다. 내 어깨를 매만지는 손길을 잡아 손등에 입 맞췄다. 그리고 뒤를 돌아보며 부드럽게 미소 지었다.

"정말로 마음에 들어요. 고마워요."

"말뿐입니까?"

"예?"

"좀 더 확실한 방법이 있는 걸로 아는데요."

"……."

무엇을 뜻하는지 알았다. 내 손을 잡는 것조차 떨려 하던 예전과 달리, 그는 어느새 자연스러운 접촉을 자주 하게 됐다. 손을 잡거나 뺨에 입 맞추거나 어깨에 얼굴을 묻는 일이었다. 나 또한 이제 그게 일상이 되었고 원하면 어느 때나 그를 향해 손을 뻗었다. 그는 단 한 번도 나의 애정 표현을 거절한 적 없었다. 진지한 얼굴로 감사 인사는 그것으로 끝이냐고 묻는 그에게 어떤 반응을 해야 좋을지 갈피 잡기가 힘들었다.

결국, 백기를 들었다.

"알았어요. 잠시 눈높이 좀 맞춰 줘요."

말없이 내 옆으로 돌아와 바닥에 무릎을 굽힌 그의 머리를 끌어당겨 이마에 키스했다. 반응이 없자 그 아래로 내려와 그의 단정한 눈썹과 곧은 콧대, 뺨에 키스했다. 이제 충분하다 싶을 즈음, 반대로 그의 손길에 당겨졌다.

"읍!"

내 입술을 덮친 빈센트가 가볍게 버드 키스를 하더니 혀로 내 입술을 핥았다. 마치 식전의 먹잇감에 미리 표시라도 하는 짐승 같았다. 그가 순식간에 빨갛게 달아오른 내 뺨을 손으로 쓸었다.

"사실 더 나가고 싶지만."

"……."

"내 정숙한 아내는 부끄러움이 많으니."

동굴처럼 낮고 깊은 목소리가 지척에 있었다. 끝없이 심장이 두근거렸다. 최고급의 은사(銀絲)같은 머리칼과 새카만 눈동자. 언제 봐도 신비로울 만큼 완벽한 외모였다. 이 남자가 내 남편이며, 곧 내 아이의 아버지가 될 거라는 사실이 새삼 믿기지 않았다. 부디 내 배 속에 있는 아이가 그를 꼭 닮았으면 했다. 딸이든 아들이든 다 좋았다.

그를 닮은 딸, 아들…….

그 순간, 문득 떠오른 얼굴이 있었다.

"맞다, 펠릭스!"

그의 손을 밀어내며 물었다.

"펠릭스는 어디 있어요? 오늘 하루 종일 안 보이던데."

빈센트는 삽시간에 깨진 분위기에 달갑지 않은 기색이었다. 하지만 어쩔 수 없었다. 그는 이미 아버지이지 않은가. 나 또한 그랬다. 돌아온 날부터, 펠릭스는 내색하지 않았지만 어쩐지 주눅 든 느낌이었다. 그 이유를 알았다. 그래서 더 신경이 쓰였다.

"친구들과 산을 타러 간다고 했습니다."

"산을요? 말을 타고?"

빈센트가 고개를 끄덕였다. 걱정스러움에 저절로 미간이 찌푸려졌다.

"위험할 텐데. 열두 살짜리들이…….."

"그 정도면 다 큰 겁니다."

"그래도요."

빈센트의 입장을 이해를 못 하는 것도 아니었다. 그 나이 때 본인은 이미 기사의 종자로서 외지에서 험한 생활을 했으니까. 그러니 그의 입장에서 고작 친구들끼리 말을 타고 산에 올라간 것쯤이야 아무 일도 아닐 것이다. 하지만 나는 걱정됐다.

"안 되겠어요. 집사를 불러서 데려오라고 해야겠……."

그때 창밖에서 말 울음소리가 들렸다. 말을 탄 펠릭스가 돌아왔다. 하녀들이 그를 맞았다. 그런데 뭔가 이상했다.

"도련님?"

의아해하며 다가간 하녀가 손을 뻗는 순간, 비명을 질렀다.

"까악!"

의식을 잃고 휘청거리던 펠릭스가 말 위에서 떨어졌다. 그를 받은 건 언제 뛰쳐나갔는지 달려 나온 빈센트였다.

열이 높았다. 의사는 펠릭스의 한쪽 다리가 부러졌다 했다. 한번 낙마해서 부러진 다리를 끌고 말을 타 저택까지 온 것이다. 밤새도록 누군가 곁을 지켜야 했다. 올리비아는 직접 간호하고 싶어 했지만, 모두가 반대했다. 결국, 그 역할을 맡게 된 건 유모였다. 몇 번이나 얼음물에 수건을 담가 펠릭스의 이마 위에 얹고 끙끙거릴 때마다 그를 토닥였다.

펠릭스가 눈을 뜬 건 다음 날 아침이었다. 희뿌연 시야 속에서 눈에 익은 방이 보였다. 천천히 고개를 돌리자 주름진 유모의 얼굴 또한 보였다.

"도련님."

"……유모."

"다들 걱정 많이 했습니다. 몸은 괜찮으신가요?"

"응. 괜찮…… 아얏!"

상체라도 일으키려고 하자 다리가 욱신거렸다. 이불을 들춰 보니 왼 다리가 부목에 고정되어 있었다.

"이건……."

"정신을 잃으셨을 때, 의사 선생님이 조치하셨어요. 다행히 몇 주 뒷면 붙을 거라더군요."

그때까지 무리하지 않고 걷는 데 주의하라는 말을 덧붙였다.

"어쩌다 다리는 부러지신 거예요? 낙마한 게 맞아요?"

이어진 질문에 펠릭스가 어색하게 고개를 끄덕였다. 치기 어린 자존심에 앞장서서 내달린 게 문제였다. 그는 늘 무리의 대장이었다. 항상 앞장서곤 했다. 그런데 어제 한 녀석이 도발해 왔다. 그전에서부터 계속 펠릭스를 못마땅하게 여기던 녀석이었다.

–너 이제 찬밥 신세라면서? 어떡하냐!

–입조심해!

–우리 엄마가 그랬어. 넌 이제 태어날 동생한테 밀릴 거라고. 넌 친아들이 아니니까!

그 말을 하고 휙 스쳐 앞질러 가는 녀석을 보는 순간 참을 수가 없었다. 잡아서 화가 풀릴 때까지 흠씬 두들기고 싶었다. 그러고 나서 사과를 받아 내려고 했다. 그래서 무리하게 고삐를 틀어쥐고 말의 배를 찼다.

산 위에서의 아슬아슬한 경주가 이어졌다. 위아래가 뒤집힌 건 잠시 후였다. 갑자기 시작된 급경사에 놀라 발을 헛디딘 말이 그대로 몸을 크게 푸르르 떨었다. 방심하고 있던 사이 벌어진 일이었다.

깜짝 놀라 일순, 손에 힘이 풀렸다. 그 결과가 바로 이거였다. 다리가 부러진 것. 당시에는 아픈 줄도 모르고 다시 말에 올라탔지만, 저택이 보이기 시작하자 차츰 뜨거운 불이 다리에서부터 올라오는 느낌이 들었다.

그대로 정신을 잃는 순간 날카로운 여자의 비명이 들렸다. 그리고 땅에 처박히려는 찰나, 누군가 그를 받쳐 안았다는 것도.

"그런데 나를 잡아 준 건 누구……."

자초지종을 설명한 뒤 유모에게 물어보며 고개를 돌릴 때였다. 대답은 유모가 아닌 다른 입에서 나왔다.

"나였다."

"아……버지……."

언제 왔는지, 팔짱을 낀 채 문틈에 비스듬히 기대선 빈센트가 그를 내려다보고 있었다. 온기 하나 없는 싸늘한 동공이 자신을 훑는 순간 펠릭스는 등줄기에 오한이 일어 저도 모르게 몸을 떨었다. 그대로 있다간 모든 게 얼어붙을 것 같았다. 간신히 열리지 않는 입술을 열어 달싹였다.

"……다 들으셨나요?"

대답 대신 빈센트가 고개를 끄덕였다.

"아주 가관이더군."

심상치 않은 부자간의 분위기를 눈치챈 유모가 몸을 굽혀 조용히 방문을 나섰다. 그러든지 말든지 느릿하게 침대로 다가간 빈센트가 손을 뻗었다. 일순, 본능적으로 몸을 움츠린 펠릭스를 비웃듯 한 손으로 작은 턱을 잡더니 좌우로 살피듯 돌렸다. 그리고 이어 오물에서 손을 떼듯 놓아주었다. 펠릭스는 이해할 수가 없었다. 무리한 치기에 다리가 부러져서 온 그에게 화가 났음은 분명한데, 마치 걱정하는 듯한 행동에 어안이 벙벙했다.

"아, 아버지."

그래서 미련 없이 등을 돌아 방을 나가려는 뒷모습을 불러 세웠다.

"화…… 안 내시나요?"

온 힘을 다 끌어내어 물은 말에 걸음이 멈춰 섰다. 뒤도 돌지 않은 빈센트가 가만히 반문했다.

"내 화를 감당할 자신은 있는 모양이지."

"……"

펠릭스가 대답 대신 입안을 깨물었다. 감당할 수 없었다. 어머니와 달리, 평소에도 대하기 어려운 아버지였다. 아마 올리비아 외의 모든 이가 그러할 것이다. 그런 데다 화까지 낸다면 펠릭스는 감당할 자신이 없었다. 엄두도 나지 않았다.

달칵.

무거운 침묵 속에서 문을 연 빈센트가 끝으로 경고했다.

"당분간 이 방에서 나갈 생각은 하지 말도록."

단호한 금족령이었다.

* * *

"체크메이트."

상대편의 킹king을 쓰러뜨리는 기분이 언제나 좋았다.

"이번엔 내가 이겼네."

"다시 한 판 더해요, 어머니."

펠릭스는 승부욕이 강한 아이였다. 빈센트를 닮아 좀 무뚝뚝한 성격에, 한편으로 수줍음이 많다 싶다가도 게임을 제안하면 어느새 깊이 빠져들곤 했다.

"좋아. 다만 조금 쉬었다가."

얼마나 집중했던지 이마에서 땀이 흘렀다. 어느새 다가온 하녀가 우리 옆에 차가운 레모네이드를 올려놓고 나갔다. 펠릭스가 뒤늦게 걱정스러운 표정을 지었다.

"혹시 무리하신 건 아니죠?"

그 모습이 귀엽고 기특해 뺨을 한번 쓰다듬었다.

"그럴 리가. 앉아 있는 것 외엔 딱히 한 게 없는걸."

체스 세 판 정도야 육체적으로 그리 무리를 요구하는 일도 아니었다.

조금 과보호인 빈센트가 본다면 뭐라 잔소리를 할 수도 있겠지만, 마침 상회에 바쁜 일이 생겨 그는 잠시 자리를 비웠다. 그러는 사이, 꼼짝없이 방에 갇힌 펠릭스를 찾아간 건 내 쪽이었다. 무언가 숨기는 거라도 있는 건지 펠릭스는 나를 보며 놀란 눈을 했다가, 이내 반가운 얼굴을 했다.

의사는 부러진 다리뼈가 붙을 때까지 움직이는 걸 삼가라고 조언했다. 거기다 어쩐 일인지 빈센트가 금족령을 내렸다고 했다. 그러니까, 아이는 꼼짝없이 갇힌 신세였다. 그 모습이 무료해 보여 체스를 제안하자 펠릭스는 처음엔 머뭇거렸다. 할 줄 모른다는 거였다. 스스로 부끄러웠다. 같이 산 지 삼 년이 되었는데 어떻게 이런 것 하나 알려 주지 못했다니. 바쁘다는 핑계로 아들을 내버려 둔 것 같아 미안했다.

최대한 쉽게 설명해 주자, 펠릭스는 머지않아 모든 규칙을 다 이해했다. 그리고 거짓말처럼 막힘없이 모든 말을 움직였다.

"하지만 지금까지 전적으로 보아 일단 네가 이긴 건 확실한걸."

나도 못하는 편은 아니라고 자부해 왔지만, 삼세판에서 두 판을 내리졌으니 그 외에 할 말이 없었다. 펠릭스가 반짝거리는 눈빛으로 물었다.

"그럼 제 소원 하나 들어주시는 거예요?"

"내가 들어줄 수 있는 거라면, 무엇이든."

주방장에게 말해 간식을 달라고 할 줄 알았다. 건강을 위해 하루에 먹을 수 있는 간식의 양은 정해져 있고 펠릭스는 단 것이라면 사족을 못 쓰는 아이였다. 아니면 새로운 책을 사다 달라든가. 하지만 이어진 말은 의외였다.

"검을 배우고 싶어요."

"……검?"

순간 아연한 단어에 되묻자 펠릭스가 고개를 끄덕였다.

"네. 기사들이 잡는 검이요."

"검은 갑자기 왜?"

"실은…… 아버지가 기사셨다고 들었어요."

누구에게 들었는지는, 유모 아니면 애니가 확실했다. 국왕의 직속 기사로 일했던 과거를 아는 사람은 극히 소수니까. 엘리엇은 가끔 얼굴을 보는 정도니 아마 둘 중 하나일 것이다. 검을 배우기엔 펠릭스는 겨우 열두 살이었다. 그저 천진난만하게 뛰어놀 때가 아닌가. 속으로 한숨을 삼키며 대답했다.

"좋아. 아버지께 한번 물어보고 된다고 하시면 그때 배우자."

말을 끝맺음과 동시에 작은 얼굴에 기쁨과 실망이 교차하는 게 보였다.

"왜 그러니, 아가?"

부드럽게 묻자 고개를 떨군 펠릭스가 조용히 말했다.

"아버지는 아마 허락 안 해 주실 거예요."

"어째서?"

"저한테 이미 화가 나셨으니까."

웅얼거리듯 하는 말이 가엾고 또 한편으로는 귀여웠다. 웃음을 참으며 손을 뻗었다. 어린아이다운 부드러운 뺨이 손바닥에 닿았다. 고개를 들게 하자 흔들리는 초록 눈동자와 마주했다.

"펠릭스."

마주한 시선 속에서 조용히 이름을 불렀다.

"아버지는 너에게 화난 게 아니란다. 너를 걱정했을 뿐이지."

펠릭스가 말에서 떨어지는 순간, 빈센트가 빠른 속도로 달려가 안았던 기억이 지금도 생생했다. 아슬아슬한 찰나였다. 나 또한 가슴이 쿵 내려앉는 줄 알았으니까. 열이 오른 아이를 소중하게 품에 안아 든 빈센트가 바로 의사를 찾지 않았다면 더 큰일 날 뻔했다. 이토록 아이를 아끼고 사랑하는 남자가 어째서 본인에게는 그렇게 살갑지 않은지 의 아했다.

대답 대신 시선을 피하려는 펠릭스의 볼을 살짝 잡아당겼다.

"내 말을 믿지 않는구나."

"……."

"좋아. 그러면 허락해 줄게. 검 스승을 알아보도록 할까."

내 순순한 승낙에 펠릭스가 자리에서 벌떡 일어났다.

"정말요?"

"앉아, 펠릭스. 그렇게 갑자기 움직이면 다리가 덧날 거야."

말 잘 듣는 강아지처럼 내 말에 순응했다. 다시 천천히 자리에 앉은 펠릭스에게 뒤이어 말했다.

"단, 진검은 안 돼."

"네?"

꼬리를 바짝 세우며 놀라는 게 보였다. 부러 짐짓 엄한 표정을 지어 보인 후, 단호히 말했다.

"목도로 연습해야 해. 여기에 관해선 절대 양보할 수 없어."

"……그래도……."

"알았니?"

다시 한번 당부하는 내 말에 결국 펠릭스가 고개를 끄덕였다.

"알겠어요."

그 모습에 절로 웃음이 나왔다. 팔을 뻗어 보였다.

"이리 와, 착한 내 아들."

안기라는 뜻이었다. 이미 몇 번이고 해 왔던 자세인데 쑥스러운지 펠 릭스가 움직이지 않았다. 고개를 갸웃하며 물었다.

"왜 그래?"

"전 이제 어린애가 아니에요."

"그래도 넌 내게 언제나 어린애란다."

"……."

펠릭스의 표정이 조금 흐려졌다. 예기치 않은 상황에 눈이 커졌다. 혹시 다리가 또 아픈 걸까 싶어 사람을 부르려는 찰나였다.

"……도요?"

"뭐?"

"아기가 태어나도요?"

자신 없는 듯 작은 목소리로 들려온 물음에 심장이 덜컥 멈춘 느낌이었다. 무거운 몸을 이끌고 일어나 몇 걸음 옮겼다. 펠릭스의 이름을 불러 의자를 돌리게 한 뒤, 그의 눈높이를 맞추어 무릎을 굽혔다.

"어째서 그런 생각을 한 거니."

"……그냥요."

점점 더 작아지는 목소리가 가슴 아팠다. 팔을 뻗어 아이의 어깨를 감싸 안았다.

"불안했구나. 혹시 우리가 너에게 믿음을 주지 못한 걸까?"

"……."

수긍하듯 아무런 말도 하지 않았다. 담담히 선고하듯 말했다.

"너는 내 아들이야, 그 어떤 상황에서도."

비록 직접 낳지 않았지만, 가슴으로, 온 마음으로 낳은 내 아들이었다. 더러운 길목에서 몸을 웅크리고 있던 펠릭스와 눈이 마주쳤을 때 결정했다.

남들이 말하듯 내가 펠릭스를 선택한 게 아니라, 펠릭스가 나를 선택했다. 데려와야겠다. 그 생각밖에 들지 않았다. 피폐해진 얼굴을 활짝 피게 만들고 싶었다. 행복하게 만들어 주고 싶었다.

"알겠니?"

등을 도닥이며 몇 번이고 되물었다. 대답은 돌아오지 않았다. 다만 가늘게 흔들리는 등을 몇 번이고 쓰다듬었다. 수소문해 펠릭스에게 좋은 검술 스승을 붙여 줘야겠다고 생각하면서.

"조금 더!"

뒤뜰에 마련된 임시 수련장에 엄격한 목소리가 울려 퍼졌다. 목검을 든 펠릭스 뒤로 엄한 얼굴의 남자가 이어 말했다.

"허리를 곧게 하고 팔을 더 쭉 펴는 겁니다!"

그리 더운 날씨가 아니건만 머리에서 흐르는 땀이 뺨을 타고 뚝뚝 흘러내렸다. 후들거리는 팔은 금방이라도 모든 힘을 다 쏟아 버려 축 늘어질 것만 같았다. 2시간 넘게 서 있던 다리도 마찬가지였다. 하지만 펠릭스는 오기로 아랫입술을 깨물며 버텼다.

한참 뒤에야 기다렸던 말이 떨어졌다.

"오늘 수업은 여기까지입니다. 수고하셨습니다."

"선생님도 수고하셨습니다."

"예. 그럼 전 이만."

원래라면 앞으로 한 시간 더 수업했겠지만, 오늘은 예외였다. 가볍게 묵례를 나눈 검술 선생이 뒤돌아 떠나자, 아까부터 멀찌감치 두 사람을 지켜보던 유모가 다가와 펠릭스에게 수건을 내밀었다. 그대로 수건을 받아 든 펠릭스가 이마에 맺힌 땀을 닦았다.

"고마워, 유모."

"고생하셨어요. 어디 다친 데는 없죠?"

항상 같은 말이었다. 펠릭스가 손에 든 것을 눈짓하며 대꾸했다.

"이런 목검으로 수업하는데 무슨 다칠 일이 있겠어."

처음, 어머니 올리비아가 목검만 사용해야 한다며 말했을 땐 솔직히 당황스러웠다. 자신은 놀이가 하고 싶은 게 아니라 '진짜' 검을 배우고 싶었다. 하지만 어쩔 도리가 없었다. 아버지는 아마 검을 배우는 것을 허락하지 않으실 테고, 어머니의 허락을 얻어 내려면 그러는 수밖에.

땀을 다 닦아 낸 펠릭스가 수건을 돌려주며 불쑥 물었다.

"아버지는?"

"방금 집사가 말하기를, 연통이 왔는데 아마 점심쯤에 돌아오신다더 군요."

"어머니는 알고 계시고?"

답이 정해진 물음이었으나 유모는 아무 내색 없이 고개를 끄덕였다.

"당연히 알고 계시죠."

"일단 씻어야겠어."

가볍게 고개를 끄덕인 펠릭스가 유모 옆을 스쳐 지나갔다. 아버지가 돌아오시는 날. 평소보다 검술 수업을 일찍 끝낸 이유이기도 했다. 원래라면 일주일에 사흘, 3시간씩 수련을 했으나 이 하루만은 예외였다.

"하녀가 목욕물을 받아 놓았으니 방으로 들어가시면 됩니다."

뒤에서 외치는 목소리에 고개를 끄덕이며 펠릭스가 저택으로 향했다. 땀 냄새가 진동하는 탓에 옷을 당장 갈아입을 요량이었다. 조금 전의 일을 아버지가 알 수 없게. 적어도 당분간은 그래야 했다.

* * *

"갔던 일은 잘 되었나요?"

겉옷을 내게 넘긴 빈센트가 고개를 끄덕였다. 오랜 출장 뒤에 돌아온 그의 외투를 받아 드는 건 내가 자처한 일이었다. 무려 보름이었다. 그가 내 곁에 없었던 날들이. 결혼한 이후, 이렇게 오래 떨어져 본 건 처음이기에 더 반갑고 애틋했다.

"어디 다친 곳은 없죠?"

마치 유모처럼 걱정을 쏟아 내는 것 같아 아차 했지만 이미 말은 입

밖으로 튀어나온 후였다. 옷의 단추를 풀던 빈센트가 조용히 등을 돌렸다. 다음 순간 마주한 건 언제 봐도 끝을 알 수 없는 칠흑 같은 눈동자였다. 그가 머리를 부드럽게 자신에게 당기더니 이마를 맞댔다.

"올리비아."

뜨끈한 온기가 이마를 타고 느껴졌다. 새삼 신기했다. 부부는 닮는다고 했던가. 보통 사람들보다 낮았던 그의 체온은 어느덧 조금씩 남들과 비슷해졌다. 그 이유가 마치 내가 남들보다 조금 더 높은 체온을 가지고 있어서인 것 같았다.

"열은 없군요."

"……빈센트."

"걱정 많이 했습니다."

이어진 말에 뺨이 홧홧해졌다. 임신한 아내를 홀로 두고 일로 자리를 비워야 하는 상황에, 그의 마음 또한 편치 않았을 터였다. 웃으며 대답했다.

"나는 잘 있었어요. 아무 일도 없었어요."

내 말에 이윽고 날 놓아준 빈센트 또한 부드럽게 미소 지었다.

"다행이군요. 나도 늘 그랬듯, 별일 없었습니다."

그가 뒤이어 손끝으로 내 긴 머리칼을 매만졌다. 별 의미 없는 손짓일 텐데 어쩐지 은밀하게 유혹하는 것처럼 느껴졌다. 곧이어 농밀해진 듯한 분위기에 정수리까지 열이 오르는 느낌이었다. 뭔가 화제를 바꿔야 했다.

"펠릭스도."

그 순간 떠오른 이름이었다. 이 상황에서 벗어나려 이용하는 것 같아 조금 미안해졌지만 급했다.

"얌전히 잘 있었어요."

"……그랬군요."

지분대던 내 머리칼을 놓아준 빈센트가 다시 뒤를 돌았다. 팔을 교차하더니 한 번에 옷을 벗었다. 뒤이어 드러난 넓고 탄탄한 등에 나도 모르게 고개를 홱 돌렸다. 임신을 진단받은 이후, 우리는 한동안 배 속에 막 자리 잡은 아이에게만 집중했다. 그래서 그의 나신이 더욱 낯설었다. 얼핏 작은 웃음소리가 들린 것 같았다.

"나, 나는 식사 준비 때문에 먼저 내려가 있을게요."

그때였다. 큰 손이 조심스레, 그러나 단호하게 내 허리를 감싸더니 끌어당겼다. 내 귓가에 숨결이 닿았다. 빈센트가 나직이 불렀다.

"올리비아."

"……."

"내가 정말 듣고 싶은 말은 해 주지 않는군요."

무엇을 뜻하는지 단번에 알아들었다. 그가 내 어깨를 잡아 돌려세우지 않은 게 다행이었다. 결혼한 지 벌써 삼 년이나 지났는데 아직도 이런 돌발적인 애정 표현에는 이렇게 뻣뻣하게 구는 스스로가 바보 같았다. 하지만 내 맘대로 할 수 있는 일이 아니었다. 그가 닿을 때마다 두근거리는 심장을 추스르는 일은. 배 속의 아이를 쓰다듬듯 내 배를 감싼 빈센트가 다시 한번 물었다.

"……안 해 줄 겁니까?"

마치 원하는 말을 해 주지 않는다면 놓아주지 않겠다는 어조였다. 귀 끝까지 빨개진 채 버벅거렸다.

"보…… 보고……."

답답할 만도 했으나 내 남자는 인내심이 깊었다.

"싫었……어요."

뭍에서 막 올라온 물고기가 참았던 숨을 토해 내듯 다음 말을 뱉어 내자, 바로 칭찬이 돌아왔다.

"잘했습니다."

자연스럽게 내 허리에서 어깨로 그의 손이 움직였다. 목덜미에 부드럽게 말캉한 것이 닿았다. 그게 그의 입술이라는 걸 아는 순간 모든 사고가 정지했다. 얼어붙은 나를 보며 오해했는지 빈센트가 이어 말했다.

"걱정 말아요, 이 이상은 안 나갈 테니."

웃음기 어린 어투에 정신이 번쩍 들었다. 장난이었던가. 처음부터 끝까지 휘둘리는 기분이었다. 불쑥 든 생각에 휙 고개를 돌렸다. 말은 이어지지 못했다.

"그러고 보니……."

바로 후회했다. 금방이라도 눈앞의 먹잇감을 한입에 집어삼킬 듯한 시선이었다. 허기진 맹수 앞에 놓인 토끼가 이런 느낌일까.

"그러고 보니?"

이를 드러내며 웃는 얼굴로 하얀 맹수가 물었다. 불현듯 첫날밤이 떠올랐다. 순간 목소리가 떨려 나왔다.

"……내, 내가 더 연상인 건 알죠?"

"물론 알죠, 올리비아."

무슨 당연한 소리를 하냐는 표정이었다. 그게 우리 사이에서 중요하게 작용했던 적이 있던가. 사실 실질적으로, 연상의 역할을 하는 건 언제나 빈센트 쪽이었다. 그에게 기대고 의지했던 건 항상 나였다.

"그럼…… 됐어요."

괜한 소리를 해 버렸다는 생각에 꼬리를 말고 시선을 피했다. 물 흐르듯 그의 손아귀에서 벗어나 한 걸음 뒤로 물러섰다. 자연스럽게 방에서 퇴장할 핑곗거리를 찾았다.

"바로 옷 갈아입고 나와요. 기다릴게요, 펠릭스랑."

펠릭스의 이름을 다시 부르니, 불쑥 그 몰래 아이에게 검술 선생을 붙여 준 것에 뒤늦게 생각이 미쳤다. 아마 빈센트가 그리 좋아하지 않을지도 모른다는 걱정이 이제야 들었다. 편지라도 보내 의견을 물었어야 했다. 펠릭스는 나만의 아이가 아닌, 그의 아이이기도 하니까.

그래도 설득하면 허락해 줄 테니 괜찮았다. 원래도 돌아오는 날, 바로 말할 생각이었다. 그전까지 어떻게 말할지 생각을 가다듬어야 했다.

"그럼 난 이만······."

"올리비아."

그때였다. 문고리를 잡고 돌리는 찰나 그가 다시 한번 나를 불렀다. 석상처럼 멈춰 서자 평소와 같은 고저 없는 목소리가 들렸다.

"혹시 내게 숨기는 일 없습니까?"

예전에 수도 없이 사선을 넘나들었기 때문일까, 종종 그의 직감은 타의 추종을 불허할 정도로 예리했다. 어쩌면 이미 알고 있는지도 몰랐다. 그 전에 솔직해질 기회를 주는 것 같았다. 속으로 한숨을 내쉬며 무겁게 입을 열었다.

"······사실······."

속내를 숨기는 것은 가능했지만, 이미 실마리를 잡은 사람 앞에서 태연히 거짓말을 할 정도로 뻔뻔스럽진 못했다. 한다 해도 금세 들통날 게 뻔했다. 그대로 솔직히 털어놓는 것 외엔 방법이 없었다.

"얼마 전 펠릭스가 검을 배우고 싶다고 하더군요."

"······."

"그래서 선생님을 붙여 줬어요."

순순히 실토하자 언제 갈아입었는지 편한 옷차림이 된 빈센트가 다가왔다. 그 기세에 몇 발자국 문에서 멀어졌다.

"언제부터죠?"

예감이 안 좋았다. 남들이라면 알아채기 힘들겠지만, 그의 심기가 불편해졌다는 게 느껴졌다.

"오래되지는 않았어요."

내 말에 결론이 났다는 듯 그가 대꾸했다.

"그렇다면 앞으로 중단하면 되겠군요."

"빈센트."

힘주어 불렀으나 아무 반응도 돌아오지 않았다. 그가 그대로 문을 열고 방을 나갔다. 아니, 나가려고 문을 여는 순간 그대로 멈춰 버렸다.

문 앞에는 펠릭스가 서 있었다. 언제부터 들었는지 묻지 않아도 알 수 있었다. 얼굴에 담긴 반항심이 대답을 대신했다.

"펠릭스……."

내가 부르는 말을 못 들은 듯 빈센트를 향해 고개를 든 펠릭스가 물었다.

"어째서죠?"

반발심이 가득한 눈동자였다. 전혀 닮지 않은 얼굴인데, 이상하게도 그 위로 종자 시절 빈센트의 유년 시절의 모습이 겹쳐졌다.

"어째서 검을 배워서는 안 되는 거죠?"

무거운 침묵이 세 사람 사이를 휘돌아 나갔다. 아들의 얼굴을 덤덤히 내려다보며 빈센트가 입술을 달싹였다.

"그럴 필요가 없으니까."

다분히 함축적인 대답이었다. 오히려 반발심만 더 부추긴 듯 펠릭스가 얼굴을 일그러뜨렸다.

"그건 핑계고, 다른 걱정을 하시는 거죠?"

아니야. 거기까지만 말해. 더는 말해서는 안 돼. 그러나 펠릭스는 멈추지 않았다.

"내가, 어느 날 배은망덕하게 칼을 들까 봐! 사람들이 말하는 것처럼……."

짜악.

"……."

펠릭스의 말이 끝나기도 전에 손을 올린 건 나였다. 순식간에 모든 공기가 얼어붙었다.

"페, 펠릭스……."

내가 한 일이었지만 믿을 수 없었다. 믿기지 않았다. 그건 펠릭스도 마찬가지인 듯 충격 어린 얼굴로 나를 응시했다.

"어떻게……."

"아니야…… 아니야……."

목이 메어서 그 말밖에 반복할 수 없었다. 네가 미워서가 아니야, 펠릭스. 나는…… 뒤이어 말하려고 했다. 하지만 펠릭스는 기다려 주지 않았다.

"펠릭스!"

경악이 서린 눈동자로 천천히 좌우로 고개를 젓던 펠릭스가 뒤를 돌아 뛰어갔다. 아이가 점점 멀어졌다. 따라가려고 서둘러 걸음을 옮겼다.

"아, 아아……!"

몇 걸음도 채 옮기기 전에 배가 찌르듯이 아파 오기 시작했다.

"올리비아!"

다급한 빈센트의 외침을 끝으로 몸이 허물어졌다.

이마는 온통 열로 끓었다. 펠릭스는 몸 안에서부터 뜨거운 것이 타오르는 느낌이었다. 어머니와 눈이 마주치고, 뺨에 알싸한 통증이 밀려든 순간 모든 이성은 정지되고 본능만 내달렸다. 몸을 돌려 저택 밖으로 달려 나가는 내내 든 생각은 무조건 이곳을 벗어나고 싶다는 욕구뿐이었다. 그 외엔 아무래도 좋았다.

다급히 펠릭스를 부르는 어머니의 목소리는 미처 귓가에 닿지 못했다. 닿았더라도 그대로 스쳐 지나갔을 것이다.

"허억, 헉……."

얼마나 숨 쉴 새도 없이 달려갔는지 발을 멈출 무렵엔 펠릭스의 전신에 힘이 쭉 빠졌다. 조금씩 내리기 시작한 빗발에 달아오른 머리가 식는 기분이었다.

"여긴……."

정신을 차려 보니 걸음을 멈춘 것은 빼곡한 숲속 안의 작은 동굴 앞이었다. 약초꾼과 사냥꾼들이 임시 거처로 삼기도 하는 공간으로, 평소 덤불로 덮여 야생 동물들의 눈에 띄지 않도록 해 놓은 곳이었다. 펠릭스는 조심스레 수풀을 헤치고 들어갔다.

동굴엔 다행히 아무도 없었다. 소탈하지만 아늑한 공간이었다. 짐승의 털가죽을 벗겨 바닥에 깔아 놓아 냉기를 막았다. 공용 창고처럼 맨 구석에 놓인 상자를 열어 뒤적이자 성냥 한 갑이 있었다. 펠릭스는 그중 하나를 집어 들어 양초에 불을 붙였다. 튀어나온 벽에 촛대를 올려놓자 어두컴컴한 공간이 순식간에 환해졌다.

화르륵, 타오른 심자가 빛을 밝혔다. 내리는 빗발로 조금 차가워진 몸에 녹아내리듯 따뜻함이 더해졌다. 남은 성냥을 상자에 집어넣는 순간이었다. 문득 떠오른 기억이 펠릭스의 머릿속에 번뜩 되풀이됐다.

−이곳을 기억해라, 펠릭스.

펠릭스가 이곳에 온 지 한 달이 되던 날이었다. 산을 오르고 싶다고 졸랐던 날, 이곳에 처음으로 왔다. 무심히 지나칠 만한 곳에 이런 동굴이 있었다. 앞장선 아버지의 뒤를 따라 들어서니 감탄이 절로 나왔다.

−만약 무슨 일이 생긴다면, 그때 내가 곁에 없다면 바로 이곳으로 도망쳐야 한다.

천진난만하게 주위를 둘러보는 자신에게 아버지가 했던 말이었다. 그럴 일은 없겠지만 펠릭스는 일단 그 당부에 열심히 고개를 끄덕였다. 순순한 반응에 평소 조용히 다물려 있던 입술에 작은 호선이 그려지던 게 기억났다. 처음 보는 아버지의 미소였다.

다음 날, 어머니께 슬쩍 그 이야기를 하자 마찬가지로 소리 없이 웃으셨다.

―이곳은 어쩌다 생긴 곳이에요?

묻는 질문에 잠시 기억을 더듬는 듯, 혹은 추억 속으로 돌아가듯 잠시 말이 없던 어머니가 나직이 대답했다.

―네 아버지가 종자 시절에 만들었다고 하더구나.

종자 시절. 머리에 충격이 이는 것 같았다. 펠릭스는 아버지가 정식으로 긴 수련 과정을 거친 기사였다는 사실을 그때 처음 알았다. 이전에도 다른 상회 사람들과 다르다는 느낌은 분명히 있었다. 키도 훤칠하고 등도 넓어 책에서 보는 대단한 기사들 못지않았다. 그래서 내심 계속 닮고 싶었다. 그 어떤 상황에서도 침착하고 강한 아버지처럼 되고 싶었다.

그저 그뿐이었는데.

거기까지 생각이 미치자 가슴 한구석이 욱신거리듯 아팠다. 비와 추위는 피했으나 설상가상으로 뒤늦게 곯은 배가 꼬르륵거리며 공복을 알려 왔다. 펠릭스는 처음으로 손을 들었던 어머니의 눈동자를 생각했다. 본인 스스로도 믿을 수 없다는 듯 커진 동공. 흔들리며 자신을 바라보던 시선. 그러자 자신이 내뱉었던 말 또한 기억났다.

어째서 그런 말을 해 버렸을까. 자괴감이 밀려들자 펠릭스는 입안을 깨물고 무기력하게 가죽 카펫 위에 모로 누웠다.

"졸려……."

당장 돌아갈 수 없다고 판단하자 몸은 영악하게도 바로 수면 상태로 펠릭스를 이끌었다. 검술 수업에 이곳에 달려오기까지, 안 그래도 피로에 피로가 겹친 상태였다. 무리한 터라 온몸이 두들겨 맞은 듯 얼싸했다. 배도 고픈 데다 몸까지 피로하니 저절로 눈이 감기기 시작했다.

　다시 펠릭스가 눈을 떴을 때는, 이미 혼자가 아니었다. 목소리가 들렸다. 차갑고 서늘했다.

　"너, 누구야."

　정신을 차리자 누군가 자신을 내려다보고 있었다. 목검이 목에 드리워 있었다. 마주한 건 비슷한 또래로 보이는 소년이었다. 투명해 보이는 금발에 검은 눈동자를 한. 이상했다. 펠릭스는 이 동네 소년들은 분명 모두 알고 있었다. 하지만 마주한 이는 처음 보는 아이였다.

　"……그러는 너는?"

　이런 상황에서 벗어나는 방법을 분명 저번 수업 시간에 배워서 다행이었다. 유연하게 한 손으로 목검을 짚고 몸을 굴려 빠져나간 펠릭스가 상자 옆에 놓였던 낡은 목검 하나를 집어 들었다. 그것을 신속하게 상대에게 들이밀자 새카만 동공이 놀란 듯 살짝 커진 게 보였다.

　"검을 다룰 수 있어?"

　그제야 펠릭스의 시선이 잠시 자신의 옷차림에 닿았다. 검술 수업을 한 이후, 씻고 옷을 갈아입어 누가 봐도 어느 집 도련님 같은 행색이었다. 반면에 소년의 옷차림은 단순하고 깔끔했지만 그리 좋은 원단의 것은 아닌 거 같았다.

　뒤늦게 펠릭스가 고개를 끄덕였다.

　"조금이지만."

　소년의 얼굴에 약간 이채가 서렸다. 펠릭스는 문득, 어째서인지 소년이 자신을 봐주고 있다는 기분이 들었다. 마음만 먹으면 다시 바닥에 고꾸라뜨려 목검을 들이댈 수 있는데도 굳이 그렇게 하지 않는 느낌이었다. 자존심이 상해야 마땅했지만, 이상하게도 그렇지 않았다. 그 사실이 너무 당연한 것처럼 여겨졌다. 반발심을 갖기도 민망할 정도로.

팽팽한 긴장감이 두 소년 사이에 자리 잡으려는 순간 펠릭스가 먼저 백기를 들었다.

"내 이름은 펠릭스야. 너는?"

목검을 바닥에 떨어뜨리며 한 통성명에 소년 또한 들고 있던 목검을 내려놓았다. 그리고 대꾸했다.

"……빈센트."

"뭐?"

되물은 펠릭스가 어안이 벙벙한 표정을 지었다. 그야, 화들짝 놀랄 수밖에 없는 이름이었다. 자신이 알고 있는 사람 중에 그 이름을 가진 사람은 한 명뿐이었다.

"무슨 문제라도?"

"아니, 그건 아닌데……."

그런 상대의 반응이 어이없는 듯 살짝 미간을 좁히자 민망해졌다. 뒷머리를 긁던 펠릭스가 뒤이어 물었다.

"너도 비를 피해 들어온 거야?"

돌아온 건 영문 모를 소리였다.

"그냥 찾아왔다. 이곳은 내가 만든 곳이니까."

"……."

어떻게 반응할지 몰라 가만히 바라보자 소년이 태연히 말을 끝맺었다.

"나 외에 누군가 찾아서 들어올 줄은 몰랐지만."

펠릭스의 고개가 절로 갸웃했다. 어째서 저런 말을 하는 건지 이해가 안 갔다. 이곳은 적어도 십 년은 넘은 곳이었다. 어머니가 말하길, 이곳을 지은 건 아버지라고 했다. 하지만 소년의 말 대로면 마치 자신이 침입자이며 다짜고짜 주인에게 뻔뻔하게 구는 사람 같지 않은가.

반박할까 생각한 순간, 불현듯 펠릭스의 시선에 작은 손가락에 박인 굳은살이 보였다.

"혹시 너도 검 수련 같은 걸 해?"

갑자기 튀어나온 엉뚱한 질문에 소년이 살짝 미간을 좁혔다.

"이상한 소리를 하는구나."

당연한 말을 구태여 왜 하냐는 듯한 말이었다. 하지만 펠릭스의 시선은 흔들리지 않고 줄곧 하나에 고정되어 있었다.

"대체 왜 그렇게까지 하는 거야?"

고작 보름간의 수련이었지만, 어린 나이에 저런 손이 흔치 않다는 것 정도는 알았다. 온통 굳은살이 박여 마치 오랜 시간 노동한 성인 남자 같은 손.

혹시 자신처럼 닮고 싶은 누군가가 있는 걸까? 갑자기 튀어나온 펠릭스의 물음에 소년의 시선이 잠시 가라앉는가 싶더니, 의외로 순순히 대답했다.

"살고 싶어서."

"뭐……?"

"어떻게든 살아남고 싶어서 아등바등하는 것뿐이다."

생전 이런 아이는 처음이었다. 펠릭스는 저도 모르게 입을 벌렸다. 마주 보고 있었지만, 마주 보고 있다는 느낌이 안 들었다. 겉모습은 소년의 껍데기를 하고 속은 마치 초탈한 노인이 숨어 있을 것 같은 느낌. 차마 살아온 시간을 들여다보는 것도 망설여지는 그런 담담함이었다. 같은 또래였으나 자신이 터무니없이 어린아이처럼 느껴졌다.

"그래서 남은 게 있어?"

그런데도 이상하게도 그런 소년에게 동질감 같은 게 생겼다. 똑같이 검을 배운다는 것뿐 그 외엔 그 어떤 접점도 없을 것 같은 아이에게, 깊숙이 자리 잡은 외로움이라던가.

이 또한 생각지 못한 질문인 듯 이어진 물음에 펠릭스를 가만히 바라보던 소년이 이윽고 잠시 내려놓았던 목검을 집어 들었다.

"지키고 싶은 게 생겼지."

"……."

"너도 그런 거 아닌가?"

그러곤 등을 돌려 입구를 막은 수풀을 걷었다. 나가기 전, 멍하니 서서 뒷모습을 바라보는 펠릭스에게 인사했다.

"얌전히 쉬고 가라."

마치 주인이 지나가는 객한테 할 법한 말이었다. 어딘가 이대로 보내긴 아쉬웠다. 어디 사는지, 뭐 하는 아이인지 정도는 알아야 했다. 좋은 친구가 될 수도 있을 것 같았다. 넋을 놓았던 정신을 가다듬고, 펠릭스가 뭐라 소리쳐 부르려 입술을 달싹였다. 뭐라 더 말할 수 있을 거 같은데 막상 나온 말은 한 음절이었다.

"야!"

기다리지 않고 소년이 수풀 너머로 걸음을 옮겼다. 가슴속 깊이 무엇인가가 소년을 그대로 보낼 수 없다고 소리쳤다. 본능적으로 펠릭스가 손을 뻗었다.

"저기, 잠깐만!"

하지만 옷자락은 손에 닿을 듯 닿지 않았다. 스쳐 지나간 자락에 펠릭스가 황급히 소년을 뒤따라 나가려는 찰나였다.

마치 깊은 수면 밑에서 잡아당겨지는 듯한 기시감과 함께, 익숙한 목소리가 들렸다.

"펠릭스!"

틀림없이 아버지였다. 어째서? 영문을 알아채기도 전에 커다란 손이 어깨를 잡고 흔들었다. 머릿속부터 울리는 경고음이 불길하게 전신으로 퍼져 갔다.

"일어나라, 당장."

"아버지……?"

막 무거운 눈꺼풀을 든 펠릭스를 바라보는 빈센트의 동공이 평소와 달랐다. 항상 어딘가 관조적이고 서늘하던 눈동자에 초조함이 서려 있었다. 처음 보는 아버지의 모습에 좀 전의 상황조차 잊어버린 펠릭스가 버벅댔다.

"여, 여긴 어떻게……."

그러나 펠릭스의 물음은 채 이어지지 못했다. 막 정신을 차린 아이를 일으켜 세운 빈센트가 말했다.

"네 어머니가 쓰러졌다."

위급하다는 말도, 다급한 상황이라는 말도 덧붙이지 않았지만, 그 단어가 뇌리에 와 박히는 느낌이었다. 펠릭스의 숨이 멎었다.

"그리고 널 찾고 있어."

얼음처럼 굳어 버린 얼굴 위로 단호한 경고가 머리를 윙 울렸다. 당장 가야 했다. 어머니, 올리비아에게.

누군가 배를 칼로 찌르는 듯한 고통에 휘청거리며 쓰러지자 빈센트의 품에 안겼다. 정신이 드문드문 흐트러지다 돌아왔다. 여러 개의 목소리가 수없이 중첩되고 머릿속에 울려 퍼졌다. 시야에는 사람들이 여러 명으로 겹쳐 보였다.

"올리비아!"

"정신을 놓으면 안 돼요, 마님!"

"의사는!"

이름을 부르는 빈센트의 목소리와 다급하게 소리치는 유모, 그리고 창백한 안색의 애니가 내 옆을 지켰다. 그들은 내가 의식을 놓지 않게 하려고 몇 번이고 말을 걸었다. 젖 먹던 힘을 다해 입술을 달싹였다.

"빈센트······."

"올리비아."

이름을 부르자마자 내 손을 잡은 빈센트가 다급한 눈동자로 나를 응시했다. 눈이 마주치자 내 마음을 읽었는지, 내 입술 쪽으로 귀를 기울였다.

"펠릭스······는?"

의외의 말에 빈센트의 눈이 잠깐 커졌다 돌아왔다.

"어딜 갔는지 짐작 갑니다. 그보다······."

"데려와야······ 해요."

확인하지 않으면 마음 편하게 이곳에 누워 의사의 진료를 받을 수 없을 것 같았다. 나도 모르게 손찌검을 한 것도, 상처 입은 표정으로 나를 올려다보던 펠릭스의 눈동자가 도저히 뇌리에 떠나질 않았다. 만나서 사과해야 했다. 결코, 일부러 그런 것은 아니었다고, 네가 미워서 그런 게 아니었다고 말해야 했다.

"데려와······ 줘요, 지금 당장."

다시 한번 배 속을 헤집는 듯한 통증에 이를 악물며 말하자 잠시 말이 없던 빈센트가 대답 대신 고개를 끄덕였다.

"금방 데려오겠습니다."

그 어떤 상황에서도, 어떤 곳에서도 내 말을 최우선으로 고려하는 이였다. 지금의 상황에서도 다르지 않았다. 희미하게 웃어 보이자 빈센트가 내 이마에 잠시 입을 맞췄다.

"그때까지 기다려요."

빈센트가 등을 돌리고 나가자, 얼마 지나지 않아 교대하듯 문이 열리고 의사가 들어왔다. 갑작스러운 소동에 어수선한 방 안의 분위기를 보며 들어온 의사가 지시했다.

"한 분만 남고 모두 나가 주세요!"

"하, 하지만······."

어떻게 이런 나를 두고 나갈 수 있냐는 듯 울상을 짓는 애니를 보다 그 옆의 유모에게 시선을 옮겼다.

"유모."

"제가 남을게요."

미처 꺼내지 않은 다음 말을 알아들은 유모가 결연히 고개를 끄덕였다. 왕진 가방을 내려놓은 의사가 청진기를 들고 다가왔다.

* * *

다행히 유산은 면했다. 극심한 스트레스가 태아에 영향을 미쳐 위험한 순간이 있었지만, 무사히 빗겨 나갔다. 어머니가 쓰러졌다는 말을 들은 순간 펠릭스의 눈앞이 온통 새하얗게 변해 있었다. 그녀가 무사하다는 소리가 듣고도 바로 돌아오지는 않았다.

"일단 태아에게 해가 되지 않는 진정제를 놓아 드렸으니 내일 아침이면 의식이 돌아오실 겁니다."

의사가 당부하듯 말한 뒤 방을 나간 뒤에야, 침실 안은 조용해졌다. 하녀들을 모두 내보낸 유모가 잠시 올리비아의 머리맡 양옆에 넋을 놓고 앉은 두 부자를 번갈아 보며 입을 열었다.

"저희는 일단 대기하고 있을 테니 밤새 무슨 일이 있으면 바로 불러 주세요."

"······그러지. 고맙네."

짤막하게 감사 인사한 빈센트가 다시금 시선을 아내에게 돌렸다. 그 모습을 가만히 바라보던 유모가 펠릭스의 어깨에 잠시 위로하듯 손을 얹더니 뒤이어 방을 나갔다. 긴 시간 자리를 지키던 유모마저 자리를 떠나자, 남은 건 두 남자와 올리비아뿐이었다.

빈센트의 시선은 그녀에게서 내내 떨어지지 못했다. 금방이라도 눈을 떼는 순간 그녀가 멀리 떠나 버리기라도 하듯이. 땀에 달라붙은 그녀의 옆머리를 조심스레 넘기고 맺힌 땀을 훔쳤다. 마치 의식을 치르는 것 같은 경건함에 차마 뭐라 말을 걸기도 망설여지는 모습이었다.

잠시 그에게 머물렀던 펠릭스의 시선이 조용히 누워 있는 어머니에게 향했다. 연약하긴 하지만 언제나 생기가 넘쳤던 어머니였다. 이렇게 힘없이 누워 있는 걸 보니 마음 한구석이 욱신거렸다. 그녀가 자신의 뺨을 내리쳤을 때도 사실 큰 통증은 없었다. 대신 마음이 아팠을 뿐. 슬픔을 담은 눈동자가 그녀의 이마와 코, 뺨에 닿았다.

그때 맞은편에서 목소리가 들렸다. 펠릭스가 고개를 쳐들었다.

"이만 들어가 자라, 펠릭스."

나직이 말한 건 석상처럼 앉아 미동도 없던 빈센트였다. 펠릭스가 천천히 고개를 가로저었다.

"저도 어머니 곁에 있고 싶어요."

잠시라도 눈을 떼면 올리비아는 금방이라도 사라져 버릴 것 같았다. 빈센트에게 전염이라도 된 듯 펠릭스에게도 불안감이 엄습했다. 그때 꺼질 듯 작은 목소리가 끼어들었다.

"······빈센······트."

"어머니!"

화들짝 놀란 펠릭스가 올리비아의 손을 잡았다. 할 말이 많았다. 목까지 차오른 말들이 있는데 어떻게 꺼내야 할지 갈피를 잡지 못했다. 말을 고르는 사이, 빈센트가 조용히 고개를 저었다. 무슨 뜻인지 알 수 없어 다시 그녀에게 고개를 돌리자 여전히 눈을 감고 있었다.

"깨어난 게 아니야."

의식을 잃은 와중에 그를 보았는지 부르는 소리였다. 빈센트가 올리비아의 손을 힘주어 잡았다. 힘없이 잡히는 손이었다. 모래처럼 그대로 사라질 것 같은.

"오래 자리를 지키려면 피곤할 거다."

"아버지는요."

불쑥 떠오른 의문에 펠릭스가 조용히 물었다.

"뭐?"

"아버지는 안 피곤하세요?"

자신이 있는 동굴까지 왔다 갔다 하느라 한시도 쉬지 못했을 텐데 하나도 지친 기색이 없다는 게 신기했다. 졸리지도, 피곤해 보이지도 않았다.

"……밤샘한 적은 많으니까."

"기사 시절이에요?"

빈센트가 고개를 끄덕였다. 대화가 잠시 멈췄다. 방 안은 온통 적막했다. 창밖으로 나뭇잎이 흔들리며 서로 스치는 소리와 이름 모를 풀벌레들의 울음소리만 이따금 들려왔다.

"기사 시절은 어땠나요?"

펠릭스가 긴장감에 침을 꿀꺽 삼키며 물었다. 간신히 용기 낸 말이었다. 펠릭스에게 옛이야기를 들려주는 건 어머니뿐이었다. 그간 아버지는 도통 과거 이야기는 잘 하지 않았다. 하고 싶어 화제를 꺼내도 금세 정신을 차려 보면 다른 이야기를 하고 있었다. 혹은 어느새 자리를 뜨거나.

"……추웠지."

무거운 침묵 후에 빈센트가 그동안 하지 않았던 이야기를 꺼냈다.

"하루하루가 전쟁이었다. 내일은 또 어떤 이를 베어야 하나. 당하기 전에 먼저 베어야 하나."

덤덤한 어조에 평소처럼 차분한 얼굴이었지만, 그 안에 담긴 인고의 시간이 어렴풋이 느껴졌다. 펠릭스가 귀를 기울였다.

"치열하고 살아남기 위해 발버둥 치던 나날이었지. 수없이 베고 또 벴다. 모든 게 무감해질 정도로."

빈센트가 아내의 손을 잡지 않은 다른 손을 응시했다. 올리비아를 만나 매우 옅어지고 희미해졌지만, 기억을 맴도는 피 냄새는 잊을 만하면 풍겨 와 그의 신경을 날카롭게 만들었다. 기사 시절 앗아간 수많은 목숨에 대한 업보가 여전히 주위를 맴돌고 있다는 증거였다. 가끔 잠 이룰 수 없는 밤이면 올리비아는 항상 함께 밤을 지새우곤 했다. 남은 삶을 함께하기로 했으니 그의 죄 또한 감싸 안겠다며 잠 못 이루는 그를 위해 기도했다.

애틋한 검은 눈이 다시 아내에게 고정됐다. 그는 기사 시절 꽤 이름을 알린 것과 별개로 과거의 일을 자랑스럽게 여기지 않았다. 어떤 이들은 그것을 이해할 수 없다고 수군거렸다. 펠릭스도 마찬가지였지만, 어째서인지 조금은 알 것 같았다. 낮에 만난 이름 모를 소년이 떠올랐다. 지켜야 할 게 생겼다던 그 소년. 이상하게도 낯이 익었는데 어째서인지 아버지와 닮았다는 생각이 들었다.

느릿하게 빈센트가 다시 입을 열었다.

"검을 배운다는 건 그런 거다, 펠릭스. 남을 벨 수 있다면, 내가 베이는 것도 받아들여야 해."

죽음과 밀접해진다는 건 그런 거였다. 호시탐탐 등 뒤를 노리는 죽음 또한 감수할 수 있어야 한다는 것.

"그런데도 왜 계속 검을 잡으셨죠?"

"목표가 있었으니까."

확고하고도 절대적인 목표였다. 어린 시절, 홀로 앉아 있던 자신에게 손을 내밀어 준 어느 소녀. 다시 만나고 싶었다. 그때까진 죽고 싶지 않았다. 기사로서 당당하게 그 앞에 나타나고 싶었다.

그리고, 만났다. 무너져 내리던 세상이 다시 재정립되고 삶에 의미가 생겼다. 그녀를 구하고 싶었다. 그리고 자신 또한 다시 한번 구원받고 싶었다.

"그래서 검을 놓았지. 더는 죽어도 좋다는 생각이 안 들었으니까."

빈센트의 다음 말은 들어줄 이 없는 혼잣말이 되었다. 꽁꽁 얼어붙었던 피로와 긴장감이 풀렸는지 어느새 펠릭스가 무거운 눈꺼풀을 내리감고 꾸벅거리고 있었다. 금방이라도 침대 위에 엎어질 것 같은 모습에 빈센트가 자리에서 일어나 다가갔다.

작은 몸을 조심히 안고 방문을 열자 대기하고 있었는지 집사가 보였다.

"도련님 방으로 제가 모시겠습니다."

손을 내미는 집사에게 빈센트가 고개를 저었다. 그대로 걸음을 옮기자, 하인 하나가 뒤따르더니 뒤이어 펠릭스의 방문을 열고 불을 켰다. 잠든 몸을 침대에 누이고 나왔다. 다시 올리비아의 방으로 돌아오니 애니가 대신 빈자리를 지키고 있었다. 빈센트가 다가오자 의자에서 일어난 애니가 수척한 얼굴로 입을 열었다.

"아가씨는."

이 말을 해야 할지 망설이는 듯 잠시 입술을 달싹이더니, 이내 결연한 얼굴로 말을 이었다.

"한 번 아기를 잃은 적이 있으세요. 불의의 사고였죠."

"알고 있어."

그 뒤에 왕의 음모가 서려 있다는 것도 조사로 알았다. 비록 자신과의 아이는 아니었지만, 죄 없는 아이였다. 더구나 그 일로 올리비아가 괴로워했다는 것을 떠올리면 이가 갈렸다.

"……그 일로 오랫동안 자책하셨다는 것도요?"

놀란 듯 흔들리는 눈을 마주하며 빈센트가 다시 한번 긍정했다.

"그래."

"……."

"하지만 걱정할 필요 없다. 다시는 그런 일이 없을 테니까."

손댈 필요도 없이, 왕은 이미 업보를 치르는 중이었다. 누군가 심어 둔 불씨에 왕비의 부정이 속속들이 의심받는 상황이었다. 축하연까지 성대하게 열 정도로 기뻐했던 왕자의 탄생도, 그리고 공주인 둘째도. 하지만 그 어떤 물증도 없었다. 이미 세례를 받고 왕족으로 인정받았다. 신 앞에서 맹세한 일은 무슨 일이 있어도 무효가 되지 않았다. 왕으로선 그저 속을 끓이며 스스로가 만들어 낸 지옥에 있는 것 외엔.

올리비아가 '그런' 일을 했을 거라곤 생각하지 않지만, 만약 어느 정도 관련되어 있더라도 그리 놀랄 일도 아니었다. 그렇다고 해도 아무것도 변하는 건 없었다.

"맞아요. 당연히 그렇겠죠. 그럼 저 이만 나가보겠습니다."

맹세하듯 중얼거린 애니가 묵례한 뒤 방을 나섰다. 다시 자리에 앉은 빈센트가 올리비아의 손을 잡자마자 작은 목소리가 들렸다.

"펠릭스……."

"데리고 왔습니다."

설령 듣지 못한 데도 상관없었다. 빈센트가 부드럽게 말했다.

"자기 방에서 자고 있어요."

힘없는 손등에 입을 맞추고 속삭였다.

"그러니 내일 봐요, 올리비아."

무거운 눈꺼풀을 들어 올리니, 평소대로의 침실이었다. 누군가 내 손을 쥐고 있었다. 답답한 느낌에 꿈결에서 벗어나려 했지만, 올가미처럼 놓아주지 않았다. 느릿하게 고개를 돌리니 백금발이 보였다. 한때는 금발이었다가 서서히 꽃이 만개하듯 변한 머리카락. 쓰다듬고 싶었다. 다른 손을 들어 부드러운 머리칼을 만끽하며, 조용히 그의 이름을 불렀다.

"빈센트."

대답은 없었다. 다시 한번 불렀어도 마찬가지였다. 이렇게 무방비한 빈센트의 모습은 처음이었다. 본인이 들으면 기함하겠지만. 마치 의지할 곰 인형이라도 꼭 잡고 잠이 든 어린 소년같이도 보였다. 나도 모르게 손을 뻗었다. 매끈한 이마와 숱이 많고 짙은 속눈썹을 손끝으로 훑었다. 미술 작품을 직접 만지며 감상하듯이.

"더 만지고 싶다면……."

번뜩 눈을 뜬 건 그 순간이었다. 깜짝 놀라 손을 치우려 했지만 이미 늦어 버린 뒤였다. 덫에 잡혔다는 느낌을 지울 수가 없었다.

"값을 받아야겠는데요."

"아. 그게……."

두 손이 잡힌 채, 눈을 굴리다 변명거리를 찾았다.

"도중에 멈췄으니까…… 봐주면 안 될까요?"

"싫습니다."

항상 내 의지를 존중하고 웬만하면 내가 원하는 쪽으로 일을 진행하는 그였다. 하지만 종종 절대 물러나지 않을 때도 있었다. 턱도 없다는 얼굴에 나도 모르게 피식 웃어 버렸다. 도둑처럼 재빨리 그의 뺨에 입을 맞췄다. 그리고 장난기 어린 얼굴로 물었다.

"자, 이걸로 됐나요?"

"부족합니다."

값이 너무 비싼 게 아니냐고 반박하기도 전에 큰 손이 내 목덜미를 감싸더니 곧 입술이 맞닿았다. 금방이라도 날 잡아먹을 듯이 달려든 것과 다르게 간지럽고 부드러운 키스였다. 그런데도 여전히 이런 갑작스러운 접촉은 적응이 되질 않았다. 홍조가 도는 내 뺨을 상냥하게 매만진 빈센트가 물 흐르듯 자연스럽게 입을 열었다.

"몸은 괜찮습니까?"

"괜찮아요. 아기는……."

눈이 마주친 순간, 평소와 다름없는 그의 안색을 보고 알아차리긴 했지만 그래도 확인받아야 했다.

"무사합니다."

팽팽히 당겨졌던 끈을 탁 놓는 느낌이었다. 나도 모르게 안도의 한숨이 가슴 깊숙한 곳에서 올라왔다.

"다행이에요……."

내 배 속에 자리 잡은 작고 사랑스러운 생명을 생각하자 가슴이 아렸다. 다시 한번 아기를 잃게 된다면 이번엔 정말 다시는 회복하지 못할 것 같았다. 조심스레 내 배를 감싸자 그 모습을 바라보던 빈센트가 말했다.

"하지만 한동안 조심해야 합니다."

"알았어요."

아이가 위험했다는 걸 생각하니 뭐라도 할 수 있다는 마음이었다. 고개를 끄덕이자 빈센트가 말을 이었다.

"산책도 하루에 한 번으로 국한할까 합니다."

"한 번……이요?"

적당한 산책은 태교에 도움이 된다고 들었다. 물론 이런 사달이 일어났으니 당분간은 자제하는 게 맞았다. 그러나 막상 안 된다는 말을 듣자 마치 환자를 다루는 것 같다는 생각에 시무룩했다.

"답답한 걸 싫어한다는 건 압니다, 올리비아."

내 생각을 읽었는지 부드럽게 말한 빈센트가 제안했다.

"대신 다른 시간에 말벗할 친구를 한 명 붙여 줄까 합니다."

"친구요?"

영문 모를 소리에 고개를 갸웃하기가 무섭게 문이 열렸다. 방 안으로 들어선 건 바로 펠릭스였다. 주춤거리며 시선을 피하는 모습에 내가 먼저 아이를 불렀다.

"펠릭스!"

"어머니······."

"이리 오렴."

팔을 벌리자 아이가 고개를 들었다. 맑은 눈동자에 물기가 고인 것이 보이자 가슴이 아렸다. 내가 저 조그만 아이에게 손을 들었다니. 스스로가 생각해도 해서는 안 될 짓이었다.

"안아 주지 않을 거니?"

다시 한번 묻자 펠릭스가 단번에 다가와 내 품에 안겼다. 부드러운 금발이 손에 감기자 드디어 잃어버린 새를 찾은 듯 안도감이 밀려왔다. 포옹을 풀자마자 아이의 뺨을 만졌다.

"어제는 정말 미안했다. 아프진 않니?"

"하나도요. 저야말로 고집 부리고, 마음 아프게 해 드려 죄송해요 ······."

또래보다 더 성숙해 보이고 어른스러웠던 펠릭스가 눈물을 뚝뚝 흘리고 있었다. 우리의 모습을 조용히 바라보던 빈센트가 말했다.

"내게 직접 검술 수업을 듣는 대신, 남은 시간에 당신의 말벗을 하기로 약속했습니다."

순간, 귀를 의심했다. 믿기지가 않았다. 어젯밤만 해도 단호히 안 된다고 했던 그가 아닌가.

"검술 수업을, 당신이 직접이요?"

"네. 하루에 1시간씩 매일 하기로 했습니다."

내가 침실에 누워 있던 사이 부자간에 많은 일이 있었던 모양인 듯, 주고받는 시선이 평소와는 사뭇 달랐다. 어쨌거나 가장 사랑하는 두 남자가 가까워졌다는 건 다행인 일이었다.

"고마워요, 빈센트."

그의 불행했던 유년 시절을 헤집은 것 같아 내심 불편했던 마음이 평화롭게 가라앉았다. 그가 나와 펠릭스를 위해 이만큼 양보해 줬다는 것에 큰 의미가 있었다.

"아닙니다."

"이건 값이 필요 없나요?"

장난스레 묻는 것과 동시에 문밖에서 하녀의 목소리가 들렸다.

"엘리엇과 다이애나 마님이 오셨습니다."

내가 쓰러졌다는 말을 듣고 놀라서 온 모양이었다. 엘리엇은 말할 것도 없고 어머니와도 사이가 좋아진 지 오래였다. 다만 주춤하는 펠릭스가 보기 안쓰러워 그의 손을 잡았다.

"들어오시라고 해."

허락하기가 무섭게 문이 열리고 걱정 어린 얼굴의 엘리엇이 곧장 침대로 다가왔다.

"누나!"

"올리비아, 몸은 괜찮니?"

뒤따라 들어온 어머니가 빈센트와 눈인사를 나누더니 내게 물었다. 고개를 끄덕였다.

"괜찮아요. 걱정 끼쳐 죄송해요. 엘리엇, 너한테도."

"다행이야. 어머니가 이 소식을 듣자마자 마거릿 홀에서 그 밤에 당장 오겠다는 걸 내가 말리느라……."

푸념하듯 말을 이으려는 엘리엇의 말을 끊은 건 어머니였다.

"엘리엇."

단호히 아들을 바라본 어머니가 말을 덧붙였다.

"쓸데없는 소리는 안 해도 된다. 안 그래도 정신없을 텐데."

"저는 정말 괜찮아요."

동의를 구하듯이 빈센트를 바라보자 그도 고개를 끄덕였다.

"의사 말이, 크게 문제는 없다고 했습니다."

"그래도 항상 곁에 누군가 있는 게 나을 텐데."

여전히 걱정 어린 눈으로 어머니가 말하자 안심시켜 드려야겠다는 생각에 바로 대답했다.

"하녀가 있으니까요. 애니도 있구요. 그리고……."

펠릭스의 존재를 두 사람에게 상기시켜 주고 싶었다. 아이에게 시선을 돌리며 말했다.

"펠릭스가 말벗을 해 주기로 했어요. 고맙게도."

엘리엇의 시선 또한 나를 따라가 펠릭스에게 닿았다.

"아, 있었구나. 지금 봤네. 잘 지냈어, 조카?"

"네…… 자작님도요?"

다소 어색하게 펠릭스가 되묻자 엘리엇이 사람 좋은 얼굴로 웃었다.

"응. 외삼촌이라고 편히 부르라니까."

"익숙해지면요……."

대꾸는 그랬지만, 펠릭스가 어머니의 눈치를 보고 있다는 건 잘 알았다. 지금은 좀 나아지긴 했으나 펠릭스를 양자를 들일 거라고 말했을 때 집안사람 중 가장 반대한 사람이 바로 어머니였다. 한동안도 펠릭스의 얼굴을 보는 것조차 거부하셨던 걸 생각하면, 지금처럼 무시하는 것 정도도 많이 좋아진 상태였다.

문득 한 생각이 떠오른 건 그때였다. 아이가 태어나기 전, 이게 어쩌면 처음이자 마지막 기회일지도 모른다는 생각에 말이 먼저 튀어나왔다.

"어머니, 당분간 여기에 머무르시면 안 될까요?"

내 뜬금없는 부탁에 네 쌍의 시선이 한 번에 내게 집중됐다.

"펠릭스도 그렇고, 어머니가 계시면 마음이 한결 편안해질 거 같아서요."

＊　＊　＊

어머니는 내 제안을 거절하지 않으셨다. 고용인들을 제외한 네 사람의 동거가 시작됐다. 내가 빠진 빈자리까지 채우느라 한층 더 바빠진 빈센트는 주로 저녁 식사만 함께 했고, 남은 아침과 점심 식사는 나와 펠릭스, 그리고 어머니 셋이 마주 앉아 들게 됐다. 때때로 메리가 찾아올 때면 식사는 네 명이 함께 했다. 얼마 전 결혼한 메리는 수다쟁이로 변했다. 다소 말이 없는 두 사람을 대신해 마을 사정 이것저것을 알려주기 때문에 식사 자리는 어색함 없이 내내 화기애애했다.

"……해서, 과일가게 둘째 딸과 여관집 첫째 아들이 결혼하게 됐다니까요?"

"두 아버지 사이가 안 좋다고 들었는데 그렇게 되어 다행이군."

맞장구친 사람은 어머니였다. 조금씩 변하기 시작한 어머니는 다소 결벽스럽던 과거와 달리, 이제 신분과는 상관없이 사람을 대했다. 거기에 메리는 붙임성도 좋고 싹싹하니 예뻐하는 편이었다.

"그러니까요. 당분간 마을 사람들도 한숨 놓게 됐죠. 뭐. 매일같이 싸우던 두 집안이 예상치도 못하게 화해하게 됐으니까요."

빙긋 웃은 메리가 포크로 집은 양고기를 한입 먹었다. 그러더니 펠릭스에게로 화제를 돌렸다.

"도련님은 어떻게 볼 때마다 훌쩍 크시는 거 같아요. 대체 뭘 먹고 생활하시기에 그렇게 쭉쭉 크시는 거예요?"

"특별하게 따로 먹이는 건 없어. 그냥 잘 돌아다녀서 그렇지."

메리의 말은 공연히 덧붙인 칭찬이 아닌 진실이었다. 다른 또래 애들과 비교해서 펠릭스는 체격이 있는 편이었다. 누군가는 두세 살 위로도 봤다. 쑥스러운지 펠릭스가 내내 시선을 내리다가 자리에서 일어났다.

"먼저 일어날게요, 아버지가 기다리셔서."

"아, 수업하러 가는구나."

상회의 사무실에 임시 수련장이 마련되어 펠릭스는 쉬는 날을 제외하고 매일 그곳으로 찾아갔다. 하지만 수업 시간은 항상 3시쯤이었다. 여기서 슬슬 걸어간다면 삼십 분 정도밖에 안 걸리는데 어째서 한 시간이나 일찍 일어서는지 궁금했다. 해서 미소를 지으며 슬쩍 물었다.

"매일 어디에 들렀다 가는 거 아니지?"

"……아니에요. 그냥 구경하면서 걷느라."

"여유가 늘어졌구나."

"어머니."

머쓱한 펠릭스의 대꾸에 못마땅한 듯 혀를 찬 어머니가 내 제지에 입을 다물었다.

"그럼, 다녀오겠습니다."

고개를 꾸벅 숙이며 인사하자 메리와 내가 거의 동시에 대답했다.

"잘 다녀와."

"잘 다녀오세요, 도련님!"

펠릭스가 자리를 뜨고 세 명이 남자, 어머니도 머지않아 자리에서 일어났다.

"나도 이만 일어나야겠다. 천천히 있다 가렴."

"예. 쉬세요, 노마님."

"들어가세요."

말릴 기운도 없이 어머니마저 보내고 나자 메리와 둘이 남았다. 하녀들이 들어와 식기를 치우고 차와 과자를 내왔다.

"마님."

가만히 날 바라보던 메리가 조용히 물었다.

"펠릭스 도련님과 노마님 때문에 걱정이세요?"

"티가 났니?"

"펠릭스 도련님이 눈치를 좀 보는 것 같기는 해도, 제가 봤을 땐 괜찮아요."

메리는 정곡을 찔렀다. 나도 모르게, 어머니를 피해 펠릭스가 일찍 자리를 뜨는 건 아닌지 생각하던 중이었다.

"정말 그럴까?"

"그럼요."

메리는 뭔가 아는 것 같은 미소를 지었지만 금세 화제를 돌렸다.

*　*　*

시간은 유수와 같이 흘러, 배는 하루가 다르게 불러 왔다. 태동이 느껴질 때는 주로 혼자 있을 때였다. 빈센트가 돌아오는 밤이면 언제 움직였냐는 듯 잠잠해져, 첫날에는 거짓말쟁이가 된 느낌이었다. 아니면 호들갑스러운 엄마거나. 유모가 자기도 봤다며 얘기하지 않았다면 영락없이 둘 중 하나가 될 뻔했다.

손수 태어날 아이의 양말을 바느질하는 순간에도 태동이 느껴졌다. 처음엔 깜짝 놀라 그대로 얼어붙었지만, 이제는 어느 정도 익숙해져 웃으며 배를 쓰다듬었다. 맞은편에 앉아 함께 바느질하던 어머니가 그 모습을 지켜보다 불쑥 물었다.

"아이의 이름은 언제 지을 거니?"

"계속 생각 중이에요. 좋은 이름이 떠오르지 않아서."

다른 지역과 달리, 게더에선 아이의 태명을 미리 지으면 악마가 질투한다고 해 일부러 짓지 않는 미신이 있었다. 해서 더욱 아이의 이름에 신중하게 됐다. 태어난 순간부터 계속 부를 이름이니까.

내 대답에 수긍한다는 듯 어머니가 고개를 끄덕였다.

"너도, 네 동생도 돌이 되어서야 이름이 생겼지."

그 말을 듣는 순간 나도 모르게 손이 멈췄다. 처음 듣는 이야기였다. 계부를 집안에 들이고 어머니는 의식적으로 옛이야기를 하지 않았다. 어쩌면 내 친부가 떠올라서일 수도 있었다. 내 기억 속에만 애틋하게 남아 있는 아버지. 이네스를 마지막까지 곁에서 지켜 주었던 충직한 기사였던 아버지.

"……어째서요?"

최대한 동요했다는 걸 들키지 않기 위해 태연히 물었다. 내게서 시선을 옮겨 다시 바느질감에 집중한 어머니가 느릿하게 입술을 달싹였다.

"네 아버지가 그러길 원했으니까. 어찌나 고민하고 또 고민하던지, 늦은 밤까지 잠도 제대로 못 잘 정도였단다."

담담하고 차분한 목소리였다. 한때 그토록 부정하고 지우려고 애썼던 전남편의 그림자를 이제는 아무렇지도 않게 받아들이는 듯한.

문득 어떠한 충동이 차올랐다. 이전에는 그 어떤 순간에도 묻지 못했던 질문이었다. 지금이 아니면 영원히 하지 못할 거라는 생각이 들었다.

"왜 절 미워하셨죠?"

일순간 가볍지 않은 침묵이 우리 모녀 사이에 가라앉았다. 잠시 할 말을 찾듯 손을 멈췄던 어머니가 숙였던 고개를 들어 나를 응시했다.

"……너는."

눈동자에 어린 감정은 당황도, 슬픔도, 분노도 아니었다. 그보다 더 복잡하고 어딘가 아련했다.

"네 아버지를 많이 닮았다. 나를 더 많이 닮은 네 동생과 달리."

이 또한 처음 듣는 이야기였다. 어안이 벙벙해져 눈만 깜박이자 어머니가 조용히 덧붙였다.

"생긴 게 닮았다는 이야기는 아니야. 하지만 분명 판박이로 닮아 있지. 사소한 습관이나 작은 버릇들이."

스스로 말하면서도 어떻게 설명해야 할지 모르겠는 얼굴이었다. 하지만 더 듣고 싶었다. 경청한다는 뜻에서 고개를 끄덕이자 다음 말이 이어졌다.

"해서 너만 보면 원망이 치밀었지. 나를 두고 일찍 세상을 뜬 그에게 배신감을 느꼈으니까. 그러니까……."

달싹이던 입술이 잠시 멎은 건 그때였다. 내게서 시선을 뗀 어머니가 무겁게 말했다.

"미안했다. 이미 너무 늦어 버렸지만."

"……."

차마 내 얼굴도 마주하지 못하고 나온 사과. 용서한다는 말은 가볍게라도 나오지 않았다. 내 마음속 깊숙한 곳에서는 아직 어머니를 완전히 받아들이지 못했다. 그러기엔 어린 내가 받았던 상처가 너무 크고 아팠다. 그 위에 딱지가 앉아 더는 날 괴롭히지는 못했지만 아주 가끔, 떠올릴 때마다 왼 가슴 언저리가 욱신거렸다.

"아이가 태어나면."

간신히 입술을 떼자 의외로 막혔던 말은 술술 나왔다.

"언젠가 그네를 태워 주시겠어요? 손수 만드신 옷을 입히고."

어머니가 지금 정성 들여 바느질하고 있는 건 바로 내 아이의 옷이었다. 능숙한 침모를 쓸 수도 있었지만, 어머니는 곧 태어날 손주에게 당신이 직접 만든 옷을 입히고 싶다고 했다.

잠시 할 말을 잃어버린 듯 치맛자락을 그러쥐던 어머니의 손이 가늘게 떨렸다. 평생 우아한 귀부인으로 살아오셨던 분이었다. 가끔 무료함을 달래기 위해 수를 놓는 것 외에 이런 식으로 바느질한 적은 매우 드물었다. 바늘에 찔려 상처투성이가 된 희고 가는 손가락이 보였다.

"이곳에는……."

침착하려 애썼지만, 그녀의 목소리 끝이 흔들리는 게 느껴졌다. 다음 순간 어머니가 간신히 말을 이었다.

"그네가 없는데."

서툴지만 어떻게든 대화를 이어 가려는 그 모습에 빙그레 미소 지었다. 시간이 흘렀으나 우리 모녀 사이엔 여전히 보이지 않는 선이 그어져 있었다. 그녀를 완전한 용서한 것도, 모든 앙금을 내려놓고 서로 진정으로 끌어안은 것도 아니었다.

하지만 그래도 한 발자국 내딛기로 했다. 그녀는 내 어머니니까. 나또한 이제 두 아이의 어머니가 되었으니까. 내 아이들에게서 외할머니를 앗을 수는 없었다.

"빈센트가 만들기로 했어요. 해 주실 거죠?"

부드럽게 웃으며 묻자 어머니가 고개를 끄덕였다.

"그래…… 그렇게 하자."

짧은 대화였지만 그것으로 충분했다. 다시 평온한 정적이 찾아오고 창밖으로 들려오는 편안한 숲 소리와 함께 부지런히 손을 놀렸다. 어머니가 자리에서 일어나신 건 하녀가 방문을 두드린 후였다.

"나리께서 돌아오셨습니다."

들어오라는 말과 함께 문을 열고 빈센트가 방으로 들어왔다. 자리에서 일어난 어머니가 먼저 그를 맞았다.

"오늘도 수고 많았네."

"별일은 없었습니다. 여기 계셨군요."

"막 일어나려는 참이었지."

이전보다는 한결 평온해진 얼굴로 그를 마주 대한 어머니가 내게 고개를 돌렸다.

"그럼 내일 보자꾸나."

"네. 편히 주무세요."

모녀간의 인사도 끝나고 어머니가 침실에서 나가자, 이제 부부의 시간이었다. 늘 그래 왔듯 그의 외투를 받아 옷장에 넣기 위해 뒤를 돌았다. 그때 등 뒤에서 그가 부드럽게 끌어안았다.

"오늘은 어떻게 지냈습니까?"

"늘 똑같죠. 펠릭스와 함께 가볍게 산책하고, 어머니와 바느질을 하고, 심심하면 책을 읽거나…… 그리고…….."

"그리고?"

조용히 다음 말을 기다리는 얼굴에 불쑥 심술이 들었다.

"아무것도요."

"……그게 끝입니까?"

시무룩해진 목소리에 웃음을 참느라 힘들었다. 어쩐지 기대하던 사탕을 빼앗긴 듯한 반응이었다. 키도 크고, 손도 발도 나보다 훨씬 큼직한 이 남자가 어째서 날이 갈수록 이렇게 귀엽게 보이는지. 중증은 빈센트인 줄 알았는데, 사실 내가 더 심각할지도 모른다는 생각에 어이가 없었다.

"네. 늘 똑같죠."

가볍게 어깨를 으쓱하고 슬쩍 그의 품에서 빠져나와 마주했다.

"당신은요?"

두 팔을 뻗어 끌어안듯이 그의 어깨에 올렸다.

"남자들 사이에 그런 말이 있다던데요. 아내가 임신하면, 자연스레 다른 여자에게 눈이 간다고."

반듯한 미간이 살짝 찌푸려진 건 그때였다. 그가 내 허리에 부드럽게 손을 얹었다. 의사의 조언에 따라 한동안 저녁에 각방을 썼던 우리였다. 그래서인지 요즘엔 더욱 그가 닿는 부분마다 뜨거웠다. 대담하게 유혹하듯 뻗었던 팔을 치우고 슬쩍 다시 넓은 품에서 벗어나려는 찰나였다.

그런 의도를 눈치챘는지 아예 봉쇄해 버리듯, 단번에 힘주어 조심스레, 그러나 단호히 나를 끌어안은 빈센트가 살짝 고개를 숙여 내 귓가에 속삭였다.

"내 아내가 오늘은 또 무슨 변덕이 들어 그런 심술궂은 말을 할까."

"……."

"안 그래, 올리비아?"

귓바퀴에 닿는 숨소리에 목덜미의 솜털이 일제히 곤두섰다. 아주 가끔, 내게 존대를 하지 않을 때가 있었다. 주로 남들한테 말하지 못할, 그럴 때. 모든 색을 집어삼킬 듯 새카만 동공에 내 모습이 비쳤다. 덫에 걸린 토끼처럼 옴짝달싹 못한 채, 능숙하게 가죽을 벗겨 내어 저를 한입에 삼킬 사냥꾼 앞에 놓인.

"나는 오늘도 온종일 당신 생각만 했는데."

평소와는 달리 조금 탁해진 목소리에 간신히 내리누른 욕망이 느껴졌다. 그대로 내 목덜미와 등을 어루만지는 느낌이었다.

"당신도 나와 마찬가지가 아닌가?"

"……어떻게 할 건데요?"

침을 삼키고 묻자 잠시 정적이 차올랐다. 한 손으로 내 턱을 그러쥐어 고개를 돌리려는 움직임을 막은 채, 엄지로 내 입술을 쓱 매만진 빈센트가 다음 순간 가볍게 웃었다.

"그건 그때 가면 알게 되겠죠."

온화한 어조였지만 어쩐지 등줄기에 소름이 돋았다.

"날 도발하고 가지고 노는 건 괜찮지만, 후에 단단히 돌려받을 겁니다, 올리비아."

이마에 가볍게 입을 맞춘 빈센트가 날 놓아줬다. 때마침 하녀가 씻을 물을 들고 찾아왔고 우리는 머지않아 잠자리에 들었다.

"으음……."

다시 눈을 뜬 건 늦은 밤이었다. 목이 말라 탁상 위에 놓인 컵을 집으려는 찰나, 그때 무슨 소리가 들렸다. 바스락거리는 소리. 아주 작아 귀 기울이지 않으면 듣지 못할 정도로 작은 소리였다.

"빈센트?"

순간 소름이 돋아 옆자리에 누운 그를 몇 번이고 불렀지만, 곤히 잠들었는지 일어나지 않았다. 어깨를 흔들까 하다가 손이 그대로 멈췄다. 예전 기사였을 때의 습관이 남아 아직 깊이 잠드는 적이 좀처럼 없는 빈센트였다. 게다가 내가 임신한 이후로 사이먼과 함께 내 몫까지 상회 일을 맡아 하느라 업무가 훨씬 늘어나 더욱 잠 잘 시간이 부족했다. 그런데 오늘은 정말 드물게 곤히 잠들어 있었다.

"어떡하지……."

순간 떠오른 가능성은 불길한 상상이었다. 도둑일 수도 있었다. 워낙 외진 곳에 있어 아는 사람만 찾아오는 곳이라도. 여차하면 빈센트를 깨우겠지만 어째서인지 아닐 거라는 예감이 들었다. 조심히 이불을 들치고 나와 바닥에 발을 디뎠다. 걸이에 걸린 가운을 걸치고 서랍 안의 성냥을 찾아 램프에 불을 붙였다.

문을 열자 복도는 온통 조용했다. 유모를 제외하고 하녀를 단 두 명만 쓰는지라 저녁이면 더욱 그랬다. 그냥 잠결에 들은 환청인가 싶었다. 다시 방으로 돌아갈까 하던 차에 다시 한번 바스락대는 소리가 들렸다. 이번엔 확실했다.

"뭔지 확인해야겠어."

숨을 가다듬고 소리가 나는 쪽으로 걸음을 옮겼다. 한 손에는 부른 배를 껴안고 다른 한 손으로는 램프를 들고 조심스레 걸어갔다. 소리의 근원지는 일 층이었다. 정확히 소리는 거실에서 들렸다. 하녀들의 방은 거실과 가까운 부엌 뒷방이었다. 여차하면 소리를 질러 누구든 부를 수 있는 거리였다. 그 점이 마음을 차분하게 만들었다. 계단을 천천히 내려오자 벽난로 안에 장작들이 타고 있는 게 보였다. 작은 인영 하나가 카우치에 앉아 있었다.

"펠릭스……?"

작은 목소리로 불렀으나 미처 듣지 못한 모양이었다. 안도감에 놀란 가슴을 쓸어내리며 느릿하게 다가갔다. 그리고 다시 입을 열었다.

"여기서 뭐 하는 거니?"

그제야 펠릭스가 고개를 돌렸다, 화들짝 놀란 얼굴로.

"어, 어머니."

날 발견한 펠릭스의 눈동자가 흔들렸다. 많이 놀란 기색이었다. 다른 식구들이 일어나지 않도록 발걸음 소리가 나지 않게 조심스레 다가갔다.

"이 늦은 밤에 뭘 하는 거니?"

"그게……."

펠릭스는 머뭇거리며 대답하지 않았다. 평소답지 않게 내 시선을 피하는 모습을 보니 어딘가 수상했다. 뭔가 잘못한 게 있을 때, 혹은 숨기는 게 있을 때 나오는 반응이었다. 그때 펠릭스가 허겁지겁 등 뒤로 뭔가를 숨기는 것을 보았다. 내가 그것에 손을 뻗을 때 머리 위로 목소리가 들렸다.

"올리비아?"

곤히 잠든 줄 알았는데 어느새 날 따라 나온 빈센트였다. 등을 돌리자 계단에서 내려온 그가 다가왔다.

"자리에 없어 걱정했습니다."

다정히 속삭이는 목소리에 잠시 핑곗거리를 찾았다. 그리고 대답했다.

"그냥, 잠이 오지 않아서요."

가볍게 말한 뒤, 다시 펠릭스에게로 시선을 돌렸다.

"그러다 펠릭스를 봤고······."

말은 이어지지 못했다. 펠릭스가 없었다. 언제 자리를 떠났는지 보지 못해 당황스러웠다.

"분명 여기 있었는데."

"졸려서 들어간 모양입니다."

혼잣말처럼 중얼거리자 상냥하게 대꾸해 준 빈센트가 부드럽게 내 손을 잡아끌어 카우치에 앉게 했다. 아까까지 펠릭스가 앉던 자리였다.

"잠시 앉아 있어요."

대답 대신 고개를 끄덕이자 그가 옅게 미소 지었다. 그리고 얼마 지나지 않아 따뜻한 우유가 담긴 잔을 가져왔다.

"조금 나을 겁니다."

방금은 그저 둘러댄 핑계였지만, 지금은 정말로 잠이 모조리 달아난 듯 눈이 말똥말똥했다. 기꺼이 받아들여 한 모금 마시고 나니 따뜻한 기운이 속 안에서 자연스레 퍼지는 느낌이었다.

"올리비아."

만족스러운 표정으로 테이블 위에 잔을 내려놓자 빈센트가 나직이 다시 내 이름을 불렀다. 잠시 숙였던 고개를 들자 눈이 마주했다.

"무슨 고민이 있는 겁니까?"

언제나 그랬듯 진중하고 무게감 있는 시선이 나를 응시하고 있었다. 고개를 저으려다 번뜩 든 생각에 입을 열었다.

"펠릭스가······."

괜한 일로 그의 걱정을 만드는 것 같아 망설여졌지만 그래도 해야 했다. 펠릭스는 나만의 아이가 아니니까.

"요즘 좀 이상해요."

"어떤 점이?"

"예를 들어, 당신이 있는 곳으로 검 수업을 들으러 갈 때 항상 훨씬 일찍 나가요."

사람을 시켜 뒤를 캘 수도 없고 궁금증은 쌓여만 갔다. 일찍 길을 나
선다고 일찍 도착하는 것도 아니어서였다. 중간에 대체 어디를 가는지
궁금했다.

"그랬군요."

가만히 내 말을 듣던 빈센트가 고개를 끄덕이더니 조용히 물었다.

"그 외에는?"

"그 외에는……."

수상한 점은 있었다. 그가 정해 준 산책 시간을 제외하곤 내내 방에
틀어박혀 있다든가, 혹은 사람들과 마주하는 것을 피한다는 점이었다.
걱정이 들었다. 혹여 어떤 생각 때문에 스스로 위축되어 있는 건 아닌
지. 아니면 다른 사람들의 말에 상처받아 계속 혼자 앓고 있는 건 아닌
지.

하지만 확실한 게 아니기에 입 밖에 꺼낼 수가 없었다. 조금 전의 일
도 사실 크게 이상한 일은 아니었다. 잠이 오지 않고 답답한 마음에 잠
시 거실에 앉아 있을 수도 있는 일이니까. 그 모습만으로 뭔가 내게 숨
기는 게 있다고 결론짓는 건 성급할뿐더러 오만한 일이었다.

"그냥…… 내가 예민한가 봐요, 빈센트. 별것 아닌 일에도 신경을 곤
두세우게 되네요."

별일 아니라는 듯 어깨를 으쓱하며 가볍게 말을 이었다.

"신경 쓰게 만들어 미안해요. 안 그래도 요새 눈코 뜰 새 없이 바쁠
텐데."

내 마지막 말에 조금 시무룩하게 들렸는지 나도 모르게 내리깐 눈시
울에 그의 손이 닿았다.

"그리 바쁜 건 아니니 괜찮습니다."

상냥한 말에 울컥 눈물이 나올 것 같았다. 임신한 이후 감정 기복이

들쭉날쭉해져서 이렇게 사소한 일에도 눈물이 뚝뚝 나왔다.

"나는 어떤 도움도 되지 못하잖아요. 그게 정말⋯⋯."

잠긴 목소리로 더듬더듬 말하자 빈센트가 입매를 늘렸다.

"오늘따라 나를 들었다 놨다 하는군요, 당신은."

내가 심술궂게 그를 떠본 일을 말하는 듯했다. 짓궂은 말에 빈센트는 다시는 그런 말을 하지 않도록 완곡히 경고했다. 미열로 뜨끈한 내 이마에 조금 서늘한 그의 이마가 닿았다. 희고 긴 속눈썹이 내 것에 닿을 듯 말 듯 했다. 빈센트가 조용히 말했다.

"내 세상의 중심이 누군지 모두가 알 겁니다. 본인만 제외하고."

동굴처럼 깊게 울리는 목소리가 평온한 적막 속에서 안정적으로 귀에 스며들었다. 카우치에 나란히 앉아 얼굴을 맞댄 지금은 둘만의 세계였다. 언젠가 이곳에서 똑같이 앉아 있던 때가 떠올랐다. 히스델리아를 재배하고 판매하는 것에 도움을 달라고 했던 나, 처음엔 그것을 매몰차게 거부했던 그. 하지만, 자조적으로 스스로를 깎아내렸던 나를 처음으로 있는 그대로 긍정해 주던 사람.

"그 어떤 사소한 일이라도 나와 공유해 준다는 게 나에게 중요한 일입니다. 그 외의 것은 별로 중요하지 않아요."

"⋯⋯내가 생각이 짧았어요."

완벽한 패배였다. 그를 귀엽게만 봤던 스스로가 우스웠다. 비록 나이는 내가 몇 살 더 먹었지만, 정신적으로 성숙한 쪽은 그였다. 새삼스레 깨달은 것에, 이상하게도 기분은 나쁘지 않았다.

나도 모르는 새 뚝 떨어진 눈물을 닦으며 다짐하듯 말했다.

"다시는 심술부리지 않을게요."

"네."

"뭔가를 숨기거나, 없던 일로 덮지도 않을 거고요."

"네."

당연한 일이라는 듯 이마를 뗀 그가 고개를 끄덕였다.

"만약 그렇게 된다면, 많이 서운할 겁니다."

부드러운 말이었지만 빙그레 웃는 낯이 낯설었다. 어쩐지 그 안에 숨겨진 의미가 있는 것 같아 살짝 소름이 돋았다. 이미 그에게 내가 모르는 이면이 있다는 것 정도는 알고 있었다. 내가 보는 그는 항상 종자 시절의 어린 소년이 그대로 자란 올곧은 모습이었지만, 그 반대편에 뒤틀리고 남들과 다르게 변해 버린 무언가가 존재한다는 것도.

그리고 무엇보다 그것을 평생 내게 들키고 싶지 않아 하는 사실을 무엇보다 잘 알고 있었다. 내 생각이 얼굴에 드러나기 전에, 조용히 그의 허리를 감싸고 품에 얼굴을 묻었다. 변하지 않는 향이 났다. 청량하고 서늘한 백단향 냄새. 이제는 내 머리 위에 드리운 나무 그늘처럼 넓고 아늑한 그의 체취.

"펠릭스가 요새 내게 숨기는 게 있는 것 같아서요."

"펠릭스가요?"

"네. 사실, 큰일은 아닌 거 같지만 좀 신경 쓰이네요."

서운하다는 표현이 좀 더 정확했지만, 어쩐지 입에 올리기엔 부끄러웠다. 내 대꾸에 잠시 눈을 깜박이던 빈센트가 입을 연 건 잠시 후였다.

"그럼 뒤를 쫓아 알아보죠."

"네?"

순간 방금 들은 말이 믿기지 않아 되물었다.

"미행하면 금세 알 수 있을 테니까요."

"그럼, 제가 직접 갈래요."

"안 됩니다. 사람을 시킬 생각이니까."

단호하게 변한 빈센트가 완강한 목소리로 거절했다. 쓸데없는 고집인 줄은 알지만 그래도 물러서고 싶지 않았다.

"직접 가고 싶어요."

또박또박 말하자 한 차례 앞머리를 쓸어 올린 빈센트가 차분히 제안했다.

"그럼 제가 직접 가죠."

* * *

조금의 물러섬도 없던 줄다리기는 결국 중간에서 타협점을 찾았다. 그 결과가 바로 현재였다.

"늦지 않았어요. 지금이라도 돌아갈 수 있습니다."

"여기까지 왔는데, 그러고 싶지 않아요."

"정말 남편의 의견은 듣지 않는군요."

"아내의 의견을 존중해 줘서 고마워요, 빈센트."

빙그레 웃으며 대답하자 말문이 막힌 듯 살짝 미간을 좁힌 그가 못 이기는 척 손을 내밀었다. 그대로 그의 손에 의지해 산길을 올랐다. 부른 배로 산행은 확실히 무리였지만, 갈 수 있는 곳까지는 이륜마차를 탔기에 그런대로 걸을 수 있었다. 평소에 꾸준히 산책을 해 오기를 잘한 일이었다.

"그나저나 펠릭스가 매일 여기를 들락거린다니 의외네요."

우리가 도착한 곳은 빈센트가 종자 시절 만들어 두었던 작은 은신처였다. 일전에 한번 물어본 일이 있어 알려 주었지만, 아무도 모르게 자주 찾았을 줄은 몰랐다. 얼마나 자주 다녔는지 없던 길이 생겨나 있었다. 덕분에 좀 편하게 걸을 수 있었다. 동굴을 가린 수풀을 헤친 빈센트가 나를 동굴 안으로 들어갈 수 있게 부축했다.

"저번에도 여기 있더군요."

"여기예요?"

저번이라면 내가 쓰러졌던 날을 의미했다. 펠릭스에게 큰 실수를 해서 저택을 나갔던 날. 화해했지만 아직도 그때를 생각하면 아이에게 미안했다. 이제야 알게 된 예상치 못한 사실에 고개를 갸웃하며 말했다.

"아지트처럼 쓰고 있나 봐요."

휘 둘러본 동굴 안은 성인 두 사람이 들어가긴 좁지만, 나름 안락했다. 빈센트가 이끄는 대로 천천히 바닥에 깔린 가죽 위에 앉았다. 펠릭스가 그간 이곳을 작은 집처럼 꾸며 놓은 모양이었다. 물 주전자와 컵도 널판처럼 편평한 돌 위에 놓여 있었고, 그 옆의 바구니엔 육포나 과일 등 간단한 간식거리가 들어 있었다.

"저택의 방이 불편했나⋯⋯."

혼잣말처럼 중얼거린 말에 빈센트가 고개를 저었다.

"그건 아닐 겁니다. 원래 이 나이 때 소년들은 아무도 모르는 곳을 갖고 싶기 마련이니까."

이곳을 만든 장본인의 말이라 신빙성 있게 들렸다.

"그렇다면 다행이네요."

혹시 아직도 말도 안 되는 오해를 하고 있을까 싶어 걱정스러웠던 마음이 녹듯 사라졌다. 자연스러운 변화라면 괜찮았다.

"이제 일어나도 되겠어요."

펠릭스의 비밀 장소에 들어왔다는 사실을 들키면 별로 좋아하지 않을 것 같았다. 무슨 일인지 알았으니 오늘은 이것으로 충분했다. 빈센트의 도움을 받아 무거운 몸을 일으키는 순간이었다. 안쪽에 있는 무언가를 발등으로 건드렸다. 동시에 아래에서 야옹, 하고 울음소리가 들렸다.

"대체 이게 무슨 소리죠?"

고개를 들어 올리자 마찬가지로 의아한 표정의 빈센트가 보였다. 다시 한번 소리가 들렸다. 작고 힘없는 울음소리⋯⋯.

뒤를 보자 작은 바구니에 천이 덮여 있었다.

"잠시만요."

나를 뒤로한 빈센트가 단번에 천을 걷어 냈다.

"야옹, 야옹……."

푹신한 쿠션을 깐 바구니 안엔, 새끼 고양이 세 마리가 있었다.

"어떻게 여기에……."

나도 모르게 중얼거리며 손을 뻗었다. 말랑하고 따뜻한 몸이 손바닥에 닿았다. 다짜고짜 다가오는 손길이 무서울 만도 한데, 사람의 손길이 익숙한지 고양이는 얌전히 몸을 맡겨 왔다. 부드러운 솜털이 손에 감기고 작은 몸으로 심장 박동이 느껴졌다. 조심스레 귀 사이를 매만지자 고양이가 기분 좋은지 그르릉 하며 울었다.

등 뒤에서 그 모습을 지켜보던 빈센트가 조용히 말했다.

"여기서 몰래 키워 왔나 봅니다."

그 말이 사실인 듯, 바구니 옆엔 아깐 미처 보지 못했던 것들이 눈에 들어왔다. 통에 담긴 우유와 고양이를 그린 그림 몇 장들.

"왜 집으로 데려오지 않았을까요?"

불쑥 떠오른 의문이었다. 이 고양이들을 어디서 거둬 왔는지는 둘째 치고, 어째서 이리 홀로 숨겨 키워 왔는지 궁금했다. 식구 중 동물을 싫어하는 사람은 없었다. 털 알레르기가 있는 사람도.

"글쎄요. 다만 누군가 함께 도운 것 같군요."

빈센트가 제 의견을 이야기했다. 생각해 보니 맞는 말이었다. 펠릭스는 동물을, 그것도 이렇게 작고 예민한 새끼 고양이를 키워 본 적이 없었다. 그런데 고양이들의 상태는 통통하고 털빛도 좋았다. 어릴 적 여러 동물을 키워 봤다던 유모의 말에 따르면, 이렇게 작은 고양이들은 하루에도 몇 번씩 우유를 먹이며 돌봐야 한다.

"아직 완전히 적응하지 못한 걸까요."

문득 든 가정에 기분이 가라앉았다. 어쩌면 이건 신뢰의 문제였다.

펠릭스가 아직 우리에게 완전히 마음을 열지 못한 것 같다는 생각이 들어 가슴이 아렸다.

"그건, 오늘 밤에 직접 물어보는 게 어떻습니까."

가만히 말을 들어 주던 빈센트가 내 어깨에 손을 얹었다. 대답 대신 고개를 끄덕였다. 더는 혼자 생각하고 앓고 오해하고 싶지 않았다. 부부는 물론이고, 부모와 자식 간에도 대화는 필요했다. 말해 주지 않으면 알 수 없다. 그것이 내가 지난 세월 동안 깨달은 진리였다.

사고는 언제나 그랬듯 예상치 못할 때 예상치 못한 방식으로 터졌다.

펠릭스를 찾을 새도 없이, 저택에 도착해 땅에 발을 딛자마자 발밑이 흥건하다는 느낌이 들었다. 마중 나온 유모가 나를 보고 희게 질려 계단을 뛰어 내려왔다. 마차에서 뒤따라 내린 빈센트가 나를 번쩍 안고 안으로 향했을 때야, 뒤늦게 깨달았다.

양수가 터졌다.

"아무 일도 없을 겁니다. 약속해요."

"빈센트……."

"아무 일도 없게 할 겁니다."

그대로 그의 품에서 조심스레 침실의 침대에 눕혀지고, 혼비백산한 사람들이 정신없이 주위를 돌아다녔다. 의사를 부르라는 어머니의 날카로운 목소리와 머리맡에 앉아 내 손을 꼭 잡은 빈센트가 보였다.

"펠릭스도 곧 올 겁니다."

이마에 흐르는 식은땀을 찬 수건으로 닦아 주며 그가 속삭였다.

"그러니 정신을 잃으면 안 돼요."

위급한 순간이었다. 의사는 도착하자마자 산파와 조수를 제외한 모든 이를 밖으로 내몰았다. 아홉 시간의 산고를 겪는 중간에 그만 의식을 잃을 뻔한 순간도 있었지만, 이를 악물고 버텨 냈다. 조금 더, 조금 더! 외치는 목소리가 고통이 턱 끝까지 올라온 순간마다 귀를 괴롭혔다.

이제 더는 못하겠다 싶은 찰나에, 아기 울음소리가 들렸다. 미리 준비해 둔 천으로 아이를 감싼 의사가 내게 축하 인사를 건넸다.

"축하드립니다! 귀여운 도련님이네요!"

마지막 힘을 짜내 내 베개 옆에 놓인 아기에게로 고개를 돌렸다.

열 달이 아닌, 여덟 달. 생각도 못 한 팔삭둥이로 태어난 아기는 내 예상보다 훨씬 작았다.

하나 그럼 어떤가. 손가락, 발가락, 눈, 코, 입 모든 게 다 달려 있다. 문이 열리고 다급히 내 이름을 부르는 빈센트의 목소리를 마지막으로 까무룩 시야가 저물었다.

*　　*　　*

"어머니……."

무거운 눈꺼풀을 들어 올리자, 어느덧 다음 날 아침이었다. 따사로운 햇볕이 커튼 사이로 흘러 들어와 장막처럼 바닥과 침대 위를 덮었다. 귀에 익은 호칭에 고개를 돌리자, 옆엔 펠릭스가 앉아 있었다. 눈물을 주렁주렁 단 채였다.

"많이 놀랐겠구나."

잠시 친구들과 놀러 나간 사이에 급한 호출을 받고 놀랐을 아이가 걱정이 되었다. 살짝 손을 들어 보이자 내 의도를 눈치챈 펠릭스가 두 손으로 내 손을 잡더니 제 뺨에 갖다 댔다. 그리고 고해하듯 나직이 말했다.

"하마터면…… 돌아가시는 줄 알았어요."

"누구나 그런 산고를 겪고 태어난단다."

아이를 안심시키기 위해 옅게 미소를 머금었다. 초산이라 더 길고 고통스러운 것도 있었겠지만, 결국 모든 어머니가 겪어 왔고 겪어야 할 관례였다.

"저도 그렇게 태어난 걸까요?"

"물론이지."

내가 직접 낳지는 않았지만, 펠릭스도 어머니의 산고 끝에 태어난 아이였다. 당연하게 긍정하자 펠릭스의 목소리가 떨렸다.

"그런데 왜, 전 버려진 걸까요."

"펠릭스……."

처음으로 듣는 이야기였다. 가슴 깊은 곳에서 끌어 올린 이 아이의 진심.

"과거가 어찌 됐건, 넌 버림받은 아이가 아니야."

"……."

"네 가족은 여기 있으니까."

어쩌면 네 부모에게도 피치 못할 사정이 있었을지 모른다고 말해 주는 게 나았을지도 모른다. 하지만 그렇게 하지 않았다. 펠릭스는 거리의 아이였다. 고아원 앞에 버려지지도 못한 채, 어느 노숙자에게 우연히 발견돼 그 사이에서 자랐다고 했다. 어떤 식으로든 아이는 보호받아야 할 존재였다. 어른들의 사정이 어쨌건 간에.

"그리고 내가 너를 사랑한단다. 네 아버지가 너를 사랑하듯이. 부모가 자식을 사랑하는 건 당연한 일이야."

"그렇지만……."

결국, 울음을 터뜨린 펠릭스가 고개를 저었다. 다른 팔을 뻗어 아이를 감싸 안았다.

"넌 혼자가 아니야. 항상 네가 그걸 알았으면 했다."

잘게 떨리는 몸을 끌어안고 몇 번이고, 수십 번, 수백 번이고 말할 수 있었다. 언젠가 아이가 이 말을 질려 할 때까지도.

"이제 알겠니?"

어느 정도 떨림이 잦아든 후에 아이의 어깨를 잡고 얼굴을 봤다. 고개를 끄덕이다가 펠릭스가 작게 말했다.

"하지만, 다 나를 좋아하는 건 아닌걸요……."

그때였다. 문이 열리더니 등 뒤로 목소리가 들렸다.

"바보 같은 소리."

"……어머니."

"손자를 사랑하지 않는 할머니가 어디 있지?"

아이의 뒤로 엄한 얼굴을 한 어머니가 서 있었다. 나와 펠릭스를 번갈아 보더니, 펠릭스에게 시선을 고정했다.

"네가…… 날 진심으로 외할머니로 생각해 주길 바랐다. 널 거절한 이후 내게 거리감을 느낀다는 걸 알았기 때문에."

담담한 어조 속에 숨긴 진솔함이 느껴졌다.

"시간을 준다고 기다렸던 게, 오해를 낳은 모양이구나."

귀로 듣긴 했지만 바로 받아들이기 낯선 사실이었다. 그때, 방 안으로 들어온 누군가 끼어들었다.

"노마님의 말씀이 맞아요."

"메리……?"

펠릭스가 놀란 눈을 크게 뜨며 그녀를 바라봤다. 메리의 손에는 동굴에서 봤던 바구니가 들려 있었다. 새끼 고양이들이 있던 바구니였다. 야옹대는 울음소리와 함께 쫑긋 나온 귀 세 쌍이 보였다. 몇 걸음 다가온 메리가 펠릭스에게 말했다.

"제 이야기를 듣고, 이 아이들을 보살피는 데 남몰래 도움을 주라 명하신 건 바로 노마님이세요, 도련님."

"……."

"도련님이 마님께 출산 선물로 드리려고 한다는 걸 알고 계셨으니까요."

네 사람 사이에 침묵이 흘렀다. 메리가 펠릭스의 무릎 위로 고양이들이 담긴 바구니를 갖다 줬다. 배가 고픈지 야옹대는 고양이들이 손가락을 핥은 다음에야 정신이 든 펠릭스가 그제야 고개를 주억였다.

"……그랬구나."

그리고 잠시 고양이들에게 향했던 시선을 들었다.

"선물이에요, 어머니."

아이의 눈은 이제 불안하게 흔들리지 않았다. 단단히 대지에 뿌리를 박은 나무처럼 확고하고 뚜렷했다. 살짝 붉어진 눈시울을 빼면 한층 더 의젓해진 얼굴이었다. 아이의 뺨을 잡고 내게 끌었다. 그리고 이마에 입 맞춘 뒤, 속삭이듯 말했다.

"고맙다."

모자만의 시간이라 생각한 듯 펠릭스의 등 뒤로 메리가 조용히 어머니를 모시고 방을 나가는 게 보였다. 소리 없이 문이 닫히는 순간 문득, 충동적으로 생각 하나가 들었다. 펠릭스의 머리를 쓰다듬던 손을 멈추고 말을 이었다.

"답례라고 하기엔 뭐하지만……."

빈센트에게 조금 미안하지만, 이 말을 꼭 하고 싶었다.

"네가 동생의 이름을 지어 줄래?"

의외의 말에 잠시 눈만 깜박이던 펠릭스가 이내 나직이 대꾸했다.

"프란츠요."

"뭐?"

방 안의 분위기가 얼어붙었다. 펠릭스가 다시 한번 말했다.

"남자아이라고 들었어요. 그렇다면, 프란츠로 할래요."

"네가 그 이름을 어떻게……."

"아버지께 들었어요. 용감하고 또 책임감 있었던 외할아버지의 이야기를요."

말없이 가만히 듣고 있자 펠릭스가 말을 이어 나갔다.

"그래서 나도 외할아버지처럼, 아버지처럼 검을 들고 가족을 지키고 싶어요. 태어난 동생도요."

다시금 적막이 이어졌다. 조용한 내 반응에 어딘가 이상함을 느꼈는지, 펠릭스가 조심스레 물었다.

"······안 되나요?"

"아니."

안 될 리가 없었다. 놀란 나머지 잠시 굳어 있긴 했지만.

"고맙구나, 내 아들."

다시 한번 이마에 키스하며 애정을 표현했다. 쑥스러운지 펠릭스가 발그레 뺨을 붉히더니 곧이어 자리에서 일어났다.

"아버지가 어머니 너무 오래 잡아 두지 말라고 하셨어요. 피곤하실 거라고."

산고를 치르는 중에도, 문 앞에 서 있는 그의 존재감을 느낄 수 있었다. 제일 먼저 내게 달려온 그. 예상치 못한 출산으로 하루 동안 저택에만 있었기에, 상회 일이 쌓여 있을 것이다. 쉬지도 못하고 바로 일하러 갔을 그를 생각하니 안쓰러웠다.

"그랬니."

"네. 그리고 저도 나가서 고양이들 우유를 먹여야 할 거 같아요."

허락의 의미로 고개를 끄덕여 보이자 잠시 망설이듯 시선을 피하던 펠릭스가 허리를 굽히더니 내 뺨에 가볍게 입 맞췄다.

"그럼 나가 볼게요, 어머니."

"그러려무나. 그리고 나갈 때 유모를 좀 불러 주겠니?"

태어난 아기가 보고 싶었다. 직접 품에 안고 어르고 무게를 느끼고 싶었다.

"네. 그럴게요."

기꺼이 대답한 펠릭스가 방문을 열고 나간 후에야 침실에 홀로 남았다. 찬 바람을 막기 위해 창문은 모조리 닫혀 있었다. 답답한 마음에 침대에서 일어나 걸음을 내디뎠다. 다리가 후들거리긴 했지만, 벽을 짚으니 걸을 만했다. 덧창을 열고 창을 여는 순간 시원한 바람이 목덜미를 스쳤다. 얼마 지나지 않아 등 뒤로 문이 열리는 소리가 들렸다.

"유모?"

나직이 불렀으나 대답하지 않았다. 이상하다는 생각에 뒤를 돌려는 찰나, 등 뒤에서 누군가 나를 감싸 안았다.

"빈센트."

"의식을 차렸다는 말을 듣고 바로 뛰어왔습니다."

내 정수리에 입을 맞춘 그가 목과 어깨 사이 움푹 들어간 부분에 얼굴을 묻었다. 그가 평소에 자주 하는 자세였다. 나를 온전히 품에 안은 느낌이 들어 마음에 든다고 했다. 그의 숨이 목덜미에 느껴졌다.

"다행입니다."

한마디였지만, 그 안에 담긴 묵직한 무게를 모를 수가 없었다. 걱정, 초조, 그리고 안도감. 말없이 날 감싸 안은 그의 손등을 덮었다.

"계속 같이 있기로 했잖아요."

"그랬었죠."

대화는 그것으로 충분했다. 굳이 입 열어 상대의 마음을 확인할 필요도 없었다. 오랜 세월 함께한 노부부처럼 우리는 누구보다도 서로를 잘 알았다. 뿌리부터 얽혀 태어난 두 그루의 나무처럼.

그때 아늑한 정적을 뚫고 누군가 문을 두드렸다.

"아가씨."

유모였다. 포옹을 풀고 뒤를 돌았다. 들어오라고 말하자마자 아기를 안고 들어온 유모가 부드럽게 미소 지으며 다가와 아이를 내게 안겼다.

"마님과 나리를 반반씩 닮았어요."

정말이었다. 긴 눈매와 반듯한 콧대는 그와 판박이였고, 살짝 두툼한 입술과 귓불은 나를 닮았다. 홀린 듯이 아기를 바라보는 우리 부부를 번갈아 본 유모가 슬쩍 물었다.

"도련님의 이름을 뭐라고 할까요?"

대답은 동시에 나왔다.

"프란츠."

"프란츠야."

조금 더 빨랐던 건 오히려 빈센트였다.

"펠릭스가……."

이어질 내 말을 아는 듯 그가 빙그레 웃었다.

"알고 있습니다. 당신이 그럴 거라 생각했으니까."

빈센트가 말을 이었다.

"'샤일로'라고 지을까도 생각했습니다만, 펠릭스는 남자아이라면 프란츠가 좋다더군요."

샤일로.

그 단어를 듣는 순간, 지축이 흔들리는 것 같았다. 동시에 신호처럼 눈물이 터져 나왔다. 태어나지도 못한 채 죽어 버린 내 첫 아이의 이름이었다. 한 번도 소리 내서 불러 본 적 없는 이름. 견딜 수 없어 그의 품에 얼굴을 묻었다. 날 달래려는 듯 서툴게 등을 토닥이는 손길이 있었다. 멀어지는 유모의 발걸음 소리가 들렸다.

"만약 나중에 여아를 한 명 더 입양하게 되면, 그렇게 하죠."

말하고 싶어 참을 수가 없었다.

"사랑해요."

결국 내 입술 밖으로 새어 나온 고백에 그의 손길이 잠시 멎었다. 그가 조용히 입을 열었다.

"아무리 당신이 날 사랑한다 한들, 나만큼은 아닐 겁니다."

"……."

"당신은 내 영혼이고, 여신이며, 목숨보다도 귀한 존재니까."

시간이 흐르고, 언젠가 모든 사람이 죽는다는 것만큼 당연했다.

그의 옆에서라면, 언제까지고 안전할 것임을.

영원히 나만을 맹목적으로 사랑해 줄 것임을.

"사랑합니다, 올리비아."

나는 비로소 안식처를 찾았다, 영원히 변치 않을 나만의 낙원을.